Diez novelas de César Aira

Diez novelas de César Aira

Selección y prefacio de
Juan Pablo Villalobos

LITERATURA RANDOM HOUSE

Papel certificado por el Forest Stewardship Council®

Primera edición: febrero de 2019

© César Aira: 1992, *El volante*; 1994, *La costurera y el viento*; 1995, *Los dos payasos*;
1995, *Diario de la hepatitis*; 2000, *La pastilla de la hormona*; 2006, *La cena*;
2007, *Las conversaciones*; 2009, *La confesión*;
2010, *El divorcio*; 2011, *Cecil Taylor*
© 2019, Juan Pablo Villalobos, por la selección y el prefacio
© 2019, Penguin Random House Grupo Editorial, S. A. U.
Travessera de Gràcia, 47-49. 08021 Barcelona

Printed in Spain – Impreso en España

ISBN: 978-84-397-3537-3
Depósito legal: B-28.888-2018

Compuesto en La Nueva Edimac, S.L.
Impreso en Cayfosa (Barcelona)

RH35373

Penguin
Random House
Grupo Editorial

ÍNDICE

PREFACIO

Una tarde de otoño de 2001, siete páginas antes de concluir la primera novela de César Aira que había caído en mis manos, hice algo inaudito: estrellé el libro contra la pared de la sala de mi casa, en Xalapa. Puede parecer una exageración, o una metáfora, pero no lo es, y si recuerdo los detalles –la fecha, las páginas– es porque el episodio me perturbó tanto que acabé registrándolo por escrito. Estoy hablando de arrojar un libro con fuerza porque sus niveles de inverosimilitud me habían exasperado y porque desdeñaba –deliberadamente, aunque yo todavía no lo sabía– las normas de la «buena literatura».

Yo estudiaba Letras Españolas en la Universidad Veracruzana y era un lector voraz y apasionado de literatura latinoamericana del siglo XX, en especial de los autores del Boom, y de sus pioneros y epígonos. No me da vergüenza admitirlo: tenía una idea muy convencional de la literatura, lo que explicaría, a la distancia, ese arrebato de furia. Lo cierto es que algo extraño pasaba en ese libro y que no percibirlo –o aplaudirlo sin cuestionamientos– supondría una actitud igual de convencional que la que motivaba el rechazo. Pero ahora es fácil decirlo. En aquel entonces esta reacción desmesurada hizo que mis certezas literarias entraran en crisis. ¿Qué había pasado? ¿Por qué me había enojado tanto? Había que ir a recoger el libro del suelo y averiguarlo.

«Lo nuevo es hermano de la muerte», escribió Theodor Adorno, y quizá lo que había pasado era, más que un enfado, un susto de muerte. El síntoma de que algo iba a morir dentro de mí con el descubrimiento de la obra de César Aira, una manera de entender y de apreciar la literatura. Un modo ingenuo, naif, anticuado, el del realismo costumbrista, de la literatura fantástica o del realismo mágico, todo lo que me había encantado desde la adolescencia y que me había llevado a estudiar Letras y a querer ser escritor.

Un año más tarde estaba trabajando como becario en un proyecto de investigación sobre la obra de Aira —invitado por Teresa García Díaz, la profesora que nos había dado a leer en clase de crítica literaria aquel pobre ejemplar repelido—, y ya había devorado veinticinco de los cuarenta y nueve libros que había publicado por aquella época —una cifra que siguió creciendo hasta alcanzar la centena en 2018, si bien es cierto que la mayoría son novelas cortas, en ocasiones brevísimas. Como si de un cuento de hadas se tratara, la repulsión se había transformado en obsesión académica y en la veneración que tributamos los aspirantes a escritores a nuestros héroes secretos.

Los libros de Aira habían llegado a Xalapa unos pocos años antes de la mano de Sergio Pitol. Aira y Pitol se habían conocido en un festival literario en Sudamérica, de donde Pitol volvió convertido al *airanismo*. Fue, probablemente, uno de sus primeros lectores mexicanos y, con seguridad, uno de los más entusiastas. Bajo la dirección de Teresa publicamos un libro colectivo y durante años continuamos cazando sus esquivas publicaciones por aquí y por allá, leyéndolo y estudiándolo —a menudo en fotocopias, o en ediciones que parecían clandestinas, aunque no lo fueran—, transcribiéndolo para futuras citas de hipotéticos ensayos, acumulando información en carpetas de la computadora con títulos como *realidad real, huida hacia adelante, sonrisa seria, miniatura* o *cambio de idea*, las entradas de una enciclopedia que describiría el universo *airano* y su proyecto de sabotaje de la literatura reaccionaria, aquella que tendría como aspiración y premisa «escribir bien».

Podría afirmarse que toda la obra de César Aira está escrita contra el Boom, aunque quizá sería más justo decir que abreva de otras tradiciones literarias y de otras maneras de entender el arte. De las Vanguardias —de donde toma la convicción de que importa más el procedimiento de creación que el resultado—, de la patafísica o del dadaísmo, con toda su carga explosiva de bromas irreverentes y provocaciones ingeniosas. De Manuel Puig o de Copi, en la literatura argentina que le precedía. En resumen: de todo aquello que contra el imperativo de «escribir bien» postula la pulsión salvaje de «escribir algo nuevo».

«Buscar lo nuevo y lo raro en la obra artística no es la tarea frívola y vanidosa que parece ser, en primer lugar porque no se trata de buscar sino de haber encontrado», escribió Aira en *Cumpleaños*, el libro con el que celebró sus cincuenta años de vida. Han pasado veinte años y Aira ha continuado su ejercicio de demolición de las convenciones literarias, pacientemente, librito a librito. Sus lectores somos afortunados de haberlo encontrado.

JUAN PABLO VILLALOBOS

CECIL TAYLOR

Amanecer en Manhattan. Con las primeras luces, inciertas todavía, cruza las últimas calles una prostituta negra que vuelve a su cuarto después de una noche de trabajo. Despeinada, ojerosa, el frío de la hora transfigura su borrachera en una estúpida lucidez, un ajado desdén del mundo. No ha salido del barrio en el que vive, por lo que no le queda mucho camino que recorrer. El paso es lento; podría estar retrocediendo; cualquier desvío podría disolver el tiempo en el espacio. Aunque en realidad desea dormir, en este punto ni siquiera lo recuerda. Hay muy poca gente afuera; los pocos que salen a esa hora (o los que no tienen de dónde salir) la conocen y por lo tanto no miran sus altísimos zapatos violeta, su falda estrecha con un largo tajo, ni los ojos que de cualquier modo no mirarían otros, vidriosos o blandos. Se trata de una calle angosta, un número cualquiera de calle, con casas viejas. Después viene un trecho de construcciones algo más modernas, pero en peores condiciones; comercios, escarpados contrafrentes de los que se desploman las escaleras de incendio. Pasando una esquina está el edificio donde duerme hasta la tarde, en una habitación alquilada que comparte con dos niños, sus hermanos. Pero antes, sucede algo: se ha formado un grupo de trasnochados, cinco o seis hombres en semicírculo en la vereda delante de una vidriera. La mujer se pregunta qué pueden estar mirando, que los ha vuelto figuras de una fotografía. Nada se mueve en ellos, ni siquiera el humo de un cigarrillo. Avanza mirándolos, y como si fueran el punto que necesitaba para enganchar el hilo del cual sostenerse, su paso se vuelve más liviano. Cuando llega, los hombres no la miran. Necesita unos instantes para comprender de qué se trata.

Están frente a un negocio abandonado. Detrás de la vidriera sucia hay una penumbra, y en ella cajas polvorientas y escombros. Pero además hay un gato, y frente a él, de espaldas al vidrio, una rata. Ambos animales se miran sin moverse, la caza ha llegado a su fin, y la víctima no tiene escape. El gato tensa con sublime parsimonia todos sus nervios. Los espectadores se han vuelto seres de piedra, ya no estatuas: planetas, el frío mismo del universo... La prostituta golpea la vidriera con la cartera, el gato se distrae una fracción de segundo y eso le basta a la rata para escaparse. Los hombres despiertan de la contemplación, miran con disgusto a la negra cómplice, un borracho la escupe, dos la siguen... antes de que termine de desvanecerse la oscuridad tendrá lugar algún hecho de violencia.

Después de una historia viene otra. Vértigo. Vértigos retrospectivos. Hay un exceso de continuidad. Ni siquiera intercalando finales se suspende la tracción narrativa. Pero el vértigo produce angustia, la angustia paraliza... y nos evita el peligro que justificaría el vértigo; acercarse al borde, por ejemplo, a la falla profunda que separa un final de una continuación. La inmovilidad es el arte en el artista, y es al otro lado del vidrio donde suceden los hechos que cuentan sus obras. La noche se termina, el día hace lo mismo: hay algo embarazoso en el trabajo en curso. Los crepúsculos opuestos caen como fichas en una ranura de hielo. Ojos de estatuas que se cierran cuando se abren y se abren cuando se cierran. Paz en la guerra. Con todo, existe, y más real de lo que nos gustaría, un movimiento descontrolado, que produce angustia en los otros y provee el modelo de la angustia propia. El arte lo representa como Crecimiento Giratorio Incesante, y da origen a bibliotecas, museos, teatros, universos enteros de fantasía. De pronto cesa, pero queda una inmensa cantidad de restos. Los restos, pasado el tiempo, vuelven a girar y engendrar. La multiplicación se vuelve sobre sí misma... Pero la vida, ya se sabe, «es una sola». De lo que resulta que la biografía de un artista se confunde con las pruebas de la dificultad de su escritura; ya no se trata de representar la representación (eso lo haría cualquiera) sino de crear situaciones insoportables en el pensamiento. Es el motivo por el que suelen ser tan extensas: nada es suficiente para aplacar los impulsos móviles de la inmovilidad. Las historias se esfuerzan desesperadamente por ser una sola, se envuelven en nacarados escrúpulos finalistas, el viento las enciende, caen en el vacío... De pronto, a nadie le importa.

¿Y por qué habría de importarles? Son vidas de otros. Los niños leen las biografías ilustradas de los músicos célebres, que siempre son niños músicos, poseídos por un genio misterioso. Entienden la lengua de los pájaros y se duermen oyendo el murmullo de los arroyos. Los obstáculos que se interponen en su carrera no provienen de la realidad sino de la ficción aleccionadora. Tienen una marcada semejanza con la vida de los santos: las persecuciones y martirios son herramientas del triunfo. Porque todos los santos tuvieron éxito. Y no sólo ellos, y los niños músicos: todos los biografiados tuvieron éxito, ganaron la competencia. De los innumerables hombres que vivieron, la Historia rescata sólo a los ganadores, y ése es el límite de sus moralinas humanitarias. Debido a su banalidad esencial, a sus convenciones inmutables, estos relatos de vidas permanecen poco en la memoria (terminan confundiéndose unos con otros) pero no por eso la deforman menos: le injertan definitivos toboganes irisados que van del punto A al B y del B al C, y cuando se apaga la luz los puntos se iluminan, son las almas bellas que se han ido al cielo a formar constelaciones y horóscopos. Imposible no desconfiar de esos libros, sobre todo si han sido el alimento primordial de nuestras puerilidades pasadas y por venir. «Antes» estaba el éxito futuro, «después» estaban sus recompensas deliciosas, tanto más deliciosas por haber sido objeto de puntualísimas profecías.

Examinemos un caso, para perfeccionar la demostración. Podría ser el de un gran músico de nuestro tiempo, de cuya existencia nadie podría dudar. Cecil Taylor. Nacido en el jazz, siguió adhiriendo a sus formas más externas: los clubes

17

y bares y festivales en los que se presentaba, las formaciones instrumentales que reunió, y hasta alguna vaga (o inexplicable) reivindicación de fuentes (Lennie Tristano, Dave Brubeck). Pero su originalidad lo puso al margen de los géneros. Lo suyo es el jazz, y cualquier otro tipo de música, desarmado en cada uno de sus átomos y vuelto a armar como una de esas máquinas solteras que han hecho los sueños y las pesadillas del siglo xx. Según la leyenda, Cecil realizó la primera grabación atonal del jazz, en 1956, dos semanas antes de que independientemente lo hiciera Sun Ra. (¿O fue al revés?) No se conocían entre sí, ni conocían a Ornette Coleman, que trabajaba en lo mismo al otro lado del país. Lo que demuestra que más allá del genio o la inspiración individuales (de ellos tres y otros como Albert Ayler, Eric Dolphy, quién sabe cuántos más) hubo una determinación superior.

Esa determinación proviene de la Historia, que tiene su importancia porque nos permite interrumpir las series infinitas del arte de pensar. Así es como la interrupción pierde su falso prestigio, y su importancia insoportable. Se vuelve frívola, redundante, liviana, como una tosecita en un funeral. Pero de su misma insignificancia nace la Necesidad, su soberanía explícita. La interrupción es necesaria, aunque sea de la necesidad de un instante, y el instante mismo es necesario; por eso se dice de él que «no se necesita más».

Las biografías, al fin y al cabo, son literatura. Y en literatura lo que cuenta es el detalle, y la atmósfera, y el equilibrio justo entre ambos. El detalle preciso, que cree visibilidad, y la atmósfera evocadora y abarcadora, sin la cual los detalles serían un catálogo desarticulado. La atmósfera le permite al autor trabajar con fuerzas libres, sin funciones, con movimientos en un espacio que deja de ser éste o aquél, un espacio que logra anular la diferencia entre el escritor y lo escrito, el gran túnel múltiple a pleno sol... La atmósfera es la condición tridimensional del regionalismo, y el medio de la música. La música no interrumpe el tiempo. Todo lo contrario.

1956. En la ciudad de Nueva York vivía Cecil Taylor, músico negro de menos de treinta años, pianista innovador en la técnica, compositor-improvisador estudioso de las tradiciones populares y cultas del siglo. Su estilo, que era su invención, ya estaba consolidado. Con la excepción de una media docena de músicos y amigos, nadie sabía lo que estaba haciendo, ni podía hacerse una idea al respecto. ¿Cómo se la habrían hecho? Lo de este joven no cabía en las líneas de lo previsible. En sus manos el piano se transformaba en un método de composición libre, sobre la marcha. Los llamados «racimos tonales» con los que se desarrollaba su escritura momentánea ya habían sido utilizados anteriormente por Henry Cowell, aunque Cecil llevó el procedimiento a un punto en el que, por sus complicaciones armónicas, y sobre todo por la sistematización de la corriente sonora atonal en flujos tonales, no podía compararse con nada existente. La velocidad, el juego de mecánicas diferentes entrelazadas, la insistencia, las resistencias interpoladas, las repeticiones, las series, todo lo que sirviera para desinteresarse del solfeo convencional, levantaba, a espaldas de cualquier melodía o ritmo reconocible, majestuosas construcciones derrumbadas y aéreas.

Vivía en un modesto departamento subalquilado en el East End de Manhattan. Reinaban los ratones negros, y entre ellos se deslizaba una cantidad indefinida y constante de cucarachas. Puertas entreabiertas, la embotada promiscuidad de una vieja casa con escaleras estrechas, sonidos de radio. Eso en cuanto a la atmósfera. Dormía allí por la mañana y parte de la tarde, y salía al anochecer. Trabajaba en un bar del ambiente. Ya había grabado un disco (*Jazz Advance*) para una pequeña compañía independiente que no lo había distribuido. Una presentación, frustrada por diversos motivos, en ese mismo bar, lo había inspirado a pedir trabajo, y ahí seguía desde hacía unos meses, de lavacopas. Esperaba ofertas para tocar en establecimientos con piano. No le faltarían, dada la cantidad de lugares nocturnos con música en vivo que había en ese entonces en la ciudad, y la rotación incesante de figuras, conocidas y nuevas. Era una época de renovación, con sed de novedades.

Por supuesto, sabía que tratándose de un arte tan exigente y radical como el suyo era preciso descartar la idea de un reconocimiento súbito, y hasta de un éxito en progresión gradual según la imagen de las ondas provocadas por una piedra al caer en el agua. No era tan ingenuo. Pero sí esperaba, y tenía todo el derecho a hacerlo, que tarde o temprano su talento llegaría a ser celebrado. (Aquí hay una verdad y un error: es cierto que hoy se lo aprecia en todo el mundo, y quienes hemos escuchado sus discos durante décadas boquiabiertos de admiración seríamos los últimos en ponerlo en duda; pero también hay un error, un error de tipo lógico, y es bastante fácil, casi demasiado fácil, demostrarlo. Claro que podría objetarse que tal demostración no pasa de ser un capricho literario. Es cierto, pero también lo es que las historias, una vez imaginadas, adquieren una especie de necesidad. Una especie rara, poco común, cuya extrañeza revierte sobre la historia imaginada. La historia de la prostituta que espantó a la rata tampoco era necesaria en sí, lo que no quiere decir que la gran serie virtual de las historias sea innecesaria en su conjunto. A la de Cecil Taylor le conviene el modo de la aplicación de las fábulas; los detalles son intercambiables, y se diría que la atmósfera está fuera de lugar. Pero ¿cómo oír la música fuera de una atmósfera, si es el aire el que transporta los sonidos?)

El bar con piano en el que al fin se concretó su primera actuación (que no era la primera en realidad porque había habido otra antes, pero a ésta Cecil había decidido no contarla) era un tugurio en el que la música ocupaba un segundo lugar, detrás de la espera y la droga. Pero esta última, o las dos, porque droga y espera formaban un bloque, tenía una relación tan íntima con el tiempo que el artista confiaba en despertar algún interés; sólo podía anticipar que no habría escándalo, que habría podido beneficiarlo en tanto el escándalo era una acentuación del interés, pero su carácter suave y contemplativo lo rechazaba; en ese ambiente donde se apostaba todo, a nadie le asombraría una alteración más o menos a la tonalidad dominante. Se predispuso a que la indiferencia fuera el plano, y el interés el punto: el plano podía cubrir el mundo como un toldo de papel, el interés era puntual y real como un «buenos días» entre vecinos. Se preparaba para la incongruencia inherente a las grandes geometrías. El azar de la concurrencia podía proveerlo de un atisbo de atención: nadie sabe lo que crece de noche; él tocaría después de las doce, al día siguiente en realidad, y los brotes del día siguiente en el día de hoy nunca pasan totalmente inadvertidos. Pero esta vez pasaron. Para su gran sorpresa, la oportunidad se reveló precisamente «nunca». Escarnio invisible licuado en risitas inaudibles. Así transcurrió la velada, y el patrón canceló la segunda presentación para la próxima noche, aunque no la había pagado. Por supuesto, Cecil no discutió con él su música. No vio la utilidad. Se limitó a volver a su pieza.

Dos meses más tarde, su distraída rutina de trabajo (ya no era lavacopas sino empleado en una tintorería) fue realzada una vez más por un contrato verbal para actuar en un bar, una sola noche esta vez, y a mitad de la semana. El bar se parecía al anterior, aunque quizá fuera algo peor, y la concurrencia no difería; incluso era posible que algunos de los que habían estado presentes aquella noche se repitieran aquí. Eso llegó a pensar, el muy iluso, contaminado por sus propias repeticiones. Su música sonó en los oídos de una decena y media de borrachos, quizá hasta en las bellas orejitas negras, con su pimpollo de oro, de una mujer vestida de raso, o dos. No hubo aplausos, alguien se rió pesadamente (de otra cosa, con toda seguridad) y el dueño del bar no se molestó siquiera en decirle buenas noches. ¿Por qué iba a hacerlo? Hay momentos así, en que la música queda sin comentarios. Se prometió, sin motivo, venir en otra oportunidad al bar (alguna vez lo había frecuentado) para imaginarse mejor, viviéndola, la situación, o mejor dicho la posición, del que oye la música sabiendo que es música: el pianista consumado que intuye cada nota al tocarla, la sucesión lenta de melodías, la razón de ser de la atmósfera. No lo hizo nunca, por creer que no valía la pena. Se consideraba una persona desprovista de imaginación, aun de la que se precisa para imaginarse la realidad en la que uno se encuentra. Transcurrida una semana, la representación de este fracaso se fundió con la del anterior, y eso le produjo una cierta extrañeza. ¿Se trataría de una repetición? No había motivos para creerlo, porque parecía demasiado simple, pero a veces la simplificación actúa en conjunto con la complicación.

Una tarde de otoño caminaba de vuelta a su casa, tarareando mentalmente algo que pondría en sonidos cuando estuviera sentado al piano (pagaba por hora el uso de un Steinway vertical en una escuela de música, después de clase), cuando tropezó con un ex condiscípulo del New England Conservatory. Fue todo verlo, reconocerlo, y hacerse un súbito silencio en su cabeza. La realidad de ese sujeto, un hijo de noruegos de nariz grande y orejas pequeñas, contaminaba de detalles prácticos la calle, los autos, y al mismo Cecil. Se pusieron a charlar; hacía ocho años que no se veían. Ninguno de los dos había renunciado a su vocación por la música de avanzada, el noruego daba clases a niños para vivir, sus composiciones constructivistas para orquesta de cámara no terminaban de ser estrenadas a medias, tocaba el cello, había tenido una conversación con Stravinsky. Cecil lo dejaba hablar, cabeceando con gesto entendido, aunque se mofaba en secreto de Stravinsky. Prestó más atención cuando le oyó decir como conclusión que la carrera del músico innovador era difícil porque a diferencia del músico convencional que sólo tenía que halagar al público, debía crearlo, crear su propio público inexistente hasta entonces, como quien toma una célula roja de sangre y la modela con amor y paciencia hasta que queda bien redonda, después hace lo mismo con otra y la pega a la primera, y sigue así hasta que ha hecho un corazón, y después los demás órganos y los huesos y los músculos y la piel y el pelo, dejando para lo último el delicado túnel de la oreja, con sus yunques y martillitos... Así habrá obtenido el primer oyente de su música, el origen de su público, y tendrá que repetir la operación cientos y miles de veces, si quiere ser reconocido como un nombre en la historia de la música, con el mismo cuidado cada vez, porque si se equivoca con una sola célula todo se viene abajo en un dominó fatal... A su negro y adormecido interlocutor la metáfora le pareció sugerente, si bien un tanto terrorista, y respondió con vaguedades. El otro quedó impresionado por la presencia sibilina de Cecil, sus susurros, su gorro de lana. Si en lugar de ser una completa nulidad hubiera llegado a algo, habría anotado el hecho en su autobiografía, muchísimos años después.

Un año atrás Cecil había tocado durante cinco noches en la banda de Johnny Hodges, para quien había hecho unos arreglos. Fue en reciprocidad por ese trabajo que el famoso jazzman lo había puesto al piano de su conjunto (que no incluía el piano), en un contrato por una semana en un hotel. Las primeras cuatro noches se había abstenido de tocar siquiera el piano. El único que notó el silencio fue el trombonista de la banda, Lawrence Brown, quien antes de iniciarse la quinta sesión se había dirigido a él con una risa: Oye, Cecil, no sé si has visto que el piano tiene ochenta y ocho teclas, ¿qué te parece si tocas una?

Si bien era un antecedente un tanto vago y que era necesario explicar dos veces, cuando salió a luz durante una conversación de madrugada en una mesa del Five Spot, dio por resultado un ofrecimiento de presentarse allí una noche de semana, como complemento de un conjunto de músicos de vanguardia. Era una ocasión caída del cielo, y la tomó como tal. Renunció a su empleo en la tintorería, compró un piano con un préstamo providencial, y ensayó casi constantemente, interrumpiendo apenas para responder, con corteses justificaciones, a las quejas de los vecinos. Se había mudado del conventículo de indigentes del East End a un tugurio de Bleecker Street.

Al Five Spot acudía la flor y nata del jazz, así que tendría un público entendido. Se persuadió de que una transmutación de ese público, por acción de la andanada de su piano, produciría el aplauso que hasta entonces se le había negado. La teoría de las unidades que le había expuesto su ex condiscípulo le parecía eso que era, precisamente, y nada más: una teoría, una abstracción. En los hechos, el público tenía algo mágico, algo de genio salido de la botella.

Llegó la noche en cuestión, subió a la tarima donde estaba el piano y atacó. El amplificador se apagó casi de inmediato, por una supuesta falla técnica. No le importó. Antes de que terminara, unos condescendientes aplausos lo dieron por terminado. Desconcertado, miró el fondo, donde avanzaban los músicos de vanguardia con sus instrumentos y sus sonrisas de monos. Fue a sentarse a la mesa donde estaban sus conocidos, que hablaban de otra cosa. Uno le tomó el codo e inclinándose hacia él sacudió lentamente la cabeza hacia la derecha y la izquierda. Con una alegre carcajada, alguien prorrumpió en una observación que creyó pertinente: «Después de todo, ya terminó». Y eso fue todo, porque empezaron a hacer silencio para escuchar el número siguiente.

Alguien se acercó a él para decirle: «Yo soy un pobre negro autodidacta, pero tengo derecho a opinar, y opino que lo que hace usted no es música». Cecil se limitó a asentir con la cabeza, y a encoger los hombros como diciendo: «Qué se le va a hacer». Pero el pretendido negro autodidacta no estaba dispuesto a dejar las cosas así: «¿No me pregunta por los fundamentos de mi opinión? ¿Tanta es su vanidad de artista, tan superior se siente, que no le interesa lo que piensa su prójimo?». «Perdón. No le pregunté porque no sabía que había fundamentos; si los hay, me interesa conocerlos.» El otro sonrió con satisfacción, como si se hubiera anotado un triunfo, y se explicó: «Es muy simple: la música es un todo que está compuesto de partes que también son música. Si la parte no es música, el todo tampoco lo es».

No parecía tan irrefutable, pero las circunstancias no daban para más. Las circunstancias, y algo más general. En los días que siguieron estuvo pensando mucho en la experiencia, distraído de sus quehaceres, rememorando paso a paso lo que había ocurrido y tratando al mismo tiempo de encontrarle una explicación. Pensó que quizás la explicación la encontraría una vez que hubiera olvidado, pero mientras tanto no podía dejar de recordar. Hacía una reconstrucción mental del lugar, del movimiento de sus dedos en el piano, de las palabras y reacciones de los demás... Lo hacía con una punta de incredulidad, que es el sentimiento que inevitablemente provoca lo que ha pasado. Se confesaba, como un niño pescado en falta, que había esperado de los músicos presentes una respuesta. Lo que él hacía podía sonar extraño. Una percusión pianística hiperarmónica, una intención espacial puesta en tiempo, una escultura sonora... (sobraban las fórmulas para dar cuenta de un fenómeno extraordinario), y alguien ajeno al oficio podía sentirse desconcertado. Pero los músicos profesionales que asistían al Five Spot a ponerse al día sabían de la existencia de Schönberg o Varese, ¡y ellos mismos usaban fórmulas todos los días! Lo único que se le ocurría era, usando los argumentos de ese loco que lo había abordado, y que quizás no estuviera tan loco, que «los músicos eran parte de la música», y al no poder salir de ella no podían dar un reconocimiento explícito.

Por otra parte, no estaba tan seguro de que hubiera estado presente ningún músico de los que creía haber visto, porque era muy miope y usaba unos anteojos oscuros que con la escasa luz del salón le impedían distinguir casi nada. Se prometió, como hacía habitualmente, volver al lugar para apreciar la situación más objetivamente. También era habitual que no cumpliera esas promesas, y esta vez pasó varias semanas pensando en otra cosa. Cambió dos veces de trabajo, de sereno en un supermercado a hacer la limpieza en un banco, con los consiguientes cambios de horario y de hábitos. Volvió al Five Spot al fin, para oír a una cantante a la que admiraba con fervor, y se llevó la sorpresa de que lo esperaban con una oferta de trabajo.

Sucedía que una señora rica de la Quinta Avenida contrataba pianistas para sus cenas bohemias, y los reclutaba de los que actuaban en el Five Spot como una especie de garantía de calidad. Nunca se supo si se lo hicieron a propósito, a él o a ella. Lo cierto era que pagaba cien dólares, por anticipado.

Cecil preparó unas improvisaciones líricas (registraba sus ideas en una pequeña libreta, con una notación propia que consistía sólo de puntos). Esperó a que se pusiera el sol caminando por el Parque, en un estado de ánimo que oscilaba entre el «qué me importa» y un desinteresado optimismo. Las ardillas correteaban en los árboles, como si la ley de la gravedad no se hubiera promulgado todavía. El cielo se tiñó de pronto de un intenso azul turquesa, la brisa cesó, hubo un silencio en el que se oyó el rumor de un avión que cruzaba la ciudad por arriba. Cruzó la calle y se anunció al portero.

Entró al penthouse por el sector de servicio, en el que permaneció cerca de una hora tomando café con los criados. Un valet de negro vino al fin a anunciarle que lo esperaban, y lo acompañó a través de la sala hasta el piano, de gran cola y ya abierto. Apenas si echó una mirada de paso a los invitados, que bebían y conversaban a mil años luz de cualquier música posible. Bajó la vista al teclado y espió el encordado, que brillaba como el oro. El piano era de primera, y parecía sin uso.

Tocó una nota con la mano izquierda, un si bemol grave que reverberó con lentas convulsiones submarinas... Y no hubo más, porque la dueña de casa estaba a su lado y cerraba la tapa del teclado con un solo movimiento tan eficiente que parecía ensayado.

—Prescindiremos de su compañía por hoy —dijo, y miró a su alrededor. Hubo aplausos y risas, pero sólo de los que estaban cerca, y la sala era muy grande.

Cecil seguía perplejo horas después, a la madrugada, cuando comentaba el suceso con su amante. Una sola nota no podía causar tanto efecto. Pero ¿había sido una sola nota? No podía recordarlo, sinceramente. Habría jurado que sí, pero quizás, en la ensoñación de una nota, había atacado con uno o varios de sus famosos «racimos tonales», o unas escalas, o había metido las manos en el corazón del piano.

Fuera como fuera, debería haber esperado algo así, de esa clase de gente snob desprovista de conocimientos musicales. Pero también debería haber esperado lo contrario, porque su música, al no poder atravesar la coraza de la ignorancia, podía haberse esparcido sobre la coraza como una vaselina y facilitado una penetración exterior.

Pasó el tiempo, sin traer cambios. Ese invierno hubo varias ocasiones notables. En un bar de mala reputación lo tomaron por una semana para la variedad de la madrugada (a las dos). La mala fama del lugar provenía del abastecimiento de drogas que se hacía en la trastienda. El dueño, gerente de este tráfico, era un irlandés; fue a buscar personalmente a Cecil y le explicó lo que quería: música de verdad, innovadora, interesante en sí misma, no un mero fondo sonoro. Cecil le preguntó si había oído... hablar de él. No se atrevió, a último momento, a preguntar si lo había oído tocar. El irlandés asintió sin explayarse y le ofreció veinte dólares por noche.

El bar era de lo más decadente. La clientela era de toxicómanos negros, pero había una notable cantidad de mujeres viejas, con caras de resignación, esperando en los rincones. Dos pianos apolillados hacían guardia en el fondo. Nadie le prestaba atención a un trío de banjos de acordes descompuestos. Paradójicamente, el clima era bueno, había una cierta excitación en el aire, casi como una música previa.

Se sentó ante uno de los pianos... No supo cuál de los dos, no tuvo tiempo de saberlo porque no había tocado más que un par de acordes o ráfagas de notas cuando el dueño del bar le tocaba el hombro y con un gesto preocupado le ordenaba que diera por terminada su actuación. Cecil levantó las manos del teclado y la presión de la mano del otro en su hombro de descendente se volvió ascendente y lo hizo ponerse de pie. Una de las viejas negras se había materializado al otro lado, y como si hubiera estado esperando sobre aviso lo desalojó de la butaca y comenzó a tocar «Body & Soul».

El irlandés se lo llevó hacia la puerta y lo despidió sin abandonar su gesto de preocupación. El pianista demudado se preguntaba qué podía estar inquietando en la música a alguien que comerciaba cotidianamente con drogas duras, es decir con sus peligrosos proveedores y compradores. Le estaba tendiendo un billete de diez dólares, pero cuando Cecil iba a tomarlo retiró la mano.

—¿No habrás querido tomarnos el pelo, no?

Una luz de amenaza brillaba en sus ojos bizcos. Cecil dudó de que hubiera habido realmente dos pianos. De tanto comerciar en el peligro, este sujeto lo había incorporado y ahora él era el peligro. Pesaría noventa kilos, es decir cincuenta más que Cecil, que se marchó sin esperar más reprimendas.

Cecil era una especie de duende, elegante a pesar de sus escasos medios, siempre en terciopelo y cueros blancos, zapatos en punta como correspondía a su cuerpecito pequeño, musculoso. No practicaba deportes pero su concepción del piano le exigía un compromiso de cada molécula móvil de su organismo. El sudor ya se le había vuelto una segunda naturaleza. Podía llegar a perder cinco kilos en una tarde de improvisaciones en su viejo piano. Extraordinariamente distraído, liviano, volátil, cuando se sentaba y cruzaba las piernas (pantalones anchos, camisa inmaculada, chaleco tejido) era redundante como un bibelot. Sus sempiternas mudanzas lo protegían, eran la morada suspendida del geniecillo que dormía en su lecho de crisantemos, a la sombra de una telaraña húmeda.

Esa noche caminó por las profundas calles del sur de la isla, pensando. Había algo curioso: la actitud del difuso irlandés que vendía heroína no difería gran cosa de la que había mostrado poco antes la señora rica, salvo que ella no había mostrado preocupación, aunque quizás sólo la había ocultado. Sus personajes no se parecían en nada. Sólo en esto. ¿Pasaría por ahí, por el acto de interrumpirlo, el común denominador de la especie humana? Por otra parte, en las últimas palabras del irlandés encontraba algo más, algo que ahora reconstruía en el recuerdo de todas sus desdichadas presentaciones. Siempre le preguntaban si lo hacía en broma o no. Claro que algunos, la señora por ejemplo, no se rebajaban a preguntárselo, pero en general daban por supuesta la existencia de la pregunta. Él a su vez se preguntaba por qué era posible preguntarle eso a él, y la misma pregunta no era pertinente respecto de lo demás. Por ejemplo él jamás le habría preguntado a la señora, o al irlandés, si hacían lo que hacían (fuera esto lo que fuera) en serio o en broma. Había algo inherente a su trabajo que provocaba la interrogación.

Una señora igualmente rica, la de Vanderbilt, participaba de una famosa anécdota, que citaban casi todos los libros de psicología escritos en los últimos años. En cierta ocasión había querido amenizar una velada en su casa con música de violín. Preguntó quién era el mejor violinista del mundo: ¿qué menos podía pagar, ella? Fritz Kreisler, le dijeron. Lo llamó por teléfono. No doy conciertos privados, dijo él: mis honorarios son demasiado altos. Eso no es problema, respondió la señora: ¿cuánto? Diez mil dólares. De acuerdo, lo espero esta noche. Pero hay un detalle más, señor Kreisler: usted cenará en la cocina con la servidumbre, y no deberá alternar con mis invitados. En ese caso, dijo él, mis honorarios son otros. Ningún problema; ¿cuánto? Dos mil dólares, respondió el violinista.

Los conductistas amaban ese cuento, y lo seguirían amando toda su vida, contándoselo incansablemente entre ellos y transcribiéndolo en sus libros y artículos... Pero la anécdota de él, de Cecil, ¿la contaría alguien? ¿No tenían que triunfar también las anécdotas, para que se las repitiera?

Ese verano fue invitado, junto con una legión de músicos, a participar en el festival de Newport, que dedicaría un par de jornadas, por la tarde, a presentar artistas nuevos. Cecil reflexionó: su música, esencialmente novedosa, resultaría un desafío en ese marco celebratorio y balneario. Aun así, era un cambio respecto del humo y las conversaciones de los bares: aquí actuaría ante aficionados que pagaban la entrada y asistían predispuestos a escuchar y juzgar. Sin embargo, llegado el momento, para el que se preparó con su acostumbrada seriedad, su presentación fue un perfecto fiasco. Esta vez nadie lo interrumpió, pero la interrupción vino por el lado de los presentes, que se retiraron; entre ellos se iban los críticos y cronistas, que aun así no se privaron de opinar. Y ni siquiera opinaron sobre él, sino que lo usaron para saldar cuentas con los organizadores del evento, que mostraban tan poco juicio al invitar gente que no hacía jazz, ni música, ni nada. Lo que más se parecía a una crítica era lo del enviado de la prestigiosa *Down Beat*. Sin mencionar a Cecil por su nombre, proponía, bajo una luz irónica, una versión de la paradoja del cretense: si alguien le daba puñetazos a un piano y decía «Estoy haciendo música...». La música, pensaba Cecil leyéndolo, por su naturaleza no lingüística no puede participar en una paradoja; pero lo que me pasa a mí sí es una paradoja, ¿cómo puede ser?

No encontró la respuesta, ni entonces ni nunca. En el curso de los meses que siguieron se presentó en media docena de bares, siempre distintos porque el resultado era siempre igual, y hubo dos invitaciones que reabrieron en él la herida de las expectativas: primero a una universidad, después a un ciclo de artistas de vanguardia en la Copper Union. En el primer caso Cecil fue con alguna esperanza, que resultó desperdiciada (la sala se vació a los pocos minutos de iniciada la actuación y el profesor que lo había invitado debió hacer un difícil malabarismo para justificarse, y lo odió desde entonces), pero al menos sirvió para darle pie a una reflexión, que también podía quedar desperdiciada pero eso ya no le importaba: un público selecto se equivalía punto por punto con un público no selecto. De hecho, eran lo mismo, sólo que uno miraba en una dirección y el otro en la dirección opuesta. El pivote sobre el que giraban estas plateas polares era el remanido cuento del traje invisible del rey. Para unos lo obsceno y vergonzoso era la desnudez, para los otros la ropa.

En la Copper Union la experiencia resultó menos gratificante todavía. Lo dejaron tocar sólo la mitad de lo que se había propuesto, con la excusa de un corte de luz, hubo abucheos enérgicos, y los comentarios que le llegaron por vía indirecta alternaban entre la duda de lo que sería y no sería música, y la pregunta de si eso no sería una broma.

Cecil abandonó uno de sus empleos habituales y con algo de dinero ahorrado pasó los meses de invierno estudiando y componiendo. En la primavera surgió un contrato por unos días, en un bar de Brooklyn, donde se le rieron en la cara y lo pusieron en la calle. Cuando volvía a su casa en el tren, el movimiento, el paso de las estaciones inmóviles produjo en él un estado propicio al pensamiento. Entonces advirtió que la lógica de todo el asunto era perfectamente clara, y se preguntó por qué no lo había visto antes: en efecto, en esos relatos aleccionadores con pianos y violines siempre hay un músico al que al principio no aprecian y al final sí. Ahí estaba el error: en el paso del fracaso al triunfo, como si fueran el punto A y el punto B, unidos por una línea. En realidad el fracaso es infinito, porque es infinitamente divisible, cosa que no sucede con el éxito.

Supongamos, se decía Cecil en el vagón vacío a las tres de la mañana, que para llegar a ser reconocido deba actuar ante un público cuyo coeficiente de sensibilidad e inteligencia haya superado un umbral de X. Pues bien, si comienzo actuando, digamos, ante un público cuyo coeficiente sea de una centésima parte de X, después tendré que «pasar» por un público cuyo coeficiente sea de una quincuagésima parte de X, después por uno de una vigésima quinta parte de X, y así sucesivamente. No se necesitaba reinventar las razones famosas de Zenón de Elea: era demasiado obvio.

Seis meses después fue contratado para tocar en el bar de un hotel frecuentado por turistas franceses, existencialistas, que venían a la ciudad del jazz en busca de emociones fuertes. Llegó a la medianoche, como habían quedado, y lo llevaron de inmediato al piano. Sentado en el taburete, estiró las manos hacia las teclas, atacó con una serie de acordes... Unas risotadas sonaron sin énfasis. El maître le hacía señas de que bajara, con gesto alegre. ¿Habrían decidido ya que era una broma? No, estaban razonablemente disgustados. Subió de inmediato, para tapar el mal momento, un pianista de cierta edad. A Cecil nadie le dirigió la palabra, pero de todas maneras esperó que le pagaran una parte de lo prometido (siempre lo hacían) y se quedó mirando y escuchando al pianista. Reconocía influencias, Ellington, Bud Powell… No era malo. Un pianista convencional, pensó, siempre estaba tratando con la música en su forma más general, como si dejara lo particular para otra ocasión, para cuando llegara el momento. Efectivamente, le dieron veinte dólares, con la condición de que nunca volviera a dejarse ver por ahí.

LA COSTURERA Y EL VIENTO

Estas últimas semanas, ya desde antes de venir a París, he estado buscando un argumento para la novela que quiero escribir: una novela de aventuras, sucesiva, llena de prodigios e invenciones. Hasta ahora no se me ocurrió nada, fuera del título, que tengo desde hace años y al que me aferro con la obstinación del vacío: «La costurera y el viento». La heroína tiene que ser una costurera, en la época en que había costureras... y el viento su antagonista, ella sedentaria, él viajero, o al revés: el arte viajero, la turbulencia fija. Ella la aventura, él el hilo de las aventuras... Podría ser cualquier cosa, de hecho debería ser cualquier cosa, cualquier capricho, o todos, si empiezan a transformarse uno en otro... Por una vez, quiero permitirme todas las libertades, hasta las más improbables... Aunque lo más improbable, debo admitirlo, es que este programa funcione. A uno no lo arrastra el soplo de la imaginación sino cuando no se lo ha propuesto, o mejor: cuando se ha propuesto lo contrario. Y además, está la cuestión de encontrar un buen argumento.

Pues bien, anoche, esta mañana, al amanecer, medio dormido todavía, o más dormido de lo que creía, se me ocurrió un asunto, rico, complejo, inesperado. No todo, sólo el comienzo, pero era justo lo que necesitaba, lo que había estado esperando. El personaje era un hombre, lo que no constituía un obstáculo porque podía hacer de él el marido de la costurera... Sea como sea, cuando estuve despierto lo había olvidado. Sólo recordaba que lo había tenido, y que era bueno, y que ya no lo tenía. En esos casos no vale la pena exprimirse el cerebro, lo sé por experiencia, porque no vuelve nada, quizás porque no hay nada, nunca hubo nada, salvo la sensación perfectamente gratuita de que sí había... Con todo, el olvido no es completo; queda un pequeño resto vago, en el que me ilusiono que hay una punta de la que podría tirar y tirar... aunque entonces, para seguir con la metáfora, tirando de esa hebra terminaría borrando la figura del bordado y me quedaría entre los dedos un hilo blanco que no significaría nada. Se trata... A ver si puedo ponerlo en unas frases: Un hombre tiene una anticipación muy precisa y detallada de tres o cuatro hechos que ocurrirán encadenados en el futuro inmediato. No hechos que le pasarán a él sino a tres o cuatro vecinos, en el campo. Entra en un movimiento acelerado para hacer valer su información: la prisa es necesaria porque la eficacia del truco está en llegar a tiempo al punto en que los hechos coincidan... Corre de una casa a otra como una bola de billar rebotando en la pampa... Hasta ahí llego. No veo más. En realidad lo que menos veo es el mérito novelesco de este asunto. Estoy seguro de que en el sueño esta agitación insensata venía envuelta en una mecánica precisa y admirable, pero ya no sé cuál era. La clave se ha borrado. ¿O es lo que debo poner yo, con mi trabajo deliberado? Si es así, el sueño no tiene la menor utilidad y me deja tan desprovisto como antes, o más. Pero me resisto a renunciar a él, y en esa resistencia se me ocurre que hay otra cosa que podría rescatar de las ruinas del olvido, y es precisamente el olvido. Apoderarse del olvido es poco más que un gesto, pero sería un gesto consecuente con mi teoría de la literatura, al menos con mi desprecio por la memoria como instrumento del escritor. El olvido es más rico, más libre, más poderoso... Y en la raíz de esta idea onírica debió de haber algo de eso, porque esas profecías en serie, tan sospechosas, desprovistas de contenido como están, parecen ir a parar todas a un vértice de disolución, de olvido, de realidad pura. Un olvido múltiple, impersonal. Debo anotar entre paréntesis que la clase de olvido que borra los sueños es muy especial, y muy adecuada para mis fines, porque se basa en la duda sobre la existencia real de lo que deberíamos estar recordando; supongo que en la mayoría de los casos, si no en todos, sólo creemos olvidado algo que en realidad no pasó. Nos hemos olvidado de nada. El olvido es una sensación pura.

El olvido se vuelve una sensación pura. Deja caer el objeto, como en una desaparición. Es toda nuestra vida, ese objeto del pasado, la que cae entonces en los remolinos antigravitatorios de la aventura. En mi vida ha habido poca aventura. Ninguna, de hecho. No recuerdo ninguna. Y no creo que sea casualidad, como cuando uno lo piensa y advierte con sorpresa que en lo que va del año no ha visto un solo enano. Mi vida debe de tener la forma de esta falta de aventuras, lo que es lamentable porque serían una buena fuente de inspiración. Pero yo me lo he buscado, y en el futuro lo haré deliberado. Hace unos días, antes de partir, reflexionando, llegué a la conclusión de que no volveré a viajar nunca más. No saldré a la busca de la aventura. En realidad no he viajado nunca. Este viaje, lo mismo que el anterior (cuando escribí *El llanto*), pueden volverse nada, una voluta de la imaginación. Si ahora escribo, en los cafés de París, *La costurera y el viento*, como me he propuesto, es para acelerar el proceso. ¿Qué proceso? Uno que no tiene nombre, ni forma, ni contenido. Ni resultados. Si me ayuda a sobrevivir, lo hará como habría podido hacerlo un pequeño enigma, una adivinanza. Creo que siempre debe quedar ese extraviado punto intrigante para que un proceso se sostenga en el tiempo. Pero no se descubrirá nada al final, ni al principio, la resolución está tomada de antemano: nunca volveré a viajar. De pronto, estoy en un café de París, escribiendo, dando expresión a resoluciones anacrónicas tomadas en el corazón mismo del miedo a la aventura (en un café de mi barrio, Flores). Uno puede llegar a creer que tiene otra vida, además de la suya, y lógicamente cree que la tiene en otro lado, esperándolo. Pero le bastaría hacer la prueba una sola vez para comprobar que no es así. Un solo viaje basta (yo hice dos). Hay una sola vida, y está en su lugar. Y sin embargo, algo tiene que haber pasado. Si he escrito, ha sido para interponer olvido entre mi vida y yo. Ahí tuve éxito. Cuando aparece un recuerdo, no trae nada, sólo la combinatoria de sí mismo con sus restos negativos. Y el torbellino. Y yo. De algún modo la Costurera y el Viento tienen que ver, son lo más apropiado, casi diría lo único adecuado, a esta cita extraña. Querría que fueran la pura invención de mi alma, ahora que mi alma ha sido extraída de mí. Pero no lo son del todo, ni podrían serlo, porque la realidad, o sea el pasado, los contamina. Levanto barreras que quiero formidables para impedir la invasión, aunque sé que es una batalla perdida. No tuve una vida aventurera para no cargarme de recuerdos. «... Quizás sea un punto de vista exclusivamente personal, pero experimento una irreprimible desconfianza si oigo decir que la imaginación se hará cargo de todo.

»La imaginación, esta facultad maravillosa, no hace, si se la deja sin control, nada más que apoyarse en la memoria.

»La memoria hace subir a luz cosas sentidas, oídas o vistas, un poco como en los rumiantes vuelve un bolo de hierba. Puede estar masticado, pero no está ni digerido ni transformado» (Boulez).

No es azar, dije. Tengo un motivo biográfico para sostener estas razones. Mi primera experiencia, el primero de esos acontecimientos que dejan huella, fue una desaparición. Yo tendría ocho o nueve años, jugaba en la calle con mi amigo Omar, y se nos ocurrió subirnos a un acoplado de camión, vacío, estacionado frente a nuestras casas (éramos vecinos). El acoplado era un rectángulo muy grande, del tamaño de una habitación, con tres paredes de madera muy altas y sin la cuarta, que era la de atrás. Estaba perfectamente vacío y limpio. Nos pusimos a jugar a darnos miedo, lo que es extraño porque era el mediodía, no teníamos máscaras ni disfraces ni nada, y ese espacio, de todos los que hubiéramos podido elegir, era el más geométrico y visible. Se trataba de un juego puramente psicológico, de fantasía. No sé cómo pudo ocurrírsenos semejante sutileza, al par de niños semisalvajes que éramos, pero así son los chicos. Y resultó que el miedo fue más eficaz de lo que esperábamos. Al primer intento, ya fue excesivo. Empezó Omar. Yo me senté en el piso, cerca del borde trasero, él fue a ubicarse de pie junto a la pared delantera. Dijo «ya» y comenzó a caminar hacia mí con un tranco pesado y lento, sin hacer caras ni gestos (no era necesario)... El terror que sentí fue tal que debo de haber cerrado los ojos... Cuando los abrí, Omar no estaba. Paralizado, estrangulado, como en una pesadilla, yo quería moverme y no podía. Era como si un viento me apretara por todos lados a la vez. Me sentía deformado, retorcido, con las dos orejas del mismo lado, los dos ojos del otro, un brazo saliéndome del ombligo, el otro de la espalda, el pie izquierdo saliendo del muslo derecho... Acuclillado, como un sapo octodimensional... Tuve la impresión, que tan bien conocía, de correr desesperadamente para huir de un peligro, de un horror... del monstruo agazapado que ahora era yo mismo. Sólo podía detenerme en el sitio más seguro.

De pronto, no sé cómo, me encontré en la cocina de mi casa, detrás de la mesa. Mi madre me daba la espalda frente a la mesada, mirando por la ventana. No trabajaba, no hacía la comida ni manipulaba cosas, lo que era rarísimo en un ama de casa clásica que siempre estaba haciendo algo, pero su inmovilidad estaba llena de impaciencia. Lo supe porque yo tenía una comunicación telepática con ella. Y ella conmigo: debió de sentir mi presencia, porque repentinamente se dio vuelta y me vio. Soltó un grito como no le he oído otro jamás, se llevó las dos manos a la cabeza con un gesto y un gemido de angustia, casi de llanto, que nunca antes había manifestado frente a mí pero que yo había sabido que estaba dentro de sus capacidades expresivas. Era como si hubiera sucedido algo inimaginable, imposible.

Por los gritos que me propinó cuando pudo volver a articular supe que Omar había venido, al mediodía, a decir que yo me había escondido y no quería aparecer pese a sus llamados y declaraciones de que no jugaba más, de que tenía que irse. Esas obstinaciones eran típicas en mí, pero a medida que pasaban las horas empezaron a alarmarse, mamá participó en la busca, y al fin había intervenido papá (era el último grado de alarma) y todavía estaba buscándome, con ayuda del padre de Omar y no sé qué otros vecinos, una batida en regla por las inmediaciones, y ella no había podido hacer nada, no había empezado a preparar la cena, no había tenido ánimo siquiera para prender las luces... Noté que en efecto la luz ya era gris oscuro, ya casi era de noche. ¡Pero yo había estado ahí todo el tiempo! No se lo dije porque la emoción me impedía hablar. No era yo, estaban equivocados... ¡El que había desaparecido era Omar! Era a su madre a la que había que decírselo, ésa era la busca que había que emprender. Y ahora, pensé en un espasmo de desesperación, sería mucho más difícil porque caía la noche. Me sentía culpable por el tiempo perdido, del que por primera vez comprendía la cualidad de irrecuperable.

Es increíble la velocidad que puede tomar la sucesión de hechos a partir de uno que se diría inmóvil. Es un vértigo; directamente los hechos ya no se suceden: se hacen simultáneos. Es el recurso ideal para desembarazarse de la memoria, para hacer de todo recuerdo un anacronismo. A partir de aquel lapsus mío, todo empezó a pasar a la vez. En especial para Delia Siffoni, la madre de Omar. La desaparición de su hijo la afectó mucho, le afectó la mente, cosa que habría debido sorprenderme porque no era del tipo emocional; era de esas mujeres, tan abundantes entonces en Pringles, en las afueras pobres donde vivíamos, que antes de dejar de parir para siempre tenían un solo hijo, un varón, y lo criaban con cierto desapego severo. Todos mis amigos eran hijos únicos, todos más o menos de la misma edad, todos con esa especie de madres. Eran maniáticas de la limpieza, no dejaban tener perros, parecían viudas. Y siempre: un solo hijo varón. No sé cómo después llegó a haber mujeres en la Argentina.

Delia Siffoni había sido amiga de mi madre en su infancia. Después se había ido del pueblo, y cuando volvió, casada y con un hijo de seis o siete años, vino a alquilar por pura casualidad una casa al lado de la nuestra. Las dos amigas se reencontraron. Y nosotros dos, Omar y yo, nos hicimos inseparables, todo el día juntos en la calle. Nuestras madres en cambio mantenían esa distancia teñida de malevolencia típica de las mujeres locales. Mamá le encontraba muchos defectos, pero eso era casi un pasatiempo para ella. En primer lugar, que estaba loca, desequilibrada: todas lo estaban, cuando se ponía a pensarlo. Después, la manía de limpieza; hay que reconocer que Delia era un dechado. Mantenía herméticamente cerrada la salita, a la que nadie entraba nunca bajo ningún pretexto. El único dormitorio resplandecía, y la cocina también. En esos tres ambientes se terminaba la casa, que era una réplica exacta de la nuestra. Barría varias veces por día los dos patios, el delantero y el trasero, incluyendo el gallinero; y la vereda, de tierra, estaba siempre asperjada. Se dedicaba a eso. Le habíamos puesto de apodo «la Paloma», por la nariz y los ojos; mi madre era especialista en encontrar parecido con animales. Ahí contribuía el modo de hablar de Delia, un poco susurrante y precipitado, lo mismo que sus modales y desplazamientos cuando estaba en la vereda (siempre estaba afuera: otro defecto), esos pasitos ligeros con los que parecía alejarse, y volvía hacia su interlocutora, mil veces, se iba, volvía, se acordaba todavía de algo más que decir...

Delia tenía una profesión, un oficio, y en eso era una excepción entre las mujeres del barrio, sólo amas de casa y madres, como era el caso de la mía. Era costurera (costurera, justamente, ahora me doy cuenta de la coincidencia), podría haberse ganado la vida con su trabajo y de hecho lo hacía porque su marido tenía no sé qué empleo vago de transportes y en líneas generales no podía decirse que trabajara. Ella era una costurera de fama, confiable y prolijísima, aunque de un gusto pésimo. Lo hacía perfecto, pero había que darle instrucciones muy precisas, y vigilarla hasta el último minuto para que no lo echara a perder siguiendo su inspiración nefasta. Pero rápida, era rapidísima. Cuando las clientas iban a probarse... Había cuatro pruebas, eso era canónico en la costura pringlense. Con Delia, las cuatro pruebas se confundían en un instante, y además la prenda ya estaba hecha antes. Con ella no había tiempo de cambiar de idea, ni mucho menos. Había perdido mucha clientela por ese motivo. Siempre estaba perdiendo clientas; era un milagro que le quedaran. Es que siempre estaban apareciendo nuevas. Su velocidad sobrenatural las atraía, como la luz de una vela a las polillas.

En el verano, me despertaban los pájaros. Teníamos un solo dormitorio para toda la familia, en la parte delantera de la casa, a la calle. Mi camita estaba bajo la ventana. Mis padres, gente de campo, tenían el hábito de dormir con la ventana cerrada; pero yo había leído en el *Billiken* que era más sano tenerla abierta de noche, así que cuando todos dormían me ponía de pie en la cama y la abría, un centímetro apenas, sin hacer el menor ruido. El griterío de los pajaritos en los árboles de enfrente me caía encima antes que a nadie. Era el primero en despertarme, sobresaltado por ese polvillo de puntos agudos, así como había sido el último en dormirme al cabo de una interminable sesión de horrores mentales. Pero siempre sucedía que mi mamá se había dormido después que yo, y se había despertado antes. Me enteraba indirectamente, por algún comentario, y además sabía que ella se quedaba levantada hasta después de la medianoche, tejiendo, cosiendo, escuchando la radio, tocando el piano —curiosa ocupación esta última, pero ella había sido concertista de pueblo, de día no tenía tiempo ni ganas de practicar, y a mí no me despertaba. Cuando me despertaban los pájaros a la mañana ella ya trajinaba desde hacía rato. No sé cómo podía ser, porque sin negar una realidad, yo seguía creyendo en la otra: yo velaba mientras ella dormía, inclusive la veía dormir (creo verla todavía), dormir profundamente, abandonada al sueño, que la embellecía. Su vigilia se traspapelaba en el sueño. ¿No sería sonámbula? Apuntaba en ese sentido el hábito tan curioso de tocar el piano (Clementi, Mozart, Chopin, Beethoven, y una transcripción de *Lucia di Lammermoor*) en lo profundo de la noche. Eso nunca lo oí, ella debía de asegurarse de que yo estuviera bien dormido, pero hasta hoy puedo evocar la sensación so-brenaturalmente sedante de esa música nocturna, cada nota desatando todos los nudos de mi vida. De ahí debe de datar mi pasión torturada por la música, por la música que no entiendo, la más extraña, absurda, vanguardista –ninguna me parece lo bastante avanzada e incomprensible. De adulto, descubrí que mi madre dormía inmensamente, era una privilegiada, una Reina del Sueño, de las que podrían dormir siempre, toda la vida, si se lo propusieran. Pero entonces, ella tenía la coquetería del insomnio, y cuando por casualidad se refería a la noche era para decir «No pegué un ojo». Como todos los chicos, yo debí de creerle al pie de la letra. Yo también he sido un Rey del Sueño, un verdadero lirón.

En verano me despertaba tempranísimo, con los pájaros, porque amanecía muy temprano, mucho más que ahora. Antes no se cambiaba la hora según las estaciones, y además Pringles estaba muy al sur, donde los días eran más largos. A las cuatro, creo, empezaba el coro de los pájaros. Pero había uno, un pájaro, que era el que me despertaba en esos amaneceres de verano, un pájaro con el canto más bello y extraño que pueda soñarse. Nunca volví a oír algo así. Era un gorjeo atonal, locamente moderno, una melodía de notas al azar, agudas, límpidas, cristalinas. Las hacía tan especiales lo inesperadas que eran, como si existiera una escala, y el pájaro escogiera cuatro o cinco notas de ella en un orden que burlaba por sistema cualquier expectativa. Pero el orden no podía ser inesperado siempre, no hay un método así; el azar mismo debía contribuir a que se cumpliera alguna expectativa, la ley de las probabilidades lo exige. Y sin embargo, no.

En realidad no era un pájaro. Era el camión del señor Siffoni, cuando le daba manija. En aquel entonces a los autos había que darles manija por delante para poner en marcha el motor. Éste era un vehículo viejísimo, un camioncito cuadrado, de lata roja, que no se sabía bien cómo podía seguir funcionando. Después del trino maravilloso, venían las toses patéticas del motor. Me pregunto si no sería eso lo que me despertaba, e imaginaba el canto previo. Suelo tener, todavía hoy, esas ensoñaciones del despertar. Aquello les dio el modelo.

El camioncito rojo se recortaba en los colores limpios y hermosos del amanecer pringlense, el cielo perfecto de azul, el verde de los árboles, el dorado de la tierra de nuestra calle. El verano era la única estación en que Ramón Siffoni trabajaba en cargas. El resto del año descansaba. Tampoco en la temporada trabajaba mucho, según mis padres, que lo criticaban por eso. Ni siquiera se levantaba temprano, decían (pero yo sabía la verdad).

Justo al lado de casa, del otro lado, vivía un camionero de profesión, uno verdadero. Tenía un camión modernísimo, enorme, con acoplado (en ese acoplado justamente habíamos jugado aquel mediodía fatídico Omar y yo), y hacía largos viajes hasta los más lejanos confines de la Argentina. No sólo en verano, esas cargas de ocasión y buen clima de Siffoni en su camión de juguete, sino en serio. Se llamaba Chiquito, era medio pariente nuestro, y a veces cuando yo salía para la escuela en pleno invierno, con el cielo todavía oscuro, él me había dejado un muñeco de nieve en la puerta, señal de que había partido en un largo viaje.

El muñeco de nieve… La bella postal del camioncito rojo en el amanecer celeste y verde… La fiesta de los sentidos. Y todo eso se balanceó de pronto en la desaparición.

Mis padres eran gente realista, enemiga de las fantasías. Todo lo juzgaban por el trabajo, su patrón universal para medir al prójimo. Todo lo demás se inclinaba ante ese criterio, que yo heredé en bloque y sin discusión: siempre he venerado el trabajo por encima de cualquier otra cosa; el trabajo es mi dios y mi juicio universal; pero nunca trabajé, porque nunca tuve necesidad de hacerlo, y mi devoción me eximió de trabajar por mala conciencia o por el qué dirán. En las conversaciones familiares en mi casa era habitual pasar revista a los méritos de vecinos y conocidos. Ramón Siffoni era uno de los que salían mal parados en ese escrutinio. Su esposa no escapaba a la condena porque mis padres, realistas como eran, nunca hacían de las esposas víctimas del ocio de los maridos. Que ella también trabajara, cosa rarísima en nuestro medio, no la eximía, por el contrario la hacía más sospechosa. Esa costurera delgada, pequeña, con rasgos de pájaro, neurótica en grado sumo, de la que era imposible adivinar los horarios de costura ya que siempre estaba en la puerta comadreando, ¿qué hacía en realidad? Misterio. El misterio era parte del juicio, porque mis padres, por realistas, no podían ignorar que las recompensas del trabajo eran caprichosas, con demasiada frecuencia, inmerecidas. La divinidad enigmática del trabajo se encarnaba, en una suspensión negativa del juicio, en Delia Siffoni. Mi mamá podía reconocer las prendas hechas por ella en cualquier mujer del pueblo (es cierto que las conocía a todas), perfectas, prolijas hasta la locura, sobre todo los sábados a la noche en la «vuelta al perro», y después se lo comentaba a Delia; a mí me parecía un poco hipócrita, pero no entendía bien sus mecanismos. Con todo, las epifanías y la hipocresía son parte del tratamiento divino.

En aquel preciso momento de su vida profesional, y de su vida a secas, Delia había caído en una especie de trampa hecha a su medida. Silvia Balero, la profesora de dibujo, pretendida mosca muerta y candidata a solterona, se casaba de apuro. En nombre de las apariencias, lo haría por la iglesia, de blanco. Y el encargo del vestido de novia se lo llevó a Delia. Como era artista, la Balero hizo ella misma el diseño, atrevido, nunca visto, y trajo de Bahía Blanca, adonde viajaba con frecuencia en su autito, los quintales de tules y plumetí, todo de nylon, que era la última novedad. Trajo hasta el hilo para coserlo, también sintético, trencilla de banlon perlado. Sus dibujos contemplaban hasta el menor detalle, y además se hizo el deber de estar presente en el corte y los hilvanes preliminares: ya se sabía que a la costurera había que vigilarla de cerca. Ahora bien, Delia era especialmente mojigata, más que el común. Era casi malévola en ese sentido; durante años había estado atenta a cada irregularidad moral en el pueblo. Y cuando las conocidas, con las que departía el día entero, empezaron a hacerle preguntas (porque del caso Balero se hablaba con fruición) se sintió molesta y empezó a hacer amenazas, por ejemplo, de no coser ese vestido, el traje hipócrita de la ignominia blanca... ¡Pero sí que iba a coserlo! Un pedido así se daba una vez por año, o menos. Y con el inútil de marido que tenía, según el consenso del barrio, no estaba para moralismos. La situación estaba cortada a medida para ella, porque una velocidad se superponía a la otra. Ya dije que cuando ella ponía manos a la obra las pruebas se superponían a la puntada final... Un embarazo tenía plazo y velocidad fijas, es decir, una lentitud; pero aquí no se trataba del ajuar de un bebé; en el caso de Silvia Balero había un anacronismo de precisión, al que en la vida de pueblo se le hacía mucho caso. La ceremonia, el vestido blanco, el marido... Todo debía realizarse de pronto, en un instante, en un abrir y cerrar de ojos, y sólo así funcionaba. En realidad no funcionaba, porque ya todos los detentadores de opinión que a Silvia podían importarle estaban sobre aviso. Es como para ponerse a pensar por qué se tomaba tanto trabajo. Probablemente porque estaba obligada. Era una chica cuyos veinte años habían pasado, sin novio, sin casamiento. Una profesional, a su modo. Había estudiado dibujo, o algo así, en una academia de Bahía Blanca; daba clases en el colegio de monjas (su empleo estaba en peligro), en el Colegio Nacional y a alumnos privados, organizaba exposiciones, todo eso. No sólo era profesora de dibujo diplomada, sino una amiga de las artes, casi una vanguardista. Es cierto que había llegado hasta los impresionistas nada más, pero no hay que ser demasiado severos en ese punto. A los pringlenses en aquel entonces había que explicarles el impresionismo, y recomenzar toda la historia, con valentía. A ella no le faltaba valor, aunque quizás sólo fuera su inconsciencia de tonta. Y era linda, inclusive muy linda, una rubia alta con maravillosos ojos verdes, pero a las solteronas siempre les pasaba eso: ser lindas sin ningún efecto. Haberlo sido, en vano.

El verdadero problema no era ella, sino el marido. ¿Quién sería? Misterio. Para casarse se necesitan dos. Ella se casaba, por amor según decía (o le hacían decir en los relatos: todo era muy indirecto), no por necesidad... Muy bien, era mentira, pero muy bien. Al menos era coherente. Salvo que, ¿con quién? Porque el sujeto, el responsable, era casado, y tenía tres hijas. Histéricas de las que se tomaban sus fantaseos nupciales por realidad era lo que sobraba entre las solteronas de Pringles. Representaban casi una magia. Y de la Balero bien podía esperarse algo así, aunque nadie se lo hubiera esperado antes. Todo esto eran suposiciones, comentarios, chismes, pero convenía prestarles atención porque por regla general eran ciertos como la verdad.

Loca ya, a Delia Siffoni la desaparición de su único hijo la volvió loca. Entró en un frenesí. Espectáculo prodigioso, postal perenne, cine trascendental, escena de las escenas: ver a una loca volverse loca. Es como ver a Dios. La historia de estas últimas décadas ha hecho más y más rara esa ocasión. Aunque fui testigo, no me atrevería a intentar una descripción. Me remito al juicio del barrio; en él, la última palabra la tenían los miembros del mismo sexo que el enjuiciado. Los hombres se hacían cargo de los hombres, las mujeres de las mujeres. Mi mamá era entusiasta partidaria de la desesperación, tratándose de los hijos. Según ella, no quedaba otra cosa: aullar, perder la cabeza, hacer escenas. Nunca tuvo que hacerlas, por suerte: tenía sangre alemana, era en extremo discreta y reservada, no sé cómo se las habría arreglado. Cualquier otra cosa equivalía a ser «tranquila», lo que en su idioma alusivo, pero muy preciso, significaba no amar a su prole. Más allá de la desesperación no veía nada. Después sí vio, vio demasiado, cuando nuestra felicidad se hizo pedazos; pero en aquel entonces era muy estricta: la escena, el telón del grito, y atrás nada. En realidad, ni a ella ni a ninguna de sus conocidas les había sido necesario nunca volverse locas de angustia; la vida era muy poco novelesca entonces… La locura de una madre sólo podía desencadenarla, hipotéticamente, algún accidente horrendo que les pasara a los hijos. A nosotros los chicos, libres y salvajes, nos pasaba de todo, pero no lo definitivamente horrendo. No nos perdíamos, no desaparecíamos… ¿Cómo perderse en un pueblito en el que todos se conocían, y casi todos estaban más o menos emparentados? Extraviar un hijo sólo podía pasar en laberintos que no existían entre nosotros. Aun así, aun siendo un temor nada más, el accidente existía: una fuerza invisible lo arrastraba hacia la realidad, y seguía arrastrándolo aun allí, dándole las formas más caprichosas, reordenando todo el tiempo sus detalles y circunstancias, creándolo, aniquilándolo, con toda la potencia inaudita de la ficción. En eso consistía, y debe de seguir consistiendo, la felicidad de Pringles.

No puede extrañar entonces que, en el trance aquel, Delia se haya visto ante el abismo, ante los campos magnéticos del abismo, y se haya precipitado. ¿Qué otra cosa podía hacer?

El abismo que se abrió ante Delia Siffoni tenía (y sigue teniendo) un nombre: la Patagonia. Cuando les digo a los franceses que yo vengo de ahí (mintiendo apenas) abren la boca, me admiran, casi incrédulos. Hay mucha gente en todo el mundo que sueña con viajar alguna vez a la Patagonia, ese extremo del planeta, desierto bellísimo e incomunicable, en el que podrían pasar todas las aventuras. Todos están más o menos resignados a no llegar nunca tan lejos, y en eso debo darles la razón. ¿Qué irían a hacer allá? Y además, ¿cómo llegar? Se interponen todos los mares y ciudades, todo el tiempo, todas las aventuras. Es cierto que hoy las compañías de turismo simplifican mucho los viajes, pero por alguna razón sigo pensando que ir a la Patagonia no es tan fácil. Lo veo como algo distinto de cualquier otro viaje. Mi vida fue llevada a la Patagonia de un soplo, en un momento, aquel día de mi infancia, y se quedó allí. Creo que viajar no vale la pena si uno no lleva consigo su vida. Es algo que estoy confirmando a mis expensas durante estos días melancólicos en París. Es paradójico, pero un viaje se soporta sólo si es insignificante, si no cuenta, si no deja huella. Uno viaja, se va al otro lado del mundo, pero deja su vida en casa, guardada y lista para recuperarla a la vuelta. Salvo que cuando uno está lejos se pregunta si por casualidad no habrá traído su vida consigo, sin querer, y allá no habrá quedado nada. Basta con la duda para crear un miedo atroz, insoportable, sobre todo porque es un miedo a nada, una melancolía.

Siempre se usa una razón para precipitarse. Para eso sirven las razones. La que usó Delia no sólo era correcta en sí: también se adecuaba a lo que había pasado, en líneas generales, haciendo a un lado algún detalle. Ese mediodía, justo cuando estábamos jugando en la calle, el Chiquito había partido en su camión con rumbo a Comodoro Rivadavia, a cargar no sé qué, seguramente lana. Mi tía Alicia, que le daba pensión en su casa, lo había visto partir, después de un almuerzo temprano preparado para él solo. En efecto, había montado al camión ya listo para la travesía, el tanque lleno (se había ocupado de eso a la mañana), lo puso en marcha y partió rápido... ¿Qué más natural que un chico que estuviera jugando en la caja vacía quedara aprisionado del movimiento, no atinara a hacerse oír, y fuera llevado sin querer, quién sabe hasta dónde, en un rapto perfectamente involuntario? No era probable que el camionero se detuviera hasta la noche, ya pasado el Río Negro, en plena Patagonia. El Chiquito era de una resistencia formidable, un toro, y en este caso inclusive había hecho algún comentario (si no lo había hecho, Alicia bien podía inventarlo), en el sentido de la urgencia con que lo esperaban para esa carga, la conveniencia de salir después de un buen almuerzo para hacer un trecho larguísimo todo de una vez, etcétera.

Ya habían pasado varias horas, y el barrio entero estaba en ascuas por el caso del niño perdido. El señor Siffoni había tomado cartas en el asunto, aunque más no fuera para disminuir la histeria de su esposa. Pero justo cuando estaba ausente hizo crisis la suposición, nada descabellada, de la partida forzada en la caja del camión o el acoplado. Fue algo casi demasiado obvio. Las vecinas fueron un poco culpables de presentárselo así a Delia. Hicieron entonces algo absolutamente insólito: llamar un taxi, para no perder un solo minuto más y dar caza al camión. En Pringles había dos taxis, que se usaban sólo para ir a la estación del Ferrocarril Roca. Uno de ellos, el de Zaralegui, acudió llamado por teléfono. No debió de entender bien de qué se trataba, de otro modo no habría agarrado viaje. Era absurdo porque su viejo Chrysler de los años treinta no podría alcanzar nunca la velocidad crucero de un camión un cuarto de siglo más moderno. Pero no les pareció extraño que el perseguidor fuera más lento que el perseguido. Por el contrario, les parecía que según la lógica del largo plazo tenía que alcanzarlo, ¿qué otra cosa podía pasar?

En el apuro de la partida, Delia, que estaba como loca, le dio un zarpazo al vestido de novia en el que estaba trabajando y a su costurero, porque se le ocurrió que podía seguir trabajando durante el viaje, ya que la labor comportaba tanta urgencia. Ahora, si tal era el caso, si el trabajo urgía, pudieron preguntarse las vecinas, ¿por qué no trabajaba, en lugar de pasarse el día en la calle, manteniéndose al tanto de todo lo que sucedía? No estaba en sus cabales en ese momento crítico; un enorme vestido de novia, con su superposición de blancuras vaporosas y su volumen que superaba al de Delia, tan escaso, era lo más incómodo que podía haber escogido para llevar. (Quiero dejar anotada aquí una idea que más adelante puede ser útil: el único maniquí adecuado que se me ocurre para el vestido de novia es un muñeco de nieve.) Además, coser un vestido de novia en el asiento trasero de un taxi, bamboleándose por esos caminos de tierra que iban hacia el sur... Adónde iría a parar su famosa prolijidad.

Y allí partió, como loca... Las vecinas la vieron irse y se quedaron donde estaban, haciendo comentarios y esperando que volviera. Tan irracional era la situación que realmente pensaban que estaría de vuelta en cualquier momento. Es que ni siquiera había cerrado la casa, ni siquiera le había avisado al marido... Eso justificaba que las vecinas se quedaran en corrillo en la vereda, esperando a Ramón Siffoni para decirle que su mujer había partido, desesperada, loca (como una buena madre), y todavía no regresaba...

Todo esto puede parecer muy surrealista, pero yo no tengo la culpa. Me doy cuenta de que parece una acumulación de elementos disparatados, según el método surrealista, de modo de obtener una escena que lo tuviera todo de la perfecta invención, sin el trabajo de inventarla. Esos elementos, Breton y sus amigos los traían de cualquier parte, de lo más lejano, de hecho los preferían tan lejanos como fuera posible, para que la sorpresa fuera mayor, el efecto más efectivo. Es interesante observar que en su busca de lo lejano hayan ido, por ejemplo en los «cadáveres exquisitos», apenas hasta lo más cercano: el colega, el amigo, la esposa. Por mi parte, no voy ni cerca ni lejos, porque no busco nada. Es como si todo hubiera sucedido ya. En realidad sucedió; pero a la vez es como si no hubiera sucedido, como si estuviera sucediendo ahora. Es decir, como si no sucediera nada.

Durante el viaje en taxi Delia no cosió una puntada, ni abrió la boca. Iba tiesa en el asiento trasero, con la vista fija en el camino, esperando el camión, contra toda esperanza. El silencio de Zaralegui, que tampoco habló, tenía otra densidad, porque ésa fue la última tarde de su vida. Podría haber dicho sus últimas palabras, pero se las guardó para él. Iba concentrado en la conducción, que si no exigía demasiada atención por la cantidad de vehículos que circulaban (ninguno) sí lo hacía por lo poceado del camino. Era un buen profesional. Debía de estar intrigado, o al menos confuso, por lo que estaba pasando. Nunca antes lo habían tomado para un trayecto tan inexplicable, y debía de estar preguntándose hasta dónde, hasta cuándo. No se lo preguntaría mucho tiempo más, el pobre, porque muy pronto iba a morir.

Sucedió que, muchas horas de marcha después, de pronto un camión enorme se precipitó contra ellos, contra Zaralegui al volante, bien de frente. Salvo que no de frente para el camión, sino de atrás. O sea que fueron ellos los que se precipitaron contra el camión, y a toda velocidad, a esa velocidad multiplicada que sólo sucede cuando dos vehículos vienen muy rápido y chocan. Quién sabe cómo pudo ser, si los dos iban en el mismo sentido. Quizás el camión aminoró un poco la velocidad, muy poco, y eso ya equivalía a una fantástica aceleración en contra para el que venía atrás. (Para explicarme este episodio, como tantos otros, estoy presuponiendo, con poco realismo, grandes velocidades.) Lo cierto es que el Chrysler se incrustó de la manera más salvaje contra la parte trasera del acoplado del camión, y quedó deshecho, reducido a un cascarón de lata retorcida. No sólo eso: quedó pegado, como un meteorito que hubiera hecho impacto en un planeta. Y siguió viaje allí, colgado. El camionero, treinta metros adelante, no lo advirtió siquiera. Aquellos camiones eran realmente como planetas. El que los conducía no podía saber jamás lo que pasaba en sus extremos inabarcables. Sobre todo cuando llevaba un acoplado, que era otro planeta a la rastra. Zaralegui murió en el acto, no tuvo tiempo de pensar nada. A Delia, que iba atrás ocupada en pegar una valenciana con sus puntadas minúsculas, no le pasó nada. Pero el choque, el salto, la adhesión al planeta, y sobre todo el brinco hacia atrás que dio Zaralegui, ya muerto, que vino a quedar en sus brazos, en el pimpollo de tules, como un bebé, le produjeron un shock de proporciones. Perdió el conocimiento, y siguió viaje dormida, sin ver el paisaje. Más que sueño fue un coma histérico, del que salió distinta, loca por tercera vez. Ni se enteró, pero el camionero estacionó al borde del camino y durmió toda la noche en la cucheta, en el pequeño departamento que tenían aquellos camiones detrás de la cabina; prosiguió la marcha al amanecer, y no se detuvo en todo el día siguiente.

Cuando Delia se despertó, el sol se ponía sobre la provincia de Santa Cruz.

La Patagonia… El confín del mundo… Sí, de acuerdo; pero el confín del mundo sigue siendo el mundo. Todo el cielo rosa como el pétalo de una flor titánica, la tierra azul, un disco inmóvil sin otro límite que la línea… Eso era el mundo entonces. Eso era todo el mundo, ese lugar al que Delia había sido llevada por accidente, por la fuerza loca de los hechos, y del que parecía totalmente impensable que fuera a salir alguna vez. Primero se sintió como una niña en una calesita, montada en el lomo de un escarabajo de cristal negro. Hasta le parecía oír la música, y la oía realmente, sólo que era el silbido del viento.

Después, de pronto, la horrible circunstancia de la que era víctima y protagonista se le hizo presente. Soltó un grito y agitó los brazos espantada, con lo que el cadáver de Zaralegui abandonó su regazo y salió volando. Un bache debió de haber contribuido, porque ella no tenía tanta fuerza.

Y además del bache, con toda seguridad, el torbellino del viento. El camión en plena marcha desplazaba una masa de aire del volumen y peso de una montaña. Las montañas que no había en esa meseta infinita las creaba el aire. Pero también había viento, y no poco: la Patagonia es la tierra del viento. En realidad había varios, que se disputaban el polvo que levantaba el camión, y combatían fieramente con el viento propio del vehículo, la envoltura de su velocidad. A ese paquete lo desplegaban mil veces por segundo, con un ruido de papeles de aire, deshacían los moños de gravedad, desgarraban, en el apuro, como niños apremiados por ver los juguetes, sus pliegos acartonados y fluidos a la vez.

Zaralegui dio dos vueltas carnero a cuatro metros de alto; con la columna rota como la tenía, sus piruetas no habría podido imitarlas ningún acróbata del mundo. Después salió volando hacia un costado. Como los brazos se movían, agitados por la misma fuerza que lo transportaba, parecía vivo. ¡Qué espectáculo! Pero la conjunción de bache y torbellino debió de ser toda una mecánica de lanzamiento, porque Zaralegui no fue el único en salir volando: le siguieron el vestido, Delia, y la carcasa del auto, en ese orden. Cuando el vestido abrió su enorme ala blanca, la cola, y se elevó, a una velocidad supersónica, hacia el costado, Delia se sintió despojada. Era su trabajo el que se iba, y ella quedaba fuera del juego, sin función. Pensó que no lo recuperaría nunca. Ahora bien, cuando fue ella misma la que levantó vuelo, todos sus sentimientos se contrajeron en el terror. Era la primera vez que volaba.

La tierra se alejó, el camión también (lo último que vio de él fue la pared trasera de la caja, de la que se desprendía el capullo negro que había sido el Chrysler para echarse a volar a su vez), el cielo se acercó vertiginosamente. Cerró los ojos y al cabo de un instante los volvió a abrir.

El sol, que ya se había puesto en la superficie, se le apareció otra vez allá en el fondo del mundo; era la primera vez que volvía a ver el sol después de que se hubiera puesto. Era rojo como una pelota de hule rojo mojada de aceite luminoso. Y estaba en un lugar extraño: aunque visible, seguía bajo la línea del horizonte, en un nicho. Era el sol de la noche, que nadie había visto nunca.

Y no es que Delia se demorara en la contemplación. Ni siquiera podría decirse que lo haya mirado. Ni siquiera pensaba, lo que siempre es previo a mirar. Volar era una ocupación absorbente para ella. Tanto, tan absorbente de vida, que se le hizo una convicción absoluta que no sobreviviría. ¿Y cómo iba a sobrevivir? Los giros contradictorios del viento la habían llevado, en dos o tres volteretas, a más de cien metros de altura. El círculo del horizonte cambiaba de posición como si el compás hubiera caído en manos de un loco. Los vientos parecían gritar, excitadísimos: «Tomala vos», «Damela a mí», entre carcajadas escalofriantes. Y Delia saltaba de aquí para allá, vibrando, vibrando, como un corazón en los altos y bajos de un amor, o en el vacío.

«Son mis últimos segundos», se gritaba a sí misma sin mover los labios. Los últimos segundos de su vida, y después no habría más que la negra noche de la muerte... Su angustia era indecible. Hablar de segundos era una retórica, pero también, una gran verdad. Esos vientos locos parecían tener cuerda suficiente para hacer de los segundos minutos, y hasta horas, y no estaba fuera de lugar decir días, si se les antojaba. Pero aun así serían segundos, porque la angustia comprime el tiempo, cualquier lapso de tiempo, a la dimensión dolorosa de los segundos.

Debería aprovechar al menos esta experiencia, ya que no habría otra que la siga, pudo haberse dicho.

Pero eso era de todo punto de vista imposible. Gozar es imposible cuando todo es imposible; además, no había punto de vista alguno: no lo tenía el espectáculo que estaba dando, sin nadie que lo viera. Daba tantas vueltas, a una velocidad que superaba la del sonido, allí en las alturas límpidas del crepúsculo, que ya no tenía posiciones relativas. Era un collage, una figura recortada y movida por un artista caprichoso, filmada en cámara rápida, sobre el fondo más rosa y liso del mundo, o del cielo, iluminada por un reflector rojo. La experiencia inmediatamente anterior a la muerte no se disfruta, nunca. Ahora bien, como la muerte es lo inesperado por excelencia, de ninguna experiencia puede decirse que sea la última. Siempre está la posibilidad de que sea la anteúltima. Ése fue un error de Delia (¡sus últimos segundos!), el primero de una serie inusitada que la llevaría muy lejos.

Hay cosas que parecen eternas, y sin embargo pasan. La muerte misma lo hace. Delia había perdido de vista la tierra hacía rato, ya no sabía si estaba al derecho o al revés, si caía o se elevaba, si seguía la vertical o se iba de costado... ¿Qué importancia tenía, a esa altura? Siempre había un viento nuevo para tomarla en sus manos y jugar al yoyó con ella. ¿De dónde salían, los vientos? Parecía haber un agujero en el cielo, de donde salía el chorro. Ese agujero era invisible. Pero, como digo, de pronto había pasado. Delia se encontraba de vuelta en la tierra, y caminando. No sabía realmente cómo podía ser. Estaba caminando sobre sus dos piernas, en la tierra llana, despojada. No se veía un árbol, una altura, nada. Se olvidó de inmediato del peligro de muerte que había corrido.

Delia adoraba hacer el papel de la fatalista a ultranza, la dama de la muerte, cada tarde dispuesta a pasarse la noche en un velorio; su conversación estaba llena de cáncer, ceguera, parálisis, coma, infarto, viudas, huérfanos. Había encarnado con tanto entusiasmo ese personaje que ya era ella, era su temática, su posición. Era una preferencia electiva, porque la vida segura y protegida que llevaba, el capullo de la clase media pueblerina, la ponía al margen de cualquier prueba seria en la que estuviera en juego su supervivencia. El deseo de vivir quedaba exento de cualquier comprobación. Eso también formaba parte de su ser definitivo. Mientras volaba, sin tiempo para pensar o reaccionar (que es lo mismo), se había aferrado a su retórica personal. Ahora que estaba caminando sana y salva el tiempo se abría bajo sus pasos; sus piernas eran la tijera que recortaba el pimpollo traslúcido del tiempo, y seguía abriéndolo y desplegándolo. Con lo que se vio ante la perentoria necesidad de dar curso a ciertas ideas sobre la realidad y renunciar momentáneamente a ese «qué me importa, total ya estoy muerta» que constituía su elegancia.

No sabía dónde estaba, ni adónde se dirigía. Ni siquiera qué hora era. Para empezar, ¿cómo era posible que siguiera siendo de día? Era de noche, eso lo sentían su cuerpo y su mente. Y aun así, era de día. ¿En qué astronomías locas había caído?

¿Esto es la Patagonia, entonces?, se decía perpleja. Si esto es la Patagonia, ¿yo qué soy?

A todo esto, cuando Ramón Siffoni volvió en su camioncito al barrio, ya casi de noche, lo estaba esperando un comité de angustia.

—¡El Omar no se había perdido...! —empezó, pero allí mismo se detuvo, porque sintió que no estaba diciéndoselo a nadie. Era un hombre nervioso y malhumorado, de pocas pulgas, exigente e insatisfecho. Entonces preguntó—: ¿Dónde está mi señora?

Era lo que sus vecinas estaban esperando.

—Se fue en taxi a la Patagonia.

Si le hubieran hecho un agujero en la nuca con un taladro no lo habrían sacudido más.

Le dieron la explicación, pero quién sabe si algo le atravesó la costra de rabia. Algo seguramente sí, porque volvió a montar su catramina roja y salió acelerando con ruido de latas sueltas, él también con rumbo al sur, adonde ese día todos parecían dirigirse.

Lo que no vio fue que desde la esquina donde había estado estacionado, un autito celeste individual, de esos que había que desarmar por arriba para que entrara el conductor, comenzaba a seguirlo. Esto era sumamente inusual, quizás la primera vez, y la última, que sucedió en Pringles.

Y sin embargo, pasó desapercibido. Las vecinas estaban encandiladas con el gesto abrupto, a su modo romántico, del marido enojado. Y Ramón Siffoni... qué lo iba a notar él, en el estado en que se encontraba. Corría, se lanzaba, a impedir que su esposa cometiera el error más grande de su vida. Y si su viejo camioncito rojo no era tan veloz como hubiera debido ser, no le importaba, porque lo que quería en ese momento era tener un cohete interplanetario.

Iba, como puede comprobarlo cualquiera que mire un mapa, en dirección sudoeste. Es decir en las dos direcciones en que el día se alarga, en el verano argentino. Y como estaba fuera de sí, él era el sudoeste. Eso funcionaba. El día comenzó a alargarse como una serpiente, y el camioncito rojo, que en las inmensidades en las que empezaba a resbalar se hacía realmente pequeño, era la cabeza hambrienta y llameante de la serpiente, con la lengua asomando: la lengua era la manija en dos ángulos rectos que en el apuro Ramón había olvidado sacar.

Pero no iba solo. Un kilómetro o dos atrás, la vista de la dama al volante fija en la estela de polvo del camión, corría un autito celeste, uno de los más pequeños que se hayan construido nunca, y de los más livianos. Que fuera liviano como un bostezo no importaba tanto, o no importaba nada, frente a la importancia en el misterio que tenía ese autito. Ahí, lo era todo. Ese autito era el misterio, y era más que eso: era el misterio en marcha. Esos vehículos, hechos para movilizarse en las ciudades, en distancias breves, fueron una excentricidad de los años cincuenta y sesenta, después se los olvidó. Nosotros los llamábamos «ratones». Cabía una sola persona, no muy corpulenta, y bien plegada. A nadie se le ocurría viajar en un auto de ésos. Y sin embargo éste, celeste, que era un espécimen del modelo más minúsculo, se había lanzado en la persecución más larga y peligrosa, casi como una réplica en miniatura de otra cosa, un juguete metiéndose en el mundo adulto. Alrededor de él la Patagonia gigante y desierta comenzaba a abrir su bocaza. Pero no se amedrentaba. Avanzaba, corría, casi como si supiera adónde iba, o como si fuera a alguna parte. O como si no fuera a ninguna parte. Era el autito-imán, la burbuja de la soda del viento, el punto azul del cielo, el misterio en todas sus dimensiones. El misterio no ocupa lugar, dice el proverbio. De acuerdo, pero lo atraviesa.

Muy bien. Ya están en el escenario todos los protagonistas de la aventura. A ver si puedo hacer una lista ordenada:
1) el gran camión con acoplado, el planeta doble, del Chiquito, abriendo la marcha.
2) la carcasa del Chrysler de Zaralegui, a esta altura más parecida que nada a una bañadera china de laca negra.
3) el cadáver de Zaralegui.
4) Delia Siffoni, perdida, caminando al azar.
5) el vestido de novia de Silvia Balero, llevado por el viento.
6) Ramón Siffoni en su camioncito rojo (un día antes).
7) y cerrando la comitiva, el misterioso autito celeste.
Por supuesto, no es tan fácil. Hay otros personajes, que ya irán apareciendo... O mejor dicho, no. No es que haya otros personajes (éstos son todos) sino que las revelaciones terminaron haciéndolos otros, dando lugar a encuentros que Delia Siffoni no habría sospechado nunca, ni ella ni ninguna de las Delias Siffonis del mundo, con todas las cuales estaba iniciando, allí en la Patagonia, una danza de transposiciones.

Hay borrachos que a partir de cierto momento en sus veladas hacen toda clase de mezclas; toman de todo, un vaso de cada alcohol que tengan a mano, al azar. Nosotros sabemos qué imprudente es esta política, pero ellos se ríen, y siguen adelante; hay que reconocerles un asombroso vigor físico, una resistencia sobrehumana, que quizás tienen originalmente, y con seguridad desarrollan más con este hábito, en la paradoja de la autodestrucción, que por otro lado nunca es tan inmediata. Mezclan todo, y no se preocupan... Total, todo contribuye al mismo efecto, que es la ebriedad, su ebriedad personal, que es una, única. Y si él también es uno, se dice el bebedor, qué le importa cuántos sean los elementos que contribuyen a llevarlo a ese nivel sublime de unidad...

¡Feliz borracho! Si ha llegado a eso, ha llegado a todo, no tiene por qué preocuparse más, porque la idea en que se basa todo su razonamiento es cierta, y no hay más que decir (aunque sea dañino para la salud). Es cierto que él es uno, y es cierto que se trata de un proceso de simplificación: todo va hacia una especie de nada feliz, y nada se pierde en el camino. «Simplifica, hijo, simplifica.» Por algún motivo, yo no puedo hacerlo. Quiero, pero no puedo. Es más fuerte que yo. Es como si fuera abstemio. Aquí en París bebo más de la cuenta.

Como no soy buen bebedor, el efecto es inmediato y exagerado. Es el efecto, a secas. El efecto es andar ebrio, sonriendo bobamente por todos estos lugares prestigiosos, acumulando experiencias, recuerdos, para cuando no tenga otra cosa en qué apoyarme. Es un lugar común decir que una gran ciudad ofrece una sucesión continua de impresiones diferentes, todas en un magma de intensidad variable. Es cierto. Pero ¿no debería ser cierto también para los otros, no sólo para uno mismo? Veo pasar a la gente, desde las terrazas de los cafés donde escribo, y todos sin excepción lucen compactos, cerrados en sí mismos, haciendo muy evidente que el efecto de la ciudad no ha actuado sobre ellos.

Pero ¿qué pretendo? No lo sé. ¿Gente desarmada por sus propias visiones, como las mujeres de Picasso, cojos amedusados, devas de mil brazos, gente-agujero, gente fluida?

Quizás lo que espero ver, al cabo de un razonamiento que se sostiene a sí mismo, es gente que, como yo, no tenga vida. En eso estoy condenado al fracaso. Es curioso, pero todos tienen vida, hasta los turistas, que según mis razones no deberían tenerla. Nadie la deja en ninguna parte, todas las vidas parecen ser portátiles. Lo son naturalmente, como algo que va de sí. Tener una vida equivale (para ponerse prácticos y dejarse de metafísicas) a tener negocios, asuntos, intereses. ¿Y cómo va a despojarse uno de todo eso? Muy bien. ¿Y cómo lo hice yo entonces?

No sé.

Me he asomado a todas las bellezas, a todos los peligros.

Y la suma no se sumó, ni la resta se restó, ni la multiplicación se multiplicó, ni la división se dividió.

Supongamos un hombre que por causa de una perturbación mental (lo supongo porque ayer lo vi) no pudiera caminar, avanzar, moverse siquiera, sin el acompañamiento o empuje de una música muy sonora, que él mismo se viera obligado a proferir a voz en cuello. Un sujeto incómodo para el prójimo, evidentemente, pero quizás no tanto, al menos para los que no lo vieran muy seguido, que podrían pensar, con toda razón, que el pobre infeliz no lo hace por gusto. Es curioso, pero podría apostar a que quienes tienen que soportarlo todos los días sí tendrían derecho a pensar que lo hace por gusto, y con seguridad lo piensan. Porque bien podría elegir la inmovilidad y quedarse callado.

No se mueve en el silencio, sino en el canto. Es casi como la ópera: el canto se hace gesto, y destino, y argumentación (incoherente, loca), y la gente que lo rodea también se hace destino y fatalidad. Avanza cargado de signos, llevando el carro de su ritmo, que en realidad él es el único en percibir. Se abre camino abriendo su vida con la torpeza demente con que un furioso rompe el envoltorio de un regalo. Salvo que él no encuentra el regalo y sigue abriendo siempre, cantando siempre. El melodrama perpetuo. Ahí está lo que pueden preguntarse sus allegados: ¿por qué insiste? En realidad lo que se preguntan es qué está antes: ¿el movimiento o el canto? ¿Canta para caminar, o camina para cantar? Pues bien, no hay respuesta, como no la hay para el enigma de la ópera. Porque no hay anterior o posterior, no hay sucesión, sino una especie de simultaneidad sucesiva.

Dentro de esa lógica extraña caminaba Delia Siffoni por la Patagonia aquella tarde funesta. Pero ella no lo hacía con la inconsciencia del loco. La pobre había caído en la trampa de un melodrama del que era apenas un personaje más. Justo ella, que siempre estaba hablando de desgracias. Sus palinodias fatalistas ya no la habrían ayudado, porque la fatalidad no dependía de ella. Estaba en una combinatoria, pero estaba sola. No había tercera persona. No había relato. ¿Cómo pudo pasarme esto?, se decía. ¿Cómo pude venir a parar sin darme cuenta a este páramo? Quería decir: justamente a mí, ¿por qué tuvo que pasarme a mí y no a otra? Pertenecía a un tipo común; sin ponerse a pensarlo nunca en detalle, se había considerado una señora como todas las demás, a la que no tenía por qué pasarle algo que no les pasara a todas las demás. Es como si esas cosas le pasaran a otra, a una otra absoluta, es decir, como si no le pasaran a ninguna. Y sin embargo... Su cerebro un tanto afiebrado en ese momento pasaba revista inopinadamente a toda clase de excepciones. ¡Conocía a tantas mujeres víctimas de lamentables destinos, algunos casi increíbles de tan encarnizados! Tantas mujeres que habrían podido decir «¿por qué a mí?»... y la pregunta quedaba sin respuesta... Tantas, que de pronto parecía que eran todas. En ese sentido, ella, a la que nunca le pasaba nada, era parte de una pequeña minoría de señoras-tipo, tan pequeña que casi era unipersonal. Las señoras inconcebibles que estaban en libertad de narrarlo todo, de ocuparse de todos los destinos. Y si ella era la excepción, la única, si el mundo se daba vuelta en ese sentido, entonces era lógico que le pasara lo excepcional y único. A ella justamente. Quizás le parecía que eran tantas porque se dedicaba a eso, a los comentarios jugosos, uno tras otro, a exprimirlos hasta la última gota. Era la gran desocupada, la mujer chisme. Por ejemplo, le venía a la cabeza, quién sabe por qué, con una claridad casi excesiva, de microscopio, el caso de una joven que había sido uno de sus temas favoritos del pasado reciente, hasta ser desplazado por el candente *affaire* de la Balero: la chica se llamaba Cati Prieto; casada hacía un par de años, y madre de un bebé: el marido, con la excusa, justificada o no, eso no se sabía, de un trabajo en Suárez, la había literalmente abandonado, venía los domingos a la mañana, se iba a la noche, no se quedaba siquiera a dormir. Tenía otra en Suárez, eso era de cajón. Y cuando se presentaba, el maldito, sin advertir casi la presencia de su hijo, ella se pasaba las horas haciéndole notar los progresos del nene, la sonrisa, la manito, los gorjeos, mirá, viste, oíste... y él fumando todo el tiempo, detrás de su máscara de hielo, su indiferencia. Y ella insistía, pobre infeliz... papá, pa... pá... Para las comentaristas del caso, como Delia, era relativamente simple porque todo iba a parar a la bolsa de lo ignorado, como cuando se dice «cada familia es un mundo», y un mundo entero nadie puede pretender conocerlo. Pero quizás... Esto se le ocurría a Delia ahora, frente a lo cristalino de su visión... quizás esa joven patética tampoco sabía. Tampoco sabía, para empezar, si su marido la había abandonado o no, si ella era estúpida, si conservaba esperanzas, si él tenía o no otra mujer en Suárez, etcétera. Quizás no sabía nada, y quizás no tenía modo de saberlo; ella era la que menos sabía, como cuando se dice «es la última en enterarse», y ahí estaba el error de las comentaristas: en creer que operaban sobre un mar de ignorancia que era un espejismo, hasta que se les rompían las alas y terminaban chapoteando en aguas reales y turbulentas y saladas. Agua maldita, de la que no apaga la sed.

Patagonia maldita, belleza del diablo. Su angustia y perplejidad crecían a medida que pasaba el tiempo. Como toda ama de casa, de aquella época y de todas, Delia era muy apegada a los horarios, de los que era esclava creyendo ser su ama. Y aquí parecía como si los horarios no existieran, directamente. El día continuaba. En realidad la asustaba un poco. Parecían estar sucediendo raros fenómenos atmosféricos: un telón de nubes se había levantado del horizonte, y en lo alto del cielo tenían lugar desordenados movimientos... Mientras que en la superficie reinaba una calma asombrosa. Eso ya era extraño, amenazante. Y sumada la persistencia de la luz, se hacía escalofriante para la náufraga. No podía creer que le estuviera sucediendo a ella. No podía, y ya casi no lo intentaba; pero de todos modos sentía que había pasado, o estaba pasando, al registro de la creencia, y dejaba atrás el de la realidad lisa y llana, su vida de horarios.

¿Adónde estaré?, se preguntaba.

La creencia tenía un nombre: la Patagonia.

La circunstancia hizo práctica a Delia. ¡Adiós a sus filosofías funerarias, a sus fantasías de ama de casa de negro! De pronto hubo asuntos más urgentes que resolver. El simple hecho de estar viva y no muerta tenía consecuencias insospechadas. ¡Qué simples son las causas, qué complicados los efectos!

Tenía que encontrar alojamiento. Un lugar donde pasar la noche. Porque la noche, que no llegaba, no tardaría en llegar. Y entonces sí que sería el bailar. Mucho más de lo que se imaginaba, aunque era justamente lo que se estaba imaginando: una noche sin luna, sin luz, en la que todo se transformaría en horrores... Eso era lo que estaba más allá de la imaginación: la materia de las transformaciones. Porque no veía nada a su alrededor susceptible de volverse otra cosa, ni un árbol, ni una roca... ¿Las nubes? No concebía que se le pudiera tener miedo a una nube. En cuanto al aire, no era susceptible de tomar formas.

Pero de todos modos, había cosas. No estaba en el éter. La luz mortecina del crepúsculo ultra postrero estaba ahí mostrándole millones de objetos, pastos, cardos, guijarros, terrones, hormigueros, huesos, caparazones de tatús, pájaros muertos, plumas sueltas, hormigas, escarabajos...

Y la gran meseta gris.

Lo que Delia ignoraba, en aquel crepúsculo perenne, es que había una noche en esta historia suya. Lo ignoraba porque la había pasado en coma dentro de los restos del Chrysler aplastado contra el camión-planeta.

Ramón Siffoni, su marido, había corrido toda la noche en su camioncito rojo sin darse un minuto de descanso. Ni siquiera pensó en detenerse a dormir un rato, todo lo contrario. Vio salir la luna frente a él, un disco anaranjado chorreando luz, y se sintió el dueño de las horas y las noches, de todas sin excepciones ni blancos, en un continuo perfecto. Su concentración al volante era perfecta también. La noche había llegado en esta concentración, mientras el camioncito atravesaba como un juguete los pueblos que se dormían. De pronto era el desierto, y de pronto era de noche. Los pueblos se volvieron unas conformaciones confusas de piedra, de las que irradiaba oscuridad. Las ciudades salían de la tierra. No eran ciudades: nadie vivía en ellas. Pero se parecían a las ciudades como una gota de agua se parece a otra. Que no hubiera nadie sólo significaba que nadie debía orientarse en sus vericuetos. En sus calles corría una orientación general abstracta, como el mapa de la luna. Fue cuando atravesó el río Colorado que salió la luna, sobre el puente, y Ramón se puso alucinado, los ojos como dos estrellas. Una gran meseta que no conocía se había interpuesto entre él y el horizonte, tomando el lugar de su concentración. Allí no había nada.

Sin que él lo supiera, tuvo lugar entonces un fenómeno no registrado, pero muy común en la Patagonia: las mareas de atmósfera. La luna llena, ejerciendo toda la fuerza de atracción de su masa sobre el paisaje, levanta átomos dormidos en la tierra y los hace ondular en el aire. No sólo átomos, que sería lo de menos, sino también sus partículas, entre ellas las de la luz y las intrincadísimas de la disposición.

Quizás la marea de esa noche tuvo algún efecto sobre el cerebro de Siffoni, quizás no, nunca se sabrá. Sobre el camión, tuvo la consecuencia curiosa de desprenderle el color, el rojo ya medio desteñido con el que había salido de fábrica, cuarenta años atrás, pero que brillaba tanto en los amaneceres de verano, cuando cantaban los pájaros. Y también el color que había bajo la pintura. Se volvió transparente, aunque no había nadie para verlo.

Cuando, horas después, Ramón miró por el espejo retrovisor, vio un autito celeste corriendo un kilómetro atrás de él. El polvo se había vuelto transparente también. La presencia allí de ese vehículo pequeñísimo lo llenó de extrañeza. Por el hilo de la extrañeza, se sintió perseguido. Al rato, seguían a la misma distancia. No parecía difícil sacárselo de encima; nunca había visto un auto tan diminuto, pero no creía que tuviera mucho motor. Aceleró. Habría creído imposible poder hacerlo, porque venía apretando a fondo el acelerador, pero de todos modos el camión aumentó la velocidad, y mucho. Se escapó hacia adelante, el camioncito de cristal, como una flecha disparada del arco.

Aquí hago un paréntesis. Porque, pensándolo bien, la luna sí tuvo un efecto sobre Ramón. Fue que se vio como marido. Era un marido como tantos, regularmente bueno, normal, más o menos. Pero lo que vio fue que esta condición en la que él se encontraba con tanta comodidad descansaba por entero en un razonamiento, el de que «podría ser peor». En efecto, hay maridos que les pegan a sus esposas, o se degradan de este modo o de aquel, avergonzándolas, o les hacen toda clase de canalladas, en general muy visibles (nada es más visible para el que contempla un matrimonio), todo lo cual culmina en el abandono: hay maridos que se van, que se esfuman, muchísimos. De modo que si el marido permanece, y persiste en sus infamias, aun así «podría ser peor». Podría irse. Pero las mujeres no son tan idiotas como para conformarse con eso; porque evidentemente «mejor sola que mal acompañada», ya que hay situaciones límite en las que liberarse de un marido monstruo es mejor que conservarlo. En realidad el «podría ser peor» es muy flexible, y hasta muy exigente; la menor falla desacredita a un marido a los ojos de su mujer. «Podría ser peor...» sólo si uno es casi perfecto, si sus faltas son veniales, de tipo humorístico (por ejemplo si no se sube unos centímetros los pantalones al sentarse, y a la larga la tela se estira en las rodillas). Muy bien, así se establece una jerarquía: hay tipos que son monstruos y le hacen un infierno la vida a su esposa, por ejemplo si son borrachos; y hay otros que no, y si uno está en esta última categoría puede permitirse el lujo de mirar retrospectivamente sus pequeños (y grandes) defectos, sentado en el sillón del living leyendo el diario, mientras la esposa prepara la cena, y sentirse muy seguro de sí. Tan seguro que de pronto se abre ante él, como una flor maravillosa, el mundo de los vicios que podría, que puede, practicar con impunidad gracias a su condición de buen marido, de buen padre de familia. La vida se lo permite, a él y a nadie más que a él. ¿No sería una pena, un crimen, desaprovechar semejante oportunidad? El espectro de las canalladas es su escala de Jacob; cada peldaño tendrá su dialéctica sutil de «podría ser peor», y la vida no le alcanzará para llegar a la cima, al monstruo.

Pues bien, Ramón Siffoni tenía un vicio. Era jugador. El matrimonio lo había hecho jugador, pero también el juego lo había hecho un hombre casado. Jugaba desde mucho antes de casarse, desde su primera juventud, pero en el caso del juego, como en el de todos los vicios, no se trataba tanto de haber empezado como de seguir. Él era incorregible. Lo suyo era definitivo. Era la marca de su vida, el estigma. Se jugaba todo, la plata que ganaba, y la que ganaba su mujer también, en forma de deudas impostergables, los enseres, la casa (por suerte alquilaban), el camión. Siempre estaba en cero, pelado, y a partir de ahí se hundía, a profundidades vertiginosas. Siempre perdía, como todos los jugadores de verdad. Era un milagro que sobrevivieran, que se alimentaran y vistieran y pagaran las cuentas y criaran a su hijo. El secreto debía de estar en que a veces, por casualidad, ganaba, y con esa imprudencia maravillosa de los jugadores, que nunca piensan en el mañana, se gastaba toda la ganancia, hasta el último centavo, en ponerse al día y seguir adelante; de modo que el mismo gesto de imprevisión que por las noches actuaba en contra de la familia, de día actuaba a favor. Más milagroso, mucho más, era que no se supiera en el barrio, en el pueblo (todo Pringles era un barrio, y la información circulaba rápido como un cuerpo en caída libre). Por supuesto que actividades de ese tipo se llevan a cabo con cierta discreción; pero aun así, es inconcebible que no se haya sabido, que no lo haya sabido mi mamá, íntima de Delia. Porque, aunque discreto y nocturno, era un pasatiempo por demás sujeto a indiscreciones. Y había venido sucediendo durante años, y seguiría, décadas, antes y después (¿antes y después de qué?). Y, sobre todo, habría bastado muy poco, un dato cualquiera, una ínfima brizna de información, para sacar conclusiones, para explicárselo todo... Y aun así, se supo, pero muchísimos años después (claro que se supo, de otro modo no estaría escribiendo esto), yo ya no vivía en Pringles, un día, no sé bien cuándo, en uno de mis viajes, mamá lo sabía, lo sabía muy bien, estaba cansada de saberlo, ¿cómo se explicarían sin ese dato las vicisitudes de la familia Siffoni, su *status quo*? ¿Cómo se habrían explicado desde el principio, desde nuestra prehistoria en el barrio? Eso es lo que me pregunto yo: ¿cómo? ¡Si nadie lo sabía!

Las apuestas siempre suben. La luna subía... Pero no subía, como no lo hace tampoco el sol; ese ascenso es una ilusión creada por el giro de la Tierra... En el cenit de la apuesta, Ramón Siffoni, el hombre-luna, que por la mera gravitación de su masa hacía subir las mareas de dinero, pondría sobre el tapete, o la había puesto ya, la apuesta suprema: su matrimonio.

Cuando volvió a mirar por el espejito, el pequeño auto celeste seguía tras él, clavado a un kilómetro de distancia. Ramón acentuó la sospecha de que lo estaban siguiendo.

¿Qué hacer? Acelerar más era inútil, y podía ser contraproducente. Levantó el pie del acelerador y dejó que la velocidad cayera por sí sola; siempre lo hacía, era algo automático. De cien disminuyó a noventa, ochenta, setenta... sesenta... cincuenta, cuarenta, treinta... ¡Dios mío! Era peor que una frenada en seco. El paisaje lunar de la meseta había venido huyendo hacia atrás, y ahora huía hacia adelante, el polvo transparente que se levantaba del camino de tierra lo envolvía como una plata fluida... Era casi como avanzar y retroceder en las dimensiones, no en la meseta. Pero cuando echó otra mirada al espejito, ahí estaba el kilómetro, el ratón celeste...

Volvió a acelerar, como un loco: treinta, cuarenta, cincuenta, sesenta, setenta... ochenta... noventa, cien, ciento diez, ciento veinte... La transparencia tenía dificultades en seguirlo, la luna saltaba... El camión atravesaba su propia estela, su propia dirección...

Cuando volvió a mirar el espejito... No podía creerlo. Pero debía rendirse a la evidencia. El autito estaba allí, siempre a la misma distancia, al mismo kilómetro, que además era el mismo, no otro equivalente. Resolvió volver a disminuir la velocidad, pero esta vez tan bruscamente que su perseguidor no tuviera más remedio que superarlo. Así lo hizo: cien, noventa, ochenta, setenta, sesenta, cincuenta, cuarenta... treinta... veinte, diez, cero, menos diez, menos veinte, menos treinta... Nunca antes había hecho eso. Los torbellinos de la luna lo envolvían.

Y sin embargo, cuando miró en el espejo retrovisor, para su inmensa sorpresa, allí estaba el autito celeste, y el kilómetro que los separaba. Aceleró. Desaceleró. Etcétera. Si al principio no había podido creerlo, ahora, al cabo de un par de horas de carrera en los dos sentidos, lo podía menos. Lo que más le intrigaba, en sus periódicas inspecciones al espejo retrovisor (que era externo, de los que se asoman, sostenidos por un brazo metálico, al costado de la cabina), era que el autito celeste brillara tanto, y que mantuviera su posición como suspendida en el camino, como flotando encima de los pozos mientras él saltaba a más y mejor, y sobre todo la distancia que se mantenía idéntica... demasiado idéntica... Sin disminuir ni aumentar la velocidad, que a esa altura de las alternancias ya no sabía de qué lado del exceso estaba, hizo girar con la mano izquierda la manija del vidrio de la ventanilla. Cuando estuvo bajo, con los ojos entrecerrados por el viento que entraba, sacó la mano y llevó la punta de los dedos índice y pulgar, delicadamente en la medida en que se lo permitían los saltos del camión, a la superficie oval del espejito, y arrancó... ¡arrancó el autito celeste! Como si fuera una pequeña calcomanía pegada allí... Se la llevó a los ojos, ladeando un poco la cabeza para verla a la luz de la luna... Era un ala de mariposa, de un cobalto metalizado, la luna le arrancaba ese brillo que se lo había hecho tan patente... Se maravillaba de haber sido presa de una ilusión tan barroca, sólo a él podía pasarle... Porque además, un ala de mariposa puede pegarse a una parte u otra de un vehículo en movimiento, de hecho pasa todo el tiempo durante una travesía, ¡pero las mariposas se estrellan contra las partes del vehículo que van rompiendo el aire, por ejemplo el parabrisas o el radiador! ¡Y el espejito miraba hacia atrás! La única explicación era que en alguna de las recientes desaceleraciones la mariposa hubiera quedado atrapada en el cambio de velocidades relativas, y se hubiera estrellado desde atrás. Apartó los dedos, dejó que el viento se llevara ese centímetro de ala celeste, levantó el vidrio y no volvió a mirar el espejo.

Si lo hubiera hecho, le habría sorprendido ver que el autito seguía allí, donde antes estaba su silueta recortada en ala de mariposa. Dentro del autito iba Silvia Balero, la profesora de dibujo, loca de angustia y medio dormida. Había visto desaparecer ante sus ojos al camión rojo de Siffoni, al que seguía como el último hilo que la unía con su vestido de novia, con su costurera. El momento en que la marea de atmósfera hizo invisible el camión la sorprendió en malas condiciones. Porque era, como todas las candidatas a solterona, muy dependiente de sus biorritmos, y después de las doce de la noche ella siempre, siempre, dormía. Nunca en su vida se había pasado. La noche era una incógnita para este ser diurno, impresionista. De modo que a la medianoche, que fue por rara coincidencia el momento en que la luna actuó sobre el camión, ella se puso en piloto automático, igual que una sonámbula. Como en una pesadilla, sintió la desesperación de que la presa se desvaneciera ante sus ojos. En su estado, ese escamoteo representaba el de toda la realidad.

«Tengo hambre», pensó Ramón Siffoni, que no había cenado. Un poco más allá, vio una especie de pequeña montaña bajo la luna, y en su cima un hotel. A pesar de la hora se veían luces en las ventanas de la planta baja, y pensó que no era descabellado que hubiera un comedor. La suposición se hizo mucho más verosímil al ver, ya cuando subía, que frente al hotel había estacionados varios camiones. Todo viajero en la Argentina sabe que donde paran los camioneros se come bien; con más razón entonces, se come.

Cuando echó pie a tierra, una mujer se dirigió hacia él, aunque a la vez parecía huir de él. No se fijó bien, porque le llamó la atención el autito celeste del que ella se había apeado.

Silvia Balero notó que no la reconocía, aunque él le abría la puerta en sus cotidianas visitas a la costurera. Todas las mujeres debían de parecerle iguales. Era esa clase de hombre.

–Disculpe que lo moleste, no sé qué pensará usted de mí, pero ¿puedo pedirle un favor?

Siffoni la miraba con gesto que parecía maleducado pero en realidad era de intriga, porque le resultaba conocida, y no sabía de dónde.

–¿Podría acompañarme adentro? Quiero decir, como si fuéramos colegas, viajantes. Ya que usted va a alojarse aquí… Me da inquietud entrar sola.

Al fin él reaccionó, y partió rumbo a la puerta.

–No. Voy a cenar nada más.

–¡Yo también! ¡Después sigo viaje!

Se preguntaba: «¿Dónde habrá dejado el camión? Pareció como si bajara del aire vacío».

Pero la entrada estaba cerrada; entre unas cortinillas se veía el lobby oscuro y desierto. Ramón dio unos pasos a lo largo de la fachada, con la mujer atrás. Las ventanas de un salón que bien podía ser el comedor también mostraban al otro lado un espacio negro, pero de algún lado llegaban hasta él unas rayas de luz humosa. Ramón Siffoni retrocedió unos metros. Desde el camino había visto luces encendidas, pero ahora no sabía de qué lado. Trataba de hacerse cargo de la estructura del edificio. No podía concentrarse por la perplejidad que le causaba la compañía: a la luz de la luna, la mujer no parecía muy lúcida. ¿Estaría borracha, sería una loca? Esa clase de hombres siempre están pensando lo peor de las mujeres, justamente porque todas les parecen la misma.

Las dificultades que encontraba se debían a que el plano del hotel era realmente ininteligible, porque se trataba de un establecimiento termal cuya planta se había adaptado a la conformación de los agujeros manantes de la tierra, de las rocas; estas últimas no podían quitarse porque eran tapones.

Pero al fin, dando la vuelta a una esquina en picada, se vio frente a una ventana con luz, y pudo ver adentro. Su sorpresa fue mayúscula (pero su sorpresa siempre era enorme cuando miraba algo esta noche) al encontrarse ante una escena que conocía demasiado bien: la mesa de póker. Ahora, de pronto, recordaba haber oído hablar de ese hotel, parada obligada de todos los jugadores que se dirigían al sur, contrabandistas, camioneros, aviadores... Un viejo hotel termal, de clientela extinta, garito legendario. Nunca había pensado que llegaría a conocerlo un día, o una noche.

Ante ese espectáculo se abstrajo de todo, hasta de la mujer que se empinaba a sus espaldas para ver. Los hombres, los naipes, las fichas, los vasos de whisky... Pero no se abstrajo de todo en absoluto; hubo una cosa que advirtió. Uno de los jugadores era de Pringles, y él lo conocía muy bien, no sólo por ser vecino. Era el llamado Chiquito, el camionero. Fue todo verlo, y comprender que el viaje no había sido en vano, o al menos que no había tomado la dirección equivocada. Si obtenía lo que se proponía de él, no necesitaría seguir adelante.

Sabía bien cómo llegar a una mesa de juego, aunque todas las puertas estuvieran cerradas. Sus movimientos se hicieron seguros, y Silvia Balero lo notó. Fue tras él. Ramón dio unos golpes en la ventana, y después en la puerta más próxima. Antes de que vinieran a abrirle, buscó en el bolsillo de la camisa y sacó un antifaz negro. Lo tenía allí desde hacía un tiempo, y no había supuesto que la ocasión de usarlo llegaría tan de pronto. Se lo puso (tenía un elástico que se ajustaba en la nuca). En aquel entonces era frecuente, como lo es ahora, que los jugadores en los garitos ocultaran su identidad con antifaces. De modo que al portero del hotel que vino a abrirle le bastó verlo para saber qué quería. Entraron. Silvia Balero le tiró de la manga.

—¿Qué quiere? —dijo él de mal modo, sin poder creer en la inoportunidad de una desconocida que le pedía atención cuando él iba a hacer la apuesta de su vida.

Ella quería un lugar donde dormir. En realidad ya estaba medio dormida, sonámbula.

Sin responderle, Ramón le señaló al portero que los guiaba, pero éste dijo que debían hablar con el dueño del hotel, que estaba justamente sentado a la mesa de juego. Así lo hicieron. Los presentes echaron una mirada apreciativa a la joven profesora, y el hotelero la llevó a una habitación no muy lejos de donde estaban, y volvió. El recién llegado ya tenía su lugar, le habían recitado las reglas, y pedía fichas a crédito. Incluido el patrón, eran cinco. El portero miraba. Dos eran camioneros, el Chiquito y otro tipo de mal aspecto; los dos restantes eran estancieros de la zona, ganaderos muy solventes. El Chiquito había ganado mucho. A esa hora, ya jugaban por millares de ovejas o montañas enteras.

Para qué detenerse en la descripción de un juego, igual a cualquier otro. Dama, Rey, Dos, etcétera. Ramón perdió sucesivamente su camión, el autito celeste, y a Silvia Balero. Lo único que le quedaba era pagar los dos whiskys que había tomado. Dejó caer las cartas sobre la alfombra, con los ojos entrecerrados en el fondo del antifaz, y preguntó:

—¿Dónde está el baño?

Se lo indicaron. Fue, y se escapó por la ventana. Corrió hacia donde había dejado el camión, sacando las llaves del bolsillo... Pero cuando llegó al sitio, entre los demás camiones, todos ellos grandes y modernos (y el del Chiquito, que él conocía bien, con una extraña máquina negra pegada a la pared posterior del acoplado: no se detuvo a ver qué era), allí en la explanada, no lo encontró. Creía soñar. La luna había desaparecido también, sólo quedaba un resplandor incierto entre la tierra y el cielo. Su camión no estaba. Cuando lo había apostado, el segundo camionero, que fue el que se lo ganó, había salido a verlo, y al volver había aceptado la apuesta contra diez mil ovejas, cosa que sorprendió un poco a Siffoni. ¿Lo habría cambiado de lugar en esa ocasión? Imposible, sin las llaves, que no habían salido de su bolsillo. De cualquier modo no podía buscarlo mucho porque era inminente que advirtieran su escape... Intentó meterse en el autito celeste, pero no cabía: era un hombre corpulento. Oyó, o creyó oír, un portazo... El pánico lo desconcertó por un momento, y ya estaba corriendo a campo traviesa, en cualquier dirección, bajando de la montaña a la meseta, mientras amanecía, a una hora imposible de temprano.

Silvia Balero, de quien los jugadores ignoraban que llevaba un hijo en su seno (de saberlo, lo habrían apostado también), quedó entonces en posesión legal del Chiquito, sin saberlo, profundamente dormida. En cierto momento de esa noche las canillas en el baño de su habitación se abrieron automáticamente, y la tina comenzó a llenarse de agua hirviente de color rojo, que giraba todo el tiempo sobre sí misma y desprendía un vapor también rojo, hirviente, sulfuroso.

Cuando el Chiquito se levantó de la mesa de juego, de la que había sido el único ganador, hizo una recorrida por el hotel (que también había pasado a ser de su propiedad) con paso tambaleante, no por la bebida, que nunca lo afectaba, ni por las muchas horas de inmovilidad, a las que estaba habituado por su profesión, sino por el puro gusto de tambalearse, por coquetería de bruto. Todo era de él; a eso también estaba habituado porque siempre ganaba. Era el jugador más afortunado del universo, y se había tejido una leyenda sobre él, una leyenda y un gran enigma (¿para qué seguía trabajando?). Desde hacía años estaba en la mira de los jugadores de Pringles, que se habían propuesto, cada uno por su lado, ganarle una partida a los naipes; sabían que uno solo lo lograría, una sola vez, y ese acontecimiento, si llegaba, sería un triunfo muy grande sobre la suerte. Él no lo sabía, y si lo hubiera sabido no se habría preocupado en lo más mínimo. Al contrario, lo habría hecho reír a carcajadas.

Cruzó el lobby oscuro mirando a su alrededor con ojos turbios. Todo era suyo, como tantas veces lo había sido, como siempre. Y no había nada que no fuera suyo, porque no había pasajeros alojados en el hotel... Un momento: sí había alguien, una bella desconocida… que también era suya, porque se la había ganado al hombre del antifaz. Partió en su busca, sin tambaleos. Fue abriendo las puertas de los cuartos, todos vacíos, hasta dar con el de Silvia Balero. Estaba profundamente dormida, en medio de una niebla rojiza. La estuvo mirando un rato… Después fue al baño, y estuvo mirando un rato el agua roja que hervía en la tina. Al fin se desnudó y se sumergió. Nadie habría resistido esa temperatura, pero a él no le hizo nada. El corazón casi dejó de latirle, sus ojos se entrecerraron, la boca se le abrió en una mueca estúpida.

El paso siguiente fue violar a la dormida. No advirtió que estaba encinta; creyó que era panzona, como tantas mujeres en el sur argentino. El resultado fue que unos deditos celestes allá adentro se asieron de su miembro como de una manija, y cuando lo retiró, intrigado, sacó a la rastra un feto peludo y fosforescente, feo y deforme como un demonio, que con sus chillidos despertó a Silvia Balero y los obligó a huir, dejándolo dueño de la escena.

Fue así como vino al mundo el Monstruo.

Días de ocio en la Patagonia...

Días de turista en París...

La vida lleva a la gente a toda clase de lugares lejanos, y por lo general termina llevándolos a los más lejanos de todos, a los extremos, porque no hay motivo para frenar su empuje a medio camino. Más allá, siempre más allá... hasta que deja de haber más allá, y entonces los hombres rebotan, y quedan expuestos a un clima, a una luz... El recuerdo es una miniatura lumínica, como el holograma de la princesa, en aquella película, que transportaba en sus circuitos el robot fiel, de galaxia en galaxia. La tristeza inherente al recuerdo proviene de que su objeto es el olvido. Todo el movimiento, la gran línea, el viaje, es un arrebato de olvido, que se curva en la burbuja del recuerdo. El recuerdo es siempre portátil, siempre está en manos de un autómata vagabundo.

El mundo, la vida, el amor, el trabajo: vientos. Grandes trenes cristalinos que pasan pitando por el cielo. El mundo está envuelto en vientos que van y vienen... Pero no es tan simple, tan simétrico. Los vientos de verdad, las masas de aire que se desplazan entre diferencias de presión, terminan volviéndose siempre para el mismo lado, y se reúnen en los cielos argentinos; vientos grandes y pequeños, los vientos cosmopolitas y oceánicos tanto como los diminutos soplos de jardín: un embudo de las estrellas los reúne a todos, adornados con sus velocidades y direcciones como cintas en los peinados, y van a parar a esa región privilegiada de la atmósfera que es la Patagonia. Es por eso que allí las nubes son lo momentáneo por excelencia, como decía Leibniz que eran las cosas («las cosas son mentes momentáneas»: una silla es exactamente como un hombre que viviera un solo instante). Las nubes patagónicas acogen y acomodan todas las transformaciones dentro de un solo instante, todas sin excepción. Por eso el instante, que en cualquier parte es seco y fijo como un clic, en la Patagonia es fluido, misterioso, novelesco. Darwin lo llamó: la Evolución. Hudson: la Atención. No estoy hablando en metáforas patrióticas. Esto es real. Viajar es real. Abrir la puerta de todos los miedos es real, aunque no lo sea lo que hubo antes ni lo que viene después, ni los motivos ni las consecuencias. En realidad no acierto a explicarme cómo es que la gente puede tomar la decisión de viajar. Quizás me convendría estudiar la obra de esos poetas japoneses que se trasladaban de paisaje en paisaje encontrando temas para sus composiciones algo incoherentes. Quizás ahí está la explicación. «A la mañana siguiente el cielo estaba muy claro, y en el preciso momento en que el sol alcanzaba su mayor brillo, salimos en el bote por la bahía» (Bashō).

Los cielos de la Patagonia están siempre limpios. Allí se reúnen los vientos, en una gran feria de transformaciones invisibles. Es como decir que allí sucede todo, y el resto del mundo se disuelve en la lejanía, inoperante, la China, Polonia, Egipto... París, la miniatura lumínica. Todo. Sólo queda ese espacio radiante, la Argentina, hermosa como un paraíso.

¿Cómo viajar? ¿Cómo vivir en otra parte? ¿No sería una locura, una autoaniquilación? No ser argentino es precipitarse en la nada, y eso a nadie le gusta.

Y en plena transparencia... Quiero anotar una idea, aunque no tiene nada que ver, antes de que me la olvide: ¿no será que los ideogramas chinos fueron pensados originalmente para ser escritos en vidrio, para poder leerlos del otro lado? Quizás de ahí proviene todo el malentendido.

Y en plena transparencia, decía... un vestido de novia. ¿Una nube? No. Un vestido blanco, claro que sin forma de vestido, o mejor dicho: sin forma humana, la que toma puesto en su dueña o en un maniquí, sino en su forma auténtica, la forma pura de vestido, que nadie tiene la ocasión de ver nunca, porque no es cuestión de verlo hecho un montón de tela tirado sobre una mesa o una silla. Eso es informe. La forma del vestido es una transformación continua, ilimitada. Y era el vestido de novia más bello y complicado que se hubiera hecho nunca, un desplegarse de todos los pliegues blancos, maqueta blanda de un universo de blancuras. A diez mil metros de altura, volando con lo que parecía una majestuosa lentitud aunque debía de ir muy rápido (no había punto de referencia, en ese abismo celeste de puro día). Y cambiando de forma sin cesar, siempre, macrocisne, abriendo alas nuevas, nunca las mismas, la cola de catorce metros, hiperespuma, cadáver exquisito, bandera de mi patria.

¡Han pasado tantos años que ya debe de ser martes!
....

Había dejado a Delia errando en el crepúsculo desolado. Al cabo de varias horas de paseo incierto, empezaba a preguntarse dónde pasaría la noche. Se sentía perdida, suspendida en un cansancio inhumano. Un poco más, muy poco, y estaría caminando como una autómata, como una loca. Ya ahora daba lo mismo el rumbo en el que iba; si hubiera una visión cualquiera, por cualquier lado, iría hacia allí. Lo que la alarmaba era sentirse en el extremo del interés; cuando saliera al otro lado ya no cambiaría más de dirección. La noche se le antojaba esa especie de desierto uniforme que entraría en ella, y la llenaba de pavor. ¡Una casa, un techo, una cueva, un guincho...! ¡Un rancho abandonado, una tapera, un galpón...! Sabía que aun del fondo de la fatiga podía sacar ánimo para hacer habitable por una noche cualquier ambiente, hasta el más deplorable... Se veía barriéndolo, poniendo orden, haciendo la cama, lavando las cortinas... Eran fantasías absurdas, pero la consolaban un poco, al tiempo que su desamparo seguía creciendo porque la meseta se extendía más y más, y el horizonte desplegaba una nueva franja en blanco, y otra... ¿Tenía sentido seguir?

La noche prácticamente había caído. Lo único que faltaba era que oscureciera. Cada momento parecía el último para ver el signo salvador. Y en uno de ellos, al fin, vio algo: dos paralelogramos largos y bajos posados en el fondo de la distancia, como dos guiones. Fue hacia ellos con alas en los pies, sintiendo todo el dolor del cansancio enroscándose en sus venas. Fue entonces que oscureció (debía ser la medianoche) y el cielo se llenó de estrellas.

Ya no veía su objetivo, pero igual lo veía. Se apuró. No le importaba si corría hacia su perdición. ¡Había tantas perdiciones! Nunca había estado extraviada en la oscuridad, precipitándose hacia la primera forma vista con la última luz a mendigar refugio y consuelo... pero alguna vez tenía que ser la primera. No le importaba nada más.

Delia era una mujer joven; apenas si pasaba de los treinta años. Era pequeña, fuerte, bien formada. No es un mero recurso literario decirlo sólo ahora. Para nosotros los chicos (yo era el mejor amigo de su hijo de once años), era una señora, una de las madres, una vieja fea y amenazante... Pero había otras perspectivas. Es el punto de vista infantil el que hace parecer ridículas a las mujeres: más exactamente, las hace parecer travestis, y por ello un tanto cómicas, como artefactos sociales cuya única finalidad, una vez que la perspectiva infantil se desplaza un poco, es hacer reír. Y sin embargo, son mujeres de verdad, sexuadas, deseables, hermosas... Delia era una. Ahora, escribiendo esto, debo hacer la reconversión, y no es fácil. Es como si toda mi vida se agotara en el esfuerzo, y no quedara hombre alguno con la lapicera en la mano, sino un fantasma... Ya al decir «Delia era una» estoy falseando las cosas, afantasmándolas. No, Delia no es la miniatura lumínica en el archivo de ningún proyector de imágenes. Dije que era una mujer de verdad, y a mis palabras me remito... a algunas por lo menos... a las palabras antes de que hagan frases, cuando todavía son puro presente.

De pronto vio alzarse frente a ella los rectángulos enormes, como muros negros que le bloquearan misericordiosamente el paso. Durante gran parte de los últimos cien metros creyó que eran paredes, pero al llegar reconoció su error: era un camión, uno de esos gigantescos camiones con acoplado como el que estacionaba en la cuadra de su casa, el del Chiquito... Tan alterada estaba que no se le ocurrió ni por un instante que pudiera ser el mismo (como lo era en realidad), con lo que su busca habría terminado...

Tenía las luces apagadas, estaba oscuro y silencioso, como una formación natural emergida de la meseta. Sus treinta ruedas, altas como Delia, hinchadas de atmósferas negras, se apoyaban en la tierra perfectamente nivelada. Debía de ser eso lo que le daba la apariencia de edificio.

La náufraga marchó hacia la parte delantera, y al llegar a la cabina le dio la vuelta mirándola con cautela, empinándose para ver adentro. El parabrisas, del tamaño de una pantalla de cine, cubría la mitad superior de la trompa chata. En el vidrio se reflejaban las constelaciones, y además se había estrellado en él una colección de mariposas que el conductor no se había tomado el trabajo de limpiar. Los pedacitos de ala, celestes, anaranjados, amarillos, todos con un brillo metálico que concentraba la luz del firmamento, habían quedado pegados por su gel fosforescente, recortados en formas caprichosas en las que Delia, aun en su distracción, reconoció corderos, autitos, árboles, perfiles y hasta mariposas.

Adentro no se veía nadie, pero eso no la asombró. Sabía que los camioneros, cuando estacionaban de noche para dormir, se acostaban en un pequeño apartamento que tenían detrás de la cabina, a veces con capacidad para dos personas o más. Al parecer se las arreglaban para estar bastante a sus anchas. Nunca había visto uno, pero le habían contado. Omar, su hijo, le había contado de las comodidades personales que tenía el Chiquito en su camión, sobre el que siempre estábamos trepados jugando. Aun haciendo la deducción correspondiente a la fantasía y la relación de dimensiones de un niño, ella le había creído, porque otros se lo habían confirmado y además era razonable. Estaba segura de que este camión nocturno, tan grande y moderno, no sería menos que el de su barrio (no sabía que eran el mismo).

Fue a la portezuela del lado del conductor y golpeó. Esperó un ratito, y como no hubo respuesta volvió a golpear. Esperó. Nada. Volvió a golpear. Toc toc. Nadie respondía. El camionero no se despertaba. Pero… ¡qué olor a huevo frito! Delia no probaba bocado hacía una enorme cantidad de horas, así que más que sorprenderla, ese aroma incongruente la puso fuera de sí de indignación contra su hado burlón y le dio ánimo para volver a golpear la puerta. «Yo entro», se dijo al ver que persistía el silencio. Aun así, esperó un poco, y volvió a golpear. Era inútil. Golpeó una vez más, ya sin esperanzas, y se quedó un minuto más atenta, expectante. Volvió a sentir el olor. Le resultaba obvio que provenía de adentro del camión, el camionero debía de estar haciéndose la cena. ¡Y ella afuera, muerta de hambre y cansancio, a cientos de leguas de su casa! «Yo me meto, qué me importa», pensó, pero, por un resto de cortesía, volvió a golpear tres veces con los nudillos en la chapa sólida de la puerta, que parecía fierro. Esperó a ver si por casualidad esta vez la oía, pero no fue así.

Entrar, aun tomada la decisión, no era tan fácil. Esos camiones parecían hechos para gigantes. La puerta estaba altísima. Pero tenía una especie de estribo, y desde allí alcanzó a asir la manija. Aunque no estaba puesta la traba, accionar ese picaporte hidráulico exigía una fuerza casi sobrehumana. Terminó colgándose de él con todo su peso, y así pudo. La puerta de un camión, como la de cualquier vehículo, a la inversa de la de una casa, se abre hacia afuera. Y ésta se abrió toda, acogedora, pero se llevó a Delia en su arco... El estribo desapareció bajo sus pies y quedó balanceándose colgada de la manija, a dos metros del suelo. No podía creer que estuviera haciendo esas piruetas, como una niña traviesa. «¿Y ahora qué hago?», se preguntó con alarma. Aquello no parecía tener solución. Podía dejarse caer, confiando en no romperse una pierna, y después volver a subir por el estribo. En ese caso no veía cómo podría volver a cerrar la puerta, aunque eso era lo de menos. Sea como fuera, lo hizo al modo difícil: estiró una pierna en el aire hasta tocar la pared de la caja, se impulsó con fuerza cerrando la puerta, y sin dejar que ésta hiciera contacto, en el momento justo soltó la manija y se aferró de un manotón al espejo retrovisor. Así colgada logró meter el cuerpo por la abertura hasta poner un pie en el interior y con una segunda acrobacia arriesgada soltó definitivamente la manija y se asió del volante. Éste no era tan firme como sus apoyos anteriores; giró, y Delia, sorprendida, quedó horizontal de pronto, y en el apuro abrió las dos manos y se las llevó a la cara. Por suerte cayó adentro, en el piso de la cabina, pero la cabeza quedó colgando afuera, y la puerta, en el último vaivén, se le venía encima... La habría decapitado limpiamente si una fuerza desconocida no la detenía a un milímetro del cuello. El borde metálico afiladísimo se alejó blandamente y Delia sacó la cabeza sin esperar a que volviera. Se movió, en extremo incómoda, tratando de subir al asiento. Tan grande era el espacio, o tan pequeña ella, que pudo ponerse de pie, de espaldas al parabrisas.

Quiso dar media vuelta y sentarse a esperar que su corazón se calmara, pero no pudo hacerlo. Con terror sintió una presión de acero que le rodeaba la cintura y no la dejaba moverse. Si se hubiera desmayado, y faltó poco por el espanto que la embargaba, habría quedado de pie sostenida por ese anillo impiadoso. Y no era una ilusión, ni un calambre, porque se llevó las dos manos a la cintura y sintió esa especie de víbora rígida, durísima y muy suave al tacto, que la rodeaba como un cinturón demencial. No gritaba porque no le salía la voz, no porque tuviera la boca cerrada. Podía girar a la derecha y a la izquierda, pero siempre en el mismo lugar; eso no cedía ni un milímetro, aunque curiosamente aceptaba girar un cuarto de círculo con ella cada vez que lo intentaba. Tardó unos agonizantes segundos en comprender que al ponerse de pie había metido el cuerpo por dentro del volante, que ahora tenía a la cintura.

Salió por arriba, y se dejó caer en el asiento, que olía a cuero y grasa, jadeando enroscada, preguntándose por milésima vez por qué le tenían que pasar cosas tan desagradables. Se habría dormido, tan agotada estaba, de no ser por el olor a fritura, que aquí adentro, sólo ahora lo advertía, se había intensificado.

Le llevó un rato calmarse y volver a considerar su situación. Había quedado de cara al parabrisas, y lo que vio por él le hizo levantar la cabeza. Tenía frente a ella la maravillosa Patagonia nocturna, entera e ilimitada. Era una meseta blanca como la luna, y un cielo negro lleno de estrellas. Demasiado grande, demasiado hermoso, para abarcarlo con una sola mirada: y sin embargo así debía hacerlo, porque nadie tiene dos miradas. Ese panorama parecía reposar en el negro puro de la noche, pero al mismo tiempo era pura luz. Estaba tachonado de pequeñas manchas negras, como agujeros de vacío, recortados en formas muy netas y caprichosas, en las que el azar parecía haberse empeñado en representar todas las cosas que una conciencia fluctuante quisiera reconocer, pero sin reconocerlas del todo, como si la plétora figurativa excediera el ser de las cosas. Esas manchas eran el revés, visto desde adentro, de los pedazos de alas de mariposa pegados al vidrio del parabrisas.

Cuando al fin Delia pudo apartar la vista del espectáculo grandioso, admiró el instrumental que adornaba el tablero. Había cientos de cuadrantes, relojitos, agujas, perillas, diales, botones… ¿Todo eso se necesitaría para manejar un camión? No había una palanca de cambios: había tres. Y una decena más erizaba el eje del volante. Éste era tan desmesurado que no le extrañó haberse metido sin querer; lo extraño habría sido errarle. Abajo, en la sombra, se vislumbraba una maraña de pedales. Se sintió muy pequeña, muy disminuida, y se acordó de sacar los pies del asiento.

Pero tuvo que volver a ponerlos en él, más aún: pararse sobre el asiento, para acceder a los aposentos del camionero. Sabía, por las descripciones de Omar, que la entrada estaba por encima del respaldo, y allí se asomó a mirar. Había un doble biombo horizontal, que cortaba dos veces una luz dorada. Iba a llamar, pero unos ruidos sordos, y el eco muy apagado de una voz la atemorizaron de pronto. En realidad no sabía adónde se había metido, en qué boca de lobo. Pero ya no era cuestión de retroceder. Con esa lógica siempre fallida de los intrusos corteses, prefirió no llamar sino meterse en puntas de pie, para preparar de algún modo la sorpresa; no fuera que le produjera un paro cardíaco al camionero desprevenido, o no le diera tiempo de ponerse los pantalones.

Se metió, las piernas primero. Al descolgarse cayó más de lo que esperaba. Se deslizó por uno de esos biombos, que se inclinaba por estar pegado a la pared trasera de la cabina con bisagras. Se vio en ese dormitorio rutero del que tanto había oído hablar. Había dos camas muy cerca una de la otra, las dos sin hacer. El desorden y la suciedad eran indescriptibles: revistas de historietas, ropa, aves disecadas, cuchillos, zapatos… Una velita encendida sobre la cómoda alumbraba el tugurio. Para una mujer sola y extraviada como ella, esa atmósfera era un presagio de cualquier cosa. Una parte de su conciencia lo supo, la otra estaba ocupada en tratar de ver lo que pasaría después. Esta última tomó la iniciativa; salió por una de las dos puertas, al azar, y atravesó un cuarto de trastos que no miró, rumbo a otra puerta, al otro lado de la cual había un saloncito con sillones de cuero. Se detuvo entre ellos mirándolos sin poder creerlo. Aquí no había luz, salvo la que venía de la puerta abierta, por donde se oían ruidos. El salón tenía cuatro puertas, una a cada lado. Todas estaban abiertas. Echó una mirada por la más oscura, que daba a un pasillo, y luego a la siguiente: una oficina, con un gran escritorio de tapa, donde se repetían el desorden y la suciedad del dormitorio. Se metió por ahí, salió por la puerta del otro lado y se encontró en un vestíbulo con sillas. Y tres puertas. Cruzó la primera a la izquierda: un dormitorio desocupado, con la cama tendida. En realidad no parecía una cama sino una especie de mesa baja y muelle… También allí había otra puerta. Notó retrospectivamente que las había en todos los ambientes, como si se hubieran preocupado por obtener un máximo de circulación. El resultado era que estaba perdida. Siguió adelante, y de algún modo llegó a la cocina, que era la fuente de la luz que se difundía por todo ese dédalo.

Allí, creyó que el momento de la verdad había llegado, aunque no había nadie. Pero la hornalla estaba prendida, y dos huevos crepitaban friéndose en la sartén. El cocinero debía de haber salido un momento, quizás en su busca si es que la había oído. Un Petromax grande hacía enceguecedor ese reducto lleno de cacharros y comestibles. La pila de vajilla sucia era increíble, y había residuos tirados por todas partes, y hasta pegados en las paredes y el techo. Una sumaria mirada a la sartén le indicó que los huevos fritos estaban casi a punto. En la mesada, una botella de vino tinto por la mitad y un vaso. Se asustó y salió de prisa: irrumpió en la sala donde había estado antes, que ahora le pareció distinta por un olor nuevo que redobló sus temores. Siguiendo con los ojos una voluta de humo, vio que en el cenicero de la mesita ratona entre los sillones había un cigarrillo Brasil recién encendido. Pero seguía sin haber nadie... Qué extraño.

La aversión de Delia por el humo del tabaco era extrema y bastante inexplicable. No concebía que se fumara en el interior de una casa. Había logrado que su marido, al casarse, abandonara el hábito, milagro menor pero llamativo de todos modos. Hasta cierto punto, se había olvidado de que eso existía. Se quedó mirando con incrédulo horror el humo que se elevaba, en la quietud sobrenatural del aire de ese interior.

El Chiquito entró por la puerta del pasillo y se inclinó a tomar el cigarrillo. Estaba en calzoncillos y camiseta, hirsuto, despeinado y con cara de pocos amigos. Fue a la cocina.

Volvió casi de inmediato con los huevos fritos en la sartén. Cruzó el salón y se metió por la misma puerta por donde había venido antes... Al extremo del pasillo había un comedor. Delia, asomándose del sillón tras el que se había escondido, lo vio sentarse a la mesa, vaciar la sartén sobre un plato y ponerse a comer. La sorpresa la había paralizado, al reconocerlo. En un instante, y sin ser para nada una intelectual, en una inspiración súbita resumió la circunstancia en una epigramática inversión a lo que se había venido diciendo hasta ahora: era ella, ella misma, y sin quererlo, la que le había jugado una mala pasada a su destino.

De pronto el Chiquito soltó un grito. Se había metido en la boca un huevo entero sin recordar sacarse de los labios el pucho, y la brasa le quemó la lengua. Escupió un chorro de materia viscosa blanca y amarilla que fue a dar sobre una mujer sentada frente a él. Era Silvia Balero, que había sufrido una pronunciada transformación desde la última prueba que había hecho con la costurera: estaba negra. Por su rostro, pecho y brazos negros corría la baba de huevo sin que se le moviera un músculo. Parecía una estatua de ébano. El Chiquito se precipitó gimiendo por el pasillo y volvió con una curita en la lengua. Tomó varios vasos de vino al hilo. La Balero seguía inmóvil, sin parpadear, y toda ella en ese negro amoratado. El camionero terminó su cena, peló una naranja tirando con descuido las cáscaras al piso, y al fin encendió otro cigarrillo. Durante todo este tiempo había estado hablando con su invitada, pero con palabras guturales, que no se entendían. La mujer negra se sacudía a intervalos y soltaba unas palabras sin sentido. Era increíble que una rubia natural de tez blanquísima como Silvia Balero hubiera tomado de la noche a la mañana ese tinte oscuro. El Chiquito, olvidado ya de su accidente, soltaba grandes carcajadas, parecía contento, sin la menor preocupación en el mundo...

Hasta que, cuando encendía su tercer o cuarto cigarrillo Brasil de sobremesa, Delia, detrás del sillón, no pudo evitar un resoplido o tosecita de irritación (el aire se estaba volviendo irrespirable). El Chiquito la oyó y giró su formidable corpachón haciendo crujir la silla, cuyas patas, por lo violento de la torsión, se enroscaron unas en otras. Qué curioso que a alguien tan fornido le hubieran puesto ese apodo: Chiquito. Seguramente se lo habían puesto en la infancia, y después le quedó. Pensar en una antífrasis o ironía estaba fuera de lugar, en su ambiente.

Delia retrocedió arrastrándose hasta la puerta más próxima, y no bien se creyó fuera de su vista corrió. Por suerte había salidas por todas partes... Pero esa misma exuberancia contribuía a circularizar el laberinto, y aumentaba el riesgo de precipitarse en manos de su perseguidor. Delia había abandonado toda idea de pedir refugio o ayuda para volver a casa. Por lo menos ahí. No había tenido tiempo para pensar, con la sorpresa y el espanto, pero no importaba. Estaba descubriendo que también se podía pensar sin tiempo.

El Chiquito se le venía encima, vociferando:

—Quién anda ahí, quién anda ahí...

«Por lo menos no me reconoció», se dijo Delia, que en la desesperación quería preservar su coexistencia en el barrio... si es que alguna vez volvía.

Buscaba el dormitorio por el que había entrado, para salir por los biombos suspendidos... Pero fue a dar a un lugar por completo diferente, una maraña metálica oscura e intrincada. Se enredó sin remedio en sus vericuetos. Como si no fuera poco con la inercia que llevaba, encima se obstinó en seguir adelante, metiendo una pierna, después otra, un brazo, la cabeza... Era el motor del camión, dormido por el momento... Pero ¿y si se ponía en marcha? Esos fierros en movimiento la triturarían en un segundo... Sintió algo pegajoso en las manos: era grasa negra, y ya se había ensuciado con ella de pies a cabeza. Fue el colmo de la angustia. Prácticamente no podía moverse, ni para atrás ni para adelante, enganchada a la maquinaria por todos lados... Y los pasos y gritos del Chiquito se acercaban, retumbaban en los émbolos mastodónticos... ¡Estaba perdida!

En ese momento una gran sacudida hizo trepidar todo. Por un momento Delia temió que lo más horrible hubiera sucedido: que el motor estuviera en marcha. Pero no era eso. La agitación se multiplicó, y era todo el camión el que estaba bailoteando sobre sus treinta ruedas. Un silbido fortísimo lo envolvía y atravesaba las chapas. Todos los olores le volvieron a la nariz y se desvanecieron. La tocó una corriente de aire frío.

«Se levantó viento», pensó automáticamente. ¡Y qué viento!

La reacción del Chiquito fue sorprendente. Se puso a gritar como un loco. Como si su peor enemigo se hubiera hecho presente en el peor momento.

—¡Otra vez vos, maldito! ¡Ventarrón hijo de mil putas! ¡Esta vez no te vas a escapar! ¡Te voy a mataaaaaar!

La respuesta del viento fue aumentar su potencia mil veces. El camión trepidaba, sus chapas tableteaban, todo el interior se entrechocaba… y, lo más importante, parecía hincharse con el aire introducido a presión… incluidas las piezas del motor… Delia se sintió libre y de inmediato una corriente la arrebató, la llevó rebotando y resbalando en la grasa hacia un vórtice en el radiador, en el enrejado donde los silbidos se refractaban como diez orquestas sinfónicas en un *tutti* ciclópeo… La rejilla cromada voló, y Delia saltó tras ella y ya estaba afuera, corriendo como una gacela.

Se sorprendía ella misma de lo rápido que iba, como una flecha. Solía jactarse con razón de su agilidad y energía, pero dentro de la casa, barriendo, lavando, cocinando, todo lo más caminando de prisa por el barrio, con pasos cortitos, cuando iba a hacer los mandados, nunca corriendo. Ahora lo hacía sin esfuerzo alguno, y devoraba la distancia. El aire le silbaba en las orejas. «Qué velocidad —se decía—, ¡lo que puede el miedo!»

Cuando se detuvo, el silbido se volvió un susurro, pero persistía. El viento seguía envolviéndola.

—Delia... Delia... —la llamó una voz desde muy cerca.

—¿Eh? ¿Quién...? ¿Qué...? ¿Quién me llama? —preguntó Delia, pero corrigió su tono algo perentorio por temor a ofender; se sentía tan sola, y su nombre había sonado con tan exquisita dulzura—. ¿Sí? Soy yo, soy Delia. ¿Quién me llama? —lo decía casi sonriente, con expresión intrigada e interesada, y también un poco temerosa, porque parecía una magia. No había nadie cerca, ni lejos, y el camión ya no estaba a la vista.

—Soy yo, Delia.

—No, Delia soy yo.

—Quiero decir: Delia, oh Delia, soy yo quien te habla.

—¿Quién es yo? Perdóneme, señor, pero no veo a nadie.

La voz era de un hombre: grave, culta, modulada con una calma superior.

—Yo: el viento.

—Ah. ¿Es una voz que trae el viento? Pero ¿dónde está el hombre?

—No hay ningún hombre. Soy el viento.

—¿El viento habla?

—Me estás oyendo.

—Sí, sí, lo oigo. Pero no entiendo… No sabía que el viento podía hablar.

—Yo puedo.

—¿Qué viento es usted?

—Me llamo Ventarrón.

El nombre le sonaba conocido.

—Me suena… ¿No nos hemos cruzado antes?

—Muchas veces. A ver si te acordás.

—¿Usted se acuerda?

—Por supuesto.

Hizo memoria.

—¿No fue aquella vez…?

—Sí, sí.

—¿Y aquella otra cuando…?

—¡Sí! Qué buena fisonomista sos.

No lo decía en broma. Debía de ser un modo de hablar.

—¡Cuántas veces…! Ahora me acuerdo de otras, pero podría estar horas mencionándolas.

—Yo te escucharía sin aburrirme. Sería música para mí.

—Millones de veces.

—No tantas, Delia, no tantas. Además, soy inconfundible.

Era muy amistoso, realmente. Pero la pobre Delia no estaba en condiciones de llevar su cortesía al punto de internarse en registros proustianos, así que pasó a un asunto más inmediato.

—¿Usted me salvó del camionero?

—Sí.

—Gracias. No sabe cuánto se lo agradezco.

—Me he estado ocupando de vos desde que viniste aquí, Delia. ¿Quién creías que te salvó de esos vientos juguetones que te hacían bailar en el cielo, y te depositó en tierra sana y salva? ¿Quién detuvo la puerta del camión cuando estaba a punto de cortarte la cabeza?

—¿Fue usted?

—Sí.

—Entonces gracias. No habría querido darle tantas molestias.

—Lo hice por gusto.

—Es que no sé cómo tuvieron que pasarme esos accidentes, cómo me metí en estos problemas... Lo único que sé es que salí en busca de mi hijo...

—Son cosas que pasan, Delia.

—Pero antes nunca me habían pasado.

—Es cierto.

—Y ahora... Estoy perdida, sola, sin nada... —lloriqueó un poco, abrumada.

—Estoy yo. Yo me ocuparé de que no te pase nada malo.

—¡Pero usted es viento! Perdone, no sé lo que digo. ¡Es que yo quiero a mi hijo, a mi casa...!

—No tenés más que decírmelo, Delia. Yo puedo traerte lo que quieras. ¿Tu casa, dijiste?

—¡No! —exclamó Delia, que ya veía su casa volando por los aires y cayendo hecha un montón de escombros a sus pies en aquel páramo—. No... Déjeme pensarlo. ¿En serio puede traerme lo que yo le pida?

—Para eso soy el viento.

Habría querido pedirle lo contrario: que la llevara a ella a su casa... Pero, aparte del miedo que le daba volar, tuvo en cuenta que no era eso lo que le había ofrecido Ventarrón. Comenzó a sentir una suspicacia. La pregunta que venía a cuento en este punto era: «¿Por qué a mí?». Pero no se atrevió a hacerla. Lo que había oído hasta ahora se parecía a una declaración de amor, y ella no sabía qué intenciones podía tener ese ser misterioso. Prefirió seguir conversando por una vía menos comprometida.

—Debe de ser interesante ser un viento, ¿no?

—Yo no soy un viento cualquiera. Soy el más rápido y el más fuerte. Ya viste lo que le hice a ese camión.

—Fue muy impresionante. Ese hombre había empezado a darme miedo. ¿Sabe que es vecino mío allí en Pringles?

Un silencio.

—Claro que lo sé.

—Lo que no me explico es cómo podía estar la Balero ahí adentro.

—Ya lo entenderás.

—Espero que a él no se le ocurra perseguirme.

—Te perseguirá, Delia, no hará otra cosa de ahora en adelante.

—¿En serio?

—Pero no te preocupes, que para eso estoy yo.

—Perdóneme, señor, pero no creo que un viento, por fuerte que sea, pueda detener a un camión.

El viento resopló con desdén.

—¡Nadie puede vencerme! ¡Nadie! ¡Mirá cómo corro! —fue hasta el horizonte y volvió—. ¡Mirá esta frenada! —se detuvo en seco, como un milímetro de mármol—. ¡Mirá este salto! —hizo una pirueta prodigiosa—. ¡Arriba! ¡Abajo!

La noche estaba transparente como un día azul oscuro. La luna miraba impasible. Delia creía ver, pero no estaba segura. Si no hubiera estado tan impresionada, esa exhibición le habría parecido un poco pueril.

Ventarrón volvió a su lado, y entonces sí estuvo segura de verlo, invisible, fuerte y hermoso, como un dios.

—¿Qué querés, entonces?

Ella seguía sin saber qué debía pedir.

—¿Podría ser... algo de comer?

—¡Cómo no!

Se fue y volvió en un minuto, trayendo una mesa, una silla, un mantel, platos, cubiertos, servilleta, salero, una milanesa con papas fritas, una copa de vino y una pera a la crema. Todo venía volando, suelto, las papas fritas como un enjambre de langostas doradas, la crema batida como una nubecilla... Pero todo se acomodó en orden sobre la mesa, y la silla fue apartada con la mayor cortesía para que ella se sentara... Ni siquiera tuvo que desplegar la servilleta y ponérsela en el regazo, porque Ventarrón lo hizo por ella.

—Sólo faltan las velas, pero no podría encenderlas —le dijo él—. Va contra mi naturaleza. De todos modos la luna, que he estado lustrando para que brille más, será tu lámpara.

—Muchas gracias.

Se quedó silbando a cierta distancia hasta que ella hubo terminado. Después le apartó la silla. Delia se levantó, y él se llevó todo.

«Quién sabe a quién se lo habrá arrebatado», pensó la costurera. «¡Pensar que tuve que cenar lo que me trajo un viento ladrón!»

—Ahora querrás dormir.

Al punto, vinieron volando desde el horizonte una cama, un colchón, sábanas, un quillango, una almohada. Se tendió ante sus ojos en un instante, sin una sola arruga.

—Dulces sueños.

—Gracias...

La voz de él se había hecho acariciadora, y él mismo se había hecho acariciador, la envolvía, agitaba su cabello y su vestido, daba vueltas por sus piernas con soplos aterciopelados...

—Hasta mañana, Delia.

—Hasta mañana, Ventarrón.

Hubo una especie de torbellino de vacío, y el viento trepó al cielo estrellado. Delia se quedó un momento indecisa junto a la cama. El vino le había dado muchísimo sueño. Las sábanas blancas de hilo la invitaban a dormir. Miró a su alrededor. Era un poco incongruente, esa cama en medio de la meseta. Y ella tenía el vestido imposible de grasa. Vaciló un momento, y después se dijo, mintiéndose con la verdad: «Nadie me ve». Se desnudó, y su cuerpo brilló bajo la luna mientras se metía bajo las sábanas. La noche suspiró.

Cuando se despertó a la mañana siguiente, creyó que estaba en su casa, como les suele pasar a los viajeros… Salvo que en ella no fue un estado pasajero y fugaz, un pequeño lapso de desconocimiento… sino que la extrañeza se instaló en su mente como un mundo, y ahí se quedó. En circunstancias normales, ella estaba en su cama, su cama en su dormitorio, su dormitorio en su casa, y su casa en Pringles. Hoy, parecía como si toda esa cadena de inclusiones se hubiera roto. El cielo era muy azul, y el sol un punto blanco ubicado en lo más lejano del cielo. Se volvió hacia la derecha, y a su lado no estaba Ramón, y más allá no estaba la camita de Omar con el niño dormido. A la izquierda no estaba la cómoda con el espejo encima… por lo tanto en el espejo no se reflejaba la ventana sobre la cama de Omar… En una palabra, no estaba en su casa. No estaba en ningún lado. Un espacio inmenso la rodeaba por todos lados. Lo único que parecía estar en su lugar era la hora, y ni siquiera ese amanecer tardío tenía aspecto de hora: se lo diría más bien un lapso de eternidad. No parecía la hora de levantarse… Se desperezó.

Días de ocio en la Patagonia…

Cuando se ponía el vestido pudo ver, ahora a la luz, el desastre de grasa que era. Sus zapatos estaban imposibles de polvo, podría haber escrito en ellos con el dedo. El viento, tan servicial para otras cosas, no se había ocupado de su atuendo, probablemente porque ella no se lo había pedido. Se le ocurrió que debía de ser como esos criados muy trabajadores y eficientes, pero sin iniciativa propia, a los que había que decirles todo.

—Buen día, Delia.

—Ah, eh… Buen día.

—¿Dormiste bien?

—Perfecto. Yo quería…

—Un momento. Tengo que llevarme esto.

La cama con todo lo suyo salió volando a toda velocidad y se perdió tras el horizonte. «Qué apuro», pensó Delia. Al instante el viento estaba de vuelta.

—Delia, tengo que decirte algo que habría preferido callar, pero es mejor que lo sepas, por si acaso.

—¿De qué se trata? No me asuste… —Delia ya estaba pensando en desgracias, según su costumbre.

—Anoche —empezó Ventarrón— salí a dar una vuelta, después de que te dormiste, y por ahí vi una luz, y me acerqué a mirar. En ese sitio hay un hotel, en lo alto de una montañita, y en un primer momento creí que se había incendiado, tanto era el resplandor. Pero no había ningún fuego. Bajé y me asomé a las ventanas. Tampoco era una fiesta. Era una luz de tipo radiactivo, que latía, y latía tanto que sacudía todo el hotel… Una luz roja, horrible, y la temperatura había subido a varios miles de grados… Como no tenía ninguna intención de transformarme en un viento atómico, tomé distancia, y me quedé mirando. Aquello iba de mal en peor. Yo mismo empecé a asustarme. Y eso que soy lo más eficaz que hay en fuga. Pero sé que hay espantos a distancia con los que no vale la escapatoria. Y entonces, de pronto, el hotel entero cayó, fundido como un copo de nieve al sol… Y ahí estaba, libre, encendido y horrible, el Monstruo… el niño que no debió nacer…

Su voz, ya de por sí grave, había tomado una resonancia de ultratumba, muy pesimista. Sus últimas palabras le hicieron correr un escalofrío por la espalda a Delia.

—¿Qué niño…? ¿Qué monstruo…?

—Hay una leyenda que dice que un día va a nacer, en un hotel termal de la zona, un niño dotado de todo el poder de las transformaciones, un ser que será la cápsula de todos los vientos del mundo, el molde del viento, por lo tanto feo hasta el espanto… por lo menos para mí, y para vos, porque lo que en mí está afuera, en él está adentro, impulsando todas las deformaciones… Ya ves si me incumbía lo que estaba viendo.

—¿Y qué pasó?

—Nada. Salí corriendo, y aquí estoy. Lo malo es que ahora el Monstruo está suelto, y te anda buscando.

—¡¿A mí?! ¿Por qué a mí?

—Porque así lo dice la leyenda —respondió el viento, críptico—. Y es obvio que la leyenda se ha hecho realidad.

—Pero ¿de dónde pudo salir ese monstruo?

—La evolución no sigue ningún camino.

—Y el camionero también me está buscando, ¿no?

—Del camionero me ocupo yo, él no es problema.

—¿Y del Monstruo?

Un silencio.

—Eso ya es otra cosa —dijo Ventarrón.

Delia bajó la cabeza abrumada.

—Cambiando de tema —dijo el viento—, anoche vi otra cosa que me resultó encantadora: un gran vestido de novia, plegándose y desplegándose a diez mil metros de altura, bogando hacia el sur…

—¿Un vestido de novia? ¿De plumetí de nylon, valencianas, raso de…?

—¡Sí, mujer! ¡Qué sé yo de trapos! ¿Por qué preguntás?

—Porque es mío. Lo perdí ayer, o anteayer…

—¿Cómo tuyo? ¿No sos casada? ¿No me dijiste que tenías un hijo?

—No. Quiero decir: yo lo estaba cosiendo, para una chica que justamente…

—¡¿No me digas que sos costurera?!

—Sí.

El viento casi se cae de espaldas. Tardó en reponerse.

—¿Sos la costurera entonces? ¿La esposa de Ramón Siffoni?

—Sí. Creí que lo sabía.

—Ahora empiezo a entender. Todo empieza a coincidir. La costurera… y el viento.

—Nosotros dos.

—Nosotros dos...

El viento estaba enamorado. Había estado enamorado desde toda la eternidad, al menos su eternidad de viento. Y ahora que la historia empezaba a desplegarse frente a él, la encontraba de pronto demasiado real, chillona, paradójicamente impredecible...

—Señor... —interrumpió Delia su meditación.

—¿Sí?

—Usted me dijo que podía traerme lo que le pidiera.

—...

—¿No me traería el vestido?

—¿Para qué lo querés?

Sí, bien pensado, ¿para qué? No parecía como si la Balero, que ahora estaba toda negra y en poder de ese camionero salvaje, fuera a necesitarlo. Pero nunca se sabía; en todo caso, podía cobrarle la hechura y entregárselo a la madre; ya estaba prácticamente terminado. Además, era razonable pedirlo, ya que era su trabajo.

—La tela la puso la clienta —dijo—, y me lo va a reclamar.

—De acuerdo, pero dame tiempo. Quién sabe dónde estará a estas horas.

—Una cosita más, si no es mucha molestia. Yo traía un costurero, y lo perdí, seguramente las cosas se dispersaron... ¿No me las podría juntar y traérmelo?

—No te preocupes. Soy muy bueno encontrando agujas perdidas en la Patagonia.

—Lo que no sé es qué puedo hacer mientras tanto.

—Yo nunca me aburro —dijo el viento.

—Yo tampoco, cuando estoy en mi casa. Pero aquí... —volvió a lloriquear.

—Ya te dije que podía traerte tu casa, con todo lo que tiene adentro.

—No, no... ¡No la quiero!

No se le ocurría idea más deprimente que su casa puesta allí en medio del desierto; para ella la casa era también la calle, los vecinos, el barrio. Que le ofrecieran la casa sola era como si quisieran pagarle con una moneda inconcebible que tuviera un solo lado.

—Estaríamos muy cómodos, Delia, vos aquí en tu casa, limpiando, haciendo la comida, cosiendo. Yo te haría compañía, te traería todo lo que quisieras… viviríamos felices, a salvo…

Delia estaba aterrada. Las intenciones de Ventarrón se hacían claras, y la llenaban de pavor. ¿Era posible que un fenómeno meteorológico se hubiera enamorado de ella? Además, era contradictorio: ¿cómo iban a estar a salvo, con un camionero loco, y encima un monstruo, buscándola para destruirla? No era una perspectiva muy tranquilizadora. Y estaban su marido y su hijo. De eso no habría querido hablar con el viento, pero fue él quien sacó el tema:

—¿Te gustaría que tu marido viniera a buscarte?

—…

—No podrá hacerlo, Delia. Lo intentó, pero su vicio se interpuso (ya sabés a qué me refiero), y perdió el camión.

—¿En serio?

—Y no podrá recuperarlo. Ese camión rojo, al que estabas tan acostumbrada, se hizo invisible y nadie volverá a conducirlo nunca. Ramón Siffoni se quedó a pie para siempre.

¡Nunca volveré a Pringles!, pensó Delia con desesperación. Odió al viento por su sadismo.

—Tengo que hacerte una pregunta, Delia. ¿Estás enamorada de tu marido? ¿Te casaste por amor?

—¿Y por qué iba a casarme si no?

—Para no quedarte solterona.

No se dignó responder. Quizás no habría podido hacerlo, porque tenía un nudo en la garganta.

—¿Lo querés?

—Sí.

—Pero nunca se lo has dicho.

—No es necesario, en el matrimonio.

—¡Qué poco romántica que sos! —Una pausa—. ¿Querés decírselo?

En un arrebato, Delia olvidó toda prudencia:

—¡Ojalá estuviera aquí para decírselo! ¡Ojalá!

—No es necesario que esté aquí. Yo podría llevar tus palabras al otro lado del mundo, si fuera preciso. —Otra pausa. El viento esperaba—. Decíselo. Atrevete y decíselo.

Delia alzó la cabeza y miró el horizonte allá al fin de la meseta. Todo parecía muy pequeño, y sin embargo ella sabía que era muy grande. ¿Su voz podría ir más allá? Su voz estaba en el corazón de su marido… ¡Qué grande era el mundo! ¡Y qué lejos estaba ella! ¡Adónde había venido a parar! ¡Nunca volvería a Pringles! ¡Nunca!

—Ramón… —dijo, y el viento rugió y se fue.

Estoy sentado en un café de la Place Clichy... A esta altura sigo aquí contra mi voluntad. Debería haberme ido hace rato, tengo una cita... Pero no puedo llamar al mozo, simplemente no puedo, es más fuerte que yo, y pasan los minutos... Revisé varias veces el ticket, y mi bolsillo, conté las monedas de atrás para adelante y de adelante para atrás y no me alcanza por un pelo, dan seis francos con noventa y el café cuesta siete, parece hecho a propósito... Es por eso que necesito que venga el mozo, va a tener que darme cambio de cincuenta francos, no tengo más chico... Si me alcanzara con las monedas se las dejaría en la mesa, libre como un pájaro, pondría mis huevitos metálicos y saldría volando. Es tanta mi impaciencia que si tuviera un billete de diez se lo dejaría... Pero no tengo. Quedo reducido a esperar a que me mire para hacerle un gesto, llamarlo con la mano... y aquí es igual que en todo el mundo: los mozos nunca miran. Tengo la vista fija en él, cada giro que da yo esbozo mi gesto... ya deben de haberlo advertido todos los parroquianos, y los otros mozos, por supuesto, todos menos él. A ver ahora... Viene hacia aquí... No, otra vez fallé, debo de tener un aire suplicante, estoy clavado en mi silla... La muevo, hago raspar las patas contra el piso para que se le ocurra mirarme... Sé que ir a buscarlo sería inútil, además de grotesco, se escabulliría... ahí sí, me volvería el hombre invisible, el fantasma de la Place Clichy. No me queda más que esperar la próxima oportunidad, esperar a que vuelva hacia aquí, a que se ocupe la mesa de al lado y me vea... Y quiero irme, tengo que irme, eso es lo peor... Estuve dos horas escribiendo en esta mesa (él debe de pensar que si me quedé dos horas, bien puedo quedarme tres, o cinco, o hasta que cierren), y en el entusiasmo de la inspiración, que ahora maldigo, seguí y seguí hasta terminar el capítulo anterior... y cuando miré el reloj me quise morir... Ya debería estar en esa cena, me estarán esperando, y yo clavado aquí... Tengo veinte minutos de Métro por lo menos, y los minutos pasan y yo sigo buscando la mirada del mozo... No sé cómo puedo estar escribiendo esto, si no saco la mirada de su cabeza... Hago agujeros en el cuaderno cada vez que pongo puntos suspensivos. Esto empieza a parecer definitivo: no va a mirarme nunca, nunca. ¿Hace diez minutos que lo estoy intentando? ¿Quince? Ya no quiero mirar el reloj. Lo miro a él, como una manía... La ley de probabilidades debería estar a mi favor, en algún momento debería mirarme, ya que no puede evitar mirar algo... Y pensar que habría sido tan fácil hacerlo venir ni bien vi la hora: bastaba con llamarlo en voz alta. Tanta gente lo hace... Pero yo no puedo. Nunca en mi vida he llamado a un mozo si no es con oficio mudo (y he escrito todas mis novelas en cafés), nunca lo he hecho, nunca lo haré... nunca... Y entonces se levanta dentro de mí una ardiente recriminación a mi Creador, muda por supuesto, interior, pero yo la pronuncio y la oigo con la mayor claridad:

«Señor, ¿para qué me diste la voz, si no me sirve de nada? ¿No deberías haberme dado con ella la capacidad de usarla? ¿Qué te costaba? ¿No te parece un sarcasmo, casi un sadismo, hacerme dueño, como a todos los hombres, de ese instrumento maravilloso que atraviesa el aire como un mensajero del cuerpo inmóvil y es el cuerpo bajo otra forma, el cuerpo volador... y enrollarlo en mí, en un hechizo de interioridad? Es como si llevara un cadáver adentro, o al menos un inválido, un huésped que no quiere irse... Supongo que de recién nacido yo también podía gritar llamando a mi mamá... pero ¿y después? Mi voz se ha atrofiado en mi garganta, y cuando hablo, cosa que hago sólo cuando me dirigen la palabra, como los fantasmas, lo que sale es un balbuceo gangoso y amanerado, apenas adecuado para transportar a muy corta distancia mis dudas e ignorancias. ¡Si al menos me hubieras hecho mudo, ¡estaría más tranquilo! ¡Entonces podría gritar, y gritaría todo el tiempo, el cielo se llenaría con mis aullidos de mudo! Dirás que he abusado de la lectura de Leibniz, Señor, pero ¿no te parece que, dadas estas circunstancias, deberías mover la cabeza del mozo de modo que me vea?».

Delia, realidad mía... Ahora hablándote a vos, en mi silencio, ¿tu historia no se parece a la mía? Es la misma, coincide en cada uno de sus giros tornasolados... Lo que en mí es incidente minúsculo, en vos se hace destino, aventura... Y no es una analogía, sino una nueva disposición de lo mismo. No importa el volumen de la voz, sino el lugar de la historia en que se hable; la historia tiene rincones y repliegues, cercanías y distancias... Una palabra a tiempo lo puede todo... Y sobre todo (pero es lo mismo) importa lo que se diga, el sentido; en la disposición de la historia hay un puente de plata, un continuo, de la voz al sentido, del cuerpo al alma, y por ese continuo avanza la historia, por ese puente...

Había quedado en el desprendimiento de la voz, justamente... El viento se fue con las palabras de amor montadas en sus lomos, y atravesó grandísimas distancias en todas direcciones. Se sacudía, se torcía para sacárselas de encima, pero no lograba más que darlas vuelta, apuntarlas para otro lado, meterlas en los intersticios de la Patagonia. El viento también tenía mucho que aprender. En su vida había una sola restricción a la libertad total: la Fuerza de Coriolis, que no es otra cosa que la fuerza de gravedad aplicada a su masa. Es lo que mantiene a todos los vientos pegados al planeta. La voz por su parte tiene la peculiaridad de que en su desprendimiento se lleva el peso del cuerpo del que ha salido; como ese peso es la realidad de lo erótico, a las palabras de amor los amantes creen poder abrazarlas, creen poder hacer con ellas un continuo de amor que dura por siempre.

El continuo, por otro nombre: la confesión. Si yo hiciera literatura confesional, me dedicaría a buscar lo indecible. Pero no sé si lo encontraría; no sé si existe en mi vida. Igual que el amor, lo indecible es lo que está en un lugar de una historia.

Salvando las distancias, es como Dios. A Dios se lo puede poner en dos lugares diferentes del discurso: al final, como hace Leibniz cuando dice «y es a esto a lo que llamamos Dios», es decir, cuando se llega a él después de la deducción del mundo; o al principio: «Dios creó...». No son teologías distintas, son la misma pero expuestas al revés. La clase de discurso que pone a Dios al principio es el modelo y madre de lo que llamamos «la ficción». No debo olvidar que antes de mi viaje me propuse escribir una novela. «El viento dijo...» no es tan absurdo; no es más que un método como cualquier otro. Es un comienzo. Pero es siempre comienzo, comienzo en todo momento, del principio al fin.

Palabras de amor... Palabras viajeras, palabras que se posan para siempre en la balanza de un corazón de hombre. En la historia anterior de Delia y Ramón había un enigma pequeño y secreto (pero la vida está llena de enigmas, de los que no se resuelven nunca). Habían consumado el matrimonio un tiempo después de casados, aparentemente por voluntad o falta de voluntad de él, aunque nunca se explicó. Quiero decir, quedó un lapso blanco entre la boda y la consumación. Si alguien además de ellos dos lo hubiera sabido, no habría valido la pena que le preguntara el porqué a Delia, como no valía la pena que Delia se lo preguntara a sí misma, porque no habría sabido qué responder. A eso me refería, en buena medida, al hablar del olvido, el recuerdo, etcétera: a esas cosas que parecen un secreto que alguien guarda, pero que no guarda nadie.

Algo parecido sucedía con la maledicencia de vecinas, ese pasatiempo apasionado del que Delia era especialista. Si yo entrara en la conciencia de Delia como podría hacerlo un narrador omnisciente, descubriría con sorpresa y quizás cierto desencanto que la maledicencia no existe en el fuero íntimo. ¡Pero era ella misma la que se sorprendía! Y descubría su sorpresa cuando ella era su propia narradora omnisciente...

Ramón, mientras tanto... es·decir, el día anterior: no olvidemos que Delia había perdido un día... andaba perdido por la meseta hiperllana, desorientado y de mal humor. No era para menos. Estaba a pie, en un desierto sin fin... Para un pringlense de aquel entonces, quedarse a pie era grave; el pueblito era un pañuelo, pero por algún motivo, quizás por ser tan pequeño justamente, andar a pie no daba resultados. Todo el mundo andaba motorizado, los pobres en unos vehículos antiquísimos, de los que andan por milagro, pero se las arreglaban para ir y venir en ellos todo el tiempo, y si no no iban ni venían. Mi abuela decía: «Hasta a la letrina van en auto». En esos desplazamientos que se les antojaban agradablemente mecánicos creían vencer al tiempo y al espacio. Ramón iba más lejos que otros en ese sistema subjetivo, por jugador. En su caso tenía más importancia, era más emocionante; cada cambio de lugar tenía su propio peso. No era el único en pasear sobre esas ilusiones, por supuesto; no era el único jugador compulsivo en Pringles, ni mucho menos; había toda una constelación de esa clase de gente, una jerarquía de iguales. Según la broma popular, eran los que seguían jugando aun cuando abandonaban la mesa de paño verde al amanecer; el sol salía para que ellos siguieran jugando sin saberlo; en realidad, sucedía que llevaban la disposición con ellos a todas partes donde fueran, en sus autos o camionetas, incluso fuera del pueblo, a los campos que lo rodeaban. El juego mismo era una disposición, un concierto de valores que se decían sus secretos a distancia, cada uno en su punto del cielo negro de la noche del jugador; de modo que no podían sino llevar la disposición consigo a todas partes. Entre ellos circular a toda velocidad, casi en una simultaneidad exaltante de números y figuras, era un modo de vivir.

El combate de Ramón Siffoni con el Chiquito había ido creciendo con el tiempo, como crecen las cosas en los pueblos. Había empezado en algún momento, y casi de inmediato había abarcado todo uno de esos universos particulares... Ramón había creído, no sin ingenuidad, que le sería posible mantener el combate en un estado estable, hasta que él se decidiera... ¿a qué? Imposible saberlo. Hasta que se decidiera a mirar de frente la ilusión, que es por definición lo que siempre da la espalda.

Y ahora, sin vehículo, caminando por donde no había caminos ni modo de hallarlos, encontraba que el momento había llegado. Todos los momentos llegan, y éste también. El Chiquito se había apoderado de todo... ¿De qué? ¿De su esposa? Él nunca se jugaría a Delia a las cartas, no era un monstruo, y tenía otras cosas que jugar antes, muchas, casi infinitas... Pero hubo un momento, ese momento, cuando llegó... en que Ramón advirtió que la apuesta podía haberse hecho de todos modos, sin saberlo él; ya otras veces le había pasado. Se había pronosticado a sí mismo que esto sucedería... y ahora no sabía si había sucedido o no.

Caminó toda la mañana, al azar, tratando de mantener líneas rectas para cruzar más terreno, y sobre todo para no volver al hotel del que había huido. Y aunque en el desierto no hay nada, encontró algunas cosas sorprendentes. Lo primero fueron los restos de un Chrysler negro, chocado y tirado por ahí. Lo estuvo rondando un poco. No había cadáveres adentro, y no parecía que hubiera muerto nadie en el accidente: al menos no se veía sangre, y todo el espacio del asiento delantero había quedado más o menos intacto, acanastado. Era un taxi: tenía el reloj con la banderita. Y la patente era de Pringles. De hecho, se parecía sobrenaturalmente al Chrysler de su amigo Zaralegui, el taxista. Ramón entendía bastante de mecánica, era una de sus tantas habilidades de ocioso; pero estaba fuera de cuestión volver a hacer funcionar esta ruina, porque la carrocería se había retorcido de tal modo que ya no tenía ni atrás ni adelante. Calculó que el choque había sucedido a una formidable velocidad, de otro modo no se explicaba ese aplastamiento. Que un auto tan viejo pudiera alcanzar esa velocidad era mérito del motor, uno de esos motores antiguos, sólidos, perfectos, tanto que había quedado casi intacto; si alguien quería recuperar esta chatarra, lo utilizable sería el motor, justamente.

Tomó mentalmente las coordenadas; no sabía por qué (ni siquiera podía refugiarse ahí en caso de lluvia, porque la capota había quedado abajo de las ruedas reventadas), pero al menos era una cosa, un descubrimiento, algo a lo que podía volver. Siguió adelante.

El segundo encuentro fue con algo semienterrado. Parecía un armario bombé, pero una vez que lo examinó de cerca vio que era la carcasa magnífica de un tatú gigante de la era paleozoica. Lo que asomaba era apenas un fragmento, pero descubrió que la tierra que lo aprisionaba era fragilísima, estaba como cristalizada y se rompía y dispersaba de un soplo. Con una costilla suelta cavó, por pura curiosidad, hasta dejar al descubierto la caparazón entera; medía ocho metros de largo, cinco de ancho, y tres de alto en el centro. En vida eso habría sido un armadillo del tamaño, más o menos, de un ballenato. La caparazón estaba perfecta, sin un agujero, y se la diría de un nácar marrón, trabajada hasta el último milímetro con orlas islámicas, nudos, rebordes... Golpeada, hacía un ruidito seco, a madera. No sólo estaba intacta la parte convexa superior, sino también la inferior, plana, de una membrana gruesa y blanca. Cuando fue a acomodar a un costado de la excavación esa enorme estructura, Ramón se sorprendió al ver lo liviana que era. Se metió. Esto sí, podía servir como refugio; y amplio, despejado. Podía ponerse de pie adentro, y caminar... si tuviera sillones y una mesa ratona sería una acogedora salita. Lo limpió, sacó por las aberturas (había seis: una adelante y una atrás, para la cabeza y la cola, y cuatro abajo, para las patas) los restos de huesos, y se quedó adentro admirando ese prodigio de la antigüedad. El nácar de la caparazón no era del todo opaco, dejaba pasar una luz muy cálida, muy dorada. Recordó que ese tipo de animales tenían una cola también acorazada, y le sorprendió que en la abertura posterior no hubiera nada colgando. Quizás se había desprendido... Salió y buscó alrededor. Tuvo que cavar un poco más, pero la encontró: era una especie de cuerno, del mismo material, un cono alargado, de unos seis o siete metros, curvado y terminado en una punta muy afinada. Estaba vacío también, y como era tan liviano pudo erguirlo, la punta para arriba, y vaciarlo de tierra y piedritas.

Había estado trabajando horas, y se había cubierto de sudor. Volvió a meterse y se tendió en la membrana, como en una alfombra blanca de la prehistoria, a descansar y pensar. Se le había ocurrido una idea que parecía una locura, pero quizás no lo fuera. Si tomaba este fósil como una carrocería... y le ponía el motor del Chrysler, y las llantas de sus ruedas... Se adormeció en una ensoñación mecánica. Pero ¿cómo traer hasta aquí el motor y las demás partes que necesitaba del auto? No era necesario traerlo, podía ir hasta allá con la caparazón... Salió a probar. Efectivamente, podía moverla, pero muy despacio, con mucha dificultad, y le llevaría días hacer los dos o tres kilómetros que lo separaban del auto. Era un poco como el juego: a veces uno tiene todo lo necesario para una mano ganadora, pero no lo tiene junto... Se le ocurrió otra idea (lo que no es tan admirable: en general cuando a uno se le ocurre una idea, después se le ocurre otra, y tanto es así que a veces he llegado a pensar si no se me ocurrirá una idea con el solo fin de provocar la ocurrencia de otra). Salió caminando en dirección del Chrysler. Faltaba que lo volviera a encontrar, por supuesto, pero confiaba en poder hacerlo, y así fue. Lo que había pensado había sido sacar las llantas de las ruedas, y los palieres, y fabricar una especie de carretilla en la que transportar el motor hasta la caparazón. Pero no resultó tan fácil. La falta de herramientas contribuía, aunque en la colapsada guantera del taxi encontró un destornillador providencial. Al fin tuvo las cuatro llantas desprendidas (el círculo no se había deformado en ninguna de las cuatro); hacer esa especie de carretilla que había pensado era un delirio. Más práctico sería proceder al revés. Hizo cuatro viajes hasta la excavación, llevando cada una de las ruedas, un viaje más para llevar los palieres, y con ayuda del servicial destornillador logró colocarlas, de modo precario, abajo del tatú. Lo empujó, y el avance se hizo perfectamente fácil. Metió la cola, por si le era útil; pensó que podía tener que insertarla de vuelta en su lugar para que actuara como timón, que es la función que tiene en el animal vivo.

No le llevó mucho tiempo salirse con la suya. Primero desarmó toda la chatarra, tornillo por tornillo. Hizo un bricolaje brillante; colocó el motor adelante, sujeto con grampas, el tanque de nafta, el ventilador, etcétera. Las poleas, los palieres, las ruedas, en las cuatro aberturas de las patas... Listo. Es más fácil contarlo que hacerlo, pero en su caso fue facilísimo. El paso siguiente era ponerlo en marcha y probarlo. Lo hizo. El aparato andaba, lento al principio, después más rápido.

Cayó la noche y seguía viajando, viajando, con el cuerno por delante... Porque había puesto el cono-cola del tatú como trompa a su vehículo, lo había atornillado, por así decir, a la abertura delantera. Quedaba bien, le pareció; lo había hecho por estética nada más, no por aerodinámica. Lo que más le gustaba era que cambiaba totalmente el aspecto de los restos: con esa especie de cuerno al frente ya no parecía un tatú. Le hizo pensar qué fácil era cambiar el aspecto de algo, lo que parece más inherente a su ser, lo más eterno... se transformaba por completo mediante un trámite tan sencillo como cambiar de lugar la cola. ¡Cuántas cosas que parecen distintas, pensó, serán en realidad las mismas, con algún pequeño detalle trocado!

Lo que era impresionante era el ruido que hacía. El ronquido del motor resonaba en el gran óvalo hueco y se volvía un trueno.

Como no había dormido la noche anterior, se caía de sueño. Así que estacionó en cualquier parte (cualquiera daba lo mismo) y se acostó en la membrana, atrás del asiento. Le sobraba lugar. Se durmió de inmediato. Cerca del amanecer, lo despertó una brusca sacudida. El círculo de la luna, que se estaba poniendo, había calzado justo en la abertura de la cola que era la única entrada o salida del vehículo. Apenas atinaba a pensar si habría estado soñando, cuando una segunda sacudida, ésta más prolongada, volvió a mecerlo. Y siguió haciéndolo mientras él se levantaba, entumecido y lleno de sueño todavía. Tanto se bamboleaba la caparazón que Ramón se cayó tres veces antes de poder asirse del respaldo del asiento. Cuando se sentó, miró por la medialuna que había dejado libre en la parte superior del hueco delantero, sobre el volante, y que hacía de parabrisas sin vidrio. La meseta estaba penumbrosa y tranquila, los pastos no se movían. Pero el armatoste seguía vibrando, ahora un poco menos, y no bien pudo orientar su atención notó que los golpes y rasguños venían de arriba, de la cúpula de la maravillosa caparazón nacarada. Era evidente que algún animal se había trepado; no necesitaba ser muy grande para provocar esas sacudidas, por lo liviana que era la estructura, pero de todos modos podía ser peligroso. Se decidió a averiguar usando el espejito retrovisor del Chrysler, que había tenido la precaución de traer. Lo empuñó y sacó la mano por la medialuna, apuntándolo hacia atrás. Lo que vio le heló la sangre de espanto.

Era el Monstruo. Ramón nunca había visto nada tan feo, pero nadie había visto nada tan feo. Era un niño monstruo. Trepado a la capota… como el Omar estaba trepado siempre al camión del Chiquito… A los niños les gustaba eso.

Lo escalofriante era la forma que tenía el Monstruo… Más que una forma, se trataba de una acumulación de formas, fluidas y fijas a la vez, fluidas en el espacio y fijas en el tiempo, y viceversa… Eso no tenía explicación. El Monstruo había visto (porque tenía ojos, o un ojo, o era un ojo) el espejito asomando de la ranura y brillante por la luna a la que apuntaba, y se extendió hacia él…

Ramón metió adentro la mano, que había empezado a temblar, puso el contacto, apretó el acelerador… El vehículo se precipitó hacia adelante, con el Monstruo dando tumbos arriba.

Omar… el juego… el niño monstruo… el niño perdido… Todo daba tumbos en su mente igual que esa criatura en la capota de su paleomóvil… A Omar lo veía duplicado en su amigo inseparable César Aira… Confiaba en que los Aira hubieran alojado a Omar y le hubieran dado de comer esa noche y la anterior; en el fondo eso no tenía importancia… Pero qué paradójico, dentro de todo, que el niño perdido estuviera en su casa, y los padres dando vueltas en el desierto a cientos de leguas de distancia... Eso no lo hacía menos «niño perdido», como en el cuento de los osos: entraba a una casa vacía, se preguntaba quién viviría allí, con la sensación de inminencia... en cualquier momento podían irrumpir los dueños... Daba lo mismo que fuera su casa, que hubiera vivido ahí toda la vida... Era un detalle sin peso decisivo en el sentido de la historia...

Éramos unos chicos sanos, normales, bastante lindos, buenos alumnos... Adorábamos a nuestras mamás y venerábamos a nuestros papás, y les teníamos algo de miedo también; eran tan estrictos, tan perfeccionistas... Creo que éramos la quintaesencia de la normalidad pequeñoburguesa. Y sin embargo, sin saberlo, todo se apoyaba en el miedo, como la roca flota sobre la cresta de la lava al final de *Viaje al centro de la Tierra*; el miedo, podría decirse, la lava, era la biología, el plasma. Simplificando en el sentido de lo sucesivo, primero estaba el miedo de las embarazadas (es decir, que empezaba antes de que empezáramos nosotros mismos) a parir un monstruo. La realidad, indiferente y aristocrática, seguía su curso. Entonces el miedo se transformaba... Todo es cuestión de transformación de miedos: eso vuelve a la sociedad lábil, cambiante, los mundos cambian, los distintos mundos sucesivos que sumados son la vida. Uno de los avatares del miedo es: que el niño se pierda, desaparezca... A veces el miedo se transfiere de la madre al padre; a veces no; el niño registra estas oscilaciones y se transforma en consecuencia. Que sean los padres los que desaparezcan, que el viento se enamore de la mamá, que un monstruo los persiga, que un camionero no se pierda nunca porque viaja con su casa a cuestas como Raymond Roussel, etcétera, etcétera, etcétera, todo eso, y mucho más que queda por ver, es parte de la literatura.

Ahora me acuerdo de una golosina que adorábamos los chicos de Pringles en aquel entonces, una especie de antecedente de lo que después fue el chicle. Era muy regional, no sé quién lo habrá inventado ni en qué época desapareció, sólo sé que hoy no existe. Era una bolita, envuelta en papel manteca, acompañada de un palito suelto, todo muy casero. Había que masticarla hasta que se pusiera esponjosa, y crecía mucho en volumen; sabíamos que estaba lista cuando ya no nos entraba en la boca. La sacábamos, y se había transformado en una masa livianísima que tenía la propiedad de cambiar de forma modelada por el viento, al que la exponíamos clavándola a la punta del palito. Debía de ser por eso que era una golosina regional: los vientos de Pringles son cuchilladas. Era como tener una nube portátil, y verla cambiar y sugerir toda clase de cosas… Era sano y entretenido… El viento, que a nosotros nos dejaba iguales (se limitaba a despeinarnos), a la masa la transfiguraba sin cesar… y no valía la pena enamorarse de una forma porque ya era otra, y otra… hasta que de pronto se había solidificado, o cristalizado, en una cualquiera de las formas que nos habían estado encantando durante largos minutos, y la comíamos como un chupetín.

Dije antes, creo, que cuando nevaba por la noche el Chiquito me dejaba de regalo, para cuando yo saliera a la escuela, al amanecer, un muñeco de nieve en la puerta de mi casa. Para mí, como para Omar, que no conocíamos su vida secreta, el Chiquito era un héroe, con su camión grande como una cordillera y sus viajes por toda la maravillosa Argentina… Los vecinos elogiaban su corazón, su gesto un poco infantil, haciendo más honor a su nombre que a su físico hercúleo, de modelar un muñeco con la nieve a esas horas imposibles a las que partía, sólo para darme una fugaz sorpresa, un placer. A veces en esas ocasiones, cuando yo salía, ya había soplado el viento, y mi muñeco me recibía con ocho brazos, o jorobado, o más a menudo con una torsión picassiana, la nariz en la nuca, el ombligo en la espalda, los dos hombros del mismo lado… A mi regreso al mediodía ya no quedaba nada: se había derretido.

Pero hubo un muñeco, dos o tres inviernos antes del verano en que sucede la acción de esta novela, que no se derritió. Cuando salí, pegué un respingo. Nadie me había dicho que había nevado. Era casi de noche todavía, pero se veía bien;

delante de mí tenía un muñeco, de un metro y medio de alto, que originalmente, una hora o dos antes, cuando el Chiquito se había detenido a hacerlo antes de marcharse, habría sido uno de esos simpáticos enanos rechonchos que son siempre los muñecos de nieve. Pero en el intervalo la nevada había terminado, había empezado a soplar el viento, y el muñeco se modificó por los cuatro costados. Eso no me asustaba, por el contrario, me divertía tanto que solté una carcajada... Tampoco me preocupaba que dentro de unas horas el muñeco se hubiera derretido... Pero a él sí lo preocupaba.

—Cuando salga el sol —me dijo—, y no falta mucho, me haré agua y me tragará la tierra.

—Cuando uno mete la pata, suele decir «trágame tierra» —le dije. Yo era muy pedante y sabihondo ya de chico.

—¡Pero yo no lo digo! No quiero morir.

Me quedé callado. En eso no podía ayudarlo. Entonces, para mi sorpresa, habló el viento:

—Eso puede arreglarse.

El Muñeco:

—¿Cómo?

—Tendrás que aceptar los términos que te imponga.

—¿Y no voy a morirme?

—Nunca.

—¡Entonces acepto, sea lo que sea!

Ahí intervine yo, que no aceptaba quedar al margen en ninguna conversación:

—Tenga cuidado, mire que esto se parece a una de esas compras de alma que suele hacer el diablo, por ejemplo, en... —me proponía contarles con lujo de detalles el argumento de *El hombre que vendió su sombra*, que ya había leído (¡a los ocho años!, ¡qué insoportable debo de haber sido!). Pero el muñeco me interrumpió:

—¡Si yo no tengo alma, mocoso! —Y al viento—: ¿Cuáles son las condiciones?

—Una sola: que me dejes llevarte a la Patagonia, donde el sol no derrite la nieve, y te dejes moldear siempre, a cada instante, por nosotros los vientos. Vivirás para siempre, pero nunca tendrás dos veces la misma forma.

—¡Qué ganga! Si ya me cambiaste de forma…

—Pero mirá que allá soplamos mil veces más fuerte que aquí.

—No exageres. Y de todos modos, qué más da. Trato hecho, vamos.

No tuve nada que decir (igual no me habrían llevado el apunte) porque el negocio me parecía bastante razonable… Pero ¿no parecía siempre razonable en esos casos? ¿No era la trampa suprema del diablo? Salvo que en este caso, tratándose de un muñeco de nieve, sí parecía razonable en serio, sin trampa escondida. Y sin embargo…

Vi cómo el viento alzaba al muñeco con un ¡Upa! atorbellinado, y se lo llevaba por el aire gris del amanecer.

Nunca supe qué hice esa tarde perdida...

En lo perdido se reúne todo. Es una devoración. Uno puede perder el paraguas, un papel, un diamante, una pelusa... Todo se metaboliza. Perder es dejarse olvidadas las cosas en los cafés. El olvido es como una gran alquimia sin secretos, límpida, transforma todo en presente. Hace de nuestra vida, al fin, esta cosa visible y tangible que tenemos en las manos, ya sin repliegues ocultos en el pasado. Yo lo busco, al olvido, en una locura de arte. Lo persigo como el pago merecido de mi hastío y nostalgias... ¿Para qué trabajar? Preferiría haber terminado ya. Un esfuerzo más... Me gustaría que todos los elementos dispersos de la fábula se reunieran al fin en un instante soberano. Salvo que quizás no haya que trabajar para lograrlo, y en ese caso mis esfuerzos serían vanos. O al menos... debería haberlo pensado mejor... En lugar de ponerme a escribir... sobre la Costurera y el Viento... con esa idea de aventura, de lo sucesivo... no digo renunciar a lo sucesivo que hace la aventura... pero imaginarme de antemano todo lo que pasa en lo sucesivo, hasta tener la novela entera en mi cabeza, y sólo entonces... o ni siquiera entonces... Todo el proyecto como un punto, el Aleph, la mónada totalmente desplegada pero como punto, como instante... Mi vida puesta en el presente, con todo lo que pasó en ella, que no fue tanto, no fue casi nada. Perder el tiempo en los cafés. Nunca supe qué hice aquella tarde perdida...

En fin. Ya que estoy, terminemos.

Había dejado a Delia en el crepúsculo, perdida y esperando. Volvió el viento, con una cosita perfectamente gris.

—No encontré el vestido ni el costurero. Lo siento. De todos modos, no sé para qué los querías.

—¿Y esto?

—Es lo único que encontré. ¿Es tuyo?

—Sí… Era mío…

Era un dedal de plata, un souvenir precioso, en cuyo pequeño hueco Delia pensaba que cabía toda su vida, desde que había nacido. Y ahora que le parecía que su vida terminaba, o que se precipitaba en un abismo insensato, veía que había valido la pena vivirla, allá en Pringles.

—No es un dedal corriente —dijo el viento—. Lo he transmutado en el Dedal Patagónico. De él podrás sacar todo lo que quieras, todo lo que te dicte tu deseo, no importa el tamaño que tenga. Sólo tendrás que frotarlo hasta que brille cada vez que pidas algo, y de eso me encargo yo, que soy muy bueno frotando.

Delia se disponía a responderle, porque al fin había encontrado una buena contestación, pero oyó un ruido lejano y levantó la vista.

Venía gente, por los cuatro lados. Miniaturas. Lo lejano se ha hecho pequeño. La función de los lugares realmente grandes, y la Patagonia es el más grande de todos, es permitir que las cosas se hagan de veras pequeñas. Eran juguetes. Cuatro, y venían de los cuatro puntos cardinales, en una cruz perfecta cuyo centro era ella. El camión del Chiquito, el Paleomóvil, el Monstruo y el Muñeco de Nieve del bracete con el Vestido de Novia vacío. Estos últimos venían a pasitos medidos como novios encaminándose al altar. Pero la velocidad era la misma para los cuatro, y resultaba obvio que harían colisión en el punto donde estaba Delia. Probó de dar un paso al costado, y los cuatro ángulos rectos se trasladaron con ella. El encuentro sería simultáneo. (A mí jamás se me habría ocurrido una imagen tan apropiada del instante como catástrofe.) No había nada que hacer. Cerró los ojos.

Pero hasta lo simultáneo tiene una jerarquía interior; es una ley del pensamiento. En este caso, lo principal, lo irremediable, era que el Monstruo la había encontrado. Ante ese hecho no valía la pena cerrar los ojos, así que lo miró.

Era realmente horrible. Como un cuadro abstracto, de Kandinsky. Y gritaba:

—¡Voy a matarte! ¡Carroña! ¡Arrastrada!

—¡No! ¡No!

—¡Sí! ¡Voy a matarte!

—¡Aaaah!

—¡Aaaaaaah!

Delia cayó de rodillas. Desde allí, levantó la vista, por segunda vez. El Monstruo venía hacia ella. Si ya antes en el transcurso de esta aventura se habían dado motivos de espanto, éste los superó y trascendió a todos. Habría salido corriendo… Pero no había adónde ir. Estaba en la Patagonia, en lo ilimitado, y no tenía adónde ir: no fue la menor de las paradojas del momento.

—¡No me mate! —gritó.

—¡Callate, puta!

—¡No soy eso que usted dice! ¡Soy costurera!

—¡Callate! ¡No me hagas reír! ¡Grrragh!

Había crecido mucho. Los separaban unos pocos metros… Entonces, se interpuso el viento, como última defensa. Sopló furiosamente, pero el Monstruo se rió más fuerte. ¡Qué poco podía hacer el viento contra una transformación! El viento es viento, y nada más. ¿Cómo podía haberse enamorado de Delia? ¿Cómo podía habérselo creído ella? No se puede ser tan inocente. El caballero don Ventarrón, el paladín… Soplaba a lo loco tratando de frenar al Monstruo, pero no era más que aire…

El instante también tiene su eternidad. Dejemos en ella a Delia, mientras me ocupo de los otros invitados.

El Chiquito y Ramón frenaron sus vehículos a cierta distancia y se estudiaron un momento. El primero llevaba al lado a una Silvia Balero descompuesta y aturdida como un zombi. Del otro, se veían apenas los ojos por la medialuna estrecha encima de la trompa de su tatú rodante. Al fin el camionero abrió la portezuela, sacó una pierna… Los ojos de Ramón desaparecieron de la ranura y poco después salía por atrás. Se acercaron sin sacarse la vista de encima.

—Buenas tardes —dijo el Chiquito—. Tengo que pedirle un favor, si va para Pringles: que lleve a esta señorita. Tuvo un accidente, y desde aquí es difícil conseguir transporte.

—¿Y usted?

—Sigo para el sur. Voy a buscar una carga, me están esperando desde esta mañana en Esquel. Ya estoy retrasado.

—Pero después vuelve, y seguramente tendrá lugar para ella.

—Es que la señorita tiene la mayor urgencia por estar en Pringles. Mañana a las diez se casa.

—¿Se casa?

—Así me dijo. Se imaginará su estado. Está histérica. No la aguanto más.

—Todos tenemos problemas.

—De acuerdo. Yo también.

—Pero cargar con los problemas ajenos…

—Escuche, Siffoni, yo me la encontré por ahí, no hice más que abrirle la puerta, no podía dejarla en medio del campo.

—¡No mienta! —rugió Ramón, y sacó del bolsillo de la camisa el antifaz, para que el otro lo viera—. Se la ganó al póker. Me la ganó a mí.

El Chiquito suspiró. En realidad ya lo sabía, pero había querido tirarse un lance de todos modos. Se quedaron en silencio un momento. Ramón, más tranquilo, propuso:

—Puede dejarla al borde del camino nomás. Alguien va a pasar.

—Sí, poder puedo. Pero es capaz de hacerme un juicio. Está el asunto de su casamiento. ¿No podría hacerme la gauchada?

—Usted me conoce bien, Larralde. No le hago favores a nadie.

Estas palabras eran una contraseña; con ellas se habían puesto de acuerdo, sin necesidad de entrar en detalles. Decidirían los naipes. Y no lo de Silvia Balero, que era una excusa, sino lo otro.

El viento, comedido, trajo de más allá del horizonte todo lo necesario: una mesa, dos sillas, un tapete verde, cincuenta y dos naipes y cien fichas rojas de nácar. Se sentaron. La mesa era demasiado grande, de una punta a la otra se veían pequeñitos, con los ojos entrecerrados, como dos chinos. El viento mezcló y repartió.

París, 5 de julio de 1991

LAS CONVERSACIONES

Ya no sé si duermo o no. Si duermo, es por afuera del sueño, en ese anillo de asteroides de hielo en constante movimiento que rodea el vacío oscuro e inmóvil del olvido. Es como si no entrara nunca a ese hueco de tinieblas. Doy vueltas, literalmente, por la zona externa, que es amplia como un mundo y es el mundo en realidad. No pierdo la conciencia. Sigo conmigo. Me acompaña el pensamiento. Tampoco sé si es un pensamiento distinto al de la vigilia plena; en todo caso, se le parece mucho.

Así se me va la noche. Para entretenerme, recuerdo las conversaciones que he sostenido con mis amigos durante la jornada, cada noche la de ese día. Todos los días me dan materia para el recuerdo. Desde que dejé de trabajar, no tengo otra cosa que hacer que reunirme con mis amigos a conversar, tardes enteras. Me he preguntado si la desocupación no será el motivo de mis alteraciones de sueño, porque antes, cuando trabajaba, yo dormía normalmente, como todo el mundo.

Es muy posible. Al sueño profundo y reparador siempre se lo ha visto como la recompensa por una jornada productiva. ¿Pero qué puedo hacer? Dejé de trabajar cuando mis rentas me aseguraron un buen pasar. Ahora tengo plata de sobra para mis modestas necesidades, y no me dan ganas de inventarme un trabajo sólo para mantenerme ocupado, como hacen otros. Ese recurso lleva la vida a un terreno de irrealidad, y yo soy un hombre de realidades. Además, un trabajo hecho sin genuina necesidad no llenaría la función de agotarme y hacerme dormir. La situación se explicaría mejor si yo fuera un anciano que ha dejado atrás toda actividad por imposición natural de la edad, con sus achaques y fatigas. Al adelantar mi retiro quedé en una posición intermedia; tal como me pasa en el sueño, no termino de decidir si estoy adentro o afuera.

En fin, no me quejo. Quizás en realidad duermo. Es difícil decirlo, a la mañana siguiente. Sea como sea, he descubierto, en la reconstrucción de las conversaciones del día, una veta nocturna de actividad mental muy gratificante. A mi edad, uno teme que sus facultades empiecen a declinar. De modo que es útil ponerse a prueba, y ejercitarse. Y en este ejercicio encontré una confirmación de que mi memoria y mi atención siguen intactas, lo mismo que mi razón.

Tengo la suerte de haber creado a mi alrededor, a lo largo de la vida, un círculo de amigos de categoría. Sin ser propiamente un intelectual, siempre tuve gustos e intereses relacionados con la cultura; esos gustos se tradujeron en un acercamiento a personalidades descollantes en las artes, las humanidades o las ciencias. A ellos a su vez no les debe de haber desagradado mi compañía, pues las amistades que se fueron consolidando con el tiempo siguen firmes, y nuestros encuentros menudean, sobre todo ahora que estoy siempre disponible.

Nuestras conversaciones mantienen parejo un alto nivel. El chisme, el fútbol, los problemas de salud o la comida no tienen lugar en la charla, que se desliza más bien por carriles de historia o filosofía. De modo que mi rememoración nocturna tiene un rico alimento en el que hincar el diente. La temática la eleva por encima del mero recuerdo mecánico, a un plano de reflexión y aprendizaje.

En la cama, me aplico siempre a las conversaciones de ese mismo día, aunque también podría hacerlo con las de años o décadas atrás. Quizás suene presuntuoso usar el altisonante nombre de Memoria para algo que ha sucedido apenas unas horas antes. Pero para mí está bien así. Suele decirse que con la edad la memoria se va distanciando del presente, y que el anciano llega a recordar mejor lo que pasó en su infancia que lo sucedido el día anterior. Yo prefiero ejercitar mi memoria de lo inmediato, la más próxima.

Y realmente, es un aparato prodigioso, que noche tras noche me maravilla por su alcance y precisión. No sólo vuelve el tema, y los temas sucesivos, de la charla, sino las réplicas, una a una, y hasta las vacilaciones, los balbuceos cuando no encontramos la palabra justa, las divagaciones que nos permitimos. Porque hay que destacar que nuestras conversaciones no son académicas ni planificadas, sino charlas de amigos (cultos, eso sí), con el sinfín de cambios de rumbo que tiene toda charla. Sin demasiado esfuerzo llego a una duplicación exacta, pero enriquecida justamente por ser una duplicación. Me permite ahondar en las ideas, que en el curso de la realidad pasan demasiado rápido. Puedo detener donde quiero y contemplar el pensamiento o su expresión, explicarme los engranajes que los articulan, descubro un defecto en la argumentación, hago una corrección, vuelvo atrás. Pongo la lupa sobre la conversación transformada en una miniatura, y mi contemplación insomne la vuelve hermosa y perfecta como una joya. Su mismo desorden, sus redundancias, su falta de objeto, se cubren de un nacarado artístico por obra y gracia de la repetición.

Pongo como ejemplo la reconstrucción que hice anoche del diálogo que había mantenido por la tarde con uno de mis amigos. Nos reunimos, como lo hago siempre con él, en un bar del centro, y cafés de por medio iniciamos el coloquio comentando, al pasar, una película que habían dado por televisión el día anterior, y que casualmente los dos habíamos visto. Era una película convencional, un mero pasatiempo con algunas pretensiones que no nos engañaban. Con mi amigo coincidíamos en el hábito inofensivo de relajarnos por las noches mirando alguna banalidad por televisión. Coincidíamos especialmente en el rechazo a los programas supuestamente «culturales», que proliferan en las redes de cable. En efecto, la postura del hombre de cultura es simétricamente inversa a la del ciudadano corriente que después de un día de prosaicas ocupaciones prácticas, enciende el televisor en busca de alguna elevación espiritual. Para nosotros en cambio, que nos hemos pasado el día en compañía de Hegel o Dostoievski, esa programación «cultural» nos resulta inútil, y por eso mismo, o por su falta intrínseca de méritos, la encontramos pobre y chata, cuando no francamente ridícula.

Esta película, los dos la habíamos visto en forma fragmentada; el tedio y el zapping, sumados a las distracciones domésticas, nos habían hecho ver pasajes distintos, uno más el principio que el final, el otro al revés. Pero no era necesario más; esas producciones estereotipadas de Hollywood se adivinan a partir de una secuencia o dos, como los paleontólogos reconstruyen un dinosaurio a partir de una sola vértebra. Si uno sigue viendo, es para confirmar lo que ya sabe, confirmación que, fuerza es reconocerlo, comporta su placer.

De modo que nos entendíamos en nuestros comentarios. Por supuesto, algo tan trivial no merecía muchos comentarios de nuestra parte, y no habríamos hecho ninguno si yo no hubiera mencionado, con una sonrisa, un error bastante grosero que a los productores se les había pasado por alto. Se trataba de lo siguiente: El protagonista, que era un humildísimo pastor de cabras en Ucrania… ¡tenía un Rolex en la muñeca! Solté la risa al contarlo, y al recordarlo en la cama seguramente en mi cara se dibujó una sonrisa. En el acto de hacerlo, o de hacer las dos cosas, reírme en la realidad y sonreír al recordarlo, noté que mi amigo tenía esa expresión neutra del que no entiende de qué le están hablando. Aquí es pertinente una nota al margen: el recuerdo puede ser idéntico a lo recordado, pero a la vez es distinto, sin dejar de ser el mismo. El gesto de incomprensión de mi amigo, al verlo desde el otro lado de la mesita del bar, no era más que eso: un pedido de explicación, que ni siquiera sabía, aún, que estaba pidiendo una explicación. En el recuerdo, en cambio, se cargaba con todo lo que había pasado después. Por el solo hecho de recordar, así fuera manteniendo la secuencia temporal, todo se daba al mismo tiempo.

Me expliqué: el protagonista, en un momento en que ha encontrado muerta a una de sus cabras, y se inclina para levantarla, justamente en ese movimiento, al meter una mano debajo del cuerpo del animal muerto, se le acorta la manga del basto chaquetón de cuero sin curtir, y queda a la vista la muñeca y parte del antebrazo, y se hace visible un importante Rolex de oro, claramente identificable por su diseño y hasta por la coronita que es la marca de la compañía.

Mi amigo salió de su estupor para preguntarme: ¿qué cabra?, ¿qué cabra muerta? Él no había visto ninguna cabra muerta.

Al rememorarlo yo sabía que poco después pondríamos en claro que él no había visto esa secuencia. En la conversación propiamente dicha todavía no se me había ocurrido esa posibilidad, así que traté de hacerlo acordar: era la cabra que él encuentra muerta cuando baja de la montaña por la tarde, y la lleva cargada hasta su cabaña… Era imposible que a mi amigo se le hubiera pasado por alto el episodio, porque tenía importancia en el argumento, ya que esa noche, cuando pretendía asar la cabra para la cena…

Ahí me interrumpió: sí, la escena en que evisceraba la cabra la había visto, pero no la anterior, la del hallazgo. Seguramente en ese momento había ido a la cocina a servirse algo de beber, y se la había perdido. Era un mal menor, muy frecuente con esa películas que pasan sin cortes por los canales de cable. Yo mismo debía de tener huecos semejantes. Todos los tienen cuando ven películas por televisión. Esas escenas faltantes vuelven como fantasmas: uno las ha suplido imaginariamente para completar la trama, y después la reconstrucción y la realidad, dada la poca realidad que tienen esas escenas, se le mezclan.

Aclarado ese punto, mi amigo seguía sin entender el sentido de mi observación. ¿Qué tenía de raro que el protagonista de la película usara ese reloj o cualquier otro? ¿No usábamos relojes nosotros mismos?, preguntó señalando con el mentón los que teníamos, él y yo, amarrados a las muñecas del brazo izquierdo. Y no los teníamos de adorno, agregó con la sonrisa que yo tan bien le conocía. Nos eran muy útiles para llegar a tiempo al café en que nos citábamos, ¿no? Ésta era una alusión autoirónica a su inveterado hábito de llegar tarde a las citas. Yo no se lo reprochaba. Estaba tan acostumbrado que cuando planificábamos un encuentro yo hacía mis cálculos sumando quince o veinte minutos, así que en cierto sentido podía decir que él era puntual.

Tuve que decirle que no me refería al reloj en sí, sino a uno tan lujoso, en poder de un primitivo pastor de cabras analfabeto, aislado en las montañas. Aunque también me refería al reloj en sí. Ya el hecho de que tuviese un reloj pulsera estaba fuera de lugar. Esa comunidad de cabreros practicaba una economía de subsistencia, ajena a la sociedad de consumo. Aun suponiendo que para una feria o mercado el cabrero bajara al pueblo más cercano, y quisiera comprarse algún objeto, no habría elegido un reloj, cuya utilidad tenía que ser nula para él. En las costumbres ancestrales de los pastores, el único reloj que importaba era el Sol. Allí no había citas en el café, ni televisores, ni trenes ni aviones que tomar, sólo el paso de los días y las noches y las estaciones. Y aun en el caso de que un comerciante astuto hubiera logrado extraer unas monedas de la ignorancia o ingenuidad de este montañés, habría sido a cambio de una baratija, ¡y no de un Rolex! (ni siquiera de imitación).

El tema no daba para mucho más, según me pareció en ese momento, y ya mi mente barruntaba otras direcciones, que eran los temas comunes y habituales entre nosotros, las reflexiones en que nos gustaba internarnos a partir de lecturas o de la consideración del mundo que nos rodeaba. Al rememorar en la noche ese punto, los temas que se me presentaban como posibles volvieron a presentarse, en su misma condición prenatal, sin forma ni contenidos definidos pero con el mismo sabor con que se agitaban en la inminencia; un sabor de filosofía, de regalo intelectual de élite. Quizás este sabor se acentuó, en el recuerdo, por el hecho de que al fin de cuentas no salieran a luz. Lo que había parecido estar a punto de terminar en realidad apenas si empezaba. Mi explicación no había sido suficiente, por algún motivo que no acerté a comprender; mi amigo seguía perplejo.

¿Estaría distraído, pensando en otra cosa? ¿O sería culpa mía? ¿Me habría precipitado a las conclusiones, sin darle tiempo a las premisas? ¿Habría dado por dicho algo que no había dicho? Traté de hacerme una composición de lugar, lo más rápido posible porque sentía que la insignificancia del asunto sólo justificaba unas notas leves y sin apoyar, como Arrau tocando a Schumann. Pero al mismo tiempo, si eran demasiado leves, las cosas podían seguir sin aclararse y sería peor. Decidí retroceder un paso y enfocar la situación desde un ángulo más general, casi como si pensara en voz alta, en un repaso hecho para mí mismo, de modo de evitar el tono didáctico que, aplicado a semejante nimiedad, podía sonar ofensivo.

En esa cuerda, entonces, hablé de los errores que pueden cometerse durante una filmación. Eran difíciles de evitar, dije, cuando se hacía una reconstrucción de época o de ambientes muy específicos. Un caso famoso había sido el de *Cleopatra*, donde en una escena Elizabeth Taylor, que hacía de la reina egipcia, había aparecido con un vestido que tenía un cierre relámpago. Eso era un mero anacronismo, no muy diferente de nuestro reloj de marras, si bien en «nuestra» película, que sucedía en la época contemporánea, era un desfase social o sociocultural más bien que temporal.

Con eso supuse que nuestro pequeño quiproquo quedaba superado, pero para eliminar hasta la menor sospecha de haber dado una lección o haberme quedado con la última palabra, seguí ampliando, ya en plena dispersión temática de cortesía:

Sucedía que con lo complicada que podía ser una filmación, la cantidad de gente que poblaba un set, las órdenes que había que darles a los técnicos y a los actores, el director no podía estar en todos los detalles. Se lo había notado desde mucho tiempo atrás, y de ahí que en las producciones comerciales de cierto fuste hubiera personal especializado para este tipo de problemas, por ejemplo los llamados «continuistas», cuya función era asegurar que los actores siguieran con la misma ropa y el mismo peinado y el mismo nivel de rasurado o no rasurado de la barba de un día a otro de filmación, si correspondía. Porque el registro de las secuencias era discontinuo. Si un personaje salía de su casa después de desayunar y despedirse de su esposa (secuencia 1), y en la calle se encontraba con el vecino y se ponía a charlar con él (secuencia 2), esas dos secuencias requerían distintos escenarios, distinta iluminación, y podían filmarse a semanas de distancia una de otra. Pero para el personaje, para la acción, habían transcurrido apenas unos segundos, y debía estar vestido y maquillado igual...

Con un gesto muy somero de impaciencia, mi amigo me significó que eso ya lo sabía, y hasta sugirió que no le cambiara de tema. Esa última sugerencia venía empaquetada junto con la significación anterior, gracias a la polisemia de los gestos de la que yo no cesaba de maravillarme cuando recordaba en la cama. Porque mis recuerdos, como ya creo haberlo dicho, no eran sólo auditivos sino también visuales. Los pequeños sentidos anexos florecían, en el tiempo sin apuros de la mente, y enriquecían lo que ya había sido rico. En cuanto a la impaciencia, no me preocupó, ni en un tiempo ni en el otro; no era un sentimiento «en contra» sino «a favor»; yo también lo estaba manifestando constantemente; era el ansia de desembarazarse cuanto antes del ruido de la comunicación para poder comunicar más, y sacar más provecho de nuestra mutua compañía. Tenía más de reconocimiento del valor del interlocutor que de molestia.

En mi recuerdo, ese momento estuvo marcado por un triunfal acorde de imaginarias trompetas. Era la entrada en la conversación de mi amigo, del que un veloz repaso me mostraba que hasta entonces no había participado más que con murmullos, arqueamientos de cejas, «qués», «cómos», «cuáles», y poca cosa más. Ahora se disponía a hablar, y junto con la conversación, que se ponía en marcha plenamente, se ponía en marcha la máquina de la memoria.

Lo que dijo me sonó extraño. En un primer momento, me desconcertó en grado sumo. En la reconstrucción nocturna, levantada la losa del desconcierto, sus palabras eran claras y oscuras a la vez. En esta tercera instancia, la del registro escrito, trataré de mantener el equilibrio entre claridad y oscuridad, para lo cual mi guía más segura será la secuencia exacta en que se ordenaron las réplicas.

Pues bien: me dijo que seguía sin ver el motivo de mi observación original. Él no encontraba error alguno en la presencia, en la muñeca del protagonista, de mi famoso Rolex. De cuyo precio y condición de símbolo de status, me aclaró, estaba perfectamente al tanto. Quizás yo no sabía quién era ese actor. No me dio tiempo a decirle que sí lo sabía: nada humano me es ajeno. Inclinándose un poco sobre la mesa y bajando la voz dramáticamente, me aseguró que a ese actor no le faltaba dinero para comprarse un Rolex, y otros seis para usar uno cada día de la semana, y, si lo apuraban, para comprarse la compañía suiza que los fabricaba.

Y no exageraba, agregó. Yo mismo había hecho alusión a la complejidad de las filmaciones; esa complejidad estaba indicando la magnitud del negocio, en el que los millones, y los cientos de millones, estaban a la orden del día. Ahora bien, dado el sistema en el que Hollywood había basado su atracción de cara al público, el llamado «star system», los actores tenían una importancia central. Las películas se publicitaban con el nombre de las figuras rutilantes que participaban en ella, y los espectadores pagaban la entrada a los cines para ver a esos rostros archiconocidos. De ahí que se les pagara tanto, no ya por el trabajo que hacían, que al fin de cuentas no era más que el del último electricista del estudio, que cobraba un sueldito, sino por su nombre. Este actor en particular era uno de esos privilegiados. Tenía tanta plata que no le alcanzarían los años que le quedaban de vida para contarla. Era cierto, reconocía, que los impuestos se llevaban la parte del león, pero los impuestos, si uno los paga en término, nunca son más que un porcentaje de las ganancias, y ningún rico se ha vuelto pobre por pagarlos.

En fin: un reloj de miles de dólares no significaba para él más que un café para nosotros. Con lo que el verosímil quedaba a salvo.

Antes aun de empezar a pensar una respuesta, y ya mientras lo oía hablar, me recorrió una sensación vaga, anunciadora de otra mucho más vigorosa que vendría poco después... Una sensación de extrañeza, teñida de cierta decepción y un lejano desconsuelo, al oír a mi amigo hablar con tanto conocimiento de causa del mundo del espectáculo, de la plata que ganaban las estrellas de cine, de una materia frívola que estaba tan por debajo de la esfera de nuestros intereses. Era una sensación matizada, o con eco, porque comprobaba que yo sabía lo mismo. Pero quizás se trataba de una información infusa en el mundo moderno, algo que estaba en el aire y era imposible ignorar.

Pero al llegar el momento de responder, tuve que hacer una pausa. Insensiblemente, nos habíamos internado en un camino de sutileza que nos llevaba de lo bajo a lo alto, casi sin escalas. Lo obvio, lo que se caía de maduro, cabía en una frase muy breve y muy simple: «El actor no es el personaje». Pero la intuición me decía, clamorosamente, que con esa generalización no bastaba. Estábamos hablando de un caso particular y concreto, y lo general no podía sino hacer cortocircuito. Supe que debería volver al comienzo, al Rolex, al pastor de cabras, a las montañas, con el riesgo de establecer un círculo vicioso de razones que se generaran unas a otras y no encontraran la salida que les permitiera avanzar.

Aun con estos recaudos en mente, no tuve más remedio que empezar con la generalización, porque de otro modo no me iba a entender ni siquiera yo mismo; pero tuve el cuidado de darle una entonación que hiciera visible que la estaba usando sólo como punto de partida: El actor, dije, no era el personaje.

¡¿Cómo que no?!

Bueno, sí... Lo era, en cierto modo. El actor seguía siendo el actor cuando interpretaba al personaje, inclusive se podía decir que lo era más que nunca, ya que estaba realizando su oficio y justificándose más allá de la buena vida de Beverly Hills y los divorcios y adulterios y el consumo de drogas. Pero subsistía, o mejor dicho emergía, una diferencia fundamental. Aunque fundamental, era impalpable. Quizás se la daba por sentada con excesiva liviandad. Era «impalpable» (metáfora de la que me disculpaba, y que trataría de mejorar) porque sólo se la podía percibir en las historias, y no en los seres que las encarnaban. En el movimiento de la historia, no en ninguno de sus momentos. Quizás había que entenderlo de acuerdo al Principio de Incertidumbre, si bien en un nivel diferente al de las partículas subatómicas.

Un cabezazo aprobatorio de mi amigo saludó la emisión de las palabras «nivel diferente», que él pronunciaría pronto. Seguí:

Un exitoso galán de Hollywood, dije, disponía del dinero para comprarse un caro reloj suizo, lo mismo que una señora de la segunda mitad del siglo XX usaba prendas de vestir con cierre relámpago. Ésas eran sus historias, o su falta de historias. Un primitivo pastor de cabras perdido en las montañas de Ucrania no usaba un Rolex, por un imperativo casi tan fuerte como el que impedía que una reina egipcia del siglo I tuviera un cierre relámpago en el vestido. Ahora bien, ¿y si el galán de Hollywood y el pastor de Ucrania, por un lado, y la señora moderna y la reina del Nilo por otro, eran la misma persona? Evidentemente, no podían serlo, al menos en el mismo plano. «Plano», por supuesto, también era una metáfora, y también en este caso me proponía salir de ella. Y de inmediato, porque ese otro plano era el de la ficción, que no era una metáfora sino, en cierto modo, el sustento real, perfectamente real, de todas las metáforas. La ficción creaba un mundo segundo y simultáneo…

Aquí me interrumpí, por partida doble. Lo hice en la conversación, porque veía que no iba a llegar nunca a ninguna parte, y lo hice también al rememorar la escena de la conversación, porque veía que iba a llegar demasiado rápido a la meta. El impulso de hablar, y el de recordar lo hablado, aunque eran el mismo, estaban cargados de energías distintas e incompatibles.

Teníamos al actor, al rubio bonito y famoso, en su mansión de la Baja California, con sus cuantiosas cuentas bancarias, sus relojes caros, su piscina, su Ferrari, sus minitas top models. Lo llamaba su agente y le decía que un gran estudio le ofrecía el papel protagónico en la nueva película de un prestigioso director, y aceptaban sin chistar su cachet millonario. No había motivos para negarse, a priori. ¿De qué se trataba? ¿Cuál era su papel? Era una película de aventuras, ambientada en las montañas desérticas de Ucrania, con un argumento que utilizaba elementos de la brusca entrada al capitalismo de las ex repúblicas del bloque soviético. Su papel era el de un primitivo pastor de cabras, ajeno a la civilización moderna, una especie de buen salvaje, que se veía súbitamente implicado en una trama siniestra… En fin, algo más o menos previsible, con apenas la punta de originalidad como para justificar la producción, pero no tanta como para espantar al público. Y el papel le convenía en tanto le daba posibilidades de lucimiento y lo sacaba momentáneamente de la seguidilla de personajes urbanos, yuppies y policías fashion, que había venido haciendo en los últimos años. Una renovación de la imagen, hasta por la barba hirsuta que tendría que dejarse, el pelo largo, la ropa troglodita; y el agente no necesitaba decirle, porque él lo sabía bien, que todo le sentaría de maravilla, que de su barba hirsuta se haría cargo un coiffeur de estrellas, y su ropa de cueros crudos se la cortaría el mejor diseñador disponible.

Estas ventajas las confirmaba el actor días después cuando leía el guión que le hacían llegar. Lo leía en el vasto living de su casa, recostado en un sillón, con un gran perro de aguas durmiendo en la alfombra a su lado con ese sueño tan liviano de los animales: cada vez que él daba vuelta una página, el rumor bastaba para que el fiel Bob agitara las orejas. Me parecía ver la escena, cuando se la contaba a mi amigo, y mucho más al revivir la conversación por la noche: tanto más que ya no oía las palabras, sólo veía lo que evocaban.

Ese guión, seguí, era el de una «ficción», es decir el de una historia que no había sucedido. No había sucedido en la realidad, prueba de lo cual era que en el momento de escribirlo podía ser cualquier cosa: la historia de un matrimonio desavenido, la de un robo, la de una invasión de extraterrestres, la vida de un Papa o la del inventor del horno de microondas. Pero no: de la casi infinita combinatoria de situaciones posibles, se había actualizado el cuento de un pastor de cabras… Ya conocíamos el resto. Con ese argumento se hacía la película. El equipo de producción viajaba a Ucrania a buscar los escenarios adecuados, y cuando todo estaba a punto para comenzar el rodaje, allá iba nuestro galán, que en el lapso intermedio había tenido tiempo de dejarse crecer la barba y el pelo y estudiar a conciencia su papel.

No era que no hubieran podido filmarla en un estudio en Los Ángeles. Todo se podía reproducir en un set, con escenografía y algún truco de montaje. Si querían las montañas genuinas, no tenían más que mandar un camarógrafo y después insertar sus tomas donde correspondiera. Pero la decisión de filmar en los sitios reales derivaba de una política bien calculada de los productores, y obedecía a distintos factores concurrentes: en primer lugar había una consideración financiera, ya que el costo de vida en Ucrania era exponencialmente menor que en Estados Unidos, y los sueldos del personal contratado en el lugar permitirían una gran reducción del presupuesto; además, las autoridades ucranianas habían mostrado interés en el proyecto, que calzaba en su propia política de atracción de inversiones estratégicas; la colaboración del Ministerio de Cultura les permitiría filmar en interiores vedados al público y mostrarle al mundo riquezas artísticas y arquitectónicas desconocidas; por último, estaba la renombrada cualidad de la luz en las montañas, que le daría al film una atmósfera propia, única e irreproducible con medios artificiales.

Pues bien, allá iba el actor. No iba solo, por supuesto, sino con su secretario, sus guardaespaldas, asistentes, coach y personal trainer. No era él quien hacía las valijas, por supuesto, para eso le pagaba a su servidumbre, pero sí elegía algunos de los objetos o prendas que llevaría consigo. Uno de esos objetos era el reloj. Abría el cajón del armario donde guardaba sus relojes y joyas, hacía un rápido repaso de necesidades y conveniencias (no era la primera vez que viajaba a filmar a lugares exóticos) y se decidía por el sólido y confiable Rolex Daytona de oro. Este confiable aparato cumplía varias funciones. En primer lugar, un reloj, que podía no usar en el curso de su vida regalada, se volvía imprescindible en los días frenéticos de un rodaje en sitios naturales, lo sabía bien por experiencia: madrugones, traslados, cambios de planes de último momento, citas perentorias. Además, y por lo mismo, el reloj a usar en esas circunstancias debía ser de los resistentes al agua y los golpes, porque no sabía a qué pruebas tendría que someterlo. Y a la vez quería que fuera elegante y lo expresara en su imagen de hombre de éxito y sex symbol, pues la filmación no sería todo trabajo: habría fiestas, salidas, y hasta le habían anticipado la conveniencia de que hiciera relaciones públicas con las autoridades ucranianas, que, podía apostarlo, querrían fotografiarse con él.

Yo estaba poniendo mucho mío en todo esto, pero es natural que en un relato se ponga, además de lo que se ha visto y oído, la suposición de las causas, sin la cual quedan demasiados hilos sueltos. Me avergonzaba un poco exhibir tanto conocimiento de la vida y obra de las estrellas del espectáculo, cosa que podía dar a creer que me interesaba especialmente el tema o que perdía el tiempo leyendo revistas «especializadas». Pero, como ya dije, el saber de estas cuestiones populares está en el aire, y más que para tenerlo hay que hacer un esfuerzo para ignorarlo. Y a mí, ya lo dije también, nada humano me es ajeno. El saber no ocupa lugar: la información sobre actores o cantantes no le quita espacio a Platón o a Nietzsche. Siempre he desconfiado de esos intelectuales que no saben de la existencia de los Rolling Stones. Con mi amigo coincidíamos en ese punto; en esta ocasión él me había dado el ejemplo unos minutos antes, hablándome, con conocimiento de causa, del «star system».

El viaje de nuestro actor no era directo. Hacía una escala en París, donde se reunía con la coprotagonista del film, y los productores, y daban en conjunto una conferencia de prensa presentando el proyecto. Este evento tenía lugar en el salón de un gran hotel de la capital francesa; lo acribillaban los flashes de los fotógrafos, ansiosos por difundir su cambio de look (pelo y barba): ya empezaba a ser el primitivo pastor de la película, pero todavía siendo él. Y tanto era él que terminaba molesto por la insistencia de los periodistas en preguntarle por su reciente divorcio y por la bella actriz que habría sido su causa. Tampoco le agradaron las preguntas de trasfondo político, sobre el acercamiento que implicaba su participación en esta película a los gobiernos del ex bloque soviético, a los que había criticado en su militancia ecologista.

El orden de mis razones era implacable. Estaba introduciendo uno a uno los elementos de la demostración de la realidad, que me serviría para hacer el contraste con la ficción. Cuando reconstruía la conversación (y ahí también era implacable porque no me salteaba una palabra, y hasta creo que agregaba alguna), me daba cuenta de que el «actor» ya era «personaje» en cierto modo; no el personaje que encarnaría poco después en la filmación de la película, pero sí el personaje del cuento que yo, marginalmente, por imperativos retóricos de la demostración, estaba contando. Y cuantos más datos lanzaba para redondear su figura de «actor», más «personaje» lo volvía. Esto era inevitable, desde que la ficción adoptó, para manifestarse, una estructura narrativa que es la misma que utiliza la realidad para hacerse inteligible. Pero, inevitable o no, debía reconocer que debilitaba mi argumento. Éste se habría beneficiado de un contraste más fuerte, es decir de la postulación de una realidad que mi amigo y yo reconociéramos como más real, por ejemplo la nuestra o una equivalente. La realidad de un astro de Hollywood estaba muy teñida de irrealidad y no era fácil tomársela en serio.

Aun así, creía ir por buen camino, y seguía adelante: ya estábamos en las Montañas Desérticas, y aquí nos bastaba con echar una mirada somera al proceso de factura de la película, las largas jornadas de rodaje para aprovechar los días de buena luz, los cambios de locación cuando se filmaba en las aldeas o en la ciudad, las interminables repeticiones que exigía el perfeccionismo del director, las inevitables interrupciones por lluvia o desperfectos del equipo o incumplimiento de los horarios por parte de los extras locales. También podíamos pasar por alto el proceso no menos importante del montaje del material filmado, que se hacía en los laboratorios del estudio, de vuelta en Los Ángeles. Llegábamos a lo que nosotros habíamos visto la noche anterior en nuestros televisores: la historia del pastor de cabras víctima de las circunstancias. Ese personaje no existía ni había existido nunca. Su identificación con el actor que le había dado cuerpo y voz era momentánea y funcional. Una vez hecha la película, el actor podía olvidarse de él para siempre. El pastor (el «personaje») era un fantasma creado con fines artísticos y comerciales, mucho más lo segundo que lo primero en este caso, un fantasma hecho de imágenes y palabras, cuya realidad precaria estaba a la merced de la suspensión voluntaria de la incredulidad de los amantes del cine. Una diferencia fundamental residía en que la vida del actor era biológica, tenía un largo «antes» como lo probaba su carrera en las pantallas, sus divorcios, su perro Bob, y tendría un «después» tan largo como el Destino quisiera dárselo; mientras que el pastor seguiría repitiendo su fragmento ilusorio de vida no biológica, hecha de luz e impulsos electrónicos. Habían coincidido sólo en la representación.

Pero, con toda la precariedad de su existencia ilusoria, el pastor también debía tener una historia, y, por ficticia, esta historia debía ser «más» historia, es decir que debía ser más inteligible que las historias reales, que se presentan en un caos de azar y vueltas y revueltas. Para ello acentuaba un elemento que también tenían las historias reales: el verosímil. Éste era un nombre convencional que cubría todo lo que hacía el hombre en su perenne guerra contra el absurdo. En la realidad había cosas que, en un contexto dado, no podían suceder. Para ejemplificar con nuestra «realidad testigo», la vida del rubio astro del cine: no podíamos verlo en el portal de una iglesia de Beverly Hills pidiendo monedas, ¿no?

Mi amigo arqueó las cejas en un gesto levemente escéptico, que yo esperaba.

Sí, podíamos verlo, como una broma o el pago de una apuesta, o incluso como resultado de una decadencia acelerada debida a las drogas y el alcohol. Cosas más raras se habían visto. Pero, precisamente, la acentuación del verosímil a la que me había referido antes lo hacía imposible en la ficción. Un pastor de cabras que había vivido siempre en las montañas, que nunca había pisado una ciudad, que se alimentaba de lo que le daba la tierra, ese pastor inexistente, creado por la imaginación, con su vida acotada a una hora y media de destellos de luz y color, debía mantener la coherencia de sus datos, de todos sin excepción, para hacerse creíble. Sobre todo, no debía confundirse con el actor que lo interpretaba. A éste no podía escapársele una frase, por ejemplo al reunir sus cabritas para regresar del cerro al anochecer, como: «Vamos, apúrense, que esta noche ceno con Madonna». Aunque fuera cierto que esa noche el actor cenara con Madonna, esa frase estaría fuera de lugar en boca del personaje. Pues bien, exactamente tan fuera de lugar como esa frase estaba la presencia del Rolex en su muñeca.

Pero, si era imposible, ¿cómo se había producido? Ahí, dije, había que hacer intervenir la imperfección que acompaña a toda empresa humana. Había sido un error, una distracción, una pequeña falla que había escapado a la vigilancia de todos los implicados, que eran muchos. Hasta cierto punto era explicable, dada la complejidad de una gran producción cinematográfica. La escena nocturna, filmada en la ladera de la montaña, con una cabra muerta, el personal midiendo los niveles de luz, los ángulos, el funcionamiento de las cámaras, las distintas tomas de la secuencia filmadas en forma discontinua... El actor, completamente olvidado de su reloj, concentrado en la acción, en mostrar su mejor perfil... En fin, así había sido, y no había más que decir.

Para mi sorpresa, mi amigo no quedó convencido. Más aun: me dijo enérgicamente, con ese impulso típico de los que han estado esperando que uno termine de hablar para exponer la opinión contraria, que yo estaba completamente equivocado en mi interpretación de la película.

Sólo atiné a responder que yo no había hecho ninguna interpretación de la película, que por otro lado había visto salteada y sin prestar mucha atención. Me había limitado a señalar un error.

Él no la había visto con más continuidad ni atención que yo, dijo, prueba de lo cual era que ni siquiera había visto la famosa escena nocturna con la cabra muerta. Así que no se arriesgaría a hacer una interpretación él tampoco, pero sí creía estar en condiciones de refutarme.

Tuve la irreprimible sospecha de que iba a salirme con un domingo siete; la sorpresa daba lugar a un miedo profundo. La vida social está llena de esos miedos, y cada uno reacciona según su carácter. El mío es más bien tímido, defensivo, con excesos de cortesía que me vuelven casi pusilánime. Soy de los que anteponen la delicadeza a cualquier otra consideración y comprueban una y otra vez que una seca brutalidad en el momento adecuado les habría ahorrado muchos disgustos, y no aprenden. Soy de los que prefieren toda una vida de mentira a un momento incómodo de verdad.

Lo que temía en este caso (y «este caso» fue tanto la ocasión del café como su expansión en la memoria cuando revivía la escena en la oscuridad de mi dormitorio a la medianoche) era que mi amigo soltara un par de frases, un par de palabras, no se necesitaba mucho, que me demostraran que era un completo idiota, sin remisión. Porque el objeto de nuestro pequeño desacuerdo era de una obviedad que estaba más allá de la discusión. «El actor no es el personaje.» ¿Quién podía negarlo? Sólo alguien del nivel mental de un niño de cuatro años, y aun a un niño de esa edad no sería difícil convencerlo. En realidad no se trataba de convencer, sino apenas de dar tiempo a verlo; era tan evidente que sólo un momentáneo blanco mental, o la distracción, o una sordera parcial al oír el planteo, podía llevar a la duda.

La culpa era mía. Yo me lo había buscado, al lanzarme a una larga perorata de sutilezas y filosofías, en lugar de limitarme a lo básico, y dejar ver. Lo había hecho por infatuación intelectual, por el gusto de oírme hablar; era inevitable que terminara complicando lo simple y oscureciendo lo claro. Si ahora se demostraba, como parecía inminente, que lo obvio quedaba sin ver, yo quedaba colgado de un abismo, con todo mi palabrerío a cuestas.

En el fondo daba lo mismo que la explicación hubiera sido larga o corta, salvo que con la larga yo había creado una expectativa mayor y me exponía a una decepción más grave: si él no comprendía la diferencia entre el actor y el personaje de una película, era un imbécil. Y si lo era, yo no tenía más remedio que perderle el respeto intelectual, y, mucho peor, nuestras conversaciones se extinguían en lo que tenían de bueno y gratificante para mí. No sólo las perdía a futuro, pues necesariamente se me iban a ir las ganas de plantear temas interesantes o compartir reflexiones inteligentes con un necio de semejante calibre, sino que perdía retrospectivamente las conversaciones que habíamos tenido a lo largo de los años, y que constituían una parte tan central de mi vida. La revelación devaluaba el pasado, volvía ficticia toda su riqueza, y abría un agujero imposible de llenar. ¿Cómo llenar desde el presente un agujero del pasado? Mis conversaciones tenían de por sí algo de retrospectivo. La reconstrucción nocturna a que las sometía, que no eran una parte menor del placer que me causaban, las desplazaba en el tiempo ya mientras sucedían; la segunda vez contaminaba a la primera y se establecía un círculo. Yo había estado viviendo en ese círculo mágico, protegido en su límite, y su disolución me causaba pavor.

Para apreciar la magnitud de mi decepción, debo encarecer lo importantes que eran las conversaciones para mí. En esta etapa de mi vida, se habían vuelto lo más importante. Había dejado que ocuparan este lugar privilegiado, y las había cultivado como una razón de ser, casi como una obra. Constituían mi única ocupación válida, y me había aplicado a magnificar su valor, atesorándolas mediante la reconstrucción y miniaturización en el retablo secreto nocturno. De modo que si perdía el día también perdía la noche. En realidad, se me vaciaban más las noches que los días, porque en éstos siempre existía la posibilidad de encontrar otras distracciones; las noches eran más exigentes; todo su sustento era la inteligencia y la complicidad en la inteligencia, que mediante mi sistema de duplicación se volvía complicidad conmigo mismo. Perderla también era perderme, quedarme solo en un insomnio sin objeto.

Es cierto que éste no era mi único amigo ni mi único interlocutor en las conversaciones. Era uno entre otros; no le daba más valor que a los demás. Pero sería una pérdida que habría ido más allá de la unidad que representaba. En la relación que mantengo con mis amigos he notado, y creo que debe de ser un fenómeno universal, que cada uno rige una línea distinta de intereses, un tono de amistad distinto, y hasta un lenguaje diferente. Los amigos no son intercambiables, aunque el grado de amistad sea el mismo y el grado de cultura y nivel social sea equivalente. Hay sobreentendidos y acuerdos y claves que se van construyendo con el tiempo, y que los hacen irreemplazables a todos. Pero la pérdida, como digo, iba más allá de lo único. Las conversaciones de las que yo obtenía tanto placer formaban un sistema, y la desaparición de la «veta» de temas u opiniones compartidos con este amigo provocaría un desequilibrio, y éste el derrumbe de toda la red.

Sin embargo, por debajo de estas alarmas persistía una duda, la misma que había motivado mi sorpresa inicial: ¿era posible? ¿No era un poco excesivo? La contradicción tenía algo de sobrenatural, entre mi amigo culto y civilizado y una ignorancia de discapacitado. ¿No debería estar por encima de esas sospechas? ¿No me había dado hartas pruebas, a lo largo de años, de su inteligencia y percepción? Perdía la cuenta de las veces que habíamos discutido de igual a igual sobre filósofos y artistas y fenómenos históricos y sociales. Mi confianza en su respuesta nunca había flaqueado. Y no era una ilusión, de eso podía estar seguro porque había sometido cada conversación a la prueba nocturna de la memoria, y las había examinado hasta el último repliegue. Gracias a las reconstrucciones había examinado hasta lo no dicho. Este descubrimiento, si era tal, sería como descubrir de pronto, después de años de relación, que un amigo era manco; o ni siquiera eso, porque un manco puede tener un brazo ortopédico y disimular bien su falta; sería más bien, perfeccionando el símil, como si un marido descubriera, en la celebración de sus Bodas de Plata, que su esposa era china. ¿Era posible, entonces? Lamentablemente, había que responder por la afirmativa. Era posible. En este caso las pruebas no servían de nada; la fuerza del imprevisto las destruía.

Tampoco me servía postular uno de esos blancos que todos tenemos en nuestra formación, y que a veces son escandalosos y tan sorprendentes como el que estaba enfrentando yo en este momento. A mí mismo me había pasado, creer saber algo y no saberlo, por haber adoptado en la infancia una idea errónea y lo bastante cómoda como para no sentir nunca la necesidad de revisarla o ponerla a prueba. Hay temas con los que, por una larguísima concatenación de azares, uno no tropieza nunca, aun disponiendo de una mente alerta y una curiosidad universal. Existen tantos que es posible. A veces se trata de mera pereza. Por ejemplo yo sé que hay una explicación para el hecho de que las ruedas de las diligencias, en los westerns, parezcan girar hacia atrás cuando el vehículo va muy rápido; hasta la he visto escrita e ilustrada con diagramas, pero nunca me molesté en enterarme en detalle. Tener uno de estos agujeros de comprensión o información es lo más común del mundo, y sin embargo aquí no me servía, porque la diferencia entre ficción y realidad no era un asunto puntual de los que ocupan puntos ciegos; era más bien una mancha de aceite, se extendía a todo, y hasta a lo que rodeaba al todo.

Alguien menos generoso o más agresivo podría haberse sentido feliz al descubrir que un amigo suyo era un tonto. Podría hacerlo sentir superior, a salvo en su integridad narcisista, más inteligente de lo que creía ser, en una palabra: ganador. No era mi caso. Yo me sentí deprimido y angustiado, como alguien a punto de perder algo valioso. En los hechos, ese sentimiento duró algunos segundos, los que van entre una réplica y otra en un diálogo animado. En la cama, a la noche, me pregunté: ¿Una depresión puede durar unos segundos? Evidentemente, no era una verdadera depresión sino su núcleo conceptual, apto para expandirse en el recuerdo, y probé, casi como un juego, de expandirla, para regodearme en su contemplación. Como mi memoria ya sabía que no había motivo para la depresión, lo hacía en el modo «ficción», estableciendo un puente entre el tema y su desarrollo.

Como dije, la respuesta de mi amigo no se hizo esperar; había estado tascando el freno y ejercitando la paciencia para no interrumpirme. No manifestaba ninguna señal de incomprensión o confusión; al contrario: se proponía sacarme a mí del error.

Empezó diciendo algo que yo tomé como una generalización un tanto marginal: según él, actor y personaje podían convivir, y la película que los dos habíamos visto lo probaba; si es que yo realmente la había visto, agregó con una pizca de sarcasmo, porque la latitud de mi equivocación se lo hacía dudar. Para que convivieran no era necesario, como yo había propuesto en mis desvaríos, una suspensión del escepticismo ni ninguna otra operación psicológica o metafísica, sino simplemente un poco de ingenio. Ingenio en la invención, oficio de ingenio, quizás no mucho, sólo lo habitual en este tipo de producciones artístico-comerciales; no estaba lo bastante familiarizado con la actualidad de Hollywood como para evaluar lo que habíamos visto: podía ser un producto en serie, sin más mérito que los otros cien o mil que daba a luz anualmente la fábrica de sueños, o podía ser la película que por casualidad había salido de veras bien.

A propósito de lo cual hizo una digresión para aclarar que no se sentía cómodo en la discusión en la que nos habíamos embarcado. Su mente entrenada en la filosofía no se aplicaba sin violencia a un tema tan banal como una película pasatista. Desconocía los códigos del rubro «entretenimiento masivo», y temía cometer errores de apreciación, no sólo de la apreciación de la calidad a la que se había referido antes, sino hasta del significado mismo. Pero a la vez reconocía que ningún objeto era demasiado pequeño para una mente inquisitiva.

Estuve de acuerdo, y al recordar las palabras con que se lo dije recordé también, en un relámpago abismal, el ejercicio de años que yo venía haciendo con las conversaciones, que eran a la vez un objeto grande y digno del vaciado de profundidades culturales, y pequeño y mínimo en sus partes y las partes de sus partes: todo, lo grande y lo pequeño, se había bañado en la misma luz imparcial de la repetición.

Me advirtió que tendría que hacer suposiciones, algunas arriesgadas.

Adelante, le dije.

Para que lo nuestro no pareciera un diálogo de sordos, empezó, tomaría mis propios conceptos, y hasta mis palabras, con la intención de hacerme ver su reverso.

Yo había hablado del verosímil, ¿no? De hecho, había basado mi argumentación en él. Que un humilde pastor en la montaña tuviera un fastuoso Rolex era inverosímil. Luego, si el nuestro lo tenía, se producía una ruptura del verosímil, y ahí se acababa mi silogismo.

Pensé que no era tan simple, y por lo menos yo no lo había hecho tan simple porque me había remontado a la raíz del asunto, pero como en ese momento no tenía ganas de discutir (quizás por un residuo de mi depresión ultrabreve), y quería ver adónde iba, me limité a asentir con un cabezazo de impaciencia. Y además, para ser francos, era así de simple.

Pues bien, dijo, mi error consistía en limitarme a una concepción estática del verosímil. Él me proponía otra, dinámica. Según ésta, tomado en el movimiento de la creación, el verosímil podía ser, y era, un generador de historias. Esa cualidad salía de su misma razón de ser, que era la de enmendar un error. Un error real, o virtual, porque no importaba que no se hubiera cometido ni se le hubiera cruzado ni a mil leguas de la cabeza del autor cometerlo: bastaba con la posibilidad del error o el anacronismo o el disparate, y los autores de historias, aunque no lo supieran, cultivaban esta posibilidad, la protegían, la atesoraban, como su bien más preciado.

Con un gesto de la mano atajó mi pedido de explicación, aunque no era tan seguro que fuera a producirse (yo mismo no lo sabía).

Había que remontarse un poco más atrás todavía, dijo, para poner en foco la cuestión. Las historias que se contaban o escribían o filmaban, ya pertenecieran al reino de lo real o al de la ficción, debían tener cualidades que las hicieran valer la pena, porque no eran hechos o cosas naturales. Una piedra a la vera del camino, o una nube, o un planeta, no necesitaba justificarse por su belleza o su interés o su novedad, pero una historia sí. Al ser gratuitas y no servir para nada específico, como no fuera para pasar el tiempo, las historias dependían de su calidad. Había que extremar la invención cada vez, cada vez había que sacar un nuevo conejo de la galera. Un recurso a propósito era el verosímil. Pero no el verosímil chato y estático, el que venía dado por la realidad misma, sino el «de emergencia», el que venía a último momento, como los bomberos haciendo sonar la sirena, a salvar una situación comprometida.

Ahora sí, sentada esta premisa, volvía a mí. Yo estaba equivocado al considerar ese Rolex un error o anacronismo o una distracción en el rodaje. Completamente equivocado. Pero aun así, se lo podía tomar como un error «posible», es decir postularlo como un error en la generación original de la historia. No era difícil hacerlo. Yo había planteado bien las condiciones de esa postulación: ¿de dónde iba a sacar un Rolex un primitivo pastor de cabras de las montañas ucranianas? Muy bien. Pero si en la historia el pastor tenía un Rolex, y postulando que el «error» se había cometido, había que arreglarlo, es decir había que verosimilizar. De esa operación podía salir el interés y la novedad de la historia. Sólo a partir de ahí se podía lograr que valiera la pena contar la historia. Sin el «error», las cosas se achataban sensiblemente. ¿A quién le interesaba la vida de un pastor de cabras coherente? ¿O la de un magnate coherente con su gran reloj de oro? El interés surgía, a priori, de la convivencia.

¿Cómo podía justificarse el Rolex en la muñeca del pastor? No era tan difícil. Aquí el autor podía lamentar que el «error» no hubiera sido más grave, por ejemplo que el pastor, que se desplazaba por los senderos rocosos de la montaña sólo aptos para cabras... ¡tuviera una Ferrari! Eso habría exigido una extensión mucho mayor del verosímil y habría dado por resultado una historia con más interés, ¿no?

Hizo una pausa, después de la preguntita retórica, que no era ni siquiera eso sino una especie de tic lingüístico suyo que yo le conocía bien. Tan bien que ni siquiera lo registraba en las conversaciones; pero reaparecía cuando yo me las servía en la mesa de los sueños. Lo que me llevaba a pensar, o más bien a sentir, que mis reconstrucciones nocturnas tenían algo que me superaba.

Su mirada se perdió en la lejanía, aunque la pausa no duró mucho, porque ya sabía lo que iba a decir a continuación. Quizás la hizo sólo por el efecto.

Mientras tanto yo, en la cama, aproveché para hacer a mi vez una pausa, aunque yo podía hacerlas donde quisiera, entre cualesquiera pregunta y respuesta, o, si se me daba la gana o me asaltaba una reflexión súbita, en medio de una frase, y hasta en medio de una palabra. En mi pausa pensé algo que debería haber pensado en la pausa de él (en la mía se volvía anacrónica): hasta ese punto su razonamiento había sido sutil e inteligente, lo que me tranquilizaba respecto de mis alarmas anteriores: no era un idiota completo, ni mucho menos. Se estaba ganando un amplio crédito, y hasta parecía en condiciones de amortizarlo. Aunque era cierto que no ser un idiota no le impedía ser algo peor, por ejemplo un loco. Pero no abundé por esta línea; tenía cosas más realistas que pensar. Además, él ya seguía.

¿Cómo justificar el Rolex en la muñeca del pastor de cabras, entonces? ¿Cómo justificarlo, no desde el punto de vista del espectador (desde donde, como yo lo había demostrado, era injustificable), sino desde el del creador de la historia? Muy fácil. Se caía de maduro. Había que hacer de él un falso pastor de cabras. Por ejemplo un millonario que renunciaba a sus millones por hartazgo de la civilización y se iba a la montaña a vivir en comunión con la naturaleza, o un espía de la CIA disfrazado para averiguar el trazado secreto del oleoducto Bakú-Kiev, o un fugitivo de la justicia, o un científico estudiando el comportamiento de las cabras... Se abría un gran abanico de posibilidades, que se iría cerrando rápidamente, presionado por las cláusulas inflexibles del realismo.

Ya en el estadio del abanico abierto, dijo, se planteaban algunas restricciones, que empezaban a dar pistas. La distancia entre el Rolex y el pastoreo artesanal de cabras era una. La distancia, más literal, entre los centros de civilización donde pudiera haber gente que usara Rolex y las remotas montañas agrestes, era otra. Ambas coincidían en indicar una cierta «importancia» del asunto. Nadie renunciaba porque sí a los beneficios del confort para irse a sufrir las inclemencias de la vida montaraz. Sobre todo si tenía los medios para pagarse esos beneficios, como era el caso del propietario de un reloj de ricos. Debía haber una motivación de peso. El abanico, ya algo reducido, seguía teniendo un arco amplio. Para seguir cerrándolo, se podía recurrir, y era muy prudente hacerlo, al género al que iba a servir la historia. No era lo mismo una novela seria que un cómic, o un cuento surrealista que una película de ninjas. Aquí se trataba de una película de las etiquetadas «acción y suspenso», con trasfondo político. Una vez que disponíamos de esa determinación, había que revisar el catálogo de las producciones más o menos recientes en el género, y tratar de encontrar algo que no se hubiera hecho ya. Como estábamos en el rubro del cine comercial para el consumo masivo, convenía no excederse en originalidad, que podía desembocar en lo excéntrico y limitar el target. Lo original no debía ir más allá de lo convencional, ¿no?

Para entrar en materia, siguió, ya teníamos al héroe norteamericano, trasladándose a la problemática Crimea superior con una misión secreta. La elección del sitio estaba dictada por distintas consideraciones, y a su vez dictaba otras, con las que, sumadas, la historia ya estaba en marcha.

Desde la desintegración del bloque soviético, Ucrania había venido mostrando gestos de alejamiento respecto de Rusia. El fuerte lobby de la oligarquía del arrabio presionaba por una mayor independencia de las directivas de Moscú, para negociar sus saldos exportables. Putin a su vez presionaba con la amenaza de cortar la provisión energética. La situación interna se complicaba por conflictos étnicos de vieja data. El odio de tártaros y cosacos, mantenido durante siglos en estado latente por la exclusión de los primeros en 1590, había resurgido explosivamente tras la anexión de Crimea en la década de 1960; la península había conservado encapsulada una población tártara que por su contacto, turismo mediante, con las franjas progresistas del yeltsinismo, ahora se denominaba neotártara y denunciaba discriminaciones pasadas y presentes por parte de las influyentes minorías lituana y moldava. El caldero racial ucranio, recalentado por las ínfulas de la aristocracia polaca y por los sinuosos intelectuales rumanos fugitivos de los patíbulos de Ceaucescu, propiciaba la emergencia de una nueva clase de políticos oportunistas. Con la excusa de la modernización, una Legislatura demagógica aprobaba el pedido de cuantiosos créditos del FMI y el Banco Mundial. Washington observaba con interés, especulando con la creación de un aliado estratégico en la región. El Imperio estaba empeñado, después del fin de la Guerra Fría, en la misión un tanto paradójica de ampliar la globalización. La oportunidad de clavar una pica en

Flandes se le presentó con el caso de las algas tóxicas y la Señorita Salvaje.

Una cuestión topográfica que convenía aclarar antes de pasar a «tu bendito Rolex», dijo con una sonrisa, era la siguiente: Ucrania era una inmensa pradera de tierras negras asentadas sobre la meseta podólica, que se inclinaba suavemente hacia el mar Caspio. Su medio millón de kilómetros cuadrados era cultivable en la totalidad, y volvía al país un proveedor cerealero de primera magnitud. Por ese gigantesco tobogán se deslizaban los tres ríos nacionales, el Dniéper, el Dniéster y el Dniérer. Regadas por ellos, las llanuras ucranianas florecían en ricas alfalfas que alimentaban el stock vacuno, otra de sus fuentes de riqueza.

Pues bien, siendo así las cosas, ¿dónde estaban las montañas? Las montañas que eran la sede inmemorial de las leyendas ucranianas, las famosas montañas de carbón pobladas de demonios nocturnos y anacoretas y razas perdidas y bestias sin ojos, ¿dónde estaban?

A esta pregunta respondía, con llamativa puntualidad, el caso de las algas tóxicas. Estos peligrosísimos vegetales marinos mutantes habían aparecido recientemente en el fondo del Caspio, a tal profundidad de sus fosas que nadie pudo verlas. Hubo que deducir su existencia y sus características de la mortandad de peces abisales que aparecieron flotando panza arriba en las olas, ellos mismos desconocidos hasta entonces. Los ictiólogos que los catalogaron y estudiaron hallaron en sus tractos digestivos fragmentos microscópicos de las algas que les habían producido la muerte, a veces células sueltas. A partir de esos restos mínimos, pudieron diagramar el alga.

Por simple aplicación de un hecho bien conocido, las algas que hacían su hogar de las profundidades del mar debían hallarse también en las cumbres de las montañas. Con lo cual la existencia de éstas quedaba asegurada.

Aquí mi amigo hizo un rápido punto y aparte y empezó sin más con el tema siguiente, presuroso por llegar a «mi

Rolex», que ya debía de estar avizorando en el horizonte desde la cresta de la ola argumentativa en la que se deslizaba:

La Señorita Salvaje...

Pero lo interrumpí en seco, con la palabra y el gesto. Me eché atrás en la silla y levanté las dos manos como si tanteara una pared.

¡Momento, momento! Suspiré fuerte, y al recordarlo, en la cama, no pude contener un suspiro, más débil, como una maqueta del que había soltado en el café. ¿Cómo podía pasar de largo, le pregunté, usando de puente una parodia tan crasa de silogismo? Lamentaba tener que desilusionarlo, pero para mí las montañas seguían sin existir.

Él volvió atrás sin mosquearse: ¿acaso yo no sabía que en las altas cumbres se habían hallado fósiles de animales marinos, de los que los geólogos han sacado importantes conclusiones sobre la historia del planeta?

Por supuesto que lo sabía. ¡Pero eso no hacía brotar montañas!

De acuerdo, dijo, no las hacía brotar... en la realidad. Pero ya habíamos puesto en claro, o mejor dicho yo había puesto en claro, larga y eficientemente, si no excesivamente, que había una diferencia entre ficción y realidad. Y estábamos en el campo de la ficción, ¿no? Yo mismo lo había dicho, él no estaba inventando nada. En todo caso, él había introducido una precisión: el terreno que hollábamos no era el de la ficción ya hecha y que se consume como pochoclo, sino el de su generación. Y en este terreno, que ahora se volvía metafórico, las montañas sí brotaban de lo que yo desdeñaba como «parodia de siologismo». Sobre todo si tenía a bien recordar que el género de ficción del que estábamos hablando era el del entretenimiento de consumo masivo. El dato de los fósiles marinos en la cima de las montañas lo sabían hasta los niños. Más que eso, era la clase de información que, fuera del ámbito restringido de los geólogos profesionales, sólo les interesa a los niños. Pero los adultos fueron niños, y recuerdan. La industria de la cultura popular se construye sobre esos recuerdos.

Yo seguía resistiéndome. Al recordar la conversación, ya sabía lo que seguía: la Señorita Salvaje. En la conversación misma debía de saberlo también, porque él la había nombrado, pero en el recuerdo la Señorita Salvaje se alzaba en mí como una marea de corrientes magnetizadas, que me arrastraba a la aventura, a la juventud, a los mundos de la pasión. Por eso mismo me detuve con especial complacencia en la objeción que le presenté todavía, y en su respuesta:

¿Cómo era posible, le pregunté, que la mutación intempestiva de las algas fuera contemporánea de fósiles que debían de tener millones de años?

Otro «pequeño anacronismo», ¿no?, respondió con una sonrisa astuta que indicaba que había esperado la objeción, y que me la agradecía. En efecto, era otro de esos errores que exigían un trabajo de verosimilización. Que las algas hubieran mutado recientemente no significaba que no hubieran existido desde las eras más remotas, y ya entonces habían tenido, latentes, los mecanismos que harían posible la mutación. Para un paleobiólogo avezado, esos mecanismos serían visibles en los fósiles, y estudiarlos sería muy útil no sólo para comprender la historia genética, sino para prevenir las amenazas que acechaban a las formas vivientes en la actualidad.

Pero ésa era una verosimilización muy chata, muy funcional. Había otras mejores, que si yo tenía la paciencia de escucharlo me aclararían el panorama.

Aria era una bella joven tártara, secretaria del Patronato del Arrabio, cuya Presidencia había quedado a cargo del siniestro Forión Larionov tras la muerte del presidente anterior, un bondadoso caballero tío de Aria. Ella sospechaba que el accidente que le había costado la vida a su tío no era tal accidente, sino una maquinación de Larionov, y trataba de encontrar pruebas en el poco tiempo de que disponía, pues el nuevo presidente estaba reemplazando el personal por adictos a sus políticas, y sus días como secretaria estaban contados. Cuando encontraba las pruebas (no necesitaba más que quedarse después de hora, meterse en la oficina de su jefe y abrir un cajón, con esa facilidad que tenían las cosas en el cine) descubría que no podía usarlas, pues los implicados en el crimen incluían a altos funcionarios del gobierno y las Fuerzas Armadas. Es más: descubría que ella misma estaba marcada como la próxima víctima. Esa noche no volvía a su casa, que ya debía de estar vigilada. Era imperativo huir. Sus años de trabajo en el Patronato le habían hecho conocer los muchos recursos de que disponía esta compleja y poderosa institución, y decidía usar uno de ellos, en un golpe de audacia que resultaría mucho más cinematográfico que tomar un tren: se dirigía en taxi al aeropuerto privado del Patronato, con la intención de abordar uno de los aviones que partían todas las noches cargados de arrabio rumbo a Moldavia. Su pase personal la autorizaba a entrar. Pero una vez en el aeropuerto, la oscuridad y la prisa de unas maniobras furtivas que tardaba en comprender hacían que la confundieran con otra, y terminaba embarcada en un pequeño jet que partía sin más. Antes del despegue se escondía entre el último asiento y la pared posterior de la cabina; cuando ya estaban en el aire se asomaba y podía ver quién era la otra pasajera: la joven y bella Varia Ostrov, la amante de Larionov, extraordinariamente parecida a ella (las representaba la misma actriz). Varia escapaba también, pero por otro motivo: llevaba valiosa documentación robada a su amante, que se proponía vender al Servicio Secreto moldavo.

Una tormenta sorprendía al avioncito fugitivo sobre las Montañas de Carbón, y se estrellaban en las cumbres tenebrosas. Era tal la furia del viento que el avión rodaba por los farallones y laderas, dando infinitas vueltas, ya sin alas, hasta quedar enganchado entre dos peñas. Milagrosamente, Aria estaba ilesa. Se arrastraba por el tubo retorcido al que había quedado reducido el avión, echaba una mirada despavorida a los cadáveres de Varia y los pilotos, y salía al exterior. Una vez afuera, se alejaba rápidamente, temiendo una explosión. Dado lo abrupto del terreno en que se encontraba, el alejamiento era accidentado: tropezaba, caía, rodaba, la arrastraba el viento, se hundía en la nieve, la tiniebla le impedía ver dónde pisaba. Era un segundo milagro en la misma noche que no se matara, pero al fin caía en una especie de nicho seco donde perdía el conocimiento.

Ahí la encontraba, a la mañana siguiente, el apuesto pastor, que llevaba a sus cabritas rumbo a las saludables aguadas de altura, como todas las mañanas. La alzaba, la llevaba a su choza, le curaba unos cortes y moretones (pocos), la abrigaba con sus toscas mantas, y cuando ella se despertaba, todavía aturdida, le daba de beber un caldo caliente. Aria se recuperaba con notable rapidez. Se iniciaba entonces una de esas relaciones tan típicas del cine según mi amigo (y yo le daba la razón), entre dos mundos distintos, de los que hace de puente el amor. Que eran mundos distintos estaba acentuado por el hecho de que no podían comunicarse mediante el habla. Ella suponía que él debía de hablar uno de esos dialectos cerriles que en realidad no tienen nada en común con el ruso. La barrera idiomática era tanto más impenetrable cuando que en los hechos ella, y todos los demás, hablaba en inglés, por tratarse de una producción norteamericana. Aun así, se entendían. O al menos ella entendía algunas cuestiones prácticas, la principal de las cuales era que estaban aislados en la altura, por un tiempo previsiblemente largo, pues por debajo del nivel en el que se encontraban, intratables desfiladeros de hielo y nieve hacían imposible el descenso, hasta los deshielos primaverales. Allá en lo alto, una combustión tectónica del carbón que rellenaba las montañas creaba un microclima templado ideal para la invernada de cabras. Eso explicaba, de paso, la soledad del pastor.

Éste, en su ignorancia supersticiosa, creía que la bella desconocida era la Señorita Salvaje, personaje legendario de las montañas ucranianas. Esta conseja tradicional no era antigua, pero tenía sus buenos años, sesenta o setenta por lo menos: databa del comienzo de los certámenes de belleza bolcheviques, que llegaron a ser pasión popular, y fueron alentados por Moscú como un medio de identificación de nacionalidades y eugenesia comunista. Según la leyenda, en el primero de esos certámenes que se realizó en Ucrania, por los años veinte, las dos finalistas fueron Miss Salvaje y Miss Civilizada, dejando atrás en la contienda a las representantes de las provincias y etnias del país. En la reñida votación final ganó la Señorita Civilizada, y la Señorita Salvaje, despechada, huyó a las montañas donde vivió en adelante, sola y en estado cerril. (El cambio de «Miss» a «Señorita» estaba regido por el doblaje que había sufrido la copia de la película, para pasarla por televisión.) Por supuesto, nadie medianamente culto daba crédito a esta fábula, que podía explicarse en términos de metáfora nacional: era el eterno enfrentamiento, que se daba en los albores de toda comunidad nacional, entre Civilización y Barbarie. El triunfo de la Civilización era inevitable, por poco optimistas que fueran los pueblos, pero, aun extremando este optimismo, había que reconocer que la Barbarie quedaba latente, así fuera en estado de ficción o posibilidad.

Seguían unas escenas que ilustraban la vida cotidiana de los dos jóvenes en la montaña, un idilio accidental, remanso necesario en la trama pero también excusa para el lucimiento fotográfico de los magníficos paisajes, en todas las gradaciones de la luz. Esas vagas secuencias de contenido estético, enriquecidas por la música, daban tiempo a los espectadores para hacer reflexiones (sabiamente inducidas por algunos detalles de las tomas) sobre la gran distancia que cubría ese puente erótico. Pues los miembros de la pareja no podían provenir de mundos más distintos, él de la naturaleza agreste, ella de la cultura de las corporaciones globalizadas y la alta tecnología. Al contraste le agregaba un picante extra la inversión de atributos en la realidad, ya que a él lo representaba un astro de Hollywood, y a ella una actriz novata y ucraniana.

A Aria la atraía en el pastor su autosuficiencia, su simplicidad, su vigor primitivo, características que resaltaban tan favorablemente al compararlo con los hombres que había tratado en su trabajo y vida social, egoístas, ambiciosos, superficiales. Sin contar con que era mucho más apuesto. En el fondo, tenía que sospechar que este amor que estaba naciendo no tenía futuro: ella no podía renunciar a su carrera de secretaria por las cabras y las peñas, él no podría adaptarse a la vida urbana. Pero aun así se dejaba llevar. O bien el sentimiento era más fuerte que la razón, o Aria anticipaba la dulzura de la melancolía de la separación, con lo que demostraba que la frivolidad de su vida pasada había calado hondo. Mientras tanto, aprendía a ordeñar, se extasiaba en la contemplación del firmamento nocturno, descubría los secretos de la montaña.

Él por su parte seguía convencido de haber encontrado a la Señorita Salvaje de los cuentos, y estaba encantado. Era una culminación de sus anhelos. Aunque primitivo, era un soñador, con alma de poeta. La fugitiva de la leyenda había ocupado sus fantasías desde los primeros años, y había sido el motivo de que eligiera en su adolescencia el ingrato y solitario trabajo de pastor hiemal, defraudando las expectativas de su padre que quería hacerlo herrero como él. Allá en las cumbres se sentía más cerca de su figura ideal de mujer, ideal aunque en el fondo sabía que no existía. Y ahora, contra toda esperanza, la había encontrado.

La pareja se sostenía en equilibrio inestable sobre el frágil hilo de araña con el que la ficción ata la realidad. Aria, que estaba del lado de la realidad, lo comprendía, y no desmentía a su enamorado. No sólo conocía la leyenda, sino que ésta la tocaba de muy cerca. Su bisabuela había sido la primera Miss Ucrania, en pleno stalinismo. Los detalles documentales se habían perdido en las sucesivas purgas ideológicas y en la fraudulenta reescritura de la Historia que fue una de las marcas de fábrica del régimen soviético. De ahí la proliferación de ficciones que venían a llenar la necesidad de explicaciones genealógicas que siente todo pueblo. Y una de las versiones del cuento decía que la ganadora en realidad no había sido la Señorita Civilizada sino su rival, pues la noche anterior a la gran final las dos habían trocado identidades (eran muy parecidas). Con lo cual la verdadera Señorita Salvaje se había quedado en Kiev representando a la civilización y la modernización, y sembrando en el seno de éstas la semilla del salvajismo que había impedido que Ucrania se sumara al coro del Desarrollo Sustentable.

El regreso tan azaroso de su descendiente a las Montañas de Carbón, pensaba Aria, tenía algo de consumación de un destino. Sentía en carne propia la justicia poética, que es uno de los pilares en los que se asienta el arte del cine. Lo sentía tanto más porque sabía que, si fuera una película, su bisabuela y ella serían representadas por la misma actriz (siempre lo hacen así). Pero, en esta película en particular, dijo mi amigo alzando la voz en un Finale triunfante de «yo te lo dije», ¡ella sabía que era una película!

Al reconstruir estas palabras, en la cama, me di cuenta de que a las palabras se les habían unido las imágenes, como sucede siempre que se evoca el cine. Pero debía recordar, y me lo recordé entonces, en retrospectiva, que lo nuestro eran las palabras, no las imágenes; era con palabras que se resolvería nuestro pequeño intríngulis; las imágenes que me invadían en la bruma mental del entresueño no podían sino alejarme de la solución. Esto último lo comprobaba a mis expensas al ver que no había captado el sentido de la última afirmación de mi amigo. Pensándolo un poco, me di cuenta de que no lo entendía porque no se podía entender. Era un evidente absurdo, con el que volvíamos al punto de partida. Yo sabía lo que era una refutación por el absurdo, pero no concebía, por el momento, que se pudiera dar la razón mediante el absurdo. La única posibilidad que quedaba era que, al cabo de un largo círculo, mi pobre amigo regresara a su confusión inicial, ahora por el lado de la psicología, y creyera haberme convencido de que el actor era lo mismo que el personaje, después de todo. Lo cual significaba que sí era un idiota, y que yo debía recaer en mis alarmas y tristezas.

Ya el solo hecho de que hubiéramos seguido hablando del tema, después de que yo advirtiera que él no sabía cuál era la diferencia entre ficción y realidad, era una aberración. Pero la culpa no era de él: era mía, por haberlo advertido. En la charla normal de gente como nosotros, esa clase de errores o ignorancias se mimetizaba en el discurso inteligente, no se los veía, pasaban inadvertidos, o uno creía haber oído mal. Una vez que se los había notado, no había vuelta atrás.

Y además, yo no tenía ganas de volver atrás. Las imágenes me habían hecho alzar vuelo, y prefería intentar una salida por el otro lado. Entonces dije: «Todo es ficción».

Y él, que tampoco era de los que retroceden: «O: todo es realidad. Es lo mismo».

Para demostrar esta aparente paradoja volvió al mundo de las imágenes, pero ahora con más cautela.

El idilio salvaje no podía eternizarse, y efectivamente un escuadrón de mercenarios desembarcaba de un helicóptero en uno de los picos y se dispersaba en una busca urgente y criminal. Los enviaba el siniestro Larionov, a recuperar los documentos robados por su amante Varia, y, por supuesto, a matarla si no había muerto en la caída. ¿No era la ley del relato moderno, resucitar los tiempos muertos con una puerta que se abría y daba paso a un hombre con un revólver? A partir de ahí las cosas recuperaban su ritmo, en una persecución que llevaba a héroes y villanos a ciudades, ríos, hoteles, trenes, rascacielos, tenía una escena culminante en la Gran Sinagoga de Odessa, y el desenlace en la frontera moldava...

Pero antes de todo eso había un episodio que complicaba y transformaba la acción subsiguiente, y la anterior también: en cierto momento, simultáneo a cualquier otro por la magia del montaje, la Señorita Salvaje salía de sus inexpugnables escondites, cuando nadie la veía, para curiosear en los restos del avión estrellado. Como un animal humano (un bello animal: la representaba la misma actriz que a Aria) husmeaba, miraba, tocaba...

Pero... ¡un momento!, exclamaba mi amigo con el gesto teatral del que se sorprendía a sí mismo con lo que estaba diciendo: ¿cómo era posible que interviniera un personaje que no existía, o que no existía fuera de la fantasía popular? ¿En qué quedábamos? ¿Era ficción o era realidad?

Eran preguntas retóricas, pero sólo a medias. Me las dirigía a mí, y bien apuntadas. Por el momento no supe qué decir, así que emprendió, con un desgano mal simulado, el trabajo de responderse él mismo.

Sucedía, dijo, que entre ficción y realidad había una instancia intermedia que las articulaba: el realismo. Ahí iban a parar todas las maniobras de verosimilización de las que me hacía, burlonamente, especialista. Pero me advertía que en este caso no debía esperar maniobras muy sutiles, pues se trataba de una película de Hollywood, y de un Hollywood que ya no era el de John Ford o Hitchcock, sino de una industria infiltrada a fondo por un público juvenil de cómics y fantasmagorías, un público con el paladar estragado por extraterrestres y superhéroes. Así que una ruptura del realismo era lo menos que podía esperarse. Después de todo, estaban en su derecho: la película la hacían ellos y podían hacer lo que les diera la gana. Y había que reconocer que esta introducción inopinada de un elemento fantástico valía la pena, si uno no se ponía muy exigente, por las sugestivas simetrías que propiciaba.

Porque la busca de la Señorita Salvaje en el fuselaje destrozado del avión, entre los cadáveres, se detenía en la maleta Vuitton de Varia, que había quedado intacta. Después de varios esfuerzos con los cerrojos lograba abrirla. El contenido era elocuente respecto de la sofisticación de Varia, y de lo caros que le había hecho pagar al villano sus favores sexuales. Vestidos de Prada, de Chanel, joyas de Cartier y Boucheron, lencería de encajes, zapatos italianos… ¡Y yo que me hacía problemas por un Rolex!

A pesar del siglo pasado en las breñas, la Señorita Salvaje no había perdido el instinto de la moda. Había que recordar que su historia había comenzado en un concurso de belleza. De modo que elegía, se probaba, se quedaba con lo más sentador, complementaba con el maquillaje adecuado, que tampoco faltaba en la maleta, y terminaba como una exquisita mannequin posando para *Vogue*. Cuando poco después se encontrara con los amantes de la montaña, se haría visible la inversión completa que se había producido: Aria la civilizada, la secretaria ejecutiva, estaba vestida de rudos harapos de salvaje, y la Señorita Salvaje propiamente dicha era la imagen misma de la Civilización. Esa inversión, con todos los malentendidos a los que daba lugar en la mira de los pistoleros, y lo que movilizaba en el corazón del apuesto pastor, era el combustible que llevaba a la trama a buen puerto, es decir al clásico «happy end».

En ese momento de la conversación, y también del recuerdo que se desenrollaba por la noche, me di cuenta de algo. Yo había venido dando por sentado que mi amigo inventaba un argumento cualquiera, con fines demostrativos; pero entonces recordé de pronto que una de las imágenes invocadas, yo la había visto en la pantalla del televisor. El pastor y la bella joven tártara, viendo surgir entre las nieblas del amanecer en las cumbres a otra joven tártara idéntica a la que se abrazaba a su enamorado primitivo, ambos hirsutos y vestidos como trogloditas, y la otra, el doble, ataviada como para una recepción en la Embajada de Francia. Imagen ligeramente surrealista, sin grandes explicaciones, y por ello muy apta para grabarse en la memoria. No sólo por eso la recordaba bien, sino por ser la primera que vi al regresar del baño donde me había llevado un imperativo de la vejiga. La recordaba sobre todo por las asociaciones. Había pensado que en esas películas de acción modernas las situaciones cambiaban rápido, y que bastaba un parpadeo para perder el hilo.

Ese recuerdo visual arrastró otros, todos coincidentes (más o menos) con lo que había estado escuchando de labios de mi amigo. Ahora bien, las imágenes mnémicas tienen la peculiaridad de estar siempre en trance de invención, y se hace difícil decidir cuáles son reales y cuáles ficticias. Yo había estado tan concentrado en las palabras de mi amigo, me había compenetrado tanto con el relato, que casi podía decir que no oía palabras sino que veía figuras. De modo que las otras imágenes, las que no venían ancladas al recuerdo de volver a hundirme en el sillón después de la visita al baño, no tenía modo de saber si pertenecían a la película o las había ido generando yo al oír a mi amigo. Lo más probable era que se superpusieran unas a otras, o que mi generación visual se hubiera beneficiado del recuerdo inconsciente de lo visto en la pantalla. El único modo de discriminar con precisión habría sido reconstruir el argumento de la película, y para eso había dificultades que parecían insuperables. Era evidente que a la película ninguno de los dos le habíamos prestado la debida atención. Más grave que eso: nuestra conversación no la había tomado en tanto película, o relato cinematográfico, sino a partir de un elemento aislado (el Rolex), y al internarnos en la teoría del error, habíamos desarticulado la materia narrativa para usarla como prueba de convicción en el razonamiento.

Y debo agregar que el ejercicio mnemotécnico al que yo me libraba en la oscuridad de mi dormitorio no arreglaba las cosas. El recuerdo en general es una oportunidad de ordenar los hechos, poner las causas antes que los efectos y racionalizar la cronología. Yo obedecía con gusto a estas generales de la ley, y hasta era muy estricto en hacerlo, como que de ahí derivaba el mayor placer de mis reconstrucciones. Pero lo que reconstruía eran las conversaciones, no los relatos que éstas contuvieran. Era comprensible, y hasta lógico. Los dos órdenes no tenían por qué coincidir y las más de las veces divergían ampliamente, y si yo quería hacerme cargo de los dos a la vez podía llegar a hacerme un lío fenomenal. Si había que sacrificar uno, salvaba el de la conversación, y dejaba que el otro se desintegrara en el caos. ¡Qué me importaban los relatos! Mi tarea sólo le concernía a la amistad, al juego de las réplicas y el entendimiento, los gestos y tonos de voz, en una palabra todo lo que fuera expresión de un pensamiento que competía y se compartía.

En realidad, el problema de elegir no se me había presentado nunca antes. Nunca hablábamos de películas o novelas, o de ninguna historia que no fuera la de nuestros intereses comunes en el campo de la cultura. Esta vez me estaba internando en terreno desconocido.

Cuando tomé la palabra, después de una breve pausa, fue para decirle que si bien apreciaba su fino trabajo de persuasión, yo seguía lejos de estar convencido. No por pertinacia, sino porque me daba cuenta de que él había entendido todo mal en la película. Y no era que yo la hubiera entendido mucho mejor, de eso sí me había convencido; por ejemplo, yo había creído que las dos muchachas representadas por la misma actriz eran una sola, seguramente por haberme perdido las secuencias introductorias y no haber prestado la debida atención cuando aparecían las dos juntas en cuadro. Su relato me ponía en claro ese punto, y yo por mi parte confesaba mis distracciones.

Pero aun así, lo de él era más grave porque había tomado como argumento de la película lo que en realidad era un episodio marginal, que se prolongaba, por lo visto, intercalado, a todo lo largo de la historia principal. Yo me había concentrado en ésta, en la medida en que una mente entrenada en la Filosofía podía (o quería) concentrarse en un pasatiempo funcional apenas al relajamiento vespertino. Liviano y todo, el asunto me había interesado, aunque más no fuera por la habilidad con que se verosimilizaba el absurdo folletinesco. Eso en el aspecto formal. Pero siempre tenía que haber una coincidencia con el contenido, y a éste se aplicaba lo de «no hay temas insignificantes». Esas conspiraciones para dominar el mundo decían mucho sobre el espíritu de la época, y si bien infantiles en el fondo, tocaban una cuerda sensible en mí.

La trama sentimental, si bien artificiosamente interpuesta, era secundaria, y quizás obligada por los gurús mercadológicos que asesoraban al estudio, respecto de la trama de «acción y suspenso», que era la dominante. Las dos compartían, empero, el esquema del enfrentamiento entre la civilización y sus marginados, o entre el presente y el pasado, o, si se quería ponerlo en términos más concretos, entre el canibalismo suicida del poder y el equilibrio idílico de la Naturaleza.

Con Señorita Salvaje o sin Señorita Salvaje (porque esa parte era accesoria) el pastor era la encarnación visible e inteligible de la vida inocente que se sustentaba de la vida y no sabía de ambiciones ni progresos. Pero ya no quedaban Edenes en el mundo, y hasta su rincón perdido llegaban las maniobras de la codicia y la dominación. El conflicto lo involucraba, y él se ponía a la altura de las circunstancias; su ventaja relativa era que «jugaba de local», pero las reglas del fair play se mantenían, como en toda película para el gran público.

Un equipo comando de la CIA había escalado la montaña en busca de las famosas algas tóxicas, cuya importancia para el equilibrio ecológico y hasta para la salvación de la vida en el planeta se revelaba esencial. El grupo era numeroso, de unas veinte o treinta personas, hombres y mujeres, con complejo equipo técnico. Al frente se encontraba un agente veterano de nombre Bradley. (El actor que lo representaba, le dije a mi amigo en un paréntesis porque no creía que él lo hubiera notado, era el director de la película. Asintió. Lo sabía.) Este hombre, un auténtico caballero, encontraba en el pastor a un auxiliar providencial, pues los aparatos de rastreo y comunicación que llevaban no podían suplir al conocimiento vivido de la montaña y sus secretos más recónditos. Los dos hombres, tan distintos, establecían una relación de afecto viril y confianza que se pondría a prueba en la aventura.

La CIA había descubierto que un grupo terrorista ucraniano estaba experimentando con fines desconocidos con estos mutantes, y enviaba a su grupo de tareas a recoger muestras para investigarlas y evaluar la amenaza potencial que pudieran representar. Se trataba de una operación encubierta, llevada a cabo en el máximo secreto, aunque no les habría costado nada hacerla pasar por una expedición científica o inclusive por un grupo de turismo de aventura. El motivo de estas precauciones se iría develando progresivamente, a medida que salieran a luz las conexiones y ramificaciones correspondientes.

El primer indicio de lo extraño lo tenía el pastor: una tarde al recoger a sus cabras para volver a la cabaña, descubría que faltaba una. La buscaba, apremiado por la caída de la noche, que allá arriba se demoraba convenientemente, pero no tanto. Al fin la encontraba, muerta. Quedaba perplejo, porque esos animales eran la salud personificada. Pero la intriga crecía cuando la levantaba para llevársela, con el ostensible propósito de esquilar su valiosa lana y quizás, si no había muerto de una enfermedad contagiosa, asar los cuartos y comérselos. Se inclinaba, metía las manos bajo el cadáver, predisponía la musculatura para el esfuerzo, y daba el tirón… La sorpresa se materializaba en un salto hacia atrás, que lo hacía caer de espaldas. En lugar de los cincuenta kilos que esperaba, la cabra muerta pesaba dos o tres, si no menos. Parecía no pesar nada, cuando ella también, movida por el tirón excesivo, saltaba por el aire y caía encima del pastor, que había quedado boca arriba en el suelo. En el arco que recorría en el aire el viento la hacía ondular, y de pronto era como una cabra recortada en tela peluda, de pronto un bollo informe. Al posarse (suavemente, como una hoja en otoño) sobre la cara y el pecho del pastor, recobraba la silueta de cabra. ¿Qué había pasado? La primera explicación era que se trataba de una piel vaciada de contenido, pero cuando el pastor, repuesto de la sorpresa, investigaba, podía ver que no era así. Estaba entera. La plegaba, se la ponía bajo el brazo y la llevaba a su cabaña, donde esa noche, a la luz de una vela, la abría con un cuchillo y comprobaba que todos los órganos estaban en su lugar, pero sus tejidos habían tomado la consistencia de un finísimo papel de seda.

Bradley se hacía cargo. A él le bastaba una mirada a ese vestigio blando para saber de qué se trataba. Y aunque no se lo decía de inmediato al pastor, éste se enteraba, oyendo las palabras que intercambiaba Bradley con el científico del grupo. La cabra había bebido el «agua deshidratante», que era la verdadera amenaza que había movilizado a los espías norteamericanos.

Había que rastrear exactamente el itinerario de esa cabra en la víspera, para encontrar la fuente de la que había bebido. Esa tarea, nadie más que el pastor podía realizarla, por lo que lo mandaban a dormir para que estuviera fresco y dispuesto al amanecer. Ellos dedicaban el resto de la noche a preparar el equipo que usarían en la busca, y en el tratamiento de las muestras que tomaran. Y algo más. Porque ahora tenían la prueba de que el enemigo ya había logrado la síntesis del agua deshidratante, y era urgente neutralizar sus maniobras, lo que exigiría el uso de la fuerza.

Esos preparativos nocturnos duraban un rato, y después los miembros jóvenes del grupo se iban retirando uno a uno, a dormir. El campamento que habían improvisado consistía de varias carpas de material inflado, interconectadas por pasadizos tubulares, todo iluminado por una tenue luz plateada. Una toma externa y aérea mostraba el complejo como una excrecencia globular de la montaña, bajo el cielo estrellado.

Al fin quedaban solos en la sala de mando Bradley y el asesor científico, que también era un hombre mayor. Bradley, con marcados signos de agotamiento en el rostro, sacaba de un baúl una botella de whisky, la abría y servía dos vasos. En la intimidad así creada y representada, el tono de la charla se hacía menos práctico. La bebida los relajaba; y no era para menos, porque al primer whisky sucedía un segundo, y un tercero. Derivaban al tema de la profesión que ambos habían elegido y ejercido durante todas sus vidas, la profesión que los había traído a este remoto rincón del planeta como los había llevado a tantos otros antes. Pero, se preguntaban, ¿la habían elegido? El asesor científico decía que su vocación había sido la ciencia, y si había terminado espía era porque las circunstancias lo habían querido; entre tales circunstancias había que contar los recortes presupuestarios a los laboratorios y centros de investigación, la suba vertiginosa de sueldos en las agencias oficiales, la responsabilidad que sentía el ciudadano ante las amenazas que sufría el mundo libre, y, para no externalizar todas las culpas, la falta de talento creativo con el que respaldar la vocación. Bradley asentía: su caso ofrecía un paralelo casi perfecto. Lo suyo original había sido el arte, y tampoco había sabido sostenerlo con el heroísmo necesario. Pero se consolaba pensando que no lo había hecho mal. Y, ya con la lengua tartajosa por la bebida, desarrollaba una teoría sobre el espionaje como arte y ciencia. Según él, era una actividad cualitativa. No importaba tanto que se hiciera mucho o poco, es decir que se recogiera mucha o poca información, sino la calidad de esa información; podía ser un mínimo, una palabra, una letra, un número, pero tenía que ser bueno. Ellos recorrían el mundo en busca de ese elemento precioso, como evaluadores expertos, afinando el ojo con los años. No era la busca de una veta de oro, salvo como metáfora. La diferencia estaba en que ellos buscaban algo alojado en una mente, así hubiera quedado registrado en un papel o un objeto. Y como la mente participaba de otras mentes, y éstas de otras más, la busca se prolongaba...

Podía ilustrarlo con una situación cotidiana, como lo era la elección de un peluquero. Para el hombre medianamente interesado en lucir bien, es decir todo el mundo, la elección del sitio donde cortarse el pelo era un pequeño gran problema, que en la ignorancia de los arcanos del gremio se resolvía al azar, con resultados en general insatisfactorios. Una guía para perplejos podía surgir de la respuesta a la siguiente pregunta: ¿quién le cortaba el pelo a un peluquero? Aun el más hábil tendría cierta dificultad en cortarse a sí mismo, y aunque esto no era del todo imposible, los peluqueros eran enemigos jurados del «autocorte», y seguramente querrían tener el mejor corte posible para causar buena impresión en su clientela. Y como un peluquero sí conocía el rubro, y conocía a sus colegas, elegiría al mejor disponible en la ciudad o el barrio. No el más caro o el más famoso, como haría un ignorante en la materia, sino al más realmente bueno, aunque atendiese en un sucio tugurio y le hiciera obras maestras por tres pesos a camioneros y jubilados. De modo que bastaba con averiguar dónde se cortaba el pelo un peluquero cualquiera, para tener una pista segura.

Ahora bien, seguía Bradley, a una pista se la seguía; no era un punto de llegada sino de partida. La lógica indicaba que ese segundo peluquero se iría a cortar con un tercero, y el tercero con un cuarto, y la cadena seguiría prolongándose porque lo óptimo en materia humana siempre estaba un paso más allá.

Para establecer la cadena había que partir de un peluquero cualquiera, preferiblemente un humilde peluquero de barrio, no demasiado joven (todavía no sabría lo suficiente) ni demasiado viejo (habría perdido interés en su pelo). Se podía entablar una relación con él, hacerse cliente, darle charla, y llegado el momento oportuno preguntarle, como al pasar, quién le cortaba el pelo. Era el único método razonable y factible, pero, según Bradley, había que rechazarlo de entrada, por diversos motivos. Claro que si rechazábamos el único método razonable y factible, ¿qué nos quedaba? La vigilancia, el seguimiento. Bastaba pensarlo un minuto para ver que aquí las dificultades prácticas eran insuperables. ¿Quién le dedicaría meses de trabajo a la obtención de un dato tan trivial? Habría que pagarle a un detective privado, que necesitaría asistentes, quizás también habría que gastar en sobornos, y además habría que tomar precauciones porque el espía estaría expuesto a represalias legales por violación de la privacidad. Y el resultado, laborioso y carísimo, sería apenas el primer eslabón; habría que recomenzar todo con el segundo, y después con el tercero, el cuarto…

Y sin embargo, había que reconocer que era posible. Ellos dos, con su experiencia, y con la experiencia de haber sobrevivido, eran la prueba. Ese hombre común que recorría el laberinto de la ciudad tras el Graal de las tijeras, era la imagen del destino que ellos habían elegido, o que los había elegido. La fugitiva calidad de la información saltaba de cabeza en cabeza, y la resignación a lo imperfecto era apenas una maniobra más en la busca de la perfección. ¡Qué ascética, el espionaje!

El símil, como toda alegoría bien planteada, admitía una extensión mayor. Porque esa cadena, que conduciría por la sucesión de sus eslabones humanos al mejor de los peluqueros posibles, podía cortarse. Podía cortarse (¡«cortarse», justamente!), sin ir más lejos, si uno de los peluqueros de la serie era calvo y no necesitaba de los servicios de un colega. O por motivos más accidentales, por ejemplo si el peluquero número X había descubierto a un colega que hacía verdaderos desastres en la cabeza de sus clientes pero a él, y sólo a él, por la forma de su cabeza o la disposición de sus ondas, se lo cortaba perfecto. (Aunque en este caso la cadena no necesitaría cortarse, porque ese peluquero defectuoso y que acertaba por casualidad también tendría que cortarse, y elegiría a un peluquero para que lo haga.) O podía cortarse simplemente si dos peluqueros se cortaban mutuamente, con lo que la cadena se terminaba en un pequeño círculo, o en un «rizo», para hablar el idioma del oficio. (El círculo también podía ser más grande, y llevando las cosas a sus últimas consecuencias podía «encadenar» a todos los peluqueros del mundo.) Todas estas posibilidades, le recordaba Bradley a su amigo, que asentía con una sonrisa triste, ellos las habían vivido, y esos «cortes» los tenían marcados como cicatrices en el cerebro.

A pesar de mi intención de ir rápido y resumir, para llegar al punto lo antes posible, me demoré en el relato pormenorizado de esta conversación, y cuando reconstruía la nuestra por la noche volví a repasarla palabra por palabra. Había sido mi momento favorito de la película, el que la justificaba, aunque los productores la hubieran incluido apenas de relleno, o para hacer un contraste de calma en el vértigo de la acción que para ellos y el gran público justificaba la película. La lógica que esgrimía Bradley, aunque ingeniosa, era bastante traída por los pelos. Pero a mí me gustaba que hubiera habido una conversación, un ejercicio de la inteligencia entre amigos, que se parecía al nuestro. El whisky era un buen detalle. Ponía las cosas en otra dimensión, que era donde debían estar.

Rápido, lento, ¿qué significaban en este contexto? Los hechos sucedían a la velocidad a la que la realidad les mandaba suceder. Era sólo su relato el que podía acelerar o frenar su marcha, y debía de haber gente que transformaba su vida en relato para poder cambiar las velocidades. Pero el pensamiento avanzaba a marcha estática, siempre estaba volviendo sobre sí mismo para detenerse mejor, o sea para encontrar mejores razones para detenerse. Los que habíamos hecho de la voluptuosidad del pensamiento la razón de nuestras vidas, como mi amigo y yo, veíamos las velocidades desde afuera, como un espectáculo. De ahí que pudiéramos gozar, siquiera por un momento, del espectáculo barato del cine por televisión. En cierto modo podía decirse que en la cima del prejuicio contra la cultura popular, uno dejaba de tener prejuicios y ya no le importaba nada.

Bradley y su viejo amigo no disfrutaban por mucho tiempo la calma de la conversación. A ellos también la precipitación de la ficción venía a interrumpirles los silogismos de la realidad. Un ruidito proveniente de las tuberías de nylon les advertía que los estaban atacando con armas eléctricas. Y efectivamente, los jóvenes agentes que dormían se despertaban uno tras otro con cargas de cien mil voltios en la sangre, y morían erizados. Ellos dos organizaban un salvataje de urgencia, que ya no salvaría a los muertos. Conectaban un conversor portátil de fibra óptica, cargaban el software, y cuando activaban la bocina (la maniobra había durado un par de segundos) toda la electricidad suelta en la atmósfera se descargaba generando imágenes inofensivas. Las carpas estallaban en una nube de transparencias, pero ellos lograban escapar. Rodaban en la tiniebla, y cuando se ponían de pie emprendían una carrera desesperada por las laderas. Los perseguían gigantescos cosacos barbudos montados en trineos, desde donde les disparaban chorros de fuego líquido. El asesor científico, que ya estaba jadeando como una perra labrador excedida de peso, se hacía tiempo para decirle a su amigo que se trataba de balas de exofósforo, un carburante incendiario de última generación que quemaba sólo por fuera, no por dentro, lo que no lo hacía menos destructivo, todo lo contrario.

Una ayuda inesperada les venía de los búhos monteses, unos fantasmones de gran tamaño que levantaban vuelo asustados por el ruido de los trineos, e interceptaban el exofósforo. Como el fuego no interesaba a sus órganos internos seguían volando, a menor altura (las llamas debían de pesarles). Eran tan deslumbrantes que los ogros ucranianos se enceguecían y chocaban contra los árboles, dándoles una ventaja extra a los fugitivos.

Bradley encontraba por casualidad la boca de una antigua mina de carbón abandonada. Se internaban por sus galerías, sin pensarlo más. Usaban para iluminarse una pluma de búho rociada de exofósforo, que desprendía una intensa luz blanca. Se restablecía la calma; allí estaban a salvo. Era como si pudieran reanudar la conversación interrumpida, ya no en una tienda inflada, rodeados de tecnología de espionaje, sino en galerías carboníferas cargadas de feldespatos y viejos líquenes. Esa sensación también me había gustado, porque sugería que en realidad la conversación nunca se interrumpía sino que apenas cambiaba de escenario, y cambiaba de tema, y para efectuar el cambio los interlocutores debían arriesgar la vida.

Desembocaban en una caverna de la que no alcanzaban a ver los límites, y se acercaban al borde de una laguna de aguas quietas. En la orilla, el polvo de magnetita había formado cúmulos de espuma negra. Un «glop glop» de cadencia irregular, en el profundo silencio subterráneo, los hacía buscar más lejos sobre la superficie del agua; había unos medallones flotantes de sustancia viscosa, que parecían respirar. Con el mayor cuidado, levantaban uno y lo examinaban a la luz de la pluma de búho. Eran las algas tóxicas, que habían buscado en vano hasta ahora, y la casualidad les hacía encontrar donde menos lo esperaban. Excitado, por completo olvidado del peligro que acababan de enfrentar, el asesor científico analizaba la materia viscosa, revisaba mentalmente la bibliografía, resoplaba un «¡no puede ser!» que se negaba a cruzar los límites de la racionalidad, y se resignaba a un «¡pero es!» perplejo y maravillado. Al entregar su secreto, las algas tóxicas abrían un camino hasta entonces vedado para la ciencia. Su secreto daba paso a los secretos mejor guardados del universo. Porque en realidad no eran algas sino retroalgas, vegetales mutantes con sistema nervioso, que tendían un puente entre la vida y la muerte. Se preguntaba si no estaría soñando.

Con un pequeño esfuerzo de parte del espectador, dije, el clima onírico se hacía palpable. Le hice notar a mi amigo, y perfeccioné ligeramente el argumento a solas en la cama, que cuando uno veía las películas en el cine, la concentración, estimulada por la oscuridad y por la situación misma de haber ido al cine, hacía que uno entrara por completo en la ficción, y dejara de pensarla como ficción. En cambio al verlas en su casa, cuando las pasaban por televisión, era inevitable no entrar del todo. Una parte de la conciencia se mantenía afuera, contemplando el juego de ficción y realidad, y entonces lo que era inevitable era que surgiera una consideración crítica. Dejaba de ser un sueño que uno soñaba y se volvía el sueño que estaban soñando otros. No era tanto que se le encontraran fallas de construcción o de lógica (eso era demasiado fácil) sino que nacía una cierta nostalgia, de mundos entrevistos, al alcance de la mano y sin embargo inaccesibles...

¿Qué clase de mundos?, quiso saber mi amigo.

No quise decirle que yo estaba pensando en mis «revisiones» nocturnas, porque hasta entonces había mantenido en secreto mi pequeño teatro solitario de la duermevela, y no era el momento de revelarlo (nunca lo sería). Salí del paso diciéndole que quería terminar con mi exposición, a ver si nos poníamos en claro de una buena vez y podíamos volver a conversar civilizadamente, sin retroalgas ni exofósforos...

Ni Señoritas Salvajes...

¡Uf! Me había olvidado. Eso también, y muchas cosas más. ¡Cuántas vueltas había que dar para llegar al Rolex!

Toda una vida, ¿no?, dijo mi amigo, y al llegar a esa réplica en el recuerdo, y sólo entonces, recordé algo que también cambiaba sutilmente el tono y el significado de nuestra conversación. Antes dije que no le había contado nunca, ni me proponía hacerlo, sobre mi hábito de rememorar por la noche las conversaciones que teníamos por la tarde. Tampoco se lo había contado a los otros amigos con los que me reunía a conversar, a ninguno. Pero a cada uno de ellos les había contado en alguna ocasión, al azar de la charla, alguna de mis manías o caprichos o pequeñas rarezas, porque puedo decir que soy un hombre sin secretos. De modo que a alguno debía de haberle contado que tenía desde chico el sueño de ser propietario de un Rolex. Era algo por completo gratuito, y nunca me lo había tomado en serio, al punto que nunca había pensado siquiera en comprarme uno, ni siquiera en averiguar el precio. Además, no iba conmigo, no pegaba con mi personalidad; y de ahí, precisamente, debía de venir la idea: de ese vago anhelo que todos tenemos de ser otro. Lo que no recordaba era habérselo dicho a este amigo en particular. Si lo había hecho (y en mi reflexión nocturna no tenía más motivo para sospecharlo que el tonito que le dio a ese «¿no?» suyo), entonces toda la conversación, desde que yo saqué el tema de la película, empezaba a tener un doble fondo, y se abrían perspectivas nuevas para la interpretación de cada réplica.

Era un poco demasiado obvio como para ponerse a especular de dónde me venía esa vieja fantasía, nunca examinada; todos tenemos fantasías, viejas o nuevas, y ese pequeño objeto de lujo debió de ser, en algún momento de mi infancia, un buen vehículo para mi imaginación. Como sea, le di un vistazo de lejos (a la fantasía, al trabajo siempre postergado de analizarme y tratar de entender mi vida), y la distracción, sumada a las reflexiones anteriores, me retrasó respecto de la película. Quiero decir: en la conversación real, en el café, yo había seguido adelante con la película; todo el paréntesis había tenido lugar en la reconstrucción nocturna. Y debería haber sido realmente un paréntesis, nada lo impedía, pero, no sé si por contaminación con el cine y con las películas que siguen cuando uno se distrae y piensa en otra cosa o va al baño, lo cierto es que era como si la conversación hubiera progresado mientras tanto y yo me había quedado atrás. Así que para alcanzarla tuve que resumir y saltar, contraviniendo mi norma de paso-a-paso riguroso de la memoria.

El pastor no había podido conciliar el sueño y había salido. A la luz de la gran Luna ucraniana se había alejado, siguiendo un extraño hilo de agua que bajaba entre las rocas. Sus cabritas también debían de sufrir de insomnio, porque se habían escapado del corral y ahora flotaban en el aire de la noche, livianas como barriletes, blancas y fosforescentes. Eran fáciles de divisar, y por un momento él trataba de seguirlas en su deriva, pero se dispersaban, así que seguía remontando el hilo de agua, que lo llevaba hasta el laboratorio secreto de los separatistas. Lograba infiltrarse, aprovechando el relajamiento de la vigilancia que producía la salida de un escuadrón de cosacos en trineos motorizados. Recorría furtivo inmensas instalaciones modernísimas excavadas en la montaña, en las que trabajaban cientos de técnicos de guardapolvo o con mamelucos con capucha y visor, a prueba de radiaciones. Reducía a uno y se ponía su traje, con el que podía llegar hasta la sala de mandos que controlaba el reactor, y allí se limitaba a apretar un botón, uno cualquiera. Sonaban las alarmas, los altavoces ordenaban la evacuación, había carreras en todas direcciones a las que él se sumaba. Como no conocía los caminos se equivocaba de rumbo, y lo chupaba un acelerador de partículas de agua deshidratante, que lo llevaba hasta ignoradas profundidades de la tierra, de donde emergían, montados en un átomo de proporciones fenomenales, Bradley y el Profesor, envueltos en electrones giratorios. Los tres caían en poder del enemigo. Desde una pantalla de plasma de diamante, Larionov los saludaba con ironía y con el clásico «Nos volvemos a encontrar, caballeros». En medio de la catástrofe generalizada, los guardias de seguridad llevaban a los tres prisioneros al despacho de Larionov: boiserie oscura, una gran biblioteca con escalerillas de bronce que corrían por rieles, sillones de cuero, todo en un estilo inglés eduardiano que hacía contraste con la alta tecnología aerodinámica del resto del complejo. En los nichos de la biblioteca, cuadros de maestros. Bradley se acercaba a uno y lo contemplaba con conocimiento de causa: «el Gauguin robado». Se sentaban. El dueño de casa les servía whisky a los dos mayores, y al joven pastor, con sorna: «¿Qué le apetece?, ¿un vaso de leche de cabra?». La atención de los visitantes, y con ella la cámara, se fijaba en un bibelot posado en el escritorio. Era una cabeza de payaso, que hacía muecas sin cesar. «¿Les gusta mi juguete?», decía Larionov. Con la punta de un dedo le hundía la nariz al payaso, produciendo una cascada de gestos cómicos. Les explicaba que era arrabio líquido. El mundo no tardaría en saber lo que era. Pero sus fanfarronadas no tenían un fondo de convicción, ni podían tenerlo. El laboratorio se estaba derrumbando a su alrededor, las sirenas de alarma seguían sonando, los cosacos de su guardia personal, que seguían en la puerta del despacho, intercambiaban miradas preocupadas. Bradley, que los vigilaba de reojo mientras mantenía un desenvuelto diálogo con el villano, aprovechaba una sacudida (la explosión de alguna caldera) para saltarles encima, quitarle la ametralladora a uno, dispararles a los otros, mientras el pastor, arrojándole su vaso de leche de cabra a Larionov, le impedía sacar la pistola del cajón del escritorio. El combate se potenciaba por la caída de las paredes, la voladura de los miles de libros vueltos proyectiles, y la violenta desaparición del techo. Larionov, que había terminado en un cuerpo a cuerpo con el Profesor, se escurría de entre los brazos de éste y trepaba por una de las escalerillas de bronce; en lo alto lo esperaba un helicóptero, a cuyo puesto de mando se acomodaba y lo ponía en marcha. Con una carcajada siniestra comenzaba a elevarse, pero el pastor había ido tras él y lograba colgarse de uno de los patines de aterrizaje de la máquina. El laboratorio se hundía definitivamente, y sobre la meseta resultante quedaban los únicos sobrevivientes, Bradley y el Profesor, mirando ansiosos cómo se elevaba el helicóptero, con el pastor colgado. Pero no seguía colgado mucho tiempo, pues a fuerza de músculo se izaba a la cabina y se trenzaba en una lucha con Larionov. El espectáculo que se veía desde la cima de la montaña era curioso: recortados sobre el cielo negro tachonado de estrellas, una constelación de cabras fosforescentes flotando, y una bandada de búhos encendidos. Uno de los búhos tocaba las aspas del helicóptero, y la rompía. El helicóptero estallaba, pero no antes de que el pastor hubiera saltado. Su caída libre era interrumpida por una de las cabritas flotantes, en la que se montaba y partía, llevado por el viento, hacia el horizonte, o quizás hacia la Luna.

El desfase del recuerdo persistía, tanto que cuando yo en la cama seguía complaciéndome con el espectáculo un poco surrealista del firmamento estrellado y sus pasajeros luminosos, mi amigo ya me estaba preguntando, en la conversación, «qué había querido demostrarle».

¡Nada!, fue la respuesta que me salió de golpe, automática. En ese punto el desfase se anuló, y yo ya estaba otra vez en el paso-a-paso de nuestra conversación y su representación nocturna, sin más imágenes que el rostro de mi amigo frente a mí, y al fondo el café. ¡Nada! Se lo había contado para demostrarle que no demostraba nada. No podía hacerlo. ¿Qué podía demostrar? ¿El agotamiento de la épica, en un mundo que había vendido la herencia de la palabra por el plato de lentejas de la imagen? Y eso no era ninguna novedad, ya lo sabían todos, todos estábamos de acuerdo, nosotros dos también. Sólo había querido recordárselo, por si lo había olvidado.

Mi amigo, con una sonrisa complaciente, me agradeció que se lo hubiera recordado, porque en realidad, más que recordárselo, lo había enterado de detalles que ignoraba. Le había completado el panorama, afirmó con un dejo burlón, porque debía confesar que su atención a la película había sido parcial: había tenido que atender dos llamados telefónicos, uno largo y uno corto. Y aun así, algo le decía que la historia no había quedado completa de verdad, todavía le parecía que quedaban hilos sueltos...

Tuve que confesarle que mi visión también había sido parcial. No sólo por el teléfono, cuyas solicitaciones también había debido atender, sino porque todo, o casi todo, el pasaje que le había contado, lo había visto sin sonido. Había apretado el botón «mute» del control remoto, porque mi esposa, entrando y saliendo de la cocina, se había puesto a contarme algo. Así que el «sonido» , es decir los diálogos, los había imaginado.

Era bastante asombroso, en eso estábamos de acuerdo, que en dos horas de cine pasaran tantas cosas. La palabra que lo explicaba era «condensación», pero a las palabras también había que explicarlas. Y además, en un movimiento inverso al de la condensación, los hechos parecían tantos por la fragmentación con que se los percibía.

Mi amigo, seguramente tomando en cuenta lo que yo acababa de decirle sobre el botón de enmudecer el televisor, cosa que indicaba una manipulación permanente del control remoto, me preguntó si al hablar de fragmentación me estaba refiriendo a la maldición del zapping. Sin esperar la respuesta, que debía de dar por sentada, me preguntó si había advertido que esa película la habían pasado por dos canales al mismo tiempo. Aunque no exactamente al mismo tiempo, se corrigió, sino con un desfase de media hora, más o menos, creía. Él había pasado de una a otra un par de veces, sin más beneficio que ver algunas escenas dos veces y perderse otras.

No, yo no me había dado cuenta, pero ahora que me lo decía se me hacía menos asombrosa la casualidad de que habiendo sesenta y cuatro canales hubiéramos acertado a sintonizar el mismo independientemente. Podíamos no haber sintonizado el mismo, sino dos canales diferentes, y aun así ver la misma película. En fin, no sabía si entonces la casualidad era mayor o menor.

Y, aunque no se lo dije, el hecho explicaba algo más: que los dos, quizás, hubiéramos visto la totalidad de la película a pesar de las interrupciones debidas al teléfono. A éstas nos habíamos referido más de una vez en el curso de la conversación, pero sin decir, y quizás sin recordarlo, que la más prolongada había sido una comunicación telefónica entre nosotros dos, cuando nos llamamos, precisamente, para hacer la cita en el café a la tarde del día siguiente, y la extendimos con comentarios de lecturas recientes, como hacíamos siempre, anticipando la charla propiamente dicha o proponiéndole temas. Esta distracción compartida debería haber provocado un blanco también compartido, pero la existencia del desfase (que, si era realmente de media hora, coincidía con el tiempo que habíamos estado al teléfono) anulaba el blanco.

Pero volviendo a su pregunta anterior, que había quedado sin respuesta: no, al hablar de la fragmentación no me refería al zapping, o no exclusivamente a él. La experiencia misma, la experiencia de la realidad, ya proponía un modelo de fragmentación. Sin necesidad de ponernos filosóficos, podíamos decir que con la vida pasaba lo mismo que con esta película. Humanos, reales, imperfectos y parciales por humanos y por reales, todo el tiempo nos estábamos perdiendo cosas importantes, eslabones esenciales para entender el gran relato general; después los reponíamos, con titubeos y errores. Era el recuerdo el que establecía el continuo; y como el recuerdo también era una realidad de la experiencia, también él estaba fragmentado.

Según un constructivismo bien concebido y bien realizado, con ver la mitad de un cuadro debería ser posible saber cómo es la otra mitad que no se ha visto. Y con leer la mitad de una novela o un poema, lo mismo. Y con la mitad de una sinfonía. O la mitad de una película, ¿no? Aunque hablar de «mitades» podría hacer pensar en una simetría bilateral, de lo que no se trata. Podría tratarse de un fragmento cualquiera, de la trajinada vértebra del dinosaurio.

Pero ¿entonces no caíamos en lo convencional y previsible?

Sí, podía ser. Pero se trataba de una previsibilidad especial, pues obedecía a una convención creada para esa obra y que no servía para ninguna otra. Al fin de cuentas, el arte era convención, y, si me apuraban, todo era convención. El arte era creación, y lo primero que creaba era su convención.

Pensé fugazmente, y volví a pensarlo con menos apuro mientras reconstruía este paso de la conversación, en mis conversaciones, precisamente. ¿No restablecía yo el continuo de lo que por naturaleza era fragmentario y entrecortado? Porque una conversación, por civilizada y articulada que sea, siempre está hecha de saltos y digresiones y vueltas atrás y «no te entendí» y «te entendí demasiado». El recuerdo que las ordena y completa es una excrecencia casual, que se da como se daba en mí: de un modo secreto, casi vergonzante. Aunque no debía de ser tan casual, a juzgar por el hecho de que la memoria estaba llena de conversaciones.

¿Una conversación podía completarse, por deducción de convenciones recién nacidas, tras haber oído sólo una mitad? Habría que postular que una conversación era una obra de arte, lo que no estaba lejos de lo que yo pensaba. Pero ¿qué mitad? Porque podía ser una mitad temporal, por ejemplo su primera hora, o la segunda, si había durado dos horas. O la mitad que correspondía a las réplicas de uno solo de los interlocutores. En este último caso sería ese tipo de reconstrucción, tan corriente, que se da cuando uno oye a alguien hablando por teléfono.

A todo esto, mi amigo había puesto un gesto soñador, los ojos entrecerrados fijos en el vacío. Debía de estar haciendo un repaso general de nuestras divagaciones, y la conclusión a la que llegó fue que no habíamos avanzado nada. Seguíamos en el mismo «tic» o el mismo «tac» del Rolex.

No, no era tan así. Debía retractarme de mi escepticismo anterior; porque en realidad sí había demostrado algo, casi sin querer, o «sin querer queriendo»: había demostrado, por el absurdo positivo, que la ficción era ficción. Cabalgar una cabra deshidratada entre los astros, ¿no era ficción? ¿Podía pedir más que eso? Por simple deducción, el actor que interpretaba al pastor... ¿No estaba clarísimo? En cierto modo habíamos llegado al punto donde morían las palabras.

Esta mención al silencio pareció despertar a mi amigo, exactamente como pasa cuando se ha estado oyendo un ruido constante durante mucho tiempo, hasta dejar de notarlo, y de pronto el ruido cesa y el contraste se hace atronador. Me miraba como si no me reconociera, o al revés, como si reconociera al fin a alguien que hubiera venido creyendo un desconocido. El gesto era tan peculiar que al tratar de reproducirlo mentalmente en mi rememoración casi no encontraba recursos representativos para hacerlo creíble. Lo que dijo cuando salió de su estado de perplejidad fue tan asombroso (para mí) que me electricé y pasé al presente. El recuerdo también pasó al presente, como un drama escrito que se representara.

Pero entonces... ¿vos hablabas del actor real-real?

¿Y de quién si no? ¿Y qué quiere decir eso? ¿Acaso hay un «real» doble y un «real» simple?

No empieces otra vez con tus lógicas retorcidas. Hablemos de la película que vimos, por favor. Estaba el actor que representaba al pastor, y el actor que representaba al actor que representaba al pastor, ¿no?

¡Un momento! Ahora sos vos el que retuerce las lógicas.

¿A qué viene ese regressus ad infinitum?

¡Qué infinitum ni qué ocho cuartos! ¿Vos viste la película, o no la viste?

¡Claro que la vi! ¡La vi más que vos!

No parece. Parece como si te hubieras perdido toda la parte del actor... Pero me consta que no te la perdiste. Vos mismo me lo contaste, lo de su mansión en Beverly Hills, el perro Bob, la conferencia de prensa en París...

Yo estaba atónito.

Pero ¿eso qué tiene que ver?

¿Cómo que qué tiene que ver? ¿Lo viste o no lo viste?

Lo vi... Sí... Ahora que me lo decís, recuerdo que lo vi, pero no sé qué tiene que ver con la película. Entonces ¿no era...?

¿Vos creíste que era...?

¿Y vos creíste que yo había pensado...?

Las preguntas y respuestas se cruzaban sobre la mesa del café a la velocidad de la luz, tanto que las preguntas se transformaban en respuestas y las respuestas en preguntas. En la cama, revolviéndome nervioso, no acertaba a hacerlas sucederse en el orden correcto. El quid de la cuestión era que yo había creído que intercalaban en la proyección de la película uno de esos documentales que son tan frecuentes hoy día, sobre la filmación, lo que se llama el «backstage». Cuando en realidad era parte de la película misma. No habría caído en la confusión si me hubiera concentrado debidamente, pero uno no se concentra en esa clase de pasatiempos. Poco a poco y todo de golpe, con esa lentitud majestuosa que suele tener lo instantáneo, las cosas se aclararon. El argumento de base de la dichosa película, la que los dos habíamos visto, era la filmación de una película. La CIA quería investigar la supuesta producción de uranio enriquecido por los separatistas ucranianos, y enviaba a sus agentes a investigar al área bajo sospecha, pero lo hacía bajo la fachada de la filmación in situ de una coproducción de acción y suspenso. Para darle credibilidad contrataban a un famoso actor, imaginario por supuesto, aunque representado por un famoso actor real. Y realmente filmaban, perfeccionando la fachada, aunque sin preocuparse mucho por la calidad o el verosímil ya que era apenas una excusa para seguir haciendo espionaje; algunas secuencias de esa disparatada filmación (cuyo argumento era el de la Señorita Salvaje y el Pastor) se intercalaban sin mucha explicación, creando para los espectadores un segundo plano, independiente del primero, pero no tanto porque los personajes en el plano «real» seguían vestidos y caracterizados como en el plano de «ficción». Yo directamente no había percibido que había dos planos: los había fundido como mejor pude, poniendo parches y haciendo costuras laterales y transversales, a la bartola. Mi amigo en cambio, más atento que yo por un lado pero más distraído por otro, había discriminado correctamente los dos niveles, pero se había equivocado sobre la jerarquía respectiva de estos niveles: había creído que la historia de la Señorita Salvaje y el Pastor era la «real», y la del Laboratorio Secreto la «ficticia». Error disculpable, porque aun después de hacer este esclarecimiento a dúo no logramos decidir a cuál de los dos planos correspondía el agua deshidratante. Lo más desorientador era que toda la película seguía el hilo de la pro-

gresiva toma de conciencia del actor, al que contrataban engañado, para una supuesta verdadera película de aventuras en las
montañas de Ucrania, y poco a poco, al ritmo de los hechos
extraños que sucedían durante el rodaje, se iba dando cuenta
de que estaba en medio de una trama de espionaje y política
nada ficticia, y terminaba aceptando su papel de héroe real.

El único comentario que atiné a hacer cuando termina-
mos, exhaustos, de desatar los nudos que nosotros mismos
habíamos hecho, fue que habría que prohibir ese recurso de
la ficción dentro de la ficción. Ese asunto de los niveles ya
había sido sobreexplotado, y empezaba a mostrar la hilacha de
facilongo, de «así cualquiera». Podía llegar a sospecharse que,
en nuestro estadio tecnológico de civilización globalizada, ya
no quedaban historias, y para hacer funcionar una, o los restos
de una, había que contar las historias de las historias.

Pero ¿no había sido así siempre? La realidad, a la que aspiraban todas las historias, ¿no era la historia de las historias?

Con una sensación de desaliento, que nos contagiamos
mutuamente y que debía de ser producto de la fatiga mental,
yo sacudí la cabeza y dije que me negaba a seguirlo por ese
camino de sutilezas. Me negaba a difamar la realidad. Le recordé mi lema, tomado de la obra de Constancio C. Vigil:
«Simplifica, hijo, simplifica». La realidad era simple. No tenía
niveles. Esa tonta película nos había llevado un poco demasiado lejos, y ya era hora de volver al punto de partida.

Volver al punto de partida, en la práctica, significaba cambiar de tema. Y efectivamente, nos disponíamos a hacerlo
cuando nos dimos cuenta de que se nos había ido el tiempo y
ya era hora de despedirnos. Junto con el tiempo, se nos habían
ido las ganas de cambiar de tema. Mi amigo dijo que, haciendo un balance general, podía afirmar que la película le había
gustado. O al menos, rectificó después de pensarlo un momento, empezaba a gustarle ahora, después de la revisión a la
que la habíamos sometido.

En la conversación le di la razón a medias, pero a la noche
ya había tenido tiempo para dársela por completo. Sobre todo

porque no había nada en que darle o negarle la razón: él no había dicho que la película fuera buena, sino que le había gustado; sólo se podía estar o no de acuerdo con su gusto. El mío no había sido tan complaciente, pero en las reflexiones que envolvían mi ejercicio mnemotécnico se hizo más flexible. Yo estaba experimentando en carne propia los beneficios de la repetición. No es que comparara esa ridícula película sin sustancia con nuestras conversaciones, que eran pura sustancia. Pero el mecanismo era semejante. Lo que se improvisaba y balbuceaba y tartamudeaba, a veces sin sintaxis cuando nos transportaba el entusiasmo de la discusión, yo lo pulía y redondeaba y barnizaba en la repetición nocturna. Por un supremo azar, mi amigo había tenido un atisbo de las sensaciones estéticas de las que me proveía mi actividad secreta; y esta última volvía a ponerlo a él y a su gusto en una perspectiva de arte y pensamiento, es decir una perspectiva de transfiguración.

De modo que, anticipándome a mi memoria, no tuve inconveniente en decirle que a mí también me había gustado, o por lo menos no me arrepentía de haberla visto. Era ingeniosa, y daba pie a diversas ensoñaciones. La aventura nunca se desperdiciaba del todo. Su estallido soltaba fragmentos que, por excepción entre todos los objetos del universo, no obedecían a la ley de la gravedad; se parecían más bien a universos en miniatura, expandiéndose en el vacío mental, y en definitiva enriqueciendo el tiempo.

Mi amigo me ponderó la metáfora, pero por su parte opinaba que sí actuaba una ley de gravedad, siquiera metafóricamente: porque los creadores de la película se las arreglaban para redirigir todos los episodios hacia un centro, y en ese logro él encontraba su principal mérito. No sólo en esta película en particular, sino en todas las que veía. No era que viera tantas; eran un subproducto de la fatiga vespertina, de la busca de un relajamiento después de una jornada de empeños intelectuales de alto nivel. Apenas un pasatiempo, pero en el que rebotaban, enriqueciéndolo, esos empeños. Y aun con la poca atención que les dedicaba, no podía dejar de maravillarse de la habilidad con que anudaban todos los hilos sueltos y trababan las distintas motivaciones de los personajes y hacían coincidir las subtramas divergentes. El cine de entretenimiento era un negocio, y sin embargo aprovechaba los recursos del arte serio, y por una suerte de milagro, le salía bien. Lo más sorprendente era la ingente cantidad de películas que hacían (que habían hecho y que seguían haciendo), y que todas sin excepción armaran cada vez el rompecabezas. ¿Cómo lo hacían?

Yo estaba más preparado para explicarle cómo había hecho Kant para escribir sus tres Críticas que para decirle cómo se hacía una película de aventuras. Aun así, una idea tenía. Había leído en alguna parte que nunca era un guionista solo el que elaboraba el libro de una película, sino que lo hacía un grupo, y numeroso. Era comprensible que fuera así, debido a las grandes inversiones de capital que se ponían en juego. Los estudios no podían confiar en la inspiración o el talento de un solo escritor, porque sería jugarse enteramente a una sola carta, y los businessmen norteamericanos preferían jugar sobre seguro. En primer lugar, por supuesto, porque la creación de uno solo tenía que inclinarse demasiado a lo personal o idiosincrásico, limitando necesariamente el target. Pero el motivo principal era el más práctico de lograr un compacto de atracciones, llenando los tiempos muertos que son inevitables en el relato que hace uno solo. Afinada con décadas de práctica, la organización de esos grupos de guionistas seguía una repartición bien pensada: un miembro se especializaba en chistes, otro en el costado romántico, otro en la cuestión científica, otro en la política, había un experto en verosímil, uno en procedimientos policiacos, uno en psicología, y así sucesivamente. Desde el punto de vista artístico, el método tenía sus ventajas y desventajas. Se perdía la unidad personal de la imaginación y se corría el riesgo de achatar el vuelo de la fantasía hacia un nivel mediano de consenso o conformismo. Se ganaba una unidad superior, transpersonal. Después de todo, la mente solitaria también estaba sujeta a multiplicidades que hacían consenso, a convenciones o conformismos inconscientes, y era muy posible que una multiplicidad real liberara energías que de otro modo quedarían dormidas.

Debíamos mostrarnos sensibles a estos argumentos, porque en alguna medida se nos aplicaban. El atractivo de las conversaciones estaba ahí: en que el otro fuera realmente otro, y su pensamiento fuera impenetrable para el interlocutor. Cuando yo volvía a ellas de noche, a solas, me transformaba en el artista o el filósofo que trabajaba a su gusto los materiales, como el director de la película que hacía lo que quería o podía con el guión. Yo también tenía que hacer frente a la unidad superior de la creación colectiva. Aunque el símil de la película no era completo porque yo no trabajaba con cámaras y actores y decorados sino sólo con el pensamiento, y el pensamiento estaba hecho sólo de palabras.

Todo estaba hecho de palabras, y las palabras habían hecho su trabajo. Hasta podía decir que lo habían hecho bien. Se habían elevado en un enjambre confuso y habían girado en espirales, cada vez más alto, entrechocándose y separándose, insectos de oro, mensajeras de la amistad y del saber, más alto, más alto, hasta las zonas del cielo donde el día se volvía noche y la realidad sueño, palabras Reinas en su vuelo nupcial, siempre más alto, hasta consumar sus bodas al fin en la cima del mundo.

2 de febrero de 2006

EL DIVORCIO

A poco de iniciado diciembre abandoné Providence (Rhode Island), donde la primera nieve ya había quedado sepultada bajo la segunda, y la segunda bajo la tercera. No me importaba lo que dijera la consejera psicopedagógica del jardín de infantes de Henriette, ni su madre. La niña aceptaría con más facilidad mi ausencia durante un mes entero que mis apariciones en el umbral de la que fue nuestra casa, tocando a la puerta como un extraño, después de llamadas y arreglos y confirmaciones, la mañana de Navidad, o la siguiente, o la anterior, sin hablar de las despedidas correspondientes. El divorcio era reciente, y la nueva rutina se iba estableciendo de a poco, penosamente. No me sentía preparado para afrontar en mi nueva condición los empalagosos trámites de esa época del año. Una acotada salida de escena de mi persona resultaría más piadosa, para mí y mi hija. Al regreso, cargado de regalos y sonrisas, iniciaríamos con pie firme nuestra relación sobre las bases establecidas por el juez.

Esta explicación, aunque resumida y pasada en limpio, reproduce la que yo me daba a mí mismo mientras el avión despegaba. Pero no reproduce, por clara y razonable, el tumulto emocional en el que me encontraba desde hacía meses, ni la crisis que había decidido mi partida. Empezó a apaciguarse con el correr de los días de verano en la bella ciudad en la que me instalé a pasar estas deliberadas vacaciones. Ausente de los demás, tuve la liberadora experiencia de sentirme ausente de mí mismo. Los días de sol y los de lluvia se alternaban dentro de un inmutable continuo de luz, una luz siempre fina, delicada, que tocaba las cosas con las puntas de los dedos y seguía ahí... Podía ser una impresión causada por la prolongación de las tardes, por el follaje de los árboles cuyas copas se confundían en el medio de la calle, por el lavado cotidiano del aire que hacían los chaparrones.

Elegí Buenos Aires casi al azar, sólo por estar lejos y en el reverso del clima, y porque era la única ciudad que reunía estas dos condiciones y en la que además tenía a conocidos, a los que llamé antes del viaje. Aunque eran apenas relaciones casuales, y a algunos de ellos ni siquiera los conocía en persona, se movilizaron en mi favor con eficiencia y con la hospitalidad tan propia de aquellas latitudes. Allanaron todos los problemas de alojamiento, y a poco de llegar ya estaba acomodado en un simpático hostal, en un barrio tan apacible y a la vez tan lleno de atracciones que no sentí la necesidad ni las ganas de salir de él en todo el curso de mi estada. Más aun que por allanarme las cuestiones prácticas les agradecí, y vuelvo a hacerlo desde estas páginas, la compañía, la conversación, el tiempo que me dedicaron.

Los hábitos del ocio, y de una sociabilidad relajada, sin objeto visible, se hicieron firmes en pocos días; tenían el encanto extra de su fugacidad; eran hábitos en sentido pleno, con todo lo tranquilizante y sereno del hábito, pero sin el regusto a cadena perpetua que suelen tener los hábitos. Uno de ellos, el más constante, por no decir el único, era el de sentarme a conversar en una de las mesas de la vereda de alguno de los muchísimos cafés de la zona.

Una mañana estaba precisamente en una de las mesas de la vereda del Gallego, charlando con una joven de nombre Leticia, talentosa videoartista que había conocido dos noches atrás en una cena allí mismo. El Gallego era un simpático pequeño restaurante atendido por su dueño histórico, fundador y alma mater, un viejo inmigrante español al que apodaban, desde siempre, el Gallego. Fuera de las horas de almuerzo y cena, y también dentro de ellas, porque las cosas en el Gallego se hacían con bastante informalidad, el local funcionaba como café, bar y tertulia de una variada clientela barrial a la que no me había costado integrarme.

En cierto momento vimos al Gallego en persona salir a la vereda. Era un hombrecito de muy escasa estatura; un centímetro menos y habría sido un enano. A pesar de sus ochenta años se mantenía muy activo, en excelente forma física. Y su lucidez e inteligencia estaban intactas, de eso yo podía dar fe por las conversaciones que habíamos tenido; la noche anterior, tras despedirme del grupo con el que había cenado (ellos se iban a sus casas; mi hostal estaba muy cerca, a la vuelta, sin cruzar la calle), me había quedado charlando con él y tomando una copa hasta no sé qué hora de la madrugada.

Salía a la vereda, con su paso rápido y su gesto reconcentrado, a desplegar el toldo de lona sobre la fachada del local. A esa hora ya cercana al mediodía el Sol introducía por un claro en el follaje de los árboles una franja enceguecedora de luz que avanzaba hacia las mesitas y sus ocupantes. El Gallego, como un duende benévolo atento al perfecto bienestar de sus parroquianos, no dejaría que nada nos molestara.

Absorto en la charla con mi joven amiga, no registré su presencia hasta que sucedió el incidente. No demoró mucho. No bien el primer pliegue de lona verde se estiró, accionado por la manija giratoria que el Gallego había insertado en la polea, una masa de agua se desplomó sobre la vereda. El agua se había acumulado allí durante la lluvia de la noche. Por suerte el chorro cayó lejos de la línea de las mesitas, y ni siquiera nos salpicó. Quizás no habría podido hacerlo aunque hubiéramos estado más cerca, porque fue como si toda el agua la absorbiera la víctima. Se trataba de un joven, con una bicicleta. No montaba la bicicleta sino que la llevaba a su lado; probablemente se había apeado un momento antes, para subir a la vereda. Recibió el agua como si la hubieran apuntado a él, y acertado. No era poca. No era una ducha de gotas sueltas. Fue un baldazo sólido, de decenas de litros atraídos por la fuerza de gravedad, directo sobre él.

Quedó paralizado por la sorpresa, el susto, y la mojadura. Sobre todo por esta última, que se imponía a todo lo demás. Se había mojado hasta la última fibra de la ropa y el último pelo de la cabeza y la última célula de la piel. Parecía seguir mojándose, en un proceso que trascendía en el tiempo el accidente que había sufrido. El agua le corría por la cara, por los brazos (hacía remolinos al llegar al reloj pulsera), formaba oleadas blandas por debajo de la camiseta, hinchándola y ondulando, se escurría por el interior de las bermudas y creaba cortinillas traslúcidas, como tubos de cristal sinuoso alrededor de las pantorrillas, y anegaba en un hervor frío los pies calzados en sandalias.

Lo mirábamos fascinados, tan inmóviles como él. Había quedado justo frente a nuestra mesa. Pasó un momento, quizás muy breve. En circunstancias así es muy difícil medir el tiempo. Quizás no pasó ningún tiempo, o sólo la fracción infinitesimal necesaria para que en el joven excesivamente mojado se conectara el ojo con el cerebro. No necesitó desviar la mirada, porque como dije el azar lo había hecho quedar justo frente a nuestra mesa; el mismo azar que lo había hecho estar en el momento justo bajo el chorro. Abrió la boca, apartando los velos de agua que seguían haciendo molduras sobre sus labios, y exclamó:

—¡Leticia!

La joven videoartista que me acompañaba, testigo como yo de lo sucedido, debió hacer una rápida reacomodación psíquica. Lo sé porque la miré y vi el proceso reflejado en su rostro. El protagonista de la escena era un ser anónimo como lo son todos los que se ven sufriendo un percance en la calle. No es Juan ni Pedro sino «el que tropezó», «el que fue asaltado», «el que quedó bajo las ruedas de un coche». Ahora ella debía desplazar su percepción desde ese anonimato a un nombre, haciendo intervenir la memoria. Fue un trámite muy breve, éste también. Todo pasaba rápido. Se diría que el agua todavía no había terminado de caer del toldo:

—¡Enrique!

Se levantó de un salto y ya estaba junto a él, abrazándolo sin importarle que el contacto la humedeciera. Se apartaron para mirarse, para reconocerse, después de tanto tiempo.

No se veían desde el día en que se habían conocido, día que había coincidido con el fin de la infancia. Había sido un encuentro y despedida todo en uno, precipitados por un accidente o aventura que con el tiempo tomó en sus recuerdos dimensiones cósmicas, de explosión galáctica. Aquel día fue en realidad una noche, y apenas un breve lapso de una noche, quizás unos minutos, pero tan cargado de fuerza entrópica que se grabó para siempre. Ambos podían haber guardado de aquel episodio de quince años atrás la idea de que el otro era un ser imaginario, una creación del pánico o del más recóndito instinto de supervivencia. Y al mismo tiempo los dos habían conservado la convicción de la realidad del otro, y algo así como una esperanza en recuperarlo... Y ahora, de pronto, ahí estaban, Leticia y Enrique, en carne y hueso, mirándose a los ojos. El reencuentro tenía de asombroso no sólo la circunstancia grotesca en que se producía, sino la materia del motivo: el agua. El agua que envolvía el cuerpo de Enrique y seguía corriendo... Pues la causa de la primera reunión y consiguiente separación había sido un incendio. Era como si el Destino actuara a golpes de bloques primigenios. El fuego los separaba, el agua los reunía. Dando por sentado el aire, o dejándolo en reserva para otra etapa de su historia común, sólo faltaba para completar el cuarteto clásico de los elementos el «trágame tierra» de los encuentros inesperados y no deseados. Pero este encuentro, si inesperado, estaba lejos de ser indeseado para cualquiera de los dos. Al contrario: en ese momento estaban experimentando algo así como una consumación dichosa de la memoria hecha verdad. Ellos eran de verdad; lo habían sido mientras el Colegio se quemaba. Lo que al salir el Sol era un puñado de cenizas, había sido un internado elegante y progresista en las afueras de Buenos Aires, organizado al estilo europeo, siguiendo la línea pedagógica de un teósofo alemán. Se promovía el individuo autónomo, con el acento puesto en la artesanía, la naturaleza y el desarrollo espiritual. Una mezcla sabiamente dosificada de primitivismo y alta tecnología prometía moldear caracteres tan eficaces en su futuro social y profesional como atentos a los valores básicos de la vida. El núcleo duro de todo lo cual lo constituía la representación. De ésta a su vez era emblema y puesta en práctica el edificio en el que funcionaba la institución, construido según el modelo de las mansiones victorianas inglesas, con la misma combinación de neogótico y desmesurado de aquéllas, bow-windows, torres y cúpulas, en una masa sólida y bastante imponente, aislada en el centro de un vasto parque arbolado, con lago, alamedas, rosedal, estatuas y campos de deportes. Cuando Enrique entró al Colegio por primera vez (acababa de cumplir los trece años) creyó entrar a un castillo de fábula que también fuera un laberinto inagotable; y no lo había agotado cuando unos meses después, en pleno invierno, sucedió el incendio.

El fuego, para desconcierto de los peritos que luego harían la investigación por cuenta de la compañía de seguros, se inició en varios sitios del Colegio a la vez, en distintos pisos y distintas alas del edificio, que tenía cien metros de fachada y apenas algo menos de fondo, y unos treinta de alto en las torres. A la izquierda, a derecha, en las terrazas, en los sótanos, como si todo el Colegio fuera un solo ovillo comprimido, saltaron los cables en una magnetización en cadena, al parecer producida por la sobrecarga atmosférica, y comenzaron a agitarse en vivientes latigazos encendidos por los parquets, las boiseries, los artesonados. Enlazaban sillones y mesas como gauchos expertos, se metían bajo las alfombras y las hacían ondular, chasqueaban sus puntas de cobre al rojo contra las bibliotecas. Nada inflamable escapaba al contacto de los cables negros desprendidos de sus caños por la violencia del cortocircuito y animados por la violencia con que el Hada Electricidad mutaba en la bruja Combustión Espontánea. Era una medianoche sin Luna. Habían apagado todas las luces. Todos dormían. En las tinieblas sin testigo los garabatos histéricos de esas líneas desatadas lo encendían todo según el capricho de sus trazos. La oscuridad se dividía en hemisferios irregulares, con resplandores rojos sobre el negro que persistía. Las líneas se volvían volúmenes, pero intangibles, móviles, iniciaban una carrera resbalando sobre todas las superficies. Las llamas empezaban a abrir puertas. El humo, con collares tridimensionales de chispas, se adelantaba por corredores y escaleras. Algunos focos de incendio llegaron a reunirse antes de que se diera la alarma a los durmientes. Pero ya aumentaba el sonido, de élitros y panderetas, como un millón de pajaritos marcando microsegundos. Enrique, en su cama del dormitorio de Primero, se despertó al mismo tiempo que sus vecinos, que ya corrían y gritaban. Los siguió, aturdido, tropezando, sin atinar siquiera a ponerse las pantuflas, pero ya sabiendo de qué se trataba. Aun sin haber tenido nunca, en su corta edad, la experiencia de un incendio, sabía lo que era, como lo sabe cualquier chico. Claro que una cosa era saberlo, y otra que estuviera sucediendo en realidad. El grupo se dirigía como una exhalación hacia una de las puertas, sin que nadie hubiera dicho que debían ir hacia ella y no hacia la otra. A punto de trasponerla Enrique se volvió a mirar el fondo del dormitorio, y vio, como se ve una explicación, un enorme globo de fuego bamboleándose en el umbral. Fue ahí donde se despertó del todo. Cuando retomó la carrera, estaba solo. Dos pasos más allá volvía a estar en medio de los demás, pero se desprendía de ellos casi al instante. En la evacuación improvisada los mil internos corrían hacia adentro y hacia afuera a la vez; el Colegio empezaba a revelar sus extrañas reversibilidades. El sueño seguía presente en cada alumno. La desorientación escalaba nuevas cimas espacio-temporales. La falta de luz no contribuía. Si bien las llamas brillaban, el humo era negro y las imágenes aparecían en forma inconexa, sobre planos torcidos y fugaces. Enrique desconocía puntualmente cada uno de los lugares en los que se veía, y sólo se ocupaba de mantener el movimiento, y acelerarlo siempre. Correr, correr, más rápido, más...

¿Fue un auxiliar mágico lo que se materializó ante él? ¿La Velocidad, en la forma de una niña que le tendía la mano, con una sonrisa de confianza? Fuera lo que fuera, allí estaba, en un nivel algo elevado, sobre el primer descansillo de una escalera que subía dando vueltas. Era Leticia. No era una aparición, sino una niña de carne y hueso. Y lo que parecía una postura tranquila ante el desastre, una sonrisa de benevolencia, no era más que la parálisis del terror y el pedido de socorro.

Pero aun descartando lo sobrenatural, la niña que estaba mirando Enrique merecía su asombro. Su figura se recortaba sobre un fondo negro en el que avanzaba, hacia un primer plano difícil de ubicar, el rosa. Por entre las hebras del largo pelo rubio se filtraban fulgores que parecían lejanos. La mano que había extendido era blanca, delgada, los dedos muy finos, lo mismo que los piecitos descalzos bajo el ruedo del camisón. Algo en la conciencia de Enrique le decía que no era el momento de preguntarse qué hacía ella ahí; lo que importaba no era estar ahí, sino irse... pero persistía el hecho de que era una niña. Y el Colegio, por lo que él sabía, era un internado de varones; durante los meses que había pasado en él había entendido el lugar bajo ese aspecto, y no podía modificarlo de buenas a primeras. La presencia de una niña, proveniente de un dormitorio de niñas, y que, lo mismo que él, escapaba sin haber tenido tiempo de vestirse, lo hundía en esa perplejidad propia de las duplicaciones o los universos paralelos. No sabía cuánto camino había recorrido por los pasillos humosos, ni en qué dirección, pero era como si hubiera llegado al «otro lado», donde todo se invertía. Y lo más extraño era que ella debía de estar pensando lo mismo.

Una mano gigante le tiraba a la cara puñados de ceniza amarilla. Leticia bajó en tres saltos, liviana como una chinche, y un momento después (el encuentro no había insumido más que un par de segundos) Enrique la tomaba de la mano y ya estaban corriendo otra vez.

Aunque inexplicable, e inexplicada, la reunión les dio seguridad. Decidieron que donde fuera uno iría el otro, y de ese modo no podían perderse. De pronto, parecía un juego, porque no estaban obedeciendo instrucciones: podían avanzar o retroceder, subir o bajar; librados al azar y al movimiento, parecía casi demasiado fácil. Había una gran libertad, la clarinada que marcaba el fin de la infancia, cuyo abandono es expeditivo e indoloro. Así de simple, o fatal, se veía la salida del Colegio en llamas.

Pero nadie, de entre los alumnos con que se cruzaban, solos o en grupos, daba señales de saber en qué dirección estaba la salida (la placa con la palabra «Dirección» no ayudaba, pues se refería a la oficina del Director). Al cruzarse corriendo en rumbos opuestos, se gritaban preguntas, órdenes, consejos, a lo que respondían con negativas rotundas, o con dudas; a veces los dos bandos eran convencidos por el otro y daban media vuelta, y salían corriendo sin esperar a ver qué hacían los otros, otra vez los dos en direcciones opuestas. Algunos veían, como en una pesadilla, a niños como ellos corriendo con el pelo y la ropa en llamas, y sólo cuando los espejos estallaban en puntos de plata líquida comprendían que eran ellos mismos. La angustia y el pánico (pero superpuestos al juego, como una capa de pinturas deformadas) eran los dos hilos conductores; en los óvalos de oxígeno encendido hacían un nudo, que a su vez explotaba y lanzaba niños y niñas gritando gritos sin voz por infinitos pasillos y aulas. Hubo quien todavía preguntaba qué estaba pasando. Para ellos había áreas enteras del Colegio, hileras de aulas, salones, oficinas, que seguían lejos del fuego, oscuros y palpitantes. Pero las zonas afectadas y las no afectadas eran contiguas, y de pronto se superponían. Un estruendo en la tercera planta indicó un derrumbe: era el piso de un dormitorio que se desplazaba al piso inferior; sus ocupantes no se habían despertado, y volaron en las camas; las sábanas, chupadas por el vacío repentino, se proyectaron hacia arriba como fantasmas de cotillón. Los espacios se penetraban en ángulos de fuego, se transformaban unos en otros. Los numerosos laboratorios y talleres que habían exigido las teorías pedagógicas del Colegio estallaban en formatos diferentes, a velocidades diferentes, haciendo del incendio un fenómeno multidimensional. Leticia y Enrique estaban perdidos, como todos los demás, erraban entre espectros de mamposterías, veían pasar sobre sus cabezas tiestos lentos con flores en llamas, ramos estrellados que se hundían en oscuridades cóncavas, de cuyo seno nacían luces compactas, espumosas. Tenían las pupilas contraídas al máximo, por lo que las zonas oscuras les parecían túneles, súbitamente llenos de voces. Les parecía estar adentrándose en los sucesivos corazones más íntimos del castillo. El crepitar había venido subiendo de volumen todo el tiempo, y ya era ensordecedor. El famoso millar de internos circulaba por ese palacio de aplausos como moléculas programadas por un químico loco. Leticia y Enrique, siempre de la mano, cuando pasaban frente a uno de los huecos abiertos por el fuego y el resplandor les permitía ver, se miraban las caras como para asegurarse de que seguían siendo ellos. Los derrumbes volvían irreconocibles los trayectos, aunque también podía ser que en la carrera a ciegas hubieran pasado a un sector del edificio que no conocían. Pero ¿había algo ahí adentro que conocieran? La sensación de peligro crecía. Cruzaron un gran salón cuyas ventanas estallaban una tras otra. El techo en llamas atraía, por la diferencia de presión, conos grises de vidrio pulverizado. Un grupo de alumnos grandes, de los cursos superiores, irrumpió en el salón por la puerta por la que ellos se proponían salir; se dieron cuenta de que habían venido encabezando un cuantioso contingente de fugitivos; mayores y menores se fundieron en un circuito de colisiones que dejaban marcas de tizne en el espacio. Por azar salieron a un balcón corrido que rodeaba a buena altura un patio cubierto, el jardín de invierno panorámico de la Botánica. Los arbolitos en macetas que lo bordeaban sacudían como poseídos sus copas redondas: el fuego contenía su propio viento. Desde ese mirador sobreelevado vieron estallar en llamas todos los especímenes de la Flora encarcelada, hincharse de aire ardiente los cálices y generar explosiones globulares; sartas de alvéolos incandescentes subían ondulando y quedaban suspendidos frente a sus ojos. Al otro lado, en la vuelta opuesta del balcón, veían una escalera, pero también veían subir por ella el fuego. Tomaron por un oscuro pasadizo lateral. Los cuadros caían con ruido de las paredes, y antes de achicharrarse las acuarelas mostraban, por un instante fluido, vistas diversas de los interiores del Colegio. Atravesaron una serie de cuartos pequeños, salitas y dormitorios, todos vacíos. Debían de ser los departamentos de profesores y celadores. ¿Qué había sido de éstos? ¿Habrían huido? Era más bien como si nunca hubieran existido. Al advertir su ausencia notaron que también habían desaparecido los alumnos. Se habían quedado solos. Aceleraron, en una renovada marea de pánico, temiendo que hubieran empezado a recorrer círculos. Al personal del Colegio, por calificado que estuviera, se lo trataba como personal doméstico, y las pocas horas de sueño que se les concedía tenían que pasarlas en esos panales mezquinos; la pequeñez acentuaba la sensación de laberinto falaz. Además, ahí el humo se espesaba; cuando parecía que iba a impedirles avanzar, hubo de pronto una corriente de aire frío y rodaron por una escalera de mármol, de caracol, y tan estrecha que en las vueltas que daban pasaban uno encima del otro. Al llegar abajo, sin saber bien qué era arriba y qué abajo, se pusieron de pie y volvieron a correr, esta vez sobre llamitas minúsculas, por suerte ralas, esquivando las vigas que caían. Ahora sí, estaban en el corazón de la conflagración. Tampoco allí vieron a nadie. ¿Ya habrían logrado salir todos? ¿Serían los últimos? La salida parecía cercana, a juzgar por las corrientes de aire que los arrastraban para un lado y otro. Pero esas mismas corrientes avivaban el incendio, las llamas se hacían gigantes, velocísimas.

Entonces fueron testigos de un espectáculo que se grabó en sus ojos para siempre, y los unió en el secreto. Chupado por una ventosa gigante se abrió un agujero en una pared y salieron corriendo de él, como ratas, unos treinta o cuarenta curas con sotanas. Corrían por sus vidas, y la desesperación con que lo hacían perfeccionaba el símil con animales (ratas, cuervos, perros). Algunos eran jóvenes, otros viejos, y hasta muy viejos, pero todos estaban animados por una vida mecánica y enérgica; la ansiedad por salvarse les daba alas; la vida terrenal se les hacía más valiosa, en la emergencia, que la esperanza de una salvación de ultratumba o un martirio bien pagado. Gritaban, pero el estruendo permanente del fuego no dejaba oír nada. Los derrumbes y estallidos no los detenían. Si era necesario daban saltos sobre las llamas, haciendo acampanar las sotanas, con una concentración rabiosa. En unos segundos estuvieron a la altura de Leticia y Enrique, que se habían paralizado por la sorpresa, y siguieron de largo sin mirarlos. Los dos niños volvieron la cabeza siguiéndolos y los vieron precipitarse en un vórtice de humo negro. Eran jesuitas. Se había necesitado el incendio para que se revelaran y cayera la máscara de progresismo laico y teosofía alemana. Todo su pasaje no había durado más que una fracción ínfima de tiempo; los dos pequeños fugitivos fueron tras ellos, con un instinto seguro, aunque los torbellinos de fuego y viento negro se hacían más y más violentos en esa dirección. Y, efectivamente, era una caída. Resbalaron, a velocidad inaudita, mientras el Colegio se volvía nada. Justo a tiempo. El edificio había mantenido la forma hasta un segundo antes, por causa de las polillas. Los árboles del parque contenían una infinita cantidad de larvas. Esta cantidad desmesurada era una salvaguarda de la naturaleza, muy común entre las especies más expuestas a la depredación. Cada polilla ponía un millón o dos de huevos, previendo que los pájaros se comerían a casi todas las larvas, pero, de tan gran número, era inevitable que sobrevivieran dos o tres, o en todo caso una sola, y con eso su misión reproductiva estaba cumplida. Los pájaros esperaban para comerlas a que las larvas llegaran a cierto estadio de desarrollo, que era cuando estaban más suculentas. Ese estadio, la noche del incendio, no había llegado aún, motivo por el cual el total de larvas seguía intacto. Y el calor del fuego apresuró su eclosión; todas abrieron sus alas al mismo tiempo, en una cantidad nunca vista, y se precipitaron hacia la luz brillante del fuego, por un atavismo al que no sabían resistirse. Se pegaron todas al edificio en llamas, sin importarles morir: esas especies de seres minúsculos y poco individuados, con tal de cumplir con las directivas del instinto (como diciendo «él sabrá») hacen caso omiso de la muerte. Eran tantas, tantos miles de millones, que alcanzaron para cubrir en una elástica capa viva, aunque muriente, cada milímetro del enorme castillo, no sólo paredes y techos sino cada una de sus cornisas, peldaños de entrada, escudos, mascarones, y hasta los postigos de las ventanas y los picaportes de las puertas. Era el edificio entero, en todos sus detalles, pero de polillas con alas abiertas; el simulacro arquitectónico que constituían, ahora sí el palacio de los sueños, transparente, todo de sombrías alas de mariposa, perduró unos segundos después del derrumbe, hacia adentro, del edificio real, y la membrana de polillas ardió toda a la vez en un solo fogonazo y desapareció. Fue en esos segundos justamente que Leticia y Enrique tocaron el fondo de la vieja sala de billar subterránea, desactivada desde que los antiguos dueños de la mansión se la vendieran a la Compañía. Pero persistía una mesa, con el paño verde raído, y sobre ella la reproducción en escala del Colegio, en la que habían buscado refugio los mil internos. El Plan de Evacuación, muy ingenioso, se basaba en las seguridades que ofrecía un cambio repentino de dimensiones. Los niños vacilaron. Pero no tenían opción. Ya habían entrado todos, ellos eran los últimos. Una mirada por sobre los hombros les mostró el monstruo de llamaradas que caía...

No veían cómo podían caber, en esa maqueta del tamaño de un baúl, sobre todo pensando que eran dos (porque no tenían intención de separarse), y que la idea, una vez adentro, era correr hasta encontrar la salida, y, más aún, que ya habían entrado otros mil... Pero la fama de ese segundo Colegio descansaba en el hecho confirmado de que hasta el menor detalle del Colegio real estaba reproducido con la mayor exactitud, lo que era una garantía de espacio. Y efectivamente, aunque apretados, lograron colarse. El problema fue que no veían nada. Pero ese inconveniente pronto se solucionó: los filamentos, invisibles de tan delgados, que representaban el cableado eléctrico, se soltaron y encendieron. Fue como si los hubieran estado esperando a ellos dos, que eran los que faltaban. El interior de la miniatura empezó a brillar como una lámpara. Quizás había sido planeada como «foco del saber». Maravillados, boquiabiertos, Leticia y Enrique pudieron contemplar esa obra maestra de lo liliputiense, en la que cada cuarto, cada mueble, cada objeto, estaba reproducido con la más perfecta minucia. El efecto de realidad que producían era tal que no parecían reproducciones sino los originales vistos a través de un cristal. Y ahora el tiempo, la paciencia y la habilidad que se habían empleado se veían amenazados. Pues los filamentos, animados de una violenta vida eléctrica, empezaban a transmitir su luz, en forma de fuego, a todo lo que tocaban. Saltaban, se enroscaban, enlazaban a los sillones como manejados por vaqueros hábiles, se metían bajo las alfombras y corrían hasta salir por el otro borde, haciéndolas ondular y rajarse en líneas de llama, o restallaban como latigazos contra las bibliotecas, cargadas de libros que a pesar de su mínimo tamaño (0,1 por 0,18 milímetros) tenían todas sus páginas cubiertas de texto. ¡Qué difícil habría sido leerlos!, pensaban los niños, a los que ya les era difícil leer los libros normales. Sólo con un potente microscopio, haciendo correr las palabras por la plaqueta. La oscuridad se dividía en diminutos hemisferios irregulares, con puntos rojos sobre el negro que persistía. Las líneas, por pequeñas que fueran, por más que terminaran casi donde empezaban, se volvían volúmenes, pero intangibles, móviles, iniciaban una carrera resbalando sobre todas las superficies. El incendio se iniciaba en todas partes a la vez, el humo brotaba como un hongo gris que se repetía, se transformaba, daba volteretas. Pero ¿había hongos tan pequeños? Los de la penicilina, tal vez. Las llamas abrían puertas de juguete cerradas, cerraban las abiertas, creaban su propia circulación, demostrando de paso que la maqueta estaba tan bien hecha que todas las puertas se abrían y se cerraban, y las cerraduras tenían llavecitas que brillaban. Algunos focos de incendio, separados por centímetros, se reunieron antes de que comenzaran las carreras y los gritos. Se oyó un tic-tac velocísimo y tan bajo que sólo era audible en sus acentos agudos. En esa dimensión el tiempo debía de ir más rápido. Leticia y Enrique no habían esperado encontrar un incendio también allí; no habían tenido tiempo para esperar nada, pero oscuramente habían supuesto que tendrían una tregua; los desalentaba que el esfuerzo y la incomodidad de descender a esas reducciones no hubiera servido de nada. Pero de menos servía lamentarse, así que corrieron por sus vidas por los pasillos del Colegio en llamas, esta vez el mini-Colegio. Las distancias eran tan cortas que las recorrían con el primer paso, casi antes de haberlo dado. Pero la ventaja que eso podía haber significado no era tal porque el fuego la tenía también. Aun sin haber tenido antes la experiencia de un incendio en un espacio reducido en escala uno/cien, podían deducir cómo funcionaba. No podía ser difícil salir de un «edificio» que medía menos que ellos. Se afirmaban en la convicción de que «no era de verdad». Esas camitas de palillos, con las sábanas perfectamente imitadas, hasta en los dobladillos, en papel de seda, que se encendían con una pequeña explosión y ardían enroscándose como un caracol, podían apagarlas de un soplido. Si hubieran podido decírselo quizás se habrían calmado. Pero cuando quisieron hablar una partícula de humo se les metió por las gargantas y los hizo toser. Sus toses sacudían paredes y techos, y creaban ciclones internos que avivaban las llamas. Antes de lo que hubieran querido se vieron corriendo entre los otros alumnos, el repetido millar que se entrechocaba en un apretujamiento inconcebible; el caos estaba dominado por dos sentimientos contradictorios: el de la falta de consecuencias que podía tener un incendio en miniatura y el de temor al fuego que, como no tenía un tamaño de referencia, podía matar tanto en lo grande como en lo pequeño. La falta de luz no contribuía. Si bien el fulgor de las llamitas era intenso, los cuerpos en movimiento de tantos niños, enormes en comparación, hacían sombras por todos lados; las imágenes aparecían en forma inconexa, sobre planos torcidos y fugaces. La urgencia crecía. No sólo porque los tamaños hacían todo más inmediato, y la salvación y la perdición estaban pegadas a ellos, sino porque este episodio era una «segunda oportunidad», como cuando el profesor tomaba prueba recuperatoria, y no habría otra.

Aunque todo se suponía igual, había cosas que en su nueva dimensión habían cambiado. El fuego por ejemplo, que había mutado en su consistencia y textura; era más compacto, más brillante y corría por el aire rodando, con una fluidez de líquido, de mercurio. Daba la impresión de que su acción, más que quemar, sería pinchar. Pero no se quedaron a probar sus efectos.

Corriendo atravesaron un dormitorio, que era de niñas; Enrique confirmaba que había un reverso desconocido al internado de varones del anverso. El pasillo central de un extremo a otro no medía más que un pie; las niñas reales en las camas de miniatura parecían demasiado enormes, como osos metidos a presión en un dedal; chillaban de un terror simulado, hacían un concurso de gritos, pero el juego se volvía real cuando láminas azules de fuego empezaban a envolverlas, y entonces saltaban y huían. Varias los siguieron, pero antes de llegar a las escaleras, por las que con dificultad habría podido subir o bajar un soldadito de plomo, una turba de estudiantes que venía en dirección contraria los dispersó y los obligó a torcer por pasillos oscuros. En otras escaleras más estrechas aún se apretujaban multitudes de alumnos, haciendo pruebas unos encima de otros, hasta que se quemaban un dedo, se asustaban, y se retorcían locamente por desprenderse del nudo de cuerpos en el espacio exiguo. Reinaba en general el mismo mecanismo psicológico que Leticia y Enrique habían observado en sí mismos: la diversión y el juego de la maqueta donde la realidad no era de verdad, seguidos por el miedo al sentir que, verdadera o no, la realidad se imponía de todos modos. No era imposible que en esa colisión de dimensiones distintas el instinto de supervivencia se anulara, o quedara confundido. Nadie quería preguntar si él o ella sería el único que conservaba el deseo y la necesidad de salir, porque sospechaban que la respuesta era afirmativa, y preferían no enfrentar la verdad. Lo único cierto era que no podían esperar ayuda alguna; más bien debían esperar que las acciones mecánicas y gratuitas de los demás los desorientaran y obstaculizaran. Pero, bien pensado, en la secuencia anterior tampoco habían recibido ninguna ayuda, como no fuera la de un azar benévolo. Áreas enteras del palacio en un grano de arroz, hileras de aulas, salones, oficinas, otros tantos monumentos al hobby de la construcción con lupa, seguían ajenos al fuego, pacíficos y vacíos. Pero las zonas afectadas y las no afectadas eran contiguas, más contiguas que nunca, y como el fuego era la respuesta de la materia a la contigüidad, el incendio ya estaba en todas partes. Un estruendo en el tercer piso, que ahora sonaba como el «toc» de un palillo chino en un bol de arroz, indicó que se había derrumbado el piso de un dormitorio cuyos ocupantes, niños que se retorcían para sostenerse en equilibrio sobre camas minúsculas, tapados por broma con sábanas que casi eran un solo hilo, jugaban a seguir dormidos: cayeron con camas y todo al piso inferior. Esta microcatástrofe dentro de la microcatástrofe dio la señal de que lo contiguo, de tan exacerbado, cambiaba de naturaleza. Los espacios, tan chicos que se habría dicho que en ellos no cabía nada, parecían querer demostrar que algo cabía, a pesar de todo: el espacio; se penetraban en alas del fuego, se transformaban unos en otros. Los numerosos laboratorios y talleres, reproducidos con una exactitud que pasmaba (cada tubo de ensayo hecho con un solo brillo de vidrio), estallaban en formatos diferentes, a velocidades diferentes, haciendo del incendio un fenómeno multidimensional. Leticia y Enrique, sintiéndose más intrusos que nunca, erraban entre espectros de maderamen, lienzos y probetas; para esas errancias les bastaba desplazar el cuerpo un milímetro; veían pasar sobre sus cabezas tiestos veloces con flores en llamas, ramos estrellados que se hundían en oscuridades cóncavas, de cuyo seno nacían luces compactas, espumosas. Y todo eso sucedía en el cuenco de una mano; había que hacer un esfuerzo de concentración para imaginarse el incendio en tamaño real, que era el único modo de entenderlo, o al menos concebirlo. Pero no tenían tiempo para ejercicios mentales que en esa circunstancia eran lujos inoportunos. Debían seguir huyendo, aunque tanto las zonas iluminadas como las oscuras les parecieran capilares. Se adentraban en los sucesivos corazones más íntimos de la maqueta. Leticia y Enrique, siempre de la mano, cuando sus caras, grandes como las aulas magnas, quedaban frente a uno de los huecos abiertos por el fuego, agujeritos como pinchazos de alfiler, veían transversales extensas de destrucción. Algunos derrumbes del cartón y el papel maché que representaba las paredes habían vuelto irreconocibles los trayectos, si es que podía llamarse trayectos a esas inmediateces; aunque también podía ser que, dado el escaso espacio que ocupaba ahora el Colegio, con los metros reducidos a centímetros, hubieran pasado, sólo inclinando la cabeza en un ademán de duda, a un sector del edificio que no conocían. Cruzaron, con la pupila si no con los pies, un gran salón cuyas ventanas estallaban una tras otra; la sensación de «grande» había sido lograda con pericia de artesano, y los vidrios, representados con un recorte de papel manteca, representaban a su vez el estallido con una escupida subatómica de cenizas. Se encontraron de pronto en la galería alta que daba al gran salón de actos, grande sólo relativamente porque ahora debía de medir cinco centímetros de pared a pared. El fuego había llegado antes. El artesonado del techo se encendía en cuadrículas rojas, y derramaba lágrimas de humo gris que quedaban flotando a media altura. Las chispas, tradicionales transmisoras del incendio, pequeñas ya de por sí, en esta reducción, para guardar las proporciones, eran verdaderos puntos. El piano se llenó de fuego y estalló, mandando en todas direcciones, un crisantemo de fragmentos de caoba y marfil, sus teclas y martillos. Era triste ver consumirse de ese modo, en un instante, una miniatura que tenía que haber llevado cientos, quizás miles, de horas de trabajo con pinzas afinadísimas y microscopios. ¿Qué ser proveniente de la cuasi nada habría tenido los dedos mil veces más finos que la pata de una araña, para tocar en ese piano los Nocturnos de Chopin? Con todo lo demás dentro de esta mágica casita de hobby pasaba lo mismo, pero el piano, tour de force del bricolage de precisión, causaba una impresión más fuerte. Los arbolitos en macetas que rodeaban el salón sacudían como poseídos sus copas redondas, hechas de una sola cariocinesis. Al otro lado del vacío, en el balcón de enfrente, había una escalera, pero por ella subía el fuego, en forma de llamitas recortadas en papel glacé azul. Los cuadros, reproducidos con la exactitud acostumbrada, caían de las paredes con «plocs» de gotas. Había algo que no quedaba bien explicado, porque el sentido común indicaba que el fuego no podía reducirse en escala como un objeto cualquiera. Y si seguía siendo el mismo, entonces se planteaba un problema, otro de los tantos problemas que se resolvían según la «regla de tres simple» con la que se pasaba de una dimensión a otra. Si el Colegio se había quemado en cinco minutos, ¿cuánto podía tardar para quemarse su reproducción en escala uno sobre cien? Si el fuego era irreductible a la reducción, entonces había que postular una reducción del tiempo. Quizás era lo normal en el caso de una repetición traumática. Esa plataforma, de tan angosta, corría en una sola dirección, y desembocaba en un laberinto de pequeños dormitorios. Era escandaloso que con lo alto que cobraban la matrícula y las cuotas, los sedicentes progresistas liberales dueños del colegio alojaran a sus profesores, ya de por sí mal pagos, en cuartos tan mezquinos y mal ventilados, en los que no ya un enano sino un muñequito de Playmobil habría tenido que doblarse en dos, o en cuatro, para caber. Persistía la sensación, y se acrecentaba por la dimensión de casa de muñecas de esos cubículos, de que habría bastado con un pisotón para extinguir el incendio. Pero cabía la sospecha de que fuera una trampa para que bajaran la guardia. Aceleraron la marcha, que ya, en el estrujamiento colectivo, era apenas un movimiento de las pupilas; buscaban asomar a un espacio donde se pudieran elegir las puertas y no hubiera que pasar por la única que había frente a ellos. Las paredes de los cuartos empezaban a sudar fuego. Con un barrunto de pánico, temieron estar recorriendo círculos con la mirada, aunque no parecía probable que hubiera círculos en un lugar donde las líneas rectas apenas si tenían dónde moverse. Cuando el humo se hacía más espeso y la marcha a tientas, de pronto una delgada corriente de aire frío los arrastró hacia abajo; era increíble que una brisa fina como una aguja pudiera arrastrarlos, pero era verosímil dentro de las reglas de juego que parecían estar obedeciendo. Lo cierto era que caían, ora cabeza abajo, ora cabeza arriba, por una escalera de caracol hecha con marmolitos cortados por un orfebre del inframundo, que hasta imitaban esas combas que se les hacen a los escalones de mármol muy transitados en los edificios públicos. El revolcón sirvió de algo, pues al llegar abajo ya no estaban tan apretados: quedaba un breve espacio, de varios centímetros, entre ellos y una pared. La miraban, porque no podían hacer otra cosa: sus cabezas habían quedado fijas a presión, sien contra sien. Y en esa postura, como un cine de microscopio, vieron la repetición de un espectáculo que se grabó en sus ojos para siempre y los unió en el secreto. Chupado por una ventosa del tamaño de una mota de polvo, se abrió un agujero en la pared y salieron corriendo por él varios millones de curas con sotanas. Eran jesuitas, los jesuitas que habían estado manejando todo el tiempo los hilos del Colegio, tras la fachada laica de avant garde pedagógica. El aumento de número se debía a que cada cura estaba hecho de un solo átomo. Aun en esta máxima compresión mantenían sus características: algunos eran jóvenes, otros viejos, y hasta muy viejos, de la época de la fundación por Ignacio de Loyola, pero su condición de átomos les concedía una prodigiosa agilidad. Los derrumbes y estallidos no los detenían, y hasta eran capaces de colarse por entre los átomos de la escayola. Entre sus protones y sus electrones no quedaba lugar para la simulación, y todos escapaban de la muerte a la velocidad de la luz, cada uno por sí, con el egoísmo de la materia, confirmando, por si quedara alguna duda, que no había otro mundo que el mundo.

Leticia lo miraba con una sonrisa. Enrique, conmovido, no apartaba la vista de su amiga recuperada. Pero la apartó, con un suspiro, y entonces hubo otra sorpresa. Igual que antes, no necesitó mirar a su alrededor ni cambiar de postura; seguía en el sitio donde le había caído el agua, que seguía corriendo por su cuerpo, y con la mano izquierda sosteniendo el manubrio de la bicicleta. Simplemente la pupila se desplazó el mínimo necesario para que la mirada pasara a un costado del rostro de Leticia y se posara en el mío. Levantó las cejas en un gesto de asombro que modificó el trazo del arco del agua corriendo de la frente a las mejillas, circundando las órbitas oculares (poco pronunciadas porque tenía los ojos casi al nivel de los pómulos, como un oriental).

—¡Kent!

Por un momento, al oír mi nombre, mi razón vaciló. ¿Había oído bien? ¿Se refería a mí? Tuve que volver masivamente a mi persona, a la que la sorpresa anterior me había hecho abandonar. Fue muy rápido, casi instantáneo. Abrí los brazos con una amplia sonrisa, al tiempo que me ponía de pie e iba hacia él:

—¡Enrique!

Porque lo conocía, y muy bien, aunque de poco tiempo atrás: era el dueño del hostal donde yo me alojaba. ¿Cómo no lo había reconocido antes? Tenía menos justificación que Leticia, que había pasado años sin verlo: yo lo había visto esa mañana, y la noche anterior habíamos estado charlando largo rato. Aun así, había explicaciones: no lo había visto antes de que le cayera el chorro de agua encima, y entonces lo que vi fue eso, el chorro, el accidente, e inmediatamente después vi el encuentro y reconocimiento con Leticia, y el «¡Enrique!» de ella venía tan cargado de reminiscencias personales que no evocó al «Enrique» que yo sabía que era el nombre del dueño del hostal.

Era un hostal informal-refinado, que apuntaba a una cliente-la cosmopolita, culta, a la vez muy exigente y muy poco exigente, de acuerdo con su obediencia a la moda. En la época de su apertura se habían generalizado los hoteles y hostales «temáticos», lo que significaba que la decoración, el personal, el trato, el ambiente en general, respondía a un determinado tema, que podía ser el Budismo, las Exploraciones Polares, la Música Clásica, la Edad Media, el Mundo Submarino, el Tango, el Film Noir, y mil más. Al ritmo de la transformación de Buenos Aires en meca turística, estos establecimientos proliferaron de tal modo que empezó a hacerse difícil encontrar un tema que no se hubiera usado. La elección, que al fin de cuentas no exigía más que un poco de ingenio, y en todo caso la consulta a ojos cerrados de un diccionario, era sólo el primer paso; después, se ponía en juego una cierta sensibilidad artística, o teatral, para que el lugar cumpliera con la promesa hecha por su asunto fundacional. Había grados y calidades de realización. Algunos se prendían a la moda sólo porque era moda, pero sin comprometerse con la idea; buscaban algo fácil, por ejemplo la Polinesia, y se contentaban con colgar unos pósters de surfistas y unas reproducciones de Gauguin. Otros se excedían en el sentido contrario, y hasta la última cucharita de café aludía al tema en cuestión, con lo que se creaba un clima opresivo, de mascarada implacable, sin salida. No faltó el enfoque mórbido, incluso asqueroso (Death Metal, Hospital, Crimen Aberrante), que probó, con la afluencia de visitantes, que hay público para todo. En parte por la «ocupación» de los temas más obvios, y de los menos obvios también, en parte por una progresión o emulación que se hacía inevitable en cuestiones de moda, surgieron temáticas raras, provocativas, deliberadamente difíciles de ilustrar, por ejemplo el Complemento. Ninguno de estos problemas tuvo que enfrentar mi joven amigo, en ninguna de estas trampas cayó, porque su elección estaba decidida de antemano, y resultó muy adecuada y productiva: la Evolución. No fue una elección arbitraria, como lo eran las de sus colegas, ni motivada por el deseo de sorprender, ni por la facilidad o el desafío de ambientar su hostal de acuerdo con la idea. En su caso era una preferencia arraigada, un tema al que le había dedicado mucha pasión, y con el que sentía una afinidad que le hizo natural elaborarlo y convivir con él. Además, no se trató sólo de ilustración, o ésta tomó otras dimensiones. Pues el concepto de la Evolución no sólo se prestaba a ser ilustrado en las paredes y el mobiliario del hostal, sino que también se encarnaba o realizaba en la vida del hostal como empresa: el negocio evolucionaba, por el crecimiento de la clientela, por la incorporación de adelantos tecnológicos, por la corrección de defectos y el perfeccionamiento en el trato a los pasajeros. En los pocos días que llevaba alojado, yo había percibido este movimiento evolutivo, no en tanto movimiento, claro está, pero sí como un clima, una postura de impermanencia y cambio, que se adaptaba (otra característica evolutiva) al clima psicológico en que se pone el viajero.

Su compromiso intelectual con la Evolución era un resto, atesorado con cariño y agradecimiento, de uno de esos entusiasmos avasalladores tan propios de la primera juventud. A los veinte años, en efecto, Enrique había leído el gran libro de Darwin, por recomendación de un amigo. Su deslumbramiento fue inmediato, y al ser compartido, no sólo por el amigo que se lo había recomendado sino por los amigos a los que ellos se lo recomendaron, no hizo sino potenciarse y afirmarse. Ahí encontraron las respuestas a todas sus preguntas, hasta las que nunca habían creído que llegarían a formularse. El mundo se aclaraba visto a través de ese cristal mágico. Las mentes juveniles alcanzaban niveles de éxtasis en la percepción de los mecanismos que volvían mundo al mundo y seres a los seres. El darwinismo era para ellos una especie de diamante de belleza sin par girando en el centro del orbe de la naturaleza. Sólo el que lo haya experimentado podrá comprender la exaltación de este conocimiento. Un poco en broma, un poco en serio, dieron nacimiento al Club de la Evolución, y organizaron sesiones de discusión, visitas al Museo de Ciencias Naturales y excursiones a sitios verdes en los alrededores de Buenos Aires. Duró un año o poco más. Esas pasiones nunca se prolongan en el tiempo. Los estudios y trabajos, exigentes a esa edad en que comienza la vida adulta, los fueron separando, y la convicción darwinista, sin desmentirse, fue perdiendo importancia. Diez años después, si alguien les preguntaba dónde estaba el mérito incomparable del descubrimiento del sabio inglés, no habrían podido decirlo. O sí habrían podido, pero para ello habrían tenido que internarse, con balbuceos y casi a ciegas, en el laberinto de la lógica del discurso, hasta recuperar aquel centro, el diamante, donde habían sido tan felices. Nadie se los preguntaba, o nadie lo hacía con la insistencia suficiente, de modo que se contentaban con ver de lejos aquella etapa. No lamentaban haberla vivido, y haberlo hecho con la intensidad con que lo hicieron. Todo lo más, podían llegar a preguntarse si no habrían exagerado un poco. Pues no podían reconstruir los razonamientos con los que habían generalizado el poder explicativo de la teoría. Recordaban bien que lo habían hecho. La evolución (¿o era la adaptación?, en fin, lo mismo daba) proporcionaba las razones por las cuales los pájaros cantaban y a los plátanos se les caían las hojas en otoño, pero también las razones para que los relojes tuvieran dos agujas y hubiera tartamudos y Júpiter fuera más grande que Saturno. Era la clave universal, para poner el tiempo a jugar a favor del pensamiento. Y en el fervor de la comprensión entraban en un vértigo. ¿No se habían preguntado, acaso, si el mundo entero no sería un gran Club de la Evolución, del que el de ellos era un modelo en escala, una célula? Cuando el fervor pasó y el Club se disolvió, sus vidas siguieron; no es que entonces se hubieran detenido; al contrario, había sido una fase de aceleración, tras la cual se retomó el ritmo normal. Quizás podrían haber pensado que sobre ellos también había actuado la Evolución, ¿y cómo iba a ser de otro modo? No sólo había actuado sino que seguía haciéndolo, y no se interrumpiría nunca, y a ella obedecerían todos los cambios y aventuras que todavía les faltaba vivir.

La existencia del Club, como dije, fue breve, un año más o menos. Pero dentro de ese lapso apenas durante el primer mes, o las primeras tres semanas, estuvo enfocado en la Evolución. En efecto, casi desde el comienzo hubo un desvío de la atención, debido al ingreso de un socio al que el tema no le interesaba. La informalidad con que los jóvenes habían manejado sus reuniones hizo posible que Jusepe, un amigo común de varios de ellos, se integrara al grupo aun sin venir atraído por el darwinismo. Llevó las conversaciones hacia el lado de sus propios intereses, que en un primer momento parecieron dignos de atención pues el joven practicaba la escultura. Al poco tiempo, en las reuniones ya no se hablaba más de Evolución. Tampoco de escultura; si bien se decía eficiente en este arte (nunca lo demostró), Jusepe no tenía los conocimientos como para hablar de su historia, ni la capacidad conceptual como para razonar o teorizar. Era curioso, casi inexplicable, que en esas condiciones lograra imponerse, uno contra todos, y más teniendo en cuenta el ardor que había reunido a los otros. Su triunfo no fue deliberado, ni mucho menos. Se dio por la fuerza de su personalidad, por una gravitación o magnetismo que era natural en él. Se imponía por una presencia animal, a la que no necesitaba agregarle nada. Y realmente no tenía mucho para agregar: ni cultura, ni gracia, ni un verdadero talento. Pero se impuso, se volvió el centro del pequeño grupo de amigos, y como el tema de la Evolución le era por completo ajeno, no se habló más de él. Las razones de este dominio, que ejercía sin habérselo propuesto y sin ser consciente en él, había que buscarlas no sólo en el vigor de su personalidad, sino en el contraste que hacía con los otros miembros del Club. Estos eran vástagos de familias ricas y cultas (empresarios, abogados, psicoanalistas), mientras que él era del más humilde origen. No hablaba de esto, no lo exhibía, pero no era necesario: su despreocupada brutalidad, su falta de modales, los escupitajos con que sembraba el piso a su alrededor, hablaban por él. Y además, hablaba; donde estaba él, no hablaba nadie más; lo hacía con esa entonación monocorde de las clases bajas, o de los que nunca han tenido la oportunidad de aprender que la oración tiene sujeto y predicado. Sus temas eran primitivos: fútbol, mujeres, plata. Como no leía los diarios, tenía poco nuevo que decir sobre esa trilogía popular, pero lo decía interminablemente y sin escuchar interrupciones. Del fútbol, protestaba por las sumas millonarias que les pagaban a los jugadores; a las mujeres las odiaba con violencia, seguramente por sospechar que ninguna le llevaría el apunte (era muy feo); y en cuestiones de dinero, o bien podía jactarse de lo que pensaba ganar en el futuro, o bien lamentar que lo acapararan todo los corruptos y los acomodados. Siempre parecía indignado, pero con esa indignación resignada del oprimido, de la víctima ancestral de la historia. A los otros los hacía sentir culpables por sus privilegios, y los paralizaba con una especie de horrorizada fascinación. Sin confesárselo entre ellos ni a sí mismos, se avergonzaban de haber hecho algo tan inútil, desde el punto de vista de la cruda realidad que representaba Jusepe, como leer a Darwin y creer en la Evolución. Directamente no volvieron a mencionarla.

Y sin embargo, en virtud del hechizo que ellos mismos habían creado, la Evolución seguía presente, siquiera como metáfora. Como en uno de esos trucos de prestidigitador, en los que «la mano es más rápida que el ojo», la Evolución había sido reemplazada por Jusepe, donde antes había estado una ahora estaba el otro; pero el cambio no había sido tan limpio, había quedado en el aire una especie de «fantasma» conceptual, que se manifestaba en la historia del joven escultor.

El origen familiar no debería haber contado tanto en la formación de su carácter, porque los padres se lo habían sacado pronto de encima, antes de que cumpliera los diez años, poniéndolo a cargo de un escultor. Fue una decisión un tanto bárbara, propia de otras épocas menos preocupadas por la psicología y los derechos legales de la niñez; en otro medio, habría sido pasible de sanción judicial, porque equivalía a un liso y llano abandono (en efecto, padres e hijo no se volvieron a ver). Se daba el agravante de que no conocían al hombre en cuyas manos ponían a su hijo. Les había bastado enterarse, de manera indirecta, de que era un escultor que vivía en su taller y buscaba como auxiliar a un niño que reemplazara al que le había servido hasta entonces, y que había fallecido. Eran antecedentes y perspectivas escalofriantes, pero no les importó. Sin saberlo, estaban poniendo a prueba, del modo más anacrónico posible, una de las más productivas instituciones de la Europa medieval, la del aprendiz. Esa tradición, en su lugar y su momento, había mantenido vivos saberes y habilidades, mediante una transmisión vital y comprometida. Pero esas virtudes podían volverse en contra, y su efecto, potenciado por la inversión, hacerse fatal. En el caso de Jusepe, la fatalidad tomó la forma de la muerte del alma, y ésta la de una pérdida definitiva de los modales. Debería haber sido al revés. El contacto cotidiano con un artista debería haberlo refinado. Las condiciones en que se desarrolló ese contacto lo volvieron obtuso y brutal. Si algún rasgo civilizado podía habérsele pegado de los años de la primera infancia que pasó con su familia, los perdió junto a Mandam. No podía ser de otro modo pues el escultor era un verdadero salvaje. Un natural ya de por sí desaforado había encontrado en la excusa del arte, o en el mito mal entendido del artista, el permiso para ejercer sin trabas sus peores impulsos. Beneficiaba su impunidad lo retirado que vivía, en un galpón al fondo del corredor de pobreza de Quilmes, donde los basurales y baldíos de la costa del río albergaban cambiantes poblaciones desarraigadas, cuando no criminales. No salía nunca (por eso precisaba al «chico de los mandados»), no se trataba con nadie. Quién sabe por qué clase de milagro adverso los padres de Jusepe se habían enterado de su existencia. La vida del niño tomó los colores más sombríos, metafórica y literalmente, esto último porque el galpón que ahora era su morada no tenía ventanas, y la cortina metálica que había sido su acceso cuando allí funcionaba un depósito estaba rota y no se podía levantar. Entraban y salían por una abertura lateral, sin puerta, un agujero que se cerraba con tablones. El viejo dormía casi todo el día en el único catre, en ese tenebroso ambiente poblado de ratas y formas monstruosas, con el niño acurrucado en un rincón, escuchando los ronquidos y alimentando una angustia a la que se acostumbró tanto que dejó de sentirla. No se atrevía a salir, no sólo porque el escultor le había ordenado no hacerlo sino porque les temía a los perros sueltos que proliferaban en esos defenestrados esteros. Al atardecer Mandam se despertaba; en la fiera demencia de sus resacas, entraba en una seudoactividad frenética. Lo primero era pegarle al niño, lo segundo mandarlo a la despensa a comprar comida y vino. Ahí sí, no había más remedio que hacer frente a los perros. El miedo que les tenía estaba bastante justificado, pues esos animales tenían un historial de sangre que si no había llegado a oídos de la opinión pública era porque nadie se ocupaba de informarlo. Que Mandam lo enviara a «comprar» era un eufemismo: el encargo era pedir fiado, mendigar, robar. La recompensa, palos. Y ahí no terminaban sus trabajos y pesares; ni siquiera habían empezado. Pues la humillación de la mendicidad, para peor en beneficio ajeno, y con los perros agregados, no era nada en comparación con lo que le esperaba adentro, cuando los progresos de la noche y la intoxicación hicieran brotar en su amo delirios de trabajo. Entonces se iniciaba un traslado, de un lado a otro, de las grandes piedras que formaban una montaña en la oscuridad del fondo del galpón. Enclenque, desnutrido, hambreado, hecho un manojo de nervios insomnes y temerosos, Jusepe era el ejecutor de las órdenes que iba comprendiendo cada vez menos a medida que la voz del amo se hacía más tartajosa. El viejo en realidad no sabía lo que quería. Quería que una piedra de cincuenta kilos que estaba en el fondo quedara en el centro del galpón, para verla mejor. Pero verla mejor no le servía de nada. Quería que le pusiera al lado otra piedra que antes había mandado llevar al fondo, para poder compararlas. O se encaprichaba en hacerlas parar sobre su cara más curvada, provocando un bamboleo incontrolable; había que arrastrar otras para sostenerlas. La luz del cabo de vela no llegaba a los recesos del galpón, y Jusepe debía tantear, tropezando, espantando ratas y arañas que no por no ver se le hacían menos espantosas, al contrario. ¿Cómo habían llegado ahí esas piedras? Era un misterio, como lo era su naturaleza. No era mármol ni granito. Debía de ser alguna clase de calcárea. Eran informes, con agujeros y salientes. A veces alguno de éstos se desagregaba en el acarreo, y producía un polvo que brillaba en la oscuridad, cuando al fin se extinguía la vela. También era misterioso, aunque no tanto, que un sujeto cuya única relación con la piedra fuera mandar cambiarlas de lugar, siguiera considerándose un escultor. ¿Habría ejercido el oficio en algún momento de su vida? Allí en el galpón no había ninguna prueba de ello. Pero a este misterio lo explicaba el abuso del alcohol barato y el reblandecimiento mental. De cualquier modo era interesante como lección: había gente que podía creer que era algo que en realidad no era, y podía creerlo sinceramente y hasta gobernar su vida por esa creencia. Pero fue una lección que no le aprovechó mucho al niño, por ser de aplicación puramente negativa. Más le sirvió el aprendizaje difuso que le brindaba la vida que se vio obligado a vivir esos años. Maduró más rápido de lo que lo habría hecho en un medio normal. Y que hubiera madurado en dirección al salvajismo no hizo gran diferencia. Después de todo, la supervivencia era una sola, la misma para pobres y ricos, para bárbaros y civilizados.

Uno de sus primeros gestos de independencia tuvo que ver con los perros, y era lógico que así fuera ya que habían sido los perros los que primero lo mantuvieron encerrado, con su amenaza. La necesidad le había hecho enfrentarlos, en esos tétricos crepúsculos en que iba a la despensa de don Inocencio. Eran jaurías numerosas, compuestas de individuos siempre parecidos: grandes, flacos, los ojos bien descubiertos (siempre eran animales de pelo corto), bien laterales, casi como los de los caballos, pero con miradas humanas, aunque humanas malas, ansiosas, cargadas de odio y miedo. Esos ojos no parecían ser de ellos. Como sabía que un alimento favorito de estas bestias eran los fetos provenientes de abortos, o los bebés, que arrojaban allí los habitantes de las villas de la costa, hizo la relación y no dudó más de la humanidad de esas miradas, una humanidad que venía del otro lado de lo humano. A él no le hicieron nada, salvo asustarlo. Al principio creyó que no lo veían, después, con el tiempo, empezó a pensar que lo temían, por algún motivo, quizás el olor. Quizás era por algo que sólo ellos podían notar. A veces, cuando volvía ya oscuro, veía una aureola de brillo blanco en sus manos, en las piernas, en los pies, hasta en las huellas que dejaba; lo adjudicó al roce con las piedras de Mandam, y supuso que quizás era este brillo el que lo preservaba de los perros. También podría haber pensado que no le hacían caso porque estaban muy ocupados con sus asuntos. Y realmente lo estaban. El sexo era una constante. Los machos hacían fila detrás de las perras en celo, pero los turnos no se respetaban porque siempre alguno se quedaba pegado, y la pareja se caía y revolcaba, agitando las ocho patas y lanzando dentelladas con las dos cabezas, pues los que esperaban se enfurecían y los atacaban. En ocasiones, cuando se producía ese espasmo, el más fuerte de los dos animales pegados, podía ser el macho o la hembra indistintamente, se ponía de pie y huía arrastrando al otro, que se agitaba como un harapo, se descoyuntaba y pataleaba en el aire sin poder desprenderse, todo entre ladridos feroces y el ataque de la jauría, que se enfurecía más que nunca. No era necesario que sucediera este accidente sexual para que se desencadenara la violencia. Estaba latente, a un milímetro de la superficie, y bastaba una nada para el estallido: la disputa por una rata, o por un hueso desenterrado, o la mera necesidad de descargar su resentimiento de bestias marginales a las que nadie quería. El canibalismo no estaba excluido de sus hábitos. Los cachorros no sobrevivían. No parecía importarles la preservación de la especie. Y sin embargo, siempre eran más. En los años que pasó Jusepe en el galpón vio aumentar su población. A veces desaparecían, días enteros, volvían en masa acompañando a los carros tirados por caballos flacos, se instalaban de vuelta en los bajos de la costa, a reproducirse frenéticamente y ladrar días y noches con esa rabia que no cesaba, y trenzarse en combates. Jusepe notaba que en medio del caos que armaban había siempre alguno que se enroscaba en el suelo y se dormía pacíficamente, como si estuviera en otra dimensión. Las inundaciones, que eran frecuentes, los amedrentaban. Las peleas a muerte con gaviotas arreciaban, lo mismo que las grandes matanzas de aves, después de las cuales quedaba el tendal de plumas. Aun así, daba que pensar de dónde sacaban alimento suficiente. Eran flacos, pero por atléticos y movedizos, no por esqueléticos (como los caballos de los carreros que circulaban por la costa). Y su actividad acusaba un consumo incalculable de calorías. Al niño, con sus propios problemas de sustento, el enigma no le quitó el sueño, aunque tuvo elementos de juicio a su disposición para ver la respuesta. Había notado que siempre que pasaba un barco, de los que iban a descargar a las radas de Ensenada, haciendo aullar sus sirenas, los perros corrían a la orilla y se estacionaban allí a seguir su paso, inmóviles y en silencio, algunos amagando una zambullida pero sin atreverse, como si adoraran a un dios proveedor. Pero ¿por cuál dios, por qué clase de divinidad, podían sentir reverencia esos seres abandonados y desposeídos? Sólo por un dios lejano y con chimeneas.

Un día Jusepe fue testigo de una escena que debería haber cambiado todas sus ideas. Sucedió en la despensa de don Inocencio, donde el niño había ido como todas las tardes. Escuchó al dueño decirle a un cliente que el establecimiento seguiría abierto después de hora porque estaba esperando al veterinario, al que había llamado para que atendiera a uno de los perros. Se quedó para ver de qué se trataba. La curiosidad pudo más que el temor al castigo por la tardanza. Cuando llegó el veterinario, que era un hombre joven, con la chaqueta blanca de algodón de los médicos, y una bonita asistente pelirroja, don Inocencio le explicó que a una perra se la veía molesta, tosiendo y escupiendo. Fue a la puerta y llamó: ¡Daisy, Daisy, venga acá! De la jauría se separó un animal ni más grande ni más chico que los otros, y se acercó y dejó agarrar. El facultativo empezó auscultándola, le miró la boca, los ojos (con una lupita reticulada) y tras una consulta con su asistente, y evaluar unas toses que la perra produjo oportunamente, llegó a un diagnóstico. Pidió una mesa para subir al animal. Don Inocencio vació un sector del mostrador. La acostaron, las patas para arriba. Se dejaba hacer con docilidad, como adivinando que era por su bien. El veterinario se puso unos guantes de goma, la asistente sacó unos instrumentos del maletín y se ubicó del otro lado del mostrador, sosteniéndole la cabeza a la perra y llegado el momento manteniéndole la boca abierta. Con una linternita le alumbraron el fondo de la garganta, y con una larga pinza plateada, de punta torcida, el cirujano le arrancó con un solo movimiento una espina. La exhibió triunfante. Era una espina de pescado, no muy grande, de unos tres centímetros, muy fina y flexible. Parecía mentira que algo tan insignificante le hubiera causado tanta molestia a un animal así de fornido, pero, explicó, se había alojado en un lugar muy sensible del organismo: en un músculo estriado. La perra, aliviada y contenta, saltó al suelo y corrió afuera a reunirse con sus congéneres.

A raíz de este hecho, Jusepe debería haberse preguntado si su idea de los perros, del abandono y la indiferencia en la que vivían, no merecía una reconsideración. Había venido creyendo que nadie se ocupaba de ellos, que su vida y su muerte no le importaba a nadie, y de pronto se enteraba de que una mínima molestia que afectaba a uno de ellos provocaba una movilización de salvataje... La lección no le enseñó nada en su momento, pero dejó una semilla.

El tiempo, implacable, hizo que el niño dejara de serlo. Así como le había perdido el miedo a los perros, se lo perdió a los fantasmas que lo habían acosado, y a su Amo, que mientras tanto había proseguido una pronunciada pendiente de envejecimiento y decadencia. El abandono y el maltrato hicieron que Jusepe saltara sin escalas de la infancia al estadio adulto, de plena autonomía. Se perdió la adolescencia, y con ella toda posibilidad de refinarse. Es lo que pasa cuando del egoísmo animal de la infancia se pasa al utilitarismo prosaico de la vida adulta, sin el intermedio de los ensueños idealistas de la adolescencia. Su modelo fueron los linyeras y ladrones con los que empezó a asociarse. Pequeños trabajos al margen de la ley, o en sus bordes, le fueron dando vuelo y paulatinamente fue dejando el galpón que había sido su hogar. La deriva de estos trabajos lo llevó de modo natural a la venta minorista de drogas, y entonces adoptó la fachada del artista («escultor», pues no conocía otra rama del arte) que le dio acceso a círculos acomodados en los que vender su mercancía. Como depósito de ésta, y escondite de él, el galpón era ideal, pero si siguió viviendo allí más tiempo del que habría debido fue por haber descubierto que el polvillo que desprendían las viejas piedras era ideal para cortar la cocaína; la que él vendía era fosforescente, muy pedida. Aun así, se habría mudado antes a un lugar más cómodo de no ser por un hecho que picó su curiosidad.

Mandam ya estaba a medias postrado, en el último escalón del delirium tremens, con una artrosis avanzada que le volvía doloroso y espasmódico cada movimiento. A pesar de lo cual había estado saliendo más que antes, obligado por las ausencias de su mandadero. Debió de ser en esas salidas que hizo recordar su existencia, y quizás movidos a compasión por verlo tan venido abajo algunos quilmeños hicieron una gestión, que dio por resultado un encargo, el primero del que se enterara Jusepe, y quizás el primero (y tan postrero que era casi póstumo) en la vida del escultor. El Secretario de Cultura de la comuna en persona se apersonó en el galpón taller para formalizar el pedido. Querían jerarquizar con una estatua la plaza arbolada que se estaba remodelando. Le daban total libertad de acción; no se trataba de un monumento conmemorativo sino de una iniciativa puramente estética, de inspiración y elevación del espíritu para los vecinos, que bastante lo estaban necesitando. No querían interferir en la decisión del artista en cuanto al tema, apenas si se atrevían a sugerir que una alegoría de la Benevolencia sería adecuada. Fuera lo que fuera, se instalaría una placa con la mención del distinguido artista que había honrado al partido al vivir y trabajar en él toda su vida. A simple vista se advertía que esa vida tenía las horas contadas. Mandam se había ataviado para la ocasión, cambiando su habitual camiseta agujereada, pantalones de pijama y chancletas por una levita negra, corbata de moño voladizo, polainas y sombrero de alas anchas, anacrónico atuendo de artista romántico cubierto de polvo y comido por las polillas. Al funcionario no le llamó la atención, ni el chiquero que era el galpón: todo iba a la cuenta de la bohemia indiferente a lo material. Jusepe, a quien el viejo presentó como su asistente, presenció boquiabierto la entrevista, y el interés que despertó en él fue el motivo de que se quedara un día más en el galpón, aunque ya tenía tomada la decisión de marcharse (había alquilado un departamento en Güemes y Gallo). Sólo entonces se daba cuenta de que había venido acumulando, durante años, ese interés por ver trabajar al escultor, ver cómo se hacía, cómo se las arreglaba, y qué resultaba. A tanto llegó su curiosidad que se comidió, como en los viejos tiempos, a arrastrar una piedra extragrande al centro del galpón. Excitadísimo, el viejo se agitaba balbuceando incoherencias. No atinó siquiera a cambiarse las prendas que se había puesto para recibir al Secretario de Cultura por ropa de trabajo, que no tenía porque nunca había trabajado. Le daba vueltas a la piedra, tambaleándose, las mismas vueltas que les había dado siempre a las piedras, con la diferencia de que lo habitual en esos casos era que renunciara a los pocos minutos y fuera a tirarse al catre con el vaso de vino. En cambio esta vez persistía, hablando solo y haciendo muecas. Hasta de beber se olvidaba; era cierto que para aquel entonces ya casi no bebía; su organismo debilitado al extremo se saturaba con el primer trago, o estaba saturado de antes. Levantaba las manos hacia la piedra y las hacía recorrer líneas en las que alucinaría las formas de la obra, y hacía frecuentes desvíos a los rincones, donde escarbaba al azar entre montones de basura, sin encontrar nada, para volver de prisa a la piedra, cada vez más encorvado y caminando con más dificultad, como si estuviera siempre a punto de caerse pero lo sostuviera una fuerza interior (¿el arte?) aliada a la muerte y por ello capaz de negociar con ésta una demora. Pasaron las horas. Se puso el Sol y la escasa claridad que entraba por la abertura del galpón se extinguió. Las idas y venidas seguían en la oscuridad. Jusepe, que había estado todo el tiempo sentado en el suelo con la espalda contra una pared, contemplando el espectáculo que daba el viejo, encendió una vela. A su resplandor las vueltas de Mandam se volvieron más fantasmales. El muchacho miró las sombras que proyectaba, el sombrero de alas anchas, la moña de la corbata, los faldones de la levita, y sobre todo las manos, que en sus gestos extraviados proyectaban sobre las paredes y el techo del galpón siluetas de animales, de aviones, de nubes, de flores, todo fugaz y monstruoso. Cambió de posición la vela, que había dejado sobre un cajón vacío; la puso en el suelo, más al centro, con lo que las sombras ganaron en tamaño y definición; un rato después volvió a cambiarla de lugar, y lo hizo varias veces más, afinando y precisando el calado de las siluetas. Fue su única obra de arte, privada y secreta. El juego no era sólo visual; el audio lo ponían los balbuceos del viejo, que se fueron haciendo más roncos, y más apagados a la vez que se volvían gritos. Porque había una progresión, de la que Jusepe tardó en tomar conciencia. La pantomima no era del todo abstracta: representaba la angustia del viejo escultor por no poder imprimir su voluntad en la piedra y darle una forma. Entendido esto, y no era fácil entenderlo, tomaban sentido sus movimientos, y hasta algunas de las palabras que murmuraba se hacían comprensibles. Buscaba las herramientas que no tenía, los martillos, los cinceles, la punta de diamante, la pulidora, y se preguntaba dónde las había dejado, quién las había sacado de su lugar, sospechaba que habían entrado ladrones... Alucinaba. Las herramientas, si alguna vez las había tenido, se habían perdido muchas décadas atrás, en una etapa de su vida tan lejana que era como si hubiera sido otra vida, sin ningún punto en común con la actual. De pronto cayó, las piernas se le doblaron y quedó de rodillas frente a la piedra. Su voz, que ya era un susurro inaudible, quiso crecer en un grito contra la piedra insensible que se alzaba, como un ídolo rústico, nunca tan ajeno a la alegoría de la Benevolencia. La superficie de la roca parecía ondular, por el temblor de la llama de la vela, y por momentos se adentraba en esa ondulación la sombra de los dedos del viejo, que había quedado con las manos en alto, suplicantes. Las corrientes de aire agitaron la llama y los negros ganchos torcidos que eran la sombra de los dedos se deslizaban sobre la piedra, impotentes. El viejo se calló; su boca se torció y quedó rígida. Había tenido un ataque. Una convulsión lo sacudió, pero siguió arrodillado. En ese momento supremo abrió muy grandes los ojos y los dirigió a Jusepe. Y el joven, ante esa súplica muda, tuvo una inspiración. Buscó en el bolsillo y sacó una cajita de fósforos. La abrió. Estaba vacía, salvo por un objeto casi invisible. La vela, que se había consumido, hacía bailotear locamente la última llamita, y las figuras y las sombras se barajaban con furia. Lo que no impedía que el viejo fijara la mirada en las manos de Jusepe, en los dedos índice y pulgar con que extraía de la cajita la espina que había visto arrancar de la garganta de una perra muchos años atrás. La había guardado de recuerdo, o de amuleto. La alzó y se la mostró al viejo. La delgada agujilla cartilaginosa captaba los últimos resplandores. Mandam, ya presa de la parálisis, tendió no obstante los brazos hacia el objeto mágico, en el que veía al fin la herramienta con la que horadar la piedra y darle todas las formas de la belleza. Pero el joven, después de exhibirla un instante y asegurarse de que el viejo la hubiera visto bien, la volvió a guardar, con movimientos deliberados, en la cajita, y ésta en el bolsillo, y ya que estaba dejó esa mano en el bolsillo, y metió la otra en el otro, y silbando una melodía de moda, ya en la oscuridad porque la llama se había extinguido, se marchó para siempre.

Al consumar la venganza sobre el escultor, Jusepe hacía su entrada triunfal en la vida. Pero quedaba, y quedaría para siempre, un resto. Ni su posterior ingreso al Club de la Evolución ni la carrera que hizo en el mundo del crimen bastaron para indemnizarlo de la herida psíquica producida por un episodio de su infancia. Todo lo demás (un padre brutal, una madre víctima, la pobreza, la ignorancia) terminó digerido; después de todo, una niñez sometida a la violencia contumaz de los adultos no era algo excepcional en el Banfield de aquellos años. Muchos, la mayoría, sobrevivían indemnes. El episodio que penetró tan hondo en Jusepe, el capullo narrativo en el que se enroscó para siempre la sentencia de su padre («este mocoso es un idiota, un retardado mental, no hay nada que hacerle»), tuvo algo de juicio divino.

Sucedió un domingo. O muchos domingos. O todos los domingos... La memoria es generosa en su crueldad. Pero no pudieron ser todos los domingos pues había turnos, que se respetaban y se discutían, ya que era una tarea no deseada, aborrecida, que todos trataban de esquivar y aceptaban, de mala gana, sólo si el turno les correspondía más allá de cualquier duda. Se trataba de Krishna, el dios en persona, alojado (¡por un milenio, nada menos!) en un santuario de Banfield. Un verdadero «presente griego» para una jurisdicción del Gran Buenos Aires en la que predominaba una clase obrera demasiado ocupada con sus quehaceres de subsistencia para dedicar la menor parcela de su tiempo o su interés, para no hablar de su dinero, a misticismos o trascendencias. Pero una oscura superstición los obligaba de todos modos. Por ello, habían establecido turnos para sacarlo a pasear los domingos. No debería haber sido tan grave, habida cuenta que el año no tiene tantos domingos, y Banfield, en los años cincuenta cuando tenían lugar estos hechos, ya contaba con una población de varios cientos de miles de habitantes. Pero eso sería no tomar en cuenta los poderes de omnipotencia de lo divino, poderes entre los cuales se encontraba el de la redistribución del tiempo y de las cantidades que lo ocupaban. De ahí que dos por tres la penosa tarea recaía sobre la familia de Jusepe; era entonces «un domingo perdido», la fórmula más repetida entre las muchas protestas, maldiciones, recriminaciones, que germinaban en el malhumor general de esas ocasiones. El padre, siempre a la cabeza de todo en la familia, también se ponía a la cabeza de la queja, por considerar que era quien tenía más derecho: se rompía el lomo toda la semana en su trabajo alienante y mal pago, y el domingo, el único día que habría podido disfrutar, un poco, no pedía mucho, de la vida, se veía obligado a ventilar durante toda la tarde a ese execrable espantajo hindú... ¡sin beberla ni comerla! ¡Sin beneficio alguno, salvo que se creyera en cuentos de hadas (y ni siquiera entonces)! Jamás se le había ocurrido que había una punta de justicia o injusticia poética en todo el asunto, pues si el domingo era día de descanso lo era por una superstición religiosa, y al fin de cuentas, ficción por ficción, un dios valía otro. En cuanto a descargar la rabia contra su familia, estaba a medias justificado porque los afectados al deber cívico del paseo de Krishna eran los padres de familia con hijos varones de entre ocho y doce años; de su prole, era Jusepe el que llenaba el requisito etario; las mellizas eran menores. Este acompañamiento había sido impuesto a tientas, en la relativa oscuridad en que se encontraban los vecinos de Banfield respecto del dios en cuestión. Su aspecto era como para desconcertar a cualquiera; una especie de enanito de la altura y contextura de un escolar, piel pálida de bebé en la que brillaban unos grandes ojos negros rasgados, una prominente narizota y los más incongruentes bigotitos aceitados en punta hacia arriba. Sus saris irisados eran de tienda de muñecas, los botines en cambio eran occidentales, victorianos, pero polvorientos, gastados y con los cordones sueltos, se diría que los había encontrado en la basura. Ajorcas y collares de plástico completaban su atuendo, que no era lo peor en él, al lado de su comportamiento, que combinaba la comicidad mal entendida con la puerilidad más exasperante. Era ese modo de ser, tan impropio de la imagen convencional de una deidad, lo que había hecho que fueran familias con niños las que tuvieran que ocuparse; niños de la edad aproximada que aparentaba el huésped, para que tuviera con quien entretenerse.

No lo necesitaba. Se entretenía consigo mismo, aunque a expensas de los demás. Consigo mismo, o con el mundo (es decir: Banfield, porque no salían de sus límites). Él y el mundo parecían confundirse, por el modo en que, durante esas salidas, señalaba todo, como si todo le llamara la atención, o quisiera llamársela a los demás. Un árbol, una casa, un perro, un auto, unos chicos jugando a la pelota, la garita del policía, una nube... Nada escapaba a su indicación jubilosa, en una exaltación que no conocía atenuaciones ni matices. Lo que no existía, lo hacía aparecer, con colores chillones y un contorno demasiado neto. Estar con él equivalía a percibir de la manera más patente la población del mundo; a los pocos minutos empezaba a abrumar. Toda una tarde cargándolo podía ser una tortura. A los señalamientos los acompañaba una perorata sin frenos, porque cada cosa iba con su nombre y los nombres con lo que debían de ser (no se le entendía nada) juegos de palabras, chistes, versos, retazos de canciones, todo lo cual él celebraba, y era el único que lo hacía, con agudas carcajadas. Nadie se salvaba del dolor de cabeza.

El padre de Jusepe tenía un viejo Renault Dauphine en el que iban bastante apretados, la madre adelante con las mellizas en las rodillas, el padre conduciendo, reconcentrado, los dientes apretados para no soltar alguna palabrota que de todos modos se le escapaba de vez en cuando, y atrás Jusepe y Krishna. El dios se movía todo el tiempo, de una ventanilla a la otra, o inclinándose hacia adelante para señalar algo por el parabrisas. Su cacareo incesante llenaba el autito, y sus desplazamientos, pasando por encima de Jusepe, que trataba de empequeñecerse, hacían desprenderse de los pliegues de su sari oleadas de aromas especiados, no desagradables en sí pero que contribuían al malestar general. Jusepe se sentía vagamente responsable de la situación, y hacía un desmayado intento de darle cierta normalidad, siguiendo con la mirada lo que señalaba Krishna y haciendo muecas corteses, no apreciadas, de reconocimiento y asombro. Algo de todo eso podría haber tenido su interés, como cuando el dios hacía aparecer cien pavos reales con las colas abiertas en la copa de un árbol, o producía un majestuoso tigre que se disolvía en un remolino de hojas secas; pero el efecto se perdía en el fastidio de la vocecita aguda, las carcajadas intempestivas, la gesticulación vertiginosa. Ni el niño más malcriado habría causado tanta fatiga mental.

Esa prueba de paciencia duraba toda la tarde del domingo, desde las dos o tres hasta la puesta del Sol, y a veces más. El feo íncubo disfrutaba tanto de la salida que pretendía prolongarla lo más posible, y no le faltaba astucia para encontrar el modo de hacerlo mediante alguna treta. Una de éstas hirió a Jusepe dolorosamente.

La hora de la liberación la marcaba el regreso de los cuidadores del santuario, un matrimonio mayor que había aceptado el trabajo con la condición inexcusable de disponer de las tardes del domingo. El santuario, que tenía poco de tal, era una casa vieja medio en ruinas, que el Municipio le había cedido como habitación a esta pareja de jubilados pobres, en pago por hacerse cargo del dios. Se decía que estos viejos lo encerraban de lunes a sábado en una pieza oscura; debía de ser cierto, y eso explicaba la excitación que liberaba los domingos. Con la caída de la tarde el padre de Jusepe enfilaba el Renault al barrio, uno de los más siniestros de Banfield, y comenzaba a hacer pasadas frente a la casa de marras, espiando el regreso de los guardianes para sacarse de encima cuanto antes al indeseable pasajero. Éste, a pesar de las horas transcurridas, no había perdido un ápice de energía y sonoridad; seguía dando la lata a más y mejor, y la familia ya desfallecía de irritación y jaqueca. Pero no siempre era aparente si los viejos estaban o no. Deseosos de paz ellos también, no sólo prolongaban su propia salida sino que cuando regresaban no encendían las luces ni cerraban los postigos, lo que esperaban que diera lugar a confusiones y les extendiera la tregua.

Una vez (Jusepe nunca pudo recordar si había sido realmente «una vez» o se había repetido), después de dos o tres pasadas frente a la casa y verla sin cambios, el padre estacionó y mandó a Jusepe a ver si la puerta estaba abierta; era el único modo de saber si habían regresado: cuando los ancianos se iban cerraban con llave, cuando estaban debían dejar abierto porque el santuario era público (aunque nunca iba nadie). El niño, obediente, bajó. Krishna fue tras él y se le adelantó. Tomó el picaporte con su regordeta manito blanca de uñas pintadas, lo bombeó vigorosamente, como lo hacía todo, y se volvió con una amplia sonrisa, abriendo los brazos en un gesto de impotencia y gritando algo que podía querer decir: «No, todavía no volvieron, podemos seguir con el paseo». De inmediato se encaminó de regreso al auto, saltando y danzando, haciendo revolotear su sari colorido y tintinear todas sus ajorcas en el gris silencio lívido del barrio pobre. Jusepe iba tras él. Pero no había terminado de meterse al auto cuando el padre volvía la cabeza desde el asiento delantero y tratándolo de «idiota de mierda» lo mandaba a cumplir la orden que no había cumplido: probar si la puerta estaba abierta o no. No entendió. ¿Acaso no habían probado y visto que estaba con llave? El padre tuvo que repetir, lo que multiplicó por cien su cólera. Jusepe fue, y la puerta estaba abierta. Krishna lo había engañado moviendo el picaporte pero sin empujar. Ahora, movida por él, se abrió, y por el pasillo apareció, con cara de pocos amigos, la vieja guardiana. Una vez liberados del molesto dios, el padre dio rienda suelta a su ira. ¡Qué imbécil de hijo le había tocado, para que pudiera engañarlo, y tan fácil, esa minúscula piltrafa oriental! ¡Qué crédulo había que ser, qué infeliz, qué retardado! Y eso siguió largo rato; en la conciencia de Jusepe, siguió toda su vida. Era paradójico: ser engañado por un dios debería haber sido excusable; muchos filósofos del más alto nivel se lo han perdonado a sí mismos. Pero al mismo tiempo era más imperdonable que ser engañado por un mortal.

Yo me apartaba de su cuerpo después de abrazarlo, para no mojarme más, y todavía no había empezado a decirle que no lo había reconocido en un primer momento, y preparaba en la cabeza un comentario o una broma sobre la mojadura que había sufrido, cuando sucedió algo más. Es probable que al separarme del abrazo que nos dimos yo haya inclinado la cabeza hacia un lado, como para mirarlo mejor y soltar mi broma o comentario. De hecho el abrazo ya había sido un comentario a su accidente, una especie de apoyo espiritual en un momento difícil, pues de otro modo no tenía sentido abrazarse tan aparatosamente como lo hicimos si nos habíamos visto unas horas antes en el desayuno. Sea como fuera, al inclinar la cabeza debo de haber abierto camino a su mirada, y fue como si su atención se despertara a lo que veía. No necesité darme vuelta. Lo vi mirar más allá de mí, y responder con una viva mueca de reconocimiento a una voz de mujer. Sólo a la voz, no a las palabras, pues fue algo inarticulado. Pero al oír la exclamación de Enrique no pudo sorprenderme que le bastara con la voz y no necesitara de las palabras para reconocer a la que hablaba:

—¡Mamá!

Entonces sí me volví. En la mesa contigua a la que hasta hacía unos segundos habíamos ocupado Leticia y yo se hallaba sentada una mujer madura, vestida con elegancia, en cuyo rostro se pintaba una sorpresa que se transformaba aceleradamente en hilaridad. Su acompañante (porque frente a ella en la mesa había sentada otra señora) al parecer no entendía qué pasaba, y empezaba a darse vuelta a ver. La madre de Enrique no se demoró en explicaciones: ya se levantaba y venía hacia su hijo inmóvil:

—¡Enrique!

Además de reconocimiento, en su voz había una cariñosa reprimenda, muy maternal, del tipo «sólo a mi hijo puede pasarle algo tan absurdo y tan cómico como aparecer todo empapado y chorreante delante de su madre a la que no ve hace meses».

Muchos años atrás, la madre de Enrique había aparecido muerta, asesinada, en el baúl de un auto, con cinco tiros en la cara, en la disposición que tienen los puntos en el Cinco de los dados, es decir cuatro en los vértices de un cuadrado, y uno en el centro. Estaba atada de pies y manos, pero sin cortes ni rasguños ni marcas de golpes. Un trabajo limpio. El periodismo se ocupó clamorosamente del caso, por dos razones. La primera fue que la ubicación de los disparos en la cara indicaba que era un crimen mafioso, un «mensaje». Ese misterioso «cinco» significaba que el homicidio no se agotaba en sí mismo sino que transportaba una advertencia o amenaza. Y si bien el mensaje sólo podrían «leerlo» unos pocos entendidos, tan ignotos como los perpetradores, la sociedad entera quedó pendiente del desciframiento. Actuaba la fascinación del signo.

Pero la segunda razón eclipsó a la primera, como el presente eclipsa al pasado, sobre todo si es un presente asombroso y urgente, en el que cada minuto cuenta. El supuesto cadáver no era tal. La mujer estaba viva, había sobrevivido milagrosamente a los tiros, que si bien no eran de un calibre muy importante habían penetrado profundamente, los cinco, en la cavidad craneana. El hilo de la vida había resistido sin cortarse los tres días que pasó en el baúl del auto abandonado en los bosques de Ezeiza, antes de que lo descubrieran unos ciclistas. Internada de urgencia en la mejor clínica de la Capital, operada por eminentes cirujanos, evolucionó favorablemente, y no se habló de otra cosa en los medios durante semanas. Los periodistas recibían dos partes médicos diarios. Al exterior, por causa de la diferencia horaria, se difundía un parte cada media hora. Las balas fueron extraídas una a una en sendas operaciones.

Pero al sacar la cuarta, los síntomas indicaron que el corazón no resistiría la quinta y última extracción: se imponía un transplante de este órgano. Para entonces los avances de la cirugía habían hecho practicables, y bastante seguros, los transplantes cardíacos; ya eran rutina, o lo habrían sido de no ser tan escasos los donantes; por esta última razón, la lista de espera de pacientes en emergencia nacional era larga. De haber puesto a la mujer al final de la lista, tendría que haber esperado meses, y su estado no admitía más demora que la que pudiera medirse en horas. En esas listas, claro está, nadie cedía su lugar voluntariamente. La opinión pública pedía que se hiciera una excepción y se la transplantara con el primer corazón que apareciera. Tratándose de un fenómeno mediático, no había otro motivo para privilegiarla que satisfacer una curiosidad mórbida, pero se le buscaron y encontraron razones, por ejemplo que la supervivencia de la paciente era esencial para aclarar el misterio; con su declaración se podría desbaratar la peligrosa banda mafiosa, que amenazaba la seguridad de la población. El argumento era especioso en sumo grado. Se le objetó, razonablemente, que esa banda mafiosa no era hasta el momento más que una hipótesis, basada apenas en el formato de los disparos. Y no era tan cierto que las mafias hicieran peligrar a los ciudadanos decentes y honestos que no se metían en cosas raras. Los mafiosos se mataban entre ellos. Si se trataba de un ajuste de cuentas, significaba que esa mujer tenía cuentas pendientes, ¿y por salvar a una probable delincuente se condenaría a muerte a quienes esperaban con angustia un corazón, entre ellos niños, adolescentes, madres jóvenes, muchos de ellos ya en coma inducido, con los días contados si sus operaciones no se hacían? Los familiares ganaron las calles en manifestaciones, causaron caos de tránsito, cercaron la clínica en una demostración de repudio. Pero la mujer fue transplantada, entre gallos y medianoche. Y días después, con su nuevo corazón latiendo saludablemente, se le extrajo la quinta bala, que estaba alojada justo atrás del puente cartilaginoso de las fosas sinusoidales.

A partir de entonces los partes médicos se espaciaron, la paciente entró en una etapa de recuperación que se prolongó, y cuando al fin el juez la interrogó el caso ya estaba casi olvidado; los diarios apenas si le dedicaron espacio a su declaración, que por lo demás fue un completo anticlímax: no sabía nada. No la podían obligar a saber. Además, era sincera, o al menos el juez la creyó. La conclusión fue que se había tratado de un error, un caso de víctima equivocada. Lejos de poner un punto final, esta conclusión renovó la controversia. Una amplia mayoría del público puso en duda la versión. Existía el arraigado preconcepto de que los mafiosos no se equivocaban nunca. Pero eso implicaba una petición de principio, ya que ninguna prueba fehaciente había confirmado la existencia de una mafia. Y además, esa idea arraigaba en otra, más profunda y antigua: todos, en el fondo, eran culpables. Más allá de los prejuicios, las especulaciones seguían; dando por cierta la teoría de la confusión de identidad, cabía preguntarse a qué se habría debido ésta. Quizás a un extraordinario parecido entre esta mujer, una inocente ama de casa ajena al más remoto contacto con el mundo del crimen organizado, y la que ellos querían matar. En ese caso, ¿quién era esta última? Podía ser cualquiera, no necesariamente una connacional. La globalización de los negocios sucios, la facilidad con que se viajaba en el mundo contemporáneo, la extrema prudencia que debían adoptar aquellos marcados con una sentencia mafiosa, hacía muy probable que la verdadera mujer marcada fuera una habitante del más lejano país o continente, hasta de las antípodas. No sólo era probable sino necesario: tan implacables eran esos asesinos que los sentenciados debían ocultarse lo más lejos posible. Aunque ahí cabía una corrección: debían ocultarse lo mejor que fuera posible, lo que no significaba necesariamente lejos; quizás una forma mejor de hacerlo era quedarse muy cerca; el colmo de la sutileza sería no ocultarse, haciendo lo de la «carta robada»; ahí no irían a buscarlos. Aunque eso sería excesivo, y peligroso, como siempre que uno se pasa de listo.

Los familiares de pacientes en lista de espera, que se habían quedado con la sangre en el ojo, volvieron a las calles a protestar en retrospectiva, levantando pancartas con fotos de sus seres queridos sacrificados a la frivolidad de una opinión pública obnubilada por el amarillismo televisivo.

Pero éste a su vez no se rendía. Haciendo pie siempre en la teoría de «la víctima equivocada», no sería posible aclarar el misterio con la declaración de la mujer, lo reconocían, pero no cesaba su utilidad; pues si los criminales se habían confundido, no podía ser sino por el parecido, y entonces esta mujer sería la pista que conduciría a la que habría debido ser la verdadera víctima, y hallando a ésta se develaría el misterio.

Ahora bien, el parecido se da en el rostro, y después de recibir nada menos que cinco balazos en el rostro, y pasar por las consiguientes cirugías de reconstrucción, era difícil creer que la fisonomía no se había alterado. Cuando la mujer salió de la clínica y volvió a interactuar con sus conocidos y parientes, las opiniones al respecto estuvieron divididas. Había quienes decían que seguía siendo la misma y no había cambiado en lo más mínimo, otros opinaban que estaba irreconocible, y había un tercer partido, de postura intermedia, para el cual estaba igual y distinta al mismo tiempo. Al ser la cuestión de los parecidos algo tan subjetivo, no hubo modo de zanjar la discusión.

En cierto modo, este episodio marcó el fin de la vida activa profesional de la madre de Enrique. Era joven todavía, poco más de cincuenta años, pero sus trabajos habían empezado muy temprano, y, curiosa coincidencia, esa iniciación prematura había tenido lugar por una confusión de personalidad.

Aquella vez la confusión no se debió al parecido físico sino al nombre. Su familia era propietaria de una gran institución sanitaria, que a raíz de turbios manejos financieros recibió la visita de la policía judicial, y todo el directorio fue preso, incluida su Presidente, una venerable octogenaria con sus capacidades mentales disminuidas por el mal de Alzheimer, que había seguido en su puesto sólo por el respeto de sus hijas y yernos, y porque su condición hacía viables las maniobras antedichas. Como se trataba de una de esas familias tradicionales en las que se repetían de generación en generación los mismos nombres de pila, el de la madre de Enrique, entonces casi una niña, coincidía con el de la anciana, que era su bisabuela. Desde la cárcel sus tíos le ordenaron, por medio de los abogados, que asumiera la presidencia vacante, aprovechando la homonimia. Nadie descubriría el cambio de persona porque no quedaba en funciones nadie del nivel directivo: los que no estaban presos habían viajado al exterior; y en los niveles inmediatamente inferiores de la institución nadie conocía a los directivos (que se comunicaban con ellos por medio de memos mecanografiados); esta política de niveles estancos había sido adoptada años atrás para llevar a cabo el vaciamiento financiero.

La joven obedeció; tenía apenas catorce años. Durante los siguientes cuarenta dirigió la institución. El resto de la familia se exilió en masa, pretextando heridas en el honor, pero en realidad para gozar lejos de las miradas curiosas las fortunas robadas. Curiosamente, a pesar del sistemático desvío de fondos que había sufrido, la institución sanitaria siguió funcionando sin inconvenientes, gracias a la índole de las operaciones que se realizaban en ella.

Mucho más intrigante, para los pocos que supieron del proceso, fue cómo una jovencita sin experiencia, con limitadísimos conocimientos, pudo llevar adelante, sola y sin ayuda, la administración, dirección y logística cotidiana de una empresa de semejante magnitud. Tenía bajo sus órdenes a casi cuatro mil empleados, trabajando en una planta procesadora de ciento veinte hectáreas cubiertas (la más grande de Sudamérica) y doscientos puestos de atención en todo el país.

Sin embargo, no había ningún misterio, sino todo lo contrario. La joven, precisamente por su ignorancia de los mecanismos por los que funcionaba una empresa, se limitó a seguir las reglas. Lo hacía a ciegas, sin pretender comprender de qué se trataba. Ante cada paso que debía dar, consultaba el manual, en la entrada correspondiente, y seguía las instrucciones. Nunca permitió la menor intromisión de su pensamiento: actuaba en automático. No le costaba mucho trabajo, ninguno en realidad: seguía su inclinación natural, que no la llevaba a ejercitar su inteligencia. Aunque no era tonta; en su madurez, años después de abandonar la actividad profesional, reveló cuánto valía su cerebro. En aquel entonces estaba pagando las consecuencias de una infancia de niña rica y desatendida, criada en un medio frívolo, sin los estímulos adecuados.

El trabajo, automático como era, sonámbulo, la absorbió y la hizo solitaria. Su vida sexual empezó tarde, pero entonces fue ruidosa y caótica, como si se expresara en una lengua extranjera. Con la misma brusquedad con que había empezado terminó, y entonces, ya al borde de la vejez, su vida se hizo normal. En esos pocos años de actividad hormonal se había casado con un hombre y había tenido un hijo (Enrique) con otro, y se había divorciado, en ese orden.

La normalidad tampoco duró mucho: la interrumpió el brutal atentado que la hizo famosa por un momento, pasado el cual debió iniciar la construcción de una nueva normalidad. Sus amigas le decían que dentro de todo era afortunada, ya que había vivido varias vidas distintas: la de niña rica ignorante de la vida, la de mujer de negocios dedicada y eficaz, la de amante tumultuosa, la de mujer normal «uno», la de famosa víctima de la mafia, y la de mujer normal «dos». Y esta serie de vidas era inconexa, inesperada, intempestiva. Lo encontraban emocionante. Ellas, decían, habían tenido una sola vida, ¡y gracias! Más bien creían no haber tenido ninguna vida. Ella rechazaba vigorosamente esos elogios dudosos. Decía que esa supuesta multiplicidad significaba que no había tenido una vida de verdad (que es única por definición).

Pero prefería no explicarse mucho; no habría podido hacerlo, porque todo lo que tenía que ver con la sucesión de etapas de su vida se le cubría de un manto de irrealidad que le oscurecía la mente. Culpaba de esta obnubilación, no sabía por qué, a un episodio de sus años de madre joven. Un hecho sin importancia, ligeramente absurdo pero no tanto como para volverse traumático. Sabía, por sus lecturas de artículos de divulgación psicológica en revistas femeninas, que esa sensación de irrealidad solía producirla el parto. Quizás, se decía, ella lo había desplazado.

El hecho en cuestión había tenido lugar una Navidad, cuando Enrique era chico. Ella había ido a comprar un arbolito, pues el que tenían se había quemado el año anterior. No sabía bien lo que quería, así que fue a un comercio, sobre la avenida Santa Fe, que había visto el día anterior, donde tendría mucho para elegir: era un local muy grande, con regalos en la parte delantera y al fondo una inagotable variedad de arbolitos de plástico de todas las formas, colores y tamaños. Pero cuando fue, se encontró con que había un corte de luz, accidente tan habitual en la gran ciudad cuando los calores del verano obligaban a aumentar el uso de los acondicionadores de aire y ponían a prueba la capacidad de provisión de fluido eléctrico. El comercio seguía funcionando. La luz de la calle que entraba por los vidrios permitía ver las góndolas de regalos, pero hacia el fondo se adensaba la oscuridad, tanto más cuando actuaba el contraste con la cruda luz blanca de un mediodía de 24 de diciembre en Buenos Aires, y la consiguiente contracción de las pupilas. Preguntó, y le informaron que podía elegir el artículo que deseara. Lejos de hacerse problemas, los vendedores estaban muy contentos, pues al no funcionar las registradoras autorizadas por el ente fiscal tenían la excusa para vender sin factura, y se evitaban el pago del IVA; el corte les caía como un regalo del cielo, justo en el día y la hora en que las ventas llegaban a su clímax. La señora vaciló, pero supo que no tenía más remedio: era culpa suya. Por haber dejado esta compra para último momento, ahora debía apechugar con las sombras. Se internó hacia el fondo. Hubo un breve trayecto entre pinitos azules de vinilo en el que la oscuridad se condensaba progresivamente, con brochazos de un gris de plata subterránea... y después la tiniebla total.

Estiró los brazos. Sus manos se introdujeron entre pinchos blandos, y cuando trató de aferrar algo se cerraron sobre ramas que subían y bajaban con un mecanismo susurrante. Poco a poco empezó a orientarse en esa selva artificial, y a reconocer con la yema de los dedos las distintas variedades, alturas y follaje de los pinos y abetos sintéticos. Así debían de comprar los ciegos sus arbolitos de Navidad, pensaba. Persistió en la busca, a pesar de una vaga angustia, porque intuía que ésta tendría su premio. Al fin se decidió por uno, pero cuando lo alzó eran dos. Lo mismo con otro, que aunque parecía de la medida y textura que le gustaba, tenía la punta hacia abajo. ¿La engañaría el tacto? ¿O existían arbolitos en forma de cono invertido, con la base arriba? Pensó que quizás, por falta de espacio en el suelo y las mesas, a algunos los habrían colgado del techo por la base. Eso explicaría las estrellas de nácar hueco que le acariciaban la frente y no se posaban en nada, como las estrellas de verdad.

Qué contradictorio, pensó esa noche al ver el arbolito ya en el living de su casa, que ahora destellaba con luces de todos los colores que se prendían y apagaban en alegres parpadeos alternos. Ella lo había arrancado de las sombras. No se arrepentía de la compra, porque había sido una experiencia rara y memorable, de las que crean un recuerdo muy preciso. Quizás, se decía, era el único modo de enriquecer su vida.

Tampoco tuvo que arrepentirse de lo que compró, porque era un arbolito muy bonito y resistente que duró muchas Navidades sin que se falsearan las bisagras de las ramas ni se decoloraran las agujas. Pero algo raro debió de conservar de su origen, pues aunque ella nunca le contó a nadie cómo lo había comprado todos los que acudían a su casa en Navidad se quedaban mirándolo con gesto intrigado, y no fueron pocos los que hicieron algún comentario del tipo «los objetos tienen alma».

Aunque cuando quería recapitular su vida pasada el recuerdo que siempre le venía era ése, y sólo ése, suponía con fundamento que su memoria debía contener muchos recuerdos más.

Debía de haber escogido ése por economía, para que hiciera de representante de todos los demás. Pero la elección no se debía de haber hecho al azar: ese recuerdo seguramente tenía algo especial; y todos los demás lo tenían también... Si ése era el sentido de la vida, era muy misterioso, ya que el significado de un episodio nunca coincidía del todo con el de otro.

El episodio de la Mafia, con toda su truculencia, no dejó una huella mnémica tan marcada como la compra a ciegas del arbolito de Navidad. Pero tampoco este episodio pudo impedir el proceso de reconstrucción de la normalidad, que tuvo su coronación en el encuentro, en la vereda del Gallego, con su hijo inmóvil y empapado, tan conmovedor en su sorpresa y su adolescente miedo al ridículo. Este aspecto bajo el que se le presentó le hizo ver, paradójicamente, que Enrique ya era adulto, ya tenía su propia vida, y a ella no le quedaba más que disfrutar de los años por venir.

Era una mujer fuerte, de eso no había dudas. Había superado todas las pruebas. La institución sanitaria había sido cerrada y desmantelada años atrás. Los nuevos métodos de diagnóstico habían vuelto obsoletos sus equipos y productos, a los que sin embargo se reconocía pioneros en el campo de los tratamientos no invasivos. La señora liquidó las instalaciones, indemnizó debidamente al personal, y vendió los valiosos terrenos que habían ocupado las plantas. Se retiró a un elegante departamento en la avenida del Libertador, a una vida ordenada, de lecturas, Pilates, películas, salidas con amigas, y cultivo del jardín en su quinta de la zona norte. Había cortado radicalmente con el trabajo realizado durante tantos años; no le costó mucho, o no le costó nada, al tratarse de un trabajo que había caído en sus manos por un azar familiar-policial, hecho a conciencia pero sin vocación y sin un interés profundo. Del capital que le quedó tras la liquidación se ocupaba un contador de confianza, que le rendía cuentas dos veces por año (diciembre y abril).

No había guardado documentación de la institución sanitaria; los papeles, salvo los registros conservados por las agencias fiscales, secretarías, Ministerios y cámaras profesionales, habían sido destruidos. Tampoco había guardado recuerdos personales de su oficina; ni siquiera se le había ocurrido hacerlo. No habría pensado en la posibilidad de haberlo hecho, de no ser porque se lo preguntaron. Lo hicieron ex empleados de la institución sanitaria, que empezaron a visitarla un año o dos después del cierre. El primer llamado la sorprendió. Con la inercia que caracterizó su modus operandi, había mantenido el aislamiento de la cúpula directorial (ella sola) que habían instalado sus tíos antes que ella. De modo que tuvo poco contacto con sus subordinados. Pero en el curso de tantos años fue imposible no conocer a algunos ejecutivos y gerentes, e intercambiar saludos y hasta preguntas por la familia. Era una mujer naturalmente cortés, de trato fino, y la escrupulosa corrección con que trató siempre al personal habría bastado para ganarle una duradera consideración. De modo que tuvo alguna verosimilitud que le manifestaran el deseo de saludarla, volver a verla, conversar de los viejos tiempos. Con la mayor cortesía, el licenciado Gutiérrez, un histórico del sector administrativo de la institución sanitaria, que fue quien la llamó, le aseguró que no tenían intención de molestarla o hacerle perder el tiempo. Sucedía simplemente que varios viejos empleados de la institución, ahora todos convenientemente jubilados, habían empezado tiempo atrás a reunirse periódicamente, prolongando la amistad nacida en las oficinas, y tanto disfrutaban de sus charlas y felices rememoraciones que habían pensado en invitarla a participar en alguna de esas reuniones. Con gentileza que la halagó, agregó que ella siempre estaba presente en sus recuerdos, como lo había estado en la vida activa de todos ellos, distante, discreta, pero tanto más entrañable por ello. La señora por su parte no tenía, de sus años en la institución, memorias que compartir y disfrutar, y en el poco tiempo que había pasado desde el cierre ya se le habían borroneado caras y nombres de estos empleados que parecían recordarla con tanto afecto. Más por darles el gusto que porque lo deseara realmente, aceptó verlos; los invitó a su casa, una vez que supo que sólo eran cinco. La reunión se desarrolló en un clima agradable. Ella les había dicho que fueran con sus esposas, pero aparecieron los cinco solos: con humor, le explicaron que era un «club de hombres», y en el curso de la charla ampliaron el punto. La institución sanitaria, empresa a la antigua y muy conservadora, no había incorporado mujeres a su planta administrativa; cuando otras empresas empezaron a hacerlo, ya era la etapa en que la señora estaba al mando, y su larga gestión se caracterizó por un completo inmovilismo; esto último, se apresuraron a aclarar, no entrañaba una crítica, sino todo lo contrario: había sido lo que le dio a la institución ese aire de reino encantado, de mundo aparte, que ahora alimentaba sus mejores recuerdos. Sí, habían sido todos hombres, y en el centro del laberinto, en el inaccesible sancta sanctorum de la Presidencia, esa niña, que después se había vuelto una mujer («hermosa», agregaron con galantería) pero que nunca había perdido su aura de misterio, como una deidad protectora en la que podían confiar. Y si este símil místico sonaba un poco exagerado, a ellos no les había sonado así, tan precisas y oportunas eran siempre las directivas que emanaban de ella. Como si supiera siempre, por medios sobrenaturales, qué había que hacer, y cuándo, y cómo, cada vez, sin errar nunca.

Estos elogios, que ella aceptaba con una sonrisa ligeramente aburrida, ya apuntaban al objetivo oculto que los movía. Este objetivo fue saliendo a luz poco a poco, en sucesivos encuentros —porque se las arreglaron, con distintas excusas, para que las reuniones se repitieran. Actuaron con mucha discreción, con sutiles acercamientos, con una prudencia que revelaba, celando cualquier revelación, cuánta importancia le daban al asunto.

Lo que buscaban era el Manual que había utilizado la señora en su trabajo. Ya se dijo que ella, al hacerse cargo de la dirección de la institución sanitaria a los catorce años, sin ninguna preparación previa ni conocimiento alguno de procedimientos administrativos, se había limitado a consultar el Manual cada vez, y seguir las instrucciones. Lo había hecho en todas las ocasiones, para cada actividad que debía realizar, grande o pequeña, importante o insignificante, desde redactar un recibo hasta licitar con proveedores asiáticos la compra de insumos. No había necesitado otra capacidad que la de la lectoescritura, pues las instrucciones que daba el Manual eran muy detalladas y paso-a-paso. Y había confiado plenamente en lo que leía en sus páginas, al comienzo con la confianza ingenua de la infancia, después por hábito, y porque la experiencia había probado que valía la pena confiar. El resultado fue que después de décadas de presidir exitosamente una gran organización, salió sin saber un ápice más que al entrar sobre la mecánica de los negocios; la otra cara de ese mismo resultado fue que nunca se equivocó en ninguna decisión.

Ella no había difundido la existencia del Manual. No por querer ocultar nada sino porque, en su ignorancia, había dado por sentado que todos los ejecutivos o empresarios disponían de un Manual semejante, y que era así como se hacía el trabajo. La intriga fue de los otros, y fue una intriga que desveló a todo el personal de la institución sanitaria desde el primer momento hasta el último. ¿Cómo se las arreglaba una jovencita que ni siquiera tenía estudios secundarios para que al día siguiente de sentarse en el sillón de la Presidencia, sin pedir ayuda ni consejo de nadie, empezara a emitir las directivas más acertadas? ¿Y cómo siguió haciéndolo infaliblemente durante toda su carrera? Nadie se atrevió a preguntárselo; después se arrepintieron de no haberlo hecho, porque ella habría respondido con total candidez. De modo que la existencia del Manual fue deducida, y elaborada imaginativamente, a lo largo de tanto tiempo que tomó proporciones de mito. Los cinco ex empleados, después de muchas cavilaciones, se habían propuesto recuperarlo.

La mentira blanca que le habían dicho era que se reunían para recordar anécdotas de los años de trabajo, y renovar la camaradería de la oficina: en realidad lo que los había unido era el deseo de conseguir el Manual, y sus charlas no tenían nada de nostálgico sino que apuntaban a las estrategias conducentes a su objetivo. Se habían convencido casi desde el primer momento de que la señora era el único camino, tan único que debían extremar las precauciones para no cerrarlo, pues no había otro. Y a la vez, no podían demorarse demasiado, pues temían no ser los únicos detrás de ese preciado Graal. En eso se equivocaban, pero era comprensible que lo hicieran. En sus mentes (en la mente colectiva que les había hecho desarrollar la conjura) el Manual había tomado el tinte de un objeto mágico, que le daría poderes sobrenaturales a su dueño. Habían deducido que era un libro, y el libro, en general, como clave primera y última de la civilización, era un objeto propicio para investirse de esas características. Toda la cultura occidental se había edificado sobre la creencia en los poderes mágicos del libro. No pensaron que al fin de cuentas la magia que podía transportar ese Manual era la más anodina, la de solucionar problemas burocráticos, y su magia no era sino la de una eficacia que no debería llamar la atención de nadie. Confiaban en una intuición que les aseguraba que el Manual del Trabajo de Oficina se extendería, por virtud de su esencia misma, al Manual general, o les daría la pista para llegar a él.

Cuando al fin, después de los más alambicados rodeos, llegaron al tema, la señora asintió distraída: sí, recordaba el Manual, le había sido muy útil. Ellos contenían el aliento. ¿Qué había sido de él? Se encogió de hombros. No sabía. Cuando dejó de necesitarlo, inmediatamente después del último trámite de la liquidación, se olvidó de él. ¿La liquidación de la institución sanitaria la había hecho también siguiendo las instrucciones del Manual? Asintió, sorprendida de que se lo preguntaran: ¿cómo la habría hecho si no? Ella no había sabido entonces, y seguía sin saber, qué era una liquidación y cómo se hacía —y mucho menos la de una organización tan enorme y compleja. A los cinco ex empleados los recorrían escalofríos al oírla. Sentían que por fin estaban tocando el misterio con la punta de los dedos.

Con pies de plomo, como cazadores tratando de no espantar al más tímido de los ciervos, avanzaron en el interrogatorio.

Ella recordaba que cuando entró por primera vez, conminada por sus tíos, a las oficinas de la Presidencia, las encontró vacías de gente y desordenadas, con cajones abiertos y papeles por el suelo, producto del desalojo urgente y la destrucción de pruebas. En un receso al fondo había una estantería con libros, no muchos, parecían enciclopedias y catálogos... Creía, estaba casi segura, que el Manual había estado ahí, pero aparte, ella lo localizó el primer día, la primera hora, y los demás libros no los miró siquiera. Sí, lo había llevado consigo a su escritorio, porque lo consultaba todo el tiempo, pero a la tarde cuando se marchaba lo devolvía a uno de esos estantes. De modo que suponía que el último día, a la última hora, lo había devuelto a ese lugar. No lo recordaba bien pero era lo más probable. Y a partir de entonces, les repetía, nunca más había vuelto a pensar en el Manual, hasta que ellos se lo recordaron.

¿Tan segura estaba de que no iba a volver a necesitarlo? Por lo visto, sí.

Entonces... Todo lo que podía suponerse del destino ulterior del Manual era que hubiera ido junto con el resto de esos libros, y éstos junto con los muebles, en la venta que se hizo... No, de esa venta no podía darles datos precisos. Ni siquiera estaba segura de que hubiera sido una venta. Ella se había desentendido una vez que se vendieron los terrenos de la planta central; los edificios, seculares y poco funcionales, sólo tenían el valor de la demolición (en el sitio se construyeron monoblocs, un centro comercial, y las piletas de desagüe de la Laguna Cochina). Lo más probable era que los pocos muebles utilizables de sus oficinas hubieran ido a parar a un ropavejero.

¿Y los libros? ¿Alguien habría llamado a un librero de viejo? No lo creía. No eran tantos, calculaba que unos veinte o treinta, pero eso sí, con buenas encuadernaciones; del contenido no podía decirles nada porque nunca los había abierto.

¿Y el Manual? ¿Qué aspecto tenía?

Bueno, el Manual no estaba encuadernado. La tapa era blanda, pero debía de estar plastificada o tratada con alguna sustancia que le daba resistencia, mucha resistencia a juzgar por el hecho de que con tantos años de uso constante se había mantenido incólume. Del color de la tapa y su diseño no podía decirles nada: el plastificado, o lo que fuera, la había vuelto opaca. Algo de lo que les dijo entonces los asombró sobremanera: no era muy grueso.

Le preguntaron por el título y el autor. En vano. En la tapa no se podía leer nada, por la sustancia que la había recubierto; esos datos figurarían en la portadilla, seguramente, pero ella nunca la miró, siempre iba directamente a lo que necesitaba consultar... A esta altura la señora debió de advertir que estaba colaborando poco con lo que a ellos parecía importarles tanto, y se excusó diciendo que cuando un objeto es tan útil, cuando uno lo necesita tanto y con fines tan precisos, es comprensible que no se detenga a observar sus características físicas, observación que exige un distanciamiento desinteresado, que ella nunca tuvo respecto del Manual.

En cuanto a cómo estaba organizado, cómo se buscaban los temas, si tenía índices, diagramas, una ordenación alfabética, o si era una especie de cartilla progresiva, las respuestas fueron vagas, desganadas, y se acercaban peligrosamente a la fatiga o la irritación. No insistieron la primera vez, y en las siguientes, cuando probaron otros enfoques, por ejemplo el de sugerir un caso particular y ver cómo lo había buscado, no tuvieron más suerte. Terminaron persuadidos de que realmente no lo recordaba.

Sí pudo afirmar con seguridad que era un libro impreso. Con lo cual descartaban la sospecha, que los había preocupado, de que se tratara de un manuscrito, o una carpeta dactilografiada, lo que haría irremediable su pérdida. Un libro impreso, por rarísimo que fuera, siempre tenía más de un ejemplar... Pero esto no era gran consuelo, cuando recordaban esas historias de bibliófilos que tardaban décadas en encontrar un libro raro aun disponiendo de la descripción y los datos de publicación; ellos en cambio buscaban un fantasma.

Todo esto, las preguntas, las respuestas, las digresiones (largas y abundantes, necesarias para no parecer unos obsesivos y asustarla o disgustarla), cada palabra que ella pronunciaba, incluidos gestos y entonación, eran analizados en las reuniones posteriores de los cinco ex empleados. Lo mismo la casa, la elegante sala en la que los recibía, el comedor adjunto, al que se asomaban a veces pretendiendo admirar los cuadros, el pasillo que llevaba al baño, al que el estado de sus respectivas próstatas autorizaba a visitar con frecuencia, desde el cual lanzaban discretas miradas a otros ambientes. No habían descartado de entrada que el Manual se encontrara allí. Lo descartaron poco después, junto con todas sus otras sospechas. Se convencieron de que era sincera. No se trataba de que hubieran caído en las redes de una seductora hechicera. La confrontación de sus observaciones, en las largas sesiones de análisis, no les dejaban dudas.

Por más que lo hablaran y pensaran, no le veían pies ni cabeza. Si bien debían reconocer que era la extrañeza casi imposible del caso lo que los había atraído, no era menos cierto que lo imposible persistía, y no hacía más que profundizarse. ¿Cómo era posible que un libro diera todas las respuestas? Ya eso rozaba lo inexplicable, aun cuando la totalidad de marras fuera sólo la de la administración de una empresa; pero ésta no era una totalidad tan restringida, porque la administración de una empresa implica cuestiones de la más diversa índole más allá de las estrictamente económicas o contables. Más inexplicable que proveyera todas las respuestas era que lo hubiera hecho a lo largo de cuatro décadas, como si el tiempo no trajera cambios; y habían sido años de intensos cambios, entre las décadas de 1960 y 1990, en la Argentina y en el mundo. Al comienzo de ese lapso eran inimaginables las condiciones en que se trabajaría al final del mismo.

Entonces, si había que descartar que las respuestas estuvieran previstas literalmente, había que pensar otras posibilidades, y la única que se les ocurría era que se tratara de una especie de combinatoria. Trataron de imaginársela. Por lo pronto, eso explicaría el volumen, que la señora les había dicho que era modesto. La combinatoria era el modo más eficaz de comprimir volúmenes. Bastaba pensar que un conjunto de diez elementos podía ordenarse en miles de series diferentes. En un libro no muy voluminoso podían entrar suficientes unidades como para hacer una cantidad virtualmente infinita de combinaciones.

Ahora bien, para manejarse con un sistema de esas características era preciso disponer de una clave. Y no podían concebir que esta amable señora tuviera conocimiento de ninguna clave, ni ahora ni mucho menos al hacerse cargo de la institución sanitaria. En aquel momento inicial, como lo indicaba todo lo que habían averiguado, le había bastado con abrir el Manual para empezar a «leerlo». Eso no podía significar sino que la clave era algo natural, ya puesto de antemano en el cerebro. Y si la clave era realmente eficaz, servía para decodificar cualquier libro, no necesariamente uno de instrucciones. Perplejos, mucho más perplejos que al empezar, llegaron a la conclusión de que todos los libros eran el Manual, y todos los hombres tenían la clave para encontrar en los libros las instrucciones infalibles para actuar y triunfar.

Enrique seguía inmóvil, chorreando agua cristalina y fría. El accidente había fijado ante nosotros su figura esbelta, como si un rayo mágico, un líquido rayo lustral, hubiera detenido, en medio del flujo incontenible de historias, la historia sin historia de la juventud de Palermo Soho.

Aprovechemos esa detención para trazar, a grandes líneas, el paisaje de la hora y el lugar. Después de largas décadas de pobreza, estancamiento y decadencia, la Argentina había entrado en un ciclo de prosperidad. La economía había dejado de ser un problema; ya nadie pensaba en cómo pagar las cuentas; se pagaban solas, por débito automático. El dinero, un bien proverbialmente escaso, abundaba, y hasta sobraba, lo que había sorprendido a todos y aturdido a muchos. Dado que todos los beneficiados venían de una posición ya desahogada (porque los pobres, claro está, seguían siendo pobres), la coyuntura se vivía en términos de «extra». La creación de necesidades superfluas, su distribución y venta, ocupaba a una buena cantidad de gente que no habría necesitado trabajar, y les producía excelentes ganancias. Éstas a su vez se volcaban de inmediato a un mercado de consumo desinteresado. Los años de resentimiento del país atrasado y provinciano ante un Primer Mundo triunfante se desquitaban con desenvoltura. Voces de cautela se alzaban aquí y allá, señalando que los dos superávits, el comercial y el financiero, eran burbujas que se sostenían en el aire sólo por el precio de las commodities; cuando éste cayera, la burbuja se pincharía súbitamente. Nadie los escuchaba, y por una vez hubo que darles la razón a los sordos. El auge económico de la China apenas si estaba comenzando, y nada indicaba que fuera a decaer en un siglo por lo menos.

Y a partir de ahí, de lo innumerable y gigantesco que aportaba el coloso oriental, las perspectivas cambiaban. En efecto, se calculaba que cuando la China alcanzara su pleno desarrollo, su demanda de bienes de consumo agotaría la producción de tres planetas del tamaño de la Tierra. Este cálculo apuntaba a una transmutación del Tiempo en Espacio. Tres planetas Tierra, azules y hermosos, flotando en el espacio, ya no una burbuja de ilusión económica sino tres, y sólidas, llenas de mares y bosques y montañas y hombres y bestias, dinosaurios y ruiseñores... ¿Cuál sería el efecto de la graciosa danza de estas tres bolas sobre el equilibrio gravitacional del Sistema Solar? Para entonces la China, las Chinas, estarían llenas de tiendas de diseño y restó-bares, en una cantidad tal, y sobre una extensión tan grande, que sería difícil encontrar el centro. Los jóvenes argentinos habían encontrado anticipadamente ese centro, en la pequeña área de Buenos Aires que se llamaba Palermo Soho. El centro de ese centro, dicho sea entre paréntesis, era el sitio donde Borges había pasado su infancia y descubierto la literatura. Los juegos con el espacio-tiempo a los que se había librado Borges en su obra eran subsidiarios a su arte del relato; su presencia planeaba sobre el barrio en el que yo había venido a alojarme, y bendecía el momento en que, por una recomendación casual, me había dirigido a él. Antes del divorcio yo había dado clases sobre Borges en Providence, pero lo había leído sólo en traducciones; seguramente muchos de sus secretos se me escapaban.

Para mí el centro había sido el hostal de Enrique. Desde él irradiaba una vida de imágenes siempre nuevas, en permanente estado de formación. Por mis circunstancias personales, que se resumían en el sentimiento de impermanencia consiguiente al divorcio, había salido en busca de alguna especie de eternidad. Lo ignoraba en el momento de la partida y la elección del destino; lo supe de modo infuso en el curso de los días pasados en Palermo, y terminé de enterarme esa mañana. Había huido de un tiempo que amenazaba a mi pequeña hija con hacerla crecer lejos de mí y volverse una extraña. Y la suerte había querido que fuera a parar justo allí, tan lejos de Providence, al sitio del mundo en el que se negaba que el precio de las commodities pudiera caer. No es de extrañar que el círculo encantado de Palermo me hubiera limitado en mis paseos. No era tan poco realista como para ignorar que en otros barrios de Buenos Aires debía de haber una relación más positiva con el tiempo. No los conocí.

Aquí cabe una aclaración, pues se hace difícil entender que se negara de tal modo la sucesión temporal justo allí, donde las modas iban rápido, marcando el paso de las temporadas, los meses, los días, con una estridencia sin igual. La fugacidad se procesaba y exhibía; formas, colores y funciones corrían una loca carrera de embolsados. El barrio mismo podía pasar de moda en cualquier momento (el lejano San Telmo estaba amenazando con desplazarlo). Y el comercio en su gran mayoría funcionaba en base a alquileres precarios, de caducidad siempre inminente. Se diría que todo se sometía al tiempo. Y sin embargo, no era así. El tiempo era apenas la máscara que se ponía la eternidad para seducir a la juventud.

La moda, por otra parte, era el único espiritismo en que creían los argentinos, pueblo supremamente agnóstico, laico, masón, escéptico. Una encantadora superstición del país quería que los únicos muertos que volvían al llamado de los médiums fueran los que en vida habían cumplido una función pública que les asegurara un lugar en la Historia. Y dada la conformación socioeconómica de la Historia argentina éstos eran indefectiblemente miembros del patriciado criollo, una aristocracia a la inglesa, de caballeros elegantes, atentos al paño, el corte y el planchado de la ropa. Ahí intervenía el humor bromista, suavemente vengativo, del pueblo que había inventado la leyenda: por más que se invocara a estos dandis de antaño, ellos sólo volvían cuando en sus andanzas de ultratumba se le hacía un siete al pantalón o le caía una mancha de salsa a la solapa de la levita. Volvían para reclamar una prenda nueva. El modo de hacérselas llegar al Hades gaucho era comprarla y dársela a un pobre.

El mito del Don Desviado impregnaba con su poesía todas las transacciones comerciales de Palermo. Pese a lo cual los pobres que circulaban entre nosotros, los niños que pedían monedas entre las mesas, las madres amamantando a sus hijos en los zaguanes, los cartoneros, no se veían mejor vestidos por ello. Sus harapos agujereados eran los convencionales.

Entre los mendigos pintorescos que tuve ocasión de conocer en mi breve estada, había un hombre mayor, no anciano aunque debía de andarle cerca (era difícil calcularle la edad), al que le faltaba una pierna, la izquierda. La tenía cortada a la mitad del muslo, o un poco más cerca de la ingle. Alguien lo ubicaba en una silla, en una esquina, o entre las puertas de dos restaurantes o en cualquier otro sitio estratégico de mucho movimiento, y ahí se quedaba todo el día. Su método consistía en dirigirse a alguien que pasara, hacerlo detener y acercar como si fuera a decirle algo importante, y explicarle que necesitaba dinero, algo, cualquier cosa, aunque más no fuera una moneda, «para la pierna»; no entraba en detalles, pero cualquiera podía adivinar que se refería a una pierna ortopédica. Y agregaba, poniendo la mano de canto a veinte centímetros del muñón: «Ya tengo juntado hasta acá». Como si hubiera hecho el cálculo del costo de una pierna mecánica, y su longitud, y hubiera dividido el monto en centímetros. Pero no era serio. Un día ponía la mano a cinco centímetros del muñón, otro mucho más lejos, a la altura de donde estaría la rodilla, o más allá. Eso podía obedecer a una estrategia: al indicar que había juntado plata para poca pierna podía querer decir que su trabajo rendía poco, que la gente era egoísta, que la compasión cristiana no brillaba en Palermo… En cambio al alejar la mano significaba que la gente había dado mucho, que le faltaba poco para realizar su sueño de caminar. Podía elegir un argumento o el otro según la cara del interpelado, pues evidentemente cada uno de sus dos discursos, «me falta mucho» y «me falta poco», podían ser eficaces con distintas personalidades. Lo observé durante horas, y me convencí de que lo hacía al azar, cosa de la que yo no debería haber dudado, pues si hubiera habido una estrategia bien pensada habría habido también un discurso coherente y buena dicción, y no esos balbuceos de borracho que no se le entendían. Por lo demás, salvo el más desprevenido de los turistas todos sabían que no ahorraba un peso sino que corría a gastarse cada centavo en vino barato.

La extensión espectral de esa pierna participaba de un régimen de Historia que negaba la negación. El dinero de la prosperidad había servido para crear Presente, y llenarlo de objetos lujosos y actividades voluptuosas; al ser el Presente, por definición, tan breve, era fácil colmarlo, y sobraba plata. De modo que se podía suceder a un Presente con otro, y a éste con otro más, en un continuo sin fallas, una agenda sin huecos, a lo que los jóvenes llamaban «disfrutar de la vida».

Pero el tiempo, expulsado por la puerta, volvía a entrar por la ventana. La riqueza de la Argentina era un espejismo, no sólo por su dependencia de algo tan lejano e irreal como el balance comercial de la China sino porque en la realidad toda la riqueza a la que el hombre podía aspirar era la de su propia historia. Y para tener una historia había que salir del continuo de la felicidad. Si alguien se lo hubiera dicho, la juventud de Palermo Soho habría preguntado: ¿cómo no ser felices, siquiera por un momento? ¿Y hay otra cosa que un momento? La atmósfera en que se vivía hacía inconcebibles los desenlaces. Habría que haber pensado en un milagroso desajuste, un accidente que involucrara a todos los átomos del universo, para que el Presente se quebrara.

El consumo incesante de falsas historias (historias no interrumpidas por la desgracia) había embotado la percepción de la realidad. Cuando el universo se rajó y por la grieta entró la muerte, nadie lo notó. Esta situación persistió hasta que yo me marché de regreso a Providence, y según la prensa argentina, que consulto diariamente por internet, persiste hasta hoy. Habría que ver (y el experimento sería muy difícil de hacer) si en el caso de que la Argentina volviera a ser pobre alguien lo notaría. También hay que tomar en cuenta que esas cosas dependen de la interpretación que se les da.

Enrique me había hecho confidencias, en las largas sobremesas que compartíamos cuando todos los demás se habían ido a dormir. Como todos los jóvenes de su generación y su medio, había sacado provecho de la permisividad sexual de la época. Bello, rico, dotado de una sonrisa hechicera y una inteligencia despierta, no había perdido ocasión de seducir y conquistar. Estas aventuras estaban marcadas de antemano por la fugacidad, que después de todo era su razón de ser. El aprendizaje del amor se presentaba como una empresa de amplitud tal como para ocupar felizmente toda la vida, entendiendo «vida» como «juventud». Las lecciones se sucedían sin cesar. Todo era amor, pero el amor se identificaba con la espera del amor.

Con el sexo, había que hacer una curiosa acomodación mental. Es decir: no había que hacerla, ya estaba hecha. Pero persistía la sensación de que quizás algún día, alguna vez, habría que volver a hacerla. En el fondo de su cerebro, Enrique sentía, sin ponerlo nunca en palabras, que una joven alguna vez podía decirle «no soy promiscua», o «tengo novio», o algo por el estilo. Nunca se lo habían dicho, y no había peligro inminente de que se lo dijeran. Pero era algo latente, como la existencia de mundos paralelos. Y esa latencia contaminaba el mundo en el que vivía, volviéndolo paralelo.

La expectativa del verdadero amor le daba emoción y poesía a los encuentros, y se la dio en especial al de una bella joven que había conocido meses atrás, al comienzo de la primavera. Aun sin tener nada especial, le pareció distinta, única, no sabía por qué. Era hermosa, pero había mucha belleza en las calles; tampoco era tan excepcional su encanto algo distante, ni la inteligencia de sus réplicas. Sabía mantener un velo de misterio sobre ella misma. Aun después de varios encuentros, que empezaban siempre con un cruce casual en la calle y se prolongaban en una mesa de café o una caminata, Enrique seguía ignorando su procedencia, sus ocupaciones, y casi todo de ella. Le intrigaba no haberla visto antes, porque en los círculos habituales de Palermo todos se conocían. De pronto, de un día para otro, le bastaba salir a la calle, dar unas vueltas por la zona más concurrida, los alrededores de la placita Serrano, para cruzársela. ¿Se habría mudado al barrio? ¿Sería una más de los que descubrían el atractivo de sus tiendas y bares? ¿Habría empezado a trabajar por las cercanías? Esto último era lo menos probable, porque cada vez que la encontraba, a las horas más dispares del día o la noche, ella estaba disponible para aceptar su invitación de sentarse a tomar algo, y dejar pasar las horas en la charla.

El entorno se prestaba para prolongar esas ocasiones, porque, como me recalcaba Enrique al hacerme el relato, había sucedido al comienzo de una primavera cálida, que hacía del aire libre algo tan acogedor que nadie quería encerrarse. Las terrazas de los cafés estaban llenas desde la mañana. Los árboles se habían cubierto de follaje, el follaje de pájaros. El cielo invariablemente azul derramaba luz benévola sobre las mesitas donde el agua mineral, con el correr de las horas de la jornada, se transformaba en cerveza, vinos, champagne, y vasos de whisky, cada bebida con su color, los dorados de los cereales, el ámbar o rubí de las uvas, el verde fosforescente de la menta o el rojo irisado de las sangrías. El curso del Sol regía la danza de equilibristas de las sombras, lentas y caprichosas a la vez, con algo de impredecible siempre, como si en el firmamento, antes y después del mediodía, nacieran otros astros, declinando en elipses sinuosas. Brisas de frescuras graduadas recorrían las calles con paso majestuoso, como esclavas egipcias al servicio de los ricos, o de los que se sentían ricos sólo por estar en Palermo, viendo pasar el tiempo. Las vidrieras de las tiendas se renovaban; parecían cuadros abstractos, con intrigantes sugerencias figurativas; si en invierno habían exhibido la moda de primavera, al llegar ésta pasaban al verano. No sólo emulaban al tiempo, sino que competían entre ellas. Las galerías de arte, las librerías, las ubicuas casas de diseño, celebraban la llegada de la estación de la belleza. Toda la vida comercial, social y cultural de Palermo desembocaba en los cafés, y éstos se vaciaban hacia afuera, a las terrazas, a las veredas, donde las brisas proseguían su desfile, y las aves cantaban. No era la primera primavera que vivía Enrique en el barrio, pero ésta la percibió con una claridad nueva, percepción a la que no era ajena la bella joven que lo acompañaba. Sucedía que ella apreciaba el clima, el ambiente, como una primera vez, como un alba del mundo. Ése era el principio activo de su encanto.

Había venido con la primavera, con los primeros calores, y parecía confundirse con las amenidades del clima. Su mirada clara se perdía, junto con su sonrisa, entre las muchedumbres cambiantes que llenaban esos días dichosos. Pasaron los días, y Enrique se preguntaba cómo era posible que a pesar de sus encuentros cotidianos, y las charlas que se le habían vuelto casi una necesidad, supiera tan poco de ella. No era porque ella se negara a responder a sus preguntas, sino porque él no se las hacía. Se olvidaba, se distraía, le bastaba con disfrutar de su presencia, de su belleza, de su voz. Era misteriosa, pero sin proponérselo. Paradójicamente, daba una sensación de transparencia (todo misterio da esa sensación). De noche era más hermosa que de día. La invitó a cenar, a sus restaurantes favoritos de la zona, y después, pasada la medianoche, tomaban una copa en alguna terraza bajo las estrellas. En lugar de intentar averiguar algo concreto, él le hacía en esas ocasiones preguntas tontas, por ejemplo: «¿Qué te gusta más, el Sol o la Luna?». A lo que ella respondía, ecuánime, que los dos astros le gustaban por igual. La llevó a conocer su hostal, le contó la historia del Club de la Evolución, la de su madre, la de sus estudios interrumpidos por el incendio. Nunca se había sentido tan elocuente.

La primavera progresó hacia el verano, y la amistad poética hacia el amor. Llegó el día en que Enrique debió confesarse que estaba enamorado. No era la atracción y el deseo que había sentido antes por otras mujeres, sino algo especial. En realidad era lo de siempre, pues no tenía otros moldes psíquicos en que ponerlo, pero se agregaba el Misterio. ¿Se había enamorado acaso del Misterio? Del Misterio que él mismo había construido, con sus reticencias y sus fantasías. Si era así, podía ser una señal de megalomanía, como creerse un elegido, el protagonista de una historia. El transcurso de las historias, pensaba, debería haberle enseñado humildad. Pero estaba el hecho de que no había habido tanto un «transcurso» como un «consumo» de historias. De cualquier modo, estas reflexiones se interrumpían cuando la veía. El Misterio, por lo poco que sabía de él, nunca habría podido adoptar una forma tan semejante a la de una bella joven. Era sólida, y al Misterio siempre se lo había imaginado poroso. La piel de ella, pálida, exquisitamente lisa, reflejaba la luz en bandas de tonos lustrosos. Él nunca la había tocado siquiera. Una castidad casi de objetos presidía la relación, prometiendo placeres sensuales tanto mayores cuanto más hubiera crecido la promesa. Las miradas sobre todo, más que las palabras, eran el vehículo de la pasión creciente. Los ojos de ella tenían cualidades de agua, pero de un agua embriagante, siempre cubiertos de un brillo de humedad. A partir de cierto momento esos ojos empezaron a transmitir un mensaje que provenía directamente del Misterio.

Ese momento fue el de la declaración de amor que le hizo Enrique. Ella no manifestó sorpresa. Si no era tonta del todo, debía esperarlo. Pasaron unos días. Él respetó su silencio, pensando que el Misterio estaba actuando. Al fin ella le dijo que el sentimiento era correspondido. Enrique se dejó ir a la profundidad de esa mirada en la que creía encontrar respuestas para las que no había preguntas. Eso sucedió una noche, tarde. Habían estado caminando por las callecitas que tardaban en vaciarse. Cuando ella se despidió, en una esquina oscura, se besaron. Fue la primera vez. Un beso breve, en el que las almas se comunicaron. Aunque no debieron de comunicarse tanto, porque Enrique quedó con una perplejidad que le duró varios días. Tanto fue así que no se atrevió a volver a besarla en los días siguientes. Ella lo trataba con una ternura creciente. Era como si el Misterio se hubiera acercado.

Pero la revelación del Misterio, cuando se produjo, fue un anticlímax, el parto de los montes. La muchacha, después de pensarlo mucho, según le dijo, había tomado la decisión de contarle quién era y qué hacía allí. Decisión difícil y en cierta medida dolorosa para ella pues significaba el fin de una situación en la que había encontrado un sentimiento que no había creído que fuera a conocer nunca. Pero la reflexión le había hecho ver que esa situación ambigua era insostenible; sospechaba que era la ambigüedad lo que le daba sus cualidades, pero aun así era preciso aclarar las cosas, poner las cartas sobre la mesa, o los puntos sobre las íes, o como quiera que fueran las expresiones que usaban los humanos en estos casos...

Ante estas últimas palabras Enrique tuvo un claro sobresalto. ¿Acaso ella no era humana?, le preguntó.

Le respondió apenas con una sonrisa que significaba: ¿parezco otra cosa?, ¿un animal, un monstruo, una alegoría?

Él no pudo menos que sonreír a su vez. Era lo más humano que había conocido nunca. De hecho, sospechaba que de ahí en adelante definiría lo humano pensando en ella y usándola de medida. Sólo cuando se amaba, dijo, aparecía lo humano de lo humano.

Y sin embargo...

Ella empezó su historia explicándole que había poderes sobrenaturales benévolos (llamarlos dioses sería excesivo) que protegían a la gente de buena posición económica en sus diversiones y entretenimientos. La economía general del Universo había juzgado necesaria su existencia, ya que los entes y deidades que se ocupaban de la supervivencia de la especie humana no tenían tiempo ni ganas de hacerse cargo de lo que consideraban frivolidades innecesarias. Eran frivolidades, era cierto, pero no tan innecesarias desde el punto de vista de los interesados. Se trataba de cosas como que funcionara la calefacción en las suites de los pisos superiores de los hoteles, o que no picara en la piel la tela de las camisas de seda, o que las burbujas del champagne fueran pequeñitas y veloces y no gordas y lentas. En efecto, al lado de la prevención de catástrofes como terremotos o inundaciones, pestes y miseria, esto parecía poca cosa. Al hado que impedía que un avión se cayera, ¿podía importarle que el ángulo de reclinación de los asientos en la clase ejecutiva fuera el adecuado? Reinaba la impresión, entre los poderes benévolos, que atender a lo pequeño distraería de lo grande. Pero con el avance de la civilización quedó demostrado que había suficientes fuerzas sobrenaturales para todos y todo. Así habían ido apareciendo estos poderes especializados.

Uno de los asuntos de los que se ocupaban era de que no faltara hielo para las bebidas, en climas calurosos y en áreas donde había consumo intensivo. El Boulevard Saint-Germain, la Piazza Navona, el East Village, entre otros, estaban en la lista beneficiada; Palermo Soho había ingresado estos últimos años. De modo que cuando se anunciaban los primeros calores la enviaban a ella a asegurar la provisión de hielo en los vasos y copas que se bebían en los establecimientos del barrio. Sin ella, los cubitos o rollitos no estarían realmente fríos, ni se derretirían con la debida parsimonia, ni sonarían con su ruido característico al entrechocarse. Mientras ella estuviera ahí, a nadie le faltaría hielo para refrescarse el trago y pasar un buen rato.

¿Cómo lo hacía? No entró en detalles, por discreción, o quizás para no asustarlo con descripciones truculentas, pero dejó entrever que su eficacia residía en la transferencia simbólica. Ella era el hielo, o la esencia superior e inagotable del hielo. Si le habían dado forma humana, era para que no llamara la atención. Y no necesitaba rogarle que mantuviera en silencio lo que acababa de oír, pues había cometido una infracción al decírselo. El secreto era connatural a esa clase de operaciones.

Enrique se tomó un largo momento para asimilar la información. Lo primero que se le ocurrió, tras hacer una sinopsis mental del caso, fue que esto condenaba a su amor a ser un amor de verano.

Y eso no sería lo peor. Estaban condenados a mantener la distancia, porque un abrazo sería fatal para ella, que se lo recordó y le rogó que antes de llegar a la etapa de las efusiones, pensara en las propiedades del hielo.

¿Acaso le estaba queriendo decir, mediante esta fábula, que era... frígida?

No, no lo era. Más bien al contrario. ¿No había oído hablar de quemaduras provocadas por el hielo?

Enrique, por amor, estaba dispuesto a afrontar los hielos eternos y eternamente quemantes del Infierno.

Los del Paraíso no eran menos peligrosos.

Y así fue que mi joven amigo abrazó a su amada y ella desapareció en sus brazos volviéndose una cascada de agua. Yo fui testigo privilegiado, y esa visión fue el punto culminante de mi dichosa e instructiva estada en Buenos Aires. No hubo un final feliz, pero las historias rara vez lo tienen. De hecho, es raro que lleguen a tener un final, porque el que las cuenta se cansa en el camino, se aburre, o teme que se burlen de él.

Además, ¿cómo hablar de fin, si el comienzo todavía estaba en marcha? Todo había sucedido en un abrir y cerrar de ojos. El Gallego, sin advertir el accidente que había causado, seguía dando vueltas a la manivela del toldo. Enrique, como el actor que queda en medio del escenario una vez que ha terminado la comedia, seguía chorreando, inmóvil y aturdido por la sorpresa. Y seguía sosteniendo con una mano, a su lado, a la delgada máquina de cuyos giros nacían las historias: la bicicleta, «la pequeña hada de acero».

29 de marzo de 2008

LOS DOS PAYASOS

Si bien los payasos tienen varias intervenciones en la función, nos quedamos con una sola, la más larga. O mejor dicho, la más alargada; y esta extensión tiene su razón de ser en la mecánica del programa. Es un circo clásico, de gran aparato, más bien serio. La parte cómica es de relleno: los payasos, seis en total, aparecen entre un número y otro. Si alguien se tomara el trabajo, o tuviera la sangre fría o el distanciamiento para contarlas vería que las atracciones sucesivas son diez: malabaristas, écuyère, perros futbolistas, mago, contorsionistas, elefante bailarín, trapecio volante, lanzador de cuchillos, equilibristas y domador. Van en ese orden, que no es casual: sigue una progresión bien calculada, o más bien dos progresiones consecutivas: hay una primera culminación con el trapecio, y tras una segunda serie, de riesgo creciente, viene el final y plato fuerte: los tigres y leones. Para éstos se arma una gran jaula: un muro de barrotes de tres metros de alto que da toda la vuelta a la pista. Adentro queda sólo el domador; arriba, en una sillita como la de los árbitros de tenis, un tirador experto con una carabina de caza mayor: el maestro de ceremonias explica que es una precaución por si alguno de los animales se vuelve loco y la vida del domador corre peligro. Pues bien, como el armado de esta jaula lleva un buen rato, los payasos llenan el hueco con su actuación más elaborada; está a cargo de sólo dos de ellos, y el protagonista, el llamado «Balón», sólo aparece aquí. Esto último le da a su presencia un efecto de realidad del que carecen los otros payasos, que a lo largo de los otros ocho intermedios han hecho toda clase de papeles, incluyendo, típicamente, las imitaciones chapuceras de los infalibles artistas que se acaban de lucir.

Es un sketch bastante teatral, con el acento puesto en el texto, como quedará en evidencia en la transcripción que sigue. O, al revés: es esa característica la que hace posible dar cuenta de él por escrito. La lectura se hace cargo del contenido; pero por supuesto el número final de los payasos no es puro contenido; tiene una enorme, casi desmesurada, carga formal, y eso sí queda fuera del texto. Hay que vivirla, hay que hacer la experiencia, y la experiencia es lo que se va a buscar al circo, bajo forma de sorpresa y emoción chocante. En este caso particular, se la vive de un modo curiosamente provisorio, porque el momento no oculta su naturaleza de intermedio; no podría ocultarlo, ya que durante todo su desarrollo están armando la jaula alrededor. La escena va quedando enjaulada... Por supuesto, los payasos hacen como si no vieran nada, abstraen el trabajo afanoso de los obreros, que por su parte van colocando los pesados paneles de reja uno sobre otro, y ajustándolos, con la seguridad y rapidez que da la práctica muy repetida; ellos tampoco prestan atención a lo que sucede en el medio de la pista, lo abstraen. De más está decir que, en su mutuo ignorarse, la sincronización de unos y otros es perfecta: terminan ambos al mismo tiempo.

Han comenzado juntos también. Detrás de los forzudos portadores de los paneles de rejas aparecen los dos payasos. Y cuando los primeros empiezan su trabajo, que produce un delicioso escalofrío de expectación en el público, los segundos ya han empezado a parlotear... Al público le basta ver los gruesos barrotes de hierro, oír su entrechocar, para saber de qué se trata; aun los que van al circo por primera vez: muchos de ellos, si se han decidido a trasladarse a ese lejano baldío, y pagar la entrada, ha sido para ver en acción a las grandes fieras. Y la jaula es para ellas, ¿para quién si no? En ese momento se dan cuenta, además, de otra cosa. Les basta ver alzarse y atornillarse los primeros paneles para calcular que el armado de toda la jaula llevará un buen rato. A lo largo de la función los preparativos para cada nuevo número se hacen rápido, en el estricto mínimo de tiempo necesario; ahora no será distinto, pero rodear toda la pista con una reja de tres metros de alto lleva su tiempo, necesariamente. Tampoco será distinto el entretenimiento que se ofrecerá en ese lapso: payasos. La atención general deriva con cierta curiosidad hacia el dato nuevo: el intermezzo cómico esta vez será más prolongado. Quizás mejor, o al menos más elaborado, con más «suspenso». La naturaleza un poco primitiva de los anteriores sale a luz en retrospectiva por ese solo hecho. En fin, se espera algo... Y al mismo tiempo no. Porque con los payasos nunca se sabe. Su oficio, después de todo, consiste en arrancar la carcajada a expensas del derrumbe de toda previsión.

Ya es sumamente ambiguo el aspecto de éstos, o mejor dicho de uno de ellos, el gordo. Por los maullidos del otro el público no tarda en enterarse de que el gordo se llama Balón. Es muy corpulento, panzón, culón, la cabeza y las manos pequeñitas, los hombros caídos. Camina bailoteando, con aire muy seguro de sí mismo, como si fuera el dueño del circo; adentro de los zapatos descomunales se adivinan unos pies ridículamente pequeños que jamás podrían mantener en equilibrio estable esa panza, esas nalgas. La gruesa capa de pintura blanca en la cara no termina de ocultar lo oscuro de la tez; ni los labios pintados en forma de banana, de oreja a oreja, impiden ver que la boca real es minúscula y fruncida, de las llamadas «culo de gallina».

—Balón... Balón... —gime el otro, que es flaco y desgarbado y viene cargando una mesa y una silla. Al decirlo se vuelve a mirar, y abrumado por la carga y por su torpeza está a punto de rodar con los muebles. El gordo sólo apura la marcha para descargarle una patada en el culo:

—¡Camine, esclavacho!

—¡Balón...!

—¡Balín! —otra patada.

—¡Aaay! —da una vuelta sobre sí mismo y las patas de la mesita y la silla se entrechocan como castañuelas sobre su lomo—. ¡Pero che!

—¡Ojo al piojo! —otra patada.

—¡Aaay!

El público empieza a reírse de ellos. Lo cómico está en esos puntapiés intempestivos, que nada explica, pero también en lo sorprendente de la relación amo-esclavo en la que aparecen, cuando de los payasos uno tiende a esperar un trato más igualitario. Pero las risas por el momento hacen más bien las veces de un aplauso que premia este modesto virtuosismo de equilibrio inestable, coordinación, contraste de personalidades físicas... Hay algo así como una intención artística, expresionista, un «molestarse», que el público, aunque pueblerino, sabe apreciar, por instinto. Toda la carga (podrían habérsela repartido) en el alfeñique, y encima el grandote haciéndosela difícil. A fuerza de patadas, volteretas, me-caigo-y-no-me-caigo, llegan al centro de la pista.

—¡Pará, Balón...! ¡Aaay!

Otra patada, de yapa.

—Aquí está bien, Pibe.

¡Crash! ¡Bum! Esta vez sí la silla y la mesa caen, y el payaso flaco entre ellas, de cabeza, agitando los pies en el aire.

—¡Pero serás papanatas!

—¡Uf! ¡Aj, aj! ¡No me apurés si me querés sacar bueno!

Pese a la protesta, en un segundo ya ha puesto sobre sus patas la mesa, y a su lado la silla, en la que se sienta (ya no habrá de levantarse en todo el transcurso del sketch) con exagerados jadeos; saca un pañuelo tamaño sábana para enjugarse el sudor. Como si vinieran en ese tren desde muy lejos.

En este punto hay un cambio completo; es como si empezaran de nuevo, o más bien como si empezaran, y todo lo anterior, gemidos y patadas, hubiera sido otro acto, otra comedia. Y quizás así es. Porque en este momento, los dos payasos, uno sentado, el otro dando sus pasitos bamboleantes alrededor, se ponen a conversar como si tal cosa. La comedieta empieza, desde cero. El efecto es un poco como esa sospecha perenne de los ciudadanos de que los políticos, cuando terminan con sus querellas públicas, inician su acto privado en términos por completo diferentes: los enemigos irreconciliables se invitan un asado, el derechista y el izquierdista son socios en una cadena de supermercados, el patriota y el traidor son cuñados... Quizás es un efecto buscado, siquiera intuitivamente. Cuando los dos payasos se ponen a conversar es como si todo el circo resbalara muy rápido hacia una intimidad casi imposible; revolotea entre el público el temor oscuro y fugaz de oír detalles demasiado privados de la vida de los payasos: por ejemplo el detalle atroz de que no son payasos, de que son gente común, y de que van a decir cosas inconvenientes... ¡Qué locura!

Es un efecto tan pasajero como lo es la transición. Bastan las primeras frases, las primeras palabras, para que ya estén en marcha otra vez, más payasos que nunca. El temor profundo era: que se hubieran puesto de acuerdo; si así fuera, abandonarían esa infancia boba en la que están, serían conspiradores... Pero basta oírlos hablar... Para ponerse de acuerdo deberían haber empezado por decírselo uno al otro, ¿y cómo?, ¿con qué voz? Lo que más tranquiliza en ese aspecto son las voces, esas voces típicas de los payasos, formadas a lo largo de años de hablar a gritos, de transmitir a gritos todos los matices del discurso —al menos todos los pocos matices del discurso necesarios para que avancen sus primitivos sainetillos. («¿Me prestás cuatro pesos, Firulete?» «Tengo dos nada más, Cachirulo.» «Préstámelos, y me debés dos.» «Tomá.» «Decime una cosa, Firulete, ¿cuándo me vas a pagar los dos pesos que me debés?» «No sé, Cachirulo, ando seco.» «Yo tengo, si querés te los presto.» «Hecho.» «Tomá.» «Gracias, che.» «Ahora sí podés pagarme, Firulete.» «Tenés razón, Cachirulo. Tomá.» «¿A mano?» «¡No! ¡Me debés los dos!» Intenten representar esto gritando a todo volumen, y van a ver.) Son voces metálicas, huecas, roncas y agudas, todo a la vez. El clamor de los harapos tornasol. Las voces de un mundo en el que nunca se habla en voz baja, porque fuera del grito no hay nada que decir, nada en absoluto, como si se hubiera agotado la mecánica de producción de situaciones de hablar en voz baja.

—Tengo un problema, Pibe...

Así empieza.

—¿Qué te pasa, Balón?

—¡Ay! ¡Qué macana!

—Qué te pasa, che.

—¡Aaay!

Cada vez gritan más. Es un crescendo natural.

—¡Pero decime…!

—¡Qué problemón!

—¡Hablá!

—¡No sabés…! —el gordo se agarra la cabeza, se tira de los pelos, que salen y salen de la cabeza y le quedan colgando. Pero el impulso ya parece haberse perdido; todo suena exagerado. Efectivamente, la explicación, cuando llega, es un anticlímax:

—Me golpié el codo.

—¡No me digás!

—Me dio eletricidad.

—Ffff…

—¡Este brazo!

Lo levanta: el derecho.

—¿Y?

—¿«Y» qué, papanatas? ¡No sabés cómo me dolió!

—Ponete talco.

—Callate, cabezón.

¡Paf! Un cachetazo en la nuca.

—Che Balón…

—¿Qué?

—¿Con qué mano me pegaste?

¡Paf!

La sillita corcovea al ritmo de los cachetazos, el payasito se aferra al borde de la mesa, que se sacude también, y todo es un ¡Aaay! ¡Aaay! hasta que vuelven a retomar el diálogo. Los payasos todo lo solucionan a golpes; es lo más barato que tienen. Pero lo gratuito de estas últimas exhibiciones hace sospechar que están cargando las baterías para una conversación de más aliento:

—¡Tengo el brazo palarizado!

—¡Y yo qué querés que haga!

—¡Que me ayudés, cabezón!

—¡Yo qué tengo que ver!

—¿No ves que no puedo escribir?

¿Qué? ¿«Escribir»? ¿Y para qué quiere escribir? ¿Payasos escritores? ¿Dónde se ha visto? El payaso sentado abre la boca con estupefacción. El otro retoma sus paseos alrededor de la mesa, poniendo cara de preocupado. Prepara una nueva sorpresa.

—Mañana…

—¿Mañana qué?

—Mañana…

—¿Qué pasa mañana, Balón?

—¡Mañana es el cumpleaños de mi novia la Beba!

¡Zas! La voz ha sonado más histérica que nunca, de aluminio. ¡El payaso tiene novia! ¡El payaso enamorado! ¿Qué podemos esperar? El mal gusto, la ordinariez más chabacana, la mezcla de infantilismo degenerado y sexo de clase media, el rufianismo. ¿Querrá escribir un poema de amor?

—Quiero escribirle una carta…

El escriba sentado. La gente estalla en carcajadas. Los niños prestan atención. Mientras tanto, las rejas crecen. Clanc, clanc, los peones ajustan panel tras panel de pesados barrotes de hierro.

Todo es simultáneo, todo avanza a paso redoblado… y sin embargo se ha hecho una pausa, una pausa teórica, abstracta. El nombre recién pronunciado («Beba») anuncia de qué se trata, y hay que asimilarlo. Es aquel viejo chiste, ya saben cuál. Viejo como el mundo, o como el circo, la carta que se devora a sí misma. Sin embargo, hubo un día en que ese chiste fue nuevo, flamante. Después, todo el mundo se enteró, y ya nadie quiso volver a oírlo. Se negaron a permitir que empezara, gritando: ¡Ya lo sé! ¡Ya lo sé! En realidad, lo que sabían era sólo la mecánica del chiste; sabían cómo actuaba; pero un chiste no se agota en su mecánica, y al negarse a volver a oírlo hasta el final se han perdido mucho, no han entendido nada.

En aquel entonces el chiste era nuevo. Me dirán que ese chiste siempre fue viejo. De acuerdo, pero aun así era nuevo. Estos dos payasos lo repetían todas las noches, sin variaciones, desde hacía años; pero lo repetían como si fuera nuevo. Y lo era. Se producía una extraña transformación. No es que fuera nuevo, sino que toda la gracia estaba en que lo fuera, ¡y ellos hacían como si…! Hay un tiempo en que todos los chistes son nuevos. Eso es lo que alguna gente no quiere comprender. Por mi parte, advierto que debo hacer no sólo como si fuera nuevo para mí y para todos, sino más. Debo hacer un esfuerzo más. Como si fuera ultranuevo. Como si tuviera que explicarlo. Pero eso es algo que nunca hay que hacer con un chiste, así que trataré de pasar al costado de la explicación.

—Usted me tiene que ayudar, Pibe…

—¡Con mucho gusto, Balón! ¿Qué tengo que hacer?

—¡Escriba la carta! ¡Si no: leña! —y levanta el puño, amenazante.

—¡No! ¡No estoy ispirado!

—¡Yo le dito!

—¡Ah! ¿Usted me dita? ¡Entonces sí!

Y saca del bolsillo, como si fuera lo más natural del mundo, un papel y un lápiz, alisa el papel sobre la mesa, mordisquea un poco el lápiz, todo con sus movimientos espasmódicos. Se ha quedado esperando el dictado, pero el gordo todavía tiene un preliminar que cumplir:

—¡Beba es tan linda! ¡Es tan buena! ¡Le compré un regalito!

—¡¿Un regalito?!

—¡Dos!

—¡¿Dos?!

El gordo se ha acercado y saca algo del bolsillo él también: primero una botella, que pone sobre la mesa:

—¡Un licorcito de peras!

—¡Uuy!

—Y salchichas, ¡de las que le gustan a ella!

Saca del bolsillo y pone en la mesa una ristra de salchichas rosadas.

—¡Qué aroma!

—Se las dejo en la mesa para que se ispire.

—¿No era que me iba a ditar?

—¡Es lo mismo! Despúes hacemos el paquetito.

—¡De acuerdo!

Se pone en posición de escribir, pero el gordo todavía tiene algo que decir:

—¿Tiene buena letra?

—¡Buenísima!

—¿Se le entiende?

—¡Clarito!

—¿Sempesamo?

—¡Sempecemo!

El llamado Balón se aparta, sacudiendo los faldones de su levitón de trapo. Levanta la vista como si buscara inspiración en los picos de lona gris de la carpa... pero entrecierra los ojos, porque busca las palabras dentro de él. Da unos pasos, abre y cierra la boca sin sonido como practicando, se frunce, se concentra, se aleja, vuelve... está perdido en su mundo interior, del que no saldrá en largo rato. Decir que exagera, que es «teatral», sería inexacto. Su bamboleo se ha acentuado, sacando a luz una inesperada faceta femenina en él. Con un pequeño esfuerzo de la imaginación podría verse su corpachón de hipopótamo flotando entre las flores de un jardín, vestido con un tutú de tul rosa, la trompa pintada lanzando besitos en los céfiros, ingrávido, coqueto...

Esa pausa pensativa coincide con un punto de inflexión en el armado de la jaula que los cerca. Han terminado de colocar la primera hilera de paneles, apoyados en el suelo, y empiezan con la segunda. Los paneles superiores son distintos, más grandes y engorrosos, pero se ponen en su lugar igual de fácil, izándolos con cadenas que corren por unas poleas en lo alto de cada poste (los postes los han atornillado en la junta de los paneles inferiores). La novedad es que las cadenas hacen un ruido infernal. De modo que para hacerse oír en la segunda parte del sketch los payasos tendrán que gritar de veras. Es curioso. Parecía que habían estado vociferando a todo pulmón —y realmente lo habían estado haciendo. Pero ahora pasan a otro nivel.

Como el otro puede apoyarse más en la mímica, el grueso del esfuerzo vocal recae sobre el gordo enamorado. Y abstraído como está, es sólo una voz, una voz tensa al límite, que sale de la nada. Él por su parte ha perdido contacto con el mundo y con su colega, no ve nada, sus ojitos siguen entrecerrados, su bamboleo entreabierto, sus paseos en las nubes.

—¿Listo?

—¡Listo!

—¡Escriba!

—Coronel Pringles...

—Conorel... Glin...

—... 20 de junio de 1957.

El otro escribe como un loco.

—Querida... Beba.

Aquí debo hacer una pausa, como la hace el payaso escribano. «Beba» es un nombre de mujer, pero también es el imperativo del verbo beber. En este último sentido lo toma el payaso, quién sabe por qué. Abre los ojos muy redondos, mira para todos lados, hasta dar con la botella, que tiene justo frente a él... No vacila mucho, o mejor dicho no vacila nada. Le da un manotazo, la descorcha con los dientes... y se la empina. Un trago, seguido del clásico suspiro de satisfacción. La pera tiene por característica una fermentación violenta, impar; se pone transparente, alcohol puro, muy seco, un agua que hiela la sangre.

—... dos puntos.

¡Toc!, ¡toc!, hace el lápiz contra el papel. Todo ha sucedido muy rápido, en un «beba» por «beba». Pero por supuesto que no va a quedar ahí. El público aúlla de contento, o sonríe condescendiente. Quien más quien menos, todos saben a qué atenerse. A eso me refería al hablar de lo nuevo o viejo del chiste: no importa que sea una cosa u otra. En su transcurso es mil veces nuevo y mil veces viejo, es eterno como el presente. Supongamos que a partir del momento en que el payasito «bebe» al oír la palabra «Beba» el chiste se vuelve viejo para todos los presentes; eso no impide que empiece a ser nuevo a partir de ahí, que empiece a suceder, a desplegar sus riquezas y hacer que la vida valga la pena de ser vivida. ¡Qué error descartar un chiste sólo porque es viejo! ¡Ojalá hubiera más momentos así!

—En el día sagrado…

El otro escribe, escribe, chapucero y gesticulante, hace palotes, rayas, globos, asoma la punta de la lengua entre los dientes, encuentra tiempo para volver a sacar el pañuelón desmesurado del bolsillo y secarse el sudor, sigue escribiendo como si tocara el tambor en la mesa a través del papel.

—… de tu onomástico, coma…

¡Segundo sobresalto para el escribiente! Se congela, los ojos grandes como platos, entre las carcajadas atronadoras del público que ya anticipa lo que va a pasar. ¿«Coma»? ¿Qué hay que comer? Una mirada loca alrededor. El gesto está acentuado por el apuro: como lo sabe cualquier chico con un mínimo de experiencia escolar, en los dictados la velocidad cuenta; justamente se trata de la coincidencia imposible de velocidades de lo hablado y lo escrito. Siempre hay que pedir tiempo. En este caso no es necesario, porque el «dictador» lo hace pausado, pensado, va pescando las palabras muy poco a poco en sus vastos espacios mentales de enamorado, y arma las frases con parsimonia de hechizado, con una prolijidad meticulosa que será su perdición.

La mirada se posa en lo único comestible que hay sobre la mesa: el rollo de salchichas. Son unos tubos rosa gordos y largos, atados unos a otros en los extremos. El aspecto de la ristra en la mesa es el de una serpiente enroscada durmiendo la siesta. Sin pensarlo más toma una, la que asoma por arriba de la pequeña pirámide con un extremo suelto, se la lleva a la boca y le arranca la mitad de un mordisco. El tirón ha deshe-cho el rollo; hasta la última salchicha se agita, lo mismo que una mordida en la cabeza de una serpiente produciría un sa-cudón nervioso en la cola. Masticando con vigor aparatoso sigue escribiendo.

−... quiero estar presente...

Crunch, glab, squissh, toc, tic.

−... con un presente...

Un modesto jueguito de palabras que le ha costado esfuer-zos de parto.

−...que te recuerde mi amor...

El escriba traga el medio kilo de salchicha, pone los ojos en blanco y la nuez le suena como una campanilla.

−... punto.

¡¡Toc!! Aprovecha la breve pausa para extraer el pañuelazo y volver a secarse la frente. Otra vez apunta con el lápiz, pre-parado, y justo a tiempo porque ya se descarga la nueva anda-nada de inspiración:

−Cuando nos conocimos...

Escribe más espástico que nunca.

−... coma...

Ahí hubo que ver la sorpresa desorbitada del sentado. ¿«Coma»? ¿Cómo «coma»? ¿Otra vez? ¿No acababa de co-mer? Las preguntas podían adivinarse en sus visajes formida-bles. En fin, eso era lo de menos, comer sobre la comida... El apuro era parte del juego, las cosas no podían sino precipitar-se. Más grave era la ruptura del orden, que por lo visto había dado por sentado: ¿no tocaba «beba»? ¿No había orden, era sólo azar? ¿No se iba a atragantar?

Todas estas angustias se sucedían en un segundo, amonto-nadas sobre la decisión que les ponía fin: ya estaba devoran-do la otra mitad de la primera salchicha, a grandes bocados de chancho, y el lápiz volvía a descargarse sobre el papel, porque:

−... hace un año...

Escribe escribe escribe.

—… coma…

¡Otra vez! ¿Y «beba»? Pero no hay nada que hacer: come salchicha. Con ganas, a dos carrillos. Come con tanta grosería que se le escapa de la boca una nubecilla de moléculas de color rosa, húmedas y brillantes como burbujas en miniatura, que quedan flotando un momento alrededor de su cabeza, hasta que las espantan las sacudidas de sus rizos de lana.

—… también era tu cumpleaños…

Al que escribe, las palabras largas como «cumpleaños» le provocan unos atormentados floreos de la mano, del brazo, de todo el cuerpo; al mismo tiempo, traga.

—… punto.

Toc… ¡troc!

A pocos metros de la mesita donde pasan tantas cosas tan rápido, el payaso gordo sigue paseándose abstraído, la cabeza siempre echada hacia atrás, los ojitos entrecerrados. Lo que dice es multidimensional, un haz de perspectivas y luces: sus palabras no sólo hacen avanzar el chiste, sino que constituyen una verdadera visita guiada a su museo secreto, con exhaustivas explicaciones de cada cuadro, punto por punto y coma por coma. Helo ahí, sonámbulo, vociferante, dormido, enamorado. Sigue:

—Ha pasado un año de amor…

Tal como están las cosas, esta frase, sin «comas» ni «Bebas», es un oasis, que el payaso sentado atraviesa de prisa, trazando unos garabatos frenéticos, los codos haciendo ochos acostados en el aire. Pero la calma no dura mucho:

—… coma…

¡A la salchicha!

—… Beba…

¡Por fin! ¡A la botella! Un trago, todavía con la salchicha en la boca, y masticar todo junto.

—… punto.

Toc.

Ahora el gordo, inspiradísimo, no da tregua:

—¡Mi dulce Beba!

¿Qué dijo? ¿«Beba»? El lápiz salta de la mano, la mano salta a la botella, ¡glub! Hay que reconocer que estos alcoholes tipo «cien grados» son una llamarada, un rayo en el cielo sin nubes del payaso. Los rizos de lana se le erizan como un crisantemo voltaico, la boca se le retuerce, de las narices salen chorros de vapor. Pero no hay tiempo para efectos especiales, directamente no se puede hacer decoración mímica; la acción es una locomotora lanzada a toda velocidad por el espacio: de los bamboleos, de lo abstracto, sale el aullido de níquel inspirado:

—No me canso de pronunciar tu nombre…

Atorado, con los filamentos de salchicha asomándole por las comisuras, la masticación atronándole el cerebro y la pera dándole mazazos en las ideas, el escriba se afana, a lo boxeador, sobre la pobre hoja de papel en la que percute, chirría y muge el lápiz.

—… coma, Beba…

¡Todo junto! Imposible resistir al hechizo de la voz; «coma» deja de ser un signo de puntuación, «Beba» un nombre… Todo se transforma, nada se pierde. Primero el tarascón, después el chupón, masticación, deglución. En realidad el público debería preguntarse, y quizás lo hace, por qué se ha producido esta confusión en el payaso flaco. ¿Quién le manda oír órdenes donde no las hay? ¿Quién le manda obedecer? Dejemos de lado por un momento la mecánica «teatral» del asunto: tomémoslo como una realidad más. Debemos tomarlo como realidad, si creemos. Y no tenemos más remedio que creer. ¿Tendrá hambre y sed? Nadie la tiene tan a punto. ¿Será pura malicia? No es imposible, pero sería demasiado torpe. Porque el otro tendrá que darse cuenta al final, cuando salga de su abstracción epistolar de enamorado. Las tretas del esclavo con el amo son más astutas, más disimuladas, siempre apuntan a la impunidad. Claro que él podría escudarse en lo legal, en lo literal: hizo lo que el otro le ordenaba… Pero el gordo no parece ser de los que comen vidrio. Más cercano a los hechos, más contiguo al acto, es el argumento de lo simple:

realmente el flaco se está creyendo lo que pasa, se le mezclan de buena fe los sustantivos con los verbos. Y al mismo tiempo, no puede ser. Nadie es tan idiota. Pero quizás un payaso sí... Sea como sea, la carta sigue:

—Recuerdo tus besos...

Ya está otra vez en la pantomima extremista de escribir. Aquí también hay algo curioso. No tanto en el modo en que lo hace, porque ese baile de San Vito es casi lo único explicable a priori en un payaso, sino en que lo haga. ¿Acaso el otro pronuncia la palabra «escriba» (que ella también, digámoslo entre paréntesis, es un sustantivo y un verbo)? Es contradictorio, porque la única justificación de su conducta habría sido un automatismo de obediencia a lo explícito.

—... coma...

Ahora sí, a la salchicha. Ya va por la tercera o cuarta, y el público empieza a advertir que también aquí habrá una coincidencia bien calculada al final: la carta y los comestibles se terminarán al mismo tiempo.

—... tus ojos...

Escribir con la boca llena.

—... coma...

Las salchichas le estallan entre los dientes.

—... tus manos...

Debe de ser un lápiz 9H, extraduro, para resistir ese tratamiento. ¿Y si fuera un lápiz falso? Las salchichas no son de utilería, porque se las está comiendo en serio.

—... coma...

Poseído por un hipo repentino, la media salchicha que se ha metido en la boca asoma y vuelve a entrar, creándole una segunda boca, o al menos un tercer labio.

—... tu sonrisa...

Escribe descalabrado, afanoso, con la brocha gorda. El accidente del hipo, si bien pasó como vino, revela que la satisfacción empieza a volverse hartazgo. Esas salchichas son enormes, y todavía quedan muchas...

—... punto.

¡Uftoc! Es como si la mecánica del dúo se hubiera ido perfeccionando en estos minutos, porque el dictado ha tomado una velocidad asombrosa. Al Balón el estro no le da respiro.

—Beba...

Glu.

—... de mi corazón, coma...

Un tirón de la salchicha más cercana, con lo que la ristra, ya perdido el formato rollo, se enrosca al bies en la botella. El licor baja y asienta la salchicha, que a su vez apacigua con su moderada solidez el fuego líquido y cagador.

—... de mi alma...

Dentro del estrépito gestual del sentado queda un lugarcito para una mirada intrigada a las salchichas, a la botella y al papel. Pocos deben de haberlo notado, pero la última frase dictada significaba, para él, «beba de mi corazón, coma de mi alma», y más todavía, «de mi alma coma», que suena a «alma en coma», porque efectivamente:

—... coma...

Más de lo mismo. Se atora, se desorbita, los ojos se le van a las sienes, escupe salchicha pulverulenta, y cuando vuelve a sonar la voz, tan chillona que es una pura lejanía, ya el lápiz se está hundiendo en el papel a portazos.

—... te conozco el gusto y sé que pensarás en mí cuando pruebes esas salchichas...

Indescriptible la transcripción de esta tirada en la mímica del escriba: ¡el apuro!, ¡el ansia!, ¡la velocidad del sonido y de la luz (juntas)! Ya no son sólo los codos: además patalea, las piernas se le enredan en las patas de la silla, o en las de la mesa, y el revoleo de brazos es tal que se diría que el conjunto va a levantar vuelo. Olvidadas por el momento, las salchichas y la botella se sacuden alrededor del papel.

—... coma...

No deja de escribir con los ocho brazos, inclina la cabeza y atrapa con los dientes la punta de la ristra, sorbe con fuerza y... ¡flop!, la salchicha impacta contra el fondo de la garganta.

—... y tomes este licorcito de peras...

Crouch, grarrgh, squishh, ugh.

—... punto.

¡Toc!

Hipa, resopla, se seca con la pañoleta el sudor de los labios (es todo labios), se rasca, y ya está escribiendo otra vez, porque el otro, llevado por el bogar de sus nalgas entre las nubes centrífugas de la inspiración, después de cada punto levanta más la voz, más se entusiasma, más entrecierra los ojos, más ama:

—Cuando mi Beba coma...

En su pronunciación hay la sombra de una pausa entre estas dos últimas palabras, que al otro le permite separar sus actividades, beber con «Beba» y comer con «coma» —aunque todo sucede tan rápido que es como si estuviera al borde de la indistinción, de beber las salchichas y comer la botella.

—... coma...

Bueno, ya que está... Pero come con eructos, como diciendo «cuándo terminará esta condena», aunque sin ceder en la avidez, que puede ser un efecto lateral del apuro; y al mismo tiempo, «no hay ningún apuro», disponen de todo el tiempo del mundo, como bien lo indica la actitud relajada y soñadora del que dicta, extraviado en su ensoñación, inspirado sólo por la eternidad. La prisa se introduce por un costado, en el pasaje a la escritura. Y todo el mundo sabe que la eternidad debe empezar y terminar en el tiempo que lleva el armado de la jaula. Una formulación más correcta del predicamento del engullidor sería: ¿cuándo terminará esta payasada? La respuesta viene por el lado que menos se habría esperado:

—... cuando mi Beba beba...

Dos «bebas» que se traducen en dos tragos maestros, que producen un efecto de bomba, «beba» Hiroshima y «beba» Nagasaki, la cabeza le queda hecha un péndulo invertido, la cabellera de lana de vidrio en abanico, los ojos saltones y brillantes. Los eructos cambian de naturaleza, si los apunta a la mesa el papel se arruga, debe alisarlo con la mano para seguir escribiendo:

—... se acordará de mí...

La pantomima de escribir ya es inconexa, gesto puro, un sistema nervioso sin sistema gravitacional.

—... punto.

El lápiz misil atraviesa las galaxias vaporosas y estalla en el mundo papel.

—En tu próximo cumpleaños te mandaré...

El gran garabato parte del foso del punto, a dibujar un horizonte epiléptico. Estos pasajes sin comas ni Bebas no parecen tener más función que la de transición, o de verosimilización; ya no hacen reír a nadie, pero siguen ahí, seguramente porque sería muy difícil eliminarlos de un guión donde todo está calculado, empezando por la duración. La jaula ya luce completa, todo el perímetro está cerrado. Pero la función de los payasos se hace más imperiosa; porque a los peones les falta la parte más engorrosa y menos vistosa: atornillar uno por uno los paneles altos. Lo hacen rápido, automáticamente, pero es un trabajo siempre igual, que no ofrece nada a la atención. Si el público hasta ahora podría haberse entretenido mirando crecer el cerco de paneles de barrotes, y muchos lo han hecho, a partir de este punto deben fijarse en los payasos, si no quieren dormirse.

Y sucede que los payasos han perdido casi toda su gracia, su frescura. Lo de ellos también ha entrado en una fase automática, aunque de otro orden: no anuncia nada, avanza hacia la nada, la nada lo invade desde adentro. Puede ser una ilusión creada por verlos encerrados... Los barrotes y la repetición coinciden en crear una impresión de alejamiento espacial y temporal. Hay algo más que eso inclusive: un matiz de muerte, de disolución. Todos saben que afuera de la carpa, en el pueblo (es decir, en el mundo) la vida sigue, late, brilla. Aquí adentro es otra cosa, es distinto. Hay algo fúnebre, artificial, como de vida después de la vida. Quién sabe por qué. Quizás por ese ridículo problema de escritura en el que se han metido, tan ajeno a los problemas de verdad. La realidad persiste, hagan ellos lo que hagan.

—... más salchichas...

¿Más todavía? Pero éstas son sólo palabras, es la palabra «salchicha», sólo lo que se escribe... pero...

—... coma...

La frase tiene algo de irónico, en la ultraliteralidad con que es tomada. ¡Más salchichas, coma! ¡Pobre Beba! No le va a quedar ni un hilo para chupar. ¿Quién será Beba? ¿Y si no existe? Eso es lo que menos importa, a la hora de masticar con salvajismo, siempre más rápido, siempre empatando con las palabras:

—... y más pera...

De acuerdo con una simetría que el tiempo ondula, esta «pera» también es de palabra, es bebida para escribir...

—... punto.

¡Toc!

La inspiración almibarada del Abelardo, que sigue columpiándose en su kayak de nalgas, suena a falsa. Ya retoma el impulso, más aullante, más Callas, pero suena a falso, a mentira. Siempre sonó así; a excusa, a broma. Sus amores no tienen nada que ver; es como si estuviera hablando de otra cosa. Nada tiene que ver, sus palabras son sólo palabras, sus comas son sólo comas, sus Bebas son sólo Bebas. Aunque sus paseos de falso inspirado siguen en el radio estrecho en que empezaron, aunque el otro en la mesita siga en su lugar, es como si el remolino de lo hueco los empezara a centrifugar, todavía lento, pero anunciando un vértigo...

—Mientras tanto...

Escribir. El «mientras tanto» también es un performativo.

—... coma...

«Mientras tanto, come.» Es lo que ha venido haciendo todo el tiempo. Los que siguen el sentido de la carta (cosa que no es tan difícil como puede parecer en esta transcripción, porque el dictado va rápido, prácticamente el hilo —la viga— de voz, o al menos sus armónicos chirriantes, no se interrumpe) pueden dar fe de que no hay comas de más. El juego es limpio, al menos en ese sentido. Lo que pasa es que todo escrito tiene naturalmente, de por sí, muchas comas.

—… escribiré en los árboles…

Mientras nuestro amigo se desbarata escribiendo, notamos que esta frase es un ejemplo del «juego limpio» al que me refería: porque, de querer llevar las cosas al extremo, por gusto de provocación o de chiste, esta frase podría haber llevado una coma, después de «escribiré», y otra más después de «en los árboles», destacando el carácter de circunstancial de lugar de esta cláusula. Pero no.

—… dos puntos…

¡Boinc! ¡Boinc! El brazo describe dos círculos desde la espalda para estrellarse en algún lado del papel, o por lo menos de la mesa.

—… «yo y Beba»…

Eso es lo que se propone escribir en la corteza de los árboles, probablemente rodeado de un corazón, con la navaja bien afilada que todo enamorado lleva en el bolsillo. Y el otro lo escribe en las tiras del papel tan maltratado por su furia. La trama del episodio ha hecho coincidir algo tan trabajoso como el bajorrelieve en un cilindro de madera con algo tan fácil como escribir en papel con un lápiz. Los excesos de lo fácil se vierten en lo difícil, como el agua en la roca. Pero no es agua lo que se vierte en este caso, sino el mazazo fatídico del alcohol de pera, en el garguero.

—… coma…

Un bocado al pasar, una salchicha más que se desvanece barranca abajo.

—… «Amo a Beba»…

Amo… a… ¡Gluc! Más pera, ya con vacilaciones de ebrio, con dos manos izquierdas injertadas en la derecha.

—… y «Viva Beba»…

Parece un trabalenguas minimalista, pero el escriba está más allá de esos planteos: su única preocupación es acertarle a la botella con el manotazo, que empieza de lejos, cerrando un ojo para hacer puntería, y después acertarse a la boca con el pico, aunque echa todo el cuerpo hacia atrás por prudencia, y el chorro empieza a salir antes que el beso. ¡¡Toc!!, deposita la botella en la mesa.

—... punto.

Toc. El lápiz. Adónde habrá ido a parar ese punto.

—¿Te has dado cuenta de que te amo?

El chiste ha quedado reducido a escribir, escribir, escribir, como una mímica sin objeto. Más parece estar lavando la ropa. Hay una confluencia rara: el gordo, más ido que nunca, hace hincapié en lo «poético» del amor, y habla directamente con su novia, le hace promesas, le dirige preguntas, por encima de todas las escrituras del mundo. De otra parte, no se sabe de dónde, viene hacia él una vigorosa corriente de atmósfera siniestra. Viene de lo lejano que ellos mismos han creado, y se derrama en la cercanía enjaulada que los une y a la vez los separa. El pelele que se sacude en la silla, es el parto de lo siniestro-lejano. Y empieza a dar pruebas de ello. (Todo lo que sigue está dentro de la mecánica del humor chabacano; el público no lo pone en duda ni por un instante y se mata de risa.)

—Escribiré en el cielo...

Escribir, escribir, el expresionismo, el tropiezo, el laberinto de sus propios latigazos.

—... «Amo a Beba»...

¡A la bo... a la bot...! Para indicar que las cosas le dan vuelta, adopta movimientos rotatorios —por ejemplo toma la botella por atrás, su boca busca el pico (en lugar del pico a la boca) retrocediendo, todo se realiza por pasadizos circulares.

—... coma...

Por contaminación, las salchichas también son objeto de su ebriedad, también son manipuladas en arcos amplios en los que es preciso apuntar. Pero el rey es el Asco; un rey comprensible. ¿Cuántas veces ha comido? Imposible hacer un cálculo siquiera aproximado; sería como querer saber cuántas veces ha escrito. Todo se ha desarrollado en un caos gestual tan completo, el comer, el beber y el escribir, que no hay cuenta posible, ni de lo continuo ni de lo discontinuo. Las salchichas, por su naturaleza misma, constituyen unidades discretas; el alcohol dentro de la botella, no. El dictado está en un punto medio, pero la imbricación que se produjo entre texto, salchichas y botella embrolló todo. Llegados al punto en que estamos, es la llana persistencia del infierno.

−... lo escribiré mil veces...

¡Como si el número importara!

−... pun...

¡To...!

−... to.

¡... c! Los círculos del revoleo son tan erráticos que el impacto del lápiz tiene lugar en el reverso de la tabla de la mesa.

−Gritaré tu nombre en el viento...

¿Qué nombre? Porque si «Beba» es el imperativo del verbo «beber», entonces todavía no se ha pronunciado ningún nombre. ¿Y qué viento? Cualquiera, el viento en general. Si no hay nombre, entonces resulta que la carta está dirigida a nadie, o a todos, es una carta de amor en general. El viento es el cartero.

−... dos puntos...

Toctoc. Yo me pregunto: ¿cómo sabe qué palabras escribir y qué palabras hacer? Cuando oye «punto», hace un punto. Pero entre «escribir» y «hacer» debería haber una tercera posibilidad, algo desconocido y sorprendente. Quizás sería la salvación. Si me lo pregunto ahora, tan tarde, es porque no hay salvación.

−... ¡¡Beba!!

El grito del corazón cae como el rayo, aislado, y todos los molinetes de escribir, todos los vientos de los sobacos aerógrafos, se cierran sobre la botella, y el pico va al labio... El pedo ya está declarado. Por delante, sólo queda el exceso del exceso, el vómito, la mona. Eso es definitivo. Y el otro en tanto, el que descarga el rayo, flota. Él es en cierto modo la tercera posición encarnada. Un dios distante y cruel, cuyo lenguaje se transmuta en destino. La salmodia es lo que le ha permitido mantener la más perfecta distracción: si el precio es sólo la devastación de sus regalitos, la sacó barata. También podría haberse producido un cataclismo.

—¡Qué grande es mi amor…!

«Beba» se sentiría muy complacida de saberlo. Cada letra que traza el secretario tiene medio metro de diámetro; y son todos diámetros sin centro.

—… coma…

¡Qué grandes son mis salchichas! Quedan unas pocas, entrando y saliendo por los pliegues torturados del papel, como señaladores en un libro de una sola página. En la borrachera (también hay una borrachera de salchichas) se las lleva a la boca, pero también al ojo, a la oreja, no acierta… El público nota con asombro que se ha producido una transformación: el payaso flaco, enclenque, que se sentó a escribir, ahora es una mole inflada y torpe. De su movilidad juvenil (el otro lo había llamado «Pibe» en algún momento) sólo conserva la agitación de los brazos, mucho más cortos, casi como muñones de un globo. La panza y el culo le cuelgan de la silla, las piernitas son dos conos mochos que apuntan para los costados. Es un truco notable, sobre todo en contraste con la precariedad técnica e intelectual de que han venido dando prueba. Ha metabolizado, con esa aceleración tan propia de los payasos, cada salchicha que ha comido; el licor por su parte fijó las grasas, y además lo imbecilizó. Todo pasó ante la vista del público, lo que hace más difícil entender cómo pudo pasar. Uno de los tantos misterios del circo. Paradójicamente, lo más fantástico, lo más trucado (que alguien engorde treinta kilos en el curso de un dictado), es lo que introduce por primera vez en el sketch un toque de auténtico realismo. Con eso la gente puede identificarse; sobre todo la gente de pueblo, tan atenta al prójimo, con la experiencia tan vivida de las decadencias personales, de los fracasos, de los destinos tirados a la basura. «¡Pobre! ¡Un muchacho tan joven! ¡Fue el chupi!» No es que lo digan en esta ocasión, pero lo han dicho antes alguna vez… Y el realismo, padre de todas las fantasías, completa el truco; no importa cómo se lo ha logrado, el aumento de volumen cambia todo el paisaje de la persona, y debajo de la pintura y del colorinche se ve o se adivina a un hombre envejecido, enfermo, tenso, loco de desdicha, un condenado… No importa siquiera que mañana la historia vaya a recomenzar, porque el final siempre es absoluto e irreversible.

−… qué profundo…

Parece increíble que persista en escribir, pero está dentro del orden de las cosas porque no parece increíble, todo lo contrario, que el otro siga dictando, acelerando, todavía inspirado, más inspirado que nunca.

−… coma…

El hombre salchicha manotea la cola de la ristra, se la lleva a la boca como si se diera una bofetada: ya no puede parar, hay que llegar al fondo, aunque el fondo esté más allá de la vida.

−… qué largo…

Escribe escribe escribe: el vals de los fantasmas gordos. Es probable que nadie haya dicho antes: «Qué largo es mi amor». Es una expresión casi desprovista de sentido.

La jaula ya está completa, los peones se apean de los travesaños, han comenzado a colocar la «manga» también de barrotes de hierro por la que entrarán las fieras, y detrás de los cortinados se oye la colocación de las jaulas móviles en las que viven los leones y tigres…

−… punto.

¡Crash! El lápiz salta de sus guantes inflados a reventar, lo recupera en el aire…

−Y cuando me hunda en las negras aguas de la muerte…

¿Quién? ¿Qué? ¿Por qué escribir? ¿Por qué insistir en la pantomima loca, sobre un papel mil veces estrujado y agujereado, cubierto con manchas de grasa, de licor y de baba?

−… coma…

Una salchicha entera. Quedan tres. Come ya sin sorpresa de tener una excusa para hacerlo; la excusa también se ha transmutado en orden. Mientras tanto sigue escribiendo, haciendo monigotadas patéticas, a flor de «las negras aguas de la muerte». La máscara oscila arriba y abajo, fijada para siempre en el momento culminante de tragarse un alfiletero.

—… mis labios fríos irán diciendo…

Escribe. Ya todo está listo para el Gran Final de la función. Colocan las banquetas donde se sentarán las fieras, colocan los arcos por los que saltarán. Un murmullo recorre el público: al salir los peones han levantado las cortinas, y se pudo ver por un instante la figura del domador, en su traje de satén rojo. Un delicioso escalofrío atraviesa a grandes y chicos. En unos segundos lo verán entre las bestias salvajes, armado de su látigo nada más, verán la elegancia selvática de los tigres, la majestuosa melena del león, el tamaño, el peligro; parece mentira que el momento haya llegado. De pronto, casi no se acuerdan de los dos payasos, ese anacronismo que persiste. Pero están ahí, y para sobreponerse a los murmullos, la voz del inspirado trepa catorce mil volúmenes más:

—… ¡Beba!…

Con una mano el secretario caza la botella por el pico, se la enchufa en la nuca, donde debe de tener la boca.

—… coma…

¡Salchicha, coma!

—… ¡Beba!… coma… ¡Beba!…

Ya no puede parar, en las cimas de los montes del amor, saltando de cumbre en cumbre…

—… coma… Beba…

La voz muere. Y su amigo mientras tanto, en el paroxismo de lo simultáneo, comió hasta la última salchicha de la obesidad, bebió hasta la última gota del alcoholismo, agotó su juventud, su felicidad, su vida, y parece a punto de derrumbarse pero todavía queda una última sacudida, una brisa de ultratumba desenrosca sus partículas por última vez. ¿Fue todo boca hasta la muerte? Pues entonces… ¡será todo culo hasta la resurrección!

—Firmado: Osvaldo Malvón.

Ya se sabe que la firma, y sobre todo la rúbrica, son puro lujo de garabato. Después de la grafología, no queda nada por decir. Entonces se despierta, sale de su ensoñación de novia y de carta... Pero si queda algo por actuar, es marginal y olvidado: él también es un muerto, su única función era hacer de muerto, y todo lo demás es increíble e irrepresentable. Aun así, se va al humo a la mesita, renovado, hecho una locomotora. Quiere resultados. ¡Y vaya si los tiene! No se molesta en simular sorpresa. ¿Para qué? Si todas las noches pasa lo mismo, si todos los días de la muerte es el cumpleaños de Beba, ya debe de saber a qué atenerse. Aun así, no puede con su genio violento, le sale el matarife que lleva adentro.

—¡Pero qué hiciste, cabezón!

El otro, ahora gordo y borracho, tartajea:

—¡Balón...!

—¡Te comiste todas...! —alzando los hilitos rojos.

—¡Pero... coma...!

—¡Te chupaste toda...! —sacudiendo la botella.

—¡Pero... Beba...!

—¡¡Yo te mato!!

Sin ponerse de pie, porque no puede, el otro estira los muñones gordos, vuelve hacia él un rostro lleno de lágrimas, un surtidor, blanco y estirado:

—Bal... bal... ón... ¡Buaaah! ¡Buaaah! —su llanto es un chillido de rata aplastada.

¡Crash! La botella blandida por el enamorado se estrella en su cabeza, y de inmediato una tremenda patada lo alza por el aire con silla y mesa: todo se ha pegado, se ha vuelto un solo ser. Y son la mesa y la silla, con el payaso inflado encima, las que emprenden la huida con sus ocho patas de madera. Otra patada. Otra.

—Baaal... ooon... —los bracitos siempre estirados, un bebé pidiéndole la liberación a un padre loco de atar.

—¡¡Te mato!!

Lo persigue por toda la pista, bajo el griterío del público, que se vuelve un trueno de carcajadas cuando sale de la manga el primer león. Es un león de verdad, espléndido, majestuoso, todo poder y belleza. Sacude su melena formidable y ahí plantado en sus cuatro patas, soberbio como un dios, parece más grande que la realidad, más mortífero. Abre la boca, y suelta un rugido que estremece al circo entero. Y los dos payasos, a los que ya nadie mira, se escabullen por una puertita.

24 de mayo de 1994

EL VOLANTE

Queridos vecinos de nuestro barrio de Flores: recurro a este medio, el simpático volante que se pasa por debajo de la puerta de la calle, para comunicarme con ustedes y hacerles llegar mi humilde propuesta. Pero antes, quiero presentarme: soy Norma Traversini, Profesora de Arte Escénico diplomada en el Conservatorio Nacional de Arte Dramático, Profesora de Expresión Corporal, Dibujo, Gimnasia, Danza Jazz y Control Mental, y actriz vocacional. Tengo veinticuatro años y una experiencia bastante prolongada en el oficio de las tablas, como que la inicié antes de saber leer y escribir: ya a los seis años integraba el Cuerpo Infantil Estable de danza del Teatro Colón. Desarrollé actividad pedagógica no rentada en el Centro Cultural Roberto Arlt, dependiente del Consejo Vecinal Número 6 (Flores) y participé en el Grupo de Teatro Infantil El Andariego. Omito mi labor en centros de recreación y colonias de verano. Diré en cambio que es posible que usted, vecino o vecina, me haya visto en el barrio más de una vez esperando un colectivo, yendo o viniendo de alguna clase, mirando vidrieras, o simplemente paseando con mis amigas o tomando el té en la tradicional confitería San José, frente a la plaza, o, con más frecuencia, en el ya tradicional Pumper Nic. Todo lo cual establece, creo, un enfoque personal, cotidiano, barrial si se quiere, y por ello claro y afectuoso. Si tomo la iniciativa de darme a conocer y establecer este fugaz canal de contacto público, es para comunicar la apertura de mi propio espacio de enseñanza. La empresa ha sido largamente madurada en la reflexión; no ignoro ni subestimo las dificultades que me aguardan, pero las enfrento con el anhelo de devolver a la comunidad algo de lo mucho que he recibido de mis maestros. Alentada por ellos, como así también por mis familiares y amistades, hago a un lado las dudas propias de un paso de tanta trascendencia en mi vida, e inauguro un taller... Pero esto sí lo pondré al modo habitual del clásico volante:

TALLER LADY BARBIE

DE

EXPRESION ACTORAL

Cnel. Esteban Bonorino 288, 2°. «8»

Inscripción e informes: personalmente

o al 630-9445 (de 19 a 21 h)

Bien sé que estas líneas escuetas serían todo el texto de un volante de los que todos los días nos están pasando por debajo de la puerta. Pero en él, ¡cuánto queda sin decir! ¡Cuántos interrogantes sin respuesta! «Expresión actoral», ¿qué quiere decir? No, no debe asustarse. No pretendo hacer de usted un actor o actriz, aunque si su vocación y condiciones así lo quieren, no seré yo quien se lo impida, más bien por el contrario lo ayudaré a descubrir esa vocación y desarrollar esas condiciones del modo más adecuado. Pero sólo la práctica sirve en este caso, y yo diría más: lo que sirve es una práctica que no se proponga a priori descubrir ni desarrollar nada sino «hacer» nada más, embestir, a ciegas, a lo rinoceronte. A este respecto puedo recordar aquí la leyenda que preside en grandes letras de oro la sala de párvulos de la Escuela de Ballet de nuestro querido Teatro Colón, y que no bien aprendíamos a leer nos hacían descifrar nuestros maestros, inculcándonos pacientemente su significado (pues estaba, y está, en latín): INCIPERE NON DISCITUR. O sea: «No se aprende a empezar», frase cuya moraleja es: «Se empieza».

Alarmada, advierto que me he apartado del tema. Lo que pretendía ser apenas una aclaración negativa terminó en una parrafada autobiográfica. Pero éste no es un volante común. Mi intención es explicarme, así me lleve dos páginas enteras, y no engañar a nadie. Lamentablemente es el engaño, involuntario las más veces, el resultado del lacónico volante consuetudinario, que por ahorrarle al vecino unos minutos de lectura le hace perder horas en averiguaciones personales o telefónicas, sin beneficio alguno. Tal sería el caso si mi volante se hubiera limitado a las pocas líneas que destaqué más arriba. Y, lo que es peor, habría desalentado a muchos posibles alumnos o alumnas que, haciendo un bollo con el papel, o usando el reverso, como es tan corriente, para hacer la lista del supermercado, dirían: ¡Qué idea! Yo actor (o: actriz)! Sé que el noventa y nueve por ciento dirá, como en la canción: no lo soy, ni lo quiero ser. Pues bien, querido vecino o vecina: yo tampoco quiero que lo sea, por lo menos si no está escrito en los astros (y si lo estuviera, usted lo sabría y no necesitaría leerlo en esta hoja).

Mi taller está dedicado a gente que *no* se propone llegar a la actuación en el sentido literal. Antes bien, por raro que parezca, se dirige al polo opuesto. Sé que esto le extrañará, pero le pido que siga leyendo. Pues confío en poder ponerlo en claro. Mi intención es brindarle un auxilio para mejorar su nivel de sinceridad. Poner a su servicio las técnicas de la actuación dramática para que su vida de relación se haga más transparente. Pues he observado que, por paradójico que resulte, muchas veces, por no decir siempre, uno debe *actuar* para dar el tono de sincera espontaneidad deseado, para evitar ambigüedades, para dar a entender justo eso que uno .quiere dar a entender, ni más ni menos. Piense, le ruego, cuántos problemas se habría evitado, cuántos malentendidos no habrían tenido lugar en su vida, si usted hubiera sabido acertar con la expresión exacta (no sólo de palabra, también de gesto, de entonación) en su momento. Y no me refiero a una elocuencia de orador de tribuna o de locutor de noticiero; pues a veces lo exacto es un balbuceo, o un silencio. Dicho así (ya sé que me expreso mal), usted pensará que le estoy proponiendo una existencia de pérfida simulación, de perpetua mentira. Y es todo lo contrario. Lo que le propongo es usar las artes de la mentira para mejor decir la verdad.

Para convencerlo, le diré que he pensado mi método como un valioso auxiliar del trato de los padres, sobre todo de la madre, con sus hijos pequeños; y yo jamás jugaría con una relación tan sagrada. Sé por experiencia propia, por haber sido una niña de una sensibilidad a flor de piel, que al inicio de la vida se necesitan más que nunca mensajes claros, unívocos, sin segundas interpretaciones. ¿Y quién si no el actor, avezado en los mecanismos del comunicar, es capaz de emitir esa clase de mensajes? Por supuesto, ninguna actuación puede suplantar al amor verdadero, pero ¿quién nos garantiza que el amor será entendido? Lo mismo puede decirse de todos los demás sentimientos, y de la honestidad en general, madre y respaldo de todos los sentimientos. Es que el amante que se decide a declarar su pasión, el empleado que va a pedirle aumento a su jefe, el amigo que abre su corazón en una confidencia, y hasta el parroquiano que le pide al mozo un segundo terrón de azúcar para su café, está de pronto en un escenario, donde cuenta su eficacia expresiva. ¿Por qué no brindarse la oportunidad de aprender a hacerlo, en lugar de confiar a ciegas en una espontaneidad que suele traicionarnos, o que no está en su lugar cuando la necesitamos? El arte, queridos vecinos, es parte de la vida humana, y no vale que hagamos lo del avestruz. Ésa es mi propuesta, y consciente de haberme extendido demasiado para un volante, me remito a su benevolencia de vecino y, si no es abusar, a sugerirle la posibilidad de una relectura. Con toda cordialidad,

NORMA TRAVERSINI

POSDATA: después de la firma debo agregar algo todavía, porque la relectura que hice yo misma me ha convencido de que no me expliqué bien. En realidad no puedo juzgar, porque yo la idea la tengo clara; pero ya la tenía clara antes, y lo que he escrito puede o no acrecentar esa claridad. En la incertidumbre, haré un esfuerzo más por disipar el malentendido. Empezaré desde el principio, y no por la mitad como lo hice antes.

En el principio... hablamos. Oímos. Gesticulamos. Vemos. En el verdadero principio, es como si estuviéramos en la China. Nos rodea y nos envuelve una lengua extranjera, que más que una lengua es un mundo de significados en el que somos náufragos, expósitos. Pero he aquí que no estamos en la China. Estamos en casa, en nuestro país, en nuestra ciudad, en nuestro barrio. El mundo es doméstico, habitual, es lo conocido por excelencia, ya que no hay nada que lo sea más. Los significados se dan por supuestos, todos sin excepción. Hablamos, y sabemos desde antes de abrir la boca que nos están comprendiendo; si no fuera así, no hablaríamos. Oímos lo que nos dicen, y desde antes de despertar nuestra atención sabemos que comprenderemos lo que nos dirán; de otro modo seguiríamos distraídos. Y esto no se aplica sólo a las conversaciones, a las preguntas y respuestas. Se aplica a la vida toda, y *es* la vida. En este punto volvemos a estar en la China, vuelve a rodearnos la «lengua extranjera». Porque ya no comprendemos las palabras en el sentido del diccionario. El diccionario nos da el equivalente comprensible de la palabra, pero cuando la vida entera se encuentra impregnada por la comprensión, dejamos de disponer de esa otra lengua a la que traducir las palabras, y nos encontramos inermes, flotando en un océano de jeroglíficos intrigantes al que llamamos la Vida. Ahora bien, ése es el océano de la delicadeza. Es realmente como la China, todo sedas y porcelanas y fatuos claros de luna: una nada basta para rasgar y quebrar, y los daños son siempre irreparables. El amor, la amistad, los negocios, la familia, tomados como paisajes bajo el claro de luna de la comunicación, son el reino de la fragilidad. Son un gran teléfono impalpable hecho de rocío y arcoíris, que puede descomponerse en cualquier momento. El Claro de Luna es una sonata, y si una sola de sus notas falla, la melodía se arruina para siempre. No es que quiera ser alarmista, pero es la lección de la experiencia. La experiencia misma es una tela de araña, en la que una mosca puede hacer un agujero. Y si no fuera así, ¿por qué tendríamos miedo? Si vivimos alerta, posados en el miedo, por algo será. Porque todo lo que comprendemos, también podríamos no comprenderlo, y viceversa. Es una diferencia de signos, positivo o negativo. Pero ojalá eso fuera todo. Si fuera una cuestión de bloques, de absolutos, podríamos vivir tranquilos. Y no es así. El signo no sobrevuela una totalidad de sentido o sinsentido sino que ha bajado y se entromete, multiplicada al infinito, en todas las intersecciones del mundo. Es más: se traslada, tiene movilidad propia, y encima se disfraza, el positivo aparece como negativo, el negativo como positivo. Y no es un travestismo burlón que suceda los fines de semana: es lo habitual. Se disfraza siempre, pero al mismo tiempo a veces, como para no darnos siquiera una seguridad por la negativa. Ahí es donde pretendo materializarme yo, como un hada con mi varita mágica. Yo, pero apenas como rudimentaria intercesora del arte milenario del teatro. Y el teatro, como rudimentario intercesor del arte momentáneo de la vida. Entonces la delicadeza puede ponerse de nuestro lado, puede ser un arma en nuestras manos. Porque el teatro es la miniatura del mundo, y con las miniaturas lo que cuenta es la delicadeza, y el efecto de la delicadeza: la eficacia. A eso se dirige toda mi propuesta: a entrar en el laberinto de la eficacia, y no perderse. El teatro es un sueño, de acuerdo. El teatro y el sueño son mundos de bolsillo que llevamos a todas partes, y que llevamos sin saberlo. Pueden volverse gigantes, y dominarnos, o pueden quedar en su naturaleza minúscula y obedecernos. Podemos tenerlos en la mano, apretar sus botoncitos con la punta de los dedos, y hacer que el mundo real aparezca, y funcione. Es como un televisor con control remoto. Se produce entonces una eficacia absoluta de la vida: en el sueño, somos los sonámbulos. Ya no estamos en la China. ¡Estamos en la luna! En el imperio encantado adonde fueron todos los sueños de todos los hombres, y donde sin saberlo estábamos destinados a vivir. Allí nos esperan prodigiosas aventuras que suceden a increíble velocidad, rápidas como el pensamiento, o más. Mucho más. Hay que imaginarse otro pensamiento para hacerse una idea de esta velocidad, un pensamiento hecho de pura eficacia vertiginosa. Es que hemos llegado al estado de la miniatura plena. La luna siempre ha sido una miniatura para el hombre. Una miniatura inalcanzable. Inclusive cuando llegaron los astronautas, en la televisión, esos rebotes, esas huellas que no se borrarán jamás, ese día de cielo negro como el terciopelo, confirmaron que era el ojo de la mosca, el paisaje en la cajita de música descompuesta; más la eternidad. Pero una eternidad rápida. En la miniatura multidimensional, el tiempo se ha concentrado como en un frasco de Chanel n.° 5. Sólo ahí podemos empezar a actuar, y todo lo anterior se revela como un sueño, pero un sueño de la otra especie, donde nos dominaba un designio extraño y funesto, el destino de la torpeza y el tropiezo. Es como si hubiéramos despertado, y miramos lo que nos rodea, atónitos, incrédulos…

La luna es un teatro, y todo teatro sucede bajo el brillo de la luna, cuyos rayos dan, como en las fábulas de la mitología, en el corazón del durmiente. La luz de la luna traza en el escenario las marcas de tiza que un director precavido ha puesto para recordar a los actores por dónde deben desplazarse. Porque el teatro no es tanto magia como un dispositivo bien pensado. Y los sentimientos también lo son. Mientras los actores se mueven, prosiguen la conversación. De una conversación depende que nazca el amor, o no, según las preferencias del dramaturgo. Los caminos del teatro son insondables, incluso caprichosos. Y el mundo es capricho y miniatura. De pronto advierten, y ahí es donde se despiertan, que están recitando un texto escrito. De modo que la distancia entre lo eficaz y su contrario depende sólo de la memoria, que es la gran acercadora, la gran Noche. Pero yo, en el piano de mi pedagogía, que no se ocupa del teatro sino del mundo, busco otra cosa más allá de la memoria, un automatismo. Cuando la memoria se disuelve, opera la magia al revés. La magia verdadera es la que funciona al revés, como metáfora descendente. Y no es la luna flechando al cazador dormido, no es el bosque encantado, sino el barrio, nuestra calle, nuestra casa. La luna pasa su volante por debajo de la puerta, en formato de pequeño cuadrado de luz blanca. (La mirilla de la puerta de calle quedó abierta, por ahí se proyecta en el piso de parquet esa figura chata.) El dueño de casa que va de su dormitorio a la cocina a aplacar el insomnio con un vaso de agua cruza el living, mira hacia abajo, se confunde y exclama para sus adentros: ¡Otra vez pasaron un volante! ¿No descansan nunca, ni de día ni de noche? ¡Qué manía! ¿Nunca renunciarán al viejo método? ¿Y de quién será esta vez? ¿Del electricista, del plomero, del cerrajero? ¿O de algún nuevo taller, de Dibujo, de Danza, de Inglés, de Apoyo Escolar? En el fondo da lo mismo, porque todos tienen algo en común: proponer una eficacia. Todos operan con el mismo procedimiento: crear una intimidad, acercar a la gente. Y todos, todos esos cuadraditos impalpables de papel se lanzan con la esperanza de dar en el blanco —pero se lanzan a ciegas, en el laberinto difuso de la ciudad o el barrio, como una multiplicación. El vecino se inclina a recogerlo, movido por la curiosidad, y sus dedos tocan la fría madera encerada del piso. Era la luna. Demora una fracción de segundo en percatarse del engaño, y entonces suelta una risa, la risa con la que se disuelve una ilusión.

Y, ahora que lo he escrito, esa risa disipa también mi ilusión. Es como si yo misma me despertara de un sueño. Pues advierto, esta vez sin necesidad de releer, que no me he explicado bien. He hecho lo contrario: no sólo explicarme y muy mal, sino que he ampliado fantásticamente el campo a explicar, lo he ampliado mucho más allá de mis posibilidades. Hagamos como si no hubiera dicho nada. De todos modos, es equivalente a lo que hice. ¡Qué galimatías! Debe de ser que yo misma no lo tengo muy claro. Me detengo a pensar un momento, cosa que no hice antes, y compruebo que si lo tengo claro, muy claro, quizás demasiado. Quizás hay una especie de locura en esa claridad, que me hace presa fácil del demonio de la explicación.

Lo más conveniente será empezar de nuevo, desde el Querido Vecino, pero esta vez empleando mi modesto don de actriz para ponerme en la piel de quien no sepa nada de antemano de mi proyecto, para poner a prueba su transparencia. A ver si me sale.

Todos hemos tenido la experiencia de las expresiones inolvidables. Aquella frase o palabra o exclamación o silencio que nos llegó directo al corazón o a la mente, cargada de un sentido luminoso, imposible de no captar. Algo así como la última réplica de un chiste bien contado. Aunque estuviera velado por la niebla repentina del espanto o las lágrimas de la pena. «Nunca olvidaré cómo me lo dijo.» «Nunca dejaré de oír sus palabras.» «Me parece verlo en ese momento.» La expresión inolvidable es la coagulación de toda una trama, de la que en lo sucesivo actúa como ayuda-memoria. Su calidad de inolvidable suele adjudicarse o bien al azar o bien al mérito de la trama que cierra, al cuento en sí, que encontramos muy digno de repetir. Pero cuando lo contamos, y llegamos a la expresión inolvidable, no podemos reproducirla. No podríamos ni aunque fuéramos el mejor actor del mundo, porque su esencia está en lo irreproducible. De modo que tenemos que describirla. Nos lleva diez minutos de balbuceos y exclamaciones y apelaciones a la imaginación de nuestro interlocutor (bajo la forma «no podés imaginarte...») dar a entender lo que fue ese «no» o ese «sí» o esa mirada. No intentamos siquiera reproducirlo porque, aun cuando pudiéramos, le estaríamos quitando lo mejor a nuestro relato. El balbuceo, lo aproximativo, son de rigor. Es el antichiste. Pues bien, todos reconocemos que en la emisión de la expresión inolvidable hubo una especie de técnica, así sea subliminal o casual. Fue el corazón, el secreto, fue la vida entera, que salió a la superficie. Pero salió con un modo, encarnó completa y definitivamente un modo, y en ese sentido fue parte de una técnica interpersonal que recorre el mundo creando relatos que valgan la pena.

Parece absurdo, inadecuado por principio, que alguien intente enseñar esa técnica. Pero un taller no es una academia:

es un lugar de aprendizaje y experimentación, de busca, no de hallazgo. Y creo saber cómo ayudar a la gente a volver inolvidables, para los demás, cada uno de sus momentos. No inolvidables en sentido literal, porque una vida así no podría vivirse. Ofrezco una eternidad de bolsillo, una aproximación a lo adecuado. Un simulacro, si se quiere, pero consolatorio. La técnica es sublime, pero es muy prolongada, y se puede empezar con ella desde muy abajo. Un camino de mil leguas, dicen los chinos, empieza con un paso.

Pero no. Basta. No puedo seguir en este tren. Creo haber fallado por tercera vez. Quizás no, pero es la impresión que tengo. Este último intento fue muy desmayado, sin verdadero esfuerzo, derrotista. Sea como sea, mi error fue no detenerme a tiempo. La suma de explicaciones, lejos de aclarar el panorama, lo ha confundido radicalmente. Es uno de los casos que desmienten el aserto: lo que abunda no daña. En cierto modo, me he desmentido a mí misma. Quiero ofrecer el modo de hacerse entender, y no lo consigo yo misma con la oferta en cuestión. Con todo, tengo una disculpa, que encuentro importante. Si yo estuviera ante usted en persona, me haría entender en menos que canta un gallo, y a la perfección. Pero no estoy frente a usted; me estoy comunicando por intermedio de este volante, y puedo culpar de la falla a la escritura, arte que me es más ajeno que cualquier otro. ¡Quién supiera escribir! Si estuviera promoviendo un taller literario, debería renunciar en este punto. Pero el mío no es un taller literario, de hecho es casi lo opuesto. De modo que quizás sea lo correcto haber fracasado hasta aquí. Y eso me da una idea para tratar de explicarme una vez más, incluyendo decididamente la inadecuación fatal que ahora sé que viene implícita. Quiero contarle brevemente el porqué del nombre. Proviene de un libro. El hábito de la lectura es hermoso. Como mi actividad es con el cuerpo, al cabo de una jornada muchas veces agotadora siento la necesidad de darle una expansión a la mente, y me siento en un sillón a hojear la revista *Gente* o mirar algo en la televisión. De ese modo hago un equilibrio entre los dos aspectos, el físico y el intelectual, y realmente no puedo entender a muchos de mis colegas que prefieren dormir sin más. No leo libros, por supuesto, porque eso me llevaría un tiempo que no tengo. Aun así, y muy poco a poco, a lo largo de varios meses hace dos años, leí una novela que me regaló una amiga. Se llama *Apariencias* y es de la editorial Sudamericana. No puedo decir (y recordemos que de acuerdo con mis nuevas premisas yo no puedo decir nada) sino que es buenísima. Se la recomendé a todas mis amigas e inclusive se la presté a una de ellas, aunque creo que todavía no la ha leído por falta de tiempo. Más de una vez empecé a contarles el argumento, que es de lo más complicado e ingenioso. Me quedó grabada del principio al fin, y es como si yo misma hubiera vivido la aventura de su protagonista, Lady Barbie Windson... y con eso queda explicado el porqué del nombre. Pero explicado a medias, y la otra mitad creo que sería, al fin, la verdadera y definitiva explicación de mis intenciones al abrir mi taller de expresión. Para arribar a tal resultado, tendré que hacer una brevísima síntesis del argumento. Claro que más claridad se lograría si ustedes leyeran la novela (es de la editorial Sudamericana, y supongo que debe de conseguirse en las librerías; la tapa es celeste y tiene la foto de una chica rubia con un camisón blanco sobre un fondo de árboles), pero como sé que nadie tiene tiempo de leer hoy en día, y además yo querría hacer un comentario sobre el punto pertinente, el resumen será suficiente. Ojalá yo supiera escribir. Como no es así, tendrán que poner un poco de atención extra para no perderse.

La hermosa e impasible Lady Barbie Windson había sido extraída de un selecto internado en Kent, en el que había pasado los últimos diez años, entre los diez y los veinte de edad, y llevada a la India, donde su padre explotaba una plantación de té en el Punjab. Sir Horace, el padre, la mandó llamar inmediatamente después de la muerte de su esposa, Lady Harriet, para que la joven ocupara el lugar de la madre difunta en la dirección de la casa allá en la India. Los antecedentes eran éstos: Sir Horace vivía desde su juventud en el Asia; cuando su plantación de té estuvo en marcha viajó a Inglaterra y se casó, en la primavera de 1889, con su prima Harriet Osmond-Davies, con la que volvió a la India. Allí nacieron las mellizas, y al cabo de seis años y medio el matrimonio se deshizo en malos términos (él había tomado una amante nativa, Sonda Hirastany, la gordísima y miope secretaria del Maharajá de Kapurtala), y Lady Harriet se embarcó a Inglaterra con sus hijas. Al cabo de cuatro años de separación y silencio, hubo una reanudación de correspondencia, complementada por los buenos oficios personales de un tío de Sir Horace, el Coronel Mapplewhite, de los Lanceros de Nepal, en cuya compañía Lady Harriet fue persuadida a viajar por segunda vez al Oriente, a recomponer el matrimonio. Barbie quedó entonces en el internado que Miss Cuatrecasas tenía en Kent. Durante la década subsiguiente la niña recibió apenas las cartas suficientes para enterarse de que sus padres habían vuelto a formar una pareja estable, que la reconciliación había sido premiada con un hijo, el pequeño William, y que los precios internacionales del té a la vuelta del siglo habían multiplicado portentosamente la opulencia de la familia. La noticia de la muerte de la madre y el llamado perentorio del padre vinieron en una misma carta. La joven lloró en brazos de Martha Cuatrecasas, hizo las valijas y partió de Southampton un día lluvioso bajo la protección del capitán Cawdor, a bordo del navío de éste, el *Pelikan*, rumbo al destino que espera a todas las jóvenes que han coronado con un Sobresaliente sus estudios.

Contra lo que pudiera parecer, Sir Horace no había actuado por egoísmo. La decisión de hacer regresar a su hija obedecía a un razonamiento en favor de su heredero, el pequeño Willie. El caballero pensó que el niño necesitaría quien hiciera las veces de su madre, cuya muerte le fue piadosamente ocultada. Y en ese sentido sus intenciones quedaron más que realizadas, porque Lady Barbie se parecía a su madre como una gota de agua a otra, salvo por la diferencia de edades. De hecho, este parecido le dio que pensar a más de uno allá en el

Punjab. A Willie entre ellos, pero menos. Pues para él la confusión de una madre con otra fue algo natural, y esa naturalidad formó su mente y le dio un color especial al resto de su vida, que tuvo como consecuencia muy poco pensamiento y una gran confianza en la renovación de las identidades. Tampoco movilizó mucho el cerebro de Sir Horace, pero por otro motivo, en cierto modo opuesto al de su hijo. Es que la vida del rico plantador ya estaba formada, y mucho. Lo estaba tanto que había llegado a una suerte de saturación (la forma se satura a sí misma). Me explico (resumiendo, por supuesto, las explicaciones que va dando el autor a lo largo de la novela): Sir Horace era lo que suele llamarse un hombre de hábitos. Tenía todos sus hábitos puestos en su lugar, y los que no tenía los inventaba, pero sin saberlo. Se inclinaba a cortar una rosa, y era como si toda su vida hubiera estado haciéndolo; se pinchaba el dedo con una espina, y el dolor era el recordatorio habitual de sí mismo. Miraba el fantástico incendio de los cielos al crepúsculo, y era como ver el ciclo anual de sus prados de té. Era consultado por las autoridades virreinales sobre algún imprevisto en el comercio imperial, y trataba de recordar qué respuesta se daba en ese caso, ¡y lo peor es que lo recordaba, infaliblemente! Era un filósofo al revés; daba por sentada su vida. De modo que las pequeñas confusiones que no dejó de provocarle el parecido de su hija recuperada con su difunta esposa no lo sorprendieron. Cuando la tomaba del brazo como lo había hecho con la muerta, o le hablaba con las palabras que habría usado hablando con ella, a veces durante horas, conversaciones enteras que sostenía con una Lady Harriet ya inexistente (porque además, lógicamente, era distraído), no había un «despertar» del malentendido, es decir que no había malentendido. Era el automatismo general que él encarnaba, nada más. Para él la singularidad suprema de una repetición era una simple repetición.

El intrigante parecido de Barbie con su madre sí les dio que pensar, y de eso en el fondo se trata la novela, a otros personajes. El primero, Sonda Hirastany, para quien la aparición de la joven fue un verdadero shock. Sonda no había llegado a reponerse en realidad del fracaso que diez años atrás había representado para ella la reconciliación del matrimonio de Windson Manor. No porque la reunión la expulsara de la vida íntima de Sir Horace (tal eventualidad no podía darse, dado el carácter irreversible de hábito que tenía la conducta del caballero); pero que el fracaso coexistiera con el éxito no lo disolvía. Su principal motivo de desazón a lo largo de los muchos años de adulterio había sido la sublime inexpresividad inglesa de Lady Harriet. Sonda en cambio era todo expresión, todo fisiognomía, todo psicología a flor de piel. Cuando desbancó a la esposa y la obligó a marcharse a Inglaterra, fue un triunfo a lo Pirro. Años después, esperó ansiosamente su regreso, y grande fue su espanto al ver a una Lady Harriet que volvía igual a como se había ido; los cuatro años parecían no haber pasado para ella, mientras que para Sonda habían sido eternidades de sensibilidad, y veinte o treinta kilos más. Pensándolo bien, cosa que estaba en condiciones de hacer porque no le faltaba inteligencia, había llegado a la conclusión de que seguía engordando para cubrir su expresividad. Flaca, habría sido el maniquí del repertorio completo de los gestos. Gorda, llegando a un límite de asíntota a la explosión, o a hacerse cosmos directamente, sería hierática como una estatua, como esa horrenda británica impasible. Entonces comía y comía, y no hacía ejercicio. Su piel rosa estaba tirante al máximo. Pero eso era un proceso, que ella sufría; y explicárselo ya era como estar expresando cosas. Lady Harriet seguía flaca como un palo, lenta como la piedra, fría como el chorro de agua. Al fin la muerte se la llevó. Pero qué amargura verla materializarse de nuevo en la figura de la hija, mucho más delgada y más impasible todavía. Fue como si el ejército enemigo, en la pesadilla de un general, reconstruyera por arte de magia su más fresco amanecer al mediodía, mientras ella seguía siendo la de antes, cansada y gorda a reventar. Y Lady Barbie tenía inclusive menos que expresar que su madre, o directamente no tenía nada, así que la inexpresividad le salía gratis, mientras sobre Sonda se acumulaban las decepciones clamando por su traducción al gesto. Por supuesto, uno puede preguntarse, cosa que el autor de la novela no hace, dónde estaba el problema de esta señora. ¿Por qué quería ser impasible? Quizás haya que decir que la mente oriental es insondable para nosotros.

En segundo lugar, el teniente Gwaith Mapplewhite, primo de Sir Horace, amante de Lady Harriet y padre del pequeño Willie. En tercero, los escritores del grupo Calcutti, que se la pasaban de tertulia en Windson Manor. A fines del siglo pasado, la India tenía una pujante literatura del interior, que décadas después fue concentrándose en la región de Bengala, y terminó confinada en la ciudad de Calcuta, y más precisamente en un par de calles y cafés del centro, con lo que perdió contacto con la realidad del país. No es que originalmente hubiera tenido mucho contacto. Los jóvenes del grupo Calcutti, en el Punjab, vivían pendientes de las novedades francesas. En la época en que sucede la novela, estaban fascinados con Laforgue. Por ser más de uno, y tener en consecuencia varias psicologías alternativas, estos escritorzuelos parasitarios habían logrado penetrar los mecanismos mentales de los otros personajes (la función del «coro»). Por ejemplo de Sonda Hirastany, de quien uno de ellos había hecho una cruel caricatura en un librito de versos que mostraba en la tapa un gavial obeso haciendo muecas, y abajo el lema: *Le besoin de s'exprimer*. En este caso tenían un motivo intrínseco para entender: ellos mismos se sabían patéticamente expresivos, y un mínimo de clarividencia les bastaba para advertir que de esos retorcimientos y gesticulaciones pueriles a los que los condenaban la raza, el vanguardismo y la juventud, sólo podía surgir una literatura derivativa. Habían puesto en Lady Harriet la misma veneración, cuantitativa y cualitativamente, que en Laforgue. La impasibilidad de esfinge se les antojaba el sine qua non de la originalidad. Pero saberlo les ponía los sentimientos a flor de piel, y tenerlos ahí los multiplicaba. Cuando Lady Barbie vino a reemplazar a su madre, tuvieron ocasión de renovar sus angustias poéticas, y acentuarlas, porque la chica era un basalto. Se habían hecho por un instante la esperanza de que, conociendo como conocían el contexto, se podrían poner en observadores, ver qué pasaba con ella; había tantas posibilidades (la que más les gustaba, sin confesárselo, era que reanudara el amorío de su mamá con el teniente), y si ella se comportaba como en una novela, serían ellos los puestos en el lugar de la piedra, petrificados por la posición de lector, y ella en el lugar de lo humano. Los acontecimientos no pudieron desmentirlos más, pobrecitos. Aunque eran unos diez, sólo tres de ellos tienen participación en el argumento: Hitarroney, Fejfec y Beguel. Pertenecían a sendas familias de brahmines thugs, a medias empobrecidas (no mucho) y se habían cambiado sus vulgares nombres bengalíes por unos fantasiosos apelativos franceses: respectivamente, Louis, Serge y Daniel. Eran jóvenes, pero no tanto. Los tres habían pasado los treinta, y seguían portándose como adolescentes. Andaban vestidos prácticamente con andrajos: camisas y bombachos blancos todos sudados, botitas de lona, collares, aros, los rizos ignorantes del peine (salvo Serge, que era pelado); no tenían modales y vivían a la espera de una gloria literaria que el país no parecía dispuesto a darles. Era difícil imaginarse cuándo escribían y leían, porque hacían vida social todo el tiempo. A semejantes vagos mal entrazados no se les habrían franqueado las puertas de las mansiones de los plantadores ingleses, pero sí se les habían franqueado, y ellos mismos no se explicaban bien por qué. Quizás porque, después de todo, representaban la cultura de la nación india (¡absurdo!, ¡si eran unos snobs que no habían leído siquiera el Ramayana!).

El elenco se completa con la condesa de Pringle y su hijo, el apuesto Cedar Pringle. La condesa era dueña de un par de montañas en las que criaba gusanos de seda, y su hijo era un desocupado, muy dandy, muy inglés. Y sobre todo muy, pero muy, hijo de puta. De lo peor.

Cuando llegó Barbie no tuvo que esperar para conocer a toda esta coterie porque las tertulias se sucedían a ritmo frenético en Windson Manor, debido a que por esa época del año estaba en danza el Premio Punjab de Novela, y el jurado fallaría en menos de un mes. El jurado estaba constituido por el viejo Coronel Mapplewhite, por Sonda Hirastany y por Cedar Pringle. Como el primero venía acompañado de su hijo, y el último no iba a ninguna parte sin su madre, y como, además, los jóvenes «Calcutti» no querían perderse palabra que los jueces soltaran inadvertidamente en sus reuniones informales, era cartón lleno en lo de Windson. El interés de los escritores se debía a que, por supuesto, casi todos ellos se habían presentado al concurso. De incógnito, porque el sistema establecido en las bases era el llamado de «plica aparte», vale decir que las novelas debían firmarse con seudónimo, y en sobre cerrado en cuyo dorso figuraba el seudónimo estaba el nombre, domicilio y número de documento del autor. Los comentarios de los jueces menudeaban, pero para las orejas de estos jóvenes resultaban por demás insatisfactorios. Ni una sola vez oyeron nada sobre sus novelas. La gorda Hirastany y el viejo Mapplewhite soltaban vagas declaraciones del tipo «Qué malas son estas novelas», o «Qué poca pasión ponen», o «Qué chatura» o «Qué poco profesionalismo», que exasperaban a los escritores presentes por su impresionismo irresponsable, o se ponían a contarse una al otro las novelas malísimas que habían leído, que no eran muchas. Una sobre todo les había llamado la atención, *Náufragos a la deriva*. Era de esas novelas (decían ellos) tan pero tan malas que basta leer los cinco primeros renglones para tirarla a la basura, pero de tan mala los había fascinado y habían leído hasta la última de sus cuatrocientas páginas llenas de disparates. No podía negarse que los había divertido, pero a juzgar por lo que se les oía era la única de las cien novelas que debían juzgar que habían leído con atención. Los Calcutti temblaban de la irritación, y cuando la charla de esos dos sujetos gagá en cuyas manos estaba su suerte volvía a la condenada *Náufragos a la deriva* ellos intercambiaban miradas que significaban «qué podemos esperar de estos imbéciles». Otros comentarios eran más alentadores, por ejemplo los muy deprecatorios referidos a la abundancia de novelas con enviados divinos entre las presentadas; ninguno de ellos había presentado una novela con enviados divinos. Pero ¿acaso habían leído las de enviados divinos, Sonda y el Coronel? Quizás sólo las habían hojeado hasta comprobar el género. La única que habían leído era *Náufragos a la deriva*. ¿Acaso tenían tiempo para leer? Cien novelas son muchas páginas, y éstos se pasaban el día charlando y tomando té en Windson Manor. De lo que sí estaban seguros era de que Cedar Pringle las había leído todas. De los tres, era el único que tenía cerebro como para entender algo, y su decisión se impondría. Además, podían dar por seguro que ningún seudónimo lo había desorientado, y a esta altura sabía bien de quién era cada novela. Pero él nunca hacía comentarios, salvo cuando se trataba de *Náufragos a la deriva*, en cuyo caso se unía con gusto a las bromas. De hecho, él les había recomendado la lectura de esa bazofia a los otros dos; no por buena, por supuesto, sino por disparatada y divertida. Por lo demás, distante, discreto, superinglés, no parecía darle importancia al concurso, parecía en las nubes, y los jóvenes aterrados temían lo peor, conociéndolo. Los plazos se acortaban, y los tres seguían actuando como si dispusieran de una eternidad. Faltaba menos de un mes para el día de expedirse, y las noventa y nueve novelas seguían sin leer... Los pobres muchachos estaban lejos de imaginarse cuántas cosas pasarían en el lapso de ese mes.

Por lo pronto, pasó que llegó Barbie, lo que fue un poderoso motivo extra de distracción. La lectura pasó directamente a otra dimensión, casi impensable. Sir Horace fue a esperar al *Pelikan* a Bombay, y regresó con su hija al Punjab a lomo de elefante en una semana; llegaron a Windson Manor a última hora de una tarde de monzón. Tras unas abluciones en su cuarto, someras y casi simbólicas porque no se desarreglaba nunca, la joven bajó a tomar el té al gran salón vidriado de la planta baja, donde el plenario de habitués, reunido para darle la bienvenida, pudo admirarla y sentir perplejidad, cada cual por su motivo personal, durante horas, mientras se hacía de noche entre las transparencias del viento y de la lluvia. Admiraron su belleza, su parecido, su impavidez. Roldanas de plata elevaban el té gota a gota a labios que no sonreían. La vieron dirigir la mirada helada de sus ojos celestes a los vidrios en los que se estrellaban las malvas indias. Gwaith le explicó que esas flores estaban enganchadas a su planta por la más imperceptible rótula, y bastaba un roce del aire para desprenderlas. Barbie asentía. ¿No lo recordabas?, le preguntó Sonda. Todos miraron hacia los vidrios; estaban tan acostumbrados al azote de malvas que ni lo notaban. La condesa de Pringle puso en palabras algo bruscas el sentimiento general: deberían volver a descubrir, por los ojos de la recién llegada, todo lo que el hábito de los trópicos les había ocultado. Dijo Barbie que no sabía bien qué recordaba y qué no; había estado leyendo libros sobre la India. ¿Tiene el hábito de la lectura?, le preguntó Fejfec. ¿Cómo puede ser que un hombre tan joven sea tan pelado?, pensó ella, al tiempo que decía: El monzón es bello, pero ¿no es peligroso ceder tanto muro al vidrio, como en Kent? Gwaith: Éste no es el monzón verdadero: es su eco o maqueta. Su padre el Coronel hizo un paralelo histórico de meteorologías. Barbie se sentó. Sir Horace se sirvió un whisky. Una criada de sari trajo de la mano al pequeño Willie para que conociera a su hermana. El niño se precipitó a sus brazos exclamando: ¡Mamá!

A la mañana siguiente, cuando Barbie bajó al jardín, la naturaleza era el eco del eco del monzón. Era un día perfecto, húmedo, de un gris luminoso. Había a la vista tantas plantas, tantas flores, tantas montañas, tantos pájaros, que la mirada resbalaba. Los hábitos del internado, que ella tenía tatuados en el cerebro, la habían hecho ponerse de punta en blanco. Dio unos pasos hacia el quiosco de mármol en la espesura del parque. La realidad estaba llena de pensamientos, y Barbie sentía las delicadas brisas humanas que en esa pequeña sociedad habían empezado a desprenderlos de ella. La envolvían como un aura. Y una mujer joven nunca deja de ver las irisaciones con que colorea el amor esos pensamientos. Las matas en los árboles se habían vuelto a llenar de malvas. Empezó a contar los trinos de los pájaros. Uno, dos... Un pavo real le salió al paso. En este punto el autor declara que a Lady Barbie no le había disgustado encontrar tanta gente en la casa, todo lo contrario. Y esa clase de gente en especial. Quién sabe qué idea se había hecho de lo que la esperaba en la India. Quizás ninguna idea, pero podía imaginársela a posteriori. Una naturaleza tan vívida le provocaba escalofríos por lo que «podía haber sido». Era un alivio encontrarse entre gente civilizada (curioso que una inglesa lo pensara); ahorraba tanto tiempo y esfuerzo. Si la manía persecutoria era el estado mental normal de los salvajes, todo lo que fuera civilización colaboraba en aplacar esa clase de síntomas. Y había encontrado refinadísima la coterie de Windson Manor; no se le ocurrió que podía ser demasiado refinadísima (porque habían hecho, la mayoría de ellos, del refinamiento su vocación y su profesión, bajo la forma cualitativa de la literatura). Se quedó atontada un instante, y si los ojos de la cola del pavo hubieran sido un lago, o un cielo, se habría hundido en ellos. Pero el animal plegó su abanico, soltó un grito y se marchó con sus pasitos de tullido. Barbie fue con su andadura de estatua hasta el quiosco, donde estaba el viejo Mapplewhite enfrascado en la lectura. En la mesita de mármol había una pila de carpetas. Cerró de inmediato la que tenía entre manos sin molestarse en poner un señalador ni memorizar el número de página (era la número 1) y se puso de pie para saludarla. No sé si me recordarás, querida..., empezó. Pero sí, Coronel, tío abuelo, si anoche estuvimos conversando, dijo Barbie. Los Mapplewhite se habían quedado a cenar y dormir. No, no me refería a eso, dijo el viejo, sino a cuando las visité en Inglaterra hace diez años. Sí, claro que lo recuerdo, dijo ella algo dubitativa. Si se refería a eso, pensó, ¿por qué no dijo «No sé si me habrás reconocido»? Le preguntó qué hacía. El Coronel le explicó lo del concurso. Pero ¿usted es crítico literario, tío abuelo?, preguntó la joven sinceramente asombrada. Tengo mis lecturas, dijo el viejo atusándose el bigote, y he publicado algunos volúmenes, de historia y esas cosas. Me gustaría leerlos, señor. Te haría bien. Un silencio. ¿Y tienen que leer todas esas novelas?, le preguntó ella señalando las cinco o seis carpetas apiladas en la mesa. ¡Eso no es nada! ¡Son cien! Barbie manifestó su conmiseración. ¿Y son buenas? ¡Horrendas, niña! Porquerías. Aunque algunas se pasan de malas y son divertidas... Por ejemplo una que se llama *Náufragos a la deriva*... Y acto seguido se la contó de cabo a rabo. En eso vieron en una terraza de la mansión a Sonda Hirastany, que también había pernoctado aquí, en un sari fucsia de las dimensiones de una carpa de circo. Hubo una pausa algo incómoda. Ella también es jurado, dijo el Coronel sólo porque no encontró línea más segura en la conversación. Ignoraba si la joven estaba al tanto de la relación de la gorda con Sir Horace. A la pregunta de si ella también escribía, el Coronel respondió con un ampuloso elogio (total, no le costaba nada) de la carrera de la señora en las letras. Y no sólo como escritora, dijo, sino como promotora y mecenas... Barbie quiso saber si era rica. No, pero lo había hecho con plata ajena, lo que no era menos meritorio. No sé si sabrás, querida, que fue la secretaria del difunto Maharajá de Kapurtala, el gran protector de las artes y las ciencias. A propósito, dijo Barbie, ¿de cuánto es el premio? Al enterarse de que no había premio, sólo la edición de la obra, se mostró asombrada: ¿y se molestaban nada más que por eso? Bueno, sobre ese punto el Coronel debía explicarle que la situación actual en la India hacía que la publicación fuera un objetivo muy codiciado por los escritores jóvenes sin medios de fortuna. Y más tratándose de la editorial Punjab. La publicación de una novela había llegado a ser algo de tanto monto que para que la poderosa editorial Punjab se decidiera a sacar la novela premiada era necesario el apoyo económico ad hoc que daba el más rico plantador de té de la meseta, que no era otro que Sir Horace. Lady Barbie empezaba a hacerse una idea de cómo estaban las cosas. Quiso saber si alguno de los jóvenes escritores que había visto en la casa la tarde anterior no habría presentado una novela al concurso.

El Coronel estaba persuadido de que no era así (¡qué equivocado estaba! Se habían presentado solamente todos) aunque no podía asegurarlo. Siguió la explicación del sistema de plica aparte. Pero siempre se podría deducir al autor, arriesgó ella, por una comparación del estilo y los temas... No, no había con qué comparar porque ninguno de ellos había publicado nada... según el Coronel, que ignoraba plenamente los muchos libritos y revistitas vanguardistas que habían sacado durante esos últimos años los miembros del grupo Calcutti. Era cierto de todos modos que ninguno había publicado en la editorial Punjab. Se produjo un silencio durante el cual el Coronel pensó: «¡Qué parecida es a la madre, Cristo! Me parece estar hablando con ella. Pero tengo que explicarle cosas que la madre ya sabía, lo que establece una diferencia. Y a la vez la anula, porque es como si la pobre Harriet se hubiera levantado de la tumba con un poco de amnesia. Y ahora que me doy cuenta, yo siempre pensé que lo único que le faltaba a Harriet para consumar su propio ideal era la amnesia. Y si lo pensé fue porque algo de amnesia debe de haber tenido, para volver con el idiota de mi sobrino después de haberse separado. Sólo espero que Gwaith no vuelva a empezar con ella». Los pensamientos de Barbie debían de haber ido por otro rumbo, porque sacó al viejo de sus reflexiones preguntándole quiénes más constituían el jurado. Lo tomó un poco de sorpresa, y debió hacer un reacomodamiento, de jurado a jurado, del que evaluaba las relaciones entre los seres vivos al que tendría que leer esas estúpidas novelas. Pero se repuso bien y contestó: Sólo uno más, porque somos tres. También lo conociste ayer: Cedar Pringle. Anticipándome a tus preguntas te diré que sí, es escritor, y al parecer muy bueno, por lo menos todos estos jovencitos lo admiran a más no poder. Además es muy apuesto, ¿no? ¿Es soltero? Completamente. No sé, dijo Barbie... me pareció... algo altanero, pedante... No, es tímido, dijo el Coronel, que ya se imaginaba adónde irían a parar las cosas porque había estado casado con una lectora de Jane Austen. El pavo real, la viva imagen de Pringle, pasó tamba leándose bajo el peso abrumador de su cola. Detrás venía Sonda, como una dama de honor. Los vi desde allá arriba, dijo parodiando sin querer a una de las tantas divinidades tutelares de su patria, y no quise perderme la oportunidad de charlar un rato. ¡El clima es tan perfecto! La pobre gorda, que se había pasado la noche pensando, estaba decidida a iniciar la relación con la joven sobre el buen pie, y anular de entrada las ventajas que había acumulado Lady Harriet. Por eso habló del clima. Pero estaba condenada de antemano al fracaso. Dos o tres toques maestros le bastarían a la inglesa para ponerla en su lugar. Barbie alzó la vista al follaje y comentó: ¿No es siempre perfecto, aquí? La india cayó en la trampa de cabeza: ¡Para nada, querida! Un día así no se daba desde... Buscó con la vista al Coronel pidiéndole ayuda. ¿Ayer?, sugirió el viejo. Y ella, escandalizada: ¡Desde hace años, décadas! ¿No oye a estos ruiseñores estallar de asombro? Hoy por primera vez en mi vida veo al pavo real con la cola abierta. Te ruego, querida, que no des por sentado nada de lo que veas. ¡Todo es excepcional! Ya estaba gesticulando, decenas de serpientes inofensivas se enroscaban y desenroscaban en su cara. Barbie se limitó a asentir y eso fue todo. La gorda se sintió caer por un abismo. Llegó a pensar que la chica le estaba calculando la edad. En un relámpago mental se dio cuenta de que la condesa de Pringle había iniciado la relación con el buen pie, ¡y ella, simétrica, infalible, con el malo! Ni siquiera pudo impedir que el relámpago le pasara por la cara. Con uno de esos absurdos instantáneos típicos del malestar, se dijo que a partir de ahora nunca reuniría las fuerzas necesarias para leer las cien novelas (las fuerzas para concentrarse en la lectura). Eso al menos le sirvió para cambiar de tema. ¡Qué trabajador!, le dijo al Coronel señalándole los carpetones. No crea, Madame Sonda, respondió el Coronel. Ella: ¿Sabe nuestra joven amiga de qué se trata? Él: De eso justamente estábamos platicando cuando usted llegó. Yo también expío mis culpas haciendo de jurado, pequeña, y estoy atrasadísima. No tardó en salir a luz *Náufragos a la deriva*. El Coronel me estuvo hablando de esa curiosa obra, dijo Barbie. Pero no se salvó de que Sonda se la contara de nuevo. No hizo ningún comentario. Sólo manifestó admiración por los papeles coloreados con los que los autores habían forrado las carpetas. Eran todos distintos, de dibujos y colores fantásticos. Debe de ser un hermoso espectáculo, dijo, ver las cien carpetas una al lado de otra. Los otros dos no lo habían notado. El Coronel se puso a hablar de la industria tradicional del papel en el Punjab, y Sonda Hirastany se hundió en una depresión de la que no la distrajo la tercera pasada del pavo real con la cola abierta.

En esas escenas y otras semejantes pasó Barbie su primer día en el Punjab. Burlando las esperanzas de su padre, Gwaith Mapplewhite puso en su mira a la joven, sin tomar en cuenta que era su tío segundo, ni que la doblaba en edad, ni que había sido el amante de su madre y que el hermano de ella era en realidad su hijo. O mejor dicho sí lo tuvo en cuenta. Sin ser un romántico, el sujeto sabía qué extraños pueden ser los sentimientos humanos. Los puntos en contra antes enumerados bastaban para desalentar su amor. Bastaban, pero sólo en principio, porque el amor era un sentimiento lo bastante fuerte como para sobreponerse a todos los obstáculos. Esto era apenas una hipótesis, pero en el amor una hipótesis alcanza. De modo que él podía levantar sólidas murallas, y con el tiempo su corazón podía derribarlas. Todo ese proceso, hipotético pero muy real, tuvo lugar en unas horas. El teniente era un cuarentón rubio, bajito y rubicundo, ni gordo ni flaco. Empinaba el codo y era jugador. Aunque no se las comentó a nadie, sus hipótesis reales crearon ondas que sintieron todos los miembros de la pequeña sociedad de Windson Manor, y Barbie quedó temblando en medio de la telaraña. La gente civilizada produce una especie de coherencia entre sí. Podía decirse que ella ya había respondido a ese amor que derrumbaría las murallas. Hasta el Coronel lo advirtió. Sonda creyó anotarse un punto a su favor, en la medida en que el acontecimiento sellaba la suerte de la joven; trató de desentenderse y seguir adelante con su vida como si nada hubiera pasado…

pero era cierto lo que había sospechado: no pudo concentrarse más en las novelas que debía leer. Los únicos que no notaron nada fueron Sir Horace y Willie, y eso porque en cierto modo ellos dos lo habían notado antes, al confundírseles Barbie con Lady Harriet.

Las ceremonias de bienvenida se completaron con toda clase de paseos. Por suerte la señorita Cuatrecasas no había descuidado la equitación de sus internas. Barbie era una elegante amazona, y ni siquiera a lomo de elefante perdía la calma. En grupos más o menos numerosos fueron a ver las plantaciones, los templos, las montañas, las junglas, los arrozales selenitas de Islamabad, los valles de mangostas, las ruinas. Por supuesto, fueron varias veces a Chandernaghor, capital departamental por ese entonces, y almorzaron en casa de casi todos los vecinos representativos. Fue una semana de movimiento incesante, que la bella e impasible lady atravesó sin que se le moviera una pestaña. Era como una turista, que lo ponía todo en movimiento sin moverse ella. Se puso a enseñarle a leer y escribir a Willie, y sucedió algo que la sorprendió, aunque no mucho: no había terminado de ponerse a la tarea cuando el niño ya había aprendido. Barbie llegó a la conclusión de que estaba maduro, y ella sólo había acudido a la cita. Una tarde de monzón y bombardeo de malvas (por eso no habían salido), cuando se cumplía una semana justa de su llegada al Punjab, la tertulia de siempre estaba reunida en el salón de Windson Manor, y ella hizo traer al niño. Anunció que les haría una demostración de lectura. ¿Ha aprendido ya?, dijo la condesa de Pringle. ¡Sería un milagro! Los milagros también suceden, dijo Sonda. Pusieron al niño con un libro cualquiera sacado de la biblioteca, y leyó con vocecita cantarina una página entera (que hubo que aguantar: tardó media hora). Los aplausos y felicitaciones fueron interminables. Sir Horace lo besó en la frente. Los elogios a las facultades pedagógicas de Barbie menudearon. Hitarroney se inclinó hacia Fejfec, que tenía al lado, y le dijo: Es obvio que el chico había aprendido solo y no lo sabía; le bastó descubrir que su madre tenía repetición para saber que sabía. Y saber que sabía que sabía, replicó Fejfec, porque entre ellos no cedían un ápice en ingenio. Hitarroney era el único del grupo que no había presentado una novela al concurso, por lo que veía las cosas con algo más de distanciamiento. Fejfec y Beguel, que sí habían presentado sendas novelas, y estaban nerviosísimos por el resultado, se enamoraron perdidamente y sin esperanzas de la nueva señora de Windson Manor. Ellos también habían estado maduros, sin saberlo, gracias al concurso. Enamorarse sin esperanzas es paradójico, y muy hermoso. Es la forma más accesible de la felicidad. Y así como el pequeño Willie tendía «el puente de los sueños» entre su madre muerta y esta bella réplica, ellos lo tendían entre la gloria literaria (ser publicados por la editorial Punjab) y la máscara inmutable de Barbie; confundían una cosa con otra, y en cierto modo habían obtenido lo que querían.

Cuando el temporal amainó salieron a la veranda a tomar el té. La hora retrocedía velozmente, como sucede siempre por las tardes cuando vuelve a salir el sol después de la lluvia. La gente cree que la noche es inminente, y de pronto ve que faltan horas. Hubo una dispersión. Sir Horace le propuso a Willie hacer un paseo en bicicleta, y le pidió a Gwaith que los acompañara. Barbie se hizo entoldar un elefante para dar una vuelta, y habría tenido harta compañía si en ese momento Pringle no les hubiera dicho a Sonda y al Coronel que quería hablarles, lo que hizo que los escritores presentes se quedaran, haciéndose los reumáticos, para ver si se decía algo de interés. Sólo Hitarroney la acompañó, y la condesa. Montaron los tres a Jack, un elefante de regulares dimensiones manejado por un chico, y partieron. Fueron a un villorrio vecino que Barbie todavía no había conocido. Hitarroney (Louis) era un muchacho flaco, de pelo muy enrulado, bastante negro de cara, de anteojos. Era furiosamente expresivo, y lo sabía; había empezado a saberlo durante esos últimos días. Tenía junto a él, en la toldilla del elefante, a dos consumados ejemplares de la inexpresividad británica. Una de ellas, la condesa, se había dormido, efecto que le producía siempre el balanceo de los paquidermos. Ni siquiera en ese estado, notó el joven escritor, perdía la compostura. En cambio él... y Sonda... los nativos en general... La espalda desnuda del cornac era más expresiva que el rostro de las inglesas. Se sacudió de la cabeza esos pensamientos y se dispuso a vivir el momento. Encontraba un sublime privilegio poder gozar casi a solas de la conversación de Lady Barbie; y como muchos jóvenes, creía que las buenas oportunidades no se repiten nunca. Además, había notado que cada vez que quería gozar del momento, una especie de hechizo automático se lo impedía. Había dos personas con las que consideraba un privilegio conversar en tête-à-tête: Barbie, y Cedar Pringle. Mucho más con el segundo, con el que nunca había tenido la ocasión que ahora tenía con la primera; a él le habría querido expresar su inmensa admiración; aunque nunca se había puesto a pensar en detalle cómo lo haría. Pero también mucho más con Barbie, a la que en realidad no tenía nada que decirle. ¿Que la amaba? Absurdo. No sabía si la amaba en realidad. Comprendía que en este caso estaba haciendo las veces de representante de sus amigos Fejfec y Beguel. Un nim, dijo Barbie. Louis miró: en efecto, había un nim. Nunca les había prestado atención a esos árboles. ¿Por qué será que aun ahora estoy pensando en la literatura?, se dijo. Y al mirar el perfil exquisito de su acompañante: ¿Acaso no podría amarla? ¿No la estoy amando ya? Perdóneme, señor Hitarroney... Call me Louis, le dijo él arrugando toda la cara para subirse los anteojos. Ella le dirigió una sonrisa angelical y siguió: ¿No le resulta impertinente si le pregunto por esa... camisa que está usando? Louis se sobresaltó. Lo que tenía puesto no era una camisa, sino una roñosa camiseta blanca toda estirada. Barbie precisó el sentido de la pregunta: Esa figura que tiene pintada... Ah, eso, exclamó con indisimulable alivio el ensayista; no está pintada sino estampada. Son tintas vegetales..., empezó a explicar sin mucha convicción porque él de las únicas tintas que sabía algo era de las de imprenta. Por suerte Barbie lo interrumpió:

Conozco el procedimiento. Me refería a ese tipo de figura, que he visto que algunos de sus amigos también usan. ¿La Diosa?, preguntó Louis. ¡Pero es una decoración como cualquier otra! ¡No tiene ningún sentido especial! Es una de las cosas, dijo Barbie con cierto tonito soñador, que todavía no logro entender en este país: ¿no es una divinidad después de todo? ¿No la respetan? ¿No creen? Louis se puso en iluminista, en liberal: la creencia era una superstición abolida. Pero en algo hay que creer, susurra la inglesa, y él no supo qué responderle.

Contra todo lo que había esperado, ese paseo hizo historia para Hitarroney, fue una tarde inolvidable, y no tuvo motivos para dudar de que para ella también lo había sido. Siempre en compañía de la condesa dormida atravesaron el villorrio, y él estuvo ingenioso, inteligente, lleno de frases, sintonizado, feliz. Terminó locamente enamorado (sin esperanzas) de la inglesa, que al despedirse le agradeció el momento incomparable e instructivo que le había hecho pasar. Las cotas intelectuales más altas el hindú verboso las alcanzó en la aldea. Ella se mostró curiosa e interesada en la vida de los nativos pobres, que por allí eran pobrísimos, de no creer de tan desnudos y abandonados. Lo más notable de la miseria, le decía Louis, era pensar que estaban reproduciendo en otra clave la vida de la gente normal. ¿Por ejemplo? Por ejemplo lo que nosotros llamamos locura, ese fenómeno tan desagradable. Si alguien en una familia corriente se vuelve loco, hay causas que explican su tránsito. Esas mismas causas están operando entre los miserables, pero a diferencia de lo que sucede entre gente civilizada, actúan a plena luz, y todo el tiempo, en una especie de horror permanente que también es la vida. Eso hacía que el contacto de dos civilizaciones, aunque se hiciera sobre un plano compartido de cultura (como en Windson Manor), no se diera sin repliegues intrigantes. Como usted habrá empezado a notar, Lady Barbie. Ella no respondió nada, y ni siquiera pareció pensativa. Lejos de desanimarlo este silencio, a Louis le dio alas. Encontraba sumamente estimulante la escena, que era una especie de nuevo paseo del Buda entre las miserias del mundo, esta vez el paseo a lomo de elefante de una enigmática (eso creía él) joven inglesa. El ejemplo de la locura lo llevó lejos, siempre imitando el peculiar estilo de los ensayos de Cedar Pringle. Esos nativos pobres que estaban viendo, decía, ¿no eran distintos? Existía la posibilidad de que ellos vivieran la locura, en general, de un modo social. Lo que produciría horror entre la gente civilizada, por ejemplo la emergencia de una súbita locura de amor, entre los miserables podía ser lo más común porque no necesitaba emerger: ya estaba en la superficie. Una pequeña torsión del ejemplo daba paso a la cuestión de los gestos, de la expresividad en general: en los ingleses la expresión debía abrirse paso desde la subjetividad hasta el cuerpo, mientras que en los nativos ya estaba en el cuerpo, y debía hacer el camino inverso, lo que no era tan sencillo. Ahí, y sólo ahí (no en el estampado de las camisetas), se daba el fenómeno de la creencia. Y la Diosa misma, con esa proliferación de brazos, ¿qué hacia sino desplegar todos los gestos a la vez, en una simultaneidad desesperada, un baile de San Vito de darse a entender a cualquier costo?

Al día siguiente los Pringle dieron un gran almuerzo de bienvenida a Barbie en su mansión, que dominaba un fantástico panorama de montañas, y por la tarde los miembros del grupo Calcutti hicieron lo propio, en escala mucho más modesta, con una función de títeres para adultos en la sala de Windson Manor. Fueron dos hechos de gran relieve (ocupan un capítulo cada uno) llenos de apartes, conversaciones, contrastes, sobre todo entre la envarada etiqueta de lo de la condesa y la loca agitación de los muñequitos en manos de los intelectuales nerviosos. Son dos capítulos largos y ricos, pero no puedo contarlos aquí. Y ahora que me detengo a pensarlo advierto, no sin un temblor, que me precipito a un nuevo fracaso, casi como a una fatalidad. Pues las extensiones podrían hacerse infinitas, si realmente me propusiera transmitir todo lo que hay en esta novela, y no veo cómo podría llegar a transmitir la idea sin la novela, ahora que tomé ese camino.

Me alargo, me alargo, y mi volante se está volviendo un volumen: quién sabe si así va a poder alzar vuelo. Y si yo les describiera el método con el que estoy escribiendo, creo que tendrían motivo para sentir un escalofrío. No porque busque conmiseración (al fin de cuentas, yo me lo busqué) sino para darle su valor histórico, de parto, a estas páginas, espero que perfectamente legibles, que ustedes tienen entre manos. Ya que estoy, no me cuesta nada explicarlo. Estoy usando el método llamado, a la inglesa, de «stencil», «extensil» dirán ustedes, para imprimir luego con un mimeógrafo. Hoy día los volantes se hacen con el sistema de fotoduplicación, estuve averiguando al respecto, pero me salía bastante caro. Y además, lo mismo que para hacerlo en simples fotocopias (más caro todavía, aunque con la ventaja de que podría hacerlas a medida que fuera repartiéndolas), era necesario hacer un original dactilografiado, y sucede que no tengo máquina de escribir. Pero tengo una tía maestra, y ella tiene un mimeógrafo, que me enseñará a usar. De ese modo puedo hacerlo todo yo, sin depender de nadie. El original que se usa en el mimeógrafo es el stencil; éste es una hoja de papel de seda muy fino al tacto, translúcido, que viene pegado por el borde superior a una hoja de papel común. Sobre el stencil se escribe a máquina, pero sin cinta, de modo que los tipos hagan una incisión, por la que a su debido tiempo pasará la tinta. Ahora, como yo no tengo máquina de escribir, hago esas incisiones a mano, con un alfiler, imitando lo mejor que puedo la tipografía de un impreso. El engorro incalculable que esto representa, los calambres en los dedos de sostener algo tan minúsculo y huidizo como un alfiler, la tensión a la que me obliga mantener la línea de los renglones, evitar que se arrugue esta seda impalpable o que se empaste con el sudor de la mano, excede mi capacidad de descripción. Al principio tardaba veinte minutos en trazar una palabra de cinco letras; a esta altura me he puesto más práctica. Una ventaja que tiene el método sobre la convencional máquina de escribir es que con él se puede dibujar tan bien como escribir; es cierto que es una ventaja que no uso, pero basta con la posibilidad. Por ejemplo las escenas de esta novela, que veo todo el tiempo con el ojo de la mente, podría dibujarlas, si supiera hacerlo; podría contar toda la novela en forma de historieta, y sería mucho más rápido. No lo hago, de acuerdo, pero la imagen me acompaña, en la mente y en la punta de la aguja que va rayando el stencil, y la imagen es mi velocidad. En resumen (y ya estará viendo, querido vecino, que tengo motivos para resumir), si me alargo es a mis expensas. La página que a usted le lleva unos segundos leer, a mí me llevó una tarde entera, de un esfuerzo literalmente alucinante, escribir. Lo hago por la mañana en la pizzería San José, de Rivera Indarte y Rivadavia, y por la tarde en el Punper Nic de Rivadavia entre Bonorino y Membrillar, de lunes a lunes. Si frecuenta alguno de los dos sitios, haga memoria y me recordará; de hecho estas páginas serán la respuesta al enigma que a usted le planteó la presencia infalible de «la de la aguja».

Pero volviendo a lo mío: las dificultades del método serían lo de menos, si estuviera segura de hallarme en el buen camino. En tal caso, todo estaría en seguir adelante, hasta terminar. Y me temo, como ya adelanté, que el camino que vengo siguiendo en este definitivo e indirecto intento de explicarme, no es el bueno. ¿Por qué? Porque estoy entresacando, de la materia innumerable de esta novela maravillosa, sólo lo que confluirá en el punto al que quiero llegar. ¿Y quién me asegura que estoy eligiendo bien? Por lo pronto, en mi comprensible apuro estoy omitiendo toda la atmósfera. La atmósfera es más que importante: es fundamental. Debo tener en cuenta algo que dice Sonda en una de las deliberaciones informales del jurado: «No me importan los detalles, sólo las atmósferas». Y además, la reducción afecta a la estructura misma de la novela, la desequilibra. El ritmo, las extensiones relativas, son tan importantes para la trama como los hechos contados, o más. La comprensión se ve afectada, de un tiro al corazón. Como con lamentarme no resuelvo nada, he planeado sendas soluciones. Para el primer problema, el de la atmósfera, una solución que puede parecer algo bárbara: acumular toda la atmósfera en un par de páginas, dedicadas exclusivamente a ella y redactadas lo mejor que pueda. Después, seguir con la acción. A mí misma me pareció ridículo, pero no tanto cuando lo pensé bien. Porque el lector, en el recuerdo, una vez que haya terminado todo, podrá redistribuirlo aquí y a lo largo del argumento, donde convenga. Su memoria imaginativa lo hará mucho mejor de lo que podría hacerlo yo; lo hará a la perfección, infalible como un sonámbulo. (Pero no sé por qué dije «redistribuir», si no estará distribuida, sino acumulada; debí decir «distribuir».) Para el segundo problema, el de las extensiones y los ritmos, la solución es menos fácil. Trataré de hacer lo siguiente: tomar, como venía haciendo, sólo los fragmentos pertinentes, pero no seguir presentándolos como partes extractadas de una novela, sino hacer con ellos un cuento completo. Es decir, no como una historia que va desarrollándose lenta y majestuosamente ante nuestra vista y paciencia, sino como algo que pasó, con un final que yo ya conozco y al que me apresuro a llegar con la máxima economía. Tomada la decisión, tal será mi plan de aquí en más: primero la atmósfera, para liquidar una deuda que me he creado con mi precipitación y torpeza; y a continuación un brevísimo cuento, como un relámpago, hacia la fulgurante moraleja del gesto apropiado; podré ir tanto más rápido cuanto ya he dado, con toda mi falta de oficio, bastantes datos. Pues bien, empiezo por la atmósfera. Pero ¿por dónde se empieza con una atmósfera, que es justamente lo que no tiene principio ni fin? Por cualquier lado y por todos. Por el medio. Por la mitad del medio. Por el aire. Por lo que hace aire. Por el verde, que es el color de la alucinación, el verde irreal, el verde fosforescente de los ramos que se alimentan de luz.

El verde de los trópicos, coronado de humedad, el gran almohadón de las lluvias. Suena una música, hindú por supuesto, y los árboles empiezan a mecerse. Salvo que aquí no son árboles sino un jaulón de guirnaldas verdes por donde entra y sale la gente. Por una jungla se va a la otra. Bajo la mullida alfombra de musgos hacen bulto las cabezas deformes de las higueras. Al contacto de los dedos súbitos del chaparrón se abren florcitas rojas, azules, amarillas. Una botánica in situ, sin herbarios. Biombos blandos pinchados en la moquette vaporosa. El paisajista musulmán y el demonio expresionista. Imposible llevarse un recuerdo de estos paseos, ni siquiera mediante la palabra «verde», porque el verde siempre será verde, rojo, violeta, amarillo… El verde se propone que dejen de verlo por la fuerza del hábito, unos segundos apenas después de la lluvia. ¡Pero la lluvia no terminó! Entonces el verde vuelve como alucinación, y la palabra «verde» se escabulle entre las notas de la música hindú, que es roja, plateada, azul oscuro. La línea que divide en dos la música se mece, ondula como la cobra encantada, llama a la lluvia.

Los colores son parte del aire. El exótico subcontinente llamado «India». Hay un aire transparente en el que se posa la lluvia. La meteorología sólo tiene nombres, sin articulación predicativa. El que más se hace notar es el de la lluvia, sobre todo cuando se repite. ¡Otra vez! Pero ¿entonces…? ¡Volvió a hacer buen tiempo! Los hindúes se distraen viviendo; cuando llueve también, pero sólo mientras dura la lluvia, que ya pasó. Abrió todas las rejas del jaulón de guirnaldas y se fue a otra jungla, montada en un mosquito con alas de murciélago.

A eso se reduce la realidad del clima. Gotas transparentes colgando de las orejas de las orquídeas. Haces de árboles, ramos cabeza abajo, y un elefante plano y horizontal que atraviesa un estanque. El reflejo ya pasó. Una anécdota. A eso se reduce la realidad de una atmósfera: ejemplos y anécdotas que no parezcan elegidos por nadie.

El elefante extiende la trompa para separar, con la mayor delicadeza, a dos señoras punjabíes, flaquísimas y descalzas, que están conversando. Tenía que pasar por ahí, entre ellas dos, aunque disponía de todo el ancho de la India para hacerlo. En fin… Sin saberlo ha hecho una buena acción, pacificadora, porque las dos mujeres estaban discutiendo y a punto de irse a las manos. Por un hombre, de más está decirlo. Salvo que en la India las mujeres se pelean por renunciar al hombre, porque se lo lleve la otra. Es al revés, pero sería difícil deducirlo por las apariencias, como suele pasar con las inversiones bien hechas. Las mujeres se insultan y escupen, lo mismo que hacen las mujeres de todo el mundo, por un hombre.

Encima del elefante, toda en moños, frunces y puntillas blancas, una bellísima joven inglesa, tan impasible que se la diría una gran muñeca de plástico. Junto a ella una matrona dormida, la cabeza echada hacia atrás, la boca abierta, roncando con estruendo en el silencio sobrenatural puntuado por el tintineo de las ajorcas. Frente a ellas un joven indio que gesticula y arruga todo el tiempo la cara para acomodarse los anteojos. Se le resbalan hacia la punta de la nariz por causa del sudor, irreprimible en este clima húmedo (el almohadón de las lluvias).

Así es como suceden las escenas. Grita el mono: la aurora. Grita el mono: el crepúsculo. Al punto el cielo rosa se llena de rezos jainitas. El canto del amanecer está envuelto en crujiente papel blanco. En el subcontinente hay mesetas enteras de piedra acuarelable. Se erizan las plumas de las nubes, suena el trueno en todas las pagodas ocultas en la selva, y ya llovió. Arcoíris, la cacatúa se hamaca, empieza el ronroneo; si se superponen dos transparencias, a veces no se ve nada (una inversión bien hecha). Por la alternancia pasa el elefante, de la India a la novela.

El interior del país está lleno de elefantes. Como son algo más pequeños que los de verdad, todos ellos podrían pasar por el ojo de una aguja: enhebrarse. Podrían hacerlo de día o de noche, o de día y de noche a la vez.

La noche india es torneada, de aumento, hueca y tiene cola. Es banal, y nadie lo sabe. La luna ansiosa y gesticulante abre sus grandes ojos negros: todos sueñan. Brinca el elefante. La luna atraviesa la escena de un lado a otro, pero mientras tanto la escena atraviesa otra escena de un lado a otro. Los bordes de las escenas son ajorcas con resonancias de metal delgado. Así transcurre la realidad, que es pura atmósfera, sin detalles.

Aquí no hay miniaturas exquisitas. En la India todo es grande, aceitado, sedoso, chillón, vulgar. La noche es un tul de nylon tras el cual dos bayaderas procaces se contonean de prisa. El país ya está todo enhebrado por una raza de perros salchicha. Farolitos dorados. Lo exterior se traduce a interior, pasa perfectamente como en una inversión bien hecha. En una mesa en el rincón, virtuosamente disimulado en las sombras de ese restaurante sospechoso, el Coronel Mapplewhite le hace la corte a una bailarina. Marjales y gaviales naïf pintados en las paredes. ¿Harás realidad todas mis fantasías eróticas de inglés?

Papeles pintados, acuarelas de raro gusto, en el boudoir de Sonda. Almohaditas forradas en seda violeta, un velador rosa. Exteriores, interiores, y la noche selvática. La carota de piedra en medio de la jungla, grande como una fachada, se arruga toda como si fuera a pasar algo... pero el gesto no terminará con un «atchís» sino con un «om».

Los monos también enhebran. Su modo de gesticular es dibujar un número con la cola; cuando llegan al nueve vuelven a empezar. Hay monos diurnos y monos nocturnos, monos de la realidad y monos de la novela, monos de la atmósfera y monos del detalle.

Es increíble que el tigre tenga que hacer paréntesis para sortear un helecho. El tigre come cuervos. Todas las ranas de la India han sido amenazadas al menos una vez por la torsión torturada de la cobra. El cocodrilo está siempre saliendo del agua, sonámbulo. Todos los pájaros de la India cantan cuando el cocodrilo sale del agua. Se ha hecho de día. Se ha hecho de noche. En medio de la selva hay un templo abandonado, y en medio del templo hay una selva abandonada. En medio de la especie hay un animal abandonado y en medio del animal hay una especie abandonada. A la selva la cruzan los ríos, por donde viajan los cocodrilos y los peces hindúes, de aletas turquesa y fucsia, con grandes ojos aureolados de terciopelo negro; los peces son como cabezas hindúes, seccionadas por supuesto, o más bien como rostros, como máscaras cosidas por los bordes. Los ríos del Punjab son blancos. A lo lejos, las montañas cubiertas de nieve; sus alturas están en todas partes, más cerca o más lejos. Cuando se han acercado demasiado se apoderan del horizonte y lo enroscan. Por el agujerito que queda en el centro se ven extensos panoramas pensativos, llenos de caminos…

Creo, creo, creo, que me equivoqué otra vez. ¡Otra! Ya estoy acostumbrada. Se me ha vuelto una segunda naturaleza. Tuve que hacerlo para descubrir que la atmósfera no puede acumularse. O mejor dicho, puede, pero es inútil, porque después para funcionar como atmósfera en la novela, debe fraccionarse demasiado, en fragmentos demasiado pequeños, y la escritura continua jamás podría dar los múltiplos adecuados. Quise hacerlo de modo mecánico, como un rompecabezas, recopilando todas las frases de color local que recuerdo de la novela, y así no va. En fin, ya que estoy voy a terminarlo. Debo sacar fuerzas de flaqueza para seguir; muchas fuerzas, no sólo por la sospecha que me embarga sino porque intentar escribir atmósferas es muy difícil en sí. Mucho más difícil que todo lo demás. Me pregunto si la atmósfera, algo tan fundamental en la novela, no tendrá un correlato en la disposición de ánimo del escritor, tan fundamental para ponerse a escribir. Como no soy escritora, no puedo saberlo. Pero puedo imaginármelo, y ésa es la atmósfera que invade mi espíritu en este momento. Es como si otro escribiera por mí.

Estaba en las montañas. No olvidar las planicies, donde se cultiva el arroz. Y las inmensas plantaciones de té de Sir Horace Windson. En toda la India se trabaja mucho, aunque no lo parece. La gente persiste en plena reproducción; los indios y sus hijos coexisten superpuestos como la atmósfera y los detalles. Aquí y allá, sentado en un punto al azar, un yoguín de patas cruzadas. Les crece una barba por la que fluye la energía de la cara; la barba es su gesto. No parecen inteligentes, pero quizás lo sean (como en una inversión bien hecha). Están sintonizados con la atmósfera por algo tan pequeño como el giro de los átomos. Entre ellos musitan palabras unas vacas blancas con codos, parecen llevarles mensajes. Donde hay un yoguín seguro que vive gente cerca; de los hindúes nunca puede decirse si son campesinos o no. Los ingleses no han llegado a ninguna conclusión. ¡Qué raro les parece el país! Sienten la atmósfera, pero muy de a pedacitos. Se empeñan rabiosamente en pasar el tiempo. Grandes campeonatos de polo musulmán los entretienen, o paradas militares que suceden como relámpagos. Nubarrones de polvo encierran leprosos y mendigos. Todos se reproducen; a falta de amor, tienen el sistema de las castas, que son como cristales curvos. Rojos son los rubíes que adornan las manos y la garganta de Sonda Hirastany, y vuelven rojo el mundo, sólo con que uno se decida a pasar de lo figurativo a lo abstracto, al mundo color, pura atmósfera. En fin, yo ya renuncié. Quién supiera escribir. Pero renunciar por lo general equivale a decidirse a iniciar por fin el trabajo, después de pasar por todo ese falso infinito de los fracasos. De modo que a partir de aquí contaré, en un par de páginas, al fin segura de mi camino, el cuento de los amantes, Cedar y Barbie, sin detenerme en nada, porque contaré justamente la historia de cómo llegar. Y ahora estoy segura de llegar a lo que debería haber alcanzado de entrada: la explicación (por qué conviene saber cómo expresarse), la explicación que en realidad no podría salir de mis pobres esfuerzos, de ninguno, ni siquiera el más extremado, porque está esperando allá al otro lado de todo el trabajo, y sólo se trata de llegar sin haber partido. He aquí el cuento:

La condesa Augusta Pringle y su hijo Cedar habían cometido uno de esos errores fenomenales de los que no se vuelve, al decidirse por la emigración a Oriente cuando las cosas se pusieron difíciles en Sussex. Podrían haberse ido a los Estados Unidos, pero prefirieron la India sólo porque en la herencia del difunto conde figuraba, entre todo lo demás, un criadero de gusanos de seda en el Punjab. También podrían haberse quedado en Inglaterra, pero eso ya era más opinable, con la persecución religiosa en curso. Irlandeses y católicos fanáticos, las perspectivas que se abrían para su credo bajo Gladstone eran tenebrosas. No atinaron a calcular que en la India sería mucho peor, por el conocido axioma según el cual las colonias son la caja de resonancia de las metrópolis. En la India, en efecto, se vieron más expuestos, más amenazados, mucho más necesitados de solidaridad para poder exportar sus productos. Que fueran millonarios no ayudaba, eran de la clase de gente a la que ser millonarios no los ayuda. Las expropiaciones de depósitos eran moneda corriente en la política colonial de aquel entonces. Cedar hizo un viaje a Europa en 1899 y transfirió el grueso del patrimonio de la familia a bonos de los ferrocarriles polacos, administrados por la banca Rothschild. Con eso quedaron a salvo de lo más obvio, pero el peligro no estaba en lo obvio. Hubo un flujo incesante de curas y misioneros de incógnito a la mansión colgada de las montañas, una serie enigmática de accidentes, y la convicción de que los gusanos ya no eran suficientes. Quiso la mala suerte que tuvieran por vecino a un rico e influyente plantador de té, Sir Horace Windson, anglicano hasta el tuétano, cabeza del partido intolerante. Madre e hijo le hicieron la corte durante un par de años, pero el individuo preparaba un golpe, para el que creyó madura la oportunidad con la llegada de su hija Barbie, que venía a reemplazar en la administración doméstica de Windson Manor a su madre recientemente fallecida. Ésta había sido buena amiga de la condesa y había actuado como elemento de contención de los malos instintos de Sir Horace. Por influencia de los Pringle, Lady Harriet Windson había aportado el capital necesario para la fundación de la editorial Punjab, en la que había desplegado su actividad propagandística católica, siempre subliminal y ambigua, el joven Cedar Pringle, que en el proceso obtuvo, de carambola, una sólida fama de escritor. Lord Cedar podría haber capitalizado en su favor el prestigio que su estilo le había ganado entre los jóvenes intelectuales de la India, pero echó a perder las cosas su fanatismo recalcitrante, muy de irlandés.

Entre los festejos de bienvenida que se le hicieron a Lady Barbie durante la semana posterior a su llegada, hubo un almuerzo de gran aparato ofrecido por los Pringle en su domicilio montés. Sir Horace se presentó con un fotógrafo, que tomó un centenar de placas durante la reunión. Era la ocasión que el malévolo plantador había estado esperando. La fotografía social era un arte muy poco cultivado entonces en la India, y el desconocimiento de los procesos le hizo fácil al chassirette, un oficial del cuerpo de Lanceros de Nepal importado ad hoc, tomar una buena cantidad de fotos comprometedoras de altares, vírgenes, santos, siguiendo las instrucciones reservadas de su empleador. La condesa y su hijo vieron impotentes cómo el enemigo se hacía bajo sus narices de pruebas incriminatorias de culto. Esas fotos en manos de Sir Horace significaban el fin de las esperanzas de los Pringle de permanecer en la India. Cedar tuvo que tomar la decisión, esa misma noche, de pasar a la ofensiva. Era un hombre de indiscutible talento (en eso al menos no se equivocaban sus muchos admiradores nativos) pero hasta ahora no lo había usado más que en sus ensoñaciones teológicas, malinterpretadas como literarias, y en las sutilezas de la propaganda indirecta. Había llegado la hora de pasar a la acción, y en su caso eso significaba un salto al vacío. Se propuso robar las fotos esa misma tarde, durante una función de títeres que habría en Windson Manor. Confiaba en el poder de distracción que produciría ese género insólito, el guignol vanguardista para adultos. Sin mucha reflexión, ponía su confianza en su objeto preferido de desconfianza: el talento de esos aprendices de escritor que tanto lo admiraban. Daría el salto, iniciaría la acción, desde ellos.

¿Un salto al vacío o un salto a… la vida? La acción es vistosa, múltiple, colorida. No necesita explicaciones, porque ella misma es una explicación. Los Calcutti, que no sabían nada, sabían eso. Poblaron su loca opereta de muñecos con episodios inverosímiles y desfachatados, todos ellos tomados de las veneradas novelitas de Lord Pringle, pusieron en escena personajes que eran los mismos espectadores, improvisaron, se desgañitaron, sudaron la gota gorda manipulando los títeres, prendiendo y soplando velitas, barajando telones pintados, frenéticos, felices, olvidados de su timidez. ¿Qué se habían propuesto expresar? ¿Su admiración por Lord Pringle? ¿Su amor a Lady Barbie? Ni ellos mismos lo sabían, ni lo supieron jamás. Pero al final, cuando se sacaron los títeres de las manos enrojecidas, tumefactas, y asomaron las cabezas atestando el rectángulo que había sido la escena, el más alegre aplauso los premió y se fueron a sus casas la mar de contentos.

Los elefantes correteaban en la noche rápidos como galgos, bajo la luna incrustada en un cielo azul oscuro, y las montañas negras a lo lejos. El retumbar de los cascos hacía temblar a los árboles y formaba ondas zigzagueantes en los estanques de agua oscura. La luna rebotaba como un balón. Sin disminuir la velocidad los elefantes levantaban la trompa y berreaban de terror. Grandes fogonazos estallaban sobre sus lomos... Porque sus jinetes estaban disparando: desde cuatro elefantes disparaban a uno que huía quinientos metros adelante. El fugitivo era más pequeño, de cuero inusualmente claro, con la toldilla de seda carmesí en forma de cebolla, toda cerrada salvo un tajo por el que asomaba el caño de una escopeta con la que respondían al fuego. La persecución se prolongó largo rato, con la luna siempre al fondo y las siluetas tenebrosas de las montañas bailoteando abajo. Ahora cruzaban los arrozales selenitas de Islamabad, planicies de agua que plateaba la luna. Luego corrían por los oteros de un río, y la distancia entre Mambo (así se llamaba el elefante pequeño) y los cazadores se acortaba... Pero en un sitio estrecho de arenas entre el río y una barranca el cornac detuvo a Mambo con una pirueta en seco, y una figura esbelta echó pie a tierra de un salto antes de que terminara de inmovilizarse. Era Cedar, quien con ayuda del cornac en escasos segundos apiló varios cocodrilos dormidos formando una valla. Hecho lo cual volvieron a montar y se alejaron al galope; la escopeta volvió a asomar entre la seda y disparó quince veces al hilo a modo de maniobra de distracción. Dio resultado, porque a los cuatro elefantes que venían atrás no atinaron a frenarlos a tiempo y hubo una rodada general sobre los cocodrilos, que se despertaron y empezaron a dar dentelladas. Sir Horace y sus amigos, magullados y jurando como ateos, tuvieron tanto que preocuparse por sustraer brazos y piernas de los tijeretazos de los saurios, que no pudieron sino dar por perdida a su presa. Por el momento. Pues les quedaba la condesa como rehén, encerrada bajo llave en una habitación de Windson Manor. Y sabían que su hijo no la abandonaría. Más aún, la pusieron en manos de un santón local que le dio tés drogados para hacerla hablar. Antes del amanecer la condesa había balbuceado algunos datos importantes, pero nada que les diera una pista del paradero de Lady Barbie, secuestrada esa tarde a la puesta del sol. Las fotos también habían desaparecido. El dueño de casa no se acostó, pues estaba seguro de que el audaz conde de Pringle daría un golpe de mano en cualquier momento. Aunque había conseguido de urgencia el auxilio de cinco lanceros de Nepal y había reclutado una decena de tiradores expertos, a todos los cuales ubicó estratégicamente en la casa y el parque, el cuarto-calabozo de la condesa lo dejó bajo la exclusiva vigilancia del santón, al que le dirigió este discursillo conminatorio: Mi querido Hoombasbaswami, le sugiero que no le dé más té a esta señora, porque la veo a un tris de ponerse a cantar Aída; después hablaremos sobre la eficacia de sus polvos de la verdad; lo que le digo por el momento es que si a la salida del sol ella no está en esta habitación, a usted le haré arrancar los testículos uno a uno, y si eso no basta le haré comer la barba. El swami quedó paralizado, y un rato después, cuando la condesa efectivamente se puso a canturrear, su corazón se congeló.

Fue una noche agitadísima para varios, entre ellos Sonda Hirastany, quien, sin que nadie lo sospechara, era la que en realidad se había apoderado de las fotos. Mambo era de ella, por otra parte; su elefantito pet, rápido como una liebre. A la medianoche había sentado su cuartel en casa de una amiga, Manaanda Beguel, la madre del escritor. Movilizó a toda la servidumbre para localizar a Pringle, a quien se proponía venderle las fotos. Era una mujer de muchos recursos, muchos más de los que tenía su amante inglés, que en juegos de guerra actuaba como un verdadero rinoceronte: frontal, sin sutilezas. Confiaba en localizar al fugitivo, o más bien en que él la localizara; después de todo, ella lo había ayudado a huir, y tenía lo que él quería. Mientras esperaba, se quedó en la sala conversando con Manaanda. Era ésta una riquísima viuda de familia thug, delgada, envejecida, tradicionalista. Las dos estaban de saris de seda, enjoyadas y fumando como murciélagos.

Sonda le había hecho una relación parcial de los hechos, incluido el préstamo de su elefante favorito. Querida, le dijo Manaanda, nunca he entendido tu entusiasmo por ese animal. Mambo, le dijo Sonda, es un elefante enano, te lo he dicho mil veces. ¡Pero eso qué tiene que ver!, exclamó la otra, ¡es un poco más chico, ni siquiera mucho, y nada más! ¡Es sólo tamaño! No, le explicó Sonda por quincuagésima vez, no es sólo tamaño. Lo enano no es sólo tamaño. Incluso un día se podría lograr, con las cruzas adecuadas, una raza de elefantes en miniatura, mucho menores que mi Mambo, pero no enanos. Lo enano es otra cosa: fundamentalmente, significa que no se le cierra la mollera y se le saltan los ojos. Su amiga lo pensó un momento; creyó ver en la pantalla de la imaginación la figura contrahecha de la bestia. La resignación de Sonda al explicárselo estaba justificada, pues Manaanda volvería a olvidarlo la próxima vez que surgiera Mambo en la conversación. Eso se debía a que no admitía que el entusiasmo por algo durara mucho tiempo; por ejemplo la constancia de Sonda con Sir Horace, o con el hombre en general. Sobre todo cuando estaba siempre traicionándolo, como ahora; aunque eran modos complicados y ambiguos de traición. Lo que mataba su memoria, por lo demás buena, era la alternancia de Sonda, y de toda la coterie de los Windson, entre lo más serio que podía haber (para una mujer: un hombre) y lo más frívolo que se les podía ocurrir (un elefante enano). La sala tenía las ventanas abiertas a la noche clara, y era visible la luna sobre Lahore dormida. La luz tenue del interior resaltaba el rosa pálido de las carnes hinchadas como un globo de Sonda, su maquillaje excesivo, sus enormes rubíes.

Manaanda era de piel más oscura. Los mosquitos no se acercaban a una ni a la otra. Ellas no notaban siquiera la presencia de las mariposas secas que iban y venían.

Detrás de una puerta, una figura delgada se escabullía con pasos de gato. La conversación de las damas había sido oída por alguien muy interesado, Daniel Beguel. Vestido apenas con unos pantalones cortos y un calicó drapeado sobre el pecho flaco, con las sandalias de yute en la mano, el joven escritor salía minutos después a la calle por una puerta trasera del palacio, acompañado por su fiel perro Sinán. Cien metros más allá se detuvo a calzarse. Lahore estaba de veras dormida. Las siluetas negras se desplazaban en las calles sólo iluminadas por la luna, y en el cerebro de Beguel sólo iluminadas por su amor a la literatura. A partir de las confidencias de la gorda, y de lo que ya sabía, se había hecho una idea de la situación. Como sucede con los jóvenes cuando la fiebre de la acción los toca, salió en busca de sus amigos; y como sucede también con los jóvenes en ese trance, llegó por anticipado al fin de todas las discusiones que tendría con sus amigos. Sabía lo que dirían porque era lo que decía él mismo; todos ellos se habían entregado a la literatura en cuerpo y alma, sin dejar nada afuera; así era fácil anticipar argumentos. Beguel se deslizaba por la ciudad dormida, su figura descoyuntada de adolescente tardío siempre a punto de quebrarse, y el perro que lo imitaba, y en sus soliloquios precipitados tomaba como interlocutor a Louis, no sólo por amistad (eran inseparables) sino porque de toda la banda Louis era la encarnación misma de lo literario. Le adjudicaba, en favor de la argumentación, una prudencia de la que él se apartaba a cada paso. Pasar a la acción, podía decir Louis, era irrevocable, irreversible, sin regreso, para un escritor, podía ser el fin de las tertulias en lo de Sir Horace, el fin de muchos proyectos y esperanzas... De acuerdo, pero valía la pena jugarse. Valía la pena jugarse, porque sí, por la aventura, por lo nuevo... Y si eso significaba el fin de la literatura, bueno, lo siento pero no nos echaremos atrás. El amor es más. Ahora, ¿el amor por quién? Por... ¡Ah, sí, cierto, por Barbie! (es decir, por la literatura). Después de todo, no puede ser sino el fin de una idea de la literatura... Quedan las otras. Pero ¿de qué habían hablado su madre y la gorda, cuando se dejaron de dar datos interesantes y parlotearon porque sí, por inercia? De una alternancia entre lo serio y lo frívolo. Quizás también fuera el fin de la vida, o al menos de un estilo de vida, con todas las ideas de la literatura juntas... ¡Pero igual se jugaban! Sin motivo, sin pensarlo más. Se jugaban porque la vida no era tan importante después de todo, al menos frente a la aventura, que era la ficción de la vida... Y Louis Hitarroney le daba la razón, en su fantasía, ¿cómo no se la iba a dar?, y en ese momento tropezó con Sinán porque había llegado a la casa de Louis y el perrito frenaba por hábito. Subió la escalera del desvencijado inquilinato donde su amigo alquilaba una pieza (sus padres eran ricos joyeros, pero él hacía vida independiente). Se puso a golpearle la puerta, y le dio no poco trabajo despertarlo. Louis estaba no sólo dormido sino soñando; en su maravillosa generosidad de joven estudioso de la literatura, soñaba que, precisamente, su sueño dorado se realizaba: Cedar Pringle era reconocido en Europa como un gran escritor, grande entre los grandes, a la altura de un Henry James, un Flaubert, un Laforgue. Se veía en un congreso en París, como él se imaginaba un congreso en París, al que asistían todos los críticos literarios del mundo civilizado para legalizar la entrada de Pringle a la restringida nómina de los genios de primera magnitud, y su deseo se hacía realidad, las grandes luminarias de la crítica se pronunciaban con elaborados elogios del talento de Pringle... Pero no, no eran elaborados, eran simples, simplísimos, para más efecto: Pringle es grande, es el mejor, es *superior* a Henry James. Tanto que él mismo se asombraba, él que estaba como espectador en la última fila: pero ¿tan grande es, tan genial? ¡Ni yo mismo me lo suponía, yo que me he pasado años elogiándolo solo, clamando en el desierto! Y de pronto, con una conversión que tenía un matiz de angustia, como es tan frecuente en los sueños, empezaba a sentir que los elogios sonaban a falso, a «qué más da», a «es sólo literatura», eran puras palabras, y entonces tenía que intervenir para poner un acento de seriedad que sabía de antemano que los otros no aceptarían en el fondo de sus corazones, y la angustia crecía mientras tartamudeaba sus argumentos golpeando el pupitre con el puño, toc, toc... Se despertó bañado en sudor y fue a abrir la puerta. Se pusieron de acuerdo en cuatro frases y bajaron la escalera hablando como demonios. Porque sí, por la aventura, por lo nuevo... Es sólo una idea de la literatura... ¡La vida no es tan importante! Cedar Pringle había huido en Mambo, con Lady Barbie... El camisón de Kali... Iban a buscar a Fejfec, no necesitaban a nadie más, y de ahí al sindicato de cornacs, por ellos no había que preocuparse, velaban toda la noche... Ahora eran dos sombras, y la del perro, atravesando las calles oscuras. Minutos después eran tres; a Fejfec no habían tenido que despertarlo porque estaba leyendo. Y si hubiera estado soñando, habría sido con ganarse el premio Punjab, con seguridad, aunque quizás bajo la forma de estar haciendo el amor con Lady Barbie, tanto se le habían confundido las dos cosas bajo la calva prematura.

Un gran festival de estrellas se había fijado en el cielo azul oscuro. Pensándolo bien, era una buena noche para la intervención del Enmascarado; la ocasión ideal en realidad, tanto que se diría que sus actuaciones previas, todas nocturnas, fulgurantes y eficacísimas, no habían sido más que el prólogo para su desembarco en medio de este enredo, con su maillot negro, su capa de seda negra, su antifaz y su fiel ayudante Canuto (un mono con antifaz). Más que eso: si no aparecía esta noche, era como para dejar de creer en él. Lo que sí, tendría que empezar por explicarse lo que pasaba. Su información, como la de todos los justicieros enmascarados, siempre era buena, pero en este caso parecía necesitarse algo más que buena información. ¿Por qué habían secuestrado a Lady Barbie? ¿Quién lo había hecho? ¿Cómo era posible que un contemplativo, un estilista de invernadero como Cedar Pringle se hubiera lanzado a la acción? ¿Qué se proponía Sonda Hirastany? ¿Se suspendería el partido de polo intercredos por la mañana? ¿Qué pasaría en ese caso con el camisón de Kali que el Enmascarado había prometido como trofeo al equipo ganador? ¿Cuál era la identidad secreta del Enmascarado? Todas estas preguntas, y muchas más, se hacían los tres escritores sentados a una mesa del salón de té de la posada La Grulla, punto de reunión de los cornacs de Lahore. Estaban esperando a Lomy Cantón, el presidente del sindicato, que según sus acólitos regresaría en minutos de un transporte que le había llevado todo el día. Tomaron té para despabilarse y vieron el show de trasnoche, a cargo de una bonita y popular bailarina folklórica llamada Lekha. La vieron ondular prolongadamente en el tablado del fondo, a la luz de unos hachones estratégicamente dispuestos; un trío de cítara, tamboril y contrabajo punjabí ponía el ritmo, de medidas ultrabreves, tanto que Lekha parecía bailar según músicas mentales. Algo de eso había en realidad, como lo demostraban las miradas de los espectadores. Lekha era una típica belleza nativa: baja, delgada, cabellera aceitada color azabache, cejas negras, nariz ganchuda, ojos enormes, expresión atormentada y esta noche también abstraída. Era inmensamente popular en Lahore y en toda la provincia. Envidiosas, las burguesas, que nunca la habían visto bailar, la llamaban «la favorita de los cornacs», y lo era, por cierto, pero también tenía simpatizantes, y casi adoradores, en todos los gremios. Se decía que practicaba una activa beneficencia, y además estaba nimbada de cierto misterio por sus relaciones, que nunca habían sido probadas, con el Enmascarado. La gente amiga de la intriga la llamaba «la novia del Enmascarado», y los dueños de La Grulla aprovechaban esta fama para atraer público al local.

Terminado su número, mientras duraban los aplausos de los cornacs trasnochados, Lekha se desprendió del telón dorado contra el que había bailado y bajó al salón contoneándose y haciendo susurrar el grueso plumetí de seda que transparentaba a medias sus formas voluptuosas. Fue, simulando un abandono casual que no engañaba a nadie, a la mesa ocupada por los jóvenes Calcutti. Les preguntó el motivo de que buscaran a Lomy. ¿Cómo se había enterado de que lo buscaban, si cuando llegaron ya estaba bailando? Debía de tener antenas muy finas. Como ellos eran incapaces de ocultar nada, terminaron contándole todo. Después hablaron del tema que ocupaba a todo Lahore desde hacía semanas: el partido de polo que tendría lugar al día siguiente. Se decía que la organización del evento, que pondría un fin simbólico a las rencillas religiosas de fondo racial que desgarraban el Punjab, había sido manejada entre bambalinas por el Enmascarado. Lekha no quiso negarlo ni confirmarlo. Pero algo de verdad debía de haber, si era el mismo Enmascarado el que se había comprometido a entregar el trofeo, que le daría todo su valor simbólico ya que era nada menos que el mítico camisón de Kali, desaparecido un siglo atrás cuando la guerra anglofrancesa. La interrogaron con el mayor interés: ¿Lo tenía él, en serio? ¿De dónde lo había sacado? Lekha respondió, soñadora y contundente, que ese hombre maravilloso lo podía todo, o casi todo. Si él lo había prometido, lo entregaría, y basta. Más importante le parecía otro detalle: la de mañana sería la primera aparición en público del Enmascarado de día, si realmente se presentaba a entregar el camisón al término del partido, que se iniciaría al amanecer. Y ella no dudaba de que se presentaría, a despecho de todas las medidas que tomaran los ingleses para atraparlo. Pero el Enmascarado, a la luz del día (y había que tomar en cuenta que su fiel Canuto era un mono nocturno), era un anacronismo. Eso significaba sólo una cosa: que sería su última actuación, su despedida. Lo que coincidía perfectamente con el fin de la disputa de credos que había sido su razón de ser. Entonces, ¿mañana revelará su identidad secreta?, dijo Hitarroney. No, Lekha no lo creía así. Tenía demasiadas cuentas pendientes con la policía colonial, después de años de ayudar a los desvalidos; más bien creía que su identidad secreta se reabsorbería en el misterio.

Volvieron al tema que los había traído a La Grulla. Lekha se expresó sardónicamente sobre los problemas de Pringle. ¿Lo conoce?, le preguntaron asombrados, sin recordar que las pocas veces que Pringle había accedido a darles un reportaje para sus revistitas, los había citado en La Grulla, que por las tardes era muy tranquila. Sí, dijo ella con desdén, suele venir por aquí. No simpatizaba con él: lo encontraba altivo, indiferente a los problemas del pueblo, afeminado, tan distinto de su héroe el Enmascarado. Un pez de aguas frías, en una palabra. No le interesaba lo que pudiera haber pasado con él: suponía que estaría escondido en algún agujero. ¡Pero había desaparecido la bella Lady Barbie…! Qué imprudentes, mencionarla frente a Lekha; la vieron levantar la cabeza con infinito desprecio: ¡una inglesa! ¿A quién podían importarle sus tontas vicisitudes en un país que luchaba por su independencia?

Los Calcutti no insistieron; esperaban más receptividad de Lomy Cantón. Si habían decidido recurrir a él, era porque el Sindicato de cornacs era un reducto de thugs, y éstos eran imprescindibles en todo lo que fuera aventura. Pero no sólo por eso. Los thugs habían sido tradicionalmente amigos de los católicos en la India, y los habían auxiliado y refugiado durante las persecuciones que habían sufrido a manos de los anglicanos. Eso se debía a la identificación entre Kali y la Virgen. El mito original de Kali contaba que un ogro había amenazado a la humanidad, y la había hecho objeto de toda clase de exacciones. No era un ogro invulnerable ni mucho menos; en realidad era bastante frágil, pero tenía en su favor una peculiaridad pavorosa: cada gota de sangre que cayera de su cuerpo daría nacimiento a un ogro igual a él, pero peor. Como los hombres de aquel entonces no disponían sino de armas cortantes, no tenían modo de destruirlo. Hasta que la diosa los instruyó: con un cordón de seda bien apretado en el cuello (ella los proveyó del primero y original, una hebra de su camisón) se le podía cortar definitivamente la respiración. Dicho y hecho, no hubo más ogro, y los thugs manifestaron su agradecimiento y devoción usando sus cordoncillos para estrangular a sus víctimas hasta el día de hoy. (Aunque, para decir la verdad, más eficaz y con menos peligro aún de efusión de sangre, ni siquiera un hematoma, es la muerte por hambre, la más popular en el subcontinente.) Por un motivo u otro, equivocado o no, los thugs siempre identificaron a Kali y a la Virgen María como diosas de la muerte.

Mientras ellos esperaban, Pringle no había perdido el tiempo. Contra lo que suponía Lekha, no había corrido a esconderse, sino todo lo contrario. Una vez que hubo perdido a sus perseguidores, emprendió un sigiloso regreso por donde había venido. Hizo un alto en una ermita de la jungla para recoger al gran Sudhán, un swami cuyos insólitos poderes le habían sido de utilidad en más de una ocasión. Sudhán actuaba por dinero, pero poca gente lo sabía (el eterno prejuicio ante la religión) y Pringle se había cuidado de que el dato no cundiera. En la ermita se encontró con los emisarios de Sonda; hicieron contacto gracias a que el cornac de Mambo era en realidad empleado de ella (se lo había prestado junto al elefante). Concertó una cita con la gorda para tres horas después en la ciudad sagrada de Kali, sitio desierto y abandonado que le pareció el más prudente. Despachó en esa dirección al cornac con Mambo, y él y Sudhán partieron en silenciosos caballitos atigrados a la boca del lobo: Windson Manor. Se acercaron a la mansión a plantío traviesa, y con sus muchas habilidades y un oportuno ocultamiento de la luna tras las nubes, no tuvieron dificultades en sortear sin ser notados los cercos concéntricos de vigilantes y llegar al edificio mismo sin desmontar. Lo hicieron allí, ataron los caballos a unas azaleas y comenzaron a circundar el edificio. Quiso la buena suerte que no necesitaran siquiera entrar; había una ventana iluminada en el primer piso, y de pronto se recortó en ella una figura conocida por ambos, la del infame Bombasbaswami, otro santón como Sudhán que vendía sus secretos místicos al mejor postor, pero que no les hacía ascos a los anglicanos. Pringle se hizo una composición instantánea de lugar: su madre tenía que estar en ese cuarto, a merced de las manipulaciones psíquicas del swami. Se volvió hacia Sudhán y le habló en un susurro: ¿podía liberar a la condesa del influjo de su rival, y hacerla salir por telepatía? Sudhán, que era un señor bajito, muy negro, de unos cincuenta años, frunció la boca pensativo. El «bombón de mostaza» (así lo llamaba a Bombasbaswami) es pan comido, dijo. Pero la dama puede dar problemas. Apelaremos a su instinto de conservación, dijo Pringle, que adoraba a su mamá y la creía capaz de las mayores hazañas. ¿Qué edad tiene?, quiso saber Sudhán. ¡Qué le importa!, bramó el inglés en voz baja. Tengo miedo de que su cerebro no resista. Resistirá, dijo el hijo con firmeza. Tengo que concentrarme. De acuerdo, mientras tanto voy a echar un vistazo. Lo dejó con los ojos cerrados y fue a la fachada lateral de la casa, desde donde podía ver por los ventanales de la sala. Sir Horace y su tío el Coronel estaban sentados en la sala bebiendo whisky y conversando. Cuando volvió, Sudhán estaba en trance y canturreando. La función iba a comenzar. Los poderes de esos sujetos eran increíbles. Encima de la cabeza del santón se formó por efecto del canto un globo violeta que desprendía una tenue fosforescencia en la oscuridad. El globo se agrandó y alargó a medida que subía, y cuando estuvo a la altura del primer piso ya había tomado la forma de un cocodrilo que empezó a girar hasta que con un violento coletazo rompió el vidrio de la ventana (por efecto del contacto realidad-ficción no hubo ruido). Se deshizo al instante; esas fantasmagorías eran descartables, servían sólo para una acción y nada más. Un segundo globo partió de prisa de la cabeza de Sudhán. Pero el otro ya estaba sobre aviso y contraatacó. Un escorpión amarillo se enfrentó a un deva de diez brazos, los dos flotando en el aire de la noche. Pringle tomó una piedra y se la arrojó a Bombasbaswami, que estaba concentradísimo y asomado de medio cuerpo a la ventana. Le acertó en la frente y lo vio caer junto con la piedra que lo había golpeado. No era exactamente fair play, pero en la guerra todo vale. Sudhán cambió de inmediato la frecuencia de sus ondas mentales y las enfocó en la condesa.

En la sala mientras tanto Sir Horace le estaba explicando a su tío cuál era el mar de fondo de toda la cuestión, según él. Según él había que cavar mucho, porque las capas sucesivas de frivolidades eran innumerables. Que las novelitas (¡empezando por las novelitas!), que la religión, que las castas, que el polo, que el Enmascarado, que la política, que los puteríos de Sonda, que los de Gwaith, que la educación de Willie... Nonadas. Lo realmente importante era... Barbie, lo interrumpió el Coronel. Sir Horace se sobresaltó. ¡Cierto, Barbie! Se había olvidado de ella. Asintió, aunque por pura fórmula. Pero no, tampoco su hija era lo importante. Sí, Barbie también, dijo, pero hay algo que está antes. ¿Qué?, preguntó el tío realmente intrigado, porque para él no había nada más importante que la familia. Sir Horace, reconcentrado en la obsesión, pareció hacerse más pequeño en el sillón. Cuando habló, su voz sonó lejana en el gran salón donde resonaba el eco de tantas conversaciones literarias. El imperio peligra, dijo. Hemos luchado tanto por tenerlo, ahora debemos cuidarlo. Las negociaciones con los maharajás están en la cuerda floja, un error más, un nuevo motivo de desconfianza, y todo el rompecabezas puede deshacerse. Nuestro activo principal es la exportación, y no podemos permitirnos la menor disminución. Y eso es lo que estamos enfrentando hoy: la ACGUS... El Coronel había quedado boquiabierto; caía de las nubes. La ACGUS (Asociación de Criadores de Gusanos de Seda) era una venerable corporación casi centenaria, de la que recientemente había tomado el control el joven conde de Pringle. A despecho de la tradición por la que la presidía siempre un criador del sur (los últimos siete habían sido ceylaneses), en la última votación se había hecho ungir presidente con una plataforma agresiva de matices ocultistas. Pero ¿en qué podía afectar eso a los plantadores...? Sir Horace lo sacó de la ignorancia: Pringle, dijo, ha obtenido una variedad de gusanos que destruye la hoja de té, y la destruye a distancia, por la mera irradiación del esperma. De más está decirlo, está dispuesto a usarlos, quizás ya lo está haciendo. Y eso podría significar el fin del té. Aunque la última afirmación sonaba ominosamente explícita, el Coronel, quizás por efecto de sus metodismos de militar, seguía queriendo aclarar puntos: Pero ¿en qué puede afectar esa... guerra comercial, al Imperio y a nuestras negociaciones con los maharajás? Aun en el caso de que la seda suplante al té como primera exportación de esta colonia, los equilibrios se mantendrían. El viejo intentaba decir que el problema podía ser muy grave para Sir Horace pero no tanto, o nada, para el Imperio Británico; su sobrino lo entendió perfectamente. Será mucho más que una «guerra comercial», le respondió citándolo rencorosamente. Pues con Pringle al mando, y con esos criadores poderosos del sur, que producen seda por toneladas y son thugs fanáticos y lo han votado por sus ridículas promesas de lograr mediante cruzas la especie de gusano que pueda hacer la fibra con la que reconstruir el «camisón de Kali» (y le da cierto sustento a esas promesas el que haya logrado el gusano destructor del te), la ACGUS podría arbitrar los activos exportables de toda la India, y es fácil imaginar lo que harían entonces: retención de sedas, sobre y subfacturaciones... Dejó en el aire lo demás; como todo militar inglés destinado en el Oriente, el Coronel estaba lo bastante familiarizado con la cuestión económica como para imaginarse las consecuencias. Lo estuvo pensando un momento, y cuando habló no fue para exponer una duda sino una seria objeción: Ha sido un error de tu parte, Horace, atacar frontalmente a Pringle. Pues no se trata de una cuestión de personas; si la ACGUS tiene la fórmula del gusano, la usará con o sin él. Incluso creo que él habría sido más manejable que los magnates ceylaneses... Lo pensé, dijo Sir Horace, no soy tan estúpido. De eso se trata en realidad. Lo he atacado por lo que creo que es su punto débil: la madre. Apoderándonos de ella, lo tendríamos en la manga. Pero ¿cómo?, dijo el Coronel. No pensarás tenerla de rehén por siempre... Podemos, dijo Sir Horace, «robarle el alma». El Coronel no se apresuró a responder. Una vida entera en la India lo había hecho razonable respecto de los fenómenos inexplicables. Pero tenía toda clase de objeciones profundas, que no necesitó poner en palabras porque su sobrino se le adelantó: No, no me refiero a las charlatanerías de los swamis. He pensado en algo infinitamente más efectivo. En realidad los europeos nos adelantamos mil años a los hindúes en la cuestión del robo del alma. Me refiero al matrimonio. Miró a los ojos a su tío, que balbuceó: Pero ¿quién…? Sir Horace seguía mirándolo. ¡¿Yo?!, exclamó el viejo. Por fin el cuadro se le presentaba completo, y retrocedía espantado ante la responsabilidad. No sólo la jamona no era, como suele decirse, «su taza de té», sino que la maniobra lo convertía a él en un virtual rehén de por vida… Sin contar con que le estaba arrastrando el ala a una bailarina… Pero mejor no empezar por esa objeción, porque su sobrino no pedía otra cosa que empezar a explicar la mecánica del adulterio, de la que había hecho una especialidad.

En esas honduras estaban cuando un ruido les hizo volver la cabeza. El whisky se les heló en los vasos al ver a la condesa por la mitad de la escalera. La súbita materialización de alguien que está siendo tema de la conversación, así sea la persona más inofensiva del mundo, siempre produce espanto, y hace pensar en el diablo. La condesa era, por supuesto, una persona físicamente inofensiva, pero una segunda mirada los convenció de que venía teleguiada, en automático. Ambos comprendieron al punto que había habido una interferencia de swamis, y el de custodia había sido superado. Por lo visto, antes de poner en acción los sólidos métodos occidentales tendrían que liquidar los inciertos causalismos orientales, que quizás habían subestimado. La anciana ya llegaba al pie de la escalera. Se levantaron y fueron hacia ella, listos a someterla por la fuerza. Ella los dejó acercar, sin mirarlos. Pero cuando estuvieron a su alcance lanzó un golpe de hacha con el canto de la mano izquierda que acertó justo en la sien del Coronel y lo hizo volar cuatro o cinco metros. Quedó tendido con conmoción cerebral, en coma cinco. Sir Horace retrocedió alarmado y esquivó por milímetros una patada en molinete que le habría reventado los riñones. Corrió hacia la mesita donde había dejado el revólver. La condesa alzó sin esfuerzo una otomana biedermeier y se la arrojó. El borde de caoba dio en la espalda de Sir Horace y lo hizo morder la alfombra. Otros dos sillones lanzados como misiles se acumularon sobre la otomana. La sonámbula siguió su marcha hacia las grandes vidrieras, que ya rompía sin ruido desde afuera un oso mágico manejado por el gran Sudhán. Pringle asomaba tras el swami, tomaba por la mano a su madre y la llevaba hacia los caballos. Sir Horace lo vio todo desde abajo de los sillones. Milagrosamente no estaba herido. Cuando oyó el galope alejándose salió de abajo de los muebles, tomó el revólver y corrió hacia la terraza. Pero era inútil. Sudhán había lanzado sobre la mansión unas nubes fosforescentes que empezaban a condensarse en devas de ocho brazos giratorios, y los cimientos se sacudían.

Por suerte para él, el plantador era hombre de decisiones rápidas. Corrió a las caballerizas y montó a su mejor árabe. Partió al galope por la noche oscura, pero no en persecución de los fugitivos. A esa hora tenía una cita a cierta distancia de allí, en la rotonda donde la carretera que venía de Bombay se bifurcaba hacia Lahore e Islamabad. Cuando llegó, ya lo esperaba una comitiva de cuatro elefantes de alquiler, uno de ellos con una elaborada torreta cerrada. Vio las moles oscuras, echó pie a tierra y se acercó a un grupo de cornacs acuclillados. Uno de ellos, robusto y enturbantado, se dirigió a él. Era Lomy Cantón. ¿La trajo?, le preguntó Sir Horace. El hombrón señaló con la cabeza el elefante de la torreta. El inglés asintió. Fueron al pie de la bestia, el cornac corrió con la punta del picador un faldón de la tela, y se vio la silueta de una mujer velada, muy quieta. Sir Horace volvió a asentir y mandó montar. Intercambió unas palabras con Lomy: llevarían a la mujer (él se les adelantaría) a la ciudad sagrada de Kali, mejor dicho a sus ruinas, que todavía no habían sido descubiertas por los arqueólogos. Se hizo como él dijo. Fue galopando adelante, y atrás los cuatro elefantes, a paso rápido porque los cornacs estaban deseando ir a La Grulla después del largo viaje desde Bombay, donde habían cargado a la misteriosa mujer velada de un barco proveniente de Inglaterra. Hicieron en una media hora el sinuoso camino entre montañas.

La ciudad sagrada de Kali era un complejo de templos en relativa ruina; la ruina de los edificios abandonados siempre es relativa, y en este caso lo relativo estaba auspiciado por la construcción original, que databa de unos dos mil años y había sido barroca, superpuesta, anacrónica en sí misma, bastante inexplicable. Era un testimonio enigmático de la gran civilización del Indo. Los templos, unos diez en total, sin contar las transiciones, eran de estilo grutesco; las columnas desaparecidas, si es que las había habido originalmente, habían sido reemplazadas por los gomeros y las higueras invasoras. Tigres y hormigas hacían su morada en esos laberintos de lunas. La adjudicación a Kali era hipotética; por supuesto, los creyentes no admitirían que en la época de su construcción Kali no existía, porque su razón de ser era la eternidad. Pero con los indios nunca se sabe. Lo cierto es que esos templos lo eran de una diosa, y el santuario último parecía hurtarse entre recovecos pétreos y vegetales.

Cuando llegaron los elefantes, Sir Horace los esperaba, bajo una luna que ya empezaba a declinar (era tardísimo) al pie de la escalinata de acceso a la vía central. Allí desembarcaron a la mujer velada; el inglés se hizo cargo. Los cornacs se marcharon sin hacer preguntas, aunque intrigados por tan extraña maniobra, y por la identidad de la pasajera, que no había abierto la boca ni movido un dedo desde Bombay. Cuando quedaron solos, Sir Horace la tomó del brazo y subieron. Ella estaba vestida a la occidental, con un espeso velo que le cubría el rostro, era delgada, esbelta, y parecía joven. Caminaba con pasos livianos, aunque catatónicos. Se internaron por las ruinas en una dirección precisa; él conocía bien el sitio; no lo preocupaba el siseo de alguna víbora, los espasmos de los monos, el bostezo de un tigre o el llamado de los pájaros en la oscuridad. No dijo una palabra. En los interiores no temía el choque de un murciélago porque sabía lo infalibles que son esos animalitos esquivando bultos. Al extremo de un corredor brillaba una luz; salieron a un vasto salón, las paredes recargadas de estatuas de la diosa, donde un par de criados de confianza de Windson Manor custodiaba a una treintena de ponies lustrosos y bien alimentados; eran los que usaría el equipo inglés en el partido del día siguiente; previendo sabotajes, Sir Horace había elegido este escondite para que pernoctaran. Se metió con la desconocida en una especie de alcoba contigua, que había acondicionado someramente con un diván, una mesa y unas sillas. La hizo recostar en el diván, siempre sin decir palabra, sin levantarle el velo. Ella obedecía como una gran muñeca. Al quedar horizontal, su pecho subía y bajaba como si estuviera dormida. Sir Horace se sentó en una silla, metió la cara entre las manos, y se quedó pensando. Su figura se empequeñeció. Se quedaron ambos muy quietos; los ronquidos de los ponies en la gran caverna llegaban muy disminuidos, las piedras de la ciudad sagrada de Kali parecían pesar más y ser más oscuras y estar más despobladas.

Sin embargo, no era así. A menos de quinientos metros y más de cien gruesos muros de distancia, en una cámara subterránea de las más secretas y recónditas del gran laberinto, estaba sucediendo una escena de insuperable horror. Era una especie de gruta de cincuenta metros de largo, veinte de ancho y bóvedas a unos diez metros de alto, que igual que las paredes estaban talladas con figuras tan toscas que parecían conformaciones naturales de la roca. Contrastaba con ellas el piso, del más reluciente y liso mármol blanco milagrosamente conservado. Sólo uno de los extremos estaba iluminado, pero con violencia, con media docena de lámparas de acetileno, y ocupado por media docena de personajes en la más extraña y escalofriante disposición. Para empezar, estaba Lady Barbie, de pie e inmóvil, desnuda como había venido al mundo, con el cabello rubio atado simplemente sobre la nuca y los brazos caídos al costado. Esto último podría haber llamado la atención: que desnuda como estaba, en presencia de extraños, no usara las manos en un gesto de pudor; claro que si hubiera podido mover los brazos habría podido mover también las piernas, y lo habría hecho para huir. No estaba atada, pero la expresión de indiferencia de su rostro, corriente en ella y sobrenatural en la ocasión, indicaba que se hallaba en una especie de trance inducido. Frente a ella, contra la pared, en medio de dos altos armarios metálicos con perillas y amperímetros, había una camilla a diez centímetros del piso sobre la que estaba tendida una segunda Lady Barbie, también desnuda pero blanca como el papel, y con tubos de goma flexible conectados a las venas del cuello. Los tubos subían hasta el cuello de una joven muchacha india colgada en posición horizontal, boca abajo, un metro más alto y al costado de la camilla. Una suerte de transfusión primitiva parecía estar por llevarse a cabo. La muchacha india estaba consciente, y con el más crudo espanto pintado en el rostro. Dos indios de mediana edad, mal vestidos y con el pelo suelto, observaban inmóviles a un costado. La luz se concentraba en el sector de la camilla y el instrumental, donde evolucionaba el restante personaje, Gwaith Mapplewhite. Era él quien había secuestrado a Barbie, aprovechando la confusión producida por el intento abortado de detener a Pringle, y seguro de que le echarían a éste las culpas. Se paseaba con las manos a la espalda y encima del uniforme de teniente de los Lanceros de Nepal la cara encendida por el frenesí. A Barbie la tenía drogada con una sustancia que inhibía todo movimiento voluntario sin afectar para nada la conciencia. De modo que podía hablarle, seguro de que lo escucharía hasta el fin, y explicarle lo que a simple vista parecía una locura sin objeto. Una locura, podía ser, pero objeto tenía. Así fue como Barbie se enteró de que su madre había muerto envenenada con gel de cobra, que Gwaith había robado su cadáver, lo había «secado» y conservado con cremas, y había intentado repetidamente a lo largo de los últimos meses devolverlo a la vida mediante incorporaciones completas de sangre nueva. No se lo podía acusar de no haber puesto empeño en la tarea. Pero la operación siempre había fallado, y siempre de la misma manera… Al llegar a este punto balbuceaba, con los ojos en blanco y trémulo de furia. El fracaso era como una maldición divina, o como una burla… Cuando Barbie hizo su arribo al Punjab una semana atrás, él sintió que al fin tenía a su disposición la materia adecuada para llevar a buen puerto la experiencia: sangre afín, la más afín que pudiera desear. Ella ni siquiera podía protestar (pero para impedirlo de todos modos la había dopado) porque daría su vida por su madre, deber filial al que nadie podía sustraerse… Aun así, antes haría un último intento, ya que había logrado echar mano a «esta joyita», dijo señalando a la aterrorizada joven india colgada y entubada, una chica de buena familia, con algún abuelo francés. Si ella no funcionaba, y no ponía muchas esperanzas, entonces sería el turno de Barbie, lo definitivo. Él mismo dio vuelta las pequeñas manivelas con la punta de los dedos, y la transfusión se realizó en un abrir y cerrar de ojos. No se hacía al goteo, como sería cuando la hicieran los médicos con el método científico, sino al chorro, por succión general. La joven nativa se puso pálida y murió. Lady Harriet tomó color. Gwaith le arrancó los tubos con movimientos muy precisos y se inclinó sobre ella. La tomé por los hombros. Barbie vio con un torbellino de espanto que no se tradujo en ningún gesto cómo el cuerpo de su madre se agitaba, primero con un temblor, luego con sacudones de los brazos y la cabeza, hasta alzarse sobre sus piernas con ayuda de su amante loco. Todos los músculos de la resucitada comenzaron a moverse al mismo tiempo, lo que era muy visible por estar sin ropa. Barbie veía a su madre, de la que había llegado a volverse un calco casi perfecto, la vio abrir los ojos, la boca, la oyó pronunciar sonidos inarticulados, vio la especie de danza horrible que realizó con brazos y piernas sacudiéndose tan rápido que parecían multiplicarse… Y sentía que su propia quietud de estatua, su gesto neutro de estar tomando el té con las tías, en medio del horror, era la perfecta representación de su no-representación, mientras su madre estaba representando todo lo que había de significativo en la vida y en la muerte, no guardaba secretos, no podía guardarlos. Pocas escenas ha habido más obscenas que ésa. Culminó con un vaivén convulsivo del vientre de Lady Harriet y la expulsión por el sexo, en un chorro continuo y fortísimo, que fue a dar en el piso de mármol diez metros adelante, de toda la sangre que había recibido dos minutos antes, hasta la última gota.

Un grito horrísono salió de la boca de Gwaith, que ya la tomaba por los hombros y la acostaba en la camilla de la que se había levantado: ¡Otra vez! ¡No hay caso! Y volviéndose a Barbie: Tendrás que ser tú. El enchastre de sangre en el piso era fenomenal. Los dos indios, que para eso estaban, se pusieron a limpiar con lampazos y baldes, mientras el amante loco desprendía el cadáver seco de la joven india y se dirigía, con las cánulas en la mano, hacia su próxima víctima. Su mirada decía con ferocidad: Esta vez no voy a fallar.

«No voy a fallar.» Es algo que, entre paréntesis, tengo ganas de decir yo en este momento en que el cuento parece complicarse infinitamente y la novela volver por sus fueros con más vigor que nunca. No sé si estoy justificada para afirmarlo, aunque sí en cambio estoy segura de poder decir esto: no sé escribir. Ojalá supiera. Pero no. Parece tan fácil… Me pareció tan fácil cuando empecé, cuando arranqué con la ya lejana hoja uno de este volante. Contaba con cierta complicación, claro, pero nunca soñé que sería tanta. Creo que antes dije, disculpándome: no soy escritora, soy actriz. Ahora, para explicarme, veo que me he convertido en la escritora de una actriz… Con lo que he escalado a un nivel superior de complejidad que no es casual sino inherente a esta engorrosa operación de escribir. Todo se hace acumulación cristalina de niveles, hasta el vértigo: explicación de la explicación de la explicación… Cuando empecé, escribía sola, sin creer todavía que estuviera haciendo nada específico; después, cuando tomé como ejemplo esta novela, fue como si otro escribiera conmigo, pero eso es algo que nunca se sabe. A propósito, querría prolongar un poco más este paréntesis con algo que me había olvidado de decir. Judith Michael, la autora de esta novela, es en realidad, como dice la contratapa del libro, dos personas y no una: Michael Fain y su esposa Judith Barnard. Escriben a dúo, son autores de varias novelas firmadas con el mismo seudónimo, y por lo visto les va bien porque tienen dos casas, una en Chicago y otra en Aspen. Supongo que escribir de a dos debe de tener sus ventajas, porque la prueba de la explicación es inmediata: si uno entiende lo que quiso decir el otro, no hay más que hablar. ¡Cómo debe de simplificarse todo! Es una cuestión de gestos eficaces, en cierto modo (como los matrimonios que, según se dice, «se entienden sin palabras»), pero de eso me he prometido no hablar más, no intentarlo más, directamente. Quizás cuando una dice «no conozco la literatura» lo que quiere decir en realidad es «no conozco el amor». Ahí está el valor inusual de Judith Michael. Los jóvenes escritores del grupo Calcutti la habrían admirado, a sabiendas o no de que «ella» los inventó. Pero sucede, y a esto quería llegar en este aparte que confío en que será el último, sucede que la misma Judith Michael se queda corta respecto de la explicación, o más aún, de la comprensión. Y esto es así por el gesto que elige para el desenlace de la aventura. Es decir que más allá del final queda en pie la pregunta de «qué quiso decir»; de modo que mi estrategia habría sido errónea: intentar superar mi fracaso con un fracaso ajeno. Y sin embargo, creo que no es así; creo que hay un triunfo global, que proviene no de la realidad sino de la ficción, con lo que mi maniobra se prueba totalmente justificada. Me explico (a medias, todavía): la bella Barbie Windson es el emblema de mi taller en razón de su inexpresividad, de ser la belleza que representa el grado cero del gesto, de cualquier gesto. Y esta cualidad se deriva de un fondo de indiferencia perfecta. Ahora, la indiferencia, como valor filosófico y ascético, ¿qué es en el fondo sino indiferencia a la distinción entre realidad y ficción? Barbie es un mito: es el tigre, la serpiente, la luna, todo lo que parece no significar deliberadamente nada por un movimiento propio; es el ser del que los indios nativos se han apartado por su expresividad, por su lenguaje (de escritores y snobs), en una palabra, por su humanidad. No puede sorprender entonces que todos amen a Barbie. En el torpe resumen que he venido haciendo no debe de notarse bien, pero cuando uno lee esta novela maravillosa lo ve con toda claridad: todos tienen que amar a Barbie. Pero ¿se puede ser amado sin amar? Y si Barbie amara, ¿no dejaría de ser una estatua? Ése es el problema que enfrenta Judith Michael, y creo que lo resuelve tan bien como se lo puede resolver. Lo que nos pone en el umbral del desenlace, y del fin de mi explicación y mi volante. Si lo hago bien, usted estará llamándome por teléfono esta misma noche —me adelanto, como en los programas de televisión grabados: me refiero a la noche del día en que yo le haya pasado una copia del volante bajo su puerta y usted lo haya leído. Y debo confesar aquí que toda la idea de este taller de expresión actuada se me ocurrió leyendo la novela; de modo que la novela no es sólo un «buen ejemplo», como dije antes para hacerme entender. Manos a la obra. El desaliento me paraliza, pesa mil atmósferas, no creía que pudiera tomar una dimensión así de universal. Pero ya que estoy, terminaré, porque sería un crimen quedarme aquí, con la meta a la vista.

El desenlace de la aventura (no de la novela, que es mucho más larga) sucede en los remotos sótanos de la ciudadela de Kali. El complejo de templos y galerías sagradas tenía más niveles de los que parecía a simple vista o a una primera recorrida. A la lejana civilización del Indo que lo había construido era preciso reconocerle una rara pericia arquitectónica, sobre todo porque no se había limitado a acumular espacios, sino que los había dispuesto de tal modo que todos quedaban iluminados por la luna. Su blanco difuso llegaba incluso a la enorme caverna o montaña hueca a la que llegó Gwaith en su huida en descenso, emprendida un segundo antes de iniciar la experiencia crucial, al irrumpir los thugs.

Hitarroney, Beguel y Fejfec habían sido conducidos por Lomy Cantón al sitio donde media hora antes había dejado a Sir Horace. Una turba de thugs los había acompañado, y Lekha con ellos. Hubo un instante de estupor cuando entraron al salón de piso blanco, y en lugar de Sir Horace se toparon con el teniente Mapplewhite, manipulando dos cuerpos idénticos, dos Barbies, unidas por tubos. La gota que rebalsó el vaso fue la visión del cadáver seco ya descartado de la joven india, que no era otra que Chandra Cantón, hija de Lomy. Un rugido brotó de la garganta del padre, y sus acólitos habrían caído sobre el cuello del asesino con sus cordoncillos de seda, en el caso de que Lomy no hubiera llegado primero, de no ser por la reacción rápida de Gwaith. Fue realmente eficaz, como el rayo. Se precipitó sobre unos tambores de lata que tenía ahí, alzó primero uno y lo arrojó rodando, luego otro y un tercero en rápida sucesión. Los tambores rodaron con estruendo sobre el mármol y se abrieron dejando fluir hectolitros de sangre, toda la que había reunido en sus experiencias de los últimos meses. Se formó un hediondo lago rojo. Contaba con la invencible repugnancia de los thugs por la sangre, y hacía bien. No se limitaron a frenar el impulso y fruncir el entrecejo, sino que soltaron gritos de espanto. Gwaith sabía que se las arreglarían para dar la vuelta, pero eso le daba los minutos que necesitaba. Con el vigor que da la locura, se puso bajo un brazo a Barbie, bajo el otro a Harriet, sin desengancharlas de los tubos, como dos maniquíes idénticos, idénticamente desnudos. Y se lanzó con ellas por la puerta baja que daba a un corredor descendente. A sus dos auxiliares los dejó olvidados. Beguel, que era el más deportista del grupo, y estaba excitadísimo, salió corriendo por donde habían venido y encontró un pasaje por un nivel superior. Por allí fueron todos, y cuando salieron a la gran caverna vieron al teniente colgado de unas altísimas cornisas, acomodando a las dos mujeres. Quién sabe cómo había logrado subirlas hasta ahí. Barbie ya habría sufrido su destino fatal de no ser por un pequeño error que había cometido el orate: la había puesto a ella abajo y a la madre arriba, confundido él también por el parecido, y así la transfusión no funcionó. De modo que las estaba cambiando de lugar cuando llegaron los thugs. No parecía que éstos pudieran hacer gran cosa porque estaban abajo, como espectadores impotentes. Los thugs no usan armas arrojadizas. Lo vieron dar los últimos toques, desatar un nudo que se había hecho en un tubo…

En ese momento Lekha soltó un grito agudísimo. Algunos que habían empezado a trepar por las anfractuosidades de la roca se detuvieron en seco; los que estaban por arrojar piedras se congelaron en el gesto. De un agujero muy elevado se extraía una figura negra... y comenzaba a bajar hasta el saledizo donde se encontraba el teniente, que interrumpió sus maniobras en el preciso instante en que iba a inducir la gran succión... Era el Enmascarado, con el maillot negro, el antifaz, la capa negra de seda... Una intensa emoción se apodera de los thugs allá abajo. Comenzaron en voz baja el canturreo con el que el pueblo acompañaba las proezas de su héroe, cuando tenía el privilegio de ser testigo de ellas: «at-man... at-man...». (*Atman* en sanscrito significa espíritu o aliento vital: lo que se interrumpe en la estrangulación, justamente.) El Enmascarado lanzó un directo a la mandíbula de Gwaith, que trastabilló sobre el cuerpo de Harriet, pero respondió desde el suelo con una patada que puso al borde del abismo al Enmascarado. Pero no cayó, y esquivó la embestida del teniente... Gwaith manoteó en el vacío, logró hacer pie, y hundió un puñetazo con mucha pimienta en el abdomen prominente del Enmascarado; cuando éste se doblaba por el dolor, recibió encima un punch ascendente en plena cara, y fue a quedar crucificado contra la roca. Pero el tercer golpe de Gwaith fue bien esquivado, y el puño se incrustó en la piedra. Jabb del Enmascarado, directo de izquierda de Gwaith, gancho del Enmascarado, swing de Gwaith... Allá abajo el «at-man... at-man...» se hacía ensordecedor. Lo único raro era que no interviniera Canuto. No se lo veía por ningún lado. Pero el aliento popular pareció convencer a Gwaith de que no tenía chances. Para colmo, el Enmascarado en un trance del combate fue a caer sobre el cuerpo de Harriet y lo hizo rodar consigo, arrancando los tubos... Entonces Gwaith se decidió, renunciando a la transfusión, a emprender la huida. Antes de que su contrincante se levantara ya había tomado a la paralizada Barbie y se lanzaba con ella roca abajo, con la agilidad de una cabra. Iba directo hacia los thugs, que pelaron los cordoncillos de seda esperándolo... Pero era demasiado malévolo para ellos. No sólo su vigor físico se había multiplicado con la necesidad, también lo había hecho su astucia diabólica. Porque lo que se le ocurrió para tener a los thugs a distancia fue una inspiración satánica. Se había puesto a Barbie sobre un hombro, con un tubo todavía conectado al cuello, y sostenía con la mano la punta del tubo, como una manguera, apuntando a los thugs, con un dedo amenazadoramente puesto sobre la válvula… Ellos entendieron de qué se trataba (un toque de pulgar y saldría un chorro de sangre que los bañaría), y le abrieron paso. Los cordoncillos se aflojaron en sus manos. Él retrocedía con risas malvadas, y por ir de espaldas no vio un río subterráneo que corría por ahí, y se cayó con su carga. Los espectadores contuvieron la respiración. El río era turbulento, y los dos cuerpos desaparecieron. El primero en subir a la superficie fue el de Barbie, blanco y extendido, por suerte boca arriba, y comenzó a flotar alejándose. Gwaith emergió poco después y nadó hacia la muchacha; pero no llegó muy lejos porque un cocodrilo le salió al paso. Los thugs y los Calcutti contemplaban desde la orilla, y el Enmascarado desde allá arriba. El combate fue breve. El cocodrilo no tuvo siquiera que morder: se lo tragó entero, y los gritos de Gwaith, que entró de cabeza, parecían resonar dentro del cuerpo de la bestia. Barbie, recordémoslo, estaba consciente, lo había estado todo el tiempo, y la visión de este último accidente, a menos de un metro de ella, habría bastado para colmar su capacidad de espanto; pero la droga seguía actuando sobre su organismo, y no manifestó, a media agua como estaba, ninguna emoción. Eso podía significar poco, porque los cocodrilos la tenían a su merced… Pero una piragua salida de la nada hendió las ondas, y unos brazos gordos la alzaron… Era Sonda, ella también poseída por la locura de la oportunidad. Veloz como una flecha, la embarcación se perdió tras una arcada de piedra, y quedó flotando en la caverna la risa aguda de la gorda… y seguía flotando cuando la piragua volvió a aparecer por un agujero mucho más allá, en un sector de la caverna separado de éste por un abismo, y entonces la sonrisa que había en el rostro de Sonda se borró, pues por un agujero la corriente de agua se precipitaba en una cascada de varios cientos de metros hasta las profundidades. La piragua voló al ser expelida, y los dos cuerpos fueron cada cual por su lado. El de la gorda dando volteretas en el vacío… Y sucedió algo curioso: la luz de la luna se concentró en sus rubíes y toda la caverna se iluminó durante un segundo con la más intensa luz roja, que hizo cerrar los ojos a los thugs; el grito de Sonda se prolongó dos o tres minutos en la caída.

Cuando abrieron los ojos, vieron que Barbie había quedado de pie en un saledizo del muro de piedra, a un costado de la cascada. La luna le daba de pleno. Todos la miraban. En los rostros de los tres escritores se dibujó una expresión soñadora. Estaba más hermosa que nunca, con los ojos abiertos, mirándolos, sin expresión… Ellos pensaban, en una coincidencia que suele darse entre escritores, en la experiencia. Esa muchacha tan joven, una aristócrata inglesa recién salida del internado, estaba viviendo una aventura fantástica, sentía el aleteo de la muerte a cada instante, era un juguete en manos de un destino atroz… Y todo sin buscárselo, por acción de fuerzas que la tomaban por objeto y que parecían venir directo hacia ella desde lo más profundo de la noche o del firmamento. ¡Cuánto tendría para contar, si sobrevivía! Ellos en cambio, por más que corrieran al encuentro de la aventura, seguían siendo testigos: el surgimiento de la belleza allá en medio del bramido de la violencia lo probaba. Se alzaba ante sus ojos una niebla de conciencia que velaba la maravillosa desnudez de un destino, que era justamente lo que estaban mirando. Fue como si se preguntaran de pronto si podrían escribir alguna vez. Bueno, sí… escribir podrían. Pero ¿escribir bien, escribir en serio? Como si eso tuviera alguna importancia, un profundo desaliento vino a posarse sobre sus cabezas.

Los sacó de su ensoñación la voz del Enmascarado: ¡Negros de mierda!, empezó, y los thugs se quedaron con la boca abierta. Lo que dijo a continuación potenció su asombro y los deprimió terriblemente. Porque fue un discurso racista, reaccionario, resentido. El héroe del pueblo caía del pedestal, y lo peor: sin motivo alguno. Que el Enmascarado era inglés, todos lo sabían, ¡pero un inglés bueno! Éste en cambio encarnaba todo lo peor del colonialismo salvaje y represor. Y como si las palabras operaran una magia muy eficaz, empezaron a verlo distinto: más bajo, más gordo, para nada atlético, con los pómulos llenos de venitas rotas bajo el antifaz, y la nariz arrebatada de bebedor de whisky... Y la voz, que tan poco habían oído antes, también sonaba distinta, la dicción pesada y neblinosa, la papa en la boca. ¡Y lo que decía! Era como para abatir el ánimo. Que agacharan la cabeza ante la supremacía británica, que obedecieran, que valían menos que los perros y los caballos de los sahibs, que no se hicieran los vivos... Pero de pronto se sobresaltó cuando un cuerpo pequeño y grácil se arrojó sobre él con toda la intención de hacerlo caer de la altura. Logró esquivarse a último momento y la tomó por las muñecas. Era Lekha, que en la desesperación de ver corroerse las bases morales y políticas de su ídolo había trepado hasta la cornisa aprovechando la distracción general y lo atacaba. ¡Vos también, puta, arrastrada!, gritó el siniestro Enmascarado, y con un solo movimiento de brazos la arrojó al vacío. El bello cuerpo de la bailarina se estrelló en medio de la atónita multitud de thugs. ¡Ya ven lo que ganan con resistirse!, gritó el asesino. ¡Y ahora los ponies ingleses darán cuenta de todos ustedes! ¡A ellos, mis lanceros! Las cabezas se volvieron. Por la entrada inferior de la caverna irrumpían los ponies del equipo inglés de polo, y no precisamente en tren deportivo, porque estaban drogados, con los ojos rojos y echando espuma sanguinolenta por los morros; atrás, medio centenar de lanceros de Nepal con los rifles amartillados. Los thugs retrocedieron con espanto contra la pared de roca. Pero no tenían escapatoria. En minutos, serían carne molida bajo las patas de esos animales furiosos. Comprendían que la maniobra no se limitaba a aniquilar su moral, sino también sus personas. Los ponies piafaron, listos a cargar...

Y en ese momento («at-man... at-man...») sucedió un milagro. Por el otro lado sonó un galope pesado; todos volvieron la cabeza; era Mambo, el elefante enano de la difunta Sonda, que venía al rescate de los indefensos. Y de pie (no senta-do) en su lomo, quién si no el verdadero Enmascarado, alto, esbelto, joven, bellísimo, con Canuto al hombro, gritando: ¡Alto! ¡No te será tan fácil, impostor! Y su dicción era suave, un inglés tropical y acariciante... De un salto pasó a la pared de piedra y comenzó a escalar con agilidad de mosca, mientras Mambo se precipitaba contra los ponies, y los thugs se abrían en abanico, los cordoncillos otra vez tensos en sus manos, la vista fija en los cuellos de los lanceros... Se trabó el combate: lanceros contra thugs, Mambo contra ponies, y allá arriba el Enmascarado contra... Pero ¿quién era el impostor? No era otro que Sir Horace, quien después de la meditación junto a la mujer velada se había internado por las galerías subterráneas y había encontrado por pura casualidad la cámara secreta del Enmascarado, que tanto habían buscado las autoridades. En medio de la euforia algo patológica en la que lo habían pues-to los acontecimientos de la noche se le ocurrió la curiosa idea de disfrazarse con uno de los trajes del famoso justiciero (había varios, colgados prolijamente de perchas) y lo demás es historia conocida. Pero ahora, al enfrentarse al verdadero En-mascarado, sus últimos cartuchos de energía estaban gastados. Después de todo, era un hombre de edad. A la primera trom-pada quedó patas arriba. Canuto le arrancó el antifaz y todos vieron quién era. Pero no se tomaron mucho tiempo para mirar, pues la batalla arreciaba: Mambo aplastaba ponies como maníes, los thugs se hacían un festín de estrangulamientos, y la pila de cadáveres crecía. El Enmascarado, después de tomar-le el pulso a Lady Harriet y comprobar que estaba totalmente muerta, la dejó cubierta con su amplia capa negra y desapare-ció discretamente por una hendidura. Cuando la batalla tocó a su fin, al no quedar un pony ni un lancero con vida, hizo su aparición Cedar Pringle, serio y relajado. Se acercó a los tres jóvenes escritores, que habían estado mirando desde un rin-cón. ¿Qué pasó?, les preguntó. Ellos le hicieron un breve re-sumen. La agitación se había calmado. Ahora, dijo Hitarroney, sólo debemos preocuparnos por sacar a aquella pobre chica de ese incómodo sitio. Se refería a Barbie. La miraron. Seguramente el Enmascarado se ocupará, dijo Beguel. No, tendremos que hacerlo nosotros, respondió Pringle. Lo miraron pidiendo una explicación. ¿Acaso el Enmascarado no se ocupaba de todos los problemas difíciles? El conde tartamudeó con elegancia: Este... me crucé con él cuando entraba y me dijo que tenía que hacer en otra parte. Fejfec fue a hablar con Lomy, que se entretenía en reestrangular a algunos cadáveres, por si acaso. Los thugs deliberaron, y el resultado fue que todos fijaron la vista en Barbie. A esta altura, el efecto de la droga que le había administrado Gwaith comenzaba a ceder: la vieron girar apenas el cuello, y la luz de la luna mostró que sus pupilas se dilataban... No eran gestos todavía, pero parecían tener un sentido... Todos siguieron la dirección de su mirada... Lo que vieron superaba todas sus expectativas: una segunda Barbie (o tercera, contando el cadáver de Lady Harriet) exactamente igual a ella, había aparecido al otro extremo de la caverna: una Barbie de expresión ausente, desnuda como la primera, a la que miraba fijo... Pero no, no estaba desnuda. La cubría una prenda de seda transparente, de impalpable delicadeza, que todos reconocieron: el camisón de Kali. Era Lyra, la hermana gemela de Barbie, que el padre había hecho traer en secreto de la clínica en Suiza donde la tenían recluida desde hacía diez años, cuando su locura se hizo patente. Al quedar sola en la cámara donde la había dejado Sir Horace, Lyra lo siguió, encontró la habitación secreta del Enmascarado, en ella el camisón de Kali, que se puso siguiendo órdenes de su cerebro desequilibrado, y recorrió los pasadizos atraída por el llamado misterioso que en ella (y no sólo en ella) hacía oír la bella Barbie, a la que se parecía como sólo una gota de agua puede parecerse a otra gota de agua. Los thugs se prosternaron y tocaron el suelo de piedra con las frentes. Los únicos que quedaron de pie fueron los tres jóvenes escritores, y Cedar Pringle. Lyra levantó lentamente los brazos hacia su hermana lejana... Los cuatro literatos miraron también a Barbie. Hitarroney pensaba: Muerto Sir Horace, y si la hermana es legalmente nula por deficiencia mental, y si es cierto como dicen que Windson Manor se derrumbó esta noche por exceso de fosforescencia de swamis... entonces Lady Barbie hereda las más grandes plantaciones de té del Punjab, y Pringle se casará con ella... Era el desenlace lógico, dentro de todo. Pero ¿era lógico que Pringle se quedara con la chica? ¿Acaso ellos tres no la amaban también? ¿Y la hermana loca, que parecía necesitarla como se necesita el aire para respirar? ¿Y los thugs prosternados, adorando a su imagen? ¿Y Mambo, que la miraba con sus ojos saltones de monstruo? ¿Y el cadáver de su madre, que también era ella, haciendo triángulo en la caverna iluminada por la luna? Seguían mirando a Barbie, como si esperaran una respuesta. Y algo de eso hubo. El receso de la droga abrió paso a un movimiento imperceptible en el rostro, mucho menos que un gesto: su sombra, su presentimiento... Los labios se movieron un milímetro, no más, y los espectadores tuvieron la ocasión de ver algo que sólo se ve una vez, con suerte, en el transcurso de una vida: una «sonrisa seria», y fue como si bajo su influjo se desatara no sólo el nudo de la aventura sino el nudo de la vida, complicado y transparente, y hasta el del corazón, hecho de rumorosos agujeros de sangre, y todos volvieron a una saludable indiferencia.

17 de diciembre de 1989

LA CONFESIÓN

I

El Conde Vladimir Hilario Orlov fue presa de un barrunto de pánico al ver los cristales con imágenes en manos del niño. La fase crítica de la alarma duró apenas un instante. Se dominó, y después de asegurarse de que nadie había notado su sobresalto empezó a sopesar las alternativas de acción. Aunque no había mucho que hacer, más allá de mantenerse atento y listo para intervenir; ni siquiera debería levantarse, pues el sillón en el que estaba sentado casi tocaba la tarima del proyector; con sólo inclinarse y estirar el brazo podía alcanzarlo.

Al susto inicial lo había sucedido una malhumorada preocupación que se parecía a la angustia. Nunca había sentido ternura por los niños, pero este mocoso entrometido transformaba su desapego en un sordo furor. Lo habría apartado a manotazos, como a un insecto, de no haber testigos. Había previsto todas las posibles dificultades y humillaciones que le anticipaba la velada, pero nunca, ni remotamente, la aparición de esos cristales, hundidos, junto con los hechos que registraban, en lo más profundo de su olvido voluntario. Y de pronto, cuando menos lo esperaba, ahí los tenía, y en las manos por demás peligrosas de un inocente. Entre los dedos regordetes que los manipulaban con torpeza, sus colores metálicos desprendían un brillo tóxico.

¿De dónde los habría sacado? Del sótano, seguramente, donde el Conde había creído que estaban fuera del alcance de cualquier ser vivo, bajo montes de polvo y trastos sin inventariar. Ese niño tenía todos los rasgos, acentuados hasta el paroxismo, del entrometido voluntarioso y consentido, al que ninguna puerta le estaba vedada y ningún rincón le era inaccesible.

El episodio había sucedido más en su cuerpo que en su mente: era la sensación visceral, ya fácil de reconocer a esta altura de su vida y sus andanzas, de que estaba a punto de salir a luz algo que prefería que se mantuviera oculto. Y si lo prefería era porque lo necesitaba, y lo estaba necesitando desesperadamente. Que su mente participaba en forma marginal, y tardía, lo demostraba el hecho de que ni siquiera había recordado cuál era el secreto cuya revelación temía; se resistía a recordarlo, con un desgano fatalista. Tenía tantos secretos... Todo se le había hecho secreto y vergüenza. Para tapar una mentira tenía que volver a mentir, las temblorosas torres de sus embustes siempre estaban al borde del derrumbe. Debía andar con pies de plomo, sobre todo en las ocasiones especiales, porque había una especie de malevolencia de la suerte que quería que las amenazas fueran siempre inoportunas, como en este caso. Eso sí lo recordó, con toda claridad: había preparado esta ocasión como una apuesta suprema, de ahí el súbito espanto al vislumbrar los cristales, el susto de mujercita ante un ratón, tan indigno de su virilidad y de su aplomo de farsante inveterado. Claro que ya todas las ocasiones, hasta las más triviales, se le estaban volviendo apuestas supremas.

Los cristales seguían en manos del niño, que se inclinaba sobre el proyector con ávido apuro, seguramente sospechando que su impunidad para tocar y encender y experimentar no duraría más que la distracción de los adultos. El Conde no sabía cómo funcionaba el aparato, si acaso funcionaba y no estaba ahí de adorno. Ya en otras casas había visto ejemplos de esa moda de usar como decoración, como objetos de arte, artefactos de tecnologías superadas. Éste era un proyector antiguo, o una linterna mágica. El niño tocaba todo, bajaba y subía las palancas, giraba las perillas, abría y cerraba las celdillas metálicas, forzando, trabando, como si lo hiciera adrede para romper. Y sin soltar los cristales, quizás con la intención de ponerlos en el aparato; quizás estaba buscando, sin método, la ranura donde entraran; el Conde veía su fulgor sombrío entre los dedos cortos y nerviosos, dedos de pequeño demonio activo. Un milagro que no se le hubieran caído todavía. Pero lamentablemente no existía la posibilidad de que se rompieran, pues era un cristal grueso, tratado con un proceso químico que le daba cierta flexibilidad, en realidad era una superposición de cristales fundidos y laminados sobre las imágenes; las placas estaban enmarcadas de a dos en cuadrados gemelos de metal, uno al lado del otro, como las viejas diapositivas estereoscópicas, de las que debían de ser un antecedente. Los colores de las imágenes, rojos sanguinolentos, azules de azufre, verdes casi negros, eran a la vez oscuros y brillantes, se diría que fosforescentes, lo que podía deberse a que el resplandor provenía del núcleo de fundición. Ellos también representaban una tecnología obsoleta, y era improbable que se correspondiera con la del proyector.

El niño, uno de los innumerables vástagos de la ya abundante segunda generación de los Orlov, era gordo, no en exceso pero su corta estatura lo hacía parecer esférico, un globo. El aspecto lo simplificaba, lo volvía una figura cómica y sin consecuencias; nadie le llevaría mucho el apunte; pero las imágenes podían hablar por sí mismas. A esa impresión contribuía su indumentaria, que tanto podía ser anticuada como de la mayor actualidad, según los caprichosos regresos de la moda: saco negro de tela, camisa blanca, moñito, pantalones cortos, zapatos negros de charol con zoquetes blancos, y gorra con visera redonda. El Conde no sabía cómo se llamaba ni de quién era hijo; si se lo habían dicho alguna vez no había prestado atención, como no la prestaba nunca en asuntos concernientes a la reproducción familiar; tampoco hizo ningún esfuerzo por recordar.

Como habría podido esperarse, el niño se cansó pronto de una investigación que le estaba dando tan poco resultado, y saltó de la tarima para salir corriendo. Fue entonces que sucedió el accidente. El Conde no pudo prever lo que sucedería porque concentró toda su atención en las manos que habían tenido los cristales, y comprobó que ya no los tenían. No llegó a preguntarse dónde los había dejado, por la velocidad con que se sucedieron los hechos.

La mesita del proyector estaba sobre una tarima. El niño al irse, en lugar de saltar al suelo por el otro lado, donde tenía expedito el terreno para correr por el salón, eligió bajar por el lado del sillón, entre el cual y la tarima apenas si había espacio. Lo hizo corriendo, en ese perenne apuro sin objeto de los niños. Con su gordura, y su impaciencia atropellada, enganchó con el codo un cable del proyector, que giró sobre su eje abriendo los laterales. Una punta metálica rozó la cara de uno de los hombres sentados en el sillón al lado del Conde. El niño ya se escabullía, sin percatarse de lo que había hecho. El hombre se echó atrás, llevándose una mano a la barbilla.

—¡Cuidado! —exclamó el Conde, demasiado tarde—. ¿Lo lastimó?

No tuteaba a estos parientes a los que apenas si conocía y no habría podido localizar en el intrincado árbol genealógico de los Orlov. Intrincado, y además extendido mucho más allá de los lazos de sangre. Los segundos y terceros matrimonios eran una constante en la familia, ya desde la generación anterior a él, y los hijos de matrimonios anteriores de los nuevos cónyuges se incorporaban al clan, trayendo con ellos tíos, cuñados, abuelos, gente que ya no tenía nada que ver con el tronco original; a las reuniones como ésta era normal que asistieran «parientes» que eran perfectos extraños entre sí. Además de la inestabilidad matrimonial, los Orlov habían practicado las migraciones internas en el país, y ahora la familia tenía ramas provincianas, con miembros de marcados rasgos criollos, algunos de ellos típicos «cabecitas negras» no sólo en la cara sino en las características socioculturales más notorias. ¡Qué dirían los lejanos primos de Petersburgo, los príncipes, que en alguna época, confundiendo en los borrosos horizontes sudamericanos a la Argentina con el Brasil o Ecuador, habían manifestado su temor de que llegara a haber «Orlov negros»! Una resuelta fatalidad había querido que ese temor, que en tiempos pasados había llamado a risa, empezara a hacerse realidad, si bien en la Argentina la palabra «negro» se aplicaba por extensión a los portadores de algún gen indígena, cuando no a los pobres en general.

Sus dos ocasionales vecinos de sillón, uno joven y uno mayor, eran dos casos a punto. Morenos, rústicos, vestían con la vulgaridad opaca de proletarios endomingados, y tan callados y reconcentrados como las piedras de su hábitat natural. El joven, que era el que había sufrido el accidente, era pequeño, de cara achatada, las crenchas negras sujetas con una vincha. El otro, a medias recostado contra el respaldo y el brazo del sillón, parecía uno de esos viejos folkloristas borrachines del norte, y su indiferencia mineral no se alteró.

El accidentado seguía tocándose la cara; balbuceó algo como «no, no es nada», o «fue en la boca», aunque esto quizás lo había dicho el mismo Conde, que creyó ver un hilo de sangre en los labios negroides del sujeto, o en el mentón mal afeitado. Sea como fuera, ya se había inclinado sobre él, solícito, aunque estaba pensando: «¿y a mí qué me importa?». No habría podido decir, realmente, por qué estaba adoptando esta actitud de buen samaritano, tan ajena a su modo normal de ser. Quizás porque había iniciado el gesto y ya no podía detenerlo. Quizás porque estaba haciendo buena letra y quería desmentir preventivamente la mala fama que había venido rodeándolo estos últimos años. Aunque esa fama era exterior al círculo familiar, al menos al círculo central en el que se situaba la respetabilidad, y la plata. No sabía qué podía estar diciéndose de él dentro de la familia; quizás no era tan malo. Si bien malévolos y suspicaces, los Orlov eran negadores cuando les convenía. En la duda, el Conde se aferraba al plan original para la ocasión, que era mostrar su mejor cara; no lo hacía por gusto sino por la más apremiante necesidad; nadie mendigaba por pasar el rato. Y puesto a hacer buena letra, esta tarde de verano, la hacía con todos, hasta con esos indios desaseados cuya opinión nunca habría podido tener ningún peso en las decisiones que tomara la familia para con él.

Lo cierto es que más allá de mostrar un cortés interés preocupado por la integridad física de su vecino, ya se había inclinado sobre él para ver la supuesta herida, y lo había tomado por los hombros. Le iba a decir que se sacara las manos de la boca, para poder verla, pero no fue necesario; el otro lo hizo por sí solo, y entreabrió los labios. Para la sorpresa y alarma del Conde, la herida era importante; ese brazo lateral del proyector, que al girar parecía haber tocado apenas la cara del hombre, debía de haber tenido un clavo sobresaliente, o bien el contacto había accionado alguna clase de articulación o resorte con una punta, por lo visto muy larga: le había hecho un agujero en el paladar… En ese preciso momento por la boca abierta del herido empezó a saltar un chorro de sangre, en arco, como el de una fuente, delgado pero abundante, y continuo.

El Conde, sin ser especialmente impresionable, y no desprovisto de experiencia en hechos de sangre, se pegó un tremendo susto y soltó una exclamación. No tuvo tiempo para más porque su «paciente», sin dejar de escupir sangre, echó atrás la cabeza y se desmayó. ¿O se habría muerto? Supo de pronto que no quería saberlo. Todavía lo tenía en brazos, exánime. Lo depositó en el sillón y se puso de pie.

—¡Un médico!

Era lo que correspondía decir. Seguía representando un papel. Aun siendo sincero y espontáneo, representaba un papel. Eso era lo que se ganaba por mentir una vez: después se mentía siempre, hasta con la verdad.

—¡Un médico!

No lo había dicho en voz muy alta, sino más bien como hablándose a sí mismo, como dándose una orden. De pronto, no quería quedar enganchado a este accidente. Y lo que había dicho le daba el argumento perfecto para escapar. En efecto, para encontrar un médico había que ir a buscarlo, y él no quería otra cosa que irse, tomar distancia de las complicaciones y amenazas, aunque por el momento, no viera claro cuáles podían ser. Dicho y hecho, se alejó de prisa, rumbo a la salida. Una última observación, que lo confirmó en su intención de no volver: el negro viejo no había mostrado la menor preocupación por lo que le había pasado a su congénere joven. Ni siquiera se había acercado a mirar ni había alterado su cómoda postura en el ángulo del sillón. Todo lo más, pero no podría jurarlo, había sacudido un poco la cabeza, como diciendo «qué barbaridad». Y si entre ellos no mostraban ninguna solidaridad, pensaba el Conde, ¿por qué iba a hacerlo él? Aunque... Algo le quedó resonando mal en el fondo de la conciencia. Debía de ser ese «entre ellos» que le había venido a la mente de modo tan natural. Esas dos palabras habían sido el título de un editorial del diario *La Prensa*, celebrando una pelea entre peronistas que terminó con muertos. Y él las había empleado en un sentido muy semejante. Porque si bien había supuesto que esos dos sujetos venían de la misma rama de la familia, y se los podía mencionar, en ese sentido, con un «ellos» abarcador, no había nada que asegurara que fuera así, salvo las facciones y el color oscuro. Era esto lo que los unía. «Ellos» eran los negros de mierda, que se introducían en una familia decente con la misma prepotencia, y al amparo de la misma mala conciencia, con que los peronistas habían invadido el país blanco que fue la Argentina. Era un poco melancólico que él, un intelectual proveniente del campo popular, curtido en el sindicalismo combativo y en la prensa obrera, siguiera alquilando contra su voluntad una veta de su inconsciente a las ideologías canallas. Pero ya debería haber aprendido, se dijo, que el inconsciente era inmanejable, por lo menos el inconsciente verdadero, el malo, no el domesticado en el diván.

Se consoló pensando que el matiz político era marginal al asunto. Lo central seguían siendo sus preocupaciones, las que venían (o él se había buscado) de su necesidad de ayuda y a la vez lo obligaban a mantener sus secretos, en un equilibrio que se hacía cada vez más precario. La tensión a la que lo obligaba este doble vínculo le estaba impidiendo interactuar normalmente con el prójimo, y hasta consigo mismo. No podía extrañar que se portara mal con estos parientes oscuros, y aunque no fueran oscuros, aunque hubieran sido los legendarios aristócratas en sus palacios de mármol a orillas del Neva, habría hecho lo mismo: los habría dejado que reventaran como perros, si ése era el precio de proteger la poca paz que le quedaba a su intimidad.

¿O esto era una versión lavada y pasteurizada de sí mismo? ¿Estaba poniendo el Mal del lado de sus problemas, haciendo de sus problemas chivos expiatorios que lo dejaban a él limpio y decente? Quizás sin problemas ni preocupaciones habría actuado igual, quizás esos problemas que lo desasosegaban, él se los buscaba deliberadamente con el fin de permitirle encontrarse con el verdadero fondo de sí mismo.

Caminó rápido, como si llevara una misión importante, esquivando los grupos de hombres de pie y los círculos de sillas y sillones con mujeres. Ponía la cara que correspondía a su movimiento, cara de «ahora no puedo detenerme», de «enseguida vuelvo»; no era preciso actuar mucho porque todos charlaban y nadie le prestaba atención. El incidente, inmediato al despertar de sus temores, lo había mantenido aislado de lo que lo rodeaba, casi como si estuviera solo, lo que no era el caso. El departamento, grande como lo eran las moradas familiares de antaño, hormigueaba de parientes, lejanos y cercanos. En parte por el movimiento caótico, en parte por sus distracciones, se perdía en esos grandes cuartos claros. También estaba el hecho de que había venido pocas veces aquí, y esta ocasión interrumpía una ausencia de años. No hacía un culto de la familia, y mucho menos de las reuniones familiares; no habría venido de no moverlo una necesidad imperiosa. Ese recurso a la familia, cuando las papas quemaban, lo infantilizaba; quizás ese sentirse niño lo hacía ver al departamento más grande de lo que era.

Atravesó varios grupos hasta llegar a la puerta. Debería haber ido gritando «¡un médico, un médico!», pero no lo hizo.

Iba como sonámbulo. No había decidido si realmente quería buscar un médico, o sólo quería irse. Era esto último lo que lo había puesto en movimiento. Pero no podía irse con las manos vacías. ¿O sí podía? La tentación era grande, pero sería una huida más, en una vida llena de huidas. Y no sólo volvería tiempo perdido toda la planificación que lo había ocupado los últimos días; también le hacía perder la oportunidad ideal que le daba esta reunión. Pero, por otro lado, ¿no había arreglado siempre sus problemas escapando? ¿Por qué iba a cambiar ahora? Sería una cobardía, de acuerdo. Pero si había alguien que ya había liquidado cuentas con su autoestima, era él. Y además, sabía que pensarse ante la última chance, tocando fondo, entre la espada y la pared, al borde del abismo, en la alternativa final, era por su parte un recurso retórico que le servía, justamente, para sobrevivir y seguir adelante como si no hubiera pasado nada. Y, como si le faltaran argumentos en favor de la huida, había uno más, poderoso: aunque se quedara, y pusiera lo mejor de sí en su diplomacia y sus ficciones, había nueve posibilidades sobre diez de que no sirviera de nada.

Abstraído en estas consideraciones llegó a la puerta del departamento, abierta de par en par, y salió al palier, donde seguía habiendo gente, y corrían los chicos. Era un espacio circular muy grande, con piso de mármol gris y columnas blancas todo alrededor. La luz entraba por una mampara circular en el techo. A los demás departamentos del edificio, que no eran más que tres o cuatro, se entraba desde aquí, y le dio la impresión de que los vecinos también tenían las puertas abiertas, y se habían sumado a la reunión, o celebraban las suyas, en una coincidencia que no lo asombraría, porque en este lugar se vivía en una comunidad de muchos años, en una gran confianza. Pero no era exactamente así. Sucedía que en el departamento de al lado se celebraba una boda, con altar, padrinos, cura y música. Una boda a domicilio, rareza justificada por la condición de la novia, que era paralítica. Justamente en ese momento se disponía a hacer su entrada; atravesaba el palier en su silla de ruedas, empujada por madres o tías, y un acompañamiento numeroso. Pasó al lado del Conde. Era una mujer rubia, no muy joven, linda a su modo sufriente y resignado, enfundada en un sencillo traje celeste; el vestido de novia tradicional habría estado fuera de lugar.

No era de esa raza de paralíticos «fuertes como un roble», capaces de soportar las peores inclemencias del tiempo, el hambre, la sed, el maltrato, y hasta la miseria y el abandono. Era frágil, enfermiza. De ahí que tuviera que acompañarla un médico para seguir de cerca la ceremonia. Ese curioso azar decidió al Conde. Interceptó con discreción al doctor, y le informó del herido en el departamento contiguo. El médico le aseguró su visita, «no bien se hubieran intercambiado los anillos».

Sin necesidad de hacer un esfuerzo de la voluntad, volvió adentro. Seguiría adelante con la ordalía que se había impuesto. Había recordado que le convenía seguir vigilando esos cristales malditos, de cuyo paradero no estaba seguro. Sintió un asomo de nostalgia de la calle, de la libertad, de las que había estado tan cerca; pero se consoló diciéndose que siempre había tiempo para escapar. Nadie lo sabía mejor que él.

De modo que volvió a atravesar los salones llenos de gente, y enfiló para el sillón. No le sorprendió demasiado que el herido se hubiera repuesto de su desmayo, y estuviera sentado tan tranquilo en el sillón, como antes, siempre en compañía del otro, ambos en los extremos, dejando libre el centro, como si le hubieran estado guardando el lugar. Como si no hubiera pasado nada.

Sin dirigirse a ninguno de los dos en particular, informó del éxito de su gestión. El médico estaba ocupado en ese momento, pero vendría no bien pudiera. El herido asintió sin abrir la boca, y en realidad sin asentir tampoco; apenas si levantó la vista. ¿Podría hablar? No parecía muy locuaz. Tenía el silencio y la aceptación de los humildes.

El Conde estaba contento de su actuación. Le parecía que había dado pruebas de una eficacia de buen augurio. Que hubiera intervenido el azar no disminuía su mérito, porque el azar siempre intervenía, y lo que importaba era apostar al número ganador. Pero su satisfacción no le hacía olvidar que sus problemas seguían en pie, exactamente en el mismo estado en que los había dejado. Se lo recordó el proyector, que seguía ante él, negro y torcido como un cuervo mecánico. Preventivamente, quiso preparar el terreno para una acción enérgica contra el pequeño entrometido, por si volvía a subirse a la tarima:

—Hay que tener cuidado con ese chico, que es una peste.

II

En ese momento el viejo salió de su apatía, y asintió a la frase del Conde con una media sonrisa cómplice. Con la expresión parecía decir que, en efecto, los niños podían ponerse cargosos en esas reuniones familiares, o multifamiliares, y si su carácter innato o su crianza los inclinaban a lo movedizo y gritón, y esas características se acentuaban por la prolongación del evento, no había paciencia que soportara. Pero junto con eso parecía decir también que él por su parte, munido de la resignación que le daba la edad, podía dejar que hicieran todo el barullo que les diera la gana, que no alterarían su tranquilidad de buda criollo de la estirpe de los piedra. Al Conde no le asombraba esta actitud, por el contrario la encontraba muy natural en su interlocutor: el hábitat natural de esta clase de viejos del interior eran ranchos atestados donde la circulación de niños era lo de menos comparada con la de perros, cerdos y gallinas. Niños que, además, sobreabundaban, porque sus oscuras mujeres no dejaban de parir hasta secarse, y para entonces ya habían tomado la posta hacía rato sus hijas, y hasta sus nietas. La cantidad, sumada a la desidia inherente a la raza, hacía que los niños se criaran como animalitos, en perfecta conjunción con los perros y las gallinas, y se les llevara el mismo apunte que a éstos.

Esta línea de pensamiento lo llevó a recordar, sin necesidad de hacer preguntas, quién era ese viejo y a qué rama de la familia pertenecía; aunque este último verbo era excesivo para los descendientes y colaterales de una de esas alianzas dudosas que habían hecho aquellos Orlov en los que había prevalecido la veta del fango presente en todo el linaje. El descenso social estaba programado en todos ellos, ancestralmente, y el altanero snobismo que ostentaban no era sino el anverso de una fina placa en la que se marcaban los bajorrelieves de la caída tallados en el reverso. La riqueza, la figuración, el ocio creativo, cedían con facilidad a la pasión lumpen. El Conde podía dar fe. ¿Acaso su propia presencia en esta celebración no se debía a necesidades que resultaban del abandono y un desorden culpable? Él también había cedido, con el oscuro sentimiento de que a la larga le sería imposible soportar el peso abrumador de las responsabilidades de la vida burguesa. La decencia como horizonte biográfico se le hacía deprimente. Quizás, se decía, era un rasgo de aristocracia. Si lo era, estaba mal repartido entre sus parientes, pues la mayoría había preferido la asimilación, la prosperidad, la mezquindad. Y él mismo, si acudía, obligándose, a intentar extraer de manos y billeteras que con tanta dificultad se abrían el socorro que necesitaba, era porque seguía tratando de sostener la fachada.

No sólo reconocía al viejo sino que recordaba su nombre: Aniceto, don Aniceto. Le venían imágenes de él en antiguas reuniones familiares, asados en quintas del Gran Buenos Aires o cenas en galpones del Dock. Era como si se disipara una niebla, y se dio cuenta de que esa niebla había sido la preocupación causada por el niño. Don Aniceto, prolongando su gesto de benevolencia, lo invitaba a sentarse en el sillón, en el espacio que había quedado entre él y el joven herido; éste seguía reclinado en el extremo, con la cabeza echada hacia atrás y los ojos cerrados.

Aliviado, relajado, el Conde aceptó la invitación. Se sentía contento de que todo hubiera salido bien al fin de cuentas —aunque una leve inquietud remanente le decía que no había que cantar victoria. No sabía si los cristales habían quedado en alguna casilla del proyector (creía que sí), ni si el niño volvería, así que le convenía quedarse cerca, vigilando. Desde el sillón estaba al alcance de su mano, y no tenía más que hacer tiempo hasta que viniera el médico y creara la distracción que necesitaba para ver y apoderarse de los cristales. La excusa era perfecta: nadie podía extrañarse, en caso de que a alguien le importara, que él se quedara junto al herido hasta confirmar que estaba fuera de peligro.

Además, le volvía a la mente el motivo por el que originalmente había elegido ese lugar para sentarse: desde ahí tenía una buena vista general del salón y, más allá de las columnas y arcadas, de los salones vecinos, y podía mantenerse al tanto de los presentes, de sus idas y venidas, agrupaciones, apartes. Conversando, o simulando conversar, con este viejo, tenía un buen pretexto que le permitía seguir allí mientras reunía el valor, o esperaba que llegara el momento justo, para hacer las gestiones que lo habían devuelto al seno del clan, a la vez que le permitía evaluar desde una prudente distancia el clima y el ánimo de los que le importaban. Y se le ocurría que entre éstos, los que importaban, causaría buena impresión que se ocupara de este par de invitados menores, segregados por su color de piel y su aire proletario. Una impresión de cortesía, y sobre todo de desinterés. Se lo agradecerían, no porque les importara hacer sentir cómodos y atendidos a los parientes pobres, sino porque les ahorraba la molestia de ocuparse de ellos.

No le costó sostener la comedia de «una animada conversación», porque la conversación se animó de verdad, y llegó a sentirse casi a gusto. Le convenía relajarse, pensar en otra cosa. No supo si era mérito suyo o del otro. Se reconocía a sí mismo un don de conversador poco común, de la vieja escuela. No había nacido con el don: lo había desarrollado como arma con la que hacer frente a las penurias que habían accidentado su existencia, y era casi como si hubiera desarrollado un don de artista, con el que podía contar. Pero al mismo tiempo percibía en su interlocutor una atención inteligente, una perspicacia, y hasta un asomo de simpatía y afinidad que ignoraba a qué podía obedecer. Si bien había recordado su nombre y su ubicación aproximada en el árbol familiar, su memoria no alcanzaba a localizar ocasiones más puntuales que hubieran creado una relación lo bastante estrecha entre ambos como para dar lugar a un reconocimiento profundo de caracteres. Pero no habría podido jurar que no hubieran existido esas ocasiones. Sucedía que cada vez que en los últimos años (o décadas) se había hecho presente en una reunión familiar, lo había hecho con un objetivo muy preciso de interés, y la tensión que eso le producía borraba del campo de su atención todo lo demás: en cualquier cosa que no apuntara estrictamente a su misión actuaba como un autómata, y lo que hacía o decía entonces lo olvidaba. De modo que era posible que alguna vez ellos dos hubieran hablado, y hasta se hubieran descubierto almas gemelas.

El tema con el que empezó estaba cantado: esperaba que esa herida en el paladar no fuera grave. No parecía grave: un mero rasguño quizás, en todo caso un agujerito... El viejo asintió, totalmente despreocupado del caso; el Conde insistió, por puro gusto de exhaustividad: ese sangrado tan violento podía deberse a que la herida había tocado una arteria superficial; o ni siquiera eso; podía ser un rasguño después de todo, y si sangraba así era porque el rasguño se había producido en el paladar. Era tan raro que se produjera una herida en el paladar, ese sitio secreto y protegido, que no había antecedentes, al menos entre no especialistas, sobre el modo en que sangraba al ser herido, y entonces ese chorro (se impresionaba de sólo recordarlo) podía ser lo normal.

Se apresuró a agregar que el médico no iba a tardar, y con él saldrían de dudas. Pero sí iba a tardar un momento; estaba ocupado, de otro modo habría venido de inmediato. Él lo conocía y podía dar fe de su responsabilidad y eficacia; era un excelente profesional, con mucha experiencia, que no se limitaba al ejercicio de su profesión, porque era un hombre que había pasado por severas pruebas en su vida. No era esa «máquina de curar» que hoy en día aspiraban a ser muchos médicos. En él prevalecía lo humano, la comprensión del paciente, de sus motivaciones, anhelos, fuerzas y flaquezas, sin severidades fuera de lugar, sin adoptar la figura del dómine o censor sino la del prójimo que compadece y ayuda. Era de los médicos que no se limitaban a la consulta y la receta sino que realizaban un seguimiento del caso, a veces durante años, no pocas veces durante el resto de la vida de su paciente, y a veces más allá... Sí, más allá. Podía parecer extraño, pero no lo era tanto. Y justamente en ese momento, esa demora que estaban soportando, tan inusual en alguien que corría en socorro del necesitado, se debía a uno de esos seguimientos: estaba asistiendo, seguramente atento a las menores señales, a la boda de la lisiada, Elena Moldava... ¿Conocía la historia? ¿No? Bueno, no le sorprendía, no tenía por qué conocerla, aunque afectaba a alguna rama de la familia, pero ya sabían que en familias de extensiones tan intrincadas como la que descendía del tronco de los Orlov, los extremos estaban demasiado lejos como para pretender que todos supieran todo. Sin contar con que este caso era especialmente marginal. Además, la historia de Elena se había mantenido velada por la natural discreción, por un lado, y por otro oculta en sus propias brumas de misterio, de prodigio, de superchería, o de fábula.

Los antepasados de Elena habían sido vecinos, en las colonias rurales, de los primeros Orlov que vinieron al país. Cuando se mudaron a Buenos Aires siguieron en contacto, a lo largo de los años y de las generaciones sucesivas, lo que tenía algo de milagroso, o de excepcional en todo caso, pues nunca fue un contacto fácil. En ambas familias prevalecían, al menos en los hombres, las personalidades fuertes. Era un rasgo disculpable, y quizás necesario, en inmigrantes que habían llegado a la Argentina con una mano adelante y otra atrás, sin capital, sin educación, sin una red protectora. Sólo contaban con su voluntad y su energía, y era bastante comprensible que las repetidas dificultades de un medio hostil terminaran acentuando la voluntad en obstinación ciega, y la energía en violencia. Las sociedades que se establecieron entre las dos familias crearon roces, pleitos, distanciamientos, que nunca eran definitivos porque entre los dos linajes parecía haber una atracción que se sobreponía a decepciones, peleas y fracasos. Estos últimos abundaron, probablemente por causa del mal carácter de los socios que impedía una acción fluida. Y los fracasos, las quiebras, los recomienzos, los llevaban a volver a asociarse, en busca de revancha. Así lo hicieron abuelos, padres, hijos. El rubro preferido era la mueblería, pero con el correr del tiempo no les hicieron ascos a otros negocios, incluidos los oportunistas o los que se parecían a la especulación. Si hubieran tenido el valor, no habrían retrocedido ante el delito, tanta era la ansiedad por hacerse de esa seguridad económica que se les escapaba siempre a último momento, con una risa de burla. Como cada uno sentía dentro de sí, en la parte oscura de su conciencia, esa inclinación a renunciar a la honestidad en nombre del dinero, no podían impedirse sospechar del otro; la desconfianza envenenaba la relación, entorpecía la gestión de la sociedad y demoraba indefinidamente la llegada de los resultados.

No se trataba de codicia, al menos no de codicia gratuita, por la codicia misma. Era la natural preocupación por la familia, el instinto primitivo o animal de protección de la prole, exacerbado, eso sí, por la seguidilla de frustraciones, por la herencia, de padres a hijos, de la pobreza y la incertidumbre por el mañana. Los padres de estos hombres habían venido al Nuevo Mundo en busca del bienestar, y no alcanzarlo les parecía simplemente un golpe de mala suerte. Otros lo habían alcanzado. La Argentina era un país generoso. Otros habían logrado la prosperidad, y hasta la riqueza, sin poner más ahínco o más talento que ellos. Lo peor era que algunos de esos «otros» pertenecían a sus mismas familias, a ramas que precisamente por esa diferencia de fortuna empezaban a separarse, a actuar en mundos distintos.

Lo paradójico del asunto era que si bien los hombres lo hacían todo por sus familias, las mujeres y niños que componían las familias eran los más perjudicados por sus esfuerzos. El beneficio lo recibirían al final, cuando el éxito diera su esquiva bendición a alguna de sus empresas comerciales. Entonces sí, ellas «vivirían como reinas» y los niños irían a buenos colegios y tendrían perspectivas de ascenso social. Mientras tanto, sufrían el maltrato de maridos y padres absortos en la lucha, tensos por los vencimientos de sus pagarés, malhumorados por la persecución de sus acreedores, por la mala fe de sus proveedores, por la mezquindad de la clientela, la rapacidad del Fisco, la insensibilidad de los bancos. En la casa se desquitaban de los desaires del mundo. O, casi peor todavía, ni siquiera se desquitaban, porque no prestaban la atención suficiente para hacerlo; aun en la mesa familiar, aun en la cama, seguían rumiando sus malos negocios. Un agrio pesimismo les quitaba hasta la chispa de esperanza que podía haber encendido una risa o un cariño.

Las mujeres así descuidadas lucían como cadáveres ambulantes, desgreñadas, mal vestidas, con viejos batones desteñidos, exhaustas por los partos sin fin y las crianzas sin medios, flacas, mal alimentadas, feas a fuerza de contraer el rostro en una perpetua mueca de preocupación y temor. Y los niños, por fuerza desatendidos, hacían vida callejera, de fútbol de sol a sol, cuando no de pequeños hurtos o vagancia. Eso los varones. Las niñas eran reclutadas por las madres no bien se tenían en pie, para ayudar en la cocina o con los bebés; antes de haber podido jugar con una muñeca ya estaban probando las primicias de sus tristes destinos.

Cuando nació Elena, las cosas no habían mejorado. Por el contrario, se habían agravado. Era como si los Moldava se estuvieran jugando las últimas fichas en la ruleta del comercio, y sintieran en la nuca, ya a punto de darles alcance, el aliento de una indigencia definitiva. Elena vio poco a su padre, que ejercía funciones de comisionista y viajante por el interior; sus ausencias fueron haciéndose más largas, hasta que se quedó en el norte, desde donde llegaron rumores de bigamia, nunca confirmados. Eso pasó cuando Elena, una entre cinco hermanos, tenía diez años. Quedaron a cargo del abuelo paterno, un viejo cascarrabias amargado por la defección y el fracaso de sus hijos varones. Pocos años después el abuelo enfermó. Previendo su desaparición, y el desamparo en que dejaría a su extensa tribu, hizo una apuesta que consideró suprema —aunque una larga experiencia debería haberle enseñado que no había nada supremo. Se asoció con su ex socio Honorio Orlov, junto al cual ya había sobrellevado numerosas decepciones, y al que había enfrentado en los tribunales. Si volvía a emprender una aventura comercial con él era porque no tenía nadie más a quien recurrir. Creía que el viejo Orlov aceptaba su asociación porque lo necesitaba. ¿Dónde iba a encontrar otro socio con sus ideas, con su creatividad, con su conocimiento del mercado? Así se engañaba a sí mismo. En el fondo sabía que el otro tampoco tenía a quién recurrir. Por supuesto, los dos barajaban la posibilidad de traicionar o ser traicionado. No se hacían ilusiones de lealtad. No habían descubierto el secreto de los negocios, pero al menos habían aprendido que todo valía, cuando se tenía una buena excusa. La de ellos era la familia.

Fue una época de prueba para la familia Moldava, para lo poco que quedaba de ella, pues todos los que tenían una vía de escape ya la habían recorrido hasta el fondo; sólo habían quedado los desvalidos, incapaces, mujeres y niños. Sobre ellos se ejerció la tiranía del viejo, más dura que nunca porque la enfermedad lo tenía atado a la cama y desde ahí manejaba sus asuntos. La inmovilidad lo ponía irritable, las obligadas esperas en el envío y recepción de mensajes y documentos lo exasperaban, la delegación de tareas lo humillaba, y lo compensaba con gritos, insultos y violencias de todo tipo.

Por un fatal descarte la adolescente Elena fue la mensajera más requerida, y sobre la que se descargaron los peores abusos. A los trece o catorce años, era una joven a medio desarrollar, enclenque, feúcha, pálida. Era un manojo de nervios.

Nadie menos indicado que ella para realizar las tareas que le encomendaba su abuelo. Para una niña ignorante, tímida, algo tonta, que ni armar una frase sabía, era casi imposible memorizar los mensajes que debía llevar o traer, formularlos correctamente, acordarse de los documentos que le habían pedido (¿cómo iba a saber cuál era la diferencia entre una factura y un remito, o entre duplicado y triplicado si ni siquiera podía pronunciar sus nombres?). Si a esto se sumaba que los dos viejos socios desconfiaban uno del otro, y el postrado desconfiaba más y le encargaba misiones de espionaje, y al menor error, real o imaginado, estallaba en gritos y bofetadas, podrá imaginarse el terror en que vivía esa pobre víctima. La madre no se atrevía a protestar, pero tenía motivos para vivir en ascuas: la casa estaba en la zona más peligrosa de Parque Patricios, y su hija, a la que su aspecto desvalido hacía candidata fija a un asalto o violación, debía andar sola en la calle todo el día y buena parte de la noche, pues el viejo, insomne y paranoico, no tenía horarios en sus urgencias.

Una noche, precisamente, Elena salía con un sobre que debía entregar, los ojos colorados por el llanto contenido, el cuerpecito aterido, los labios trémulos balbuceando el mensaje que temía, con sobrada razón, no haber memorizado bien: «Dice mi abuelo...». Al pie de la escalera por la que venía bajando, en medio del último escalón, había algo con la forma y las dimensiones de un pétalo de rosa, del rojo más oscuro, curvado, grueso, mórbido. En el descanso, contra la pared, una vela encendida, colocada allí por algún vecino porque había corte de luz. La llamita temblaba sacudida por las corrientes de aire que recorrían en todos sentidos el hueco de la escalera, del que era la única e insuficiente iluminación, y hacía brillar el pétalo como si fuera una seda venenosa. Elena soltó un grito y se llevó las manos al cuello, que sentía cerrarse en un paroxismo de angustia. Creía que el pétalo era una gota de sangre. Se podía excusar el error por la falta de luz, y por las sugerencias del ambiente, pero era un poco demasiado, aun para la imaginación sobreexcitada de una joven nerviosa, confundir cosas de tamaños tan dispares: un pétalo de rosa era entre cien y doscientas veces el tamaño normal de una gota. Ella no sabía nada de la tensión superficial que configura una gota con las movedizas moléculas de un líquido. Pero la intuición le decía que no podía ser de este mundo. Una gota de sangre así de grande tenía que ser de Dios. Y si Dios se estaba desangrando en la escalera del viejo inquilinato, los peores demonios estaban a punto de liberarse. Por poco se cae. Se tambaleó, en el borde del escalón superior de ese tramo de la escalera. En otras circunstancias habría vuelto arriba corriendo y gritando; no lo hizo porque el miedo a su abuelo superaba el terror a esa gota gigante. Se pegó a la baranda, deslizando por ella una mano crispada, y siguió bajando, la vista fija en el brillo rojo en el fondo de la penumbra, el rostro deformado en una mueca de aversión. Cuando llegó abajo vio que era un papel de caramelo que debía de haber tirado ahí algún chico. Suspiró de alivio.

No había motivo para alivio alguno. El hallazgo de ese papel desató una crisis terminal. La madre de Elena se había asomado por el descansillo al oír el gemido de su hija (la nerviosidad la mantenía en una escucha permanente), y aclarado el equívoco y partida la hija a su misión, bajó a recoger el envoltorio, protestando contra los niños del edificio, puercos y maleducados. Cuando lo tuvo en las manos y lo miró, le llamó la atención el dibujo, que era un diagrama atómico infantil, con pelotas de fútbol en lugar de electrones. El nombre del caramelo era Gol Atómico. Sosteniéndolo con la punta de los dedos para no pegotearse con la parte interior pringosa, se lo llevó a su suegro en la cama, con el propósito de distraerlo, y quizás serle útil dándole alguna idea; si bien sabía poco de los negocios en marcha, pues a las mujeres, muy en el viejo estilo, se las mantenía al margen de esos temas, sabía que la empresa en la que el viejo cifraba por entonces sus esperanzas tenía que ver con las golosinas, más específicamente con una fábrica de caramelos adquirida a crédito interviniendo una quiebra.

Pero el anciano Moldava, de sólo verlo, entró en un ataque de furia y, lo peor, de acción. Con la lentitud mental propia de los de su edad y condición, tardó un rato en hacerse una idea cabal de los motivos de su propia indignación; la furia se le adelantó, y de todos modos no tardó demasiado en encontrarle una justificación que a su vez la llevó a las cimas. Se sentía estafado, y de la peor manera: intelectualmente. El temblor de una rabia que excedía sus débiles medios físicos hacía que se le escapara de entre los dedos el arrugado papelito rojo, una y otra vez, y debiera buscarlo a manotazos entre las sábanas. Volvía a mirarlo, y confirmaba, con alaridos y palabrotas, el atentado que afirmaba haber sufrido. Las medrosas mujeres de la casa que habían acudido a la puerta del cuarto contemplaban atónitas este despliegue, sin entenderlo.

Sucedía que la firma Orlov-Moldava había venido preparando el lanzamiento, en el que habían comprometido todo su capital, de un «Caramelo Átomo». Los átomos estaban de moda en aquella época. Se sabía poco del tema, pero lo poco que se sabía había bastado para encender la imaginación popular, y el reciente lanzamiento de las bombas sobre Hiroshima y Nagasaki, por ser un hecho tan lejano y exótico, no había alcanzado para empañar el halo optimista y futurista de lo atómico. Los dos viejos socios no tenían una idea más clara que el común de la gente sobre la física de lo infinitamente pequeño, pero eso no impidió que se les ocurriera montarse a la moda y fabricar unos caramelos en forma de bolitas giratorias, que supuestamente iniciaban en la boca una reacción en cadena, una «explosión atómica de alegría». Vendrían en sabor Protón, Neutrón y Electrón, sobre una base de Uranio dulce y Plutonio ácido. Una radioactividad de fantasía les daría a los niños la energía extra que necesitaban para jugar y aprender. En una etapa posterior pensaban agregar un contador geiger de juguete, y un folleto ilustrado con las instrucciones para usarlo.

Ahora todos esos planes se le evaporaban en una explosiva sensación de robo. Le habían birlado la idea. La nuera, y las hijas y nietos y nietas que se habían atrevido a entrar al cuarto, trataban inútilmente de calmarlo con argumentos racionales. Le decían, cuando lograban meter un bocadillo entre sus vociferaciones, que podía ser una simple coincidencia. Después de todo, los átomos eran patrimonio común de la cultura contemporánea, y había muchos empresarios atentos al rumor del tiempo... El viejo no quería oír. Veía una prueba del hurto en el dibujo del envoltorio rojo: el diagrama de las pelotas de fútbol girando alrededor de un arco era exactamente, según él, el diagrama de los electrones del selenio líquido en el que se basaba la fórmula de su Caramelo Átomo. Aunque no lo veía bien; ese pequeño dibujo se le hacía borroso, casi imaginario, sin los lentes, que buscaba entre las sábanas, tan nervioso y agitado que no hacía más que aumentar el caos de su cama. No le importaba: estaba seguro de lo que decía, a él se le había ocurrido, átomos y caramelos eran conceptos demasiado apartados para que la conexión hubiera ocurrido simultáneamente en dos mentes separadas, él había tenido la idea original, él, él...

Fue fatal, inevitable, que en ese momento se le ocurriera la peor sospecha, la que coronaba todo lo demás: era su socio, el siniestro viejo Orlov, el que lo había traicionado. Su indignación se potenció. Una urgencia feroz lo dominó, y se habría levantado para correr a cometer un homicidio si las piernas le hubieran respondido. Como no lo hacían, se descargó a voces con las mujeres que lo rodeaban lloriqueando y retorciéndose las manos. No obstante, no se dejó ganar por la incoherencia impotente de la rabia. Había medidas concretas que tomar: lo primero era detener a Elena, que debía traerle de vuelta los papeles que le llevaba a su socio el traidor. Ésa era una prioridad. Se dirigía a los niños, por saberlos más rápidos y despiertos, pero su nuera gritó que iba ella... Ella sabía el camino que tomaba su hija para esperar el colectivo, confiaba en alcanzarla... En realidad no tenía idea de ese camino, pero no quería que los niños salieran a esa hora tardía. Su maniobra no sirvió, porque no bien hubo salido el viejo mandaba a los niños a la calle a buscar un quiosco abierto y comprarle caramelos Gol Atómico, en todas las variedades que hubiera, para examinarlos. Sus nietos tomaron las monedas que les daba y salieron disparados; nunca habrían esperado que el abuelo, tiránico y avaro, les diera plata para comprar golosinas. Por puro instinto, los diablillos adivinaban que lo que le interesaba al abuelo era el papel del envoltorio, y que los caramelos, descartados, serían para ellos. Con ese aliciente, nadie pudo detenerlos.

La mujer había salido corriendo a la calle. Llamar a gritos a su hija, como se lo pedía un profundo impulso materno, habría sido inútil; se había levantado un viento rugiente y silbante que la ensordecía; no oía siquiera sus propios gemidos, esos «ay, aaay» con los que expresaba, cuando estaba o se creía sola, los restos de rebeldía que todavía flotaban en el mar de su resignación. Además no valía la pena porque su Elena ya debía de estar lejos. Lamentaba haberle inculcado tantas veces y con tanto ahínco la necesidad de ir de prisa cuando salía, no demorarse, no detenerse, no desviarse, correr si era preciso, para llegar lo antes posible y dejar atrás los peligros de la calle. Siempre le había quedado la duda por la obediencia de Elena en este rubro. Muchas veces la había atormentado la ansiedad esperándola. Como tantas madres, era ambivalente con su hija: por un lado pretendía que siguiera sus consejos y su modelo, por otro temía que realmente saliera igual a ella y la alcanzara el mismo destino de frustración, sacrificio y fracaso.

Si hubiera elaborado correctamente esta ambivalencia, esa noche habría dejado que Elena se perdiera. Y quizás lo había hecho, al impedir que salieran a buscarla los niños, que con su dispersión y velocidad tenían alguna probabilidad de encontrarla y hacerla volver. Se había propuesto ella, que era la menos indicada para la misión. Lo único que podía hacer era perderse; de la inmensa ciudad en sombras no conocía más que el camino a la verdulería de la esquina, al almacén de enfrente, y a la carnicería de la otra cuadra.

Quizás ella también, sin saberlo, quería perderse, morir, desaparecer. El impulso inconsciente de autoaniquilación no era raro en el ama de casa sometida. Sus vidas eran un lento suicidio.

Era una mujer de muy pocas luces, no sólo por las circunstancias familiares sino también por limitaciones propias. El esfuerzo por sobrevivir a la adversidad doméstica había absorbido todas sus potencialidades, sin dejarle resto alguno para enfrentar al mundo externo. Pero el mundo interno, el de su condición de madre, contenía una energía de pavor tan poderosa como para modificar la realidad. Había perdido todo sentido de las proporciones. Algo de tan poca entidad como la ausencia nocturna de un hijo, experiencia corriente de moderadas angustias paternas, en ella se volvió locura creadora. No necesitó mucho: apenas algunos pocos errores de interpretación en la lectura de los datos que le salían al paso. Nada era más común que esos errores, sobre todo cuando uno se encontraba en un sitio desconocido. Un ejemplo histórico, bien conocido, era el del cineasta soviético Serguéi Eisenstein, cuando fue a México. El día que llegó, vio en la calle a una joven que llevaba, con una correa, a un armadillo. Esa noche, en una carta a un amigo en Moscú, le describía «una curiosa costumbre mexicana: las señoritas, en lugar de sacar a pasear a sus perritos, salen con un armadillo». ¿Cómo iba a saber que ésa debió de ser la única vez que una dama, por hacer una broma o pagar una apuesta, sacó de paseo a un armadillo en la ciudad de México? Del mismo tenor fueron los errores que cometió la mujer. Salvo que los suyos fueron tres, no uno, y tuvo como disculpa, además de la diferencia de nivel intelectual entre ella y Eisenstein, el encadenamiento de sus errores, que completó la ilusión. El hilo conductor fueron los átomos, que ella arrastraba desde la casa, pues la furia de su suegro seguía actuando como resorte de su desesperación.

En aquel entonces había un conocimiento muy defectuoso de los átomos; el del viejo Moldava era inferior al promedio; y el de su nuera por fuerza tenía que ser menor todavía, ya que derivaba enteramente de los gritos que acababa de oír, y del dibujo de las pelotas de fútbol giratorias en el arrugado papel del caramelo. Pero no habría que apurarse a tirar la primera piedra, advirtió el Conde dando por segunda vez en pocos minutos pruebas de ecuanimidad hacia su personaje (ya le había perdonado, con auxilio del genio ruso, sus errores de percepción de la realidad urbana, ahora hacía lo mismo con su desconocimiento de la mecánica atómica): aún hoy se ignora mucho, y los que dicen saber no siempre saben lo mismo. Sin ir más allá de lo básico: la vulgata dice que los electrones giran alrededor de un núcleo; pero hay quienes afirman que los electrones no existen, o que son valores de cantidad de energía... Pero volvamos a nuestra fugitiva:

La ciega carrera que llevaba había desembocado en la avenida Caseros, barrida por un viento salvaje que arrastraba ramalazos de lluvia y sacudía con furia los árboles y los faroles colgados en las esquinas. Aunque no estaba a más de doscientos metros de su domicilio, esta mártir del hogar nunca había llegado tan lejos. Ahí se produjo el primer error. Nunca había visto una avenida; creía que todas las calles eran igual de angostas que las de su casa y adyacentes, las que recorría cotidianamente haciendo las compras; esas callecitas de Parque Patricios, celebradas por el tango, eran estrechas, familiares, con un empedrado desigual que desalentaba la circulación de automóviles. Nunca se le había cruzado por la mente la idea de que pudiera haber calles de otra especie. De modo que creyó que se había producido un ensanchamiento espontáneo de las calles, y no pudo sino adjudicarlo a los átomos. En efecto, el natural aislacionista de las partículas constitutivas de la materia, en la extrema simplificación a la que estaban sometidas en el conocimiento de esta señora, hacía posible, y casi necesario, que se produjeran distensiones. Y si les pasaba a las calles, no tenía por qué no pasarle a cualquier otra cosa que estuviera compuesta por átomos, es decir todas; habría una separación general. Todas las cosas se alejarían unas de otras, como en ese momento veía la vereda de enfrente allá a la distancia, y las partes de las cosas se separarían entre sí, aumentando los volúmenes.

La ampliación producía un bamboleo, que le pareció coherente, pues al perderse la contigüidad los enlaces se aflojaban. Eso explicaba, en su pequeña mente asustada, que la escena desolada se balanceara salvajemente (en realidad lo hacía porque el viento sacudía los faroles).

El segundo error salió naturalmente del primero. Frente a ella, en la ahora lejana vereda de enfrente, se alzaba la masa colosal de la cárcel. La miró boquiabierta. Era lo único que veía, en la danza exasperada de las sombras; tendría que haberse desplazado bastante para ver otra cosa, pues la fachada se extendía más de cien metros. Creyó que era una casa, y tan limitada era su experiencia social que para ella todas las casas eran como la suya, pequeñas, modestas, un agujero con techo donde sufrir y morir. Y ahora las casas, igual que las calles, se habían dilatado hasta esas proporciones titánicas. ¡Malditos átomos! Se juró no volver atrás, no volver a su casa, que suponía ya agigantada por el mismo proceso atómico... Y que una mujer como ella se planteara, siquiera en un espasmo involuntario de horror, no volver a su casa era la decisión más extrema que podía tomar. Pero ¿quién se atrevería a lidiar con la limpieza de una casa así? Si las tres piezas en las que vivía la habían convertido en una esclava, una casa de mil cuartos acabaría con ella.

Le pareció natural que todas las puertas y ventanas estuvieran cerradas, y no se viera un alma. Creyó que todos se habían refugiado en lugar seguro para protegerse de la peligrosa ampliación de los átomos. En realidad... Pero ¿qué es la realidad? Ella tenía la suya, la de los átomos, y la estaba dotando, en su involuntario delirio, de un verosímil tan sólido que ya casi podía competir con la otra, la objetiva. En realidad, entonces, la avenida había sido cortada al tránsito por causa de la marcha de los Metalúrgicos, que se dirigían a su nueva sede en los bajos del Churruca. La marcha había creado un terror colectivo, por desconocimiento del verdadero sentido del peronismo, de cuyo confuso nacimiento era parte la personería gremial de los Metalúrgicos, obtenida esa misma noche. Todo el barrio se había encerrado en sus casas, los comerciantes habían bajado las persianas, los bares y restaurantes habían cerrado. Los Metalúrgicos, que con el correr de los años fueron adoptados por la opinión pública como un dato cotidiano de la historia del país (antes de evolucionar a Metalmecánicos y luego desaparecer reemplazados por los Plásticos), eran entonces seres alquímicos, salidos del corazón de los metales. La desinformación interesada de la prensa conservadora había hecho de ellos una amenaza.

Todo sucedió muy rápido. La mujer no había terminado de asimilar las sorpresas que le deparaba su ignorancia, cuando ya se encontraba en medio de un mar de hombres. No había una sola mujer entre ellos. Era la única. Nadie sabía mejor que ella que el mundo era un mundo de hombres. Lo había vivido en carne propia. Pero también sabía, por un saber innato que no necesitaba aprenderse, que las mujeres eran necesarias para la reproducción, y para que el mundo siguiera siendo un mundo de hombres.

Y entonces sumó un error más a los que ya había cometido: creyó que el problema con los átomos había hecho desaparecer a todas las mujeres del mundo, menos una: ella. Su desazón llegó al máximo. Si ella era la única que quedaba, no sólo debería cruzar calles anchísimas para hacer las compras, limpiar una casa enorme, hacer diez mil camas todas las mañanas, sino que tendría que hacerlo para todas las casas y todos los hombres del mundo…

Era demasiado. Sonó un tiro. Nunca se supo quién disparó. La bala le dio en el corazón, y alrededor de su cuerpo caído hicieron un círculo miles y miles de hombres rudos, mal entrazados, que parecían estar viendo por primera vez una mujer muerta.

El Conde al llegar a este punto hizo una pausa, y concluyó:
—Ése fue el fin de Elena Moldava.

Se quedaron en silencio, ligeramente extrañados. Fue como si se hubiera producido una contaminación con el tema del relato, y ellos también estuvieran viendo por primera vez el fin de un cuento, y se equivocaran creyendo que todos los cuentos terminaban así, o que ése era el fin de todos los cuentos. La palabra «fin» tenía un poder que los sobrepasaba.

Don Aniceto fue el primero en reponerse:

—Debí de haberme perdido algo en el camino —dijo—, porque creía que esta última parte de su narración se refería a la madre, no a la hija.

—¡Es que eran la misma persona! —exclamó el Conde, poniendo un extra de triunfalismo en la expresión, de modo de responder al tonito socarrón con que había hablado el viejo negroide. Esperó un momento a que la sorpresa se asentara, antes de explicarse. Aunque, dijo, no pretendía que su explicación explicara gran cosa. A veces en lo pequeño se escondían grandes misterios, y éste era uno. Lo indescifrable del misterio era precisamente el motivo por el que había contado la historia. No comulgaba con los que tomaban la palabra, a veces por lapsos interminables, para contar obviedades autobiográficas, esas famosas «historias que se cuentan solas». Para que una historia valiera la pena, le parecía, debía haber algo que no se entendiera del todo.

Desde hacía años, esa madre venía reemplazando a la hija en las tareas riesgosas, o las que ella consideraba riesgosas. ¿Sobreprotección? Era fácil decirlo, desde un futuro relativamente civilizado, con las mujeres protegidas por las leyes y las costumbres y el consenso cultural, pero aquéllas habían sido épocas bárbaras, en las que la muerte del alma era algo tan corriente como un pisotón bailando un tango.

¿Cómo había realizado la sustitución? El físico la ayudaba: las agotadoras tareas del hogar la habían mantenido flaca y esmirriada, como se suponía que debía ser una adolescente de la condición de su hija. La transformación no le llevaba más trabajo que echarse el pelo sobre la frente, cambiarse el sempiterno batón por el jumper de colegiala pobre, y las chinelas baqueteadas por unas guillerminas con zoquetes. La elaboración psicológica del personaje le costaba menos aún: estaba totalmente identificada con su hija, y entraba en el papel de inmediato. Lo que no era tan fácil era sostener el ritmo. Ser una sola ya era una carga casi insostenible; ser dos la agotaba en lo físico, pues debía hacer el trabajo de cada uno de sus personajes en la mitad del tiempo, y más aún en lo mental, como era de esperar. Su estructura psíquica había venido tambaleándose peligrosamente durante años. Si había reemplazado a su hija era no sólo para evitarle las humillaciones y angustias que ella había sufrido a esa edad, sino, más urgentemente, para asimilar en carne propia los asaltos, abusos, violaciones y heridas que habría debido padecer la joven. A lo que le había pasado se le superponía lo que era inminente, quizás inevitable, que le pasara. Toda madre con sentimientos haría lo mismo; de hecho, lo hacían.

Don Aniceto cortó el chorro planteando una segunda objeción: ¿cómo era posible, preguntó, que hubiera quedado un registro de las tribulaciones mentales de la mujer esa última noche de su vida? ¿No había muerto ahí mismo, herida por una bala, sin tener tiempo de contarle a nadie los errores que había cometido respecto del ancho de las calles y el tamaño de las casas y la desaparición de las mujeres?

—¡Es que lo contó! —fue la respuesta inmediata del Conde—. Lo contó infinidad de veces, a sus compañeras de la Rama Femenina, mateando en las interminables vigilias electorales. Se lo contó a sucesivas generaciones de militantes, riéndose de sí misma, de su grotesca ignorancia de pajuerana, enriqueciendo el cuento a medida que pasaban los años, exagerando, cargando las tintas…

Después de todo, siguió, en un tono más reflexivo, menos triunfalista, era coherente con sus antecedentes. Si había sido su propia hija, sufriendo el doble en vida para preservar la virginidad de una tercera vida, ¿por qué no iba a resucitar? Después de todo, volver de la muerte no era gran cosa: la historia y la ficción estaban llenas de episodios que lo probaban. Casi se diría que estaba demasiado visto. El error de Elena Moldava fue volver de la muerte por segunda vez, y por tercera, y cuarta... Lo hizo, pero debió pagar un precio muy alto: quedó paralítica.

III

El Conde había quedado satisfecho de su narración improvisada, con su comienzo realista y su final fantástico. Le había impuesto, sobre la marcha, una organizada truculencia social, pero, creía, sin perder sutileza. Aunque no habría podido reconstruir exactamente el hilo del relato, tantas veces había cambiado de rumbo, sentía que el hilo del misterio no se había cortado. Eso se debía a que iba visualizando las escenas. Parte del misterio estaba en don Aniceto, que al comienzo de cada episodio asentía como diciendo «esa parte ya la conozco». Su cara de gaucho viejo, tallada en madera de algarrobo, se sacudía como un mascarón, y por momentos parecía llenar todo el espacio visual.

Sutileza y misterio. Los hilos más finos de la trama siempre a punto de escaparse de la figura. Quizás la clave estaba en la distracción controlada, o la «atención flotante». Mientras hablaba sus antenas no dejaban de girar siguiendo a los invitados y a los dueños de casa, evaluando a través del lenguaje corporal sus estados de ánimo, su disponibilidad para un abordaje en forma. Abreviaba o prolongaba las descripciones o los pasajes de acción, o incluía detalles apocalípticos en suspenso que le permitieran poner un abrupto punto final en caso de que viera llegada la ocasión que esperaba y tuviera que levantarse. Con todo lo cual, no podía extrañarle que su narración hubiera quedado desequilibrada, con la explicación de una circunstancia puntual extendida durante largos minutos de circunloquios, a la vez que años y generaciones y destinos enteros los había despachado en dos frases sucintas. Pero sabía por experiencia que las extensiones relativas de las partes de un relato podían ser todo lo desproporcionadas que quisieran: la imaginación y la inercia narrativa neutralizaban las desigualdades en la mente del oyente o lector.

Además, ese desequilibrio o asimetría le gustaba, le parecía elegante. Sutileza, misterio, asimetría. Lo había puesto todo, el arsenal completo. De ahí que hubiera quedado satisfecho, con ese regusto de gratificación que deja una tarea bien hecha. Pero a la vez sabía que uno nunca quedaba satisfecho del todo después de contar una historia. Si se lo había hecho con virtuosismo, persistía la sospecha de que un estilo más desmañado podía haber sido más eficaz. Y de todos modos, no había adelantado nada en lo que le importaba. Apenas si había ganado tiempo, y aun eso era dudoso.

Su experiencia en ese campo era vasta, cubría gran parte de su vida. Hablar, contar, inventar, era una parte principal de su trabajo de supervivencia. No es que fuera un charlatán profesional, un estafador o un cuentero; al menos él no se veía así. Usaba la palabra para equilibrar, o dar coherencia, o hasta para embellecer, un destino vital accidentado. Era cierto que dos por tres su motivación no era tan estética ni filosófica: los apuros de dinero, o de alojamiento, lo obligaban a usar sus dones con fines prácticos inmediatos. Pero aún entonces se dejaba ir en fantasías gratuitas, que al fin de cuentas nunca eran tan gratuitas, ya que cumplían la función de verosimilizar el empleo del tiempo o la palabra. Todo lo que decía tenía un marcado componente de ficción. Casi siempre hablaba para no tener que hablar. Suponía que no era el único que lo hacía, porque, en general, las conversaciones se volvían interrogatorios o relatos, y cuando tomaban este último aspecto lo hacían para evitar el primero.

Don Aniceto abrió la boca, después de una larga aspiración por la nariz, y el Conde se preguntó, intrigado, qué le diría. Si no lo engañaban las señales sutiles que había venido captando, el viejo estaba impaciente por hablar. Pero lo que dijo fue muy poco, y sonó a conclusión:

—Usted y yo sabemos bien lo que eso significa.

¿Qué habría querido decir? ¿A qué se refería? ¿Al destino final de Elena Moldava, o a algo más general, como la vida o la muerte? No le preguntó, ni se lo preguntó a sí mismo, porque la frase, inocente en apariencia, casi como un comentario sobre el clima, le sonó como un mazazo. No sólo en las palabras, también en el tono con el que habían sido pronunciadas, había una sugerencia de «usted y yo, que somos contemporáneos, que compartimos experiencias históricas...».

Algo dentro del Conde pegó un salto espantado hacia atrás. Hasta entonces lo había venido viendo como un viejo, pero se daba cuenta, como debía de haberse dado cuenta el otro, de que tenían más o menos la misma edad. Podía ser que don Aniceto, en su existencia de pobre, se hubiera desgastado más. El Conde, con su vida regalada, y su físico de raza, tenía motivos para creer que lucía más joven. Pero sólo para creerlo. Sabía que nada engaña más que la llamada «autoimagen». Las señales de la edad eran inocultables. Mentalmente, se había quedado en los cuarenta y cinco —pero de eso habían pasado muchos años, años de sueño e ilusión, mientras el tiempo lo trabajaba. Además, su vida no había sido tan regalada. Nunca había trabajado, era cierto, pero, precisamente para no hacerlo, había tenido que pasar por mil ansiedades. Por otro lado, era dudoso que el trabajo en sí envejeciera. Al contrario, se lo decía fuente de salud. En su fuero íntimo, estaba convencido de que eso era un disparate, pero se podía vivir sobre el disparate, siempre que se aceptaran sus colaterales de representación y felicidad. Toda la propaganda peronista se había basado en esa idea de la salud gremial.

Esta línea de razonamiento le trajo a la memoria un dato clave de su interlocutor: don Aniceto había pertenecido al Movimiento. Estaba casi seguro de que «Aniceto» no era su verdadero nombre (menos mal que no lo había pronunciado) sino el alias que había usado en los afanes de la Resistencia...

A la luz de este recuerdo, la frase que había soltado tomaba otro sentido, sin perder el anterior que tanto le había dolido. La experiencia que habían compartido no podía ser otra que la campaña de Framini por la gobernación. Necesariamente tenían que haberse cruzado en aquel entonces, porque el esfuerzo había movilizado a toda la militancia. Quizás entonces no se habían reconocido, tenían que haber sido muy distintos… El Conde, que no escarmentaba, se imaginó a sí mismo en aquellas jornadas históricas como un adolescente (lo era realmente, entonces), y a don Aniceto viejo y curtido como estaba ahora junto a él en el sillón.

A modo de distracción, volvió la mirada hacia el herido. Seguía con la cabeza apoyada en el respaldo del sillón, los ojos cerrados, muy quieto. Tuvo un ligero sobresalto al pensar que quizás estaba demasiado quieto. Debió de hacer un gesto de alarma, porque don Aniceto lo tranquilizó: estaba dormido, no debía preocuparse, él lo estaba vigilando. En efecto, mirando con atención se veía subir y bajar el pecho con la respiración del sueño. El Conde se manifestó admirado de la capacidad de los jóvenes de dormirse cuando el cuerpo se lo pedía, sin importar el bullicio que reinara alrededor; a él por su parte le llevaba eternidades conciliar el sueño; no dijo que además de las eternidades apelaba al concurso de pastillas y alcohol. En realidad, le asombraba un poco demasiado, pues el joven herido no parecía tan joven, en todo caso no era un niño. ¿No se trataría más bien de un desmayo? Aunque don Aniceto no descartaba del todo esa posibilidad, creía que se trataba de sueño normal, quizás inducido por el shock, pero aun así reparador y conveniente.

El Conde esperaba que el accidente no le dejara secuelas.

Don Aniceto opinó que el médico probablemente le daría la antitetánica.

El Conde asintió mirando las puntas agresivas del proyector, que parecían bastante polvorientas y herrumbradas. Dijo que no había pensado en eso. Ahora que lo pensaba, sí, la antitetánica era de rigor. Y antibióticos para prevenir una infección.

El viejo gaucho puso cara de duda: creía haber oído alguna vez que la antitetánica y los antibióticos eran incompatibles.

El Conde, constitutivamente desinteresado de temas médicos, no sabía nada de esa incompatibilidad ni de ninguna otra. El concepto mismo no le simpatizaba. Consideraba su mente como incompatible con la incompatibilidad.

No era el caso de su interlocutor. El tema parecía haberlo apasionado en algún momento, a juzgar por lo bien informado que estaba. Dijo que un alto porcentaje de admisiones hospitalarias en personas de edad se debía a interacciones de medicamentos. No se trataba necesariamente de incompatibilidades, pero algunas de esas interacciones podían ser dañinas, y hasta causar la muerte. La farmacología, en su arrollador avance, había detectado el problema, y en la práctica clínica se habían dado pasos importantes para solucionarlo. Pero ¿cómo saber cuál remedio era compatible o incompatible con cuál otro? No era tan fácil como confrontar dos listas. En un solo medicamento, así fuera una monodroga, había más de un principio activo; en algunos había muchos. Podían llegar a ser hasta quinientos doce. De modo que entre dos remedios de estas características había que tomar en cuenta la friolera de doscientos sesenta y dos mil ciento cuarenta y cuatro interacciones. Buscarlas una por una era inútil; los intentos de automatizar esta busca sólo recientemente habían tenido éxito, y no gracias a tecnologías digitales electrónicas, engorrosas y caras, además de inutilizables donde más urgencias había, es decir en despoblado, sino mediante un sencillo aparato manual, un ábaco. No de los que usaban los chinos, aunque basado en éstos, sino tridimensional, con decenas de miles de bolitas de distintos colores ensartadas en aros giratorios que se movían a palanca. Manejado adecuadamente, en pocos minutos daba un diagnóstico de la compatibilidad de dos remedios. Pero era difícil de operar. Muchos médicos se negaban a hacer el curso obligatorio para usuarios.

El Conde, que había seguido esta explicación muy fragmentariamente y a desgano, cambió de tema: cuando él se había referido a secuelas no se refería a evanescentes procesos químicos; había estado pensando en algo más concreto y material, por ejemplo un agujero en el paladar.

Y ahí mismo, por no ser menos que el otro en conocimientos científicos, se lanzó a desarrollar temas anatómicos de los que tenía nociones bastante confusas. Pero no temía meter la pata. Su experiencia en el campo del discurso (otra vez esa experiencia, como si fuera la única que tenía) le había enseñado que el interlocutor nunca sabía tanto; y aun cuando supiera, nunca lo sabía todo, lo que proporcionaba huidas elegantes en cualquier dirección; sobre cada asunto había teorías distintas, cada dato tenía su reverso, sin contar con que las mismas cosas solían tener distintos nombres.

Las heridas en el paladar, dijo, si bien rarísimas, tenían una significación especial, porque el paladar, ese frágil arco de cartílagos cuadriculados, era el piso de las fosas sinusoidales, y éstas eran la caja de resonancia de todo lo que sucedía en la cabeza, incluida la actividad cerebral. De modo que un agujerito, o una grieta, podía causar un desequilibrio de presión. La estructura cartilaginosa (acartonada, es decir rígida) de esta cámara la hacía excepcional en el cuerpo: era la única cavidad real del organismo; todas las demás eran virtuales: cuando no estaban ocupadas se achataban como un globo desinflado, o, símil más preciso, una bolsa de goma de agua caliente.

Don Aniceto asentía, como diciendo «sí, sí, eso ya lo sé, cómo iba a ignorarlo». Por lo visto, siempre reaccionaba del mismo modo.

Dijo que ese chico, ese «bello durmiente», había sufrido destrucciones mucho más graves que las de un agujerito en las fosas sinusoidales, y había sobrevivido a todas ellas.

Bueno, lo de «bello»… ja, ja.

¡No, no! No lo había dicho en broma. Le pidió que se fijara bien. Era un lindo muchacho, opinaba el viejo, al menos así dormido como lo estaban viendo ahora, sereno, despegado de sus torturas interiores, de la violencia sorda que era su estado normal en la vigilia.

¿Lo conocía bien?

Mejor que nadie, creía. Solamente lo creía. No tenía la seguridad, porque todo lo que sabía de ese joven lo deducía a partir de los retazos de su historia que había oído, de lo que le oía decir, de sus reacciones. Saber, saber, no sabía nada. Sólo eran deducciones.

Pero ¿no era así como se conocía todo el mundo? ¿Había otro modo de saber algo del prójimo?

Don Aniceto, muy sorprendido por estas preguntas, afirmó que la gente se conocía hablando, contando sus cosas, dando sus pareceres, confesando sus secretos. Para eso Dios Padre le había dado al hombre el don de la palabra.

Parecía decirlo en serio, sin ironía. Claro que con alguien como él, un ídolo del interior profundo, era difícil estar seguro. Su rostro terroso y su mirada de piedra no revelaban matices. El Conde prefirió dejar caer el tema y se volvió hacia el joven dormido. En realidad no lo había mirado con atención antes, aunque en el momento del accidente lo había tenido en sus brazos. Lo miraba como si lo viera por primera vez. De todos modos, si su primera impresión había sido subliminal, ahora la confirmaba: esa nariz demasiado achatada hacía imposible imaginarse (deducir) si con una nariz normal habría sido un rostro lindo o feo. Don Aniceto debió de adivinarle el pensamiento; le dijo que las fosas sinusoidales de Miguelito (que así se llamaba el joven) eran, por excepción de la excepción, una cavidad virtual. A resultas de un golpe que había recibido en su infancia, las paredes cartilaginosas se habían hundido. De modo que ese único vacío real en el cuerpo humano, en su caso, no era real sino virtual. Pero había retenido su cualidad elástica y en determinadas circunstancias volvía a conformarse, y entonces la nariz, recta y bastante prominente, volvía a sobresalir. Más de una vez le había hecho pensar que la fábula de Pinocho debía de haber sido inspirada por un caso similar, lo que indicaría que el de Miguelito no era tan único como parecía. La fábula, apuntada a la pedagogía infantil, había simplificado en «mentira» el complejo discursivo al que obedecía el fenómeno. Como bien lo había recordado el Conde, las fosas sinusoidales actuaban de cámara de resonancia no sólo de los mecanismos respiratorios, olfativos, gustativos, auditivos, visuales, del equilibrio y la locomoción, sino también de la actividad químico-eléctrica del cerebro. Y la complicación del proceso de las ideas era enorme, proteica.

Pero, opinó el Conde, no se podía negar que la pareja Verdad-Mentira resumía bastante bien esa complicación, al fin de cuentas.

Con su modalidad peculiar de cortesía, que se asemejaba a la indiferencia de la Madre Naturaleza, don Aniceto le dio la razón, pero sólo para manifestar de inmediato su desacuerdo. Puesto en esos términos dicotómicos de blanco-y-negro, la Verdad era un lujo del poder. El que decía «yo no miento» o «yo no miento nunca», lo decía por hallarse en una posición de poder. Podía permitírselo. El subyugado sobrevivía, casi exclusivamente, gracias a la mentira. Y la acusación de mendacidad, que nunca faltaba en el discurso de la dominación, contribuía a consolidarla. Pero estaban entrando en el terreno, tan abstracto como resbaladizo, de las palabras y las definiciones, que en este caso, además, se mordían la cola o se hacían autorreferentes. Se haría entender mejor con el relato del episodio infantil que había hecho de Miguelito el Pinocho neumático al que siempre, por un motivo o por otro, se le pinchaba el paladar.

La historia empezaba en la guardia de un hospital del Gran Buenos Aires, con un hombre de pueblo, mal entrazado, llevando de la mano a un niño de ocho años lloroso y amedrentado. El niño era Miguelito, el hombre su padre, Santiago «el Chucho» Estévez. Miguelito era el paciente, el Chucho lo llevaba; ese solo hecho ya comportaba una anomalía, que no dejó de ser observada por el personal sanitario: en la zona humilde que atendía ese hospital lo normal era que de los niños se ocuparan las mujeres. Era rarísimo que apareciera en escena un padre, y cuando aparecía era un anuncio de problemas. La ideología dominante quería que los hombres se desinteresaran de su prole inmediatamente después de la concepción. Había una cierta elegancia bárbara en ignorar cuántos hijos tenían, sus nombres, sus edades. Toda esa materia se consideraba «cosa de mujeres». De modo que un hombre llevando a su hijo al médico sólo podía obedecer a algún motivo grave o retorcido, o en todo caso oscuro.

Tuvieron que esperar un buen rato. La atención era gratuita, a cambio de lo cual había que soportar algunas incomodidades. El Chucho Estévez las soportaba de mal modo, fumándose unos negros, lanzando vidriosas miradas despectivas a pacientes y enfermeras, y de vez en cuando al niño encogido a su lado, que hacía muecas y ahogaba sollozos conteniendo el dolor y el miedo.

Cuando les tocó el turno y pasaron a la salita interior, el padre le informó al médico que su hijo se había roto el dedo meñique de la mano. No dijo más, y lo dijo en su lengua tartajosa de peón de changas, borracho consuetudinario y hombre, en general, habituado a hacerse entender más por la acción que por la palabra. Tras lo cual, hosco, retrocedió a un rincón, a fumar con cara de no tener nada que ver.

Dos largas horas después salían, Miguelito con un brazo enyesado hasta el codo, y el meñique inmovilizado suplementariamente por una barra metálica que corría por abajo del yeso y asomaba la punta plateada rodeando la uña y la yema del meñique. Seguía lloriqueando y haciendo muecas de sufrimiento, tanto o más que antes, lo que indicaba que el dolor debía de ser extremo porque sabía cuánto le molestaban a su padre esas manifestaciones, y en su presencia hacía todo lo posible por reprimirlas. Y, en efecto, el padre estaba molesto en sumo grado. Murmuró un par de veces entre dientes «callate, maricón», con lo que no obtenía más que una tregua momentánea, tras la cual recomenzaban los gemidos. Apuró el paso, apretando la otra mano del chico (gemido) y tirando de ella para apurarlo (más gemido). Supuso que lo que dolía era el yeso. Había oído distraídamente, y porque no tuvo más remedio que oírlo, que el médico les daba cita para dentro de cuarenta días, y pensó que le sería difícil soportar durante todo ese lapso las quejas del mocoso. Ya había decidido que sus ausencias del hogar se acentuarían todo lo posible. Un desocupado de su calaña siempre encontraba excusas para salir. Aunque ahora que se le habían acabado el crédito y los amigos, una de las pocas diversiones que le quedaban era hacerse el violento (no le costaba mucho) con su pobre esposa y sus hijos. De hecho, así había empezado todo. Por alguna nimiedad había empezado a pegarle a Miguelito y al levantar éste una mano para parar una de las trompadas, le había quebrado el meñique. Era por eso que lo había llevado él al hospital, de modo de evitar una acusación. Su mujer, de puro atolondrada, podía hablarle de la paliza al médico, cuando éste le preguntara qué había pasado. No era que el Chucho tuviera miedo de las represalias policiales o judiciales: para eso era el señor en su casa. Pero con las nuevas leyes peronistas nunca se sabía.

Si hubiera prestado más atención durante el proceso médico, le habría sorprendido la persistencia del dolor, porque al niño le habían dado una inyección de anestesia en la base del meñique. Claro que si hubiera prestado más atención, las cosas habrían sido muy distintas.

Pasaron las horas y el llanto no amainó. El Chucho se había tirado en la cama con intención de dormir, pero no pudo hacerlo. Le molestaba el ruido, y más le molestaba que el único ruido que se oía fuera el llanto contenido de Miguelito: ni su madre ni los otros niños abrían la boca, y su silencio sonaba deliberado y medroso; anunciaba algo, y ese algo tenía el tono inconfundible de la revelación de un secreto. Al fin no aguantó más y se levantó. El niño, sentado en la única silla, estaba pálido, al borde del desmayo. La madre, de pie en el otro extremo del monoambiente que hacía de cocina, sala de estar y dormitorio, lo miraba despavorida, aun cuando intentaba disimular. Los otros niños se escaparon a la calle y no se los volvió a ver en el resto del día.

Obtuso como era, el padre tardó un rato en entender lo que había pasado. O bien, quizás, entendió enseguida pero tardó en aceptarlo. O no lo entendió nunca. Era bastante obvio: le habían enyesado la otra mano. Ahora era más obvio que un rato antes, porque el meñique quebrado, que seguía desnudo y a la vista, se había puesto morado, y palpitaba visiblemente. Y al otro lado del cuerpo ese enorme yeso, con la grampa de metal, tan inútil, parecía una burla.

¿Qué había pasado? El mediquillo inexperto le había preguntado al chico en qué mano había sucedido el accidente, y había formulado la pregunta justo en los términos que Miguelito no podía responder: ¿la derecha o la izquierda? Asustado, y sin querer confesar su ignorancia del significado de esas palabras (no por vanidad personal, sino porque temía que al confesarlo pudieran acusar al padre de no haberle brindado una adecuada educación), el chico había contestado con un «sí» al azar; el médico sacudió la cabeza ante tanta estupidez: ¿cómo podía haber gente que no se diera cuenta de que la afirmación o la negación no eran la respuesta a una alternativa? Ahora debería formular dos preguntas. No fue necesario, porque a la primera, «¿la derecha?», el niño volvió a asentir. Y a partir de ahí todo se hizo en esa mano, sobre un Miguelito aterrorizado por las consecuencias que podía prever del error, pero sin atreverse a corregirlo.

Entre paréntesis, dijo don Aniceto, esta anécdota echaba luz sobre la calidad de la atención en los hospitales públicos de la época. La intención no era mala: llevar al pueblo los adelantos de la medicina, poner la ciencia al servicio de los humildes. Pero si eso se hacía sin los recaudos psicológicos necesarios, era peor que inútil. Aunque la aporía era inescapable: a las clases inferiores había que comprenderlas; pero comprender era una forma de dominar. Entonces ¿había que perpetuar la dominación? Él no tenía la respuesta.

Cuando el Chucho Estévez captó en toda su dimensión el error cometido, y su responsabilidad en él, su furia ya no se contuvo más. (Pero ¿acaso alguna vez se había contenido?) Cayó sobre su hijo como una tromba vengadora. Cada golpe iba cargado con el resentimiento y la vergüenza del «humillado y ofendido» por la vida y la historia, transmitiendo su mensaje: al hijo del pobre no era necesario que lo castigara la sociedad: el mismo padre que lo había engendrado se encargaba.

Fue uno de esos golpes, concluyó el narrador, el que le aplastó la fosa sinusoidal. Definitivamente y para siempre, porque eso no se enyesaba.

Ésa era, muy resumida, la historia de Miguelito. ¿Qué le había parecido?

El Conde, maestro de la improvisación, podía improvisar cualquier cosa menos un juicio. Un relato siempre le dejaba en la mente una cantidad de hilos sueltos que sólo el tiempo, y sólo otros pensamientos, que no tenían nada que ver, anudarían. Y casi todo en el mundo, de un modo u otro, era relato. En este caso no se le escapaba que en la actitud del viejo había algo desafiante. Su pregunta se refería no tanto a la calidad estética o intelectual de su cuento como a la diferencia entre éste y el que había contado el Conde: la suya era una historia sin sutilezas ni misterios, cruda y transparente, que demostraba que aun sin las «bellas asimetrías» de la narración elitista un cuento podía entretener y entenderse. A juzgar por la elección del tema las «bellas asimetrías» se le habían quedado atragantadas a don Aniceto, y se había propuesto, más que nada, su demolición en regla. A pesar de todo lo cual el Conde no pudo sino balbucear unos adjetivos de compromiso: curioso… interesante…

Don Aniceto en realidad no esperaba un juicio. Su pregunta había sido retórica. Se explicó: lo que había contado no era tanto «la historia» de Miguelito sino el origen de su historia, las premisas de una historia posible. Si bien toda historia era la historia de un origen, había que hacer la diferencia entre historia y origen.

Porque la historia del joven, la historia propiamente dicha, no era, podía asegurárselo, ni «curiosa» ni «interesante». ¿Cómo habría podido serlo? Pasada la etapa de su origen, superado su «mito de origen», era la consabida historia del que ha quedado al margen, el descartable, el resto insignificante; en una palabra: el pobre. ¿Qué hacía Miguelito, qué había hecho todos estos años desde los sucesos de su infancia, entre los altivos Orlov? Era el típico «sapo de otro pozo», que nunca falta. La interrelación de ricos y pobres era compleja. Los primeros, con buenos motivos, trataban de mantener la separación, pero mil factores los estaban mezclando siempre. Mil y uno, porque había que agregar el tiempo. Ahí llegaba al fondo de su argumentación. La dualidad social histórica de ricos y pobres era una asimetría, pero no una de las «bellas»: era una «fea asimetría». Las «bellas asimetrías» de los ricos en realidad eran una forma de la simetría. Con las «bellas asimetrías» se protegían imaginariamente de la interpenetración, que se producía en los hechos por acción de las genuinas, «feas» asimetrías de la vida. La ideología dominante negaba esta verdadera asimetría, al pretender que en el cuerpo social había una simetría perfecta, como debía haberla en el cuerpo visible del ser humano. ¿Sabía el Conde que estudios experimentales llevados a cabo en universidades norteamericanas habían revelado que el hombre y la mujer, sin saberlo, toman en cuenta la simetría del rostro, y del cuerpo en general, en la elección de pareja? La especie se los ordena, pues el quantum de simetría se corresponde con el de salud reproductiva. Una sencilla interpolación inconsciente trasladaba esos imperativos al cuerpo social. Pero la realidad lo desmentía siempre. Bastaba con ir al cine, o encender el televisor. Una escena filmada en la calle, cualquiera, mostraba una intrincación tal de pobreza y riqueza que si se la pusiera en un diagrama quedaría una figura barroca, retorcida, con salientes y entrantes por todas partes. No importaba que fuera un documental o una ficción.

Ahí él veía una diferencia crucial entre novela y cine. Era concebible, y fácilmente realizable, una novela larga y cargada, con un drama familiar por ejemplo, y alternativas psicológicas, eróticas, filosóficas, que a pesar de todo su realismo mantuviera al lector en la ignorancia del nivel económico en que sucedía la acción; podía haber sucedido en una fastuosa mansión o en una humilde casita de barrio obrero. Con el cine, sería imposible. ¿Que con la novela también sería imposible? No, no estaba de acuerdo. Bastaría con la habilidad del autor, para escamotear elegantemente algunos datos, y distraer con otros de este escamoteo; era cierto, concedía, que quedaría una novela bastante rara, una de esas novelas en las que se siente que hay algo no dicho, un secreto que no se confiesa; pero eso no haría más que agregarle méritos. Y, por lo poco que sabía de la literatura contemporánea, lo raro y lo anormal se habían vuelto corrientes en la novela.

La narrativa social era muy lógica, de hecho era el modelo de toda lógica, como que funcionaba según una estricta mecánica de causas y efectos (en la jerga sociológica, «premios y castigos»). Esa misma lógica, que era la Lógica, quería que para cada causa hubiera un efecto, y para cada efecto una causa. Una perfecta simetría bilateral. Pero había vidas que eran pura causa, con un efecto minúsculo, raquítico, colgando al final de la robusta, indestructible cadena de causas. Ésas eran las vidas de los pobres. Y otras vidas, las de los ricos, eran pura manifestación del efecto, con una pequeña, olvidada causa allá al comienzo (solía ser una jugosa herencia). Por supuesto, estaban todos los estadios intermedios, pero la tan deseada simetría no se daba nunca. Sin contar con que había pobres que disimulaban su pobreza, por orgullo o cálculo, y ricos que ocultaban su riqueza, para prevenir pechazos o no pagar los impuestos.

Por lo demás, siguió como en una ensoñación, la riqueza de los Orlov, indivisa como quería la norma ancestral, era un monstruo extraño, cuya figura se habría negado a aparecer en diagrama alguno. Los miembros del clan eran doscientos cincuenta, y todos sin excepción recibían a fin de año su cheque de dividendos. Y sin embargo muchos de ellos eran pobres, vivían en otra esfera social, arrastraban pérdidas, fracasos, ansiedades, tanto más dolorosas por inexplicables e inexplicadas. Quizás el problema estaba en no haber hablado con claridad cuando era el momento. El caso de Miguelito era ejemplar.

Él, don Aniceto, lo había querido como a un hijo. ¿Cómo no querer a un joven pobre? Pero pasaba el tiempo, el joven dejaba de serlo, llegaba a ser un pobre a secas, y entonces era como si toda su vida hubiera pasado. ¿Y cómo querer a alguien que ya no tenía vida? Debería haber hablado en el momento justo, haberse dado existencia con la palabra; que era justamente lo que no podía hacer.

IV

A todo esto, el niño había seguido haciendo de las suyas, aunque por suerte sin volver a acercarse al proyector: o había encontrado otra actividad que lo divertía más, o había notado la vigilancia que ejercía el Conde sobre el aparato (y sus comprometedoras placas). Lo segundo era improbable. Actuaba de un modo demasiado precipitado y atolondrado para tomar en cuenta vigilancias o amenazas; era una verdadera peste, un animalito, entregado en cuerpo y alma a sus impulsos y placeres, el «instrumento ciego del destino» que había visto en él el Conde cuando su alarma inicial. Y en ese sentido, acentuando apenas la primera impresión, ya no veía un animalito suelto sino un objeto, agitado por las órdenes de la fuerza de gravedad, la inercia, el movimiento de los átomos. Con la atención dividida por su diálogo con Aniceto, el Conde veía pasar al niño, siempre corriendo, apuradísimo, gordo, pequeño, redondo, como una pelota que patearan los invitados, para un lado, para el otro; más que a una pelota de fútbol, dirigida por profesionales en trayectorias limpias e intencionadas, se parecía a una de esas coloridas pelotas de playa, por sus rebotes inciertos y torcidos. Pero para los adultos presentes era como si no existiera; a una pelota le habrían llevado más el apunte, al menos si la consigna hubiera sido patearla y pasársela unos a otros.

Oyendo la historia de Miguelito, percibía un contraste en toda su magnitud: a este gordo consentido nadie le levantaría la mano, y no sería fácil amedrentarlo. No conocía el miedo. Era el típico producto de padres encandilados con la prosperidad, absortos en el descubrimiento de los beneficios recién adquiridos de la riqueza. Estaba respaldado por la civilización, la culpa, y la sobreoferta de consumo. Cómo habían cambiado los tiempos. Y no habían pasado siglos, ni siquiera generaciones. Todavía vivían hombres que de niños habían sufrido brutalidades hoy casi inconcebibles, prehistóricas. Y habían sobrevivido, como lo probaba el joven dormido a su lado. Podían contar su historia, o ser testimonios vivientes de ella.

Se la diría no sólo otra época sino otra etapa de la evolución de la humanidad. Pero había algo que las unía por encima del tiempo y los cambios: la ropa. Ya antes el Conde se había fijado en la curiosa indumentaria del niño. Ahora se preguntaba si no estaría disfrazado. En la actualidad a los niños (y los que había visibles en ese momento lo probaban) no se los vestía con trajes de ésos sino de modo más informal. Claro que un niño dandy podía encapricharse con alguna prenda ridícula o inadecuada para su edad, y los padres le darían el gusto; pero este gordito revoltoso parecía lo menos dandy del mundo. Siguiendo ese hilo de pensamiento, recordó que él de niño había tenido un atuendo similar, por no decir idéntico: esa chaqueta negra con solapas y tres botones, la camisa blanca, el moñito (no de lazo sino ya armado, y con un elástico que se pasaba por el pliegue del cuello de la camisa), los pantalones cortos grises, zapatos negros de charol con zoquetes blancos, y hasta la gorrita redonda con el molinete o hélice en la coronilla. Le parecía estar viéndose a sí mismo a los ocho años; había sido así de rollizo, y probablemente muy parecido de rostro: los ojos negros en contraste con la tez rosada, la boquita pequeña, un Orlov clásico. ¿Por qué lo habrían vestido así? No le sorprendería que aquella moda hubiera vuelto, como volvían todas las modas; pero en ese caso habría visto más niños vestidos así, y no era el caso. Y si la moda no había vuelto, ¿de dónde habían sacado esas prendas? Por un momento se le ocurrió que eran las suyas, las mismas que había usado él de chico; su madre las habría guardado; recordaba haberle oído decir alguna vez que había guardado toda la ropa que él había usado en sus años de infancia, «nueva», subrayaba ella: porque había sido un niño de crecimiento muy rápido, casi exagerado, al entrar a la adolescencia ya tenía el tamaño de un adulto, y de un adulto corpulento, no le daba tiempo de gastarse a la ropa ni a los zapatos. Ignoraba qué había sido de las pertenencias de su madre al morir. Sus problemas lo habían tenido distanciado de la familia, o de una rama u otra de la familia, durante años; durante toda su vida adulta, en realidad. Como resultado de lo cual había mucho de sus hábitos, ceremonias y tradiciones que se le escapaba. De hecho, no le había quedado del todo claro lo que se celebraba en esta ocasión; quizás nada. De cualquier modo a él le daba lo mismo: no había venido a celebrar nada. Quizás se había establecido una costumbre de vestir a un niño con la ropa conservada de algún mayor, de algún antepasado... El Conde no era antepasado de nadie, pero quizás él no había sido el primero en usar esa ropa, aunque así lo hubiera creído en su momento, como ahora debía de estar creyéndolo este niño gordo.

Por un instante, pero sólo por un instante, le pasó por la cabeza la posibilidad de que hubiera ahí algún mensaje dirigido a él: que sabiendo que él iba a asistir, y viendo el parecido de este crío con el niño que él había sido, hubieran desenterrado de un baúl sus viejas ropas para crear un facsímil infantil suyo... ¿Con qué objeto? Mostrarle que eran conscientes, o burlarse, de su posición de dependencia, de su irresponsabilidad y negativa a asumir los deberes de la vida adulta. Lo descartó. No le convenía ponerse paranoico, porque entorpecería las maniobras que se proponía llevar a cabo, para las que necesitaba un máximo de autoconfianza y arrojo.

Lo veía agitarse como un loco, ir, venir, dar órdenes a sus primos, llevar y traer objetos, apilarlos, moverlos. ¿Nunca se cansaba? Mirarlo cansaba. Los niños de esa edad tenían una enegía y una resistencia con las que ningún adulto podía competir. El Conde se felicitaba de no haber tenido hijos. Habría tenido que pasar por la ignominiosa experiencia de abando-narlos. En él había algo definitivamente refractario al carácter infantil, sobre todo en lo que tenían de gratuitas las activida-des, tan frenéticas, de los niños. Frente a ellos se sentía, aun-que la comparación no lo favoreciera, como uno de esos grandes reptiles que pueden mantenerse inmóviles durante eternidades, y sólo a la larga, muy a la larga y cuando es im-prescindible, hacen un movimiento, uno solo, que dura una fracción de segundo, y con él se procuran comida o refugio o sexo, y vuelven a su quietud de objeto. Nada más alejado de ese paradigma de eficacia que la agitación sin sentido de los niños.

Haciendo honor al símil del saurio soñoliento, el Conde llevaba más de dos horas sentado en el sillón, con el único interludio de su desplazamiento en busca del médico. En todo ese tiempo sólo había movido las pupilas, con un giro lento y bien disimulado bajo los gruesos párpados (provistos de unas pestañas que le habrían envidiado las misses). Y eso sólo por-que no quería perder de vista al mocoso. Había seguido sus evoluciones mientras hablaba con don Aniceto, creyendo todo el tiempo que estaba viendo una agitación incoherente, puro gasto de energía sin dirección, las cansadoras repeticiones in-cansables de los niños que juegan por jugar. A esa sensación pudo contribuir el hecho de que no lo miraba todo el tiempo ni prestando atención, sino sólo cuando apartaba la vista de don Aniceto. Pero después se dio cuenta de que había regis-trado todo o casi todo lo que había hecho ese pequeño demo-nio. No necesitaba desdecirse: era puro juego, incoherente y absurdo. Pero aun así, y quizás beneficiado por la discontinui-dad de su atención, lo había observado todo y había ido des-glosando los distintos argumentos en que se complacía la fan-tasía pueril de ese inventor.

Quizás el niño se había hecho entender por él porque tenía que hacerse entender por sus acólitos. Les gritaba todo el tiempo, a voz en cuello, autoritario, impaciente, dictatorial. El Conde no lo oía: esas escenas de juego, para él mudas, sucedían al otro extremo del gran salón lleno de parientes hablando; lo veía gritar, colorado por el esfuerzo, a veces le llegaba uno de sus chillidos agudos, pero no las palabras. No le sorprendía que los otros, que suponía sus primos, le obedecieran como parecían hacerlo: ese chico, por la fuerza de su convicción, tenía pasta de líder, y en esos grupos de niños que se formaban en las reuniones familiares, lo mismo que en la barra de la esquina, siempre había uno que asumía el mando, y los demás obedecían, no tanto por sumisión como por organizarse y no perder tiempo de juego, siempre escaso para ellos.

Además, era el mayor. Los otros eran dos niñas, una de siete años, la otra de cinco, la de siete compuesta y formal, con su vestidito rosa, la otra más inquieta. Se turnaban para llevar de la mano, y levantarlo cuando se caía, a un crío de poco más de un año. Completaba el grupo otro varón, que parecía un poco menor que el gordito líder, aunque quizás no lo fuera; su físico era esmirriado, y la cabeza rapada lo hacía semejar a un presidiario en miniatura: o bien esta semejanza se le ocurría al Conde por las marcas de golpes y raspones que el chico tenía en la cara y brazos y piernas, como si hubiera estado peleando o cayéndose de los árboles. Tenía los ojos redondos e inexpresivos de un bebé, y parpadeaba todo el tiempo por causa del humo del cigarrillo que tenía en los labios. El Conde no se explicaba cómo le permitían fumar a un niño de esa edad. Con todo, no le asombraba demasiado, porque en la familia había, lo sabía bien, fumadores empedernidos, verdaderos maniáticos del tabaco, por lo que era probable que este chico hubiera crecido entre perennes nubes de humo.

Pudo reconstruir las distintas etapas del juego desde el comienzo mismo. Cuando el niño se retiró del proyector, causando el accidente, lo hizo atraído por algo que le pareció más prometedor, y que debió trasladar al rincón donde las niñas habían hecho un espacio de juego, cosa que explicó sus carreras posteriores (había necesitado ayuda). Se trataba de una serpiente, una mamba superdesarrollada, de dos metros de largo por lo menos, gruesa como una manguera de bomberos; primero intentó cargarla solo, pero tuvo que renunciar, quizás no tanto por el peso como por lo incómodo de ese formato dos veces más largo que él, viscoso y resbaladizo, que no se dejaba enrollar fácilmente. No debía de estar exactamente embalsamada, o lo estaría con un procedimiento especial que le permitía algunos movimientos de su figura sinuosa.

¿Para qué la quería? Quizás en un primer momento no lo sabía. Ya se le ocurriría algo. Por lo pronto, era un objeto eminentemente deseable para un niño por sus colores lujosos, sus escamas afiligranadas, la mueca de amenaza en la que se la había fijado, la boca abierta adelantando los letales colmillos, la lengua bífida asomando veinte centímetros (una licencia del embalsamador, pues las serpientes sólo sacaban la lengua cuando tenían la boca cerrada), su exotismo africano. Si hubiera podido esconderla en un bolsillo, se la habría llevado a su casa. Pero ya había inventado un juego, que consistía en que los demás se acostaran en el suelo y simularan dormir, mientras él hacía deslizar la serpiente sobre sus cuerpos. Lo hacía con habilidad, aprovechando todas las posibilidades de flexión del monstruo, y lo acompañaba con unos silbidos que él juzgaría escalofriantes. (Estos silbidos el Conde no los oía desde su sillón pero podía deducirlos por el fruncido de los labios del niño gordo, y el modo en que inflaba los cachetes.) Las niñas se mantenían razonablemente quietas, reprimiendo un temblor de espanto cuando la mamba recorría sus gargantas con las dos puntas de la lengua. Cuando se apartaba de ellas, y reptaba en círculos, cada vez más lejos, debían mantener la inmovilidad del falso sueño. ¡Cómo lo obedecían!

De entre la tropa de durmientes se levantaba el chico pelado, siempre con el cigarrillo humeante en los labios. Las niñas (con el pequeño a la zaga) debían salir de su sueño, pero no del círculo que había dibujado la serpiente, infranqueable, y huir del abrazo del Robot. Porque el chico pelado estaba representando a un robot o zombie, salido de un cementerio o del laboratorio de un científico siniestro. Esto último era lo más probable, según la imaginación del director del juego, que había dejado a la mamba y ahora empuñaba un aparato de control remoto de televisor, y con él «dirigía» los movimientos de su robot. El espanto de las niñas estaba bien representado, y llegó a estar algo más que representado cuando una de ellas pisó la punta de la cola de la serpiente, y debió de activar los flejes metálicos o resortes con los que se había logrado la flexibilidad del reptil, porque éste se alzó de pronto en toda su altura, como bajo el efecto de la flauta de un encantador. Fue un convincente símil de vida. El gordito lo aprovechó de inmediato: gritando órdenes como un energúmeno, y apuntando con su control remoto, del que tocaba todos los botones a la vez, orquestó el combate del Robot contra la serpiente; el Robot pasó de ser una amenaza para las niñas a ser su única protección.

La niña más pequeña se había acostado otra vez en el piso, y para calmar al bebé, que se había asustado, fingía dormir, la mejilla pegada a la de él. El resultado fue que se durmieron los dos. Y como si salieran de sus sueños, en un cuadro vivo, aparecieron en la cabecera de su lecho improvisado una gallina y un canguro albino, ambos en posturas de declamación, alertas, la cabeza erguida, y por supuesto inmóviles. Los dos varones y la niña más grande, siempre a las órdenes del Amo del Juego, los habían transportado. Ahora el juego consistía en sacarse los zapatos, quizás para no despertar a la niña dormida, que estaría soñando y su sueño sería la gallina y el canguro, que se desvanecerían en el aire como espejismos si ella se despertaba. Pero eso podía ser una interpretación del Conde, demasiado racional para ajustarse a las reglas fluctuantes de los jugadores. Más probable sería que se descalzaran para ganar agilidad en las carreras que siguieron: jugaban a las escondidas. De pronto habían desaparecido todos; se habían escondido, y reaparecían de golpe, en una carrera desesperada para tocar la «piedra libre». Ésta era móvil (otra innovación del inventivo niño gordo): una rueda de carreta decorativa, en maderas preciosas talladas que representaban, en el costado externo del aro, escenas de la vida del gaucho, en el ciclo anual de trabajos rurales. Los pequeños demonios la habían sacado del pedestal en que se sostenía, frente a la chimenea, y la hacían rodar entre los invitados. El escondido que la tocaba antes que el que lo buscaba, gritando «piedra libre», ganaba la partida. Orlov, que recordaba haber jugado a las escondidas (era el único recuerdo que conservaba de su infancia), recordaba que la «piedra» para librarse era, por definición, fija e inmóvil. Esto de hacerla móvil equivalía en cierto modo a hacer trampa, pero era muy característico de este niño. Sus veleidades eran imprevisibles. El juego de las escondidas se había transformado insensiblemente en el juego de la guerra, transformando retrospectivamente las escondidas en una huida (en la carreta de una sola rueda) de la ciudad tomada por los animales en rebelión: la gallina, el canguro, y la misma mamba se habían apoderado de las instalaciones, y habían tomado de rehenes a la niña dormida y el bebé; los otros habían debido escapar en medio de la noche, a la primera alarma, de ahí que lo hubieran hecho descalzos; reaparecían reptando, apuntando y disparando con armas imaginarias. El control remoto volvía a funcionar; el Robot fumador atacaba y volteaba a la gallina, al canguro y se trababa en un abrazo teledirigido con la serpiente.

Como todos los juegos de niños, y grandes, éstos tenían sus reglas; no importaba que se las inventara sobre la marcha, o que se las cambiara en el curso del juego: las tenían igual. Para el observador desde afuera (y desde lejos), esas reglas había que deducirlas. Pero la deducción no era consistente, pues se trataba de reglas gratuitas, de juego, sin una lógica estricta. El niño gordo inventaba movimientos enigmáticos, acciones absurdas, por el gusto infantil del enigma o la intriga sin solución. Como para que nadie entendiera, y así crear una imaginaria amenaza, no sólo sobre sus compañeros sino sobre el mundo en general.

En el fondo, se trataba de un juego de poder. Él daba las órdenes, y los otros obedecían, no tanto por reconocer su superioridad como por la velocidad con que se sucedían y cambiaban las reglas y los episodios del juego: así los tenía en suspenso sobre lo que pasaría a continuación. No les daba tiempo a incubar una rebelión. Era un modo mágico de hacerse obedecer. Quizás el absurdo siempre servía para eso.

Todos los juegos anteriores habían transcurrido mientras el Conde contaba la historia de Elena Moldava. Quizás eran un solo juego, encadenado en una historia única. No era raro que los distintos episodios de una historia parecieran historias distintas y autónomas. Se dio cuenta de que en la casa no vivían niños; por eso no había juguetes. El Conde no era el único de los Orlov que aborrecía la descendencia. Los patriarcas envejecían lejos de sus vástagos y de los vástagos de sus vástagos. Un clima de adultez, de intereses juiciosos, de seriedad, se imponía como una capa de nieve sobre las cumbres de la familia.

La ausencia de juguetes enriquecía el juego; había que inventarlo a partir de lo que había. No había resultado difícil, a juzgar por lo que estaba viendo. La creatividad infantil triunfaba en sus lujos inútiles, en su desperdicio y su fugacidad. Los resultados se perdían para siempre.

Después, mientras escuchaba de boca de don Aniceto la historia de Miguelito, siempre vigilante, Orlov había seguido las evoluciones de la bandita allá en su rincón. Habían hecho escalamientos, a los ornados armarios y bahuts, saltando sobre precipicios imaginados, después había habido un viaje en avión, alternando en los papeles de pilotos, azafatas y pasajeros. Un accidente en las montañas, el avión se dividía en tantos aviones como pasajeros llevaba, y los sobrevivientes (todos) practicaban alpinismo... Eso tenía de ambigua la reconstrucción que hacía el Conde de lo que había visto: que no sabía cuál juego venía antes y cuál después. Descalzos otra vez, usaban los zapatos como moneda en el mundo que habían creado, quizás definitivamente aislados en un valle perdido, después de que el avión se estrellara. Una nueva sociedad, en la que los zapatos (¿o sería el número que calzaban?) fundaba una nueva economía, y hasta una nueva matemática. Aunque lo más probable era que se tratara de racionalizaciones y en realidad no se tratara más que del vértigo ciego del juego. Así debía de ser, porque al final estaban haciendo algo refractario a cualquier explicación: empujaban un alce, con ruedas en las patas, entre los invitados, los dos varones empujando las dos patas delanteras, las niñas las traseras, el bebé atrás con sus pasos vacilantes. Tomaban velocidad, y no dominaban bien al enorme animal, que se abría paso entre la concurrencia, las aspas golpeando y haciendo tintinear los caireles de las arañas, las ruedas mal aceitadas rechinando sobre el parquet en sus curvas impredecibles. Chocaba contra las mesas, hacía estremecer la vajilla, retrocedía, tomaba impulso para otro lado, volteaba una silla...

Era el colmo. Orlov oía la historia proletaria y miserabilista de Miguelito, que por mucho menos se había ganado marcas de por vida, y veía las hecatombes producidas por este pequeño caudillo gordo impune y desencadenado...

Pero entonces cayó en la cuenta de que era demasiado. A ningún niño consentido se le consentía tanto, y menos en la familia Orlov. Tenía que haber una causa precisa para permitir esas carreras, esos destrozos, esa manipulación desenvuelta de las valiosas piezas de la colección de animales embalsamados del dueño de casa. Y esa causa, la había tenido ante la vista todo el tiempo, sólo que se había resistido a reconocerla: los invitados, los miembros cercanos y lejanos de la familia que habían acudido esta tarde, estaban absortos en sus asuntos, en sus maquinaciones. Había dado por sentado desde el principio, sin reflexionar, que toda su parentela se limitaba a disfrutar de una reunión, a charlar de temas intrascendentes, distraídos, mariposeando. Y él se había creído el único que asistía movido por un interés que lo tocaba a fondo y que exigía toda su atención y concentración. ¡Y no era así! Todos estaban jugándose la vida en sus intrigas, todos necesitaban enfocar hasta la última neurona en su interlocutor, no podían dejar escapar una palabra, un gesto, un matiz. Sólo así se justificaba que los niños pudieran hacer de las suyas como en un universo paralelo.

V

La conversación lo había serenado; lo había llevado a una esfera elevada en la que las palabras perseguían desinteresadamente, como por juego, a las ideas, y las ideas a las palabras, como seres alados en círculos transparentes...

Pero ¿desde qué otra esfera había sido llevado a ésta? En la calma recién adquirida, en este desasimiento especulativo al que había volado en pos de las irisadas libélulas del ideal, podía preguntárselo. Y veía, a lo lejos, minúsculo, el episodio en el que alguien como él, una figura humana con su cara y su cerebro, se había asustado por creer que uno de sus secretos estaba a punto de revelarse. Veía la escena como un mensaje transmitido en mímica; y él, además de detestar visceralmente a los mimos, nunca los había entendido.

Esa incomprensión se propagaba. No entendía nada. ¿Un secreto? ¿Cuál? Porque tenía muchos. Que hubiera sentido tanto miedo no constituía una prueba de que se tratara de algo muy grave, porque era bien sabido que, descontadas las consecuencias judiciales, la gente temía más la revelación de una pequeña mezquindad que la de un crimen.

Aunque no importaba la magnitud del hecho oculto. Bastaba con que lo desprestigiara en el preciso momento en que necesitaba mostrarse más decente, confiable, íntegro... Una brusca iluminación interrumpió su soliloquio, y fue como si lo despertara a la realidad. ¿Acaso había esperado engañar a alguien? «Decente, confiable, íntegro...» ¿Estaba loco? ¿No lo conocían bien todos los miembros de la familia a los que podía recurrir? Lo conocían demasiado bien.

No. No había secretos ni revelaciones que valieran. Su estrategia para esta ocasión, bien planificada (ahora lo recordaba), se basaba en presentarse tal cual era, sin disfraces, sin promesas de redención siquiera: era su último y definitivo disfraz, él mismo...

Pero entonces, el temor que le había causado la aparición de los cristales se debía a otra cosa... No la localizaba... El esfuerzo por encontrar lo condujo no al objeto de sus aprensiones sino a su soporte, los cristales. Más allá de la molestia que le causaban, recuperaba el sentimiento de maravillada admiración con que los había manipulado alguna vez. Eran pequeños, de poco más que el tamaño de una moneda, octógonos chatos con una especie de burbuja muy achatada en el centro, donde se hallaban las figuras. La más sutil química de la luz las fijaba. Aunque la expresión habría sido incomprensible en la época en que salieron a la venta, no había mejor descripción que la de «tarjeta de datos», ya que podían cambiar el nivel de la información que entregaban. En aquel entonces se los veía como un perfeccionamiento, estético más que técnico, de las diapositivas, descendientes a su vez de las placas coloreadas de las linternas mágicas. Su rasgo más notable, el de no necesitar una fuente de luz, no había llamado la atención; no se lo había notado como un progreso; al contrario, se lo veía más bien como un defecto.

Pasado el tiempo, obsoleto el sistema, cuando ya no quedaba nadie que conociera su función, eran sólo objetos. Al niño gordo le habrían parecido juguetes, figuritas de vidrio, televisores en miniatura, cualquier cosa por el estilo. No debían de haberle extrañado, seguramente no le parecieron, ni mucho menos, los prodigios que habían sido para los niños de antaño. Los de las nuevas generaciones estaban demasiado habituados a las representaciones proteicas del mundo digital para asombrarse de estas antiguallas. Y los niños pronto serían adultos, y la memoria de las viejas maravillas se perdería para siempre. De hecho, ya había adultos de ésos, jóvenes adultos, niños que habían crecido entre una reunión familiar y otra. Para ellos los cristales serían en todo caso objetos de colección, bellos y deseables sólo por la nostalgia que transportaban... Pero sólo para alguien con la sensibilidad del anticuario, con la cultura humanística necesaria para recuperar el aroma y el sabor del «tiempo perdido», es decir para saber qué había que recuperar, qué formas y colores tenía ese pasado. Y esa sensibilidad había quedado obliterada bajo el nervio y la prisa del pragmatismo y el interés. Por todo lo cual era comprensible que el Conde se hubiera asombrado de ver reaparecer los cristales.

Y sin embargo, a pesar de su doble o triple sepultura en el olvido y el extravío y la falta de interés, los cristales conservaban su potencia de representación e iluminación. Las imágenes tenían vida, en ellas había un presente más vivo que cualquiera de los pasados que evocaban. Podían hablar y dar testimonio. Como toda imagen, podían ser pequeñas o grandes, se diría que una voluntad interior a sus formas las llevaba a un tamaño u otro, a ser pequeñas como la punta de un alfiler o grandes como el cielo.

Si bien en el pasado la existencia de los cristales no había sido cuestionada, su realidad se había mantenido siempre un paso más allá de la utilidad o entretenimiento que pudieran brindar, y en consecuencia su funcionamiento había quedado envuelto en velos de misterio y fábula. Esto tenía, quizás, una explicación simple: por ser tan frágiles y caros, se los había mantenido lejos de los niños, y como con los niños las prohibiciones no eran lo más eficaz, se recurrió a dificultades y esoterismos reales o pretendidos. No debió de ser difícil implantar la creencia, ya que el mundo infantil era adepto al misterio.

El Conde se había quedado en ese estadio; su desconocimiento de la mecánica de los cristales era casi completo. No le había interesado desgarrar el misterio, porque nunca había sido hombre de misterios o poesías; con las dificultades de la más llana realidad cotidiana ya tenía bastante ocupación. Pero paradójicamente, eran los hombres prácticos los que, a diferencia de poetas y soñadores, preservaban intactos los enigmas y las brumas de la infancia, por no ocuparse jamás de ellos.

No obstante, reuniendo sus recuerdos y arriesgando alguna invención podía deducir la acción de los cristales. Si se necesitaba un proyector, como suponía, tenía que ser uno muy especializado. El que tenía frente a él no aparentaba ser el que correspondía. Debía de haber una innumerable cantidad de modelos; la aceleración de la tecnología, y de su consumo, no era algo tan reciente. O lo era para los aparatos utilitarios; los hedónicos se habían sucedido siempre, desde la más remota antigüedad, a toda velocidad, reemplazándose de un día para otro, porque sí, sin razones; su apelación a la fantasía y la sorpresa lo hacía necesario, porque de lo inútil uno se cansaba antes que de lo útil. Anticipándose a un aburrimiento siempre previsible, los inventores se precipitaban a sacar de la galera un truco nuevo; a veces no importaba si lo nuevo era mejor; como no había parámetros funcionales con los que juzgar, no se sabía qué era mejor o peor. Bastaba con que fuera nuevo y distinto.

De modo que el pasado había quedado jalonado de mecánicas divertidas, magias a palanca, prodigios fugaces, que juntaban polvo en las estanterías de ropavejeros o tomaban sol los domingos en los mercados de pulgas. Y cuando consistían en dos elementos separados, como un proyector y una placa, era difícil, o imposible, encontrar los dos que coincidieran. Había coleccionistas que se pasaban la vida tratando de hallar el modelo de fonógrafo que hiciera sonar el alambre o el rollo de cera o el cartón perforado que atesoraban. O viceversa, si lo que tenían era el aparato. O los que buscaban el proyector que les hiciera visible el contenido de unos oscuros cuadrados de celuloide, con siluetas invertidas, indescifrables.

A esta altura de la Historia, los cristales debían de estar en esa melancólica situación. El Conde creía recordar, pero quizás se confundía, que para ver las imágenes había que insertar dos cristales en un dispositivo pequeño, con forma de binocular, y esperar un buen rato a que se produjera una estereoscopia natural… Entonces la ilusión de realidad era completa, la definición de los detalles alucinatoria. Pero había que disponer de los dos cristales de cada imagen, el derecho y el izquierdo, y (esto no sabía si lo recordaba o lo inventaba) en un costado del dispositivo había una perilla que debía girarse muy lentamente y con el mayor cuidado hasta lograr el foco perfecto; y tan delicado era el juego de poleas de precisión que los resortes de esa perilla se rompían siempre, por muchas precauciones que se tomaran. Todo conspiraba para que el secreto que guardaban los cristales siguiera secreto.

Aun así, el peligro seguía latente, en términos absolutos. Las coincidencias cuasi milagrosas (de proyector y placa) no podían descartarse. Y estaba la adaptación de artefactos para usos distintos de los originales, de la que nunca se sabía hasta dónde podía llegar. El ingenio del hombre en ninguna actividad podía dar tantas sorpresas como en la adaptación de unas mecánicas a otras.

Para neutralizar el peligro no tenía más que levantarse… Y ni siquiera tanto, sólo inclinarse hacia adelante, estirar el brazo, meter la mano en la caja del proyector, revolver hasta encontrar al tacto los cristales… Pero ¿era tan fácil? Una vez que los encontrara, no podía echárselos al bolsillo sin más. Don Aniceto no le sacaba la vista de encima, y no podía asegurar que alguien más, o muchos más, no estuvieran mirándolo. Si no lo habían hecho de modo ostensible hasta entonces era porque él había estado quieto, mimetizado con su inmovilidad.

Podía hacerlo fingiendo distracción, como si buscara un cenicero donde aplastar la colilla, o dónde dejar el vaso… Pero la naturalidad en los gestos no era una garantía. La falsa naturalidad, menos. Si bien el Conde había debido confiar más de una vez en sus condiciones de actor, esa confianza descansaba en su uso de la palabra. Los gestos podían delatarlo. En realidad, ni siquiera se necesitaban gestos: su mera figura ya decía mucho, cargada como estaba de su historia. Mientras se mantenía quieto podía sostener la ilusión de ser invisible. Moviéndose, y si temía ser observado, sabía que se apoderaría de él una rigidez culpable, como la de un hipnotizado al que dirigiera un genio criminal. Ante el más mínimo desplazamiento de su cuerpo pesado todos se preguntarían «¿Qué se propone?, ¿qué nuevo plan ha puesto en marcha?». Era contradictorio, pero sólo una quietud de piedra le aseguraba la agilidad necesaria para llevar a cabo sus intenciones.

¿Y valía la pena? ¿Valía la pena arriesgarlo todo por lo que podía ser una prudencia mal entendida? Porque nadie sabía de la existencia de esos cristales, y cualquier cosa que él hiciera por recuperarlos no haría más que llamar la atención sobre ellos. Claro que aun eso estaría lejos de significar nada. Antes habría que encontrar el modo de ver las imágenes que contenían. Y las imágenes a su vez contenían una historia, que había que reconstruir. El juego de sacar la historia de una imagen muda requería atención, tiempo, ingenio, imaginación. Era un arte que se estaba perdiendo. Paradójicamente, la proliferación de imágenes en la sociedad actual desalentaba cada vez más su lectura, porque sus emisores se ocupaban de incorporar la lectura en la imagen misma, la hacían descifrable a primera vista, porque sabían que la reemplazaría otra de inmediato sin darle tiempo a nadie de ponerse a hacer el desciframiento, y entonces el mensaje se perdería. El instrumento mental necesario para extraer una historia de una imagen se había ido embotando.

Y, por último, aunque la historia saliera a luz, ¿podía perjudicarlo realmente? Por un lado, en el seno de la familia su reputación ya estaba demasiado comprometida como para que «una mancha más» hiciera otra cosa que confirmar la opinión que tenían de él. Por otro lado, los cataclísmicos cambios de las últimas décadas en los paradigmas éticos hacían dudoso que un hecho o conducta del pasado se juzgara con la misma severidad con que se lo había juzgado entonces. De hecho, la valoración podía invertirse.

Todas estas hipótesis y suposiciones y cálculos podían desvanecerse ante lo inesperado como los fantasmas que eran. Valían tanto como su opuesto, como suponer que la mera emergencia de los cristales haría pública no sólo la historia que contenían sus imágenes, sino, por una reacción en cadena, todas las demás historias de la vida del Conde, desde las más triviales a las más truculentas. Y había para entretenerse: su vida era una proliferación de historias. En lo cual no era una excepción, pues en general las vidas estaban hechas de historias, y las historias también estaban hechas de historias.

No había hecho nada por tenerlas. Se habían hecho solas, sin esfuerzo alguno de su parte. El Conde, que nunca había trabajado, dudaba de haber llegado a tener alguna historia si para tenerla hubiera debido poner intención o acción. Conociéndose, sabía que se habría dejado estar, inmóvil. Como mucho, les habría opuesto una débil y cansada resistencia. Pero las historias se hacían solas, se las arreglaban con un incidente cualquiera, a partir de él tendían sus hilos, atrapaban otros hechos, que a primera vista no parecían tener nada que ver, de la nada se creaba un sentido, una trama.

Lo cierto era que las historias se acumulaban, y lo reclamaban como su autor, aunque él se sentía más su víctima que su autor. Pero estaban ahí, y volvían, volvían aunque más no fuera para decir que nunca se habían ido. Tarde o temprano, había que asumirlas. Quizás el modo de asumirlas era el cinismo, un sano y valiente cinismo, que tendría entre otros méritos el de hacer contraste con la hipocresía de tan hondas raíces y tan profusas ramificaciones entre los Orlov. Pero ésa era una utopía. Los gestos de arrojo, elegantes y dramáticos, estaban fuera de lugar en el prosaico mundo de la supervivencia. Eran un lujo que no podía permitirse. Había que vivir, haciendo caso omiso del hecho de que las historias siguieran acumulándose. Y para eso debía hacer buena letra. En otras circunstancias habría sentido vergüenza por su cobardía. Pero tenía la excusa (siempre la había tenido) de que se trataba de un expediente provisorio; sólo debía sostener la máscara un poco más, y que los secretos siguieran dentro del pasado un poco más. Mantener a raya las historias por el momento. Recordar que una historia, así estuviera contada a medias, esbozada, sugerida, siempre arrastraría consigo el pasado entero, por la ley de la asociación.

¿Hasta cuándo? Nunca se lo había planteado. Con la vista fija en la salida inmediata del atolladero más reciente, el pago de la deuda más apremiante, nunca se había preguntado si no habría una solución global. Tampoco lo hizo en esta ocasión. Estaba demasiado apurado para detenerse a pensar. Una especie de vértigo lo arrastraba. La guerra contra el tiempo había sido una constante en él. Una guerra toda hecha de batallas perdidas de antemano. Ante las derrotas él no hacía otra cosa que encogerse de hombros con una risa sarcástica. En el Conde Orlov había una potente veta de nihilismo: no podía ocupar el tiempo sino con la negación de su propio transcurrir; su lema parecía ser «terminar con la vida de una vez por todas». Y para eso se necesitaba ir rápido, a salto de mata, como una estrella fugaz, con el final siempre al alcance de la mano. A veces, experimentando esa aceleración hacia el infinito de la nada, podía sentir cómo el tiempo se escapaba de sí mismo: el tiempo, su enemigo, quedaba vacío, y a él lo inundaba la euforia de la irrealidad... Pero eso también lo ocultaba, por cálculo. Temía, con razón, que la gente a la que recurría en busca de ayuda, en alguna de las recurrentes ocasiones en que la necesitaba, se la negara diciendo «Para qué voy a darte, si a vos ya no te importa nada». Y a él sí le importaba. Le importaba más que a nadie.

Sin moverse del sillón, sin dejar de vigilar al niño ni de escuchar a don Aniceto, que ya estaba llegando al final de la triste historia de Miguelito, lanzaba de vez en cuando miradas a los invitados, y creía detectar miradas dirigidas a él, que se desviaban de inmediato, culpables. Más de uno debía estar preguntándose qué nueva calamidad le habría caído encima para que se hubiera dignado a venir a socializar con la familia, qué nueva estafa se traía entre manos. Y si se lo preguntaban en voz alta unos a otros, era inevitable que salieran a luz los viejos cuentos, viejos y nuevos, aunque ya no serían nuevos para nadie. Lo sabían todo. Sabían más que él, porque él se ocupaba de olvidar mientras ellos se entretenían recordando. Seguramente ellos tenían bien presentes los hechos contenidos en los cristales, no necesitaban más proyector que un «¿te acordás de...?». Y menear la cabeza con la consabida reprobación, quizás soltar una risa: «no puede con su genio», «es un caso perdido». Al final él iba a ser el único que ignoraba su propio secreto, y el miedo que había sentido al ver los cristales en manos del niño era el miedo a enterarse, a recordar. Era tanto lo que había olvidado… La vida había ido quedando vacía a su paso. Tierra arrasada. Virtuoso de la amnesia, había llegado a borrar rostros y nombres de las mujeres que constituían el elenco siempre cambiante de sus andanzas. Él olvidaba, y a ellas las dejaba sin ganas de recordar.

Un inmenso desaliento lo abrumó. Una cosa era haber renunciado a la autoestima, otra aceptar un destino realmente siniestro. ¿Sería eso de verdad, un enviado de las tinieblas, un demonio destructor? La vida que había llevado, esa vida de busca, de manguero, ¿no era más que una fachada convencional y pintoresca para cubrir su naturaleza de monstruo? No habría podido elegir un disfraz mejor. Si se hubiera hecho pasar por bueno (jamás lo había intentado siquiera) habría despertado sospechas, mientras que al presentarse como un canalla del montón, nadie seguiría investigando. Aunque tampoco era cuestión de darse tanta importancia. Como monstruo era bastante moderado. Después de todo, lo más grave de sus antecedentes era haberle arruinado la vida a todas las mujeres que se le habían acercado. Y era tan fácil arruinarle la vida a una mujer; era algo que se hacía solo.

Sí, el secreto debía de ser apenas ése: una mujer. O sea, casi nada, un anticlímax. El secreto sin secreto, la revelación ya revelada, la confesión ya confesada.

Llegó a la conclusión de que sus temores no tenían razón de ser. Y sin embargo persistían, como un motor que una vez que se echa a andar ya no puede detenerse. Quizás el miedo era un comienzo de redención; pero una cosa era redimirse, y otra reformarse. Él no cambiaría, de eso estaba seguro. No podía, materialmente. Tenía demasiados asuntos pendientes. Seguiría haciendo de las suyas hasta el fin de sus días.

14 de noviembre de 2007

LA PASTILLA DE HORMONA

Un señor cincuentón, barrigón, llamado Rosales, un día hizo una travesura que lo pintaba de cuerpo entero: se tragó una pastilla de hormona de un frasquito que estaba en el botiquín del baño de su casa. Era un remedio que le habían dado a la esposa por los trastornos de la edad: unas pildoritas color rosa, minúsculas, satinadas e innumerables, dentro de un frasco de vidrio oscuro con tapa a rosca. Sacó una, la estuvo mirando un momento, y se le ocurrió que como broma, sin decírselo a nadie antes ni después, podía tomársela. Y así lo hizo, sin pensarlo más. Estaba seguro de que el hurto iba a pasar desapercibido porque su esposa le había comentado justamente la noche anterior que dos por tres se olvidaba de la pastilla diaria que le había indicado el médico, así que debía de haber perdido la cuenta de las que faltaban en el frasco.

Alzó la vista, y todo lo cómico, lo inmensamente cómico de la situación, se le hizo patente. ¡Qué risa! ¡Qué vivo era! ¿Qué se le ocurriría después? O mejor dicho, ¿qué no se le había ocurrido ya? Se miró la cara en el espejo, iluminada por una gigantesca promesa de risa. Nadie sabía las cosas que hacía a escondidas. Pasaba por un señor serio, casi un melancólico, casi un fatalista, pero tenía una vida secreta en la que se reía de todo y de todos, y más que nada se reía de sí mismo, por las bufonadas secretas que siempre estaba haciendo.

¿A qué oscuro designio obedecía ésta? ¿A la impunidad, solamente? En buena parte sí. Hay que reconocer que cuando se presenta la ocasión, da lástima dejarla pasar. Y cuando se llega a cierta edad, cada ocasión parece la última. Además, no tenía por qué haber un motivo. ¡Al contrario! Los actos gratuitos ya eran de por sí bromas secretas, y cuanto más gratuitos más secretas; porque una broma hecha a otro tiene que tener alguna justificación o antecedente, pero la que uno se hace a sí mismo no los necesita. Eso la vuelve secreta, y además garantiza que seguirá siendo un secreto por siempre porque es imposible explicarla, o hasta contarla.

Después de divertirse a mares con su pequeño truco, encerrado en el baño, fue a acostarse. Su esposa puso el despertador, apagó la luz, y estuvieron hablando un rato sobre el engorroso acontecimiento que les esperaba: al día siguiente a primera hora vendrían los obreros a replastificar los pisos del departamento, y ellos se mudaban el resto de la semana a lo de los padres de ella. Todo lo que se dijeron ya se lo habían dicho; la señora de Rosales era muy meticulosa con el orden y los horarios, y estas perturbaciones la ponían en un trance continuo de verificaciones y especificaciones. Al fin quedó más o menos satisfecha y se dieron las buenas noches. Restablecido el silencio, mientras esperaba el sueño, Rosales volvió a reírse para sus adentros de lo que había hecho; por momentos le resultaba difícil contener la risa, tenía que apretar los labios y disimular las contracciones del esternón simulando que se rascaba (estaba seguro de que su esposa seguía despierta, preocupada por la ordalía que pasaría la casa en los próximos días). Realmente no había creído que le fuera a resultar tan cómica. Lo pensaba, y más se reía. Se amonestaba por ser tan payaso, y tenía que apretar los dientes para no soltar la carcajada. «¡Qué le voy a hacer! ¡Soy incorregible!» Soltó un suspiro, pero fue un error porque una risa más fuerte que él lo interrumpió por la mitad y a duras penas logró disfrazarla de tos.

Lo anterior puede hacer pensar que era un completo idiota. En realidad no lo era tanto. El humor establece una distancia con lo que uno es en realidad. Cuando se decía «¡Qué loco soy!» o «¡Yo sí que me doy todos los gustos!», se estaba parodiando, a sabiendas, y el objeto de su hilaridad no eran tanto sus bromas como el personaje que él representaba, para su exclusiva diversión, en el teatrito ultrasecreto de su conciencia. Era un hombre normal, como cualquier otro, quizás hasta un poco más inteligente que el promedio. Lo que pasa es que la normalidad se mide por la conducta, por la vida visible y social de un individuo. Por dentro, es decir fuera de la cadena de causas y efectos, en el reino de la libertad, es inevitable que todos terminemos pareciendo un poco estúpidos (pero nadie se entera).

Volvía a acordarse, ya medio dormido, y volvía a reírse. Estaba tentado. Le resultaba irresistible. ¡Qué lástima no poder compartirlo! Pero a eso se había acostumbrado. El suyo era un humorismo demasiado íntimo como para que saliera de los límites de la subjetividad, aunque ésta no parecía tener límites cuando pergeñaba una de sus pequeñas grandes bromas. Se hacía cosmos. Lo abarcaba todo. Una comicidad frenética corroía todas las fronteras y parecía dotada del poder mágico de seguir avanzando más allá del mundo, a otros universos, a otras dimensiones...

La verdad, con la pastilla de hormona se había superado. Nunca se había divertido tanto. La sentía... ¿cómo decirlo?... Su obra maestra. Su golpe de gracia. Volvía al principio, y la gracia que le hacía se multiplicaba por cien, por mil. Se mordía las mejillas por dentro para no estallar en carcajadas, se le sacudía el estómago, movía los pies como si estuviera corriendo una carrera.

Y así seguía, conteniendo las risas mudas, cuando se lo tragó la hélice aterciopelada del sueño. Probablemente al día siguiente volvería a acordarse, en algún momento, y todavía tendría un resto de diversión para disfrutar. Con el paso del tiempo se iría gastando pero ya se le ocurriría otra cosa. Si de algo podía estar seguro, era de que el filón de los chistecitos privados no se agotaría, la veta de oro seguiría entregando sus riquezas hasta el último día de su vida. O hasta que el azar le hiciera encontrar el simple absoluto de la materia broma, la broma-punto en el centro del sistema general de la vida, que lo coloreara todo para siempre e hiciera innecesarias las bromas ocasionales.

Ahora los dos, marido y mujer, estaban profundamente dormidos. El departamento estaba a oscuras y en silencio. Daba a la calle, en un tercer piso, a una calle bastante tranquila en un barrio de Buenos Aires. Era la medianoche, y se diría que toda la ciudad dormía. No era así, por supuesto; con intervalos de largos minutos, todavía pasaban autos, y de hecho seguirían pasando hasta el alba; cada uno parecía el último, una vez que se restablecía el silencio... Pero después había otro... Y otro silencio, más largo... Aunque la persiana de la ventana del dormitorio estaba baja, quedaba un espacio entre las tablillas más altas (uno nunca cierra del todo esas persianas, por una especie de superstición. inconsciente), y por esas delgadas líneas paralelas se filtraba la luz de los faros. Cuando el auto venía acercándose, se formaba una figura irregular recostada en diagonal sobre la pared a la derecha de la cama, y desde ahí se lanzaba a cruzar el techo, alargándose aferrada a la superficie, pared-techo-pared, hasta la pared opuesta, donde desaparecía. Todo el trayecto iba acompañado del ruido del motor, creciendo y decreciendo. Era un audiovisual abstracto y muy fugaz, tanto más fugaz porque a esa hora los autos iban rápido en las calles vacías. Y repetido, casi exactamente igual cada vez. Lo mecánico de su producción descartaba cualquier variante, pese a lo cual siempre era distinto. El dibujo de luz pasaba siempre por el mismo lugar, y no dejaba huella; habría podido dejarla, si las paredes y el techo hubieran estado impregnadas de una sustancia fotosensible; y aun sin ella, la luz deja una marca, como puede verse cuando se retira un cuadro que ha estado muchos años colgado en una pared, y queda un rectángulo más oscuro que el resto, desteñido por acción de la luz. Claro que en este caso, dada la debilidad de la luz que proyectan los faros de los autos, y el escaso tiempo de exposición, se necesitarían cientos o miles de años para dejar una huella perceptible. Nadie vive tanto, pero de todos modos sería muy hermoso verla.

En el edificio, todas las luces estaban apagadas, todos dormían. Si alguien seguía despierto, no lo manifestaba. Las calles, vacías. En las esquinas, un farol de mercurio. Había un barrunto de niebla, que más tarde, hacia la aurora, se espesaría un poco. Era el otoño, un otoño todavía caluroso de día, pero con noches frescas; ésta, era casi fría. Prestando atención, aguzando el oído, el profundo silencio se revelaba vivo y habitado. Un insecto, un perro, un vehículo lejano, un paso, un roce, hasta una voz humana; cualquier cosa podía pasar y sonar, tanta era la gente que vivía en la ciudad, un verdadero mundo de hombres y mujeres; la cantidad hace imprevisible la conducta de cada parte del conjunto, aunque el conjunto en sí obedezca a reglas. Otra familia de sonidos, que ya no llamaba la atención como habría hecho años atrás, era la electrónica: zumbidos o clics o clacs o pitidos de aparatos que se encendían solos, que funcionaban siempre, intermitentes; muy raras, por suerte, porque podían despertar a todo un vecindario, las alarmas de los autos, que sonaban por el contacto de una hoja o una piña que caía de un árbol, el choque de un gato o una rata, o simplemente porque sí, por mal funcionamiento del mecanismo. Dentro del departamento, sin ir más lejos, estaba el zumbido del motor de la heladera, el tic apagado de un radio-despertador, el del reloj de la videocasetera, el «trac» submarino del contestador automático invirtiendo la dirección de la cinta, y otros. A todos estos sonidos los dueños de casas se habían habituado, y lejos de perturbar su sueño, lo confirmaban. Se dice que la gente que vive al lado de las vías se acostumbra tanto al paso del tren, por atronador que sea, a una hora fija (por ejemplo las tres quince a.m.), que si una noche por algún accidente el tren no pasa a esa hora, se despiertan sobresaltados y preguntan: ¡¿Qué fue eso?! En realidad, nunca hay silencio completo, ni siquiera en cámaras insonorizadas. Y la ciudad, abierta, inmensa, hormiguero de almas, era todo lo contrario de una cámara insonorizada, aunque todos estuvieran durmiendo. Por otro lado, es muy raro que los despiertos, de día o de noche, presten atención a los sonidos: todos estamos demasiado absortos en nuestros pensamientos.

Estaba despejado, pero había algunas nubes flotando inmóviles sobre el fondo oscuro, oscuras ellas también, reflejando un vago color rojo óxido; aquí y allá, el claro de luna les dibujaba algún borde. Porque había luna, o mejor dicho media luna, rodeada de halos y halos de claridad oscura, el complejo lunar perfectamente inmóvil instalado en un ángulo del cielo. Las ciudades modernas, con su exceso de iluminación nocturna, han corroído la tiniebla. Hoy día, ni siquiera se ven las estrellas ni ningún otro fenómeno celeste más allá de la cúpula de penumbra difusa, a la que parece pertenecer la luna misma, que compra su visibilidad con un espejismo de cercanía. La luz se filtra hasta en los cuartos cerrados, y se diría que hasta en las pupilas a través de los párpados bajos. La percepción discierne mínimos, convive con ellos, se habitúa; no es que se les preste mucha atención, lo mismo que a los sonidos, pero todos estamos atentos a la funcionalidad sensorial, a las visiones con las que auxiliamos al pensamiento para que no se detenga. No vale la pena postular un alma que pudiera ascender más allá de los límites de la iluminación artificial, porque en la bóveda del Universo propiamente dicho persisten los diagramas visibles.

Ya se sabe que el Universo es un universo de luces. Cada uno de los pisos del gran edificio está iluminado por la lentísima explosión milenaria de algún alba, a una altura increíble bajo nuestros pies o a una temible profundidad sobre nuestras cabezas, vetas de radiación de fuego frío cruzan el negro, las escaleras intergalácticas conducen a otra marea de mundos más, las puertas de espacio que se abren majestuosas e invisibles dan paso a nuevas cámaras de revelación de cuyos techos cuelgan otros focos inalcanzables...

Pero más allá... Mucho más allá, donde no alcanza ni siquiera el pensamiento, reina la oscuridad. Y ése es el Universo de verdad, la noche de las lejanías insondables. ¡Qué grande es la sombra! No tiene límites en su extensión, ni los tiene tampoco en su tiniebla, porque en sus honduras infinitas no hay un solo átomo encendido.

Esa tiniebla envolvía a lo que envolvía a los Rosales, y por lo tanto los envolvía a ellos. Dormidos, atravesaban de un salto todo el espesor de las luces y se perdían en las dimensiones misteriosas del Más Allá.

En la oscuridad absoluta, cualquier cosa podía estar acechando. Cosas sin forma, porque la imaginación que podía dárselas estaba muerta, inanimada: casas, avestruces, aeroplanos, sombrillas, seres fundidos unos con otros, fallebas, picos, hélices, varillas, intercambiando lugares en desplazamientos del tamaño de constelaciones, estiramientos de goma de seda que nunca podrían confirmarse.

Pero no en vano el hombre es hijo de la luz. La menor partícula de él que se escape a la región de las sombras, aun en la especulación, puede cambiarlo todo.

Todos hemos observado el hecho curioso de que la más cerrada oscuridad se disipa con un mínimo de luz. Basta con el mínimo absoluto, el número uno de la luz, si la luz tuviera todos sus grados numerados, de uno al infinito. Es la luz más cercana a la oscuridad, y sin embargo, quizás en razón de esa contigüidad, la disipa. Y lo hace mejor que las luces más fuertes porque lo hace antes; se diría que su cercanía con la oscuridad crea un parentesco entre ellas, una afinidad (es una luz oscura, en efecto), y eso es lo que le da tanto poder, una eficacia tan inmediata.

Y sucedía que a pocos centímetros de la cabeza del señor Rosales, en la mesita de luz, había un aparato que podía efectuar el milagro cósmico, aunque en la escala de la analogía doméstica. Era un velador, que había comprado pocos días atrás. El incentivo para esta compra había sido otra compra, que a su vez no tuvo más causa que el capricho o la casualidad: un libro, que había visto en una visita al supermercado y le había llamado la atención. Su título era *La Vida Cotidiana en la Antigua China*, y era un elegante volumen de tapa dura y una considerable cantidad de páginas. En realidad lo que le llamó la atención fue el precio, del que daba constancia una minúscula etiqueta pegada sobre el plástico transparente que ceñía el libro. Lo sorprendió lo barato. Para decir la verdad, Rosales no recordaba haber comprado un libro en toda su vida, y tampoco se había fijado en los precios. Su vida transcurría por un canal diferente al de los libros, y nunca se había dado la ocasión de que ambos canales confluyeran. No obstante había oído decir, no sabía dónde ni cuándo, que los libros eran «caros», y junto con este concepto los había archivado en un rincón lejano de su conciencia. Ahora, en un alto casual de su atención (su esposa se demoraba eligiendo algún producto de limpieza, y él, empujando el carrito, derivaba hacia un panel con libros y videos extraviado entre las góndolas) comprobaba que eran baratos, o al menos lo era éste, serio y grueso. Como un relámpago le cruzó por el cerebro la idea: «Podría comprarlo». El corolario inescapable, «¿para qué?», lo llevó a decir: «para leerlo», que es lo que se hace con los libros. Claro que... *la vida cotidiana... en la antigua China...* La China ya era algo raro y lejano; la China en la antigüedad lo era más... Y la vida cotidiana de esas remotas distancias, parecía el colmo. Pero era un tema, y de pronto se le ocurrió que los libros podían ocuparse de la miríada de temas que constituían el mundo y el pensamiento, aislándolos y tratándolos en orden, razonablemente. Se le revelaba esa multiplicidad, y el núcleo de la revelación no era tanto la China, o la antigüedad, como «la vida cotidiana». Porque ahí se reunían todos los temas, y porque todos tenían vida cotidiana, aunque no tuvieran otra cosa. Su mujer precipitó la loca decisión al coincidir con él en lo irrisorio del precio; lo compró.

Ahora bien, cuando se puso a pensar dónde y cuándo lo leería, llegó a la conclusión por descarte de que el único momento viable era a la noche antes de dormirse, en la cama. Y allí no tenía luz adecuada, así que fue a comprar un buen velador. Y quiso el azar que en el negocio al que fue, el único tipo de velador que había era de los «graduables», esto es, los que en lugar de un simple botón que enciende y apaga tienen una perilla que al girar va dando más luz (o menos). El vendedor le explicó que eran muy prácticos para gente que dormía con luz, porque en ese caso se lo podía poner en el mínimo y gastar menos electricidad. Rosales no necesitaba esta tecnología, pero como era barato y le gustaba el diseño, lo compró.

Terminó dándole más uso a la luz graduable que al libro. Le encantaba, llegado el momento de dormir, hacer girar la perilla muy lento, de a milímetros, mirando con la mayor atención el dormitorio, que se iba oscureciendo insensiblemente. Era algo muy propio de su espíritu bromista, aunque aquí también, si había broma, él era el único que la disfrutaba, porque su esposa se dormía no bien ponía la cabeza en la almohada. En cuanto al libro, empezó leyendo media página por día, y a partir de ahí cada vez menos; se distraía todo el tiempo, pensando mil cosas disparatadas. Al final lo cerraba, y se ponía a maniobrar la perilla del velador, con una sonrisita característica. La luz bajaba y bajaba, hasta el mínimo, hasta tocar la oscuridad, y después, ya en la oscuridad, quedaba encapsulada en su cascarón de átomo, pequeñísima y secreta. Era la estrella más lejana, importada a la vida cotidiana por un duende juguetón, la última estrella del cielo… la más antigua… y su nombre era LA PASTILLA DE HORMONA.

12 de agosto de 2000

LA CENA

I

Mi amigo estaba solo en su casa, y aun así nos invitó a cenar; era un hombre muy sociable, le gustaba hablar y contar historias, aunque no lo hacía bien, se le mezclaban los episodios, dejaba efectos sin causa, causas sin efecto, se salteaba partes importantes, dejaba un cuento por la mitad. A mi madre, que por motivos de edad había llegado a un desorden mental equivalente al que mi amigo tenía de nacimiento, eso no le preocupaba, creo que ni siquiera lo advertía. De hecho, fue la que más disfrutó de la conversación, y fue lo único que disfrutó de la velada. Eso se debía a la recurrencia de los nombres de familias del pueblo, palabras mágicas en las que parecía concentrarse todo su interés en la vida. Yo oía caer los nombres como quien oye la lluvia, mientras que para ella eran tesoros de significados y recuerdos; mamá estaba disfrutando de algo que la conversación cotidiana conmigo no le daba; en ese aspecto, y sólo en ése, se sintonizaba a la perfección con mi amigo; él era constructor, y llevaba muchas décadas haciendo casas en Pringles, por lo que conocía la conformación y las genealogías de todas sus familias. Un nombre traía otro, conducido por una práctica de toda la vida ya que la gente pueblerina efectuaba toda su educación intelectual y afectiva hablando unos de otros, y sin los nombres habría sido difícil hacerlo. Es cierto que con la edad y la esclerosis de las arterias se van perdiendo cosas, y siempre se dice que los nombres son lo primero que se pierde. Pero también son lo primero que se encuentra, pues su busca se hace con otros nombres. Querían referirse a una mujer, «la de... ¿cómo se llamaba? La casada con Miganne, que vivía enfrente del escritorio de Cabanillas...». «¿Cuál Cabanillas? ¿El casado con la de Artola?» Y así seguían. Cada nombre era un nudo de sentido en el que confluían muchas otras cadenas de nombres. Las historias se disgregaban en un granizado de nombres, y quedaban sin resolver, como habían quedado sin resolver los viejos crímenes o estafas o traiciones o escándalos de familias de los que trataban las historias. Para mí los nombres no significaban nada, nunca habían significado nada, pero no por eso me eran desconocidos. Al contrario, me sonaban intensamente conocidos, lo más conocido del mundo podría decir, porque los venía oyendo todos los días desde mi primera infancia, desde antes de saber hablar. Por algún motivo, nunca había podido, o querido, asociar los nombres a caras o casas, quizás por un rechazo a la vida del pueblo, en el que, no obstante, había transcurrido toda mi vida, y ahora que con la edad empezaba a perder los nombres, se daba la curiosa paradoja de que perdía lo que nunca había tenido. Y aun así, al oírlos en boca de mi madre y mi amigo, cada uno era como una campanada de recuerdos, de recuerdos vacíos, de sonidos.

Y no era que yo estuviera desprovisto de recuerdos de verdad, recuerdos plenos. Lo comprobé después de la cena, cuando mi amigo nos mostraba un juguete antiguo a cuerda que sacó de una vitrina. Era pequeño, apenas si sobresalía de la palma de la mano en que lo sostenía, pero aun así representaba con bastante fidelidad un dormitorio de antaño, con una cama, una mesa de luz, alfombra, ropero, y una puerta frente a la cama, que, a falta de pared en la que abrirse, parecía otro ropero, pues estaba provista de una caja rectangular, donde supuse que se ocultaba uno de los personajes. El otro estaba visible, acostado en la cama: una ancianita ciega, a medias sentada, apoyándose en almohadones. El piso de este cuarto no era de baldosas ni de parquet sino de unas tablas finas y oscuras que yo recordaba de los pisos de casas del pueblo en la época de mi infancia. Me fijé especialmente en él porque me hizo pensar en la casa de unas costureras adonde me llevaba mi madre cuando yo era muy chico; a esa casa tengo asociado un recuerdo raro. Una vez fuimos y en el salón donde trabajaban las costureras faltaba el piso, o gran parte de él, lo habían levantado por un arreglo, o se había caído, todo el salón era un gran pozo, muy hondo, con barrancas oscuras de tierra desmoronada y piedras, y agua en el fondo. Las costureras, y sus ayudantes y sus clientas, estaban en los bordes. Todos se reían y hacían comentarios sobre la catástrofe, y daban explicaciones. Es uno de esos recuerdos inexplicables que a uno le quedan de su primera infancia. No creo que fuera tan extremo como me quedó, porque nadie puede vivir o trabajar en un lugar así. Yo era muy chico, quizás por eso el pozo me parecía tan grande. Como lo sigo teniendo tan vívido, una vez le pregunté a mamá si se acordaba. No sólo no se acordaba del pozo en el salón de las costureras, tampoco se acordaba de éstas. Me produjo un fastidio irracional que no recordara, como si me lo hiciera a propósito. En realidad no tenía por qué acordarse de un hecho trivial de sesenta años atrás. Pero quedó intrigada, y le dio vueltas al asunto durante todo un día. Yo no tenía más que un dato para ayudarla: una de las costureras tenía un dedo tieso, extendido y duro como un palo. A partir de ese dedo, que yo tenía muy presente, creía poder recordar a su dueña, como una mujer vieja, con el pelo castaño oscuro en un peinado muy rígido, grande y flaca, de huesos muy marcados; el dedo era enorme. De más está decir que el dato no sirvió de nada. Mi madre me interrogaba: ¿serían las de Adúriz, las de Razquín, las de Astutti? Me impacientaba que probara por el lado de los nombres, que a mí no me decían nada. Mis «nombres» eran el pozo, el dedo, cosas así, que no tenían nombre. No insistí más y me guardé el recuerdo del pozo como me había guardado tantos otros. El primer recuerdo que tengo, el primero de mi vida, es también de una excavación: la calle donde vivíamos era de tierra, y la asfaltaron, para lo cual tuvieron que levantar muchísima tierra y piedras, yo recuerdo toda la calle cuadriculada en pozos rectangulares como fosas, no sé por qué, ya que no creo que haya que hacer esa retícula para asfaltar una calle de tierra.

Esta recurrencia de los recuerdos de pozos, muy primitivos y quizás fantásticos, quizás venía a simbolizar «huecos» de memoria, o mejor huecos en las historias, que no sólo no se dan en las historias que cuento yo, sino que siempre estoy rellenando en las que me cuentan. A todo el mundo le encuentro fallas en el arte de narrar, casi siempre con razón. Mi madre y mi amigo eran especialmente deficientes en ese aspecto, quizás por esa pasión por los nombres, que impedían un desarrollo normal de las historias.

Era realmente mágico. Les venían a los labios con una facilidad automática, en enormes cantidades. ¿Tanta gente vivía o había vivido en Pringles? Cualquier motivo era bueno para provocarles un nuevo racimo de nombres. Los que vivían en la cuadra. Los que se habían mudado de esa cuadra. Los que habían malvendido sus casas. Los que tenían plantaciones de hierbas aromáticas. Esto último salió a raíz de un elogio que empezó a hacer mi amigo de la comida, que derivó en el cuento de cómo había conseguido la salvia fresca para ponerle al arroz. La que venía envasada no era tan buena, en el proceso de secado perdía el aroma. Y su propia plantación de salvia había sido destruida casualmente unos días antes en uno de los tantos arreglos y ampliaciones que le estaba haciendo siempre a su casa. De modo que esa tarde había salido a tocarle el timbre a conocidos que sabía que tenían almácigos de hierbas. No tuvo suerte con el primero; su salvia estaba contaminada con un polvo quizás tóxico, quizás lavándola bien se la podía usar pero no valía la pena si era para quedarse de todos modos con la sospecha de que se iban a envenenar. Le pregunté si habían usado algún insecticida. ¡No, mucho peor! Además, Delia Martínez, que de ella se trataba, no usaba ningún producto químico en su jardín. El nombre, que para mí no significaba nada, sacó a mi madre de su silencio. ¿Delia Martínez, la casada con Liuzzi? ¿La que vivía en el Boulevard? Sí, era ella. Me llamaba la atención esa costumbre de referirse a las mujeres por su apellido de soltera; era como estar sacando a luz todo el tiempo la historia de la gente. Mamá dijo que se la había encontrado el día anterior y le había contado la angustia que estaba viviendo por culpa de la estatua... Mi amigo la interrumpió: justamente ése era el motivo de la contaminación de sus salvias, y demás hierbas, y de todo el jardín. Me explicaron, dando por sentado que yo no lo sabía, que esta mujer vivía frente a la plazoleta del Boulevard donde estaba trabajando hacía meses un escultor, en un monumento comisionado por la Municipalidad. El polvillo del mármol volaba hasta su casa, la obligaba a vivir con las puertas y ventanas herméticamente cerradas, y había cubierto hasta la última hoja del jardín que era su pasión y su obra maestra de toda la vida. Había ido a quejarse al Intendente, a la radio, y a la televisión. Con gesto preocupado y mirando el plato a medio comer, mamá dijo que el polvo de mármol era malísimo para la salud. Era una novedad para mí, y me pareció un disparate, por lo que empecé a decir algo, con intención de disculpar a mi amigo en el caso de que hubiera usado esa salvia, pero él ya estaba dándole la razón enfáticamente: era lo peor que hay, un veneno, podía llegar a matar. Debía de saberlo, por su profesión. ¡Por supuesto que no había recogido salvia del jardín de Delia, que por lo demás nunca se la habría dado en esas condiciones! No, la salvia que condimentaba el arroz que estábamos comiendo provenía de otro lado. La misma Delia Martínez le había dado el dato bueno. La que tenía salvia era la señora de Gardey, la dueña de la Pensión Gardey. ¡Hermosa!, exclamó mi madre, y empezó a hacer atropelladamente el elogio de esa mujer, que según ella a los noventa años largos seguía siendo bella, en su juventud había sido Miss Pringles, y era hermosa por dentro como por fuera: buenísima, amable, dulce, inteligente, una excepción entre las viejas malas del pueblo. Mi amigo asintió con distracción y terminó el cuento diciendo que cuando fue a verla, la anciana señora lo había recibido diciéndole que no tenía habitaciones disponibles, que lo sentía muchísimo pero el casamiento de unos estancieros franceses había traído tanta gente al pueblo (algunos hasta de Francia) que su capacidad se había colmado; cuando él le explicó a lo que iba, ella fue a buscar unas tijeras, lo llevó a su jardín al fondo y cortó las hojas de salvia, no sin antes brindarle una «visita guiada» por su establecimiento. Mi madre: es hermosa, la Pensión, tan bien cuidada, tan limpia, ella iba de joven a los bailes de Carnaval que organizaba el difunto Gardey. Mi amigo la corrigió: no era el mismo edificio… Pero mamá estaba segura de lo que decía, lo contradijo con energía, y se explayaba entusiasmada con el recuerdo. Y sin embargo no era así, mi amigo lo sabía bien y la hizo callar con su conocimiento más preciso: la vieja Pensión Gardey, uno de los edificios más notables del pueblo, había sido demolida, y en el mismo sitio se había construido la actual, mucho más modesta y arquitectónicamente anodina. No había lugar a dudas porque hubo un juicio escandaloso que hizo época. Fue cuando el dueño del terreno lindero, que estaba baldío, quiso construir. Al examinar los planos del catastro, se descubrió que los constructores de la Pensión habían cometido un error y habían levantado la medianera diez centímetros más allá del lindero legal, sobre el terreno del vecino. El problema era grave: Gardey no podía comprar ese terreno, usurpado por inadvertencia, ya que no se podían escriturar fracciones menores al metro de ancho, y la oferta de una compensación monetaria quedaba librada a la buena voluntad de aceptarla por parte del otro. Hubo roces, desinteligencias, y terminaron en los tribunales; el vecino se mostró intransigente, y como lo asistía el derecho el resultado fue que la Pensión, ese fantástico palacio Beaux Arts, orgullo del pueblo y sede de los mejores recuerdos de los participantes de los grandes bailes de Carnaval, tuvo que ser echado abajo, ¡por diez centímetros! Aquí mi amigo al relatarlo hacía un gesto separando (diez centímetros) el índice y el pulgar. Había significado la ruina de Gardey, que era un hombre bueno; el vecino era malo, todo Pringles lo condenó. Gardey murió poco después, amargado, y fue su viuda la que había reconstruido la Pensión y la había administrado estas últimas décadas.

Pero volviendo al juguete de la muñequita ciega, que nos mostraba después de la cena: la plataforma tenía dos cuerdas, una de cada lado. ¿Funcionaba, todavía? Mi amigo dijo que lo hacía perfectamente, lo había sacado de la vitrina para «darnos una función». Tenía casi cien años, era de fabricación francesa, él le daba cuerda de vez en cuando, no mucho porque lo cuidaba como una de las joyas supremas de su colección, pero debía hacerlo andar para que no se enmoheciera. Básicamente eran dos mecanismos que debían marchar a la vez, por eso tenía dos cuerdas. Uno era una cajita de música, el otro un movimiento de autómatas. Un botoncito de resorte en la parte delantera aseguraba la simultaneidad. Lo presionó, y procedió a dar las cuerdas. Eran dos «mariposas» de bronce muy pequeñas, que hizo girar con la habilidad que le daba una larga práctica. Sus dedos gruesos y rugosos parecían inadecuados para esos dispositivos de miniatura, pero lo hacían sin errores. Eran manos hinchadas y a la vez gastadas, de albañil. Una vez me había dicho que si cometía crímenes no tendría que temer a los peritos dactiloscópicos, porque el contacto con los ladrillos y «la mezcla» le habían borrado las huellas digitales. Noté que mi madre seguía estas maniobras con mal disimulada impaciencia, sólo por un deber de cortesía. No es que la cortesía le importara mucho, pero quizás estaba un tanto intimidada. Con la típica insensibilidad del coleccionista, mi amigo jamás notaría que a ella le eran indiferentes sus juguetes y cuadros y objetos. Y tal vez algo más que indiferentes. Mamá los encontraba inexplicables, inútiles (lo eran, en forma eminente), y por lo tanto malsanos. Me di cuenta de que a este sentimiento, que había venido creciendo durante toda la cena, contribuía la iluminación. Habíamos comido con velas, pero después, al recorrer las galerías, veía que toda la casa estaba a media luz. Algunas lámparas de pie en los rincones, sobre mesitas o repisas, difundían un resplandor velado a través de las pantallas. Mi madre, toda mi familia, había vivido siempre a luz plena en los interiores, luz de focos desnudos, los más potentes que ofreciera el mercado, o tubos fluorescentes. Sentí que ella desconfiaba de este sistema de lámparas discretas artísticamente diseminadas en el ambiente, como un sospechoso símbolo de clase. Mi amigo, que a diferencia de nosotros provenía de lo más craso del proletariado, había hecho una larga y gradual carrera de refinamiento gracias al contacto con sus clientes ricos a los que les había construido las casas. Su pasión de anticuario había hecho el resto.

Además, había viajado. No en viajes culturales o de aprendizaje, pero algo se le debía de haber pegado de su recurrencia al Viejo Mundo. Como tantos inmigrantes italianos, había regresado a visitar a la familia no bien sus medios se lo habían permitido. Sus padres, que lo trajeron a la Argentina cuando él era un párvulo, habían dejado numerosos parientes en Nápoles. Él había hecho su primer viaje muy joven, no bien murieron los padres, y volvió muchas veces, acumulando una vasta experiencia europea de la que no cesaba de extraer datos y cuentos con los que sazonar su conversación. Durante la cena, sin ir más lejos, nos había regalado algunas anécdotas curiosas. Una de ellas surgió a propósito de enfermedades (mi madre había mencionado, no recuerdo a cuento de qué, los males que padecía una vecina): sus primos napolitanos, y quizás, deducía, todos los napolitanos de las clases populares, ocultaban las enfermedades como algo vergonzoso. Una de sus visitas había coincidido con una operación quirúrgica menor que debía hacerse una de sus tías. Hicieron mil maniobras para ocultárselo, cosa que no resultaba fácil. Las puertas cerradas, los silencios repentinos, las ausencias, las mentiras patentes (esa gente era muy ingenua), las conversaciones que se interrumpían cuando él entraba, lo intrigaron, y en el intento de explicarse lo que pasaba llegó a la conclusión de que se trataba de algo relacionado con la Mafia. ¿Qué otro motivo podía tener tanto secreto? El día de la operación debían sacarlo de la casa, y lo hicieron con la excusa de llevarlo a una exposición de cactus que se realizaba en una localidad cercana, pero no muy cercana, como para que la excursión durara todo el día. Lo llevó un primo en su auto, con toda la familia. Los niños, adoctrinados para perfeccionar el engaño, fueron todo el viaje parloteando con falso entusiasmo sobre los cactus, como si ir a verlos fuera la coronación de todos sus deseos. Él, por supuesto, no tenía ningún interés especial en los cactus, y estuvo todo el tiempo distraído pensando que se encontraba en medio de una operación mafiosa que dejaría un tendal de muertos. Aun así, la exposición le resultó interesante. Recordaba uno de los cactus, pequeñito y con la forma perfecta de un sillón, con muchísimos pinches: se llamaba «apoyasuegras».

Una vez que hubo hecho girar hasta el tope las dos cuerdas presionó el botoncito del resorte y el juguete empezó a funcionar. Mi amigo lo colocó, sobre la palma de la mano, en dirección a nosotros dos para que no nos perdiéramos detalle. Se abrió la puerta del dormitorio y entró un hombre joven y gordo que avanzó tres pasos sobre un riel invisible hasta quedar a los pies de la cama, donde empezó a cantar un tango, en francés. El mecanismo musical marchaba bien a pesar de la edad del aparato, aunque el sonido se había apagado mucho. La voz del gordo cantor era aguda y metálica; la melodía era difícil de descifrar, las palabras no se entendían. Hacía gestos con los dos brazos, y echaba atrás la cabeza, histriónico, fatuo, como si estuviera en el escenario de un teatro. La viejecita en la cama también tenía movimiento, aunque muy discreto y casi imperceptible: balanceaba la cabeza hacia la derecha y la izquierda, en una imitación muy lograda de los gestos de un ciego. Y mirando con atención podía verse que con las manos, con el índice y el pulgar de cada mano, recogía miguitas o pelusas del cubrecama. Era un verdadero milagro de la mecánica de precisión, si se tiene en cuenta que esas manitos de porcelana articulada no medían más de cinco milímetros. Yo había oído decir alguna vez que esos gestos de recoger miguitas imaginarias eran propios de los agonizantes. Los autores del juguete debían de haber querido significar la cercanía de la muerte de la anciana. Lo que me hizo pensar que toda la escena estaba representando una historia; hasta ese momento me había limitado a admirar el arte prodigioso de la máquina, sin preguntarme por su significado. Pero éste seguía sumergido en una extrañeza superior, y sólo se podía conjeturar. Quizás se trataba de una anciana postrada, al borde de la muerte, a la que su hijo venía a entretener cantándole. ¿O sería un cantante profesional, contratado por la vieja? A favor de esta hipótesis estaba el traje negro del gordo, y su apostura y seguridad. En contra, lo modesto del cuartito, modestia subrayada con detalles muy deliberados. Además, el mito del tango hacía más adecuado que fuera un hijo y su «viejita», en la que el hombre decepcionado de las mujeres confirmaba que ella era la única mujer buena, la que no traicionaba. Él podía haber vuelto a la casa materna después de que su esposa, «la mina», lo dejara, y se había abandonado a la obesidad, al pijama y las chancletas, pero a cierta hora de la tarde todos los días se vestía y acicalaba (como puro ritual porque ella, ciega, no lo veía), y se presentaba en el cuarto de la madre a cantarle unos tangos, con esa voz y ese sentimiento en los que ella encontraba la cifra de la vida que se iba... Pero ¿por qué tangos, si era un juguete francés? Eso era extraño, y no era lo único que quedaba sin explicación. Lo que sucedía a continuación era más extraño aún.

En efecto, no bien el diminuto autómata gordo empezaba a cantar, se echaba a andar la segunda cuerda. Como había dicho mi amigo, había dos mecanismos simultáneos; hasta ese momento la escena había sido accionada por los engranajes de la «cajita de música», convencional aunque muy sofisticada. Lo que hacía la originalidad del juguete era la acción complementaria de un segundo juego de movimientos. Se agitaron los faldones del cobertor que caían a los costados de la cama (imitaban tela pero también eran de porcelana), y de abajo de ésta salían reptando unas aves grandes, grullas o cigüeñas, muy blancas, se arrastraban por el piso, moviendo las alas extendidas, y, aunque aves, no alzaban el vuelo sino que seguían pegadas al piso. Seguían saliendo de abajo de la cama, hacia los dos lados, diez, doce, una bandada entera, hasta cubrir el piso del domitorio, mientras el cantor gordo despachaba su tango mecánico en francés. Al terminar, retrocedía sin dar la espalda hasta trasponer la puerta, que se cerraba, los pajarracos volvían abajo de la cama y la anciana a su inmovilidad, todo muy rápido, en un instante, seguramente por medio de resortes. Mi amigo devolvió su pequeña maravilla a la vitrina, con risas, mientras yo la elogiaba. Toda la exhibición no había durado más de dos minutos, y debió de ser esta velocidad la que hizo que mi madre no entendiera nada, ni siquiera de qué se trataba ni qué era ese objeto. Yo sabía que su percepción, por causa de la edad, era más lenta y trabajosa que la nuestra, y que para que apreciara algo tan raro como ese juguete habría que haberla preparado y dado tiempo. No se lo dije a mi amigo porque no valía la pena: de todos modos mamá habría encontrado vano y criticable todo el asunto. En ella había ido creciendo, desde el momento de entrar a esa casa, un sentimiento hostil. Ellos dos sólo se entendían cuando pronunciaban nombres (apellidos) del pueblo; en todo lo demás, ella se retraía enérgicamente. Mi amigo podía creer que la divertiría o le traería recuerdos con sus juguetes antiguos, pero no era así. Ella, que había vivido toda su larga vida comprometida con la realidad, no podía estar más lejos de la admiración hacia estos objetos caros e inútiles. Después de todo, mi amigo y yo éramos hombres adultos, maduros, casi viejos (mi amigo ya tenía nietos); lo infantil era una intrusión malsana, desde el punto de vista de mamá. Que yo me mantuviera soltero, que nunca hubiera tenido un trabajo serio, la preocupaba, aunque seguía viéndome, a su modo, como un niño, y conservaba la esperanza de que yo empezara a vivir, en cualquier momento. Yo sabía que creía que mi amigo había sido una mala influencia para mí, que yo lo había tomado de modelo y ése era el motivo de mis fracasos. Pero él no se había tomado de modelo a sí mismo. Al margen de sus rarezas había hecho su vida, tenía una familia, se había enriquecido, mientras yo seguía esperando. Ese costado infantil de él prevalecía sobre mí como una condena… En realidad no era así, creo. No era una verdadera influencia. Aunque debo reconocer que me atraía. Era el motivo por el que seguía viéndolo, o mejor dicho oyéndolo. Aunque él no sabía relatar sus aventuras (no tenía el don natural del narrador), en éstas había elementos objetivos de fábula que yo reconstruía y ordenaba mentalmente. Tenía algo mágico, el modo en que los personajes y los hechos más curiosos se adherían a él. A mí nunca me pasaban cosas así. En las que le pasaban a él había siempre algo de cuento de hadas, que él parecía no advertir, se le confundían con la realidad… porque eran su realidad. El modo prosaico y sin gradaciones con que las contaba hacía resaltar lo objetivo de la emergencia de la fábula en su vida. En ese sentido, su casa era su autorretrato, una cámara de maravillas.

Todos los cuentos que nos había hecho durante la cena habrían podido ilustrarse con dibujos de libro para niños. Hasta los que habían sido contados en un paréntesis o una digresión, como cuando nos explicó por qué no había podido utilizar para la comida la salvia que cultivaba él mismo en su jardín. Sucedía que un enanito de ochenta y ocho años se había caído encima del cantero desde una gran altura y había aplastado las frágiles plantitas. ¿No era asombroso? De alguien con imaginación se habría podido sospechar que lo estaba inventando, pero él no tenía imaginación. Se diría que no la necesitaba, porque la realidad la suplía.

Sin embargo el hecho obedecía a las causalidades más rutinarias de la historia cotidiana. Siempre estaba haciendo arreglos o mejoras en su casa, por perfeccionismo innato o deformación profesional, no podía con su genio. Esta vez había descubierto que la canaleta en el techo de la cocina no desagotaba bien, es decir a la velocidad que le exigían los chaparrones del fin del verano, y decidió construir un pequeño desnivel. Puso a trabajar a un albañil de su equipo, y como era un asunto de muy poca monta (tres ladrillos) le bastó con el «Señor Fofesno». Se trataba en realidad de un ex albañil, un hombre que había trabajado con él en innumerables obras antes de retirarse, cosa que había hecho ya octogenario. Nunca había pasado de la categoría de peón auxiliar; no era una lumbrera; quizás no era del todo normal, y su tamaño era el de un enano, sin ser un enano propiamente dicho. Mi amigo había seguido empleándolo en diversos trabajos en la casa y el jardín, y lo apreciaba mucho por su optimismo y su honestidad. El apodo, de vieja data, se lo habían puesto sus compañeros burlándose de la confianza que le tenía a un medicamento que le habían dado una vez en el Hospital y que él siguió tomando y recomendando durante años, algún «fosfeno», que en su risueña ignorancia de albañiles de pueblo se volvió «fofesno» y así quedó. Pues bien, ya colocados los ladrillos en el techo, revocando el costado visible trepado a una escalera (los techos de esa casa eran altísimos), el Señor Fofesno se había venido abajo y cayó sobre las salvias. Increíblemente, no se hizo nada. Quedó medio aturdido un momento, pero después se sacudió el polvo de la ropa y al rato ya estaba otra vez subido a la escalera y terminaba el trabajo. Mamá, que poco tiempo antes se había quebrado una costilla por un resbalón en la calle, alabó a la Providencia aunque yo sabía que interiormente lamentaba que «ese viejo pelotudo» no se hubiera muerto. Mi amigo coronó la historia con un elogio general a la personalidad del Señor Fofesno. Lo despertaba por las mañanas cantando en el jardín, y cuando le preguntaba de dónde sacaba tanta alegría, le respondía: «A veces me despierto mal, triste del alma y dolorido del cuerpo, y entonces me levanto, me visto y me voy caminando hasta el Cementerio, ida y vuelta, y se me pasa todo, porque la caminata me libera las endorfinas». Todo un ejemplo, a su edad. Que el destino de este paseo terapéutico fuera el Cementerio no tenía ningún significado especial: los tres referentes para las caminatas largas en el pueblo eran el Cementerio, la Estación, y la Virgen (un santuario), los tres a un kilómetro del centro. Pero el más tradicional era el Cementerio.

En mi familia, el camino del Cementerio lo hacíamos siempre en auto, salvo una vez que lo hicimos a pie, como los pobres. Debió de ser un domingo que mi padre estaba de viaje. Los pringlenses en general caminaban poco, a todas partes iban en auto, por eso el kilómetro parecía una enormidad. Hasta la mitad más o menos ese camino, asfaltado, tenía eucaliptus a los lados, el tramo final lo hacía desnudo y entre descampados. Siempre he pensado que uno de esos eucaliptus lo planté yo, pero puede ser un recuerdo falso; sé que es un recuerdo vago, confuso. Un año, cuando yo apenas empezaba la escuela, se celebró el Día del Árbol con una plantación hecha por escolares, y nos llevaron al camino del Cementerio. A mí, como mejor alumno del grado, me tocó plantar uno, supongo que me pusieron, quizás junto a unos compañeritos, frente al hoyo ya cavado, y yo metí el arbolito… Lo tengo muy desdibujado, pero un detalle del episodio lo tengo muy claro, tan claro que me pregunto si no será lo único que pasó, y lo demás lo inventé para completarlo. Nos hicieron aprender un poema para recitar en el acto, y el poema estaba en un libro, y recuerdo perfectamente (más que recordarlo puedo verlo, y ver la altura de la página donde estaba) un pasaje de ese poema, dos versos:

pongo una semilla
en este aujerito

En la última palabra había una «llamada», es decir un pequeño asterisco «volado», que remitía al pie de la página donde se repetía el asterisco volado y había una palabra: «agujerito». Por una evidente razón de métrica, y quizás para darle más naturalidad al recitado del niño, el autor había puesto la palabra en su forma coloquial. Pero como se trataba de un texto escolar y había que preservar la corrección, remitía a esa nota al pie. De todos modos, un árbol no se planta con una semilla sino con un «plantín», o como se llame. Cincuenta años después, los eucaliptus del camino al Cementerio eran enormes y viejos, y yo nunca sabría cuál era el «mío», si es que era alguno.

Volviendo a mi amigo y los accidentes pintorescos de su vida: el del Señor Fofesno tenía su equivalente en una vitrina. Era un autómata minúsculo, un muro descascarado y encima un huevo, con patitas (cruzadas), bracitos, cara (era todo cara) y sombrero con pluma. El dueño le dio cuerda y lo hizo funcionar. Al son de una musiquita incoherente con lo dramático de la acción, el huevo se balanceaba aparatosamente y caía, deslizándose por un riel disimulado en la pared; caía de cabeza, o más bien de sombrero, porque era todo cabeza, y al tocar el piso se «rompía» en varios pedazos; no se rompía en realidad sino que se abría, simulando rotura, por unas líneas en zig zag que hasta entonces se habían mantenido invisibles. Ahí la musiquita soltaba unas notas discordantes, de desastre. Con las últimas vueltas de cuerda el huevo volvía a cerrarse, un resorte lo hacía saltar de vuelta arriba del muro, y quedaba como al comienzo. A diferencia del juguete anterior, éste ilustraba una historia muy conocida, la de Humpty Dumpty. El original lo había hecho Fabergé, para los hijos del zar. Éste que tenía mi amigo era una réplica de lata fabricada en la Argentina hacia 1950 para promocionar una revista infantil supuestamente dirigida por un simpático huevo periodista, versión nacional de Humpty Dumpty, al que habían llamado Pepín Cascarón. Esta función publicitaria del juguete estaba registrada en los versos escritos en una página de la minúscula revista de lata que estaba apoyada abierta al pie del muro:

Pepín Cascarón a un muro subió.
Pepín, pobre huevo, cayó y se rompió.
Caballos y hombres del Rey acudieron
a unir sus pedazos, mas nada pudieron.
Un sabio argentino, mostrando gran ciencia
unió sus pedazos con cola y paciencia.
Y ya sano el huevo, muy buen periodista,
a niños y niñas brinda su revista.

En la página de enfrente a la que tenía el poema, un dibujo mostraba a Pepín Cascarón en el momento en que se caía.

Noté que mi madre, que había apreciado este juguete menos todavía que el anterior, estaba impaciente por irse, así que apunté a la salida de la galería que daba al salón, y hacia allí fuimos. Pero mi amigo nos guió a través del salón hacia el gran comedor oscuro (habíamos comido en uno pequeño más íntimo, en el otro extremo de la casa), y encendió una luz, que era un gran pato de plástico blanco traslúcido en un rincón; el resplandor, muy suave, no alcanzaba a iluminar las profundidades cavernosas del ambiente, pero bastaba para entender que el comedor no se usaba. Estaba demasiado lleno de muebles y objetos. La boiserie era oscura, y la tapaban vitrinas, percheros, estanterías, cuadros, estatuas, en todo el perímetro. Un gran trinchante ocupaba la mayor parte de una pared lateral; su espejo nos reflejaba como figuritas perdidas entre los muebles. Debíamos circular rodeando la mesa, muy larga y totalmente cubierta de cajas, instrumentos antiguos de óptica y máquinas. Colgados de las paredes, muy alto, hileras de marionetas. El comedor era muy grande, y los innumerables objetos que lo llenaban muy pequeños. Las colecciones que había reunido mi amigo a lo largo de su vida tendían de modo natural a la miniatura, aunque casi no hubiera miniaturas propiamente dichas. Juguetes, autómatas, muñecos, títeres, dioramas, rompecabezas, caleidoscopios, todo marchaba hacia la reproducción, y la reproducción hacia la disminución en escala. Sin embargo, en ese momento de la velada hubo una reversión hacia lo gigante. Con una sonrisa cómplice mi amigo abrió una puertita baja y me invitó a mirar. Lo que vi se parecía, más que nada de lo que había visto hasta entonces, a una ilustración de un libro infantil. El cuarto al que daba esa puerta era diminuto, seguramente había sido hecho para el servicio del comedor; estaba enteramente ocupado por una muñeca, que a duras penas cabía (lo primero que pensé fue cómo habría hecho para meterla). Era descomunal, parada debía de medir cuatro metros de alto.

Estaba sentada en el suelo, con la cabeza tocaba el techo, apoyada en una pared con las piernas recogidas, las rodillas tocaban la pared de enfrente. Representaba a una niña de siete años, rubia, con un enorme vestido de gasas y tules rosa, la cabezota allá arriba tenía los ojos abiertos. Mi madre se asomó entre nosotros dos y se retiró de inmediato con un gesto de disgusto cercano al terror. Momentos antes yo había seguido su mirada, que volvía, preocupada, a un Atlas que había sobre la mesa. Era un Atlas Larousse del siglo XIX. Creí que por fin había encontrado algo que le interesaba; ella era una entusiasta de los mapas y Atlas, y tenía más de uno en su casa, para consultar cuando sacaba palabras cruzadas. Me incliné sobre la mesa y lo abrí por la mitad, con considerable dificultad. Pero ella se negó a mirarlo de cerca; al contrario, apartó la vista murmurando «Pero ¿por qué es tan grande?». Lo era, realmente; debía de medir más de un metro de alto por setenta centímetros de ancho, y como el papel en que estaban impresos los mapas era muy delgado, se hacía incómodo manipularlo. Sentí la corriente de desconcierto asustado que emanaba de mi madre, y en cierto modo la comprendí, y hasta la compartí. Ese tamaño exagerado asustaba un poco. Mi amigo no vio ni oyó este breve intercambio, ocupado en buscar algo, y como la busca lo llevó hasta la puertecita, se acordó de la muñeca gigante que quería mostrarnos, y las abrió y nos llamó.

Después reanudó la busca, hasta encontrar una cámara digital, con la que quería sacarnos unas fotos como recuerdo de la velada. Para mamá fue una tortura más, pero, ya definitivamente desorientada, debió de pensar que era un trámite necesario para poder irse. No fue tan breve porque mi amigo, que no dominaba el manejo de la cámara, repetía las tomas, y se le ocurrían nuevos enfoques, y como se fue entusiasmando, quiso que nos pusiéramos máscaras, de las que tenía una provisión inagotable. Su veta infantil salía a luz con cada chispazo del flash. En el clímax, sacó una máscara de elefante, de goma, que se calzaba en toda la cabeza como una escafandra;

era de tamaño casi natural, y de un realismo asombroso. Se la puso él, después me la puse yo, y menudearon las fotos.

Después nos acompañó hasta afuera y se ofreció a llevarnos en auto. Yo prefería caminar (vivíamos muy cerca), y mamá dijo lo mismo; el aire frío de la noche la había reanimado. Puso una mano en la puerta de calle y la acarició diciendo: «Mi puerta, mi querida puerta». En el tono había menos nostalgia que reproche, que venía de lejos y se repetía cada vez que se presentaba la ocasión. La puerta de dos hojas, altísima, era realmente magnífica, una obra maestra de la antigua ebanistería, con tallas de serpiente y flores que fluían en ritmos simétricos y se abrían en amplias ondas armoniosas alrededor de las manijas de bronce. Había sido la puerta de la casa en la que mi madre había pasado la infancia. Hacía unos diez años esa casa, que cambió de dueño varias veces y terminó siendo una dependencia oficial, fue demolida, y mi amigo, que estaba en el negocio inmobiliario, se quedó con la puerta, y la instaló en su casa. Mi madre no se lo perdonaba, aunque en realidad habría tenido que agradecérselo porque de otro modo la puerta se habría perdido; menos le perdonaba que la hubiera pintado de negro, y las flores de colores brillantes, un mamarracho según ella, una falta de respeto a la valiosa reliquia.

II

Eran apenas pasadas las once cuando llegamos a casa. Mamá fue todo el camino protestando por lo tarde que se había hecho, por la comida, por todo, y en especial por las extravagancias de mi amigo. De dónde sacaba la plata para comprar tanta porquería. Cómo podía convivir con ese cotillón fantástico, que no servía para nada. Y debían de ser caras, ¿o se las regalarían? Volvía a la cuestión económica, escandalizada, ofendida, como si mi amigo comprara sus juguetes con dinero de ella. Se lo dije. Cada cual hacía lo que quería con su plata, ¿no? Además, era un hombre rico. Esto último me costó decirlo; últimamente yo evitaba hablar de finanzas, tan grave había sido el descalabro de las mías; yo había quebrado, me habían rematado la casa y el auto, había tenido que refugiarme en el departamento de mamá y vivir de su jubilación (si eso podía llamarse vivir). Ella reaccionó de inmediato a mis palabras, con algo sorprendente: ¡Qué rico ni qué ocho cuartos! ¡Estaba fundido! No tenía un centavo, lo había perdido todo, lo único que le quedaba era esa casa, y encima llena de basura horrenda. No le di mucho crédito, o mejor dicho ninguno: desde mi debacle decía lo mismo de todo el mundo, hasta de los comerciantes más notoriamente prósperos y los chacareros más opulentos. De creerle, la ruina colectiva se había abatido sobre todos los pringlenses. Lo decía por mí, por un sentimiento maternal tan instintivo y ciego que no retrocedía ante el absurdo o la mentira, que por otra parte ella terminaba por creerse. Si su intención era consolarme, fallaba. Yo veía que ya había llegado al estadio de querer que sus mentiras se hicieran verdad, de desear la desgracia ajena, y eso le estaba agriando el carácter. Y como además de decírmelo a mí se lo decía a cualquiera, se estaría haciendo una reputación de difamadora o ave de mal agüero; la gente empezaría a evitarla, y yo tendría que cargar, junto con mi fracaso personal, con la culpa de haberle arruinado sus últimos años de vida (porque la sociabilidad del pueblo constituía toda su vida).

Así que traté de sacarla del error. Pero los detalles que empezó a darme me hicieron dudar de que fuera un error. Le dije que mi amigo tenía su compañía de construcción, que trabajaba mucho... Me contradijo con la mayor seguridad: No, qué esperanza. No trabajaba nada, todos estaban fundidos, la construcción se había parado. Además, la empresa ya no era suya, el socio lo había estafado y lo había dejado en la calle. Apoyaba sus argumentos con nombres y más nombres, los nombres de los que le habían encargado trabajos y no le habían pagado, los nombres de sus acreedores, los de quienes le habían comprado las pocas propiedades que le quedaban y que él tenía que vender para saldar sus deudas. Los nombres hacían verosímil la historia, aunque sobre mí provocaban más efecto de admiración que de verificación. Me impresionaba que mi madre, a su edad, tuviera siempre los nombres en la punta de la lengua; es cierto que tenía mucha práctica, porque todas sus conversaciones (y presumiblemente sus pensamientos) trataban de gente del pueblo. Yo no sabía ni siquiera el nombre del socio de mi amigo. Los apellidos del pueblo me sonaban, a todos los había oído antes, miles de veces, pero por algún motivo me había negado siempre a asociarlos con la gente que veía en la calle. No había hecho la asociación de chico, y ya no la hice más. Con los años llegó a amilanarme el trabajo que me costaría aprender, sobre todo al ver el virtuosismo con que lo dominaban los demás. Aunque no podía ser tan difícil. Debía reconocer que mi negativa tenía algo de pertinaz. Pero no era tan grave, igual se podía vivir y relacionarse. Aunque a la larga los demás tenían que darse cuenta de mi falla; yo no funcionaba con la taquigrafía de los nombres y su red de parentescos y vecindades: necesitaba explicaciones suplementarias; mis interlocutores, en el caso de que no me consideraran retardado mental, podían creer que se trataba de desdén, o indiferencia, o un injustificado sentimiento de superioridad. Quizás era el motivo de que me hubiera ido mal en los negocios. Alguien que no sabía cómo se llamaba el vecino al que veía todos los días, no podía inspirar confianza.

Mamá y mi amigo se habían pasado la cena tirando nombres. A partir de ese entendimiento, yo había supuesto que ella iba a disfrutar de la velada, pero por lo visto no había sido así. Llegó a casa malhumorada, en el ascensor iba soltando suspiros de impaciencia, y al entrar al departamento fue directamente al baño a tomar su pastilla para dormir. Antes de acostarse tuvo tiempo de protestar una vez más por lo tarde que se había hecho y lo mal que lo había pasado. Yo me tiré en un sillón y prendí el televisor. Ella pasó por última vez desde la cocina, con un vaso de agua, me dio las buenas noches y se encerró en su cuarto.

—No te acuestes tarde.

—Es temprano. Y mañana es domingo.

Mis propias palabras me deprimieron. No sólo porque los domingos eran deprimentes, sino porque para mí todos los días se habían vuelto domingos. La desocupación, la conciencia del fracaso, la relación anacrónica de un hombre de sesenta años con su madre, el celibato ya irremediable, me habían envuelto en esa melancolía tan característica de los días muertos. Cada mañana, y cada noche, me proponía empezar una nueva vida, pero siempre fui postergador, condescendiente con mi voluntad enferma. Y un sábado a las once de la noche no era el momento adecuado para tomar decisiones importantes.

La televisión se había vuelto mi única ocupación real. Y ni siquiera me gustaba. En mi juventud no existía (en Pringles), y cuando viví solo no tuve televisor, así que no me hice el hábito, no le tomé el gusto. Pero desde que me mudé al departamento de mamá no tenía otra cosa.

Cuando me quedé solo, me puse a hacer zapping. Siempre hacía lo mismo, y por lo que sé mucha gente lo hacía, sistemáticamente; para muchos «mirar televisión» era lo mismo que hacer zapping. Para mí, lo era. Nunca me enganchaba con las películas, quizás porque siempre las encontraba empezadas y no entendía el argumento, y además nunca me gustó el cine, ni las novelas. Los canales de noticias no eran mejores, porque tampoco me enganchaba con los casos policiales que estaban en el candelero, y mucho menos con las guerras o catástrofes. Y así con todo lo demás. Había setenta canales, y muchas veces los pasaba todos, uno tras otro, y volvía a pasarlos, hasta que me cansaba (se me dormía el dedo con el que apretaba el botón del control remoto) y lo dejaba en uno cualquiera. Al cabo de un rato reunía no sé qué fuerzas de desaliento o de tedio y volvía a cambiar. Como pasaba tardes enteras frente al televisor, no podía dejar de notar, a la larga, lo inútil e irracional de este pasatiempo. Mamá insistía en que saliera a caminar, y yo mismo me lo proponía, pero mi desidia triunfaba. Recordé lo que un rato antes había contado mi amigo, del anciano bajito que se iba hasta el Cementerio por las mañanas. Ahí podía haber un buen motivo para estimularme; no el ejemplo de un nonagenario sano y activo (aunque era un buen ejemplo), sino la curiosidad de encontrármelo. Había dicho que él lo hacía sólo cuando se despertaba deprimido o dolorido, o sea que no lo hacía todos los días. Yo sí debería hacerlo todos los días, para no perderme la ocasión en que él lo hiciera. Por supuesto que ver pasar a un viejo caminando no tenía mucho atractivo, pero estaba la pequeña intriga de saber si la historia era real, y yo me conformaba con poco. Los cuentos que contaba mi amigo siempre tenían, como dije, un aire de fábula; confirmar uno en la realidad podía tener alguna emoción. En la etapa de mi vida en la que me encontraba, yo había llegado a la conclusión de que nunca sería protagonista de ninguna historia. Todo lo que podía esperar era asomarme a la realidad de una ajena.

Sea como fuera, no me veía levantándome al amanecer del día siguiente, ni de ningún otro día, para emprender una caminata ni para ninguna otra cosa. Lo cual era una pena, porque tampoco salía de noche. La noche de Pringles era de los jóvenes, sobre todo una de sábado como ésta. Al volver había visto el movimiento en las calles, y ahora frente al televisor recordé que el canal de cable local tenía un programa en vivo las noches de sábado.

Hoy día todos los pueblos, aun algunos muchos más chicos que el nuestro, tienen su canal de cable. Deben de ser un buen negocio, con poca inversión inicial y abundantes beneficios marginales. Pero llenar los horarios con programas más o menos aceptables es difícil. El canal de Pringles chocaba en ese punto con una imposibilidad definitiva. Era un verdadero desastre, aunque se limitaba a unas pocas horas diarias: un noticiero al mediodía, otro a la noche, y después de éste un programa de campo, a cargo de un ingeniero agrónomo, otro de deportes, y, según los días de la semana, una película, video-clips, una función de música en el Teatro Español, o una sesión del Concejo Deliberante. Los noticieros los llenaban con actos escolares, aburridísimos. Todo era precario, mal iluminado, mal filmado, mal editado, además de previsible y repetido. Ni siquiera tenía la gracia del disparate. Aun reconociendo que es más fácil criticar que hacer, los pringlenses teníamos motivos para quejarnos. Faltaba creatividad, imaginación, sensibilidad, o en todo caso un poco de audacia.

El programa nuevo de los sábados a la noche apuntaba a un atisbo de redención en esos rubros. Estaba a cargo de María Rosa, la joven locutora de los noticieros, y la idea consistía en que ella saliera en su scooter, acompañada del camarógrafo, a recorrer boliches y restaurantes y fiestas. Yo había visto unos pasajes los sábados anteriores. De la pobreza de los resultados podía culparse a la falta de ajustes, lógica en un programa nuevo. Pero había una atmósfera general de inepcia que hacía pensar que no mejoraría con el tiempo. Era como si no les importara que saliera bien o mal, cosa tan frecuente y que se vuelve tan intrigante. La luz faltaba o sobraba, el sonido fallaba. Si se veía o se oía algo, era por casualidad. Querían darle un aire improvisado, informal, juvenil, pero con tanta ingenuidad que creían que eso se conseguía actuando de modo improvisado, informal y juvenil; el resultado era ininteligible. Además, ¿qué se proponían, al entrar a una disco, o a una cena de camaradería en el Fogón de los Gauchos, y preguntarle a la gente cómo la estaba pasando? No parecían habérselo preguntado. Si era un muestreo sociológico, estaba mal hecho; si querían mostrar cómo se divertían los ricos y famosos, iban mal porque en Pringles no los había. Ni siquiera podían contar con el deseo de la gente de verse a sí misma en televisión, porque como el programa se transmitía en vivo no se veían; lo único que podían esperar era que algún pariente trasnochara para ver ese bodrio y al día siguiente les dijera «Te vi».

Ya había empezado cuando lo sintonicé, y me entretuve un rato analizando los defectos. Ahora veía el principal, que tenía que ver justamente con la transmisión en vivo: eran los tiempos muertos, interminables, que separaban un evento de otro, por más que María Rosa acelerara su motito. Eso tampoco lo habían previsto. Como no habían conseguido publicidades, no había cortes; el camarógrafo montaba como podía en el scooter, a espaldas de María Rosa, y la cámara seguía mostrando, con salvajes movimientos, cualquier cosa, el cielo estrellado, faroles, fachadas, árboles, el empedrado, en un vals convulsivo. Tenía que aferrarse con una mano a la conductora, con la otra sostenía al hombro la pesada cámara, y eso duraba largos minutos. María Rosa trataba de llenar el lapso con comentarios, pero, además de que no tenía nada que decir y estaba distraída con el manejo del vehículo, su mala dicción y el ruido del motor hacían imposible entender nada.

Justamente, cuando lo enganché estaban en uno de esos trayectos. Y cuando terminé de hacer mis críticas severas y rencorosas (como si me importara) seguían en camino, a toda velocidad. Imposible saber adónde iban: el bamboleo de la imagen era frenético, y las pocas imágenes vagas que interrumpían la tiniebla en algún salto, no me decían nada. El ruido del motorcito del scooter, exigido al máximo, tapaba la voz de María Rosa, que hablaba sin pausas, hacía bromas, se reía, parecía muy excitada. Lo soporté unos minutos más, y como no llegaban a ninguna parte hice zapping. Di toda la vuelta a los setenta canales, y cuando volví, después de lo que me pareció un largo rato, seguían en lo mismo. Era el colmo.

¿Adónde irían? ¿Se habrían convencido al fin de que la noche de Pringles no daba para más, y querrían explorar la de algún pueblo vecino, como Suárez o Laprida? Suárez era el más cercano, pero aun así les llevaría una hora y media llegar, y no podían ser tan irracionales; además, en la ruta habrían tenido una marcha más serena; a juzgar por los saltos y barquinazos iban por calles de tierra, y doblaban, y en algunos vertiginosos pantallazos diagonales el foco incorporado a la

cámara iluminaba árboles y de vez en cuando una casa. Debían de estar en los arrabales del pueblo, quizás se habían
perdido. Quizás habían abierto un boliche en las afueras, o en
el barrio de la Estación, que estaba lejos. No me parecía probable. Había un restaurante de camioneros en la rotonda de
la ruta cinco, la famosa Tacuarita a la que solían asistir gour-
mets pringlenses, pero el camino era por la ruta, y evidentemente no iban por una ruta.

Se me ocurrió otra explicación, mucho más plausible: se
había producido un accidente, María Rosa se había enterado,
y volaba al lugar, dando la espalda a la frivolidad de la diversión nocturna, en favor de una noticia de verdad. Las noches
de sábado eran las más propicias a las catástrofes con autos:
medio Pringles había perdido la vida o quedado rengo en
ellas. Lo raro en ese caso era que yo no hubiera oído la sirena
de los bomberos. Pero era el mejor motivo para que la repor-
tera emprendiera esta larga travesía. Debía querer llegar a tiempo para filmar los cadáveres y hablar con los testigos o algún
sobreviviente.

Todas mis suposiciones resultaron erróneas, menos una: la
cámara nocturna realmente iba tras una noticia imprevista, de
la que se había enterado en medio de su recorrida por los
boliches. Pero no era un accidente de ruta, ni un incendio ni
un crimen, sino algo mucho más extraño, tanto que nadie en
su sano juicio podía creer que estuviera sucediendo de verdad. De modo que iban (no podían dejar de ir) para desmentir la patraña o desenmascarar a los bromistas. La broma podía
estar en la llamada, en la información que los había puesto en
marcha, y si era así no encontrarían nada.

En fin. Iban al Cementerio, porque les habían dicho que
los muertos estaban saliendo por sus propios medios de las
sepulturas. El dato era tan improbable como una fantasía adolescente. Y sin embargo, era cierto. El guardián que dio la
alarma fue advertido por murmullos que se multiplicaban en
toda la extensión del camposanto. Salió de su casilla a ver, y
no había terminado de cruzar el patio embaldosado en el que

desembocaba la primera avenida de cipreses cuando a los susurros inquietantes empezaron a sumarse ruidos fuertes de piedras y metales, que en segundos se generalizaron y sumaron en un estruendo ensordecedor, que resonaba cerca y lejos, desde las alas frontales de nichos y los profundos caminos de sepulturas a casi un kilómetro de distancia. Pensó en un temblor de tierra, lo que habría sido algo nunca visto en la quieta llanura pringlense. Pero tuvo que descartarlo porque las baldosas bajo sus pies no podían estar más quietas. Ya estaba viendo, a la luz de la luna, qué era lo que producía los ruidos. Las lápidas de mármol se desplazaban, levantadas por un costado, y se volcaban rompiéndose. Dentro de las bóvedas se quebraban cajones y herrajes, y las puertas mismas se sacudían movidas desde adentro, estallaban los candados y se rompían los vidrios. Las tapas de los nichos se desprendían y caían al suelo con estrépito. Cruces de cemento y ángeles de estuco volaban por el aire, impulsados por la violencia de la abertura de las criptas.

El trueno de esta demolición no había cesado cuando se alzó de los escombros, y se diría que de la tierra misma, un coro de suspiros y gemidos que tenía una resonancia electrónica, no humana. Entonces el guardián vio a los primeros muertos, que salían caminando de las bóvedas más cercanas. Y no eran dos o tres ni diez ni veinte: eran todos. Asomaban de tumbas, de bóvedas, de nichos, salían literalmente de la tierra como una invasión, se hacían innumerables, venían de todas partes. Sus primeros pasos eran vacilantes. Parecían a punto de caer pero se enderezaban y daban un paso, luego otro, agitando los brazos, adelantando las piernas con rígida torpeza como si marcaran el paso, levantaban demasiado las rodillas, dejaban caer el pie por cualquier lado, como si hasta la ley de la gravedad fuera novedosa para ellos. Pero todos caminaban, y eran tantos que al tomar por los caminos se entrechocaban unos con otros, se les mezclaban piernas y brazos, por momentos se formaban grupos compactos que se sacudían al unísono y se separaban con violentos traspiés.

Esta falta de coordinación era explicable al salir de un prolongado sueño inmóvil, que además en ninguno había durado lo mismo. Todos parecían demasiado altos, como si hubieran crecido durante la muerte, lo que seguramente contribuía a la inconexión que mostraban. No había dos iguales: sólo lo eran en lo horrible, que era lo horrible convencional de los cadáveres: jirones de piel verdosa, calaveras barbudas, restos de ojos brillando en órbitas de hueso, sudarios manchados. Y un gemido a la vez agudo y ronco que hacía las veces de respiración.

La primera víctima que hicieron fue el guardián. Este empleado municipal con largos años de experiencia nunca había visto nada igual, pero no se demoró en contemplar el espectáculo. Le bastó hacerse una idea de lo que estaba pasando para dar media vuelta y salir corriendo. Al volverse vio la cerrada multitud de cadáveres que venían chancleteando hueso y cartílago por los pasillos laterales de nichos, mientras algunos todavía bajaban de los más altos gateando verticales como «muertos araña», galgos de ultratumba, chorreando viscosidades. Allí los techos le hacían sombra a la luna, pero una fosforescencia plateada que emanaba de los huesos iluminaba la escena y volvía nítidos los menores detalles, en un blanco y negro espectral. El guardia no se quedó a ver los detalles. Corrió atravesando el atrio, y cuando llegó a la verja recordó que él mismo horas antes había pasado la gruesa cadena uniendo los batientes, y le había puesto candado. ¡Maldita seguridad! Tenía las llaves colgadas en la pared de su oficina, hacia la que retrocedió corriendo, después de descartar la puerta enfrentada, que era la entrada a la Capilla (aunque se estaba encomendando a todos los santos). Por suerte la oficina o Intendencia tenía puerta metálica, y por suerte pudo llegar a ella antes que los cadáveres, que ya enfilaban por el atrio. Se les adelantó gracias a que venían despacio, molestándose unos a otros en el apuro, tantos eran. ¿Cuántos muertos contenía el Cementerio? Miles, quizás decenas de miles. Nadie se había tomado el trabajo de hacer la cuenta de las entradas en los registros, esos infolios manuscritos que reposaban desde hacía cien años en los archiveros. Y todos iban juntos hacia la puerta, sin organizarse, como agua que va hacia el desagüe.

Se encerró y dio aviso a la Policía. Lo hizo gritándole histérico al teléfono. Con una inteligencia que no era tanto de él como dictada por la urgencia y el instinto, supo que no le convenía ponerse a dar explicaciones, que no harían más que suscitar una interpretación a partir de su bien ganada fama de ebrio. Bastaba con anunciar lo mínimo y dejar que sus gritos y su acento desesperado hablaran por él. Además, el mínimo de información, cuanto más mínimo fuera, más intriga podía crear y antes recibiría auxilio. Ya cuando estaba con el teléfono en la mano oía los golpes en la puerta. El grueso de la muchedumbre muerta seguía de largo, y oyó abrirse y caer la gran verja de hierro. Por lo visto, ninguna puerta se les resistía. La que lo protegía a él se hinchaba y agrietaba; no era con mera fuerza física que las forzaban, sino con una especie de voluntad destructiva. El cerrojo saltó por el aire y entraron, altísimos, decididos, mirándolo y gimiendo. Eran varios; parecían correr una carrera para llegar primero a él, a su parálisis espantada sin salida. Tenían movimientos de insecto o de ñandú. Más que gemidos, lo que emitían sonaba a resoplidos de perro oliendo la presa. Uno, el ganador, se precipitó sobre él con un gesto que de pronto (su último «de pronto») le pareció una sonrisa de triunfo. Le tomó la cabeza con las dos manos, que eran huesos mal enguantados con tiras de cuero violeta, y le acercó a la sien derecha la jeta horrenda. Lo manipulaba con facilidad: ya fuera que el terror inmovilizara a la víctima, ya que irradiara alguna clase de fluido magnético de fatalismo y entrega, de cualquier modo era irresistible. De un mordisco levantó una placa de cráneo, que se desprendió con un «clac» ominoso y quedó colgando sobre el hombro derecho, y le hincó los dientes al cerebro. Pero no se lo comió, aunque podría haberlo hecho, y parecía que lo estaba haciendo. Con un chupón a la vez fortísimo y delicado le absorbió las endorfinas que contenían la corteza y el bulbo, todas las disponibles, hasta la última. Tras lo cual apartó la cara, si es que a eso podía llamarse cara, y la levantó hacia el techo lanzando un resoplido extraagudo, mientras soltaba el cuerpo del guardián, que caía exánime al piso. Los otros ya se habían ido: debían de saber que esta bestia sedienta no les dejaría ni una endorfina. Una vez saciado, fue tras ellos.

Los muertos vivos seguían saliendo por el portón de rejas, y se derramaban de prisa por el camino que iba al pueblo. Apuradísimos, con su paso de ganso modificado por mil rengueras, siempre hacia adelante, atraídos por el halo de luz amarillenta que se levantaba de Pringles. La columna se mantuvo compacta en el primer tramo, con unos líderes de pelotón adelante y ensanchándose hacia atrás; más que una columna parecía un triángulo, la punta de una flecha corriendo hacia un Pringles ignorante del peligro, que festejaba la noche de sábado.

Pero la formación no se mantuvo más allá del acceso inmediato al Cementerio, donde el camino corría entre descampados. No bien llegaron a la altura de las primeras casas se desprendieron pelotones ansiosos, hacia un costado y el otro. Los habitantes de esas casas humildes dormían, muchos de ellos no se despertaron con el destrozo de puertas y ventanas, los que lo hicieron no tuvieron tiempo más que para ver, o adivinar en la oscuridad, los espantajos de pesadilla que se inclinaban sobre la cama y les abrían el cráneo de una mordida. No perdonaron una casa, ni uno solo de sus ocupantes, ni siquiera los bebés en las cunas. Consumada la succión cerebral, se marchaban de inmediato y se reincorporaban a la marcha cadavérica, siempre en dirección al pueblo.

A medida que avanzaban el terreno se hacía más poblado. Las quintas alternaban con los racimos de ranchos o casitas precarias, hacia las que iban, exhaustivos, los destacamentos. Aunque las poblaciones se prolongaban lateralmente, los muertos se daban por satisfechos con lo que encontraban más próximo al camino, al que volvían una vez consumado el ataque. No se detenían mucho en lo que debían considerar meras distracciones. El objetivo importante era el pueblo, donde la densidad de materia humana les prometía una cosecha más fácil e inmediata.

No en todas las casas atacadas estaban durmiendo. En algunas se prolongaba la sobremesa cuando recibían la «visita» inesperada. Entonces sí menudeaban los gritos, los visajes, los intentos de huida que nunca prosperaban pues los intrusos se metían por todas las puertas y ventanas a la vez. Tampoco les servía de nada encerrarse en una pieza, pero al menos eso les dio tiempo a algunos para un interrumpido llamado a la Policía, llamados que se fueron sumando con el correr de los minutos y terminaron por convencer a las fuerzas del orden de que, por lo menos, «algo» estaba pasando.

Pero antes de que se decidieran a despachar un patrullero, la marcha letal ya había hecho la mitad del camino, y allí sí dejaron el tendal. En efecto, a esa altura se hallaba la Escuela 7, y esa noche la Cooperadora había organizado un baile, de los que hacían todos los meses con el fin de recaudar fondos para refacciones en el edificio y compra de material didáctico. Eran bailes muy concurridos, con cena buffet y disc jockey. A esa hora, apenas pasada la medianoche, estaba terminando, pero todavía no se había ido nadie. Todos perdieron, los niños primero.

Dos señoras sentadas a una mesa se habían quedado solas, distraídas por la charla, en el aula del buffet contigua al salón de actos donde se bailaba. Cuando empezaron los gritos no les prestaron atención, creyendo que habían roto la piñata o algo así. Criticaban a sus respectivos maridos, benévolamente, por las costumbres opuestas de éstos en una de las más arraigadas diversiones pringlenses: salir a pasear en auto. Era una tradición que venía de los tiempos de la nafta barata y la novedad del auto, y no se había interrumpido. Las familias o parejas subían al auto los domingos a la tarde o cualquier día después de la cena y rastrillaban el pueblo en todas direcciones. Se lo llamaba «Dar una Vuelta»:

—José —decía una de las señoras refiriéndose a su marido—, cuando salimos a dar una vuelta, maneja ¡a toda velocidad! Como si estuviera apurado por llegar a algún lado. Yo le digo: «estamos paseando», pero no puedo convencerlo.

—En cambio Juan —decía la otra—, va tan despacio cuando salimos a dar una vuelta que me pone nerviosa. Le digo «acelerá un poco, hombre, que me estoy durmiendo». Pero él sigue como una tortuga.

—Ojalá José fuera un poco más despacio. Va tan rápido que no puedo ver nada, si nos cruzamos con un conocido no alcanzo a saludarlo que ya estamos lejos, como una flecha.

—Yo preferiría ir un poco más rápido. Es insoportable ir tan lento que el auto parece que se para, y hay que esperar una eternidad para llegar a la esquina…

Exageraban, las dos (y fue su última exageración), pero el «sentido» de sus quejas, en la simetría que conformaba, tan satisfactoria que debía de ser el motivo por el que la charla las absorbía, expresaba sus personalidades y la calidad de las endorfinas que estaban produciendo. Éstas pasaron, tras la brutal abertura de la caja craneana, al sistema de los dos cadáveres que las tomaron de atrás y les vaciaron los cerebros. Fueron la última golosina de la gran bombonera que había sido la escuela, y una vez ahítos los invasores salieron por donde habían entrado, dejando unos trescientos cuerpos fláccidos donde minutos antes había reinado el jolgorio.

Tenía algo de diabólicamente eficaz, la elección del momento. Si lo que querían era endorfinas, las gotitas de la felicidad y la esperanza que segrega el cerebro de los vivos, no había ocasión más propicia que un sábado a la noche, cuando las preocupaciones de la vida se hacen a un lado, temporalmente, y la gente se permite todas las gratificaciones de sociabilidad, sexo, comida y bebida que se postergan durante el resto de la semana. En su deprimente existencia de ultratumba, los muertos habían desarrollado una verdadera adicción a las endorfinas. Era una llamativa paradoja que esta noche el camino del Cementerio se hubiera vuelto el camino de las endorfinas.

Viniendo del Cementerio, hacia la mitad de este camino podía decirse que ya empezaba el pueblo. Y ese punto lo marcaba la Escuela 7, donde el ejército invasor se había dado el primer auténtico banquete de la noche, sobre todo por la cantidad de niños, cuyos cerebritos rebosaban de materia feliz. A partir de ahí el tejido urbano ya casi no tenía blancos. La multitud compacta de cadáveres semovientes se dispersó hacia la derecha, por la cuadrícula de calles de tierra y las primeras asfaltadas. Entraban a todas las casas, iluminadas y oscuras, ricas y pobres, pero los más grandes y ágiles se adelantaban a meterse a las más ricas, por saber que los ricos eran más felices. Corrían por los techos para llegar antes a la calle siguiente: sus siluetas esperpénticas se recortaban contra el resplandor lunar, en saltos inhumanos, hasta hundirse con un estallido de vidrios por una claraboya. La competencia entre ellos los hacía más rápidos y más peligrosos.

Iban dejando «tierra arrasada»: los únicos que los vieron y lograron escapar fueron algunos automovilistas a los que no detuvo la curiosidad y aceleraron. No fueron muchos (a la mayoría les cercaban el vehículo, les hacían saltar los vidrios y los «chupaban»), pero bastaron para llevar la noticia al centro. La camioneta blanca de la Policía no tuvo tanta suerte.

Sea como fuera, Pringles ya estaba sobre aviso. Aunque la información corría rápido, el pánico se construía lentamente. El cine, y antes que el cine las leyendas ancestrales en las que se basaban sus argumentos, habían creado en la población un estado básico de incredulidad; a la vez que los preparaba para la emergencia (no tenían más que recordar lo que habían hecho los protagonistas de esas películas) les impedía reaccionar porque todos sabían, o creían saber, que la ficción no es la realidad. Tenían que ver con sus propios ojos a alguien que los hubiera visto (con sus propios ojos) para convencerse del espanto de la realidad, y ni aun así se convencían. Era de esos casos en que lo real es insustituible e irrepresentable. Lamentablemente para ellos, lo real es instantáneo y sin futuro.

Y mientras proseguían las alternancias de la creencia, la cacería no se daba respiro en los barrios atrás de la Plaza, siempre ganando terreno hacia el centro. No se ajustaba mucho a la metáfora de la cacería; era más bien como libar flores, o libar jugosas estatuas fijadas por el terror y la sorpresa. Ésta empezaba a disminuir con el curso de los hechos. El terror crecía correlativamente, y corría más rápido que los muertos vivos, que iban lento por su avidez de endorfinas que no les permitía dejar cabeza sin revolver. De ahí que empezaran las fugas. La primera fue la de una niña de siete años que saltó de la cama gritando y se escabulló entre las patas de jirafa del cadáver que se había metido en su dormitorio, haciéndole castañetear las tibias sueltas y poniendo en peligro su equilibrio. La salvaron dos cosas: su familia numerosa, que mantuvo ocupados a los demás intrusos, y su tamaño reducido; su estatura era la de un niño de tres años, pero los que tenía le daban una agilidad y velocidad que desconcertaban. Corrió por la galería vidriada hacia el fondo. Los reflejos de luna a través de los rombos verdes de los ventanales iluminaban un ir y venir de fantasmones harapientos, hacia y desde los cráneos de sus pacientes. La operación comportaba un sorbido escalofriante, que por suerte ella no escuchaba. Esquivó a dos que trataron de detenerla y salió por el agujero donde había estado la puerta al patio. Uno de los cadáveres ya venía persiguiéndola, como se persigue a un confite que ha rodado de una torta. Afuera, la divisó otro que se desplazaba sobre el corralón, y de un salto fue a cortarle el paso. Sin disminuir la velocidad la niña torció rumbo al gallinero, en el que se metió de un salto. Buscó la protección de la oscuridad, debajo de las gradas; sus amigas las gallinas dormían arrepolladas; ella conocía bien el camino hasta el último rincón, que era su refugio favorito, y no las despertó. Sí lo hicieron los dos cadáveres, que entraron rompiendo todo. Se desató un escándalo fenomenal de aleteos y cacareos, en la oscuridad cruzada por trazos de fosforescencias; el blanco de los huesos se multiplicaba en el de las plumas de las Leghorn, haciendo más confusa la tiniebla. Los cadáveres, demasiado grandes para el espacio comprimido del gallinero, se enredaban con las pértigas, y al abrir los brazos espantando a las aves se enredaban entre ellos, se caían, quedaban patas arriba, parecían estar haciendo acrobacias con pelotas plumosas, todo entre un cacarear furioso. Las gallinas no son animales agresivos, muy por el contrario, pero su timidez las favorecía en esta ocasión, y su poca inteligencia también; el susto irracional las hacía inmanejables, y en medio de la confusión la niñita se escapó otra vez.

Fue una excepción, porque nadie escapaba al beso cerebral. Manzana tras manzana, la siega avanzaba. Los muertos se envalentonaban con su propia eficacia. Pero como en materia humana nada es del todo previsible, aquí y allá se encontraban con situaciones insólitas, que chocaban contra lo insólito que eran ellos. Fue el caso del Chalet de la Virgen, que de afuera parecía una casa más, con jardincito adelante, el auto en el garage, ropa tendida al sereno en el fondo y felpudo al pie de la puerta. La puerta voló, lo mismo que las ventanas, y media docena de atracadores de ultratumba se metieron resoplando, a grandes trancos desarticulados que pronto perdieron objeto: el apuro se fundió sobre sí mismo, porque en la casa no había nadie. O mejor dicho sí había: estaba toda la familia donde debía estar, los padres en su lecho de dos plazas, los niños en sus camitas, el bebé en la cuna y hasta la abuela en su cuarto cubierta con la colcha tejida por sus propias manos. Pero todos estaban bajo la forma de la misma estatua de la Virgen de Schönstat, rígida y con la cara impávida pintada, todas iguales como que debían de haber sido hechas con el mismo molde. Los cadáveres pataleaban de la perplejidad, y alguno habría querido hincarle el diente a la cabeza de cemento, si no fuera porque era una cabeza desproporcionadamente pequeña, un botón. Se marcharon furiosos. Pero era culpa de ellos. Había que estar muerto, y haber pasado una larga temporada en el Cementerio, para ignorar la existencia del famoso Chalet de la Virgen de Pringles.

Pagaron el pato los vecinos, con los que los burlados se encarnizaron. El avance no se detenía, al contrario: se hacía más impetuoso. El alimento no los saciaba; se confirmaba el dicho «el hambre viene comiendo». Además, había que recordar que eran miles, y apenas empezaban; legiones y legiones, oleadas terribles de cadáveres cojos y espásticos que seguían desplegándose en desorden por el damero nocturno del pueblo todavía no habían probado las gotitas felices, y afilaban el sorbete. Los que sí habían incorporado el raro néctar, querían más; esos proferían junto con los resoplidos unas risas mecánicas, entre ladrido y graznido, e improvisaban danzas bruscas en medio de la calle, sarabandas, jotas de perchero, rumbas agujereadas que se disolvían como se habían formado, con desbandadas que los llevaban a los techos o a las copas de los árboles.

Lo cierto es que, aunque lo hacían rápido (y más que rápido: era como una película acelerada), tenían mucho que hacer, y eso les dio tiempo a las fuerzas vivas de Pringles para organizar la defensa. El pueblo ya estaba sobre aviso. A esta altura, ni la mentalidad más negadora podía desconocerlo. Pero aun no negándolo, lo aceptaban en un nivel cauto de creencia. A nadie le gusta ser víctima de una broma, y a la vez, así es el alma humana, todos confían en que el mecanismo de la broma tenga en la realidad un repliegue que les permita pasar de objetos a sujetos.

El Intendente ya estaba en su oficina del Palacio, reunido con su Gabinete de emergencias y comunicado con el Jefe de Policía, que también ocupaba su puesto de combate en la Comisaría. Tanto a ésta como al Palacio llegaban todo el tiempo personajes representativos de la comunidad, y de las urgentes deliberaciones que tuvieron lugar empezaron a emanar las primeras órdenes. Los teléfonos sonaron en toda la extensión del ejido catastral. Por suerte en Pringles se conocían todos, y a su vez todos los conocidos conocían a todos, así que la red de comunicaciones no tardó casi nada en vibrar y dar resultados concretos.

La primera iniciativa de las autoridades fue trazar una línea de defensa armada, a cierta distancia de donde la invasión se encontraba en ese momento, sacrificando unas pocas manzanas (cuyos habitantes serían desalojados) de modo de tener tiempo de prepararse. La Línea se trazó en el mapa de Pringles Ciudad que tenían colgado en una pared: la parte central sería la diagonal, de menos de cien metros de largo, que unía la Comisaría con el Palacio, cruzando la Plaza. Se prolongaba hacia el norte por la calle Mitre, y hacia el este por la plazoleta central del Boulevard, hasta el Granadero. La idea era hacer una hilera de autos y camiones, tras los cuales se apostarían tiradores con todas las armas y municiones disponibles. Ésas no faltaban, con la pasión por la caza que dominaba de antiguo el pueblo.

Caballos y hombres del Rey acudieron...

El rugir de los motores llenó la noche pringlense, despertando a los pocos que todavía dormían. Policías y bomberos dirigían la formación de la Línea, mientras un patrullero con altavoces recorría las calles de la Tierra de Nadie urgiendo a un veloz desalojo. Los afectados no se hacían rogar: ya corrían, en camisones y pantuflas, a refugiarse al otro lado de la muralla de vehículos estacionados, que se completaba velozmente. No se iban más lejos: se quedaban mirando a los tiradores que se apostaban, y en esa contemplación los acompañaban los curiosos que venían del Centro, atraídos por lo que esperaban que fuera un espectáculo inolvidable. Había mayoría de jóvenes: los boliches se habían vaciado, y las bandas fiesteras de adolescentes traían al campo de batalla su ruidosa alegría. Junto con ellos seguían llegando cazadores artillados, que eran redistribuidos en los puntos más débiles de la Línea. Venían hasta de las quintas de más allá del Boulevard Cuarenta, alertados por teléfono por sus camaradas del Club de Tiro. El arsenal que se desplegaba era impresionante. La excusa para comprarlo habían sido las avutardas, las perdices, las liebres, y habían perfeccionado la excusa lejanos e hipotéticos ciervos y jabalíes; pero aun así habría sido difícil explicar, salvo por anhelo de coleccionista, la presencia de subfusiles belgas, obuses, balas explosivas de aluminio líquido, y hasta granadas. A muchos chacareros les sobra la plata, tan poco consumo social o cultural tienen ocasión de hacer en los pueblos, y se dan el gusto de seguir comprando armamento hasta que ya no les entra en la casa.

En lo alto de la torre del Palacio, el Manco Artola vigilaba el avance de la invasión. Con su única mano se acercaba a la cara un walkie-talkie y transmitía las novedades; en la oficina del Intendente tenían el receptor con el canal abierto y el volumen al máximo: con una oreja lo oían, con la otra atendían los informes y opiniones de la multitud de comedidos que entraban, salían, o se quedaban, además de los que llamaban por teléfono. El tumulto se estaba haciendo excesivo. Para ir desde su escritorio hasta la pared donde estaba el mapa, a registrar los datos que venían de la torre, el Intendente tenía que abrirse paso a codazos, y cuando llegaba alguien ya había hecho avanzar la fila de pinches de cabecita roja, lo que lo confundía.

En cambio el Manco estaba solo allá arriba; pero no se confundía menos. Debía reconocer que el panorama que dominaba era espléndido y desafiaba a la imaginación; más allá de este reconocimiento, todo era ambigüedad. La Luna llena vertía imparcialmente su luz blanca sobre la oscuridad del pueblo, y parecía hacerlo emerger a la superficie, como la piel cuadriculada de un cachalote antediluviano. Más allá se extendía la llanura, y las cintas fosfóricas de las carreteras deformándose en las curvaturas del horizonte. El sector que vigilaba estaba mucho más cerca, aunque no ignoraba que los planos ilusorios de la contigüidad podían llegar a pegarse durante la noche, como las hojas de un libro. Su atención entreabría las hojas, y ahí las aberraciones de la visión nocturna coincidían con las monstruosas fantasías de la pesadilla.

Y sin embargo, qué inofensivos se veían, esos saltamontes en movimiento perpetuo. Los veía agitarse como locos, brincar de la calle a las cornisas, correr por los techos, meterse por todos los agujeros, y por donde no había agujero también. Se reunían, se dispersaban, se detenían extendiendo los brazos como antenas. De pronto todos coincidían en ángulos de sombra, un instante después estaban pululando innumerables en el resplandor plateado en el que su paso dejaba estelas verdes, rosas, violetas.

Había algo que nunca hacían: retroceder. El avance era irregular, como era irregular la mancha de invasores sobre el damero de casas y calles, pero había un método, y muy simple: avanzar siempre, mantener la dirección. Todo era irregular: los movimientos, los saltos, las reuniones y separaciones; ese caos destacaba por contraste la mecánica estricta con que se iba «cubriendo» el territorio. Era la irreversibilidad lo que le daba a la escena su amenazador tono onírico. Como en los sueños, todo parecía a punto de desvanecerse, pero a la vez estaba afectado por una realidad persistente. Era como si en cada punto de la oscuridad irregularmente iluminada se abrieran y cerraran válvulas por las que se introducían los seres imposibles, y el cierre de una sopapa aterciopelada les impidiera volver atrás.

El Manco debía recordarse a sí mismo que no era un juego, y que él no estaba ahí por diversión sino para vigilar y dar la alarma, y entonces se precipitaba a transmitir las coordenadas de la marea; también informaba de los puntos en que la barrera de autos y tiradores mostraba blancos, aunque éstos eran cada vez menos. Daba la impresión, desde su punto de vista privilegiado, de que todo el pueblo acudía a la Línea de defensa, en la que reinaba un bullicio extraordinario. La gente venía en autos, y los dejaba estacionados en doble o triple fila, muchas veces bloqueando por completo las calles transversales. Mandó una advertencia por el walkie-talkie; sería imposible realizar una retirada rápida, en caso de que se hiciera necesaria. Insistió, porque tenía la sensación de que no le estaban haciendo mucho caso. Hubo un intercambio de opiniones bastante histérico con alguien de abajo.

Pero cuando volvió a mirar más allá de la Línea, a los barrios invadidos, tuvo un verdadero sobresalto. El avance había tomado otra dimensión, había cambiado tanto cuantitativa como cualitativamente. De pronto el ejército de muertos vivos se revelaba mucho más numeroso. La gran masa de rezagados alcanzaba a los adelantados, y los superaba como una ola de mar majestuosa y sólida pasando por encima de las gotas del rocío. Y seguía avanzando, arrastrando al conjunto, ya sin detenciones, lo que se explicaba porque las últimas manzanas antes del Boulevard y la Plaza ya habían sido evacuadas, y quizás también porque olían la muchedumbre que los esperaba... Gritó por el aparato el aviso: ya llegaban, ya habían llegado, el cuerpo a cuerpo era inminente.

No mentía. Estaba hablando aún cuando sonaron los primeros tiros. Los emboscados detrás de los autos, que hacía rato estaban con el dedo en el gatillo, dispararon no bien tuvieron en la mira al primer muerto vivo, y como fueron muchos los que apuntaban a los muchísimos fantasmones bailoteantes que venían saliendo de las calles desiertas, la salva fue múltiple, y a partir de la primera empezaron a repetirse, en un tableteo continuo. El gentío que hacía una masa compacta a espaldas de los tiradores soltó un grito unánime como el público de un concierto de rock que después de una prolongada espera ve subir al escenario, al fin, a sus ídolos. Y tenían algo de músicos de rock, los muertos, con su aspecto desaliñado, los pelos al viento, el tranco espástico, y la seguridad soberbia de saberse estrellas y colmar con su sola presencia las expectativas creadas. Ahí se terminaban las semejanzas y comenzaban, terroríficas, las diferencias. De alguna manera todos, hasta los que calentaban en las manos un Winchester de nueve tiros, y con más razón los curiosos amontonados atrás, habían conservado la duda sobre la verdad de los hechos. A nadie le gustó que la duda se disipara; la verdad los descolocaba. Y al entrar en los círculos blancos que bajaban de los focos de luz de mercurio del Boulevard, los que llegaban lo hacían mostrando una realidad francamente desagradable. Harapos podridos, huesos a la vista, calaveras, fémures, falanges, cartílagos pegoteados al azar como en un collage estropeado. Y la decisión, el hambre, la carrera a ver quién llegaba primero.

En un primer momento nadie se sorprendió demasiado de que siguieran avanzando. Después de todo, era la dirección que traían, y los que habían estado esperándolos lo habían hecho para verlos: cuanto más se acercaran mejor se los veía. Pero al mismo tiempo que se satisfacía la curiosidad surgía la alarma, precedida por una fugaz incomprensión. ¿Qué estaba pasando? Aunque era muy notorio lo que pasaba, el interrogante tenía su justificación: el irresponsable clima festivo que había permeado a la multitud (por ser sábado a la noche, por la ocasión de una gran reunión comunitaria, tan rara desde que habían dejado de celebrarse las Fechas Patrias y había iniciado su decadencia el Carnaval) hizo pensar que los tiradores no tendrían más que lucir su puntería y recibir aplausos y vivas; los mayores asociaban con caducas imágenes de puestos de Tiro al Blanco en las ya extintas Romerías Españolas, los jóvenes con los fáciles clics aniquiladores de los jueguitos electrónicos.

Y no era así, en absoluto. Las balas pasaban a través de los muertos, sin causarles más que un tropiezo o una sacudida extra a su paso ya de por sí desmañado. Apuntar a las cabezas, y acertarles, no producía un efecto más retrasante que darle al cuerpo: las calaveras se rajaban, se agujereaban, se astillaban, pero seguían en su lugar, y el rotoso maniquí en el que se posaban seguía adelante.

Si unos segundos antes los habían «visto», ahora los veían de verdad, los veían trepar de un salto a las capotas de los autos que se suponía que debían ser una barrera insuperable e inclinarse a beber del cerebro del tirador que con un dedo frenético en el gatillo de la Luger o el Colt seguía metiéndole por el diapasón de costillas unas balas tan vanas como saludos. Nadie se quedó a ver completarse la operación, no sólo porque era demasiado asqueroso sino porque la segunda fila ya estaba saltando por encima de esas feroces lobotomías vampíricas y se lanzaba hacia los mirones.

Todo a lo largo de la Línea se produjo una desbandada general. Hubo muchas bajas en el primer momento, por la dificultad que oponía el número a la desconcentración. En cuanto veían el campo libre adelante, los vivos corrían, y si daban vuelta la cabeza y veían un muerto persiguiéndolos, aceleraban. Aceleraban también, y más, si veían que el muerto había alcanzado a alguien y le estaba chupando la cabeza. Los que pretendían meterse en sus autos y ponerlos en marcha, perdían la partida. Los amigos abandonaban a los amigos, los hijos a los padres, los maridos a las esposas. No todos. Sobreponiéndose al terror, algunos retrocedían en auxilio de un ser querido; en esos casos en lugar de una víctima había dos.

Las calles se llenaron de gritos y carreras, la oscuridad se acentuó, psicológicamente, pues los que escapaban le temían a cada volumen de sombra como si de él fuera a salir la Muerte o uno de sus representantes, cosa que sucedía con implacable frecuencia. No hubo quien no lamentara la insistencia con la que la comunidad había pedido que se arbolaran las calles. Ahora les parecía que las autoridades los habían escuchado en exceso, porque el pueblo se les volvía un bosque de follajes truculentos. La Plaza, que fue uno de los puntos en que la Línea defensiva primero se quebró, quedó vacía, y sus senderos se volvieron el corredor expedito por el que legiones de cadáveres de toda traza marchaban hacia las calles empedradas del Centro.

En el islote oval entre las dos manzanas que ocupaba la Plaza estaba el Palacio Municipal, la famosa mole art-déco, piano invertido de cemento blanco, desde cuyas ventanas el Intendente y su compañía contemplaban la catástrofe. Por algún motivo, los atacantes pasaban de largo. Desde el momento en que vieron superada la Línea, los ocupantes del Palacio tuvieron la precaución providencial de apagar todas las luces. Aun así, sabían que su suerte pendía de un hilo:

bastaría que un grupito de cadáveres de los que veían pasar por la Plaza tuviera la ocurrencia de visitarlos, para que les llegara la hora. Podía estar favoreciéndolos la huida de la multitud, una presa más visible y numerosa que la eventual que pudiera estar refugiada entre las aletas del Palacio. La Comisaría, enfrente, no había tenido tanta suerte: los policías habían pretendido hacerse fuertes, y fueron aniquilados, incluidos los borrachos que dormían la mona en las celdas. Lo mismo pasó con la Iglesia, al otro lado de la Plaza, aunque con menos víctimas. En la Casa Parroquial sólo se encontraba el cura, con su mujer y sus dos hijos (en abierta rebeldía al Obispado bahiense, el párroco había formado una familia y convivía desafiantemente con ella).

El Intendente no tenía un Plan B. Hubo que improvisarlo. Muda la línea de comunicación con la Policía, no había con quién consensuar medidas de emergencia. De las confusas deliberaciones que tuvieron lugar junto a las ventanas, surgió que lo único razonable era evacuar Pringles, en todos los vehículos disponibles. Pero ¿cómo dar la orden? Los teléfonos celulares funcionaban al rojo blanco, pero el boca a boca no parecía, por una vez, lo bastante rápido. Una información que les llegó por esta vía hizo más urgente la coordinación general: mucha gente, la mayoría en realidad, estaba cometiendo el error de encerrarse en sus casas, que se volvían trampas mortales. Había que advertirles, a los que estuvieran a tiempo, que escaparan. A un viejo funcionario de planta se le ocurrió la idea de utilizar la Propaladora. Este vetusto sistema de comunicación no se usaba desde hacía cincuenta años exactos, contados día por día, pero confiaron en que siguiera funcionando, dado que en la primera mitad del siglo ya concluido los aparatos eléctricos se construían como artesanías, con vistas a la permanencia. Que siguiera instalada (aunque desenchufada: pero eso se podía solucionar fácil) obedecía a una circunstancia histórico-sentimental: la última transmisión de la Propaladora había tenido lugar la noche del 16 de septiembre de 1955, cuando el último intendente peronista de Pringles, en un gesto heroico, mandó pasar la Marcha, y la voz de Hugo del Carril sonó en el pueblo oscurecido, entre el ruido de las bombas que descargaba la Aviación Naval sobre el Pillahuinco. El coraje cívico de este inolvidable intendente, dando una prueba póstuma de lealtad cuando ya el régimen popular había caído, hizo que no se desmantelara el aparato ni se quitaran los cables ni las bocinas metálicas, que siguieron herrumbrándose en lo alto de cornisas y postes de alumbrado.

Y efectivamente, funcionó. La orden de evacuación, un mensaje conciso y convenientemente alarmista, vibró en la noche de los muertos vivos, y todos los pringlenses lo oyeron. No todos lo obedecieron, lo que salvó a muchos porque huir ya no era tan fácil. Las calles estaban infestadas de cadáveres sedientos, que se lanzaban a la cabeza de los que salían de sus casas. Y todo lo que lograron fue ahorrarles el trabajo de voltear puertas y tropezar con muebles. Cosa que también hacían cuando era necesario.

Las escenas de espanto y trepanación se repetían en un pavoroso caos de simultaneidad en todo el Centro, y se extendían a la Periferia minuto a minuto. En el Palacio las deliberaciones se estancaban en una anomia derrotista. No se atrevían a salir, pero tampoco encontraban nada práctico que hacer, como no fuera preocuparse por sus familias. Entre ellos se encontraba, por haber acudido a la primera alarma, el Médico de Policía, un distinguido cirujano pringlense, filántropo y estudioso, muy respetado. Le preguntaron si había alguna explicación para el extraño episodio que estaban presenciando (y sufriendo).

No, por supuesto que no había explicación, como no había, que él supiera, antecedentes. Por lo que habían visto hasta ahora, los muertos salían de las tumbas movidos por un ansia aguda de endorfinas activas; la Naturaleza, o una Postnaturaleza de características desconocidas, los había provisto de una capacidad motriz de proveérselas, del modo más rápido y eficaz.

A pedido de los presentes hizo una breve descripción de las endorfinas, sustancia producida por el cerebro para su propio uso, optimizadora del pensamiento, o pensamientos del optimismo. Usó la socorrida metáfora del vaso medio lleno o medio vacío.

¿Eran imprescindibles para la vida?

No. Prolongando la metáfora, podía decirse que el vaso contenía líquido hasta la mitad, y eso era la vida. Que se lo viera como «medio lleno» o «medio vacío» no alteraba la situación concreta, es decir la vida orgánica como proceso real, sólo la hacía vivible o invivible. La falta de antecedentes de este episodio podía deberse a que la ciencia nunca había tenido la curiosidad de medir la segregación hormonal una vez que la actividad orgánica cesaba por efecto de la muerte. Era posible que se produjera una especie de síndrome de abstinencia, y que éste fuera un equivalente, al modo de simulacro, de la vida, después de la vida. En realidad, dijo después de pensarlo un momento, no era tan cierto que faltaran antecedentes. Quizás, por el contrario, sobraban. Quizás era todo lo que había, y ellos estaban sufriendo las consecuencias de un desborde de antecedentes. ¿Acaso no habían visto el mismo argumento en innumerables películas, en cuentos y leyendas populares, que se remontaban a la más remota antigüedad de todos los pueblos de la Tierra? Quizás un viejo saber latente en el fondo de la humanidad había tenido conocimiento de lo que la ciencia todavía ignoraba.

A partir de ahí sólo podía especular, y responder con especulaciones hipotéticas a las preguntas que le hacían. Sobre todo a una pregunta, la que los quemaba: ¿no había modo de detenerlos? A priori, no, no había. El recurso último y definitivo de frenar un peligro proveniente del prójimo era la muerte. Y, justamente, aquí ese recurso no se aplicaba. No negaba que pudiera haber otros. Si la muerte era el recurso último, quería decir que existían también todos los que venían antes y que lo volvían «último» a éste; iban desde la observación verbal («por favor, preferiría que no lo haga») hasta la carbonización o el exorcismo, por decir algo; cualquiera de ellos podía funcionar, pero ¿cuál? Tarde o temprano alguien lo averiguaría, por el método de prueba-y-error. Lamentablemente, no creía que pudieran ser ellos; no tendrían tiempo.

En este punto repitió que estaba especulando en el vacío, y agregó que a esta altura de los acontecimientos quizás hubieran surgido nuevos datos. Llamó al celular de un colega y se enteraron de que en el Sanatorio, donde se hallaba este colega, había una importante reunión de médicos analizando la emergencia como ellos. Lo mismo sucedía en el Hospital, que se hallaba más lejos, casi fuera del pueblo, en el camino de la Estación. El Sanatorio, más céntrico, se encontraba de todos modos en el extremo opuesto del pueblo a la Plaza y el Palacio; los atacantes se les acercaban, un grupo de vecinos valerosos estaban haciendo cadenas de alarma en las calles aledañas, y los médicos se preparaban, con la ayuda de unos fornidos enfermeros, para reducir a uno de los cadáveres semovientes y someterlo a una disección que revelara, con suerte, los secretos de su funcionamiento de ultratumba. Ya se habían comunicado con el Hospital, que poseía instrumental de diagnóstico más avanzado, para coordinar tareas.

Estas noticias alentaron a los refugiados en el Palacio. No estaban solos, y se estaba haciendo algo. Había una cierta ironía, que nadie observó, en que fueran los miembros de la profesión médica los que se pusieran a la cabeza de la Resistencia. En circunstancias menos dramáticas, alguien habría podido decir: «No contentos con matar a los vivos, ahora quieren matar a los muertos».

El pueblo entero había sido ocupado por las huestes del Más Allá. Y los alrededores del pueblo, las quintas, los ranchos, hasta las cuevas del Despeñadero donde se refugiaban los linyeras. Los tiempos se habían acelerado, y todas las previsiones caían. ¿Qué había pasado? Simplemente que al llegar al Centro, los muertos vivos habían cambiado de estrategia: abandonaron el paso-a-paso que habían traído hasta aquí, y en lugar de proseguir la política de tierra arrasada se dispararon en todas direcciones hacia la Periferia urbana, para después volver desde allí, ahora sí exhaustivos, de los confines del campo, hacia el núcleo de población más densa. Eran tantos que podían hacerlo, y aun así les sobraba infantería. La maniobra, que los aterrorizados pringlenses no pudieron dejar de observar, era tanto más abrumadora en su astucia diabólica cuanto no había sido pergeñada por ningún comando central. En el ejército de cadáveres nadie daba ni recibía órdenes. Éstas parecían provenir de una mente colectiva, de un automatismo infalible contra el cual no había defensa posible. Por todas partes, entre gritos y llantos, se bajaban los brazos.

No había lugar seguro. Ni adentro ni afuera, ni adelante ni atrás ni a los costados, ni arriba ni abajo. Sólo había noche, tinieblas convulsionadas por el miedo, recorridas por las líneas casuales del alumbrado público; por los márgenes de esta luz que sólo adensaba la oscuridad se deslizaba a paso de ganso un asesino desamortajado, precedido por un olor ácido y anunciado por los jadeos de bestia hambrienta.

Médicos y funcionarios (los que quedaban) no eran los únicos en buscar un remedio. Hubo quien creyó que bastaría con esperar el alba, y entonces el peligro habría pasado, como pasan siempre las fantasías y temores que engendra la noche. Era difícil convencerse de que no era un sueño, y sólo la velocidad con que había sucedido todo impedía que la idea se profundizara; de haber tenido tiempo, cada uno de los pringlenses habría argumentado en su fuero interno en favor de lo onírico, y se habría sentido culpable por meter en su propia pesadilla a sus familiares y vecinos. Algunos se reunían en el living de su casa, en batín o pijama, despertaban a los dormidos, encendían todas las luces, deliberaban, hablaban por teléfono, ponían música fuerte: acentuaban lo humano, lo familiar, y quedaban a la espera, ¿de qué? Por lo general no tenían mucho que esperar. Aun en contra de sus expectativas más razonables, aun gritándose unos a otros ¡No puede ser! ¡No puede ser!, las puertas se abrían y se les presentaban los espantajos chorreantes, los seres de las tinieblas que no le temían a la luz, con el sorbete de platino, y entonces los padres tenían la ocasión de ver saltar las tiras de cráneo de sus hijos, los maridos el drenaje de endorfinas de sus esposas, en un ambiente hogareño archiconocido y tranquilizador.

Tampoco faltaron los intentos de resistencia. En realidad, abundaban, y se caían de maduros, si uno superaba la primera impresión y observaba la raquítica fragilidad de esas osamentas mal pegadas con restos de vísceras y gelatinas putrefactas. La pasividad del terror tenía sus límites. Un pueblo de chacareros y camioneros endurecidos por el trato cotidiano con la Naturaleza y el hombre lobo del hombre, no podía rendirse sin combate. Algunas fueron luchas improvisadas en el furor desesperado del contacto, otras fueron esperadas y preparadas, con palos, fierros, cadenas y muebles para lanzar. Media docena de hijos varones en todo el vigor de la juventud, defendiendo a sus padres ancianos, contra un artrítico muerto mohoso, no tenía por qué ser una batalla perdida de antemano. Y sin embargo lo era.

En algunos boliches y restaurantes se habían organizado grupos grandes de defensa, parapetados en sótanos o terrazas, o en salones cuyas entradas eran tapiadas con montañas de sillas y mesas. El número de los vivos alentaba esperanzas de salvación, pero el número de los muertos siempre era superior. «Venderemos caras nuestras endorfinas», decían. Terminaban regalándolas. Y los que se esquivaban no encontraban nada mejor que salir corriendo. Correr, perderse por calles oscuras, buscar los espacios abiertos, daba un momento más, un momento que podía prolongarse, recuperar el instinto de la liebre, mientras respondieran las piernas y los pulmones. Pero también debían responder las calles, las esquinas, los baldíos; y la única respuesta que daban era una proliferación de asaltantes embozados en muerte vieja y terror renovado.

En cuanto al plan de los médicos del Sanatorio, tenía el mérito de la iniciativa, y casi ningún otro. Estaba condenado de antemano, por fallas intrínsecas y extrínsecas. Además, ni siquiera se lo llegó a poner en práctica, por una circunstancia casual que terminó significando alimento extra para los atacantes. En efecto, sucedió que intempestivamente, cuando todo el mundo estaba tratando de salir del pueblo, entró a éste una nutrida caravana de autos y camionetas cargados a reventar de gente bien vestida, hombres de jaquets y smokings, mujeres de largo con pieles sobre los escotes y las joyas. Venían de una estancia del camino al Pensamiento, y eran los invitados de una sonada fiesta de bodas. La estancia era propiedad de una rica familia francesa, muy prolífica; la que se casaba era una de las once hijas del dueño, y los invitados habían acudido de las grandes estancias de la parentela en el Sur (los de Pringles eran campos de invernada), de Buenos Aires, y hasta de Francia. En medio de la fiesta el patriarca había sufrido un infarto, y sin perder tiempo lo habían acondicionado en una camioneta y habían partido rumbo al pueblo. Como los demás no tuvieron ánimos para continuar los festejos, los siguieron; el caso parecía grave; temían que muriera antes de llegar, por lo que la caravana fue acelerando como en una carrera. Durante el viaje trataron de comunicarse con el Sanatorio, y con médicos conocidos, pero todos los números les daban ocupado, o no contestaban. Así fue que cayeron con total inocencia en medio de otra «fiesta» que terminaría peor todavía que la que se les había arruinado a ellos. En su apuro, no notaron nada raro en su entrada al pueblo. Los vehículos, unos cuarenta, llegaron a la esquina del Sanatorio sin inconvenientes. La irrupción de los parientes pidiendo a gritos una camilla y atención para un paciente grave sorprendió a médicos y enfermeros, que esperaban cualquier cosa menos ésa. Las explicaciones que trataron de darse no hicieron más que aturdir las mentes ya alteradas de los recién llegados; había que reconocer que era difícil de explicar de buenas a primeras. Empezaron a entender de qué se trataba, y cuál había sido la descomunal medida de su inoportunidad, cuando ya les estaban abriendo el cráneo y sorbiendo el seso. Los muertos, que aparecieron en gran cantidad, operaron de afuera hacia adentro: primero los familiares que habían quedado en la vereda, después los que ya habían ingresado a los pasillos y salas de espera, las oficinas, los cuartos, laboratorios, terapia intensiva, hasta llegar al sancta sanctorum del quirófano. Ni siquiera el infartado, al que le quedaba un hilo de vida, se salvó. Fue uno de los banquetazos de la noche, esa inerme acumulación de franceses fiesteros y ricos, la clase de gente que hace de la producción de endorfinas su razón de ser.

No cayeron todos a la vez, empero, porque un auto se había desprendido de la comitiva antes de llegar al Sanatorio (previa consulta hecha por celular con los que conducían la camioneta inicial), y se lanzó a cruzar el pueblo, en la más completa ignorancia del aquelarre. Iba a la Iglesia, a buscar al cura. La familia era ferviente católica, y habían pensado en el auxilio del último sacramento por si pasaba lo peor (qué ingenuos). El encargado de esta misión era un hermano del agonizante, el de relaciones más fluidas con la jerarquía eclesiástica; y en su auto venían los novios; se habían metido en él como podrían haberlo hecho en cualquier otro, por el apuro. Cruzaron el pueblo a toda marcha, sin frenar en las esquinas, y, en parte por la velocidad, en parte por la distracción de la emergencia, no notaron nada raro. Si vieron un cadáver babeante salir de una casa, pensaron que había una fiesta de disfraz, si vieron otro bamboleándose en un techo, lo tomaron por una divisa publicitaria. ¿Un grupito de jóvenes corría por el medio de la calle? Estarían apurados. ¿El comedor iluminado del Hotel Pringles estaba lleno de cuerpos exánimes sobre las mesas y el piso? No miraron.

Frenaron ante la Iglesia. Bajaron. El tío fue directamente a la Casa Parroquial. No temía que la hora avanzada lo hiciera inoportuno, ya que era el principal donante del partido. Lo acompañó el novio. Encontraron la puerta derribada, y entraron, intrigados. Dos sombras largas y desgarradas cruzaron desde la Plaza y entraron tras ellos. La novia mientras tanto había visto que las puertas de la Iglesia estaban abiertas, y entró pensando que quizás podía encontrar al cura en un oficio nocturno. No era así. La nave estaba desierta, en el altar ardían unos cirios solitarios. Avanzó por el pasillo central, con su gran vestido de tules blancos. Era como si una misma escena se repitiera, en otro registro. Se había casado horas antes, en la capilla de la estancia, y entonces también había avanzado, «blanca y radiante», por el pasillo central, pero entonces el pasillo estaba flanqueado por rostros sonrientes, y sonaba la Marcha Nupcial, y había luces y flores, y allá adelante la esperaba su novio. Ahora en cambio la única figura hacia la que avanzaba era el Cristo que presidía el altar, y avanzó precisamente por la fascinada curiosidad que despertaba en ella esa estatua, que no recordaba haber visto antes en la Iglesia de Pringles. Era un Cristo en la Cruz, doliente, expresionista, retorcido, francamente putrefacto, se lo diría obra de un imaginero loco que hubiera fundido el concepto del Calvario con el de Auschwitz y las secuelas de un apocalipsis nuclear o bacteriológico. En la media luz trémula, más que verlo lo adivinaba, y demasiado tarde advirtió que lo había imaginado mal, cuando el Crucificado dio un salto hacia ella, con un resoplido que era un fuelle diabólico, y le cayó encima; rodaron juntos, la novia sin poder gritar porque en el mismo revolcón la falsa estatua le desnudaba el cerebro y le sorbía las gotitas ricas en sustancia de esperanza de Luna de Miel, hijos y hogar.

En el Palacio mientras tanto el pesimismo había cedido paso a la desesperación. Unas postreras llamadas, y luego su cese, les permitieron deducir lo que había pasado en el Sanatorio. En el Hospital, a despecho de su lejanía del Centro, las cosas no habían ido mejor; hasta el Asilo de Ancianos Indigentes, anexo al Hospital, fue objeto de una hambrienta visita que no perdonó cabeza. Entonces ¿no respetaban nada? ¿No desdeñaban ni siquiera a pobres ni viejos ni enfermos? Por lo visto, no. Al Médico de Policía, que seguía en las oficinas del Intendente, esas preguntas le suscitaron algunas reflexiones, que compartió con sus compañeros de desdicha. En su busca de endorfinas, dijo, los muertos mal resucitados llevaban todas las de ganar; la naturaleza humana de sus congéneres con vida jugaba a su favor, en tanto quería que los vivos siguieran viviendo; por eso había dotado a sus organismos de una fuente inagotable de sustancia de felicidad, para que nunca dejaran de creer que valía la pena seguir en el mundo, y multiplicarse. Dada esta premisa, a nadie le faltaba. Los bellos, los ricos, los jóvenes, segregaban endorfinas sin pausas, no sólo las pasivas, que resultaban de la felicidad en la que transcurrían sus existencias, sino también de las activas, pues el rico quiere ser más rico, el bello más bello, el joven más joven. Y las endorfinas activas, las más apreciadas por estos sorbedores nocturnos, eran la especialidad del resto mayoritario de la población: los viejos, los pobres, los humillados, los enfermos. El último despojo humano, el que no había gozado de un solo minuto de dicha en toda su vida, para mantener esa vida en marcha necesitaba haber producido toneladas de endorfinas.

Así siguió discurriendo un rato. Muy interesante, pero muy inútil. O no tanto, porque de estas razones salió una consecuencia práctica poco después. Algunos ruidos sospechosos, en las concavidades tenebrosas del Palacio, acompañados por la certeza de que la situación era insostenible, les hicieron decidir el intento de una huida. No era tan descabellado. La Plaza se veía desierta, y allá enfrente estaba la Cherokee del Intendente, intacta: no tenían más que correr esos cincuenta metros, meterse en el poderoso vehículo y salir arando en dirección al Cementerio y la Ruta 3. Los barrios devastados de ese rumbo no debían de ser especialmente peligrosos. Abandonar a sus familias, a esta altura, era un hecho consumado. Hacía rato que los teléfonos de sus casas no contestaban. Además, no irían lejos. Si tomaban la dirección de Bahía Blanca tendrían que encontrar, quizás a muy poca distancia, a los auxilios que habían pedido y que les habían confirmado que estaban en marcha. En realidad, era lo más conveniente que fueran a esperarlos allá, pues estaba visto que desde adentro del pueblo era imposible emprender ninguna acción eficaz.

Todo bien en teoría, pero cuando se pronunció el «¿Vamos?» de la práctica, hubo una tremenda vacilación. Esos cincuenta metros de carrera en descampado hasta la camioneta se les hacían difíciles de digerir. ¿Y si iba uno solo, la ponía en marcha y venía a buscar a los demás a la explanada del Palacio? Ni se molestaron en proponerlo, porque no estaban para sacrificios. Aquí fue que el Médico de Policía se acordó de lo que había estado diciendo, y se le ocurrió una solución. El Manco. ¿Seguiría en lo alto de la torre? Sí, seguramente, pero ¿qué tenía que ver el Manco? Muy fácil: si todos necesitábamos las endorfinas para sobrevivir a las hostilidades y tedios del mundo, ¿cuánto más no las necesitaría un mutilado? La idea, bastante artera, era hacerse acompañar en la salida por el Manco; si los atacaban, lo atacarían a él primero, y ellos dispondrían de unos valiosos segundos para escapar.

No se cuestionaron el aspecto humano de la maniobra. Si medio pueblo había perecido, ¿qué significaba una víctima más, sobre todo si era un estropeado inservible y medio tarado? Lo llamaron por el walkie-talkie y fueron a esperarlo a la puertita que daba a la escalera de caracol. Tenían una buena excusa para requerir su presencia: no querían irse sin él. Una vez que estuvo con ellos, le explicaron el plan de huida, omitiendo el detalle que le concernía, se armaron con todos los elementos contundentes que encontraron a mano y fueron a la salida. No se veía a nadie en la Plaza. La luna estaba muy alta y muy pequeña, como un foquito pálido que costaba trabajo relacionar con la claridad plateada que bañaba los árboles y los canteros. Las fuentes, las famosas fuentes de Salamone, esta noche justificaban más que nunca la comparación, tantas veces hecha, con platos voladores babilónicos. «¿Vamos?» «¡Todos juntos!» «¡Corriendo a todo dar!» «¿Las llaves?» El Intendente las tenía en la mano.

«¡¡Vamos!!»

¿Los habían estado esperando? ¿Habían caído en una trampa, dispuesta por ellos mismos? Lo cierto es que no habían hecho ni la mitad del trayecto cuando apareció una veintena de muertos vivos, rápidos, precisos, implacables, a pesar del descoyuntamiento, y les cerraron el paso. Lo que sucedió después, fue cosa de segundos. La previsión del Médico de Policía fue acertada: los veinte se lanzaron sobre el Manco, le abrieron la cabeza y se prendieron como lechoncitos mamando. Los demás empezaron a desbandarse, en un desconcierto momentáneo que no duró mucho porque vieron surgir más atacantes de atrás de los autos estacionados enfrente y de las fuentes a los costados, así que retrocedieron corriendo de regreso al Palacio. No se volvieron a mirar al pobre Manco, que estaba hecho un alfiletero, todavía de pie (no había tenido tiempo de caer).

El Palacio había dejado de ser un refugio. De hecho, algunos cadáveres habían entrado antes que ellos, así que el grupo se disolvió en carreras por salones oscuros, escalinatas y pasillos. En pocos minutos de esta fatal «mancha venenosa» todos estaban pensando que eran el último sobreviviente, y en unos segundos más todos tenían razón, o la tenía uno solo. El Intendente, perdida toda dignidad, se acurrucó en el fondo de un armario del que cerró la puerta por dentro y se quedó quieto y callado, conteniendo la respiración.

Pero quiso la mala suerte que en ese momento sonara el telefonito que tenía en el bolsillo, y que había permanecido ominosamente callado desde hacía un buen rato. Para colmo, con los nervios tardó en encontrarlo y hacerlo callar; buscó en todos los bolsillos antes que en el correcto. Cuando al fin lo tuvo en la mano, atendió. Ya no valían prudencias, y la compañía de una voz era preferible a la nada.

Era un hombre que llamaba desde la Escuela 7, en nombre de la Comisión Cooperadora, para decirle que habían decidido no votarlo en las próximas elecciones.

No atinó a preguntar por qué. La voz sonaba amarga y definitiva, nada amistosa, aunque era la de un viejo conocido, por cuya lealtad electoral el Intendente habría puesto las manos en el fuego unas horas antes. Quiso balbucear, con un resto de reflejo político, que no era el momento de discutir candidaturas, o que él seguiría al servicio del pueblo en cualquier puesto en que pudiera ser útil, sin ambiciones personales, pero el otro lo interrumpió antes de que empezara, diciéndole que el sentimiento que le estaba transmitiendo era compartido por vecinos del barrio, y seguramente por todo el partido, y que podía ir despidiéndose de la Intendencia. Tras lo cual cortó sin despedirse.

Lo primero que pensó el Intendente fue que le echaban la culpa de lo que había pasado. Era injusto en grado sumo, pero no podía esperarse otra cosa. Y sin embargo, sospechó que había algo más. Recordó que la Escuela 7 había sido uno de los primeros puntos afectados. El que lo había llamado, evidentemente, había sido un damnificado, y la mala onda que se traslucía en su voz era efecto de la pérdida de endorfinas, pérdida que habrían sufrido todos los que lo rodeaban, esa chota Comisión Cooperadora, y, a esta altura, el pueblo entero. Lo primero que se les había ocurrido en su nuevo estado era promover una moción contra el Intendente. ¿Sería el fin de su carrera? Llevaba ganadas tres reelecciones, iba por la cuarta, quince años al frente de la Municipalidad, y siempre ganando por mayorías abrumadoras. Ni los largos años de laissez faire, ni las sospechas de corrupción, ni la suba de impuestos, le habían hecho mella a su popularidad ni a su bien aceitado clientelismo. Y ahora esto, la disipación de unas insignificantes gotitas mentales, venía a hundirlo. Entonces ¿su permanencia en el cargo no se debía a su habilidad de timonel de comité, su carisma y sus relaciones, sino a la felicidad de sus votantes? Mal momento para descubrirlo. Ya se había abierto la puerta del armario, y una silueta inhumana y humana a la vez, recortada en negro sobre negro, se inclinaba sobre él. Por su mente pasaron en un segundo, en cámara rápida, todas las obras públicas y las mejoras urbanas que le debía Pringles.

Mientras tanto, la cacería se prolongaba en las calles, en las casas, en terrazas y sótanos, a cielo abierto y en los más recónditos escondrijos. La noche se prolongaba. La Luna seguía su camino por el cielo, sin apuro. Uno de los últimos reservorios de materia dichosa viva y palpitante persistía, milagrosamente, en pleno Centro. Era en los altos del Teatro Español, en el gran salón sobre la calle Stegmann que la Sociedad Española alquilaba para eventos. En esta ocasión se había celebrado una fiesta de bodas, menos elegante que la de los franceses, pero igualmente concurrida. La novia era la hija de un chacarero de los que tiran la casa por la ventana en los casamientos para impresionar a su nueva familia política. Se habían consumido corderos y lechones en cantidad, y vino sin cuento. La alarma les llegó a su debido momento, y como nadie se marchó fueron testigos privilegiados de la invasión, por la altura, la ubicación, y los muchos balcones de los que estaba provisto el salón. El hecho de que no los hubieran atacado todavía podía deberse a muchas causas, o a ninguna, o a que los dejaron de postre. Entre las muchas causas podía estar el que hubieran quedado entre dos multitudes que sí recibieron, temprano, la visita de los sorbedores de ultratumba: abajo y atrás, el público que había asistido a la función de cine del Teatro Español, al que sorprendieron a la salida, amontonados en el hall y la vereda; al costado, los pasajeros del Hotel y los comensales de su restaurant. Todo eso lo habían presenciado desde los balcones, y habían tenido tiempo de prepararse. El salón, cuyas disposiciones de seguridad en materia de evacuación no habrían soportado la visita de un Inspector, tenía por único acceso una estrecha y empinada escalera, lo que habría provocado un holocausto en caso de incendio pero lo volvía fácil de defender. Los intentos de intrusión por parte de los muertos vivos fueron repelidos a botellazos desde lo alto de la escalera; habían bebido lo suficiente para disponer de esos proyectiles a discreción. Luego los atacantes se dispersaron, y hubo un largo rato de tensa calma.

Ahora volvían, y esta vez sería imposible mantenerlos afuera. Por lo visto, se había producido un reflujo hacia el Centro, y venían de a nubarrones por la calle Stegmann. Aun con los botellazos y las rodadas y consiguientes avalanchas que se producían cuando los más audaces intentaban un cuerpo a cuerpo, el paso de la escalera no tardó en quedar expedito. Los primeros cadáveres ambulantes que entraron al salón causaron un remolino de gritos y carreras que por falta de espacio no tenían más desenlace que el círculo, figura clásica del terror. Y si alguien hubiera preferido el salto al vacío, la disuasión se le había adelantado pues las puertas que daban a los balcones se llenaron de los seres inconcebibles, a los que ahora veían de cerca y a plena luz. Y seguían entrando; el número hacía inútil defenderse atacando, porque los que atacaban a uno eran a su vez atacados por otros. Ellos ganaban siempre. Lo peor era que no sólo los veían de cerca, sino que, como no había lugar para salir corriendo, los veían de cerca realizar su horrenda operación cerebral; mucha gente nunca había pensado siquiera en que tenía un cerebro, y ahora los veían a medio metro, desnudos, hurgados y succionados por una extraña lengua, y hasta oían el ruidito líquido del sorbido. Aun con el pavor, no dejaban de retorcerse, patalear, dar vueltas carnero. Parecía un baile, en el que las parejas se hubieran formado con un muerto y un vivo.

Los gritos se iban apagando gradualmente. Lo que había empezado como una algarabía inextricable de chillidos y rugidos, advertencias y pedidos de auxilio, se iba decantando, intercalado de silencios, en expresiones de agonía aisladas. Y de uno de los últimos gritos surgió, inesperadamente, el remedio.

Una señora mayor, arrinconada en el fondo del salón, vio levantarse del cráneo abierto de un niño a un muerto sorbedor, babeante y majestuoso a su manera, irguiéndose sobre tibias moteadas de verde, con barrocos moños de tripas secas sacudiéndose como faldones de levita, restos inconexos de cara pegados a la calavera, y lo vio mirarla, elegirla, dar un paso hacia ella.

Entonces... lo reconoció. Le vino del fondo de sí misma, independiente de todo proceso mental, le vino del sedimento de vida pringlense, de la erudición de los años y el interés apasionado por la vida del prójimo, que en los pueblos se equivale a la vida misma. Lo que le vino fue el nombre.

—¡El ruso Schneider!

Sonó en un intervalo de silencio, resonó en todo el salón. Algunos miraron. El cadáver (que era efectivamente el del inmigrante alemán Kurt Alfred Schneider, fallecido quince años atrás) detuvo su movimiento, desdeñando, gesto inédito, a una presa inerme, le dio la espalda, e inició una tranquila marcha hacia la salida. Lo que sucedió a continuación fue muy rápido, como siempre es rápido, instantáneo, el «darse cuenta» de algo obvio que a todos se les ha pasado por alto.

Habían tardado toda la noche, o todo ese fragmento terrible de medianoche, y casi todo el drenaje colectivo de endorfinas, en caer en la cuenta de que esos muertos que volvían eran los muertos del pueblo, sus padres y abuelos, sus amigos, sus parientes. Pasara lo que pasara con un difunto después del momento fatal, seguía siendo el mismo, caso contrario el fallecimiento no habría sido el suyo. ¿Por qué no se les había ocurrido antes? Probablemente porque no habían tenido tiempo de pensarlo, y no habían creído que sirviera de nada. Tenían cierta justificación porque estos monstruos sedientos que parecían teleguidados por potencias diabólicas expulsaban con violencia toda idea familiar de vecinos, de pringlenses. Parecían venir de demasiado lejos. Y sin embargo venían del Cementerio, donde los vivos iban todos los domingos a llevarles flores y de paso a hacer un paseo que les refrescaba las ganas de vivir. Y allí en el Cementerio las lápidas aseguraban que las horrendas metamorfosis de la muerte no alteraban la identidad, y la identidad era el nombre. Si no, ¿para qué servían las lápidas? Las cosas empezaban a ponerse en su lugar, empezaban a «coincidir». Que los muertos coincidieran con sus nombres, como los vivos, era mera lógica, pero de pronto parecía una revelación. De ahí que a los testigos no los sorprendiera que el nombre los detuviera en su impulso asesino, los hiciera volver al Cementerio donde pertenecían. Si era cierto, si funcionaba con todos como había funcionado con el ruso Schneider, el remedio era fácil, porque los nombres, como ya dije, los conocían todos (menos yo). Claro que había que reconocerlos, lo que a priori no parecía tan fácil.

Pero era fácil. Pasaba que hasta entonces los habían visto sólo como los monstruos posthumanos que eran, pero ahora que recordaban que también eran vecinos pringlenses que habían recibido cristiana sepultura, la óptica cambiaba. En minutos pudieron comprobar cuánto había cambiado. Porque los reconocían al primer golpe de vista. Los reconocían con sorpresa, y de la misma sorpresa salía el nombre. Las señoras mayores, como la iniciadora del método, eran las que más nombres decían, señalando a tal o cual fantasmón esquelético, que al oírlas se volvía, obediente, y se marchaba. Los hombres no se quedaban atrás; quien más quien menos, todos habían hecho negocios con todos. La edad ayudaba. Los jóvenes, cuyo vigor y agilidad les daban ventajas en la guerra, debían recurrir a los conocimientos y recuerdos de los mayores en esta fase de la guerra.

Era como si abrieran los ojos, y los vieran por primera vez. Eran Fulano, y Mengano, y el padre de tal, la que dejó viudo a cual, era la de Zutano que había muerto tan joven… Y el nombre era la clave mágica e infalible del desistimiento; lo oían y se marchaban, abandonaban el ansia; no era necesario gritárselo, lo oían de todos modos, parecían estar atentos al sonido que les correspondía. Más aun: parecían haber estado atentos todo el tiempo, e intrigados porque nadie se los decía.

Muy pronto, ya estaban bajando todos por la escalera, seguidos por los que gritaban los nombres (no era necesario, pero igual gritaban), repitiéndolos por si acaso, aunque con una sola vez bastaba. Y en la calle, los invitados a la fiesta, envalentonados, se fueron en todas direcciones, en busca de más muertos vivos, que no faltaban, para enfrentarlos decididamente, reconocerlos, y nombrarlos. La noticia voló. Los pringlenses salieron de abajo de las camas, y ahora eran ellos los que salían de cacería, sin piedras ni palos ni escopetas, armados sólo con su conocimiento de las viejas familias y sus pérdidas.

A alguien le podría haber asombrado lo infalible del método. No habría tenido en cuenta que los apellidos eran la lengua del pueblo, y que sus habitantes la hablaban desde que aprendían a hablar. Era como si toda la vida se hubieran estado preparando para este momento. O bien podía asombrar, o parecer inverosímil, que se acertara en cada uno, en todos los casos. Había muertos de cien años, poco más que amasijos de polvo pegoteado de cualquier modo. Pero eso podía explicarse porque los apellidos se habían interconectado con el tiempo, hasta emparentar a toda la población; aparentemente los muertos aceptaban como suyo cualquier apellido que perteneciera a su ramificado árbol familiar.

De las calles en que un rato antes el silencio sólo había sido interrumpido por un chillido de horror o por un resoplido de ultratumba, se levantó un coro de nombres que llegaba al cielo. Todos los gritaban, en las calles, en las puertas y ventanas de sus casas, en los balcones, desde autos y bicicletas. Los muertos marchaban en silencio, rehaciendo en dirección inversa el trayecto que habían hecho antes. Confluían hacia la Plaza, y de ahí, en una masa compacta, por las transversales que llevaban al camino del Cementerio.

La retirada era como la de la marea. Se llevaba todas las endorfinas del pueblo, a la mañana siguiente los pringlenses tendrían que volver a producirlas, de cero. Ya no los perseguían, salvo por curiosidad, ni gritaban nombres, salvo alguno que se les había olvidado, el de alguna familia extinguida, que un viejo sacaba del fondo de la memoria y pronunciaba en voz alta por precaución extra. Además, no les costaba nada ni tenían que ir tan al fondo de la memoria. Su conversación cotidiana estaba llena de nombres, el pueblo estaba hecho de nombres, y esa noche los nombres habían salvado al pueblo.

Hubo algunos curiosos que los siguieron, pero la mayoría prefirió contemplar la procesión desde las terrazas; los que tuvieron mejor vista fueron los propietarios de los únicos tres edificios altos del pueblo, y sus vecinos que se hicieron invitar. Veían una masa oscura, hormigueante aunque ordenada, que refluía hacia las afueras. El único incidente digno de nota tuvo lugar cuando la muchedumbre de muertos vivos hubo superado el Chalet de la Virgen. Entonces, las cinco Vírgenes que lo habitaban salieron una tras otra por la puerta. Habían adquirido movimiento, nadie se explicaba cómo, quizás por una especie de milagro religioso; y no sólo eso: también habían adquirido luz, una intensa irradiación dorada que las nimbaba y las hacía visibles desde lejos. Se fueron separando y se ubicaron a la retaguardia de la gran marcha, como pastores conduciendo un rebaño. Y lo condujeron hasta el fin, es decir hasta el Cementerio, y entraron también, detrás del último muerto, y, aunque eso nadie lo vio, seguramente supervisaron que cada cual entrara a su tumba y no a la del vecino.

Así terminó todo. Salvo para los que estaban en la terraza del edificio más alto, que dominaba, más allá del Cementerio, todo el perímetro de rutas que rodeaba el pueblo. En la cinta curva de macadam que hacía un círculo perfecto alrededor de Pringles, irreales bajo la luz blanca de la luna, se desplazaban en direcciones contrarias dos autos, que a la distancia parecían de juguete. Uno iba a toda velocidad, «como corriendo una carrera», el otro muy lento, a paso de tortuga, tanto que si no se tomaba como referencia algún accidente del terreno se lo diría inmóvil. Los que los veían los tomaron como una señal de que la vida seguía, y que al día siguiente las familias pringlenses retomarían el hábito de salir a pasear en auto, en el trabajo, difícil y fácil a la vez, de reconquistar la felicidad perdida.

III

A la mañana siguiente me desperté deprimido, aun antes de saber que estaba deprimido. Después recordé que era domingo, el día más difícil de sobrellevar para mí. La depresión del domingo es un clásico, y no podía no serlo en alguien sin trabajo, sin familia, sin perspectivas.

Me quedé un rato en la cama. Ni siquiera era tarde; era temprano; no se me ahorraba ni un sorbo de la copa de la amargura. Recordé el viejo dicho catalán sobre las tres cosas que se pueden hacer en la cama: «Rezarle a Dios, fantasear con la prosperidad futura, y rascarse el culo». Nunca fui bueno con el fantaseo, ni siquiera ese consuelo tuve; a los vuelos compensatorios de la imaginación siempre los interrumpió, no bien despegaban, el disparo certero de la razón. Tenía incorporada la sensatez prosaica del pueblerino, pero en una versión inútil para los negocios. De modo que el pensamiento solitario no me servía más que para acumular recriminaciones por mis fracasos, para revivirlos, y para seguir deprimiéndome. No obstante, existía la posibilidad de que lo mío fuera simple mala suerte. Es decir, podía depender del azar. Si era así, como había venido podía irse, y yo no necesitaba considerarme un fracasado. Quizás estaba pasando una mala racha, y una vez que hubiera pasado, me iría bien. Los famosos «siete años»… Preferí no hacer el cálculo del tiempo que llevaba en la desgracia, por sospechar que eran más de siete años. No recordaba haber roto ningún espejo, pero quizás lo había hecho sin darme cuenta. Además, no tiene importancia porque es una vulgar superstición. Cuando la gente dice que romper un espejo trae siete años de mala suerte está creando una ficción, geometrizando un caos; la suerte es variable, y en un año, qué digo en un año, en un día, en una hora, puede dar varias vueltas de buena a mala y viceversa. Es cierto que a veces se dan rachas, más largas o más cortas, y si bien esta supuesta racha de siete años es larguísima, casi excesiva, aun así queda dentro de los límites de lo posible. El poder mágico del espejo roto suspende toda variación en ese lapso, hace que la suerte deje de ser suerte, y todo sale mal. Pero una vez cumplidos los siete años, la suerte no tiene por qué volverse necesariamente buena; se vuelve suerte a secas, cambiante, voluble, buena y mala. Y sujeta a rachas. E inmediatamente de cumplido el plazo, puede sobrevenir, por qué no, una racha de mala suerte, que puede durar un mes, un año, cinco años, cincuenta y cinco años. En fin, confiar en la suerte o desconfiar de ella no era una solución.

Al fin me levanté y me vestí. Habría querido salir, para ver cómo se reponía la gente de la ordalía de la noche, pero al fin no salí. Mi madre se había levantado antes que yo, y no bien me vio trasponer la puerta del dormitorio me preguntó cómo me había caído la comida. Tardé un instante en comprender que se refería a la comida que nos había preparado y servido mi amigo en la cena. ¿Cómo me había caído? Bien. O: ni bien ni mal. No me había «caído». La había comido y me había olvidado. No dije nada, pero no le importó, porque sólo me lo había preguntado para decirme que a ella le había caído mal, sentía asco y repulsión. ¿Qué era eso que nos había dado? ¿Cómo se llamaba? ¿A mí me había gustado? Ella lo había comido sólo por no hacer desprecio, y ahora se arrepentía. Había tenido que tomar un té de boldo no bien se levantó, y seguía con el estómago revuelto.

Seguía belicosa. Todo lo de la cena le había parecido mal, y la comida no podía ser una excepción, pero en realidad era una excusa para hablar mal de lo que de verdad le parecía mal, que era mi amigo en sí, su casa, sus colecciones, su vida, su existencia (en contraste con la mía). Era un argumento que la llenaba por entero, le daba mucho que decir. En ese sentido, y sólo en ése, la cena le había venido bien, porque le permitía relanzar su discurso, inspirada, convincente.

Su idea fija era que yo no había fracasado, que no tenía motivos para sentirme descontento de mi vida, que podía ser feliz, y que de hecho lo era. Según ella, yo había hecho siempre lo correcto, lo seguía haciendo, era un hombre ejemplar, un modelo, y además era joven, apuesto, inteligente. Los hechos objetivos la desmentían rotundamente: yo iba para los sesenta años, estaba gordo, arrugado, encorvado, me había quedado solo, sin familia (salvo ella), sin plata, sin trabajo, sin futuro. Esa discrepancia mamá la salvaba cerrando los ojos a la realidad, y como esto no era suficiente culpaba al resto de la humanidad. O mejor dicho, no la «culpaba» sino que se limitaba a criticarla, a encontrarle defectos, a verlo todo mal en todos; la comparación conmigo quedaba implícita, como quedaba implícito que de ese contraste no podía esperarse nada bueno para mí, y si algo malo me había pasado la culpa tenía que ser de ese prójimo extraviado y maligno que nos rodeaba. Pero ella tampoco admitía que me hubiera pasado nada malo: yo estaba bien donde estaba, me había ido bien en la vida, me iría mejor en el porvenir. En suma, operaba una completa negación de la realidad. A esa negación se reducía su vida; a eso se la había reducido yo. El instinto materno en ella había sido siempre muy fuerte; los años, y la irrealidad pavorosa de mi vida, lo habían deformado hasta esa caricatura.

Volvió a los mismos temas de anoche. Para qué quería mi amigo toda esa basura que había juntado. Estaba fundido, no tenía más que deudas. Y esas porquerías inútiles debían de ser caras, le habrían costado mucho... Me miraba pidiendo confirmación. Eso era lo peor para mí, entrar en un diálogo que no era diálogo, en una conversación en la que no había lugar para mí. Le dije que algunos objetos los habría conseguido más baratos, otros más caros. Y agregué que, en cualquier caso, eran una inversión. Tenían valor. Podía venderlos, si quería.

Hubo una mueca de sorna que yo conocía bien. ¡A quién le iba a vender eso! ¡Quién podía querer semejantes atrocidades!

Era típico. Una de las contradicciones a las que había tenido que acostumbrarme. Yo siempre tenía razón, salvo cuando hablaba con ella, y entonces nunca la tenía, y ningún argumento valía.

En este caso, mamá estaba anteponiendo la razón del pueblo, de la gente que ella conocía, de su mundo, en el que nadie gastaría un centavo en una antigüedad ni un objeto curioso. Un mundo práctico, concreto, razonable, antiestético, sano.

Volvió al asunto del Atlas. Me di cuenta de que volvía antes de que volviera, por la mirada que lanzó en dirección al rincón del aparador donde tenía sus propios Atlas, los que consultaba cuando sacaba palabras cruzadas: eran dos o tres, viejos, ajados (uno de ellos me lo habían comprado a mí cuando estaba en la escuela), pero de tamaño razonable, «normal». Era la anormalidad del Atlas desmesurado de mi amigo lo que la había impresionado, no su antigüedad. Curiosamente, era la antigüedad lo que habría podido impresionarme a mí, por un motivo muy específico. Sin ser un intelectual, ni nada que se le pareciera, ni tener el menor interés en la política, yo me mantenía informado de los cambios de nombres de los países y sus fragmentaciones; era una suerte de lealtad a mi placer infantil de dibujar mapas en la escuela, y ponerle un color diferente a cada país. Si le hubiera dicho a mamá que sus mapas estaban desactualizados, me habría contestado que mucho más debía estarlo ese descomunal mamotreto de mi amigo; y no valía decirle que como hoy día todos los países estaban volviendo a sus viejas fronteras, ese Atlas antiguo podía resultar más actualizado que los suyos, que estaban meramente desactualizados.

Pero en realidad no habló del Atlas, aunque estoy seguro de que tuvo la intención; la desvió una asociación de ideas, en la que encontró un filón más dramático: dijo que había tenido pesadillas toda la noche. Era casi obvio, lo menos que podía esperarse, después de una visita a ese museo de horrores que era la casa de mi amigo. Pensé inmediatamente en la máscara de elefante, y casi creí ver esas imágenes bestiales flotando en lo negro, un Ganesha vengador, pronto transformado en monstruo (yo también estaba haciendo mis asociaciones de ideas, pero eso no lo registré por el momento).

Habló de una de las pesadillas que había tenido, o de la única, repetida. Al menos no me contó otra. Dijo que había soñado con el Loco Allievi; que ella trataba de curarlo de su locura y no podía... y volvía a tratar, y no podía... creo que no me contó nada más, salvo que lo haya hecho y yo me haya olvidado, aunque me parece más bien que fui yo el que agregué algo, un paisaje de montaña, polvoriento y abismal, bajo una luz de mediodía perenne que iluminaba a dos exploradores perdidos, o mejor: fugitivos, corriendo, trepando, a punto de desbarrancarse: mamá y el Loco Allievi, vestidos de negro a la moda antigua, en esas rocas de la desesperación, una escena muy movida, y a la vez siempre detenida, como en cuadritos de cómic.

Con mi madre, en cierto modo, nos leíamos el pensamiento. Así que si ella no me contó las imágenes concretas de su pesadilla, y yo las vi igual, no quiere decir que yo las haya inventado o que ella no las haya tenido. De cualquier modo, fueron visiones momentáneas, de las que se hacen y deshacen en el curso de una conversación. Por lo demás, yo no podía tener una imagen clara del Loco Allievi porque no lo había conocido. ¿Cómo habría podido conocerlo si era un personaje de la infancia de mamá? Lo conocía por sus cuentos, que venía oyendo desde chico. La mejor amiga de infancia de mamá era una chica a la que siempre llamó por todo nombre «la Loca Allievi». Siguieron siendo amigas de jóvenes. La Loca Allievi tenía un hermano, que por lógica se llamaba «el Loco Allievi». Era algo así como un problema de familia. La diferencia es que a la Loca la llamaban así por alocada, extravagante, «medio loca» como suele decirse familiarmente. El hermano en cambio estaba loco en serio.

De las muchísimas historias que mi madre contaba sobre estos hermanos, solamente me han quedado dos en la memoria, una de la Loca, una del Loco. La de la Loca es el cuento de su perro. Tenía un perro, al que adoraba, muy importante para ella. Le había puesto de nombre Rin-Tin-Tin, pero le decía Reti, o, en su pronunciación que mamá imitaba, Rreti. Al oír eso de niño, yo debo de haber hecho un razonamiento que seguramente fue el motivo de que se me fijara en la memoria: a un perro uno puede ponerle el nombre que quiera; no es que el perro «tenga» un nombre, sobre el cual el uso familiar puede hacer una deformación o abreviación; nada impide que esa deformación o abreviación «sea» el nombre. Pero la Loca Allievi decía (siempre en la pronunciación que le imitaba mamá) «Mi perro se llama Rrin-Tin-Tin, pero yo le digo

Rreti». Ya ese solo hecho mostraba que estaba loca, aunque, repito, loca a medias, loca inofensiva y pintoresca, nada más.

Mi padre, cuando vivía, solía decir que mamá se especializaba en locas, que todas sus amigas estaban locas. Y tenía razón, al menos si uno atendía al discurso de ella. Siempre que contaba algo de alguna amiga o vecina era para mostrar lo «loca» que estaba. Sus charlas en las comidas empezaban: «Hoy en la verdulería de Torres estuve charlando con la de X...», y nosotros ya adivinábamos lo que seguía: «está loca», y en todo el resto del relato, y en los relatos que hacía después, la llamaba «la Loca X». Su definición de «loca» debía de ser más amplia que la psiquiátrica, de modo de incluir todas esas rarezas que hacen interesante a la gente, o se la hacían a ella.

Volviendo a la Loca Allievi y a la única historia que recuerdo de ella: cuando su perro se murió, ella lo enterró y le puso encima una lápida con una inscripción: «Aquí yace Reti», y las fechas. Es decir que para lo definitivo se inclinó por el apodo, no por el nombre, y supongo que para hacerlo estaba en todo su derecho, al menos su derecho de loca.

Recordando lo que había pasado durante la noche, pensé que el nombre no sólo nos acompaña en la tumba (los pringlenses suelen decir, cuando alientan a alguien a comer y beber a su gusto: «Es lo único que te vas a llevar»; se equivocan; el nombre también se lo llevan), sino que nos hace volver a ella en caso de una escapada.

La historia de su hermano (quiero decir, la anécdota de él que recuerdo) es más patológica: se iba en auto de la casa del pueblo a la estancia todo el camino en marcha atrás. La familia tenía una estancia, que se llamaba La Cambacita, cerca de Pringles, pero no tan cerca, a unos cuarenta o cincuenta kilómetros. Y con los malos caminos de tierra de ese entonces, y con uno de aquellos autos negros, hacer el trayecto marcha atrás debía de poner a prueba la capacidad de conducción del Loco. Pero precisamente eso demostraba su alienación, porque los locos suelen tener capacidades extremas, que llegan a parecer mágicas, en determinadas habilidades muy puntuales. Antes, por supuesto, la locura ya estaba demostrada por la decisión misma de ir marcha atrás. Lo hacía sólo porque el auto estaba estacionado frente a su casa en la dirección opuesta a La Cambacita, y como él iba a La Cambacita debía de parecerle natural ir en esa dirección, en vez de hacer algo tan complicado como partir en la dirección incorrecta sólo para después tomar la correcta. La locura es más una exacerbación de la lógica que su negación. Además, si la caja de cambios incluía la marcha atrás, por algo sería.

No era un azar de la memoria que yo asociara al Loco Allievi con esta anécdota; mamá también lo hacía, prueba de lo cual es que siempre que lo recordaba era para recordar que iba a La Cambacita marcha atrás. Y pasarse toda una larga vida albergando esa imagen tenía necesariamente que engendrar vagas sugerencias de viajes mágicos, o de paisajes mágicos recorridos de espaldas, la vuelta al mundo marcha atrás o el Universo que se expande vuelto hacia su contracción infinita. A ese género de magias pertenecía un Atlas desmesuradamente grande, tanto como para amenazar con equipararse a los territorios que cartografiaba.

La angustia que había sentido en la pesadilla era la de una imposibilidad que venía dada con las premisas. Los psiquiatras no curan a los locos, y menos a un loco muerto sesenta años atrás. Además, mi madre en su papel (onírico) de psiquiatra quedaba disminuida por la «definición ampliada» de la locura a la que ya aludí. Quizás ella había aprendido en su infancia lo que era un loco gracias al hermano de su mejor amiga, y a partir de entonces le aplicó el adjetivo, volviendo adjetivo lo que originalmente había sido sustantivo, a todo el mundo, hasta que la palabra perdió sustancia y precisión. Al aplicársela a mi amigo, y al empeñarse en aplicársela para salvarme a mí del descrédito del fracaso, descubría aterrada que no le servía. Acorazado en su casa, en su colección, en su museo de juguetes, muñecas, máscaras, mi amigo se resistía a entrar en la definición de «loco», y ella había tenido que volver al loco primigenio, que seguía corriendo marcha atrás en su auto negro en el desolado teatrito de la memoria.

Sea como fuera, durante el resto de la mañana tuve que oír una repetición de todas sus quejas. Para escapar de la melancolía miraba por la ventana, y era peor, porque allí afuera reinaba la monotonía superior de las mañanas de domingo pringlense, blancas y vacías. Me preguntaba si mi carácter no me estaría jugando en contra, a la larga. Siempre me había felicitado a mí mismo por mi naturaleza calma y cortés, por mi complacencia, mi tolerancia, mi sonrisa casi inalterada. No había heredado el carácter depresivo y combativo de mi madre, sino el de mi padre, que era una aceptación general del mundo, cercana a la indiferencia, enemigo de las discusiones y los problemas, ni optimista ni pesimista, con un fondo de melancolía que nunca llegaba a tomar del todo en serio. Tenía motivos para felicitarme, porque con otra personalidad no habría sobrevivido a las sucesivas catástrofes que hundieron mi vida en la nada. Pero por otro lado, esa personalidad excluía las pasiones, los arrebatos, las posesiones, que le habrían dado color a mi existencia y me la habrían hecho más interesante.

Esperé a que se fuera (dijo que iba a la panadería) para llamar a mi amigo y agradecerle por la cena. No había querido hacerlo frente a ella porque me habría dicho que no había nada que agradecer, y hasta era capaz de pedirme el teléfono y decirle algunas groserías. Ése fue el motivo por el que no salí en toda la mañana, a pesar de las ganas que tenía de ver cómo había quedado el pueblo después de la invasión. Ella siempre salía por las mañanas, a hacer las compras y charlar con sus amigas que también salían: pero esa mañana tardó infinitamente en hacerlo, tan entusiasmada estaba en quejarse de la cena y los juguetes y todo lo demás; hacía tiempo que no tenía tanto tema.

Terminé impaciente y malhumorado; parecía que me lo hacía a propósito, posibilidad que no había que descartar del todo porque la convivencia nos había hecho sensibles hasta a las intenciones más secretas. Al fin se fue, y no había terminado de cerrar la puerta que yo estaba en el teléfono. Mis intenciones realmente eran «secretas» porque incluían, usando la cortesía como excusa, un trasfondo de interés. Me había propuesto renovar nuestra amistad, profundizarla, darle una vuelta de tuerca, de modo de preparar el camino para lograr que me financiara algún proyecto (todavía no sabía cuál) con el que levantar cabeza. Ya sé que no hay que mezclar los negocios con la amistad, pero a mí se me habían cerrado todas las puertas, y en la desesperación estaba dispuesto a recurrir a medidas extremas, sin importarme que fueran inconvenientes o maquiavélicas. Como era el único amigo que me quedaba, y todo indicaba que sería mi última chance, me había propuesto ir con pies de plomo.

Una primera maniobra había sido hacerme invitar a cenar, con mamá, para que él calibrara, sin saber que la estaba calibrando, mi situación. No es que lo tuviera por un portento de penetración psicológica o humana, pero al vernos a los dos tenía que haber percibido a qué confines me había arrojado la desgracia. Por supuesto que él sabía de mi situación, sabía que había tenido que irme a vivir con mi madre y que dependía económicamente de ella. Pero yo había querido que además nos viera, que nos viera llegar, irnos, que palpara la relación. Hay cosas que es imposible no comprender si uno las vive, o al menos si respira su atmósfera, porque entonces, aunque no las comprenda con el entendimiento las capta con todo su ser y le quedan bien registradas, que era lo que yo quería que hiciera mi amigo, de modo de irlo preparando para cuando llegara mi pedido de auxilio.

Ni por un instante di crédito a la información de que estaba fundido, aunque mamá la había verosimilizado bastante (con nombres). Pero me inquietaba el hecho de que ella me lo hubiera dicho. ¿Habría olido mis propósitos? ¿Tan transparente era yo? Si lo era, la maniobra corría peligro de entrada. Lamenté haberlo pensado, porque eso me restaba seguridad.

Atendió después de varios timbrazos. Su casa era muy grande y en general debía recorrerla toda para llegar al teléfono. Dijo que acababa de levantarse, y efectivamente sonaba dormido, pero fue animándose a medida que charlábamos. No, no se había acostado muy tarde, pero cuando su familia se iba a Buenos Aires y se quedaba solo aprovechaba para dormir a gusto. Sobre todo los domingos. Lo felicité: esa capacidad de sueño indicaba que conservaba joven el sistema; yo en cambio, dije, debía de estar envejeciendo más de prisa porque cada vez dormía menos. Hoy me había despertado temprano, aunque anoche me había quedado hasta cualquier hora.

Me preguntó si había salido.

No. Yo ya no salía más, le dije aprovechando para llevar agua a mi molino. Vivía encerrado. ¿Adónde iba a ir? Me había quedado mirando la televisión, la invasión de los muertos vivos.

Ah sí. Eso. ¡Uf! Qué desastre.

No se puede creer.

¡Realmente!

Encima de la sequía, de la crisis, esto.

Qué desastre, ¿no?

Vamos a tener que convencernos de que Pringles es un pueblo maldito, dije.

Estaba haciendo alusión a un lugar común de vieja data: Pringles, pueblo maldito para los negocios. Lo venía oyendo desde chico: ninguna iniciativa prosperaba, ningún esfuerzo daba frutos. Pero el concepto se había devaluado por el exceso de uso. Nadie quería cederle al vecino en llorar miseria, todos competían en estar arruinados, en tener más gastos que ganancias, en estar ahogados por los impuestos (que no pagaban). Los ricos eran los peores. Desembarcaban de sus Mercedes último modelo, se compraban una flota de camiones, un avión, se hacían una piscina en el pueblo y un lago artificial en el campo, compraban una casa en Monte Hermoso y un piso en Buenos Aires, y seguían perjurando que no tenían para comer. Los fracasos genuinos quedábamos en una posición falsa; nadie nos tomaba en serio. Yo me venía preparando para una larga y compleja tarea de persuasión. Compleja, porque no bastaba con decirlo; todos lo decían, y las palabras ya no servían. Tendría que recurrir a una combinación funcional de imagen y discurso, y en el discurso una mezcla bien dosificada de realidad y ficción.

Me sacó de estas meditaciones estratégicas con algo sorprendente:

Nosotros lo vimos en el verano. Los chicos se desternillaron de risa.

Quedé bastante descolocado. ¿Cómo? ¿Ya había pasado antes? ¿Cómo era posible que yo no me hubiera enterado?

No te preocupes, que no te perdiste nada, dijo, y repitió: Qué desastre.

Me di cuenta de que esta última palabra la estábamos usando en sentidos diferentes, yo en referencia a los hechos, él como calificación estética. Y no era la única; con «pasado» sucedía lo mismo: yo preguntaba «si ya había pasado antes», y él entendía «si la habían pasado antes». Aparentemente, uno estaba hablando de la cosa, el otro de su representación. En este punto, debería haberle pedido que me explicara, pero me dio pudor porque sospechaba que habría equivalido a confesar una ignorancia o una ingenuidad descalificatorias. Además, se me ocurrió que había una posibilidad intermedia: la calificación de desastre podía aplicarse no sólo a los hechos como realidad o a su representación como ficción, sino, dejando entre paréntesis la decisión de cuál de las dos se trataba, a la transmisión que se hacía por la televisión. Se lo pregunté.

¿¡Y qué te parece?!

Admití que había sido muy defectuosa, pero yo lo había disculpado en razón de las dificultades inherentes a una emisión en vivo. Sazoné esta observación con un chistecito: transmitir a los muertos «en vivo».

No captó el juego de palabras porque ya estaba despotricando contra el canal, que nos sometía a los pringlenses a semejantes refritos. ¡Cómo se me ocurría que iban a poder transmitir nada en vivo, con el material obsoleto que tenían! No lo renovaban desde hacía veinte años, era un milagro que pudieran seguir funcionando.

Pero entonces, dije, había algo que elogiar: habían imitado muy bien el ritmo de una transmisión en vivo, o mejor dicho su falta de ritmo, sus tiempos muertos (otro calembour, que me salió sin querer), los accidentes de encuadre...

Hubo una breve pausa, y en su respuesta detecté un sutil cambio de tono, como si saliera del plano de las consideraciones generales que podía intercambiar con cualquiera, y empezara a dirigirse específicamente a mí:

No te gastes en tratar de disculparlos. A éstos, las cosas no les salen bien ni siquiera por casualidad. Lo van a seguir haciendo mal hasta que se mueran, o hasta que los echen. Tenías razón en lo que dijiste antes, aunque lo hayas dicho en broma: Pringles es un pueblo maldito para los negocios, y estos ineptos son una demostración más, porque de este año no pasan. El canal ya está fundido, se mantiene por la misericordia de algunos comercios que todavía les dan publicidades. No les va a quedar más remedio que cerrarlo. Pero no te engañes: esa maldición no tiene nada de sobrenatural. Si los negocios fracasan es por culpa de los pringlenses, que quieren ganar plata imitando a los empresarios en serio pero sin poner nada de lo que hace falta para que una empresa prospere. Nunca oyeron hablar de reinversión, de estudios de mercado, de crecimiento. Son unos bolicheros sin visión, que ni siquiera tienen sentido común. ¡Pero decime un poco...! ¿A vos te parece que se puede llevar adelante un canal de televisión sin ideas, sin creatividad, sin talento? ¿Creerán que se hace solo? ¿Que la gente es idiota? ¡Por favor! El secreto del éxito es el empeño inteligente, el trabajo acompañado por el pensamiento, la autocrítica, la evaluación realista del medio, y sobre todo la exigencia. No la exigencia mezquina de la ganancia sino la de los sueños juveniles a los que no es necesario renunciar, todo lo contrario. Hay que saber mirar más allá de los intereses de la supervivencia y proponerse darle algo al mundo, porque sólo los que den van a recibir. Y para eso se precisa imaginación. La prosa de los negocios tiene que expresarse en la poesía de la vida.

28 de junio de 2005

DIARIO DE LA HEPATITIS

Si me encontrara deshecho por la desgracia, destruido, impotente, en la última miseria física o mental, o las dos juntas, por ejemplo aislado y condenado en la alta montaña, hundido en la nieve, en avanzado estado de congelamiento, tras una caída de cientos de metros rebotando en filos de hielos y rocas, con las dos piernas arrancadas, o las costillas aplastadas y rotas y todas sus puntas perforándome los pulmones; o en el fondo de una zanja o un callejón, después de un tiroteo, desangrándome en un siniestro amanecer que para mí será el último; o en un pabellón para desahuciados en un hospital, perdiendo hora a hora mis últimas funciones en medio de atroces dolores; o abandonado a los avatares de la mendicidad y el alcoholismo en la calle; o con la gangrena subiéndome por una pierna; o en el proceso espantoso de un espasmo de la glotis; o directamente loco, haciendo mis necesidades dentro de la camisa de fuerza, imbécil, oprobioso, perdido... lo más probable sería que, aun teniendo una lapicera y un cuaderno a mano, no escribiera. Nada, ni una línea, ni una palabra. No escribiría, definitivamente. Pero no por no poder hacerlo, no por las circunstancias, sino por el mismo motivo por el que no escribo ahora: porque no tengo ganas, porque estoy cansado, aburrido, harto; porque no veo de qué podría servir.

23 de enero de 1992

Martes

Qué sentimiento de error interminable... Es el resultado obvio de la situación. En el estado febril de esta tarde, en la angustia, trataba de dormir dando vueltas en la cama... De pronto noté que había dormido, quizás muy poco, unos segundos. O una hora. Imposible decidirlo, y además no tenía la menor importancia. Lo único cierto era que ya estaba despierto otra vez. Sabía que había dormido porque recordaba el sueño: yo o alguien desde mi punto de vista tomaba un helado, creo que de limón por lo blanco, y en un corpúsculo de la crema, en una gota que saltaba, había hombrecitos...

Entonces... me avergüenza decirlo... ¡hasta dónde llegará la miseria que padezco!... empecé a tratar de atraer al sueño pensando en hombrecitos en una gota de helado... a enhebrar las divertidas o peligrosas aventuras de los hombrecitos en el helado...

Miércoles

Canta un pájaro. Es un momento. Se abre una flor. Otro momento: el mismo. Un momento en el ciclo. Es hora de que pase esto o lo otro. Por ejemplo el chillido mecánico de un pajarito que conozco bien. Se abrió el canto. Sonó la flor. Los sentidos florecen en círculos huecos por donde pasa la luz fantasma. Llegó el día del pájaro y cantó. Pasó la Edad Media del pájaro, el canto onduló en el aire, dio un salto, se hizo cielo. El instante del pájaro no está en el tiempo sino en esta tarde, en estas lentitudes raras de mi corazón, y también en el tiempo. Del pájaro a la flor hay una curva, que se enrosca como un alambre de oro en mi lengua de perro. Uno de mis anhelos más caros es escribir un libro sobre el Taladro, el regreso atorbellinado y metálico de un muerto a la vida.

Jueves

Fondo y forma. Unidad de los opuestos. Meditación, zazén... Meditar es importante, de acuerdo... Pero ¿sobre qué? ¿Por qué todos hablan de la Meditación sin dar pistas sobre los temas? No lo entiendo. No lo acepto, no puedo, es más fuerte que yo. ¡Lo que importa son los contenidos!, grito en mi desconcierto sin objeto, literalmente sin contenido.

Pero cuando todos los contenidos se revelan fútiles, pasajeros, vacíos... Y eso no tarda en suceder... Lo único que puede seguir pareciendo serio, lo único que sostiene la comedia, es la forma, la etiqueta, el cascarón.

Posado en la cornisa de la forma como el pajarito en una rama, no puedo evitar una cierta curiosidad por los contenidos que siguen allá abajo, girando en el Taladro...

Así fue como dejé de ser un pájaro y me transformé en la lombriz haciendo sus espiras y roscas dentro de esos interesantísimos materiales. Pero el pájaro canta sobre mi cabeza, la escalofriante clarinada...

¡Pero llueve!

No puedo creerlo: se largó a llover mientras pensaba.

Jueves

Un buen motivo para desconfiar de las enseñanzas espirituales que X o Y quieren transmitirnos, es justamente esa intención pedagógica que los mueve. ¿Por qué motivo, más allá de una benevolencia que esas doctrinas en realidad no justifican, una sabiduría habría de ser objeto de una enseñanza? Se supone que de saber a enseñar el pasaje es natural, fatal, gravitatorio, ¡y es todo lo contrario! Si lo que pretenden los gurús es acrecentar su clientela, o no sentirse tan solos, o brillar, entonces son falsos gurús, perfectos fraudes. Y eso es imposible; es pensar mal. Es hacerle el juego a los charlatanes. La explicación más bien está en la doctrina misma: sea cual sea, la doctrina que se enseña es la que se realiza sólo cuando todos la han comprendido, cuando se hace mundo y se establece el Reino del Saber y el Amor, y sólo entonces puede haber *un mínimo* de amor y saber. Claro que eso no va a pasar nunca; ni el utopista más descabellado puede pretenderlo en serio... Es como en Soloviev; ¿por qué debemos practicar el sexo? Porque no disponemos de otro modo de producir el advenimiento del Reino del Amor. No podemos amar mientras no se haya hecho todo el sexo, y la humanidad entera no alcanza para hacerlo, justamente porque el hombre es lo que el sexo reproduce en su práctica... Todos los budismos y taoísmos, todas las filosofías en general son equivalentes a esas in-

comodidades excitantes y entretenidas con las que posterga-
mos lo imposible. Hay un solo rubro en el que este mecanismo
se da en efecto, y con una eficacia absoluta: el lenguaje.

Viernes
Voy caminando en una dirección… en una, no en otra…
por la Rue de Rivoli, bajo la lluvia… No, no la lluvia en sí…
más bien lo que empieza; quiero decir: empieza a llover… No
empieza sino que termina. Empieza y termina a la vez. Termina y empieza. Es una indecisión en la que está lloviendo,
¡me estoy mojando! Y encima: perdido. No, no perdido porque *es* la Rue de Rivoli… Pero igual estoy perdido, y no sé
por qué, si es la calle que buscaba… Claro que una calle, sobre
todo si es la calle que uno buscaba, es el sitio ideal para perderse, es el lugar donde uno siempre está perdido, si no encuentra la *otra* calle… Y eso que miro el mapa cada veinte
metros, lo despliego (se moja), busco siempre lo mismo, lo
encuentro, y sigo adelante… No puede ser, pero es. Esta calle
es infinita, me pierdo cada vez más en este laberinto en línea
recta, mi ansiedad crece a medida que la lluvia parece cada
vez más a punto de descargarse…
Hasta que al fin caigo en la cuenta de que… era tan simple… ¡voy en la dirección contraria! Iba bien, pero al revés.
La calle estaba al revés, en el mapa… Doy vuelta al mapa…
Como si ahora no fuera a mojarse, como si con eso bastara…
Quizás sí, en fin… No sólo el mapa: en mí también, en mi
cabeza, estaba al revés, todo, empezando por el mapa, porque
lo *miraba* al revés… Debo reacomodar mi sentido de la dirección: es fácil, basta con poner la cara donde tenía la nuca… Es
que la calle misma estaba al revés *en la realidad*: debo cruzar a
la vereda de enfrente… Por suerte la Rue de Rivoli tiene
revés. La línea no es abstracta: es real, es de ida y vuelta… Si
no… Ahora sí, la inversión es completa, absoluta, un mundo.
La lluvia estaba al revés, y París también, pero del todo, completamente; por suerte nunca fui a Europa, nunca estuve en
París ni en ninguna parte.

Viernes

¿Qué es la entropía? Digo entropía por decir algo, cualquier cosa. Estuve hojeando esa enciclopedia de datos útiles... No sé para qué pierdo el tiempo... Lo olvido todo inmediatamente. Me quedan los ejemplos, pero no de qué son ejemplos. El autor explica así la entropía:

Hay nueve hombres en formación, quietos. Les ordenan dar un paso pero sin especificarles la dirección; puede ser adelante, atrás, a derecha o a izquierda.

```
* * +
* * *
* * *
```

Obedecen y dan el paso. Si todos lo dan hacia adelante, se mantiene el orden, la formación se recompone en otro lugar. Pero para que ello suceda hay una posibilidad entre 4 × 4 × 4... (nueve veces), y el total dividido por cuatro, atendiendo a las cuatro direcciones posibles en las que puedan coincidir.

No me voy a poner a hacer la cuenta, pero es una cantidad hipermillonaria.

Ya se ve lo difícil que se hace mantener el orden. ¡Y con nueve hombrecitos nada más! (Con dos o tres sería dificilísimo también.) Cuánto más lo será con todos los átomos del mundo, que son una cantidad pasmosa... Directamente no vale la pena esperanzarse siquiera con la posibilidad de una coincidencia... El desorden se produce de entrada no más, al comienzo.

Es descorazonador. El mundo comienza, y ya es un caos. Da un paso, el primero, y ya es un desorden irrecuperable. Ahora mismo, va a empezar, va a hacer su primera jugada...

Viernes

Sé mucho de brujería. No creo que nadie sepa más que yo. Porque he sido objeto de un hechizo, desde que nací, y a los cuarenta y dos años (casi cuarenta y tres) todavía no he despertado. ¡Qué voy a despertarme! Estoy en lo más profundo del embrujo, embrujado enteramente, un juguete en manos de un sortilegio que me domina. Por eso lo sé todo sobre el tema, lo sé mejor de lo que podría saberlo ningún nigromante estudioso que le dedique la vida al tema. Más todavía: lo sé mejor que cualquier charlatán que se gana la vida hablando en televisión de horóscopos y parapsicología. Lo sé ciegamente, por entero, sin fallas, como la materia se sabe sus átomos.

Medianoche
¿Escribir? ¿Yo? ¿Volver a escribir? ¿Escribir libros? ¿Escribir una página? ¿Yo? Pero ¿cómo se me puede ocurrir siquiera…? ¿Justamente yo? ¿Todo ese trabajo…?

Jamás. Aunque quisiera, aunque fuera así de idiota, no podría. Necesitaría de esa insistencia un poco demente, que debo de haber tenido en mi juventud, para pasar otra vez por todos esos preliminares infinitos, para responder a todas esas preguntas.

Sábado
Un alto porcentaje de nuestra actividad mental está dedicado a funciones relacionadas con la supervivencia más estricta: mantener el equilibrio, evitar choques, coordinar movimientos, atender llamados de atención… Liberada de esas funciones, la mente podría expandirse, alcanzar límites nuevos.

El hábito nos libera. El piloto automático se ocupa. Pero por lo visto no tanto como debiera, ni mucho menos. Apenas si nos deja en condiciones de efectuar el mínimo de actividad mental autónoma con el que podamos hacernos una idea de nuestras limitaciones. Algunas actividades de tipo ritual pueden contribuir, pero esporádicamente; por ejemplo una danza muy rítmica, muy repetitiva, que nos «posea» con mucha fuerza… Lo mismo estos dispositivos tecnológicos, flotar en un estanque de agua tibia, etcétera.

Lo que me intriga es lo que pasará después, una vez «expandida» la mente. Seguramente allí encontrará nuevas funciones que la ocupen otra vez en su casi totalidad, y otra vez quedará un pequeño margen que vislumbre nuevas expansiones. Entonces una nueva tecnología anticipada por nuevos automatismos y nuevas danzas se propondrá para la segunda «expansión»... Y si es así, ¿vale la pena?

Sábado
¿Por qué leés?
Para hacer algo por mi cultura. Para recordar.
Para hacer algo por mí. Para olvidar.
Los mejores libros deberían ser los que olvidamos. Libros hechos con tanto arte como para darnos la experiencia extática del olvido. Pero los mejores libros pueden usarse también con el fin opuesto.
La filosofía por ejemplo: la leo para tener un fundamento académico con el que dar clases o escribir artículos. O bien la leo para transformarme. Pero los objetivos se comunican: ¿qué otra transformación hay que valga la pena, que no sea la de volverme un apreciado profesor y autor de asuntos filosóficos? ¿No es la única transformación posible? Y la más simple, ya que la otra me parece que implica gran cantidad de manipulación del saber, mucha «creencia» (muchísima), sinceridad, hipocresía, simulación...

Sábado
De acuerdo, no voy a escribir más. ¿Por qué? No tanto porque me espante el trabajo. Al contrario, lo que me espanta es el vacío de no tenerlo. Es por la maldición del *proyecto*. No puedo escribir sino con un proyecto, y el proyecto se pone en el futuro, aniquilando el presente, borrándolo. Es un sacrificio. El sacrificio de la vida, en cuotas.
Es difícil escapar del proyecto.
No sé... habría que *volver* del proyecto, no ir hacia él. Como en mi historia del «taladro», en ese estúpido *proyecto* de novela que tuve...
Preferiría no hacer nada, nunca, que tenga un objetivo.

Sábado

Como es posible que la gente no haya captado la belleza del puro Tao de la inacción, yo iré corriendo como un loco hacia ellos, con la cucharita entre el índice y el pulgar, bien alta.

Como es posible que todavía haya gente que no perciba la grandeza del puro Tao de la contemplación, iré a su alcance corriendo con la bisagra de mi ventana en la mano.

Como es posible que alguien se aleje en un colectivo sin haber visto el puro Tao de la sabiduría, yo correré atrás durante kilómetros blandiendo en la mano, para que pueda verlo por la ventanilla, el destornillador.

Lunes

¿Volver a escribir, yo? ¿Yo? Jamás.

La sincronización. Eso es lo peor. Sincronizar el trabajo de escribir con lo escrito… Las palabras con su significado, el sentido con el sentido.

Vérselas con el tiempo, con el solo tiempo del que está hecha nuestra vida, es pavoroso. ¡Pero *dos* tiempos! Eso supera toda incomodidad imaginable. (Y sin embargo hay gente a la que le gusta, gente a la que le gustaría, horror de horrores, haber sido Joyce, haber escrito el *Ulises*, estar escribiéndolo… Y es lo que hacen, pobres infelices.)

Martes

Un maestro de sabiduría dice: «Cuando tiene dolor de muelas, uno va al dentista. Ése es nuestro camino». El Tao. De acuerdo. La simplicidad perfecta. ¿Qué podría ser más simple que eso?

El Tao es el camino perfecto de la acción perfecta. Muy bien. Pero ¿eso no es contradictorio? Antes de ser perfecta, mucho antes, para empezar a calificarla no más, la acción debe ser eficaz. Y eso basta para que se ponga en un encadenamiento de causas y efectos. No creo que fuéramos al dentista sino en busca de un efecto, y porque estamos experimentando la causa. Y eso se parece muy poco al Tao. Y sin embargo, si hemos de creerle al maestro, ir al dentista es la consumación del perfecto Tao de la inacción. ¿Será que la acción y la inacción son lo mismo?

Martes

El *Ulises*, alguien debería decirlo, es nada. Nada en absoluto. ¡El tiempo que lleva! Es horrendo. El tiempo que le llevó a Joyce... Es como una amenaza: la profesión de novelista. Eso puede pasarle a cualquiera.

«Hoy trabajé bien...» «Por aquel entonces estaba escribiendo mi novela...» «Me fui a un albergue de montaña a escribir...» «Por las tardes escribo en el Select...»

¡Nunca más caeré en eso! Por suerte, eso quedó atrás. Y no tanto por pereza como por respeto al prójimo, por no hacerlo víctima de ese narcisismo sin límites.

¡Creer que uno tiene realmente una vida! ¡Proclamarlo!

¿Alguien habrá notado que lo escrito con un procedimiento *no es necesario leerlo*? Salvo por desconfianza, para comprobar que se haya obedecido sin relajamiento a las reglas del procedimiento. El procedimiento es instantáneo, heterogéneo al tiempo de la vida, y cuando se lo pone en un continuo con la vida o el trabajo, lo que se forma es la felicidad, la plenitud, nunca uno de esos libros laboriosos y deprimentes, que en realidad derivan de una confusión de «procedimiento» con «proyecto».

Miércoles

Pasada esta crisis de la novela, los pajaritos vuelven a lo suyo. Tras una serie interminable de tijeretazos, el gran chillido. Eso sucede todo el día, en todas las horas de luz.

Hay pájaros imitadores. ¿Habrá pájaros inimitables? Quizás es todo lo que se proponen ser. Quizás todo lo que estamos oyendo son maniobras armónicas para hacer imposible la imitación. Complicaciones raras para desorientar al imitador. Si ésa es la intención, la repetición no es una torpeza: es el truco más sutil.

Entra el aire por mi ventana, en forma de nada, como si viniera de espaldas.

Entró el aire, rígido como una piedra.

Entró el pensamiento, contoneándose.

Entró una bola de plástico rosa, y cayó sobre mi pie descalzo.

Miércoles

¿Cómo hacer, me pregunto, para agradecer con verdadera elocuencia el privilegio inaudito de ver pasar sobre nuestras cabezas esas cosas que vemos, esas formas, esas acumulaciones ingrávidas, esos *volúmenes*?

Miércoles

Mis escritores favoritos. Alguna vez tenía que hacer la lista:

Balzac
Baudelaire
Lautréamont
Rimbaud
Zola
Mallarmé
Proust
Roussel

Jueves

La vía del recto Tao olvida dos elementos fundamentales: la procrastinación y el acto gratuito. Elementos que por lo demás están relacionados entre sí, como contrapesos en las dos puntas de la causalidad.

Jueves

No escribir. Mi receta mágica. «No volveré a escribir.» Así de simple. Es perfecta, definitiva. La llave que me abre todas las puertas. Es universal, pero sólo para mí; no pretendo imponerla, ni mucho menos.

¿Cómo pudo ocurrírseme? Ahora creo saberlo. Y eso explica a su vez su eficacia. Sucede que soy un escritor; he llegado a serlo, cosa que jamás habría esperado, sinceramente. Los que pueden fantasear con escribir son los lectores, la humanidad del tiempo. Un escritor, no.

Yo no. Ya he pasado por eso.

¿Pasatiempo favorito?
La epilepsia.

Viernes

Se me ocurre una nueva aplicación del continuo: la negación del pensamiento... En el extremo de esa negación hay una afirmación por la que el pensamiento vuelve a formarse, sin interrupción alguna. No sé cómo he podido hacerme este pasatiempo contradictorio de buscar «ejemplos de continuo», siendo que los ejemplos son discontinuos y el continuo no puede tener ejemplos porque no se tiene más que a sí mismo.

Salvo que sí tiene ejemplos: tiene transformaciones, que sólo pueden aprehenderse en forma de ejemplos si queremos seguir pensando.

Viernes

La ondulación de la realidad. No, no está bien así. Debe decirse: la ondulación. La realidad es adjetivo.

Sábado

Después de una eternidad de nubes en una dirección... Se me había hecho natural verlas correr de derecha a izquierda... esa dirección era la forma misma de las nubes...

Hoy al amanecer las veo deslizarse al revés. Vuelven. Voy a ver todas las nubes que vi. Eso me hace pensar... que no les presté una atención uniforme... Y una atención salteada no es atención.

Ni siquiera había distinguido lo necesario de lo contingente.

Sábado

Bien pensado, en la prosa todo es paréntesis, especialmente en la prosa que se sabe prosa, la que se complace de serlo.

La prosa es el mecanismo de los paréntesis creo que es más bien así que a la inversa.

La prosa es la lengua escrita, liberada de las restricciones de la memoria y de la irreversibilidad del sentido.

Escribir es entrar en el reino encantado de las adivinanzas. Adivinanzas. Paréntesis.

Las soluciones de las adivinanzas se escriben siempre cabeza abajo.

Sábado

Estoy en la calle. Mareado, débil. Dando pasitos de tullido. Sofocado en un calor sahariano. Y descubro...

En mi pequeño paseo alucinatorio por Flores, descubro: que todo es exactamente como era... Más que eso, muchísimo más: que todo es exactamente como es.

El mundo se ha transformado en mundo.

Sábado

No es cuestión de preocuparse tanto por ser un buen escritor, por ser mejor que los escritores malos, ni siquiera por llegar a ser irrefutablemente mejor... Porque la gente, haciendo caso omiso de lo irrefutable, suele opinar lo contrario, o mejor dicho lo opina siempre; y después la posteridad, los siglos, opinan lo mismo que opinó la gente. No importa si los beneficiados son, en el presente en que hacen su obra y son objeto de comparación, tan obviamente desfavorable, con los buenos escritores (que son quienes comparan, ya en persona, ya a través de representantes), si esos beneficiados por la fama y la fortuna son chapuceros, fáciles, complacientes, comerciales, figurones. No importa porque el malentendido es más fuerte, y el malentendido no se resuelve nunca. El malentendido es la fuerza interior de la metamorfosis. El autor al que se le abren las puertas de la gloria es el torpe fraude sobre el que el tiempo y el malentendido han operado la transformación maravillosa. Y está bien que así sea, lo digo con dolor, con lágrimas (admitirlo equivale a hacer nada mi vida), pero está bien, porque vale más la transformación que la mera persistencia de la esencia. Sin transformación no habría continuo, y el mundo quedaría reducido a una colección de ejemplos inertes.

El oro que son Góngora, Racine, Shakespeare, Balzac, se hace con el barro deleznable de García Márquez, Marguerite Yourcenar, Isabel Allende... Más que eso: Lautréamont se hace con Sábato.

A la inversa, conmigo no se llevará a cabo ninguna transmutación, el malentendido no hincará el diente en mí. Cometí el error de querer ser Lautréamont directamente, como si el tiempo ya hubiera pasado.

¿Y eso a quién le interesa? Estéril, abandonado, atravieso mi posteridad como una completa nada.

Domingo

Luz, madre del sueño.

Industria blanca del bostezo, la somnolencia y el dormir profundo.

Claridad de hipnotismo.

Ojos que se cierran en las transparencias del aire.

Día que me adormece en sus honduras cada vez más iluminadas.

Deslumbramiento narcótico...

Lunes

Cuando se habla de la segunda conciencia, la «conciencia de la conciencia», y de la tercera, y la cuarta... No puedo dejar de pensar que el modo de detener esa escalada es crear una ficción, un dispositivo como los de la Literatura, que sirva de escenario, laboratorio, estadio final, de todos los infinitos.

Miércoles

Números proporcionales. Al parecer son los que forman una serie en la que el cuarto es al tercero lo que el segundo al primero, por ejemplo la mitad o el doble. Claro que cuando la relación es más sutil, por ejemplo si uno es la mitad del cubo del otro, debe de ser casi imposible completar el trío. Sin embargo, hay un método, y parece ser que todo el mundo (menos yo) lo conocía: se multiplica el segundo por el tercero, y se divide por el primero. A ver si sale

$$8 \ \ 11 \ \ 20 \ \ldots \ 27,5$$
$$2 \ \ 4 \ \ 9 \ \ldots \ 18$$
$$1,5 \ \ 3 \ \ 5 \ \ldots \ 10$$

¡Sí! ¡Sale! Nunca jamás se me habría ocurrido.

Viernes

Hay una mujer en el barrio, alta, flaca, rubia, de edad indefinida, que se pasea repitiendo «Vete, Satanás». Es su ensalmo, su paseo, su OM. Va y viene todo el día; debe de tener su base de operaciones en el templo evangélico de aquí a la vuelta. La veo desde la ventana.

El barrio está pasando por un momento raro: una anciana agoniza en un dormitorio de planta baja a la calle, con la ventana abierta, la cama al lado de la ventana, un velador encendido en la mesita de luz las veinticuatro horas. Otra, provecta, deformada por la delgadez, vigila en la puerta de la casa de la esquina, justo frente a mi ventana. La sacan en la silla de ruedas a las ocho de la mañana, y ahí se queda hasta la noche, apenas cubierta con un camisón blanco, mostrando las piernas esqueléticas.

Los pájaros sacan chillando uno por uno todos los tornillos de estos días interminables.

Vete, Satanás.

Me pregunto si existirán de verdad las inclusiones, del tipo: yo estoy en mi cama, mi cama está en mi casa, mi casa está en el barrio, el barrio en la ciudad, la ciudad...

Quizás existen, pero en un registro instantáneo, sin duración. El tiempo las está desplazando todo el tiempo, aunque yo siga en la cama.

Mi cama está en el mundo, el mundo está en el barrio, el barrio está en mi casa...

No es tanto un sistema de inclusiones como de expulsiones: Vete, Satanás.

Y es menos un ensalmo o una amenaza que una descripción. Las expulsiones se consuman sin cesar. A gran velocidad, todo el tiempo, como un desplazamiento incesante y atorbellinado.

No se concibe la poesía argentina de los años sesenta sin «la loca». Es el personaje central, la figura recurrente. Si alguien alguna vez se propusiera hacer un estudio de la poesía de Alejandra, paradigma de los poetas de esa época, debería empezar por «la loca».

La loca era una ficha poética, desprovista de sentido. Tardó muchos años en recuperarlo. Pero aquí también, recuperarlo no es incorporarlo, sino expulsarlo.

«Lo expulsado por el vacío creador» (Lezama Lima).

Viernes

Alguna vez debería escribir sobre estas contemplaciones del crepúsculo. Cómo me siento frente a la ventana y clavo la vista en el cielo, en el rosa, como un maniático, sin parpadear... Primero el rosa. Después el plus-rosa. Se repiten, escalonados, hasta que mi amiga, la nubecita negra en forma de murciélago, colgada en medio de esas planchas de rosa (a propósito, hoy mi nubecita negra vino adornada con un moño de vapor gris), hasta que mi nubecita se incendia, se carboniza, y el cadáver toma forma de castañuela y se entrechoca con un clap-clap, en medio del milésimo plus-rosa, y parte hacia arriba, vertical, como una flecha.

Sábado

La horrenda experiencia del fin del mundo. Sin embargo inocente, vivida casi al modo estético.

En la Plaza Flores. Yo tenía en la mano, tomado con el índice y el pulgar, un terrón de azúcar. De pronto se disolvió en mis dedos. Si por un instante pude pensar que era por causa de la humedad, no tardé en desengañarme. El aire había tomado un resplandor verde, amarillento, y fue todo respirar y morir. Todos, el mundo entero, morimos en ese instante.

Y sin embargo, hubo algo así como una sobrevida (siempre la hay) para pensar lo siguiente: se había descompuesto la química de la atmósfera, los átomos velocísimos llevaban la catástrofe a todas partes, en ese instante cesaba la vida en el planeta. Muy bien. Pero eso, ¿quién lo sabía? Los científicos cesaban de vivir también. No quedaba nadie para seguir haciendo ciencia, así que nadie podía estudiar el fenómeno.

Salvo… que de algún modo se lo hubiera estudiado *antes*. Por ejemplo, ¿qué hacía yo en la Plaza Flores con un terrón de azúcar en la mano?

También está la posibilidad de que haya sido un sueño.

Martes

Los pájaros cantan porque están lejos, y viceversa. La distancia que me separa de ellos es el canto, el resorte.

Si estuvieran cerca habría dejado de oírlos hace mucho, en otro tiempo, en otra era. Ya me habría olvidado.

Las nubes no admiten el menor cambio de ubicación ni, mucho menos, de posición. Deben quedar perfectamente inmóviles en su sitio, el menor desplazamiento las destruye.

Jueves

Es de todo punto imposible que yo pueda oír el canto del pájaro. Para ello debería estar en su «radio», vale decir, debería haber una especie de círculo, conmigo en el borde y el pájaro en el centro, y una línea que nos uniera.

¿Y dónde está esa línea? ¿Quién la ha visto? Si existiera, sería un fenómeno más, agregado al mundo.

Por esa línea vendría el canto, veloz y sin detenciones. Sería el camino, el Tao, y el Tao no puede estar en el mundo antes que yo. No puede ser un camino que me esté esperando para transportar el sentido, que se acumula como un ovillo en el pío.